文學研究叢書‧臺灣文學叢刊

日治臺灣小說源流考

——以報刊的轉載、改寫為論述核心

許俊雅　著

目次

圖表目次

第一章
緒論：如何辨誤，怎樣研究
——以臺灣日治報刊、典籍為支點的史料考察

前言　報刊、典籍與近現代文學

十九世紀末，日本殖民臺灣，引進現代性媒體報刊（報紙及期刊），輿論、資訊、文學創作，莫不以即時有效的滾輪速度向前跑，同時也改變文學觀念及發表型態。但現代報刊未普及之前，中國文物典籍流傳到周邊的朝鮮、日本、越南、琉球，促進了東亞地區漢文創作的興盛。這與漢語漢文學習的旺盛需求有著密切的關係，在吸收和改編中國文學作品的過程中，儘管使用的是漢文，但表達的是他們自己的思想和情感，有其自身的特殊性，逐漸形成各自的本土文化特色。這些國家的文化啟蒙與中國的漢籍存在千絲萬縷的聯繫，對其思想文化的形成與發展產生過重要的影響。因此關於中國經典在域外漢籍的流播過程，過往研究已取得相當可觀的成績，如中國典籍得到了怎樣的闡釋？漢文化的啟蒙教育在域外是如何展開的？域外漢文學的審美視域是如何形成的？中國典籍傳播的數量、種類、途徑等在東亞各國有何異同？漢文化圈在接受漢文化的同時，各國又如何保持自身的特色？中國典籍被選擇為擬效對象，是在一定的傳播條件下的反映，同時也反映該國度在某一時代某些人的審美取向，反映了特定的審美評價與文化評價。研究漢籍流傳域外的情況，不但是域外漢籍研究最基礎的工作之一，而且是研究各國之間交通史、歷史思想、文化交流史等不可缺少的素材。

然而當現代報刊興起之後，漢文化文學的傳播就不再侷限於典籍，更多的是透過報刊的轉錄，當時很多作品都是先登報刊再出版，報刊的興起對近代文學影響實不可小覷。尤其日本明治維新之後，報刊以滾輪般的飛快速度刊登各類作品，不再是過往接受中國的影響，而是以中心輻射到東亞諸地區，對中國扮演影響的角色，臺灣、滿洲國以及中國其他在日本勢力下的區域都難逃滲入及影響。此一時期，正是近代社會的風雲變幻和西潮新潮的山風海雨交織成的巨大時空，臺灣報刊的興起，不僅僅是新文學得到發表的園地，培育了新文學作家群，事實上臺灣傳統文人更早於此找到可發揮的舞臺。他們具有較深的傳統文化積累，若干文人又很快接受新式教育，進入國語（日語）學校，後來且任職於近代商業社會的文化再生產和知識傳播的報刊工作，又由於漢文漢詩的存在，有著殖民統治的國策考量，他們對舊文化也表現出相當的精神留戀，在這樣的特殊背景下，報刊除了持續刊登漢詩漢文外，也為了讀者的閱讀興趣，報刊的商業考量，漢文記者、主筆遂自撰小說，同時轉載、改寫了一大批來自中國報刊、典籍的小說。然則對於域外漢文學的研究，並未同時轉移到新興的報刊，學界所關注者仍是中國、朝鮮、日本、越南、琉球漢文典籍的傳播，而在十九世紀末、二十世紀初中期的中日報刊與周邊國家彼此的流動與互動，則較缺乏具體的研究成績，這自然是數以千種的報刊多數未經嚴謹的整理，同時也因地緣關係、資料使用極其困難不便，以及量大龐雜，閱讀甚是費時傷眼，加上重理論輕史料、重研究創發輕忽文獻整理的研究風氣下所致。

雖然如此，近年來隨著人們史料意識的提高，大量報刊成了臺灣文學研究者發掘、查考、研究的對象。《臺灣日日新報》、《臺南新報》、《三六九小報》、《風月報》、《臺灣文藝叢誌》、《臺灣民報》、《臺灣教育會雜誌》、《詩報》、《臺灣愛國婦人》等報刊屢成研究之素材，除了學者們的投入之外，更有為數不少的碩博士研究生紛紛將這些報刊選擇為畢業論文議題。為此，甚至基本形成了一套有序的研究模式，照章操作幾乎可以保證論文達到一定的水準且獲得可以預期的成果。但這其中有一個相對薄弱的環節，即是對史料的考辨較不足，對報刊作品來源較缺乏敏感度，尤其是中國文學作品在臺灣的轉錄與傳播、譯介與移植、摹仿與改寫[1]。可以說史料的發掘、整理與考辨梳理，至今依然是日治臺灣文學研究中亟需認真面對的工作，只有還原歷史語境，顯現其本真面目，才能進一步發掘、補充和完善臺灣文學的論述。

第一節　中國典籍在日治臺灣

臺灣日治報刊登載了極多來自中國報刊的作品，此外，中國典籍也大量存在日治臺灣報刊。雖然很多論述提及日本殖民政府對中國圖書典籍的嚴控現象，但從日治臺灣報刊轉載中國文學的現象觀察，有很多中國圖書在臺灣傳播流動，日治下的漢文書店販售的圖書即可見到為數甚多的中國文言筆記小說及現代通俗文學、新文學作品，這些圖書刊物有的是入關時挾帶進來，有的是函購訂閱，有的是臺地自印出版，有的是日本殖民統治前留存的[2]。臺灣漢籍的流通情況，隨著殖

1　由於張我軍主編《臺灣民報》時，對於所轉錄作品多有交代出處來源，甚至附記對作品的觀感，因此比較不會發生誤認作品為臺灣人士所寫，但即使如此，《臺灣新民報》仍有冒名、改寫之作。如吳鴻爐《斷腸聲》刊《臺灣新民報》昭和六年（1931）2月21日，第10版，本篇原作者為宋樹人，初刊《醒獅週報》，1927年第160期，頁16-19。葉紹鈞〈平常的故事〉原刊《小說月報》1923年第5期，頁1-9。《臺灣新民報》刊登時署名吳劍亭，易題作〈一對夫婦〉。張友鸞〈窮〉，原刊《東方雜誌》，1925年第22卷第6號，「新語林」欄目，《臺灣新民報》冒名為「蔡建成」。詳見「第三節漢文轉載與改寫緣由」。

2　嘉義黃茂盛的蘭記圖書部就引介了大批中國文言通俗小說，雖然出入境海關檢查嚴格，但日治臺灣文人回憶其文學受容經驗時，賴和、賴賢穎、楊雲萍、楊守愚、王詩琅、吳漫沙、鍾理和、黃旺成諸氏皆曾述及購買、訂閱或閱讀中國文學的經驗。如王詩琅言「至於中文都是購自上海」。〈鍾理和自我介紹〉：「舉凡當時能夠蒐羅到手的古體小說，莫不廣加涉獵。後來更由高雄嘉義等地購讀新體小說，當時大陸上

民統治時間的拉長，及中日關係的緊張，滿州事變、蘆溝橋事件及進入皇民化、戰爭期，書籍的輸入、閱讀情況，也與時改變。日治初時仍以中國傳統基本古籍為主，但缺乏較深入的專業圖書，連橫曾慨嘆道：

> 臺灣僻處海上，書坊極小，所售之書，不過四子書、千家詩及二三舊小說，即如屈子楚詞、龍門史記為讀書家不可少之故籍，而走遍全臺，無處可買，又何論七略所載，四部所收也哉？然則欲購書者，須向上海或他處求之，郵匯往來，諸多費事，入關之時又須檢閱，每多紛失；且不知書之美惡，版之精粗，而為坊賈所欺者不少。[3]

一九一〇年代初，中國圖書輸入臺灣之情況，曾讓有志之士憂心漢學之退步，一九一一年《漢文臺灣日日新報》刊出大稻埕中街周益芳號，近輪又運到詩文集、新小說等甚夥，有書痞者爭取購之，但平均以小說較多[4]，可見當局的態度及民眾的閱讀傾向。到了一九三〇年代中，這類圖書依舊流行民間，松風子（島田謹二）且以一九一七年平澤丁東《臺灣的歌謠與名著物語》所述為依據，說「專門以目不識丁的庶民們為對象的神仙譚、傳奇物語及通俗歌謠等等也相當興盛。這類臺灣的民間文藝，大抵均屬《玉嬌梨》、《荔子傳》、《平山冷燕》乃至於《演義三國志》、《西遊記》等支那本土民間文學的支

正是五四後，新文學風起雲湧，北新版的魯迅、巴金、郁達夫、張資平等人的選集，在臺灣也可以買到。」《鍾理和全集》第6集（高雄市：財團法人鍾理和文教基金會，2003年）。另從《洪水》、《赤道》亦可見轉載中國左翼作品的情況。請參本書第三章第二節〈《洪水報》、《赤道》對中國文學作品的轉載及改寫──兼論創造社在日治臺灣文壇〉。

3 連橫主編：《臺灣詩薈．餘墨》，又收入沈雲龍主編：《近代中國史料叢刊續輯98 雅堂先生文集．餘集1》（臺北市：文海出版社，1982年），頁290。

4 「蟬琴蛙鼓」，《漢文臺灣日日新報》第4018號，1911年7月31日，第3版。

流——且是一條污濁得不能再污濁的支流，極為平俗，趣味幼稚[5]。在日本人眼中，這類歌謠、小說平庸幼稚，流行民間，自然無需畏懼新思想的啟蒙引發反動勢力，也不在禁止之列。到了一九二〇年代初、中期，中國圖書引進較多新式圖書，在葉榮鐘〈臺灣的文化戰士——莊遂性〉一文，就特別提到一九二六年莊遂性為中央書局親自赴上海，選購書籍文具，以後商務印書館、開明、世界、中華等書局所發行的書籍刊物，源源送來[6]，其所引進經銷者即新式之書籍。但到了一九三〇年代中文圖書報刊輸入銳減，王雅珊分析日治時期臺灣的圖書出版流通，並以統計數據說明：

> 但進入一九三〇年代之後，由於中國本身內部時局不定，及與日本交戰的影響，臺灣自中國輸入的書籍出版物開始逐年減少，一九三〇年仍有二〇九萬餘冊圖書出版物輸入臺灣，一九三二年上海事變之後就驟減至不及七十七萬冊，一九三四年後已經不到六十萬冊，雜誌出版物一九三一年有近三十萬冊輸入，一九三二年後降至不到八萬冊，其後也逐漸下探五萬冊。[7]

5　松風子（島田謹二）《南島文學志》，原刊《臺灣時報》1938年1月，頁62。另有涂翠花譯，三澤真美惠校訂。黃英哲主編，《日治時期臺灣文藝評論集 雜誌篇．第二冊》（臺南市：國家臺灣文學館籌備處，2006年10月），頁11。

6　葉榮鐘：〈臺灣的文化戰士——莊遂性〉，《臺灣人物群像》（臺北市：時報文化出版社，1995年4月），頁285。

7　王雅珊：〈日治時期臺灣的圖書出版流通與閱讀文化——殖民地狀況下的社會文化史考察〉（指導教授：李承機）（臺南市：成功大學臺灣文學系碩士論文，2011年1月），頁49。其文提到蘭記圖書採辦漢籍圖書的傾向，據何義麟、柯喬文的研究，曾指出一九二七年蘭記圖書自上海輸入新式教材《國語教科書》（商務印書館印行），由於「國語」二字，牴觸殖民政策，輸入時遭海關沒收。柯喬文：〈蘭記書局大事年表〉、何義麟：〈祝融光顧之後——蘭記書局經營的危機與轉機〉，文訊雜誌社編：《記憶裡的幽香——嘉義蘭記書局史料論文集》（臺北市：文訊雜誌社，2007年11月），頁51、242。

日本殖民當局透過圖書輸入管道，以管控臺灣人之思想，強化日文的閱讀，以日文作為近代知識文明的傳播載體，楊克培當時就指出當局對和文、漢文的矛盾態度：

> 臺灣因民族、語言、風俗、習慣的關係、比較的看和文是比看漢文難、尤其是全不懂和文的民眾，非靠漢文是無由得到智識然而漢文書籍概被禁止入口、因此許多不懂和文的民眾沒法只得千篇一律的誦念萬年不變的不合時代的舊詩書、看々些非所謂新智識的歪文毒素。常有朋友們來書局欲買漢文的書、我們因漢文是常々受當局命令發賣禁止、所以勸他們看和文、同樣書，漢文禁止、和文不禁、這是多麼矛盾呢？[8]

圖書管控自然影響臺灣讀書界的傾向，一九三〇年代的漢文界也因之愈來愈不振，經過三四十年的殖民教育，日文使用人數漸多，日文小說的創作也嶄露頭角，民間普遍對於介紹新知識的漢文典籍愈難以接觸，流通的是早期引進的舊小說舊詩文為多，因此劉捷〈臺灣文學の史的考察（一）〉，就列舉本島人閱讀的主要中國小說有：

> 封神（商）、東周列國（周）、逢劍春秋（周末）、東西漢演義（漢）、三國演義（漢）、東西晉演義（漢）、隋煬帝外史（隋唐之間）、秦莫征西（這是唱詞）、隋唐演義、羅通掃北、西遊記、薛仁貴征東征西、反唐（中唐末唐）、綠牡丹、梳粧樓、五胡十六國演義（唐末宋初）、宋史演義（宋）、包公案、趙匡胤下南唐、三俠五義、小五義、七劍十三俠、朱元璋演義、明史演義、五虎鬧南京、清史演義、清宮秘史、太平天國、水滸

8 楊克培：〈最近臺灣的讀書界的傾向〉，《臺灣民報》第322號，1930年7月16日，頁12。

傳、紅樓夢、西廂記、金月痕、儒林外史、聊齋志異、其他[9]。

如果以葉榮鐘、王詩琅、朱點人、鍾理和等人的閱讀經驗與劉捷所述合觀，恰恰說明這些作家青少年時期也普遍接觸這些中國舊小說[10]，王詩琅自述其閱讀通俗小說的情形：

> 武俠小說之類，入了眼就喜愛起來了。記得初時，「彭公案」、「七俠五義」、「施公案」等，都是我最愛好的書。……「西遊記」是後來才看到的，愛讀了。……我反復讀了四、五遍，不但是裡頭的人物，就是幕幕場景也歷歷在眼前[11]。

葉榮鐘敘述其青少年生活時期，在鹿港市場聽講古，「所講的大都是神怪武俠的說部。我所聽到的有封神演義、七俠五義、七劍十三俠、西遊記、平妖傳等。……後來他也講孟麗君、二度梅。」[12]其時

---

9 原刊《臺灣時報》第198號，1936年5月1日，頁78。涂翠花譯，三澤真美惠校訂，黃英哲主編：《日治時期臺灣文藝評論集雜誌篇》第2冊（臺南市：國家臺灣文學館籌備處，2006年10月），頁11。

10 又如賴和有〈讀瘦鵑小說寄說劍子〉詩作三首（刊《臺灣文藝旬報》第10號，1922年10月10日），除了第二、三首點出《亡國奴日記》、《誰之罪》及〈貧民血〉三篇外，第一首「悲來獨唱懊儂歌，眼底華嚴幻影多。今日鈞天猶醉夢，何堪重問舊山河。」則點出所閱讀之作：〈懊儂〉、〈幻影〉。易言之，賴和此三首詩交代了他閱讀了哪些瘦鵑譯著的小說及他的閱讀感想。在小說〈彫古董〉描述主人公：「他無事時聊當消遣的《玉梨魂》、《雪鴻淚史》、《定夷筆記》，已由案頭消失，重新排上的卻是《灰色馬》、《工人綏惠略夫》、《噫！無情》、《處女地》等類的小說。」見《臺灣民報》312-314號，1930年5月。可見早期舊小說普遍被閱讀現象。

11 見王詩琅：〈我的早年文學生活〉，張炎憲、翁佳音合編：《陋巷清士：王詩琅選集》（臺北縣：稻鄉出版社，2000年1月），頁207-214。

12 葉榮鐘：〈我的青少年生活〉，《臺灣人物群像》（臺北市：時報文化出版社，1995年4月），頁338。頗有趣的現象是，舊小說在東亞各國流通的書目非常相像，在馬來西亞且譯為馬來文。莫嘉麗〈「種族、時代、環境」——中國通俗文學在東南亞土生華人中傳播的重要因素〉一文提到的作品有：《三國》、《宋江》、《西遊》、《孟麗

間點不僅在一九一〇、一九二〇年代，到了一九三〇、一九四〇年代，這些圖書也不因日文的提倡而被禁，甚至在戰爭時期，且因東亞主義、日華親善、學習北京語等種種政策，而開放學習，甚至鼓勵對中文典籍翻譯成日文，選擇翻譯新舊小說以了解中國民情風俗，以利於戰爭知己知彼的心態。根據蔡文斌的研究，一九四〇年代臺灣大量出現以日文譯寫漢文古典小說，如吉川英治《三國志》(《臺灣日日新報》1939年8月26日-1943年11月6日)、黃得時《水滸傳》(《臺灣新民報》、《興南新聞》，1939年12月5日-1943年12月26日)；雜誌連載：劉頑椿《岳飛》、江肖梅《包公案》及《諸葛孔明》(1942-1943)；單行本發行：黃宗葵《木蘭從軍》(1943)，劉頑椿《水滸傳》(1943)、楊逵《三國志物語》(1943-1944)、西川滿《西遊記》(1942年2月-1943年11月)、瀧澤千惠子《封神傳》(1943年9月)。呂赫若也在日記中表示欲日譯《紅樓夢》，而上述連載於報章雜誌的作品幾乎都集結為單行本發行。《諸葛孔明》原以單篇形式於《臺灣藝術》連載（4卷11-12期)。江肖梅的《諸葛孔明》僅連載兩回，即遭檢閱官植田富士男下令中止連載，改以其譯作《北條時宗》連載（5卷1-8期)。蔡氏引李文卿之文，認為當時臺灣作家的思考是：譯介中國古典文學既可配合國策，又可避免創作過於表態的皇民文學[13]。楊逵《三國志物語》

君》、《乾隆君遊江南》、《大鬧三門街》、《封神萬仙陣》、《風嬌與李旦》(選自《晚唐》)、《五美人》、《今古奇觀》、《聊齋》、《包公案》、《施公案》、《藍公案》、《林愛珠》(選自《金石緣》)、《齊天和尚》(選自《西遊記》)、《溫如玉》、《粉妝樓》、《七俠》、《征東》、《征西》、《後五代》、《列國志》、《後列國志》，另外一些資料還提到如《二度梅》、《黑白蛇》(又名《白蛇精記》)、《雷峰塔》、《反唐演義》(又名《薛剛反唐》)、《三寶太監》，等等。饒芃子主編：《流散與回望：比較文學視野中的海外華人文學》(天津市：南開大學出版社，2007年10月)，頁432。

13 李文卿：《共榮的想像：帝國日本與大東亞文學圈》(1945年11月20日)，頁86-87。横路啟子：〈大東亞共榮圈下臺灣知識分子之翻譯行為——以楊逵《三國志物語》為主〉亦提到日本在一九四〇年代，受到「大東亞共榮圈」所影響，興起閱讀支那文學的風潮。為了結合東亞文化力量對抗英美勢力，日本政府動員臺灣的臺、日作家翻譯中國文學。楊逵翻譯的《三國志物語》既能符合殖民政府嚴格的檢劾制度，序文云：

> 目前正處在大東亞解放戰爭的血戰之中。
>
> 活在東亞共榮圈裡的每個人喲，讓我們也效法三傑的精神，同舟共濟吧！
>
> 我要把這部大東亞的大古典贈送給諸君，作為互相安慰、規勸、鼓勵的心靈食糧，以衝破這條苦難之路。[14]

從以上引文，不難發現「同甘共苦」、「為了聖戰」是當時譯作之際的共同話語[15]。除了舊小說詩文較不禁外，從楊守愚日記及〈鍾理和自我介紹〉，大抵也能見到中國新文學透過出版商或讀者個人郵購訂閱等途徑進入臺灣，如《楊守愚日記》一九三六年六月十四日說：「從生活日報看到大文豪高爾基患流行感冒，併發腦膜炎之消息，且說是很重態。我不禁為之擔心，像這樣一個大文豪，要是萬一死掉，

又能帶給讀者通俗樂趣，或許還能偷渡其抵抗的隱喻。橫路啟子提到楊逵譯文把劉備「殺豬為業」改為「殺犬為業」，可能是因為殖民時期的臺灣人把日本人稱為狗，又提到張飛鞭打督軍一節，楊逵以長篇篇幅誇大處理，也有為臺灣人出一口氣的意味。參賴慈芸〈《臺灣翻譯史》導論：翻譯之島（中）〉，發佈於2019年9月19日。網址：https://www.thinkingtaiwan.com/content/7862，檢索日期：2019年12月30日。

14 彭小妍編：《楊逵全集》卷6（臺南市：國立文化資產保存研究中心籌備處，1999年6月），頁156-157。

15 以上「日文譯寫漢文古典小說」段落，參考蔡文斌〈漢文古典小說日文譯寫研究：以江肖梅《諸葛孔明》為例〉一文，蔡氏另有〈戰爭期漢文古典小說日文譯寫之研究：以黃得時、吉川英治、楊逵、江肖梅為例〉。王俐茹〈「忠義」的重製與翻譯：黃得時水滸傳（1939-1943）的多重意義〉「摘要」：「黃得時在一九三九年翻譯《水滸傳》時，何以將《水滸傳》及《水滸後傳》在隱瞞讀者的情況下合併刊載的問題。這問題同時牽涉到臺灣在日治時期對於漢文的存續情況，以及中國古典小說在臺灣流傳的狀態。雖然在同文的懷柔結構下，臺灣漢文得以存續；但在殖民者採用日文教育與禁絕書房的雙重手段下，學習漢文的人口不停萎縮。然而，中國文學、文化卻未因為臺灣漢文學習人口的凋零而失去影響力，同樣在過去漢文同文結構下，及戰爭期日華親善等要素，中國古典小說藉由『日譯』產生新的影響力。」《臺灣學研究》第17期，2014年10月，頁27。

真是世界文壇上的一大損失，我祝福他能夠再好起來。」六月二十日又記載：「高爾基，竟然於十八日午前三時逝世了，多麼可惜啊！」[16]。可知《生活日報》[17]在臺灣被閱讀，高爾基的消息是從《生活日報》獲知，日記尚記載一九三七年一月二十四日「到賴和醫院借了冊文學新詩專號。」此冊《文學》新詩專號（第8卷第1號）出刊時間是一九三七年一月一日，臺灣作家在出刊當月即閱讀了中國的新詩，一九三六年十二月四日日記又載：「讀完了高爾基的俄羅斯童話，再拿了本魯迅的花邊文學來讀。」[18]，目前賴和藏書亦見此二書，《俄羅斯的童話》為魯迅所譯，一九三六年上海文化生活出版，《花邊文學》是魯迅的一部雜文集，收錄魯迅在一九三四年所寫的雜文六十一篇，包括〈女人未必多說謊〉、〈北人與南人〉、〈古人並不純厚〉、〈讀幾本書〉、〈玩具〉、〈算賬〉、〈看書瑣記〉、〈漢字和拉丁化〉、〈考場三醜〉、〈略論梅蘭芳及其他〉等，一九三六年聯華書局出版。從閱讀日期來看，也是當年度的出版品。

周定山在〈刺激文學的研究——讀書瓟沫之一〉舉詩經國風小雅大東、魏風葛屨痛訴貧富不均的社會，說「這兩篇竟然像英國虎德的『縫衣曲』的節本。寫的是那時代的資本家，雇用女工，把那『慘慘女手』的血汗工夫，來做他們發財的捷徑。葛屨本是夏天穿的，而今這些貧窮的人，到了下霜飛雪的時候，無可奈何也還穿著。怪不得那

---

16 許俊雅、楊洽人編：《楊守愚日記》（彰化縣：彰化縣立文化中心，1998年12月），頁29、32。

17 一九三六年六月七日在香港創刊，同時出版《生活日報星期增刊》，鄒韜奮主編。以「努力促進民族解放，積極推廣大眾文化」為宗旨，精編新聞，重視言論、通訊和副刊。同年七月三十一日自動停刊。擬遷上海出版，因國民黨當局不予登記未能實現；增刊改名《生活日報週刊》，繼續在香港出版。同年八月二十三日又改名《生活星期刊》，遷上海出版。十一月二十二日鄒韜奮被捕後由金仲華代理編務，十二月十三日出至第二十八期被國民黨政府查封。

18 許俊雅、楊洽人編：《楊守愚日記》（彰化縣：彰化縣立文化中心，1998年12月），頁99。

些慈悲而慷慨的詩人忍不禁要疾聲痛罵了。」[19]此文所舉諸文，多出自劉半農所譯，一九一六年十月，《新青年》二卷二號發表以劉半儂署名的《靈霞館筆記》。文中又舉「〈柏林之圍〉、〈二漁夫〉、〈悲天行〉、《戰爭與和平》、〈三死〉、〈目兵伊凡諾夫日記〉、〈四日〉（按、誤為回日）、〈贖罪之日〉……都是非常悲昂痛切的，含有宏大的結構，周密的描寫」，這些小說的介紹見於胡愈之〈一樁小事〉、鼟鼟〈烏克蘭農民文學家柯洛漣科〉，譯文有胡愈之譯託爾斯泰〈三死〉，周定山所見極可能是一九二三年東方雜誌社將之結集出版的《近代俄國小說集二》及雁冰等編《近代俄國文學家論》[20]。此外〈四日〉曾譯載於《域外小說集》[21]，如此看來，周定山應曾閱讀過以上諸作品。王詩琅自述「到了十三、四歲（按、推算時間約1922年）之後，眼界就逐漸打開了，日語也開始熟練。當時，在臺灣沒有少年少女雜誌可以閱讀，因此我就直接向上海的商務印書館郵購『少年』」之類的雜誌來閱讀。我記得後來在郵局購買十圓匯票寄到上海之後，對方就會將書籍寄來。如此一來，視野日漸擴大，並且開始接觸到新的事物。」郵訂圖書、報刊尚見諸多人回憶或時文所記，此不再多引述。可見日本當局對中國新文學及譯文進入臺灣有一定的容忍空間，其所取締者應是政治思想類圖書（尤其是1930年代的左翼思想），文學相

19 其中收錄了愛爾蘭詩人的愛國詩歌，包括約瑟・柏倫克德的〈火焰詩七首〉和〈悲天行三首〉、麥克頓那的〈詠愛國詩人三首〉、皮亞士的〈割愛六首〉和〈絕命詞兩章〉。這些譯作，不僅材料新，觀點激進，文中的引詩尤為引人注目。〈縫衣曲〉亦是劉半農譯英人虎特（ThomasHood）所撰，篇幅雖短，僅十一章，但描寫貧女苦況，心理刻畫深入，語意沉痛。見《南音》第1卷第11號，1932年9月27日。又見施懿琳編：《周定山作品選集（上）》（彰化縣：彰化縣立文化中心，1996年7月），頁196-203。引文出處分別見頁199、201。

20 胡愈之、鼟鼟之文分別參見《東方雜誌》1920年第2號、1922年第6號。《近代俄國小說集二》及雁冰等編《近代俄國文學家論》二書分由上海商務印書館一九二三年十一及十二月出版。至於〈三死〉一篇，後來鄭振鐸曾有小說創作亦以此為篇名。

21 見周作人譯：《域外小說集》（上海市：廣益書社，1920年3月），頁97-122。

對而言比較鬆動（但對左翼文學仍嚴厲取締）。

在目前可見的文人養成教育的論述中，對文學閱讀一項幾乎無法視而不見，對新文學日文作家，「圓本」文學（一圓一本）的影響自不在話下，白話文作家則普遍是從舊文學跨到新文學作品的閱讀影響，這其中尤以舊小說、鴛蝴派小說閱讀有著相當高的重疊性。黃旺成、林獻堂、賴和、楊守愚雖彼此有年齡差距，但在當時舊小說卻是他們共同的閱讀經驗[22]，《花月痕》、《聊齋誌異》、《玉田恨史》、《雪鴻淚史》等等經常出現在他們的日記中。如楊守愚日記一九三六年八月二十七日：「蒲松齡的作品，除聊齋誌異外，今天還讀到他的白話韻文，他那諷世嫉俗的輕妙的筆緻，夠叫人拍案稱快。書共六篇，問天詞、東郭外傳、逃學傳、學究自嘲、除日祭窮神文、窮神答文。」（頁61）。一九三七年二月三日：「無聊之餘，只得把日裡由舊書攤買來的玉田恨史、海上花列傳拿過來翻閱翻閱。」《灌園先生日記》一九三〇年十一月二十八日載「夜招待七姊、五姊、九妹、四弟婦、來兒，余與內子、雲龍、雪霞為陪。她等請余談小說，余講『王六郎』、『佛國寶』兩節」。「佛國寶」為《福爾摩斯小說全集》第二案，今多譯為〈第四封信〉、〈第四信〉，英文即 The fourth letter，林獻堂所讀譯本應是劉半農所譯，而「王六郎」為《聊齋》其中一篇，連同「余講《聊齋》三節」，可見獻堂熟稔《聊齋誌異》，在《黃旺成先生日記》亦屢見閱讀《聊齋》的記載。

---

22 黃旺成所讀書目，如《八美圖》、《紅樓夢》、《夢中五美緣》、《花月痕》、《聊齋誌異》、《水石緣》、《子不語》、《新齊諧》、《續齊諧》、《綠野仙踪》、《女丈夫成親》、《二度梅》、《西廂記》、《平山冷燕》、《風月傳》、《十二樓》、《白牡丹》、《乾隆遊江南》、《西湖佳話》、《茜窗淚影》、《雪鴻淚史》、《名花劫》、《美人局》、《女學生之秘密記》、《神州光復志演義》、《孽冤鏡》、《今古奇觀》、《諧鐸》、《清朝八賢手札》、《笑林廣記》、《復活》、《清代軼聞》、《閱微草堂筆記》、《蕩寇志》、《警貴新書》、《燕山外史》、《彭公案》、《所聞錄》等，他也閱讀各類報刊及《史記》、《左傳》、《四書》、《袁了凡綱鑑》、《文章軌範》、《飲冰室文集》、《胡適文存》及詩話詩文等。其中有多部小說相同。

舊小說在某些保守人士心理經常是禁止、批判的言論，這從清朝以來重視科舉，講求教化即如此，因此在《崇文社文集》上可見反對演戲、觀戲、讀小說的言論，幾乎以洪水猛獸視之，如郭涵先〈風紀維持策〉：「取締小說。以袪人心迷惑稗官小說。捉影捕風。牛鬼蛇神。無中生有。封神演義。撰神通變化之讕言。水滸傳奇。寫盜劫跳梁之惡態。金瓶梅。肉蒲團。杏花天等書。則又寫男女幽歡之秘密。醜態畢呈。獨褻臻至。甚而迎風待月。桃源問津。斷袖分桃。鳥道生闢。凡茲齷齪。不堪寓目。均足以迷惑庸眾之心理。放蕩吾人之性情。所願付之一炬。拉雜摧燒。勿使貽害人心。眩惑見聞。」[23]黃臥松〈稗官小說不知平空架捻〉：「稗官小說不知平空架捻。為害吾輩良多。史乘傳記。尤忌鋪張虛詞。貽誤後人不少。」[24]對小說之觀念，文人輕蔑，且不欲人知其作小說，雖然梁啟超對提高小說地位持正面態度，但臺灣仍時見對小說負面的言論，讀通俗小說通常只能瞞著長輩，偷偷閱讀。

但也有持正面看法的，讚嘆小說「勝於觀劇、勝於觀戰、勝於讀史、勝於讀畫、勝於遠游、勝於坐對佳人」，以及小說體現儒教的人倫綱常價值觀，如《封神演義》、《東周列國傳》等講史小說，透過將經史通俗化來傳達歷史的和道德的正統觀念；而最為廣大民眾喜愛的俠義公案類小說，《岳武穆全傳》、《七俠五義》、《施公案》等，則通過講述英雄豪俠的故事，以及清官的懲奸除惡，來宣揚忠烈俠義之精神和善惡果報的道德觀念；又如多取材於現實生活的人情小說，則藉由男女角色愛恨情仇的糾葛，更加集中地體現出因果報應的道德觀念及勸善懲惡的意圖[25]。在兩種不同評價下，對小說的負面評價，並不

---

23 《崇文社文集一》「卷二」（臺北市：龍文出版社，2009年），頁113。

24 《鳴鼓集三集》（彰化市：崇文社，1928年），頁56。

25 見逸濤山人（李逸濤）：〈小說芻言〉，《漢文臺灣日日新報》第2601號，1907年1月1日，第5版。

影響舊小說的寫作、轉載及閱讀，臺灣文人私下喜讀小說的現象，其實拈來皆是，洪棄生記其閱讀傳奇故事的感受，說：

> 春風拂座，春色入簾，焚香閒坐，時覺無聊；向友朋借得鈞天樂、桃花扇二傳奇，燈下披賞，如入山陰道、如遊武陵源、如聆李謩鐵笛、如聽康崑崙琵琶……，書卷之富、才思之豪，以鈞天樂為最[26]。

張麗俊《水竹居主人日記》記下其閱讀《岳武穆全傳》的感受：「數日來閒玩《岳武穆全傳》，見岳飛一班英雄豪傑，而被權奸陷害，真令人怒髮沖冠。見秦檜一夥蠹害陰邪，而將忠良凌夷，更使我廢書打案。」[27]可見閱讀傳奇小說對洪棄生、張麗俊情感上的激動極大。黃旺成記載其閱讀的感受，也有「心痛」、「終日耽甚」、「甚趣味」等文字。

綜上所述，中國典籍在日本殖民下的臺灣扮演了閱讀的消閑娛樂、長知識，並從閱讀中獲得自我的滿足及人際關係的和諧親近，此外也以之觀摩創作手法，做為創作學習之用[28]。然而某些典籍也並非人人唾手可得，除了購買、借閱，漢文報刊記者經常透過報刊以轉載，這現象甚至在各報都是非常普遍可見。

---

26 見洪棄生：〈借長生殿小簡〉，《洪棄生先生遺書．六》（臺北市：成文出版社，1970年），頁39、40。

27 見張麗俊：《水竹居主人日記（二）》（臺北市：中研院近史所；臺中縣文化局，2000年1月），1908年2月28日日記。

28 呂赫若著、鍾瑞芳譯：《呂赫若日記》（1943年5月22日）：「買老舍的《駱駝祥子》，試讀之下，覺得相當有趣。驚歎其規模宏大。覺得：短篇小說要取範於日本，長篇小說則要取範西洋、中國。」（臺北市：印刻出版社，2005年1月），頁154。可知呂氏主要借鑑閱讀以學習小說創作，志在成為優秀的作家。另可見「臺灣日記知識庫」，亦附原日文，檢索日期2019年12月19日：http://taco.ith.sinica.edu.tw/tdk/%E5%91%82%E8%B5%AB%E8%8B%A5%E6%97%A5%E8%A8%98/1943-05-22。

第二節　東亞報刊的流動現象

報刊雜誌在近現代日治下臺灣的特殊時代裡，扮演了獨特而且影響深遠的角色，既是新聞資訊的傳遞者，也引介了各樣新思想及文化文學，刺激帶動了政治社會文化的變遷。透過讀報以啟發民智[29]，乃是當時文化啟蒙運動手段之一，根據《臺灣總督府警察沿革誌》所載臺灣文化協會讀報社共設置了十三個讀報社，其中成立於一九二四年的臺南讀報社，其所附書報：「讀報社及講演所，自六月一日開始，讀報社所備之新聞報紙：島內三新聞、大阪朝日、福音新報、臺灣時報、上海申報、東方雜誌、青年進步、臺灣民報、科學智識、教育雜誌、小說世界，其他有志者寄附雜誌圖書數種。」[30]所謂「島內三新聞」指《臺灣日日新報》、《臺灣新聞》、《臺南新報》北中南三大新聞報紙。常轉載上海報紙（尤其《申報》）及東北滿洲報刊的新聞，或由駐當地的通訊特派員報導。屏東讀報社成立公告提及其圖書設備：「該地人士，更圖設備之周到，將向東京上海各地購入新聞雜誌及書籍等，以促進一般之民智，可謂良舉矣。」[31]殖民地臺灣當時的報刊來自東京上海為多，中文部分則以上海《申報》為主，此外，尚有許多報刊販售消息，如中央書局在《臺灣民報》刊登販售圖書廣告[32]，其中「商報（全年）、時報（全年）」售價十二圓，「新聞報（全年）」

---

29 當時識字者頗有讀報現象，不識字者則透過講說以了解內容，除了文化教育之啟蒙，自然也有消遣之意。此在黃旺成先生日記可見，他自身喜讀報刊，有趣之小說則與妻子分享，灌園先生日記亦常見下人要求林獻堂講小說。臺灣如此，上海亦如是，報刊訂閱者常以萬計，在絜廬〈滬濱實事箱屍案〉即說：「讀報的誰不知道福爾摩斯是英倫唯一的包探」，《申報》第19468號，1927年5月24日，第12版，《臺灣日日新報》易題作〈箱中屍〉第9765號，1927年7月5日，第4版。

30 〈臺灣文化協會會報〉，《臺灣民報》第2卷第19號，大正十三年（1924）10月1日，頁12。

31 〈屏東讀報社成立〉，《臺灣民報》第69號，大正十四年（1925）9月6日，頁5。

32 《臺灣民報》第188號，1927年12月25日，第1版。

售價十三圓、「晨報（全年）」售價十三・五〇圓。這是一整年的訂閱費，還是舊報合訂本販售？並不很清楚，但從各地讀報社所附書報，可以看到中日書報在臺灣的傳播流動。黃旺成在日記就提到所閱讀之報紙，像《經世新報》、《大阪朝日新聞》、《臺中新報》、《臺灣日日新報》、《臺南新報》，並自述在《臺灣民報》當記者、編輯期間，「經常購買天津大公報及上海各種報紙數十種，改寫中國記事，介紹大陸時事。」

從以上材料，足見各書局除引進販售報刊，新式圖書也在引進之列，臺灣文人對報刊極為關注，連横對滬上一地報刊有細膩的觀察及分類，他說：

> 當滬上報紙盛行，各主其議，曰民立，曰中華，曰民權，曰天鐸，曰太平洋，國民黨之報也；曰民強、蘇人之言論，而利於國民黨者也；曰大共和、曰神州，曰時事，共和黨之報也；曰民聲、民社之報，而張振武之資也；曰時報，保皇黨所設，而將附於共和黨也；曰申報、曰新聞報，則發刊幾四十年，墨守舊義，不落黨派，商賈多樂觀之。……此外小報朝興夕歇，曰晚鐘、曰繁華、曰游戲、曰五色旗、曰黃浦潮、曰上海，多以十數，其所載者，秦樓楚館之豔事，街談巷議之新聞爾。然談言微中，亦可解紛，冶遊之子靡不閱之。[33]

黃朝琴〈上海遊記〉亦云：

> 滬埠人士，似日本之大阪，多業商賈，欲知日日行情，故閱報者眾；報紙事業，因之發達。我臺人欲知東方情事者，萬不可

33 〈大陸遊記〉，《連雅堂先生全集・雅堂先生餘集》（南投縣：臺灣省文獻會，1992年3月），頁15。

> 不讀滬上新聞。現在上海報館，約三十餘所，就中以申報、新聞報，最有信用。中華、時事次之。[34]

其中所提報刊，其相關作品曾以多種方式出現於臺灣報刊上，或直錄[35]，或改題，或更易內容，或冒名，《申報》為臺灣報刊所載尤多，從新聞、遊戲文章、筆記、付之一笑、海外奇談到小說，不一而足。除引錄《申報》外，從其他報刊而來者亦頗多，如〈清客談論〉、「俄人說日俄再將開仗」[36]皆引《順天時報》，曾有瀾〈神州報對於清國軍艦海容入橫濱港之悲感〉、「滿洲報界之通信社　以有力之滿鐵勢力為背景　帶助成國策統制」、「張、郭孰れが勝つか　精兵を擁する郭軍と　地の利を占める奉軍　奉天盛京時報所載」[37]，出自《神州報》、《滿洲報》、《盛京時報》，其他如《泰東日報》、《民國日報》、《新聞報》、《天津益世報》等等，不一而足[38]。劉子芬〈何曉柳〉出自上海《民國日報》，廉南湖〈告豬文〉出自《新聞報》[39]。此外，一九三一年三月十四日《臺灣新民報》曾登「魯迅一封信」說明「被逮捕消息概出於誤傳」，新聞報導引用二月四日魯迅致書李秉中信函內

34 黃朝琴：〈上海遊記〉，《臺灣日日新報》第7394號，大正十年（1921）1月6日，第3版。

35 如〈瀛臺玟〉（錄上海申報）《臺灣日日新報》第648號，明治三十三年（1900）6月30日，第4版。

36 分別刊明治三十五年（1902）2月21日及明治三十九年（1906）6月24日。

37 分別刊《漢文臺灣日日新報》第3591號，明治四十三年（1910）4月19日，第4版。《臺灣日日新報》第12779號，昭和十年（1935）10月27日，第4版。第9205號，大正十四年（1925）12月22日，第2版。

38 〈嗚呼此禍水也〉、〈妖僧命在旦夕〉文末標示「神州報所載」，見《臺灣日日新報》第4510號、4513號，1912年12月22、25日，第6版、第5版。〈英京乞丐何多〉載明「大陸報倫敦通信」。

39 〈何曉柳〉原刊上海《民國日報》副刊《覺悟》，1925年10月20日。《臺灣日日新報》第9072號載錄，大正十四年（1925）11月19日，第4版。廉南湖：〈告豬文〉出自《新聞報》。1921年4月14日。《詩報》第79期，昭和9年（1934）4月15日轉錄。

容，以闢魯迅被捕謠言，而此信函又根據二月二十三日天津《大公報》副刊《文學》的報導，這則資訊說明了當時中臺報刊流動的情況，及臺灣文化界對魯迅被捕（實謠言）的關注。[40]

就當時臺灣報刊與中國報刊的關係視之，其中出自《申報》者極多，然而《申報》亦有錄自他報者，就報刊彼此之轉錄、移植、剪稿、局部改寫觀察，宜是當時東亞各國普遍之現象，此亦形成文本間的流動。如：《申報》的〈英國奇案〉云「以下四條香港華字日報」[41]，〈蛇王生日〉言明「選錄香港四月十三日華字日報」。〈紀白亞雲事（錄廣報）〉，〈滑稽之皇帝〉譯大陸報，或者井水譯〈短篇實事二萬鎊之世界名畫〉云：「案此篇節取一月七日大陸報新聞欄內之一則編排而成。」[42]，「（廈門）九日臺灣日日新報載東京電」、「臺灣日日新報近又載寶庫開拓自今為始一文，譯其大意」[43]，《申報》譯論欄內載外人對於張文襄之評論一則，乃譯自字林報（其後《臺灣日日新報》轉錄），〈惠靈頓軼事〉亦錄自《天津益世報》（之後《臺灣日日新報》又轉錄），可知《申報》亦從他報轉錄作品、新聞，來源極多，如上述之《香港華字日報》、《大陸報》、《臺灣日日新報》、《字林報》、《天津益世報》。〈蛇王生日〉則曾為《臺南新報》刊登，當時香港《華字日報》之作為各報刊轉錄亦常見，尤其是臺灣的《三六九小報》所載，不僅來自《申報》，其中所刊陳公博、陸伯周（經常署名為「周」、「文沖舊侶」）眾多的作品亦來自香港《華字日報》[44]。事實

40 見王世慶：〈黃旺成先生訪問記錄〉《近現代臺灣口述歷史》（臺北市：林本源中華文化教育基金會，1991年），頁89。

41 《申報》第91號，清同治壬申7月11日，1872年8月14日，第3版。

42 刊《申報》第14719號，1914年2月3日，第14版。《臺灣日日新報》第5220號，1914年12月29日，第3版轉刊，易題作〈失畫〉。

43 此二則新聞分見《申報》第19841號，1928年6月12日，第7版及第22659號，1936年6月1日，第14版。

44 公博：〈芳雨春廬漫筆〉一系列刊《三六九小報》第169號，1932年4月6日，頁4。高拜石《古春風樓瑣記》謂陳公博：「得友人介紹，為香港出版的『彗星雜誌』寫

上從東亞處士〈讀報有感特書〉謂其「春日燕居，讀香港中國日報、雜俎欄內、電報即事數則」[45]，亦可見香港《中國日報》流通情況。

《申報》從他報轉錄作品，有時且在臺灣報刊之後，如以《臺灣日日新報》刊《魔妻》為例[46]，時間是一九一〇年三月九日第五版，《申報》刊出時間是一九一〇年六月二十日，標「短篇小說」，但未題撰者，在六月二十六日《魔妻》又為《圖畫日報》轉載。文本的流動：《臺灣日日新報》→《申報》→《圖畫日報》。一九〇五年〈少年時代之黑鳩〉刊《臺灣日日新報》明治三十八年（1905）七月八日第四版。一九一三年七月二十六日《申報》有瘦蝶〈黑鳩公軼事〉，《臺灣日日新報》一九一三年八月六日又以不署名方式刊登[47]，其流動方式非常特殊，從《臺灣日日新報》→《申報》→《臺灣日日新報》。〈黑鳩公軼事〉內容描述黑鳩幼時入某學堂，一日停課，有學友二人偷盜冰糖，而黑鳩親睹之。翌日，商人訴於教習，教習詢審諸生，黑鳩不忍說出二少年之名，並請教習予二人自省的機會。此事令諸生動容，自是黑鳩嶄露頭角，聲壓儕輩。《臺灣日日新報》所刊〈少年時代之黑鳩〉譯自美國少年雜誌，《申報》僅言「曾見某雜誌載有黑鳩公幼時之軼事」，但二報此譯文卻有極多文字相同，然而經過八年，《申報》才刊出（許）瘦蝶的〈黑鳩公軼事〉，不及半月，《臺灣日日新報》卻根據〈黑鳩公軼事〉轉刊。當然，許瘦蝶未必是根據《臺灣

稿，香港報人潘惠疇甚愛其文，約撰長篇連載，仿燕山外史，全部用駢文寫成，又撰『芳雨春盧漫筆』，刊登香港華字日報，園地既廣，收入更豐，贍家之外，便有餘錢作看花買酒之貲了。」

45 《臺灣時報》第3號，1909年5月，頁95。

46 內容描述探險家亞菲利，入西印度探查產物，偶睹魔物及其妻。魔物原恐妻有私，乃製匣貯之，孰料釋妻出時，妻以其熟睡，仍與亞菲利通。《臺灣日日新報》署名為「耐儂」，即李漢如。《申報》、《圖畫日報》皆未署名。

47 《臺灣日日新報》大正二年（1913）8月6日，第6版轉刊《申報》的〈黑鳩公軼事〉，文字全同，但「不得已據實以告」之「不」誤作「小」，「爾目覩盜糖者乎」之「覩」誤作「觀」。

日日新報》的版本，依筆者閱讀舊報刊之經驗，〈少年時代之黑鳩〉極可能同錄自上海報刊（此尚待追查）。

各報作品的流動現象再敘述如下：劉望實《老江湖偏遇小滑頭》刊《申報》，《臺灣日日新報》易題作《老江湖被騙》，《三六九小報》則改作《老江湖倒運》。另外如申報的小珊〈發財人家的日記簿〉，《臺灣日日新報》易題作〈傅公館日記〉，徐公達〈公安局長懼內自盡之慘聞〉《臺灣日日新報》易題作〈李玉堂〉，張菊屏〈鬼打牆〉《臺灣日日新報》易題作〈黑白罩〉[48]，彼此交流互動情況頗為複雜，不僅易題、改動原文，也有保留原貌，但為數種報刊先後剪稿轉錄。如可客〈舊新浪潮〉原刊《申報・自由談》，後見《滿洲報》、《三六九小報》；柯定盦〈伊死之晚〉刊《申報・自由談》，《滿洲報》、《叻報》、《益世報》、《三六九小報》皆曾轉錄；《學裁縫去》刊《泰東日報》、《滿洲報》、《叻報》、《益世報》、《三六九小報》；《浪漫之後》、《結婚後》兩篇刊《申報・自由談》，後《益世報》、《三六九小報》、《滿洲報》、《叻報》轉載；《珠江塵影記》刊《華字日報》，又為《叻報》、《三六九小報》所載；〈惠靈頓軼事〉刊《天津益世報》，《申報》、《臺灣日日新報》轉刊；顧明道〈最美之妻〉刊《泰東日報》、《滿洲報》、《叻報》、《三六九小報》；《泰西故事　土耳其僧》刊《益世報》、《臺灣日日新報》。《叻報》、《三六九小報》刊載相同的《申報》小說，達二三十篇，這其中又多篇與《滿洲報》、《泰東日報》相同。慕文〈一斧三頭〉與顧明道〈最美之妻〉，這兩篇亦同見諸《泰東日報》、《滿洲報》、《叻報》，以上這種種現象反映了滿洲事變後，臺灣對中國東北的關注。透過報刊間彼此的流動與互動，可以理解文本與日常生活在東亞間的傳播與接受及其影響。在跨越幾種國

48 內容描述僻野宵征者，多有黑白罩之傳述。有張維屏者，某日夜歸，遇黑罩之惡祟，彷徨無措，惟能奮步前趨，以期脫離困境，不料愈往前趨，離正道愈遠，幸而最終墜於平坦之蘆塘，乃得無恙。

度的過程中各種轉變的始末，並可看出這些變化與編輯個人及當時社會意識型態的關連。此中頗有意思的是社會新聞改編成電影，而其中事件的流動傳播頻添油加醋，如余美顏或謂投江，但到了《叻報》所載，余美顏則飄然到了法國（見第三章第一節〈畢命書〉）。

官資的《臺灣日日新報》、《臺南新報》選錄《申報》者多為淺易文言、筆記、新聞性質之作，《三六九小報》、星洲《叻報》選錄的則是婚戀、家庭白話通俗之作為多。令人訝異的是，《三六九小報》、《叻報》所選篇目相同者不少，作家吳雲夢、曹夢魚、劉恨我、顧明道、張慧劍、顧醉萸、高天棲、天恨也等經常出現。本來《三六九小報》為臺灣南部文人大本營，但卻刊登不少白話小說，這與刊物發行時間有關，因而選擇了文學品味相合的一九二七至一九二九年間《申報》為數甚多的作品，《三六九小報》編輯似乎保存了多年的《申報》新聞紙，因每逢三六九出刊，或許是出刊的壓力，《三六九小報》以保留原題、原作者面貌刊出的情況為多，雖然也有改寫、冒名的現象，但畢竟不像《臺灣日日新報》動輒易題改寫，又不署原作者姓名（或筆名）。

頗有意思的是《三六九小報》所刊《申報》白話小說與新加坡《叻報》相同，兩報所選刊之作品集中在一九二七至一九二九年間的《申報》，篇目相同者亦極多，如明道〈她的病〉、吳雲夢〈旅邸中〉、〈姊姊的話〉、曹夢魚〈最後的簽字〉、〈妹妹你恕我〉、劉恨我〈辜負〉、柯定盦〈伊死之晚〉等等（見附錄二）。《三六九小報》、《叻報》從《申報》轉錄的作家以鴛蝴派言情作家為多，吳雲夢、曹夢魚之作尤多。而此時的《臺灣日日新報》雖也有與《三六九小報》、《叻報》刊登相同的《申報》作品，但性質多為新聞、傳聞記事類，如〈滬濱實事　火賺案〉、〈銀行失款案〉（〈滬濱實事　莊票被竊案〉）、〈老江湖被騙〉（《申報》作劉望實〈老江湖偏遇小滑頭〉，《三六九小報》作〈老江湖倒運〉）、〈傳公館日記〉（小珊〈發財人家的日記簿〉)、〈李玉堂〉(徐公達〈公安局長懼內自盡之慘聞〉)、〈黑白罩〉(張菊屏〈鬼打牆〉)等等。透過以上各報刊對一九二七至一九二九年間《申報》作品的轉錄現象,可以窺知《臺灣日日新報》所選錄以簡易文言的鬼怪、詐騙、命案、奇聞、軍閥人物軼事之作為多[49],一反其前選錄筆記小說的現象,何以如此?推敲其因,或者受一九二五年新舊文學論戰餘波之影響。

臺灣其他報刊所轉載現象,亦與《申報》關係亦極密切,如《臺南新報》刊《申報》一九二六年前的文章,有謝鄂常〈劫子欺父記〉、霜瑪瑙盧主〈舊痕重創記〉,反倒是一九三六年時轉刊了《申報》早期筆記新聞:〈某宦〉、〈測字奇中〉、〈相者〉、〈牧童遇怪〉、〈闊老延醫〉、〈鵝代死〉、〈蛇王生日〉、〈癡情雙縊〉[50]這八則,從一系列選錄篇目觀之,《臺南新報》編輯很可能是根據一九二六年出版的《松蔭盦漫錄》一書[51],而非已有六十年之久的《申報》新聞紙。

《詩報》轉刊《申報》之作有:繡君〈迎春瑣語〉、拾玖〈說蘭〉、宋國賓〈醫德與醫權〉、張若谷〈碧藍海岸的尼斯〉、褚德彝〈刻竹考略〉、乙真〈秋女俠詩〉、烟橋〈明本《封神演義》署名許仲琳撰〉(《申報》原題作〈二郎神與封神榜〉)。劉知命〈翠萼丹華〉(《申報》原題作〈蜀葵〉)。劉知命〈晴霞絳雪〉(《申報》原題作〈紫薇〉)。李喬〈昆明的翠湖〉、瘦鵑〈文藝家一百名人之公墓〉及

---

49 至於榮譽事蹟之轉錄自然也有,《申報》在1927年4月20日報導〈中國文藝家謝壽康在歐之榮譽〉,《臺灣日日新報》於5月21日刊登〈歐洲演中國藝文〉,《叻報》於5月25至27日刊登〈中國文藝界在歐洲之榮譽〉。

50 這八篇刊登日期分別是《臺南新報》1936年2月9、21、22、27、28日及4月7、10日。

51 《松蔭盦漫錄》在每篇題目下注明刊《申報》的時間,如〈測字奇中〉下作「見同治十二年九月初二日申報」。〈牧童遇怪〉下作「見同治十二年四月二十日申報」。〈某宦〉下作「見同治十三年四月十三日申報」。但從題作〈某宦〉,不作〈積善厚報〉,可知〈相者〉、〈牧童遇怪〉諸篇皆出自尊聞閣筆記,後結集《松蔭盦漫錄》。《臺南新報》所據材料應是《松蔭盦漫錄》一書,而非《申報》。

姜丹書〈雷峰塔磚鐫硯記〉(《申報》原題作〈藝文珍賞錄〉)[52]、馬仲寅作，夢次摘錄〈摩登〉(作者應為「姚仲寅」,《申報》原題作〈摩登攷異〉)。多數刊登時間離原刊登出的時間很接近，少數轉刊一九二六、一九二七年之作，時間落差約七八年。所選以雜文、論述為主，內容有風俗、遊記、談花品詩、敘《封神演義》、雷峰塔磚鐫硯等，因該刊性質為詩文，間刊小說(如許丙丁《小封神演義》)，轉錄之小說僅見〈畫家豔史〉[53]。

《風月》轉載《申報・自由談》之作有李文華〈建築源流拾遺〉、稜磨〈文字與遊戲〉等，不過選擇較晚的《申報・自由談》，時間已是一九三五年五月十日，其實《三六九小報》也轉錄不少一九三四、一九三五年的《申報》[54]。再者，各報何以會轉載相同的文本，大約各有其不同的考量，《臺灣日日新報》轉錄《申報》的新聞體小說，尤其有些非小說的「新聞」(或擷取《申報》部分新聞，予以重編故事，或者據《申報》新聞報導再度改寫)，也在「小說」欄目刊出。此時出現頗多以上海、天津等中國為主的題材，其背後原因恐與亞細亞主義，認識中國、了解中國之策略有關。《三六九小報》雖以古典漢詩、文、小說為主，但也有以報導口吻書寫外國消息，其中又以〈東鱗西爪〉、〈海外零訊〉等單元為最大宗，屬於運動、休閒、奇人異事、人情趣味、輕鬆休閒為主的軟性新聞。此外尚有飲食、笑話、新奇異文、餘沫、諧談、小常識、小食譜等，凡所觸及竟多數出自於《申報》。其刊登傾向於休閒消遣娛樂及生活常識、實用性質。

---

52 《臺灣日日新報》署名「庸熙」，宜是冒名。《詩報》節錄刊登。文末新增一段。

53 經查原作者「顧明道」,《說部精英丙寅花》第1集(五洲書社，1926年2月)。《詩報》第2期轉刊，1930年11月30日，頁6。

54 如荊如「雜屑籠」〈禁止男女同行妙文〉，刊《三六九小報》第368號，1934年8月16日，頁4。原《申報》第22000號，1934年7月19日，第20版，轉刊時間很接近。食力〈老張的哲學〉刊385號，1934年10月13日，頁3。原《申報》第22015號，1934年8月3日，第13版。作者巴玲，非「食力」。

在一九三〇年代末，任職《臺灣新民報》的黃得時曾回憶其時「學藝欄」的稿件來源，提及「本地稿件」不夠的時候，不得不用同盟稿件[55]。在戰爭的局勢下，同盟通信社所提供的稿件應多與戰時宣傳有關吧！以上所述作品來源，或許有些就是從同盟通信社所提供的，有些則是編者的過手材料，尤其是早期一九一〇、一九二〇年代的作品，出自典籍者相當多。研究者必須跨越區域的限制才能更充分地掌握文化與文學的諸多資訊，尤其在日本統治下的臺灣與日本、中國、韓國、新加坡、滿州國的關係，應盡可能地做好對它們的蒐羅整理和研究，這不僅可能在目前日治臺灣文學的研究格局中增加許多意外驚喜，得到許多細節上的豐富，同時也有利於從一些新的角度和立場拓寬臺灣文學的研究空間。

第三節　漢文轉載與改寫緣由

本來「轉載」一詞，多指某文先載於某刊物，再轉刊於其他刊物，若從典籍中改寫或重編，人人得而為之，或不宜稱作「轉載」。然考量臺灣當時為日本殖民地，中國典籍被改寫或重編後刊於臺灣報刊上，可視為廣義的轉載，即從刊載書冊典籍「轉」到報刊雜誌的刊登形式，空間也從中國轉到日治下的臺灣。名詞界義不免時有糾結，因此本書使用時將並存刊載、轉載用詞，大抵同為報刊雜誌者多使用轉載、轉錄，出自典籍者多用刊登、刊載。就報刊之轉錄觀之，乃是當時東亞各國普遍之現象，但似乎又以臺灣最為頻繁，且又掩飾原出處，以致於今日學界視此為臺灣人作品引伸論述的結果，也多有可議之處。

---

55 黃得時〈日據時期臺灣的報紙副刊──一個主編者的回憶錄〉，《文訊月刊》第21期（1985年12月），頁60、61。

轉載緣由：何以轉載？何以改寫？

作為一種文學文本，中國的作品一再走進作家（編輯、漢文記者）的視野，歷史追憶也一再被提起，當這些文本透過傳媒（報刊雜誌）轉手到臺灣時，進入了臺灣公眾閱讀的腦海，無意中傳達了臺灣人對中國近代印象的建構，及他們的文學想法、編輯旨趣，這其中有酒樓買醉、平康買笑及神怪、偵探等離奇情節的各式作品，迎合讀者的趣味，貼近文學商品化的需求，也有興觀群怨的教化作用，及孝子、貞女題材的選錄，從中亦可見移孝作忠的觀念及女性解放的艱難和曲折等等[56]。如蒐奇志怪、談狐說鬼的文言小說，其因果報應懲惡勸善之思想或許有一些，但經過臺灣傳統文人的增刪，幾乎觸目皆講因果，成為善書之文本。而在現代化或左翼思潮及外國翻譯文學的引進轉錄過程中，法國作家莫泊桑的小說〈二漁父〉、都德的小說〈最後一課〉、印度詩人泰戈爾的詩作與俄國作家愛羅先珂的童話等，均促使臺灣新文學有著不同於通俗文學的風格。域外的文化思潮和小說的迻譯刊載，為臺灣小說的演變提供了意識、創作上的變革動力[57]。

---

56 臺灣文人對文明、戀愛自由，也有很多不大能接受的，如洪炎秋寄啟明（周作人）書。可以想像《崇聖道德報》借小說人物之口發牢騷，並非著書，而是為了教化，而其中錄自《勸誡錄》、《坐花志果》、《太上感應篇》不少。

57 但到了三〇年代，臺灣文壇在現代小說方面，對轉載作品有時以很苛態度對待，如賴明弘曾批評道：「臺灣XX報文藝欄到中國剽竊的茅盾的『騷動』昨已登完了。其後總不見再登小說、臺灣的小說稿件如果太貴、中國既成本的小說很多、請再剽竊一二篇來登好吧、際此經濟恐慌時代、要買稿是太不經濟、不如將他國之便書盜來敷衍就算了、這豈不是很便宜的嗎？」按、茅盾的〈騷動〉刊1933年8、9月的《臺灣新民報》，目前僅見第17回至19回（完），第17回刊登時間是1933年9月2日。〈騷動〉原作刊於《文學月報》1932年第2期，二者時間很接近，因此賴明弘一眼看出是中國茅盾之作，或許是因臺灣作家作品已漸臻成熟，又缺乏發表園地，生活處於飢餓線上，賴氏不免多發牢騷，視轉載之舉為「剽竊」。賴文僅署名「弘」，〈文藝春秋〉，《新高新報》第391號，昭和八年（1933）9月15日，第18版。然而《臺灣新民報》竟然在刊登茅盾的〈騷動〉之後，又緊接著在九月二十三日起刊登了吳劍亭到了戰爭期，需留意的是，在《風月報》、《孔教報》、《崇聖道德報》，殖民者與受殖民者以漢文小說、文化生產為媒介，各種中國文學作品再次刊登，這與漢文知識階層的閱讀趣味與文化消費的關連，透過傳媒（報刊）再轉手到另一空間時，抄譯改寫者的刊登策略、動機與目的如何[58]？這些移植改寫之作，一方面呈顯了文人的閱讀經驗與知識養成，另方面也暗示了當時的政策及整體社會氛圍、現代性的跨界流動情況。再者，在官方壓力下，自主或半自主地生產、傳播各式文學，其背後恐怕都難逃殖民統治、戰爭侵略的介入，因此在殖民統治與戰爭動員的氛圍下，臺灣小說不論白話、文言、日文的生產，都展現了現代／殖民／通俗／嚴肅／戰時精神動員等錯綜複雜的辯證。綜觀當時報刊何以轉載、改寫了這麼多中國文學作品，其緣由約可從七個面向來看：

（一）需求量多，稿源不足

報刊有每日出刊的壓力，而當時臺灣寫詩者多，小說作者較少，

〈一對夫婦〉八回，此作則確為剽竊之行徑了。此作將葉紹鈞〈平常的故事〉換了題目，又更動主角「仁地」名字為「烏江」，作者換上了不知何許人的「吳劍亭」。此舉與《臺灣民報》一九二〇年代中的轉載之動機已完全不同。〈平常的故事〉原刊於《小說月報》1923年第5期。不僅此也，10月25日又刊載蔡建成的〈窮〉（上、中、下），此文作者是張友鸞，原刊於《東方雜誌》第22卷第6期，1925年，「新語林」。一九三四之後數年的報刊無法再看到，但想必此種情況累見，做為「臺灣唯一言論機關的報紙」，似乎文藝欄日趨不振。

58 一九二〇年代臺灣新文學運動發展之初，乃以轉載中國的文學翻譯作為文化啟蒙的手段。在「多元文化主義」的催化下，《臺灣民報》轉載魯迅翻譯的俄國盲作家愛羅先珂的童話作品，〈魚的悲哀〉、〈狹的籠〉，在日治時期這樣特殊的時空，以中文呈現俄國作家的童話作品，這在臺灣兒童文學發展史上是件罕見的事，而轉載之動機目的尤耐人思索。表面上似乎透過中國作家介紹俄國作家的童話作品，實質上是透過作品傳達訊息，希望臺灣人能夠凝聚文化抗日的民族情結，灌輸臺灣人敵愾同仇的民族意識。「文化抗日」的意識型態隱藏在兒童文學作品之後，這中間夾雜著臺、日、中、俄等國家地區複雜的多元文化，在臺灣兒童文學發展史上的確是一種別開生面的特殊文化現象。

對小說文類的認識也還在起步階段，因此對於日刊的報紙如《臺灣日日新報》、《臺南新報》，其所刊小說（包括翻譯小說）有極多是未署名或冒名之作，如刊登《臺灣日日新報》上的〈女露兵〉、〈旅順勇士〉，經查收入王瀛州編《愛國英雄小史（下編）》（上海交通圖書館，1918年版）收錄〈旅順土牢之勇士〉、〈女露兵〉，確認〈女露兵〉是龍水齋貞一撰、湯紅紱女士譯。〈旅順土牢之勇士〉臺灣轉載時改作〈旅順勇士〉，確認是押川春浪撰、湯紅紱女士譯。又如一九〇六年《漢文臺灣日日新報》上有篇名為〈丹麥太子〉的小說，作者署名為「觀潮」。這篇全文未提及翻譯、看似原創的小說，實為譯自莎士比亞知名劇作〈哈姆雷特〉。而且非原創性譯作，而是從從林紓譯作《吟邊燕語》一書而來。在眾多報刊中，大概只有《臺灣民報》如實交代轉載文之原出處及作者，比如所刊（轉）載的中國大陸作家作品如魯迅〈故鄉〉、〈阿 Q 正傳〉、〈犧牲謨〉，冰心〈超人〉、楊振聲〈李松的罪〉、徐志摩〈自剖〉、胡適〈終身大事〉、陳學昭〈她的婚後〉、郭沫若〈仰望〉、〈牧羊哀話〉、張資平〈雪的除夕〉、洪學琛〈嫁期〉、陳雪江〈時代的落伍者〉等中國作家之小說、散文、戲劇、新詩作品[59]，張我軍、賴和主編《臺灣民報》學藝欄時，對於轉刊之作不會擅予更易，不僅保留原篇名、原文、作者，且詳細交代轉載出處，因此研究者極易掌握。然而《臺灣民報》除外的日治報刊雜誌，對其所載作品不僅未明言原出處原作者，且時有竄改原文、冒名頂替之現象。

雖然臺灣早期報刊確實有一批文人從事創作，但在約稿、投稿不足的情況下，自然多由編者親自操刀，因此早期可見到李逸濤、佩雁（白玉簪）、西洲伯輿、魏清德、謝雪漁之作，但前述三人早逝，小說版面內容遂極端不足，目前在叢錄、叢談、文苑、小說、摭談等種

59 筆者一九九三年博論《日據時期臺灣小說研究》曾統計表列過，裡頭自然也有所缺漏，近年有不少這一類的論述更完整統計過。

種欄目的作品，其未署名者多是轉載之作，而即使有署名，也有很多是冒名之作。此中如創作量不少的謝雪漁，一九二七年十二月時，他以「雪」之筆名，發表〈小說・劍仙〉[60]一篇，然而此文幾乎是襲自徐卓呆電影本事〈奇中奇（前後卷）〉。其前半部文字幾乎相同，後半部文字稍有改易。徐卓呆〈奇中奇〉[61]是開心影片公司[62]一九二七年出版的一部電影本事，謝雪漁〈小說・劍仙〉之作在其後，而將〈奇中奇〉改名〈劍仙〉，已經看不出原是電影片名。雪〈劍仙〉於一九二七年十二月十日連載完畢，緊接著十一日即開始連載〈紀蘭孫〉[63]一篇，此作乃根據包天笑電影本事《空谷蘭》。此劇七幕十三場，最先由新民社一九一四年據吳門天笑生（即包天笑）所譯英國小說改編。劇情提要曾刊於民國三年六月《新戲考》第一集。一九二五年明星影片公司張石川導演攝製成無聲、黑白故事片（上下集）。徐恥痕評論包天笑云：「商務印書館出版之說部叢書如『空谷蘭』、『梅花落』等。皆君得意之作。……去歲且將其所譯『空谷蘭』說部改編劇本。出前後二集，開映之日，幾於萬人空巷。」[64]可知一九二六年改編為

60 謝文刊《臺灣日日新報》第9917-9920、9922、9923號，1927年12月4-7、9、10日，夕刊4版。

61 電影本事分〈奇中奇：前卷本事〉、〈奇中奇：後卷本事〉，請參見鄭培為，劉桂清編選：《中國無聲電影劇本》（北京市：中國電影出版社，1996年9月），頁1288-1291。

62 開心影片公司一九二五年由徐卓呆、汪優游等新劇界人士創辦於上海。拍攝「專門以引人開心為唯一之目標」的長短滑稽片、特技片、神怪片。聘日本人川谷莊平為攝影師。有《臨時公館》、《愛神之肥料》、《隱身衣》、《活招牌》、《活動銀箱》、《怪醫生》、《黃金夢》、《天仙賜福》等短片。一九二六年攝製的長故事片《神仙棒》，融滑稽、神怪和特技於一爐，較受觀眾歡迎。一九二七年武俠神怪片盛行時，又攝製《濟公活佛》、《劍俠奇中奇》等。一九二七年後未見影片問世。以上參《中國電影大辭典》（上海市：上海辭書出版社，1995年10月），頁493。

63 分上中下三次刊登《臺灣日日新報》第9924、9926、9927號，昭和二年（1927）12月11、13、14日，第4版。

64 見氏著：〈小說家與電影界之關係〉，《中國影戲大觀》（上海市：大東書局，1927年4月），頁1。

電影劇本。前後二集或謂上下集。包氏劇本乃根據其同名譯作《空谷蘭》編寫而成，原商務印書館出版，包天笑自學粗懂日文，因此從日文版黑岩涙香所譯《野之花》（或譯《野玫瑰》）改編為中文小說《空谷蘭》，黑岩涙香之作又是從英國女作家亨利・荷特小說改譯[65]，可說已經數度轉譯過程。而謝雪漁〈紀蘭孫〉又轉載自包天笑《空谷蘭》電影本事[66]，而且以男主角名字為篇名。以《空谷蘭》上下集文字前後脈絡比對〈紀蘭孫〉，可知雪漁之作悉從包天笑《空谷蘭》而來，並非黑岩涙香《野之花》或商務版譯作《空谷蘭》。結合前述謝雪漁〈小說・劍仙〉一篇，可知謝氏對中國期刊典籍，尤其是電影小說瞭若指掌。但〈奇中奇〉、《空谷蘭》被易題為〈劍仙〉、〈紀蘭孫〉之後，又另署作者之名為「雪」，使得謝雪漁不免有冒名之嫌疑。謝雪漁著作極多，但偶而涉及作品之歸屬問題有些複雜[67]，此二作是誤署

65 根據范煙橋〈民國舊派小說史略〉：「包氏自言最愛日本黑岩涙香的翻譯小說。黑岩譯的《野之花》，原著者為英國女作家亨利荷特，出版於十九世紀前半葉。世界各國的譯本有三十餘種。日譯本名《野之花》，包氏轉譯過來，改名《空谷蘭》。起初連載於《時報》，每日僅五六百字，後由有正書局印單行本。搬上話劇舞臺，極為轟動。新舞臺也改演為。新京劇。北至京津，南至閩粵，都以之為『保留劇目』，時常演出。民國十五年由上海明星影片公司攝製成電影，也能風行一時。」收入魏紹昌《鴛鴦蝴蝶派研究資料上卷史料部分》（上海市：上海文藝出版社，1984年7月），頁323。

66 收入陳景亮、鄒建文主編：《百年中國電影精選：第1卷——早期中國電影（上冊）》（北京市：中國社會科學出版社，2005年12月），頁92-94。

67 如林以衡《日治時期臺灣漢文俠敘事的階段性發展及其文化意涵》認為：署名「小謝」者（即謝雪漁），在第九十一期刊載了〈雙義俠〉，但閱讀其內容卻實為此時已故的文人李逸濤所寫的〈雙義俠〉（《風月報》第91期8月號，頁28）又在第九十四期直接署名雪漁，刊載了李氏所作之〈俠中孝〉（《漢文臺灣日日新報》第3516號，明治四十三年〔1910〕1月19日，第5版），因此他認為作者「冒名」刊載（臺北市：鼎文書局，2009年5月），頁194。但此處論及的謝雪漁冒李逸濤之名刊載一事，卻仍有商榷之處。在《風月報》第96期10月號（1939），謝雪漁刊登了小謝的〈柏舟鑑〉之後，在該文附記曰「前號（按、指94、95期）所載俠中孝。仍是小謝之作特為訂正」（頁11），顯見謝雪漁訂正〈俠中孝〉作者「雪漁」是誤署，也等於否認「小謝」即其人。當然，也可能是出刊之後有人反應，迫他做了聲明，同時，

或隨意署名引發的問題，目前沒有資料可為之開脫嫌疑，但稿源不足，改以讀者喜歡的通俗作品充數版面，則是事實。

此外，稿源不足不得不轉錄時，又怕讀者知悉原刊，因此處處可見有意隱去可辨識之痕跡，從《臺灣日日新報》的〈商人之修養〉[68]一文可見，當時編輯於附記曰「是篇係上海某報所載」，硬是不明說是轉載自上海《申報》，連作者名字都略去。

（二）商業利益，通俗娛樂

任何一位從事編輯出版者，很難不關注刊物的經濟利益、商業利潤，為了貼近讀者的需求、興味，必然重視風流放誕、追求離奇、新奇的情節，義俠、傳奇、神怪、偵探、公案小說，自亦難免一再刊登。李涵秋《申報》於一九二三年五月二十一日刊繆士耕〈李涵秋先生臨死的一席話〉，該文特別強調「在揚州公園親聽陳先生講的。陳先生與李涵秋先生是多年舊交。頗為相得。予嘆息先生死生明白。故特誌之。」「我現在把先生臨死的狀況寫在下面。諒也是諸位所願聞的。」但文刊數日，李涵秋弟李鏡安即撰文〈辨明李涵秋先生臨死的一席話之妄〉將其中謬點一一摘出，以見繆文信口胡言，「所說事。實全虛。」未幾，《臺灣日日新報》即有〈民國小說家死〉[69]，此文即

也可能是身體健康尚未完全復元，而一時疏忽，在第九十三期有一則「雪漁啟事」謂其「因染暑熱。臥床一箇月餘。是以本報編輯。不得親理。今託諸位鴻庇。賤體復元。自今詩文稿件。仍為親理。」（頁30）至於〈柏舟鑑〉亦是李逸濤原刊《漢文臺灣日日新報》1910年2月24日之作。則小謝即「李逸濤」，但何以稱「小謝」？仍存在疑團。

68 該篇作者是「絜」，在《臺灣日日新報》、《三六九小報》時見其作品。〈商人之修養〉原刊《申報》第17168號，1920年12月22日，第18版。隔年一月一日《臺灣日日新報》即予以轉載，並將「吾國」改為「支那」，其餘文字相同，其刊載動機在附記可見：「吾臺商人與支那商人類似之點。正自不尠。爰為錄出。藉資參考。」第7389號，第5版。

69 〈李涵秋先生臨死的一席話〉、〈辨明李涵秋先生臨死的一席話之妄〉刊《申報》第

繆士耕之文，僅轉錄時加一段前言罷了。但由前文所述李涵秋先生之生平著作，可知臺灣文壇對李涵秋並不陌生[70]，同時從此一段序文可知《臺灣日日新報》漢文記者讀過繆士耕、李鏡安之文，但無視於李鏡安的澄清，依舊轉錄繆文，這從文中所述可知。編輯特別說「繆士耕君。述先生臨死之軼事。自謂為秦檜所轉世。是耶非耶。莫敢意渡。六合之中。無奇不有。要亦未可謂其為必無之事。妄言妄聽。可目為小說家之一種軼聞。固不必研究其是否事實也。」此中似有一對話對象存在，此對象自然是李鏡安文。從人情事理思之，秦檜為人人所唾罵，李涵秋無自謂秦檜轉世之理，何況其弟李鏡安已摘繆文四妄？《臺灣日日新報》之所以轉錄繆文，或許正可見報刊追求奇趣、奇聞軼事，因此不辨是非，以類似新聞八卦之渲染，獲致其商業利益。

（三）因果報應，懲惡勸善

中國文人肝若在〈奇情偵探小說　絮果蘭因〉一段話，亦值得留意，他說：「作者於未著此書以前。曾將此中情節。編成新劇腳本。取名夏春娘。以欲迎合我國社會之心理。所有人名地名。悉改成中國固有之名詞。然其人其事。與中國之風俗習慣。每多扞格。欲求合宜。勢須竄改。」[71]說明小說編譯成新劇腳本之考量。不僅域外翻譯如此，轉載時有異地時空、社會文化國情風俗等考量，其因素極多，或著重孝子、貞女形象之題材，或暴露兇殘暴虐、貪贓枉法的罪惡，呈顯了道德淪喪，世風日下的世道人心，或亦有呼應國策、通俗娛樂、殖民反抗種種需求，這將因各不同報刊雜誌主其事者的選擇而有差異。

18043號，1923年5月21日，第8版；《申報》第18047號，1923年5月25日，第8版。〈民國小說家死〉刊《臺灣日日新報》第8283號，1923年6月14日，第6版。

70 〈叢談　黃鶴樓之啞婦〉即李涵秋之作，刊《臺灣日日新報》第5468號，1915年9月12日，第6版，刊出時未署名作者，由此可見漢文報記者應有《涵秋筆記》或由其他管道閱讀李涵秋之作，並因之多次轉載其作。

71 《快活世界》1914年第2期，頁1。

《臺灣日日新報》的〈涿州獄〉原作是薛福成〈書涿獄〉[72]，轉錄時於文末加「彼姦夫姦婦之倖免。豈別有因果報應之說乎。」則將此作改以因果為勸世之用了。〈慧姑〉[73]這一篇作品雷同婉姑冤案，在《歷朝折獄纂要》[74]及各公案典籍皆可見，兩篇的故事內容及敘述脈絡一致，但〈慧姑〉文字異動大，改寫成分較多，有自行先偵探的描寫，省去時地的同時，提供臺灣當下偵探的氛圍，而為了彌補缺憾，〈慧姑〉文末所添寫的一段敘述，冤死之二人後來同時投胎，為其雪冤而久無嗣的審官乃如願得償，即充分顯現懲惡揚善、因果報應之思想。一九二四年《臺灣日日新報》選取刊登不少《坐花志果》的作品，而且多不署名，題目也改動，如〈何孝子〉、〈萬彥齋〉、〈十金易命〉、〈余生〉、〈穩婆苦節〉（又刊第二次，題〈穩婆〉）、〈神相〉、〈胡翁〉等等，《坐花志果》是一本因果故事集，基本上就是果報錄之作，清人汪道鼎敘述其三十年來所耳聞目見的種種因果之事，羅列果報以勸懲時人。

武陵山人〈巾幗丈夫〉，原出自徐震《女才子書》〈張畹香〉一篇，文幾相同，不錄「嘗有《此君軒詩集》」，掩飾相關信息。又增寫一段：「婁生享年八十。畹香八時有一。而玉姬七十有四。子息顯達云。」顯現果報之思想。一九三〇年代末的《孔教報》亦充滿道德教化，果報勸善之篇章，陳盈聿〈《孔教報》刊載小說之研究〉以〈贛榆獄〉、〈梁生〉、〈家庭苦劫集〉、〈完節保身〉、〈伶人傑識〉、〈崔秀

---

72 姜泣群輯：《虞初廣志》卷9（上海市：上海書店出版社，1986年6月），頁12-13。此書根據光華編輯社1915年複印。《臺灣日日新報》第9851號，1927年9月29日，第4版作〈涿州獄〉。

73 《臺灣日日新報》第10633、10634、10637、10639、10640，第10641、10643、10645、10646、10648號，1929年11月23、24、27、29、30日，12月1、3、5、6、8，第4版。

74 （清）周爾吉編：《歷朝折獄纂要》（北京市：全國圖書館文獻縮微複製中心，年代不詳），頁21-25。

才〉、〈修鱗〉、〈秋柳怨〉、〈棄兒竟貴〉、〈肯吃苦觀察〉、〈劉氏子〉、〈修鱗〉、〈完璧信誓〉、〈僧道捉狐〉為例，說明小說內容之教化人心。由於《孔教報》期數較少，所刊小說不似《臺灣日日新報》《臺南新報》、《三六九小報》、《崇聖道德報》數量龐大，因此本書於此將《孔教報》轉載小說一覽表做為附錄，以助了解《孔教報》轉載小說的詳情。（見附錄一）至一九四〇年代《崇聖道德報》刊載數篇《螢窗異草》，其中〈果報相緣毫釐不爽〉原出自〈陸廚〉（頁245），陸廚休妻案，其情節奇幻，真真假假，實難判斷。邢某精心策劃犯罪，最終難逃法網。但矛盾激化之由，也因婦人父母包辦女兒婚事，出爾反爾留下的後患。屈鬼顯靈顯然荒唐，但縣官昏庸，無才破案，如不加點幻想，則不僅冤案難以昭雪，本篇故事也難終篇。另〈得者失之因失者得之果〉為〈晉陽生〉一文（頁326），〈因戲誤事釀成命案〉通行本作〈定州（血）獄〉（頁233），〈舉會喧雜非敬神之道〉原為〈唐城隍〉一篇（頁307），此外，尚有〈玉洞珠經〉（頁434）。這些作品再度被刊登於《崇聖道德報》，不外與戒惡從善，宣揚倫理道德、教化人心有關。〈晉陽生〉文末云：「今竟以此報復，使知失金得金，失婦得婦，而金即顧之金，婦之顧之婦，有不爽然自失者哉？……而局詐之風，其亦可以少息矣，以見天之報施，正自不爽。」故事以害人始，以害已終，其所受報應正是咎由自取，亦足以勸人向善，莫行害人之事。

《臺灣文藝叢誌》刊載鐵〈聾啞孝子〉，此篇在宣鼎《夜雨秋燈錄》卷一原作〈吳孝子〉，該篇描寫山東恩縣一位啞孝子，故事一開頭即言「孝子吳姓，忘其名，魯之恩縣東鄰人。」《臺灣文藝叢誌》刊載此文時，因作者署名「鐵」[75]，又加一段前言，極易認為「鐵」

75 或謂「鐵」即鹿港蔡子昭。吳宗曄：「《文誌》中同樣署名（鐵）者，嘗出現於〈編輯贅語〉欄中，如鐵：〈編輯餘墨〉《文藝旬報》第12號、鐵：〈編輯墨餘〉《文藝旬報》第13號等，亦有鐵陶生〈編輯贅談〉《文誌》第2年第2號，故筆者推測鐵應為所作。確實的地名恩縣、姓氏吳姓、梅氏及「撚」匪亂事都以「某」代替，時空在此缺席了，讀者或將以為其人其事發生在臺灣。〈吳孝子〉一文，後來在《崇聖道德報》又可見改寫本，署名「錦」的〈啞子感天心〉[76]，內容文字皆大同小異，但文末加上該報素有的果報觀念，云「後孝子壽至古稀。亦無病而終。子孫極昌盛云。」可見當時多種報刊編者喜愛這類小說的道德觀念。

（四）婦女論述，規範想像

從晚清以來至二十世紀三〇年代，儒學激進主義者及無政府主義信徒，不乏對舊有的婚姻、家庭制度的反省及破壞，俾以重新建構一個合宜的新社會秩序。他們關心女性命運、情感，當然有時也未必真是關心，只是以之作為其思想之表露。徐枕亞〈紫虬別傳〉（原刊《游戲世界》），《臺灣日日新報》易題作〈紫虬〉[77]。內容描述紫虬慧美，冀求其芳心者甚多。適有富室子某求婚，紫虬見性誠懇，為之動容，遂以身許。搴雲生素與紫虬契合，求女不得，抑鬱成疾。紫虬往勸慰，謂已意在遍嘗世味，故惟求能適其性而快之意者。搴雲生知紫虬之志堅，遂不復作他想，欲待老母年終後，遁入空門。紫虬適某後，縱情縱欲，遊戲人間，直至其厭倦，始自求死。俟搴雲生為紫虬作偈，令其解脫，紫虬才含笑而逝。如此遊戲人間，恣縱情慾之女

鹿港蔡子昭。」見氏著：《《臺灣文藝叢誌》（1919-1924）傳統與現代的過渡》，臺灣師大臺灣文化及語言文學研究所碩士論文，2009年6月，頁160。

76 〈啞子感天心〉，內容亦出自〈吳孝子〉，但文字有改寫。見《崇聖道德報》1929年8月16日，頁23-25。《崇聖道德報》署名「錦」的小說，悉為改寫之作，如〈孝女〉、〈考試場中有因果〉、〈才有定數金歸原主〉、〈假包龍圖為鬼申冤〉、〈夢中破案〉、〈附女巫訴冤〉、〈醫妬〉、〈陰毒立報〉、〈改命奇聞〉、〈湯翰林為鬼超雪〉、〈衙門中之善人〉等篇，多半是轉載自文言筆記小說。

77 《臺灣日日新報》第9059-9061、9063號，未署名，刊於1925年12月12-14、16日，第4版。〈紫虬別傳〉刊《游戲世界》1922年第11期及1925年。《臺灣日日新報》編輯可能是根據1925年版。

子，在當時不啻是極前衛作風，《臺灣日日新報》刊載此篇小說，與另一篇〈自由鑑〉的諷刺、喚醒人心的意義是一致的，也體現了徐枕亞對處於過渡時代女性命運的關注。

又如《臺灣愛國婦人》載〈過墟志〉[78]一文，實為毛祥麟〈孀姝殊遇〉，「南軒吳賜斌」冒名。毛祥麟（對山）此文是從墅西逸叟文言小說〈過墟志感〉（又名〈過墟志〉）改編，變易、增刪情節，又潤色文字，使原作少了些家國興亡之感，而情節更完滿曲折，劉三秀人物塑造更藝術性，尤其文中應用了倒敘、回憶性、補敘等手法，遠超越於一般傳統小說。《臺灣愛國婦人》何以轉載此篇？可能對此文的詮釋重點在於婦人之智謀，其治家精明幹練、能謀善斷、敢作敢為，而不看重劉三秀（寡婦）之喪失名節，機關算盡，追逐榮華富貴，美醜善惡兼具的女性形象。民初此故事確實已經普遍深植人心，很奇特的是臺灣報刊雜誌敢於竄改原作姓名（前述第一章引連橫之說，謂之真是大膽）。

到了日治末期的《風月報》、《南方》時期的作品，則普遍受時代氛圍影響及休閒娛樂的雜誌存在的必要考量，除刊登「名人愛豔史」、嘉德譯《蕭伯納情書》（51期）、AB 生譯《泰西名人情書》[79]、曉風〈情書的作法〉[80]、《阮玲玉哀史》，滿足窺探名人隱私的心理

---

78 刊《臺灣愛國婦人》第85期，1915年12月，頁26-29。

79 原俞翼雲編譯：《泰西名人情書》（臺北市：唯愛叢書社，1929年1月）。本文刊《風月報》第75期11月號（上卷），昭和十三年（1938）11月5日，頁9-10；第76期12月號，昭和十三年（1938）12月1日，頁18-20。共2回。內容描述名人所寫之情書六則，分別為拿破崙致亞賽芬、亞賽芬致拿破崙、勃勒曼爾致他的情人、霍桑致他的夫人、白倫推珮汀致歌德、歌德致白倫推珮汀。

80 曉風：〈情書的作法〉，《風月報》第81期3月號，昭和十四年（1939）3月1日，頁7。嘉德譯：《蕭伯納情書》亦原刊《西風》，後結集出版，由上海西風社印行，1938年9月。全書收有：愛蘭黛麗像、蕭伯納像、譯者序一、譯者序二、蕭伯納原序、蕭伯納情書第一位至第一百位、附錄、蕭伯納著作一覽。嘉德即黃嘉德。翻譯家、外國文學研究家，筆名藍萍心、默然，翻譯此書時任《西風》月刊主編。書信

外，《風月報》對中國文學作品轉載亦復不少，有多篇且出自《女子世界》。該誌是一九一四年十二月上海創刊出版，中華圖書館發行，由天虛我生（陳蝶仙）編輯，一九一五年七月停刊，共出六期。《風月報》卻在一九四〇年，轉刊了《女子世界》一九一五年第五期的作品，經查作者是「劍秋」，其人作品亦曾刊登《臺灣日日新報》，但內容偏向對傳統女性的認可與歌頌，《風月報》刊登三篇作品：〈張勤果公夫人〉、〈琬娘〉、〈沈束妻〉[81]。這類風月情史一直是刊登重點，謝雪漁「新情史」以明治維新以來日本名流情史為主。吳漫沙說：「大眾的心理是好觀家庭悲劇」（《風月報》第81期）在《韮菜花》[82]一九三六年冬開始寫作，書寫女子身處繁華社會的悲運，作者就聲稱小說「是青年男女悲戀的警省篇，是青年大陸進出的指導書」（《風月報》第84期廣告）在一片以哀情、悲史為情節的作品中，似乎預告了男女自由戀愛在當時社會多不順利。陳世慶小說〈水晶處女〉（94-114期）、林荊南〈哀戀追記〉（112-118期）、東忠男〈情海重波〉以彰化

是作家最真實的展現，而情書則更富感染力，如魯迅的《兩地書》、朱湘的《海外寄霓君》等。蕭伯納的情書不是寫給夫人的，而是寫給情人——英國著名女演員愛蘭・黛麗的。他們的通信達三十年之久，書信達三百多封。雖住同一個城市，相距僅二十分鐘的路程，卻從未約會過，但一直都保持著十分親密的關係。

81 〈張勤果公夫人〉、〈琬娘〉、〈沈束妻〉三篇刊《女子世界》1915年第5期「譚叢・弄脂餘瀋」，署名「劍秋」；《風月報》冒名「一葦」。〈張勤果公夫人〉為《風月報》1940年7月號，第113期（下卷）轉載，頁20-21。內容描述張勤果公得固始令女為妻之緣由與其懼內之軼事。〈琬娘〉刊於《風月報》1940年9月號，第117期（下卷），頁20。內容描述包中翰未達時，與同社友飲於妓家，因一襲敝衣，他妓未以禮待之，獨琬娘識其為非常人，一見傾心。又琬娘知中翰一室蕭然，必不能盡心讀書，時贈物以資之膏火。中翰知其意，初納之，復恐為人所笑，遂入某中丞幕，專司筆札。後琬娘跋涉千里訪謁中翰，甘心相從，並出比年積蓄供其讀書。中翰旋登進士，任秩於京，遂與琬娘相偕白首。〈沈束妻〉刊於《風月報》1940年第119、120期11月號（上、下卷），頁19。內容描述嚴嵩得勢時，沈束上疏而語侵之，遂遭錮於詔獄。後嵩雖去位，束仍繫獄如故，其妻遂伏闕上書，請代夫繫。

82 連載於《臺灣新民報》文藝欄上，1939年3月，該報為之出單行本，全一冊，196面，32開，平裝，為吳漫沙第一部長篇創作。

為背景的哀戀史，一三二期。茵茵〈柳鶯〉軍國女性與志願從軍男友的故事。[83]根據楊永彬的研究，《風月報》改俗去封建的文章亦多，「吳漫沙自六十四期，即有相關文章發表，多論及婚姻、女子教育、女子規範、裝扮以及相夫教子的『天職』，如一一七期卷頭語（次期再強調）：希望臺灣女性要自肅自警，在新體制中，要做銃後工作，打破繁華迷夢，放開胭脂匣、丟掉長旗袍、脫掉高跟鞋，穿起國防色之衣裳。」其後又舉簡荷生〈格言〉、〈訓俗良箴〉及林靜子「新舊婚姻制度」、「婦女的裝飾談」、「女子教育」、「女子治內」、「母親須知」、「新家庭」及一六八期大為增加的相關文章，如「婦女修養」、「理想家庭」、「家庭佈置」、「家庭裝飾」、「育兒法」等[84]。均可見賢妻良母、齊家治國的傳統思想。

在《風月報》所刊的〈趕快結婚吧〉[85]，描述美國某保險公司作了一份統計報告，顯示出已婚者比未婚者長壽，且罹患肺炎、傷寒等疾病的機率較低。作者據此分析已婚者較長壽之原因，並奉勸上年紀之未婚者，趕緊結婚吧！甚至在在〈愛的使命〉第二十回連載的同期版面，主編在〈卷頭語〉中亦是如此呼籲：

女朋友們！你們要做時代的新女性，要切實去明瞭你們的責

---

83 楊永彬：〈從「風月」到「南方」——論析一份戰爭期的中文文藝雜誌〉，收入河原功監修、郭怡君、楊永彬編著：《風月．風月報．南方．南方詩集總目錄專論著者索引》（臺北市：南天書局，2001年6月），頁97。

84 同前注，頁133、134。另請參徐孟芳：〈「談」情「說」愛的現代化進程：日治時期臺灣「自由戀愛」化與形成、轉折及其文化意義以報刊通俗小說為觀察場域〉之「附表五：《風月報系》『婚戀』議題相關議論目錄」，臺灣大學臺灣文學研究所碩士論文，2010年2月，頁172-174。

85 本文刊於《風月報》第76期12月號，1938年12月1日，頁27。轉載自《西風》1937年第5-6期，頁790，刊登時未署名且為交代出處。《風月報》轉載《西風》之作不少，又如〈時裝潛勢力〉刊於《風月報》第50期10月號（下卷），1937年10月16日，頁7-8。內容描述女性時裝的興起對世界經濟與各國產業的影響力，原載《西風》1937年第5-6期，頁754-758，作者為羅一山。

> 任，你們的責任是非常重大的。你們受教育的原因，社會是要你們去輔助家庭兒童的教育。「母性愛」，大家都承認她對於人類的進化蕃殖，具有某種因素。……（中略）
> 我們東亞社會歷史上所謂「中饋之勞」。「相夫教子」，「井臼羹湯」……這一類家庭的事務，都要你們來擔任的。家庭圓滿，社會安寧，國家興強，世界自然也和平了！這才是新女性的本責。
> 女朋友們！你們能夠照這樣實行，就是一個新時代的新女性！[86]

所謂時代的新女性，要遵行的是「相夫教子」的家庭責任。這恐怕才是當時《風月報》、《南方》對婦女論述的主流看法，這從《玉梨魂》、《雪鴻淚史》到《愛的使命》，女主角的形象，有極巨大的轉變，這種變化，從一九一〇年代到一九三〇年代，再從中國的一九三〇年代跨海到臺灣的一九四〇年，我們看到了臺灣編者（男性）如何轉刊《愛的使命》以重新詮釋這部小說，並如何回應了當時主流的皇國婦女論述。

（五）篇幅限制，文字斟酌

對於轉刊時的改易，有時原因並非那麼嚴肅，而僅是考慮篇幅的容納，或者是當時無相應、不常用的鉛字。〈王輔臣〉[87]文前增一段文字：「明清間，驍將王輔臣，精騎射，勇武絕論，人稱為馬瑤子，初為寇後投誠，輾轉隨洪承疇經略入滇，其事頗多可紀者，因略記之」，其中文字多相同，但至帝賜以御前豹尾槍一隻，即總括其詞，

86 《風月報》第118期10月號，1940年10月1日。

87 劉獻廷，〈記王輔臣事〉，《虞初廣志》卷11（上海市：上海書店出版社，1986年6月），頁2411-2417。《臺灣日日新報》第9855號，1927年10月3日，第4版作〈王輔臣〉。

跳至終於自取而死，事蹟尚多，唯所聞未詳。不能詳記之耳，結束本文，約省略了兩千字上下，可能即是考慮版面之容納而省略篇幅。至於鉛字罕見者，如「勰」、「渌」、「齏」、「瘞」。〈負義者鑑〉[88]出自《夜譚隨錄》，主角「馮勰」改作「馮思協」，即是無「勰」字。〈賽渌江〉改作〈賽綠江〉[89]亦是。「B 女士」改為「梅女士」，及他文中的英文字母以甲乙丙替代，這些文字被改寫，其實原因很簡單，即是這些鉛字罕見。因此「瘞」字改為「藏」、「埋」，如《野語卷一》〈語逸〉的〈癡僧〉；「齏」（粉）字改作「粉碎」，如《坐花志果》〈陽羨生〉（刊登時易題作〈神相〉）。此外「拆」字常以以「折」字代之。翁聖峯論文討論張我軍〈請合力折下這座敗草欉中的破舊殿堂〉其「折」、「拆」之用法[90]，筆者認為其中原因之一應是工人撿字時未予細分，吾人可見很多轉載的小說題目或文中的「拆」字，到臺灣刊出時就變成「折」，如不才〈社會小說　拆白黨〉[91]，《臺灣日日新報》轉載時即作〈折白黨〉。〈銀行失款案〉原即是〈滬濱事實　莊票被竊案〉，原作刊《申報》時稱 S 銀行、C 君，但《臺灣日日新報》一遇英文，即改為中文，另以甲、乙銀行稱之。此為一九二七年間刊登情

88 《崇聖道德報》第10號，1939年12月16日，頁25-28。

89 《臺灣日日新報》第6000號，1917年3月14日，第6版。姚鴛雛、朱鴛雛：《二雛餘墨》（武漢市：崇文書局，1918年10月），頁4-5。

90 翁聖峯：〈建構日治時期臺灣語文表達的主體性——從張我軍〈請合力折下這座敗草叢中的破舊殿堂〉入手〉，刊亞東關係協會編：《2007年臺日學術交流國際會議論文集——殖民化與近代化——檢視日治時代的臺灣》（臺北市：外交部，2007年），頁163-175。檢索日期2019年9月15日，http://homepage18.seed.net.tw/web@1/singhong/JangWoJiun.htm。

91 《臺灣民報》所刊的王異香〈折白黨〉及《臺南新報》刊新折白黨〈巧騙〉（1923年5月7日），其內文亦作「折白黨」，可知原「拆」字至臺灣時即作「折」。而不才意譯過〈偵探小說　寄生樹〉，此篇為王品涵誤認為是臺灣漢文偵探小說中的首篇密室謀殺小說。〈社會小說　拆白黨〉刊《申報》第14698號，1914年1月6日，第13版，《臺灣日日新報》第4924號，1914年1月25日，第6版轉刊。《臺南新報》刊新折白黨〈巧騙〉，其內文亦作「折白黨」。

況，至一九三〇年代，不數年間，《三六九小報》已保留原英文。其例甚多，不贅敘。

（六）唾手所得，隨機轉刊

不同時期的編者有不同的審美趣味及消閒娛樂之需求，對於所刊登之作品基本上呈顯其個人之種種考量及濃厚的個人主觀意識。但筆者在掌握大量的原文出處之後，不免亦疑惑重重：刊登時是否如此嚴謹、嚴肅的多面考量？還是只是以其個人平時喜讀之作品且隨手易得的方便性（如《臺灣日日新報》在某一時段集中刊《客中消遣錄》或《野語》或《柳崖外編》），而未必經過層層思慮才選擇某些文本，或不選擇那些文本？又比如說擷取同一天報刊數則，分數天依序刊登，或者同一篇作品在很短時間又刊出，或者同一期（號）所刊小說全部分批轉刊到臺灣？如《臺灣文藝叢誌》對《小說新報》的選載，厪父〈黃節婦〉、花奴〈福藩宮人〉、明道〈看護婦〉、慶霖〈枯井生波〉、〈征夫之心〉、蜀魂〈鬼約〉、定夷〈白衣娘〉皆刊《小說新報》一九一八年四月第五期。明道〈情彈〉、吳訒之〈原來如此〉，原載《小說新報》一九二一年第七月第四期。朱鴻富〈寧靜王死節之烈〉、貢少芹〈脂粉獄〉、（姚）民哀〈毛淑貞〉原刊《小說新報》一九二〇年第八期。汪劍虹〈自由誤〉、王梅癯〈滇撫某中丞軼事〉、君珊〈破鏡重圓〉刊《小說月報》一九一六年第七卷第十號。顯見的是可能只是一種隨機性，恰好手中有某期。還有一種情況是準備多種年份的材料以取材，如《三六九小報》經常一個版面是多種年份的《申報》湊合而成，如第四二二號吳克潛〈棋話〉、逢甲〈中國髮之銷場〉、晚成〈冬令食橘與衛生〉[92]。這都讓人不得不質疑編輯之選文、刊文，可能有其稿量不足而採取的方便隨機性。

---

92 〈棋話〉、〈中國髮之銷場〉、〈冬令食橘與衛生〉分別來自第19569號，1927年9月2日、第20342號，1929年11月8日、第20730號，1930年12月13日，頁4。

至於〈花蜘蛛〉[93]亦隨手率意為之，呈現為改而改的粗率態度，文前序言謂偵探小說〈花蜘蛛〉「其設計奇，破案奇，研究之趣味，誠有甚於東儒記載者。」此處將原作之「西儒」改為「東儒」，並因之省略與西儒偵探小說喬裝、驗屍內容相關的文字：「何必於軥輈格磔之蟹行文字中。求喬裝易容被彈剖尸之雷同佳作也記。」雖一字之改易，但上下文義反而不諧，作者原義是〈花蜘蛛〉之作甚於西方偵探小說，改為「東儒」之後，似乎此篇是西儒之作，然而小說內容人物時地又皆為中國，亦不符實情，因而亦見報刊編輯之率意，下意識刪改以避痕跡。

(七) 東亞論述，日華親善

《臺灣教育會雜誌》曾刊載東門小史〈班定遠侯傳〉、〈惜張博望班定遠之事業〉[94]，其原作署名「中國之新民」，即「梁啟超」其人。梁作〈張博望班定遠侯合傳〉，以「歷史上之人物」的標題，確定了張騫與班超的歷史地位，梁氏將殖民擴張視為中國在民族競爭上獲勝的必由之路，並美其名曰：「夫以文明國而統治野蠻國之土地，此天演上應享之權利也；以文明國而開通野蠻國之人民，又倫理上應盡之責任也。」為了洗雪中國被列強鄙視欺侮之恥，他有意以張騫班超等在中國歷史上開疆拓土、建立功業之英雄為楷模，大力表彰，「斯亦中國之光也」[95]。不過《臺灣教育會雜誌》鈔載此文時，避開了梁氏這一大部分的苦心初衷，只轉錄了班超的傳記部分及評價部分，將旨意偷天換日。日本當時轉載梁氏此文是巧妙的轉化了梁氏之文明國「中國」為「日本」，日本既然是文明國，也就有統治野蠻國之權利

---

93 《中華小說界》第3期，1916年。此文《臺灣日日新報》轉載過兩次。

94 〈班定遠侯傳〉、〈惜張博望班定遠之事業〉，分刊《臺灣教育會雜誌》第17號，1903年8月，頁11-13、第22號，1904年1月，頁1-4。

95 刊《新民叢報》4，1902年第23期，屬於第七小節之後的部分。梁氏之論在中國也發揮了一定的影響力，《女師學院期刊》第2期刊登了芋生〈班定遠論〉。

與責任，以此觀之班超之成就，「我民族帝國主義絕好模範之人格」，「我」換成「日本」也理所當然了。梁啟超此文，嚴格說來，除了時勢之外，全文並未具體描述班定遠之人格，其為國民模範者，乃在於其活潑進取、堅忍沉毅。本來梁氏以中國歷史題材激發民眾民族意識，日本卻以相同題材推動並合理化其統治。

漢文通俗與新文學運動以來的小說，固然也都有對社會問題、人民命運的關注，但通俗文學還捨不下讓讀者從閱讀中獲得樂趣的目的及消費的考量，而新小說是直扣社會政治經濟問題之存在，激發讀者之義憤，其力度有所不同。因之，殖民政府對新文學的雜誌多加管控禁制，甚且曾取締《臺灣新文學》的「漢文創作特輯」[96]，以「內容不妥當，整體空氣不好」禁止發行，這些被禁的小說，觸及了弱勢的農工族群及臺灣人遭受差別、歧視對待，和殖民統治下扭曲的文化認同心理過程。這是漢文通俗小說較不碰觸的殖民地社會現況題材及寫實主義批判精神的寫作技巧。在殖民地臺灣社會，知識分子對於帝國主義與資本主義的統治本質認識得特別清楚。作家們對文學的理解，創作的目的、創作的心態多半帶有強烈的實用性，他們或把握住殖民統治下臺灣社會的發展脈絡，呈現當時的階層矛盾和種種問題，帶有明顯的左翼色彩及寫實主義的傾向。但也有作品是表現個人（尤其是知識分子）內心世界和情感波瀾的描寫，呈現了平凡的日常生活中個人欲望、情感、精神狀態的題材。國族與性別議題，也是新文學作家最為關切的。主要原因在於他們生活在強勢的教育與宣傳之下，因此文化認同與國家認同往往無可避免受到考驗，自覺性較高的作家，在面對日本資本主義所挾帶而來的現代化有所思考，在鼓吹啟蒙之際，同時不忘抵抗日本殖民者的霸權論述，有策略地抗拒各種威脅利誘，維持自己的文化主體。但有些作家在長期的殖民教育薰染下，不由自

96 特輯總共有八篇小說：尚未央（莊松林）〈老雞母〉、朱點人〈脫穎〉、廢人（鄭啟明）〈三更半暝〉、王錦江（王詩琅）〈十字路〉、一吼（周定山）〈旋風〉等。

主失去了警覺。做為殖民地的文學，即是作家與殖民地政權不斷對話的過程。

然而殖民地漢文小說生產的機制與意義，在官資的《臺灣日日新報》顯得疑點重重，當所有論述重點朝向官方統治力量對漢文媒體、漢文生產機制介入及操控時，中國文化（文學）與殖民主義之間的複雜現象，或許與「亞細亞主義」、漢文同文的論述及日華親善的策略容許有關。「亞細亞主義」與其後來所延伸的「東亞論」，都在闡明「東洋是東洋人的東洋」之概念，而日本必須肩負提攜東洋的使命（實以東亞領導者自居），甲午戰爭的爆發即是日本亟欲「提攜」中國的結果。這種本質上對外侵略的思想，卻因為包裝著「東洋一體」、「尊崇中國文化」的糖衣，致使臺灣傳統文人無意間接受了此一意識型態。《臺灣日日新報》曾從《泰東日報》轉錄《太平天國史》，連載初始[97]即說明轉錄之由：「記者以其觀察奇警。可為研究中國之好史料。且近中國革命事業。正在勃發之間。」隔七行又再次強調「信為研究現代中國之好史料焉。」正因如此，翻讀《臺灣日日新報》或政府單位的其他刊物，我們感受不到中臺日三方漢文的緊張關係，也

97 特游勝冠的提醒，值得我們重視，他認為臺灣傳統文人利用同文概念連結其啟蒙論述，背後對日本的國族認同位置不應迴避。在其〈同文關係中的臺灣漢學及其文化政治意涵──論日治時期漢文人對其文化資本「漢學」的挪用與嫁接〉一文，特別對日治下「漢學」存在現象予以反思檢討，認為討論日治下的所謂「漢學」，不能不證自明地就將漢學論、漢詩文書寫等同於對漢文化的認同，等同於中國或臺灣民族主義，對先行研究大多從「傳承中國文化」、「親近我固有文化」、「保存漢文」、「對抗日本文化同化」等民族主義的角度加以解釋提出警惕。他並援引陳瑋芬《近代日本漢學的「關鍵詞」研究：儒學及相關概念的嬗變》一書〈服部宇之吉的「孔子教」論〉證成參照同一階段日本本土也開始發動的孔子教運動的歷史，才能比較全面地在漢「文化危機感」之外，看到文化運動與殖民權力、文化霸權之間牽扯不清的複雜關係。另外，許舜傑發表〈同文下的剽竊：中國新文學與楊華詩歌〉以及學者陳培豐教授〈類似、差異和混雜：重新思考臺灣的漢文和近代文學〉，誠如其言「在雙重同文的文化情境下，有關臺灣近代文學發展的許多現象或其內涵和意義，其實是有重新檢討審視以及深化的必要。」

無法明顯看出臺灣必須接受日本文化並且割除切斷與中國文化的牽絆關係。這麼多的漢文作品似乎不是「文體與國體論」就可以解釋的[98]，我們或許可以用另一個詮釋的視點「東亞論」來討論。東亞論的存在，使得臺灣「新附民」的文化身分在「國體論」中所造成的矛盾得以紓解，臺灣人民對於中國的想像與認同也得以透過「提攜中國」與「改造中國」的實際作為得到實踐[99]。而且當時的「漢文性」在大部分傳統文人的認知裡亦包括了通俗、消費性等話語，也可做為一種相對日本殖民話語的對抗，因而漢文小說自始至終的產生，在殖民統治下扮演了另類共容的想像，各自的自我表述。當然也有不少作品的轉錄改寫，最終改頭換面呼應了日本殖民之統治[100]。此外，日治末期的《風月報》在六十九期復修訂主旨，第一條為：「因本島上有許多老年之輩不解國文（日文）者，故以漢文提倡國民精神。」第二條：「養成進出大陸活動之常識，研究北京話、白話文、對岸之風俗習

98 黃美娥〈「文體」與「國體」：日本文學在日治時期臺灣漢語文言小說中的跨界行旅、文化翻譯與書寫錯置〉旨在闡述日治時期臺灣漢文小說的書寫，受到了日本「國體論」之忠君思維的影響，而改變了小說的內容與表現形式（「文體」）。《漢學研究》第28卷第2期，頁363-396。

99 如一九〇六年李逸濤翻譯田原天南之〈救俄策〉，他認為他翻譯的重點並不在於如何讓俄國國勢起死回生、對症下藥，他感興趣之處在於，如何提供與俄國相似政體結構之清朝吸取經驗，所以李逸濤翻譯〈救俄策〉背後最重要的母題之一即是對中國前途的關心，想要探索積弱的中國如何向現代國家過渡的重要議題，中國成為〈救俄策〉中一個強而有力的潛在文本（subtext）。又如一九二〇年代的「中國改造論」論戰及其餘波。

100 如「談叢」欄目而未題名之作，刊《臺灣日日新報》第7048號，大正九年（1920）5月5日，第6版。出於《野叟曝言》第19回，原題〈美女和新詩暗吐情絲一縷　良朋驚錯信瞎跑野路三千〉，闡述「醫法」與「兵法」的諸多相似之處漢文編輯與當時殖民政府重西醫抑漢醫態度一致，有附和政策之嫌。〈論立後以接氣〉出自《野叟曝言》第72回〈以血驗氣大闡陰陽之化因熊及虎廣推禽獸之恩〉，結尾添加：「帝國法律，父母財產，男女均有相續權。……」援引《野叟曝言》之作，其目的乃在於藉此比較了中日對於財產承繼分配之差異。既是對中國的認識，也是突顯帝國法律之優。

慣。」第五條：「提倡東洋固有之道德。」亦可理解臺灣總督府特別通融漢文書寫之緣由，與殖民地「國民精神」內涵的陶冶，鼓動臺民投入聖戰，效忠天皇有關。由以上所述，可見中國文學作品在臺刊出的各種選擇及考量。

然而，吾人亦難以忽略的是，並非所有作品都能確定其轉刊改寫之意圖。如董玘〈東游紀異〉，文見吳曾祺編《舊小說》戊集。《漢文臺灣日日新報》作〈狐異〉，故事發生的時間在「正德庚午」，描寫在宮廷側近出現了一窟衣冠禽獸，白虎和狐狸等，這些獸類明明非人卻要裝做人的樣子，它們權勢很大，能夠奔走卿相如僕役。「正德庚午」這一年正是明武宗正德五年（1510），亦是大奸臣、大權宦劉瑾事敗被誅的一年。轉載記者是否確實讀出董玘〈東游紀異〉此文借獸喻人，以虎喻權閹的諷刺之意？即使有之，報刊的讀者能否亦掌握深層意義，而非只是表面的狐異怪事？又如〈鼠嚙林西仲〉出自袁枚《子不語》，《風月報》轉載時放在「夜雨秋燈」欄目下，此篇實寫林西仲（即林雲銘）故事，清初，林西仲於廈門為官，時逢耿藩作亂，他不肯「附逆」，從而導致他「被縛入獄」，身陷逆境，而「王師破耿」後，他又因忠於朝庭「加遷三級」。短短數日，由司馬而成「囚徒」，由「囚徒」又成「功臣」，人生大起大落，盛衰巨變，其周遭勢利小人種種醜態，令人嘆為觀止。但作者並不據聞實錄，摹態畫情，而是另闢蹊徑，偏偏不寫「人情」，而是大寫「鼠情」，以鼠喻人，因而故事格外新穎奇巧，曲折有致。當林西仲「被縛入獄」時，西仲小像「忽被鼠齧斷其頭，環頸一線如刀裁」。「如刀裁」三字，寫盡了「鼠」的肆無忌憚和冷酷無情，不僅是紛紛逃亡，還「乘人之危」投井下石；然而，一旦林西仲「出獄」、「復官」、「加遷」，「群鼠聲啾啾甚忙」，共持所銜小像之頭還西仲，道出了「鼠」的懊悔、驚慌、忙亂。「群鼠」前凶而後媚，判若二「鼠」。轉載時是否也看出背後言外諷刺之意，而特意選擇此文刊登？這都是吾人探討轉載之由、轉載動機時，不能不多思考的問題。關於轉刊改寫者之用心所在，吾人必須審慎多方面佐證。一如吾人面對層層累積的史料，亟需仔細考辨，方能避免被表像遮蔽自己的判斷，進而可對其現象更深層分析[101]，避免過度詮釋，這是研究的前提也是研究之初的必要工夫。

第四節　臺灣文學研究的誤區

綜合上述，從清末至民國期間，臺灣報刊雜誌轉載、改寫或模仿學習中國文學之數量遠遠超過日本文學，其對臺灣通俗文學、新舊文學論爭或殖民下的漢文生態之討論，影響至大，令人不禁感慨眾多文學作品在當時的糾纏情況，實為剪不斷，理還亂。但日治報刊諸多轉載及改寫作品取材自文言筆記小說、社會新聞、翻譯小說，其轉載既未見任何暗示，其改寫又經常關涉題目的更動、內文字句或段落的增刪改寫上，以及人稱敘述的轉變、故事刊載次序的倒換，或合併綜合不同文本。其中白話文改寫成淺近文言文，或文言文改寫成白話文，以及小說改寫成論述文，詩歌改寫成小說，其改寫方式，各類現象所

101 如《佳人奇遇》為日人柴四郎之作，亦是梁啟超譯印政治小說理論的第一次具體實踐，梁譯拉開了晚清政治小說翻譯的序幕。初時譯作於《清議報》連載時即引起極大反響，一九〇一年廣智書局出版單行本，一九〇二年此書又編入商務印書館說部叢書，自一九〇二年初版到一九〇六年十一月曾重印過六版，直到一九三〇年代仍有相當之影響力，一九三五年上海中國書局印行《佳人之奇遇》，即是以梁譯為底本改寫。然則此書中有關明末遺臣鼎范卿經歷的敘述，曾引起維新改良派之間的分歧，梁譯本遂刪去有關鼎范卿的情節，該書也反映了譯者要求與西方列強抗衡的民族主義意識。而一九一八年前後，日人小野西洲在臺灣的《臺南時報》及《臺灣時報》先後連載了其譯作《佳人奇遇》，原作者柴四郎表達了宣傳弱小國家救亡圖存的復國活動，而作為臺灣的殖民統治者，是在何種情境考量下譯介了《佳人奇遇》，小野西洲之譯本與梁啟超譯本之產生，各有其不同的時代背景，他們如何譯介此書？在面對《佳人奇遇》華麗高雅的漢文體和詩化傾向時，他們是如何經過翻譯予以敘述的。今日可見小野西洲的譯本凡遇「獨立」、「自由」字眼皆以□□處理。

在多有，有些恐是僅見於臺灣報刊。由於編輯個人文學觀念、美學品味及客觀現實的考量，這些經過改寫的文本，除了保留原作精神外，也經常可見突顯因果報應、貞孝倫理道德思想及對商業消遣的追求，同時編輯也經常透過結尾的添寫，呼應殖民統治下官方意欲推動的政策，或改寫者個人主觀的評感。所增添內容五花八門，而此一改寫手法極易誤識作者為臺灣人氏。此種隱去原作的角色身分、時間之作法，模糊了歷史時空背景，為當時常見現象。對於時空的描述，在小說文本中一向作為情節推衍、角色登場的背景元素而存在，然而當研究者通過各種研究角度切入日治時期臺灣小說文本，並且進一步探析被殖民者強行殖入的現代化過程時，如果將中國文學之作移植到臺灣而毫無所知，則其分析將錯誤累出。因此本章特別強調版本考察、出處追索的重要性，避免誤入歧途及隨意擴大解釋。

再者，日治臺灣報刊雜誌所刊之作，多未署名，大抵未署名者，多非臺灣文人的作品，但署名者也未必是臺人的作品，其中冒名之作極多，可能是編者隨意署上，也可能是投稿者之冒名。而且報刊編者也有意掩飾真實信息。如叢錄刊〈呂留良小傳〉[102]，此文作者原為沈慶曾，文末：

> 乃者漢族光復，沈冤頓雪，見《浙報》載先生與張蒼水、黃梨洲諸先生，將合入先烈專祠，以彰幽德。慶曾不文，重以先生從孫梵樵之命，哀先生之志，敢為小傳，儲為異日重輯譜牒之需，並以質之世之景仰先生者。

102　《漢文臺灣日日新報》第4209號，1912年2月17日，第4版。文刊姜泣群編：《朝野新譚甲乙編》由上海光華編輯社出版，是書一名《民國野史》，為《稗海珍珠船》第一集。內收梵樵〈讀呂留良墓記餘談〉一文，其文復「為俠骨君告，並為世貢」，引沈慶曾所撰小傳。此一小傳即〈呂留良小傳〉。見卞僧慧撰，《呂留良年譜長編》（上海市：中華書局，2003年9月），頁454。

此段正交代了作者是「慶曾」，或因此而不錄。九侯山人〈髯參軍傳〉[103]，原作者徐瑤，此文收入張潮《虞初新志》。九侯山人並非是徐瑤（天璧）的別號，疑是《漢文臺灣日日新報》隨意署上。《實業之臺灣》刊小說〈孽海暗潮〉，未署名，經查是鐵樵所撰的〈記事小說孽海暗潮〉，原刊《小說月報》三年二期，1912年5月，後收入《說林第十四集》。鐵樵即惲鐵樵（樹玨）。《實業之臺灣》刊載時，有意省去中國地名，如「山陰某甲」改作「有某甲者」。

《臺灣文藝叢誌》所刊署名拋磚的〈奇女子〉，原是（清）王韜《甕牖餘談・卷二》的〈法國奇女子傳〉[104]，可白的〈貽金報〉，原作者是綺緣，刊一九一八年《小說新報》四年五期的「憶紅樓漫墨」筆記小說中的一篇。由於施梅樵晚年改號可白，研究者遂誤認〈貽金報〉為施作。此外，不署名編者、出處的如〈劍俠附舟郤盜〉、〈擲錢〉、〈施琅為鄭成功舊部〉、〈施世綸政績〉，出自《清朝野史大觀（五）清代述異》。〈左相差官〉、〈尼菴女俠〉出自天臺野叟《大清見聞錄》，〈大刀王五〉出自琴石山人《客中消遣錄》。〈海外王〉描述吳江有周生者，與徐某友善。徐某延周生至海外為師，周生喜而任之。居半載，周生意外得知徐某往還海外係扶持餘王，為求自保，即託言旋里。數月後，周生與徐某同飲，不慎道出前事。徐某見周生已知曉其事，起而毒害之，又賄周生妻以千金，以隱瞞實事。原出自清人陸長春《香飲樓賓談》，原題〈周生〉，題名已改。《三六九小報》的情形，如〈南海劇盜〉[105]改題作〈南海巨盜〉，並冒名「巢先」作。吳趼人敘述時先交代故事來源已佚其名，《三六九小報》直接敘述南海巨盜陳某。署名「某」的〈烟鬼〉是李慶辰《醉茶志怪》〈馬生〉[106]，

---

103 刊《漢文臺灣日日新報》第3454號，1909年10月31日，第5版。

104 詳見本書「王韜小說轉載、改寫現象析論」一節。

105 吳趼人：《我佛山人筆記》（臺北市：文海出版社，1972年），頁12-13。《三六九小報》有不少巢先之作。

106 《三六九小報》第443-444號，1935年5月6、9日，第3版。

署名「吉」的作品不少，如〈短篇小說文媒〉，但有些是冒名之作，如〈百花生日花王恩詔〉[107]，原作者是「河影」。《三六九小報》在同一版面又冒名轉錄改寫「瘦羊」的〈止孕奇草〉[108]。恤〈飛將軍〉[109]一文，作者乃「胡寄塵」，過去「恤」被認為是譚瑞貞筆名。因此恤〈歷史小說：孤島英雄傳〉一度都以為作者是譚瑞貞。此篇作者實為「李定夷」，原文的「定夷曰」被改為「編者曰」。〈孤島英雄傳〉以清末甲午海戰乙未割臺之議引起的臺灣紳民聯合守島的悲壯義舉為背景，臺灣七日而亡，「議者輒以景崧鮮克有終為咎」，敘述者以詳細的細節揭示了唐景崧從一開始就意欲棄島逃亡的苟且行徑，嚴厲譴責其「人面獸心」和「虎頭蛇尾」，認為臺灣之所以有七日之間的戰績，全靠當時的撫標管帶李文魁的捨生義舉，通過李文魁平和處理「鬧事」群眾、請求總統督戰、赴廈門智探景崧消息及被捕後凜然赴死等幾件典型事例，突顯了他做為民族英雄有膽有識、視死如歸的愛國俠行。

《三六九小報》冒名之作除前述外，白話文小說尚有子云〈模範婚姻〉另署作者「滿天光」[110]。食力〈老張的哲學〉原作者應為「巴玲」[111]。「吉」的〈珠江塵影記〉，原作者應是「逸菴」，小說一開始

107 刊《申報》第15475號，1916年3月15日，第14版。

108 瘦羊〈止孕奇草〉刊《申報》第20279號，1929年9月5日，第21版，《三六九小報》第428號，1935年3月16日，第2版轉刊時作欠〈蒲溪零拾〉。

109 《申報》第15542號，1916年5月21日，第14版，《三六九小報》第210號，1932年8月23日，第3版。

110 《申報．自由談》第22013號，1934年8月1日，第18版，《三六九小報》第371號，1934年8月26日，第3版轉刊。

111 《申報．自由談》第22000號，1934年8月3日，第13版，《三六九小報》第385號，1934年10月13日，第3版轉刊。曾婉君〈《三六九小報》通俗小說中的女性形象——文學敘事與文化視域的探討〉，政大中文系教學碩士班論文，2006年。其中有多數小說為冒名及轉載之作，論文中的臺灣女性形象，實則不少為中國女性之描述，上海女子又居多數。其亦影響一些人的認識，如以《三六九小報》短篇小說〈最美的妻〉、〈裁縫匠的玩物〉談臺灣女學生的時髦裝扮，以〈歸真〉為例，談臺灣藝妲、女服務生、咖啡廳女郎、舞女故事的描寫公式：「淪落在堂子裡，倚門賣

就寫道：「逸菴生曰（按、誤為日）」，此篇在新加坡《叻報》亦轉載，時間較《三六九小報》早[112]。署名「某」者，皆另有作者，如某〈奇絕之祭文〉原作者是鄭逸梅，某〈大同妓〉作者是長白浩歌子。另外，浩〈奇案二則〉[113]之作者即是長白浩歌子，出自《螢窗異草》一書。這種僅以一字標示作者的情況，呈顯《三六九小報》編者有意掩飾作品來源，若不如此，則小報多為中國報刊的集結。但僅一字的署名極易混淆，如梅的〈同居〉，作者是鄭逸梅，但當時作者姓名有「梅」者，尚有吳調梅、王梅癯，《三六九小報》也轉錄了不少作品，署名原則不一，辨識不易，如王梅癯〈女孟嘗〉竟只署其姓氏「王」。此情形又見盧叔龗〈書拳叟戴一天事〉改作「盧」〈談拳叟戴一天〉，俞牖雲、吳雲夢情形亦是，〈毆鬪〉僅署名「雲」，原作者是俞牖雲。

1933年的《南雅文藝》小說不多，但也非臺灣文人所作，〈張于湖傳〉描述張于湖晉升金陵建康府尹，往赴上任途中，曾借宿女貞觀。觀中有一道姑陳妙常，丰姿伶俐，通詩文，曉音律。于湖為之驚豔，以詞調戲妙常，妙常雖作詞回拒，卻從此凡心動搖。後于湖之故友潘必正住於觀中，與妙常私通情洽，礙於妙常之身分而不能公開。于湖時任府尹，聞訊後為撮合兩人，乃捏造必正及妙常係指腹為婚，因兵火離散，判令妙常還俗，必正與妙常終得結為夫妻。然此文實出自明人吳敬所《國色天香．卷之十》，《南雅文藝》卻署名許泰川。又如《新高新報》1934年10月5日第17版刊出〈哀情記〉第一回（未

笑，送舊迎新，本來那一個不是好女兒，為了環境所壓迫，變作墮溷之華，差不多成了千篇一律的公例」。以上諸篇作者為上海鴛蝴派作家顧明道、劉恨我。

112 《三六九小報》第435號，1935年4月9日，第3版。《叻報》是第10268號，1917年2月9日。除〈珠江塵影記〉外，《叻報》尚有二三十篇所載與《三六九小報》相同，〈妾孫判〉一篇刊《叻報》第9037-9038號，1912年5月15-16日。此篇在《臺灣日日新報》則稍早刊於第4273-4274號，1912年4月23-24日，第5版。

113 《三六九小報》第457號，1935年6月23日，第3版。

完），雖然該報目前殘缺不全，僅得見首回，但此文原刊1916年3月的《小說大觀》第五集，題作肝若〈清夢盦筆記　吳王臺畔之豔跡〉，當時《新高新報》將之更易為陳德泉〈哀情記〉。陳德泉與肝若並非同一人。〈清夢盦筆記〉作者肝若，姓沈。鄭逸梅說與之是同邑，即江蘇蘇州人。

到了一九三〇年代中末期，《風月》、《風月報》時期，依舊可見冒名之作。《風月》〈有錢之婦〉[114]署名「驥」，原作署名「虞公」，即吳虞公其人。《風月報》小說署名「驥」者，幾乎都是轉載自中國。如「驥」〈紫晶印〉[115]，作者為（王）「梅癯」，在《臺灣文藝叢誌》三卷六號亦轉載梅癯〈滇撫某中丞軼事〉。《風月》的驥〈心碎〉，原作者雖署「浮海」，但此篇為譯作，「浮海」是譯者[116]。《孔教報》曾刊未署名的〈復仇女〉，實為姚鵷雛的〈風颱芙蓉記〉[117]。又如近一九四〇年代的《崇聖道德報》，其署名「錦」、「石渠」、「棠」者多半是刊載改寫自文言筆記小說[118]，如袁枚《子不語》、和邦額《夜譚隨錄》、錢詠《履園叢話》等約二三十篇。未署名的約可辨識出七十幾篇出自干寶《搜神記》、紀昀《閱微草堂筆記》、長白浩歌子《螢窗異草》、《夜雨秋燈錄》、周凱《內自訟齋文集》、袁枚《子不語》、俞樾《右臺仙館筆記》、《耳食錄》、《耳郵》、沈起鳳《諧鐸》、王士禛《香祖筆記》等。〈還前生債〉、〈酷吏滅門〉、〈借物勸善〉等皆出自袁枚《子不語》。清末雷君曜編的《繪圖騙術奇談》[119]卷一，記述了乞丐

---

114 《風月》第18號，1935年8月3日，原刊《友聲雜誌》第1期（1919年），頁1-4。

115 文刊《風月》第11號至第17號，1935年6月19日起。此作原刊《小說月報》第11卷第12號，頁1-6。〈滇撫某中丞軼事〉此文則是刊《小說月報》第7卷第10號（1916年）。

116 《小說月報》第6卷第5號，頁1-6。《風月》第5、6號，1935年5月26、29日。

117 原刊《小說叢報》1916年7月。又見《姚鵷雛文集・小說卷（上卷）》。

118 亦有從期刊轉載冒名者，如《崇聖道德報》第29號刊石渠〈俠淨記楓橋破冤案〉，此作作者實為「纘翁」，原刊《十日戲劇》12期（1937年），頁3。

119 《繪圖清代騙術奇談》，原名《繪圖騙術奇談》，是清朝末年出現的一部社會諷刺短篇小說集。該書由上海掃葉山房於本世紀初年石印出版，從書中「玄」字仍避

合夥謀騙當鋪的又一案例，題為〈質庫受騙〉。從以上所述，可見當時各報刊冒名情況屢見不鮮。

由於對出處之疏忽，研究者遂以《臺灣日日新報》的〈湯臨川折獄〉、《臺南新報》的〈奪美案〉、《三六九小報》的〈夏知縣〉，視為「於茲生長的公案小說，已經是一種失根的文學，只能寫『過去』或『對岸』，尋找不屬於當下的正義。」[120]或者以遁天女士的〈自由花〉為例，認為她「在一九一一年時所提出的觀察，難道不是更貼近當時臺灣現象嗎？」以丁悚〈新婚之夜〉說明這「顯示了在『自由』結婚、『戀愛』論述中，所謂『靈肉一體』的概念，若要落實在臺灣社會，所引起的焦慮與焦躁」[121]，而這些作品本來就是對岸文人所寫，並非針對臺灣現實所提出之觀察。或以《臺灣日日新報》上的「仙境遊」作品為例，認為「不脫人神戀愛、求道、求仙的格套，其主題也多穿插運用夢境，讓人深思這些虛幻的時空和現實的對比」，並以「儀」〈水火幻夢〉、〈夢熟煨芋〉、〈夢裡奇緣〉、〈夢裡身〉及〈黃山遇仙〉、〈花神廟〉等論證[122]，然而這些作品原為王韜、徐枕亞

清聖祖廟諱來看，具體時間應在辛亥年（1911）之前，確切點說，應為宣統己酉年（1909），這從該書原圖的部分題記上可知。

120 呂淳鈺：〈日治時期臺灣偵探敘事的發生與形成：一個通俗文學新文類的考察〉（臺北市：政治大學中國文學研究所碩士論文，2004年），頁36。王品涵評述「〈色戒〉一文與《清稗類鈔》中的〈縣誤殺男女案〉架構相似，……幾乎成為臺灣偵探小說中一道固定的風景。」又以〈失畫〉、〈徐三大姑娘害人〉「展開了臺灣犯罪小說書寫的新局面」，認為「〈寄生樹〉是臺灣漢文偵探小說中的首篇密室謀殺小說。」見〈跨國文本脈絡下的臺灣漢文犯罪小說研究（1895-1945）〉（臺北市：臺灣大學臺灣文學研究所碩士論文，2010年）。然則這些作品全是中國文人之作，與臺灣無涉。〈色戒〉實《清朝野史大觀．中州奇案》，〈失畫〉、〈徐三大姑娘害人〉出自《申報》，《臺灣日日新報》刊出時改題作〈二萬磅之世界名畫〉、〈徐三大姑娘傳〉。

121 徐孟芳：〈「談」情「說」愛的現代化進程：日治時期臺灣「自由戀愛」話語形成、轉折及其文化意義：以報刊通俗小說為主要觀察場域〉（臺北市：臺灣大學臺灣文學研究所碩士論文，2010年），頁45。

122 阮淑雅：〈中國傳統小說在臺灣的續衍：以日治時期報刊神怪小說為分析場域〉（臺北市：政治大學臺灣文學研究所碩士論文，2010年），頁76、77。

所寫，是否借虛幻時空對比日治下的臺灣現實，不言可喻。

林以衡文則以〈馬僧〉、〈俠客〉、〈秦淮健兒傳〉三篇為例，舉其中「中國」為「我國」之字眼，以抵殖民論述之，謂作者「建構一個想像的中國英雄形象，以抒發憤懣之氣，代表作者難以從現實生活中將過去的統治者中國輕易忘去。」[123]然而〈秦淮健兒傳〉這篇小說收在張潮編的《虞初新志》中，作者李漁，小說採用對比手法，展示了一位自恃孔武有力的秦淮健兒性格發展。《虞初新志》卷五轉錄時，於此文後注明出自《笠翁一家言》，並有評語云：「嘗見稗官中，有〈劉東山誇技順城門〉，其事與此相類。甚矣，毋謂秦無人也。」然則《臺灣日日新報》轉載時，於文末增加「異史氏曰」一段，本來仿「太史公曰」而寫的「異史氏曰」是《聊齋志異》特有的重要組成部分，但此篇非蒲松齡之作，或是魏清德、謝雪漁之附加語。總而言之，〈秦淮健兒傳〉是清人李漁之作，登在《臺灣日日新報》上的作品，雖然保留了原篇名，但既不署作者名，亦在文末換成一段「異史氏曰」。以之解釋「抵殖民」，也就不免推論過度了。又如舉〈女劍俠傳〉為例說明該文「以簡潔的文言語法為敘事的表現工具，中國俠義小說在形式上對於日治初期臺灣俠敘事的影響之深由此可見。」然則〈女劍俠傳〉乃集結王韜《淞隱漫錄》多篇之作，由此檢討「中國文化成為日治時期俠敘事的主要敘事內容」便難具說服力，甚而文中言「作者不願具名，有的人甚至連筆名都省去，除了作家的創作熱忱因空間縮減而冷卻外，殖民者的統治日漸趨於嚴密，也是讓作家不願署名的原因之一。」[124]，然則其真正原因，恐怕還是因轉載之作是中國

123 林以衡：《日治時期臺灣漢文俠敘事的階段性發展及其文化意涵》（臺北市：鼎文書局，2009年5月），頁130。

124 林以衡另談刊臺灣日日新報一九二二年的〈甘鳳池〉一作時，結論云「和史書或中國的各雜錄相異甚遠」，實則此篇本身即中國之作，出自胡樸庵《拳師傳》一書。其博論對新聞體小說之論述，舉〈考婿奇聞〉，曰「既稱『支那』，則代表是臺灣記者所撰述的文字」（頁63），實則林氏所舉諸篇〈汽車新念秧〉、〈畢命書〉、〈勞工淚語〉、〈箱中屍〉、〈滬上騙案〉等等，悉為轉刊之作，僅略加改動一些文

十幾年前舊作，未署名或隨意署上筆名的原因，即因並非編者之創作，只好如是掩飾。

趙攀《《漢文臺灣日日新報》刊載小說研究（1905-1911）》，其所論諸例，即有多篇改寫自王韜，且多篇非臺灣文人之作。一九〇五至一九一一年有相當多篇目為中國文人之作，如《元墓山摭聞》、《髯參軍傳》、《義犬傳》、《孝犬傳》、《殺虎複讎》、《三百磅之鑽石》、《自由花》、《命婦怨》、《九尾龜廣義》、《吳頡雲韻史》、《畢秋帆韻史》、《左必蕃軼事》、《盲盜》、《薛慰農》、《某提督妻》、《銀杏怪》等。[125]或認為「駱」將雨果與拜倫刻骨銘心的情愛，加以翻譯，「使之成了傳統文人熟悉的漢詩體式，此種現象再度證明在傳統文人對於漢詩典律依然充滿信心時，異域的文本，通常就會被改寫成以符合本土文學所需的樣式，形成有趣的翻譯風景。」[126]或以〈聾啞獲賊〉為例說明「『語言』的觀察在臺灣的現代性想像中的重要性無庸置疑，這其中隱含了臺灣與西方之間跨語際的『翻譯』的現代性問題，因為牽涉了臺人如何使用我們的語言去談論他國／他地與我們的存在差異。因此，從語言引發出來的文學／文化語境的變化，也是觀察文學現代性移植、傳播的重要關鍵。」或以〈小說家〉一篇，詮釋以之「作為題目／題材，足以證實了在大正初期的臺灣，『小說家』應該已是為人所熟知的一類人物，……清楚呈現了臺人對於『小說家』／『小說』之為何物，已經有了較為清楚的認知與理解。」[127]或以《臺灣日日新

字，因此以之解釋為「經過臺灣記者閱讀吸收後，由新聞再造為臺灣漢文通俗小說」之觀點，並不正確。此類例子極多，不能不慎。

125 上海師範大學人文與傳播學院（中國古代文學）碩士論文，2012年4月。

126 這些譯詩實出自興公《綺語漫錄》，非臺灣文人之譯作。《綺語漫錄》收入汪石庵編著：《香豔集》（上海市：廣益書局，1913年2月），頁2。黃氏之說，見《重層現代性鏡像：日治時代臺灣傳統文人的文化視域與文學想像》（臺北市：麥田出版社，2004年12月），頁319。

127 同前註。

報》之作品探討通俗小說中的文化地景與知識想像。如臚舉〈三百磅之鑽石〉、〈魔妻〉、〈屋拉山頂之老僧〉、〈自由花〉、〈銀塊案〉討論臺人的二十世紀初期西洋認識[128]。然而當多數作品產生之時空為魏晉以來迄明清、民國初年，甚或是翻譯作品時，如直接視為臺灣文人的異域想像或以抵殖民論述之，或放在日治臺灣的政經社會情境下討論各類議題，恐怕是有不妥之處。

除小說外，散文、笑話亦為臺灣日治報刊所轉錄。林淑慧〈儒學社群遊記的地景意象──以《臺灣文藝叢誌》與《詩報》為例〉云：「《詩報》也收錄翻譯的遊記，如張若谷〈碧藍海岸的尼斯〉一文，即是再現法國尼斯的古蹟和自然景緻」[129]。此文並非「翻譯」遊記，出自《申報》，昭和九年（1934）三月二十日，第十六版，二一八八一號。「歐羅巴洲巡禮」連載第二回。後又收入張若谷著《遊歐獵奇印象》[130]。介紹法國南部的港口城市尼斯，尼斯地處馬賽和義大利熱那亞之間，四季如春，冬暖夏涼，為「碧藍海岸」地區的首選度假勝地，常見富豪名流們的蹤跡。尼斯在人工建物方面，保留著許多古羅

128 黃美娥：〈二十世紀初期的「西洋」：《漢文臺灣日日新報》通俗小說中的文化地景、敘事倫理與知識想像〉，《臺灣文學研究集刊》第5期，2009年2月。「在通俗小說中最被視為『現代性』氣息的則是英國倫敦，茲以〈三百磅之鑽石〉所述，進行更為微觀的說明：……對於倫敦這個高度現代性形象黃美娥「在通俗小說中最被視為『現代性』氣息的則是英國倫敦，茲以〈三百磅的城市，臺人小說常以偵探敘事來予以詮釋。」（頁11）認為一九一一年適天女士〈自由花〉出現批判西洋精神文明的色彩，這正是「大正時期以後，東／西洋文化對立後的常見情形，……可以視為大正時期返西洋文明小說的伏筆前哨。」（頁17）。然則其中多篇小說皆非臺人之作。其《臺灣漢文通俗小說》收冰心女士的〈是誰斷送了你〉、俞采子女士的〈伊們的衣裳〉、天麗〈還童術〉亦是中國文人之作，冰心的〈是誰斷送了你〉屬當時問題小說，應放在臺灣轉載中國「問題小說」創作背景討論。當時《三六九小報》第258號，1933年2月3日，第3版，也轉載張舍我〈博愛與利己〉的問題小說。

129 《臺灣文學研究學報》第17期，2013年10月，頁110。

130 張若谷：《遊歐獵奇印象》（北京市：中華書局，1936年12月），頁129-131。

馬帝國的建築，還有十五世紀的教堂古堡，近代則建有許多歌臺舞場、豪華旅館，世界最大的賭場「蒙德加羅」Monte Carlo，距離尼斯亦僅數小時路程。論文又提棠雲閣主〈西湖遊記〉、仲麟〈孤山探梅記〉等，俱為轉載之作。

再者，目前多篇學位論文以《三六九小報》、《風月報》小說、笑話、新（奇）聞、怪異為研究題目者，多未明辨出處源流。研究者提及「由此切入觀察當時的社會生活寫照以及笑話所呈現的藝術面和功能性，《三六九小報》的詼諧風格在當時的臺灣報界獨樹一幟，從笑話的瑣屑拼湊中卻能得知當時日常生活的版圖，每則笑話的歡愉糖衣經過層層剝落後，在在醞積了豐富的文化能量，構成日治時期的特殊文學，也開啟了另一個不同的書寫視界。」[131]事實上，彭衍綸〈片岡巖《臺灣風俗誌》的「奪胎換骨」《臺灣風俗誌》的臺灣人笑話與中國明清笑話關係探微〉[132]即已提醒「臺灣人笑話，至少約有三分之二與明清笑話的描寫極為相似，彷彿成了中國明清笑話的複製品。」他揭露此現象並加以深究現象形成的背景及其透露的訊息。彭文雖未論及日治報刊，但筆者之研究，亦是同樣之結論。雖然結論都指向與中日笑話之關聯，但透過文本出處之追索，可以更清楚掌握各報刊的根據來源各有不同，可據此掌握各報刊編輯角色的扮演、選擇的文本。

至於中正大學臺灣文學研究所另本探究《三六九小報》中的奇怪敘事之形成的碩論，以其中所載來解讀當時社會上一般人以為怪異而難以理解之事物。「從《三六九小報》中的奇怪敘事出發，期能從中探究日治時期的社會樣貌。」然則透過出處之辨析，很多非出自臺灣作者之筆，所謂的臺灣社會樣貌恐亦有問題。另龔顯宗討論到《三六

131 相關論文有林淑杏：〈《三六九小報》的笑話研究〉，臺北教育大學臺灣文化研究所碩士論文，2008年，及張玉婷：〈三〇年代通俗漢文報刊的笑話研究──以《三六九小報》與《風月報》為例〉，中正大學臺灣文學研究所，2011年。

132 彭衍綸之文，見《臺灣文學學報》第16期，2010年6月，頁145-192。

九小報》所刊的浩〈奇案二則〉、絜〈莊票被竊案〉、徐〈豆腐西施殉情記〉、巢先〈南海巨盜〉、實〈老江湖倒運〉、陳戲冥〈女匪報妬記〉、蠶絲放庵《浪愛》（按：作者實為蠶絲、放庵二人）、舍我〈博愛與利己〉等篇，亦均是清代、民國時期的文人之作。龔氏並認為「〈奇案〉一則已略具現代知識。」[133]

又如日治臺灣報刊有不少小說是對上海電影本事的轉載，這些作品通常是言情、武俠之作，與上海鴛鴦蝴蝶派文學密切相關。本來在中華人民共和國成立之前，中國電影作品主要集中在上海，雖然第一部國產片〈定軍山〉誕生於北京。但當時上海顯然比北京乃至中國的任何一個城市或地區更適合於電影的生存和發展。作為國際大都市的十里洋場的上海，毫無疑問的，娛樂營利的商業電影必然考慮到與當時在市民階層中極為流行的鴛鴦蝴蝶派文學相互合作。一九二四年，包天笑首先受聘於明星公司擔任編劇，先後編寫了〈可憐的閨女〉、〈多情的女伶〉、〈空谷蘭〉等電影劇本，此後，周瘦鵑、朱瘦菊、張碧梧、鄭逸梅等也進入電影界，他們一面繼續寫作鴛鴦蝴蝶派小說，一面擔任各選影片公司的編劇，或兼任電影宣傳工作。徐卓呆甚至與人合資創辦了開心影片公司。根據統計，從一九二一年到一九三一年這一時期內，中國各影片公司共拍攝了約六百五十部故事片，其中絕大多數都是由鴛鴦蝴蝶派文人參加製作的，影片的內容也多為鴛鴦蝴蝶派文學的翻版。正因如此，臺灣的《三六九小報》轉載了包天笑、嚴芙孫、顧明道諸人的小說，在「春秋銀幕」欄目也轉載了一些鴛蝴派的電影小說，如〈一個紅蛋〉、〈女鏢師〉、〈大俠復仇記〉等等，吾人同時在《臺灣日日新報》上可以看到電影本事的轉載（或抄錄後另署他名）。但此一轉載現象未被指出，因此柯喬文、潘俊宏之研究亦

---

133 龔顯宗：〈小城小報小小說——論小小說的文化因子〉，收入施懿琳、楊雅惠編：《時空視域的交融：文學與文化論叢》（高雄市：中山大學人文研究中心出版，2011年10月），頁102。所提數篇並非清代文人之作。

有需斟酌處，柯氏云：「不知作者，這是電影小說的特質，無論事先有小說，再改編為劇本、拍成電影，或是先有劇本、拍成電影，再改編為小說，披露報端的電影摘要，往往不著作者。」[134]潘俊宏則說：「新舊文學論戰爆發以後，目前只見謝雪漁所撰，分六次在《臺灣日日新報》上連載的中篇小說〈劍仙〉。該小說的主人公郝鸞以寶劍施法術，將風家愛女棲霞從壞人手中救出。然而〈劍仙〉除摻雜一些說書人口吻以外，體例大抵還是沿襲古典文言小說的寫作。所以很難將該小說與民國以降的神怪武俠小說一概而論。」[135]但電影小說之作者事實上可辨，且有不少作品來自一九二〇年代的上海，然因不悉其出處，而視為臺人之作，從而獲致「很難將該小說與民國以降的神怪武俠小說一概而論」的結論。

由於目前的研究未能注目到這些作品的來源，以之做為臺人作品以詮釋偵探武俠、志怪、言情、笑話、旅遊等類型的論文，則易產生過度推論現象。舉此為例，並非有所揭短、批評，因筆者往昔主編《全臺賦》亦同樣犯下誤收、誤讀之例，原題「東港江夏杏春生」的〈痘疹辯疑賦〉(刊於大正十二年11月18日《臺南新報》)，實出於明代龔廷賢所編醫書《壽世保元》卷八；題仰霄的〈賭鬼賦（以「東南西北為韻」)〉轉載自《遊戲雜誌》一九一四年第八期，題芹芬的〈秋蟲賦（以「燈下草蟲鳴」為韻)〉實為「柘皋育英學校」宋元生所作，載於《學生文藝叢刊》一九二三年第四期；闕名之〈駐色酒賦〉，本屬駢文而非賦體，源於《小說新報》一九二二年第四期，題賊菌之〈駐色酒說〉[136]。

---

134 柯喬文：〈《三六九小報》古典小說研究〉，中正大學中國文學系碩士論文，頁121。

135 潘俊宏：〈臺灣日治時代漢文「武俠小說」研究——以報刊雜誌為考察對象〉，臺灣大學中國文學系碩士論文，2008年1月，頁29。該電影當時即稱作神怪武俠片或稱武俠神怪片。

136 《風月報》刊登〈秋蟲賦〉時（第51期，1937年11月1日），第1版，作者署名「芹芬」，作者欄介紹云：「日治時期文人，生卒年不詳，芹芬疑為筆名。」（林淑慧編本章亟力於說明追索作品轉載，考其源流之重要，除了對臺灣文料史料進一步可據以校勘、補遺、訂謬外，可對冒名、改竄、增刪種種現象予以還原，並追認各年代的文學思潮。同時亦得以目睹原續刊之文由於刊物被禁的關係無法呈現之全文，如《赤道》所刊〈馬克斯進文廟〉、〈社會思想家及社會運動家〉等未刊畢之文，甚至曾被誤認為證峰法師（林秋梧）的作品及筆名，都可因之予以釐清訂正，不致誤認為臺灣人作品，而差之千里以之論述臺灣左翼文學的發展。

最後，以文听閣出版的《日治時期臺灣小說彙編》為例說明，彙編所收錄作品，有多數非「日治」、非「臺灣」之作，又由於報刊年代久遠，字跡模糊不清之處難免，以致該套書重排標斷時之文句頗有錯誤，如據《遁窟讕言》〈碧珊小傳〉所載校勘，其訛誤處不少。如：「贈以金十笏，為旅費遂得就試」宜作「贈以金十笏為旅費，遂得就試」，「至省得補高州茂名縣缺之官，後頗有廉直聲」宜作「至省得補高州茂名縣缺。之官後，頗有廉直聲」，「宦蹑悉空」宜作「宦囊愈空」，「遂後於難」宜作「遂及於難」。「頗有曙後是孤之歎」宜作「頗有曙後星孤之歎」，「間時女每偷習書字」宜作「閒時女每偷習書字」，「汝但居此無憂也」宜作「汝但居此，無憂也」，「轉沱中之大勾欄也」宜作「穗垣中之大勾欄也」，「來見女暗曰」宜作「來見女啫曰」，「廖歸曰」宜作「廖婦曰」，「與歸廖舍」宜作「輿歸廖舍」，「不從也」宜作「不悅也」，「捧茗枕」宜作「捧茗碗」，「調片岑」宜作「調片岕」，「為之梳櫳」宜作「為之梳攏」，「必欲相適」宜作「必欲

校）今核查一九二四年刊行的《中學生雜誌》第四期，得知作者為「柘皋育英學校宋元生」。題下同時說明了「以燈下草蟲鳴為韻」。異文則有「時則戶對銀河」、「倚薰籠而不寢」，原刊作「案對」、「不寐」。不過，《風月報》轉載時亦做了校正，「明月如水，簟冷如冰」，原作誤為「如水」。至於〈賭鬼賦〉刊登於《三六九小報》，作者署名「仰霄」，此作原刊《遊戲雜誌》，又收入《民權素》（《近代中國史料叢刊續編》，臺北市：文海出版社，1978年7月）。中國文學作品各文類在臺的刊登，對臺文的研究實為關鍵。

相逼」。文听閣所收錄〈劉淑芬〉一篇，並重新打字，其中標斷及誤識處有若干，如：「挾以此行，□□州」宜作「挾以北。行抵揚州」，「龍媼□□」宜作「龍媼鴉鬟」，「妾篋中□有五百金」宜作「妾篋中積有五百金」，「不意于風塵□□」宜作「不意于章臺中遇卿」，「□州五雲」宜作「揚州五雲」，「聲□□著」宜作「聲望頗著」，「蓋□西向坐」宜作「箕踞西向坐」，「經揚」宜作「維揚」。餘標點之誤，尚有若干，不再縷述。〈楊秋舫〉一作亦是，因重新打字，又不悉原文為王韜之作，致錯誤極多。如：「陳心晨」宜作「陳心農」，「綠震□」宜作「綠雲窩」，「尤亟敞」宜作「尤雅敞」，「藏書籍」宜作「藏庋書籍」，「猶□一郡」宜作「猶甲一郡」，「林樓蔽虧」宜作「林樹蔽虧」，「日久誦讀」宜作「日夕誦讀」，「解緒興思」宜作「觸緒興思」，「有人□。亭亭徘徊往復」宜作「有人影亭亭，徘徊往復」，「□覘之」宜作「出覘之」，「妾為君之西鄰」宜作「妾屬君之西鄰」，「徒聞花香參鼻」宜作「陡聞花香參鼻」，「妄想唐突」宜作「妄相唐突」，「□□殆滿」宜作「評騭殆滿」，「□酒漿」宜作「羅酒漿」，「為卿□」宜作「為卿壽」，「□生書籍」宜作「翻生書籍」，「一□」宜作「一闋」，「必□斯佳兆」宜作「必應斯佳兆」，「□蘧然而覺」宜作「遂蘧然而覺」，「今夕得逢卿□」宜作「今夕得逢卿來」，「可稱精□」宜作「可稱精廬」，「玉□樓下」宜作「玉鱿樓下」，「才□亦不下於儂輩汝。執意拗卻」宜作「才調亦不下於儕輩，汝執意拗卻」，「下榻於曇垂庵」宜作「下榻於墨華庵」，「圓頰豐頷」宜作「廣顙豐頷」，「出□秋闈」宜作「出應秋闈」，「金風□轉」宜作「金風既轉」，「服□入都」宜作「服闋入都」，「女乘軒將□」宜作「女乘軒將發」，「車遽展輪□馳當適」宜作「車遽展輪，飆馳電邁」等，其錯謬處實出人意料。全書類此現象，其例甚多，不再贅敘。之所以如此，即是主編者對於晚清民國小說較陌生，以致不清楚原作出處，又疏於校勘，造成彙編問題重重。

筆者期待通過對轉載者的刊登策略、動機與刊載現象，提出這些魚目混珠的文本，是如何影響了目前的臺灣文學研究，提醒研究者仔細辨析、謹慎採用史料，避免詮釋過度，甚至一失足致全盤皆誤。以下諸章即圍繞此關懷展開論證，先述日治臺灣文言通俗小說的轉載、改寫及其敘述策略，次以日治報刊《臺灣日日新報》、《洪水報》、《赤道》說明其對中國報刊的轉載及改寫，緊接著是中國文人王韜、林紓作品在臺灣的轉載及改寫情形，最後論述臺灣文人對中國小說、譯作的改寫，結論討論改寫、沿襲後的作品是承續還是創新？是創作還是抄襲？由於文本眾多，無法一以概之，各篇呈現各自的情況。

第二章
日治臺灣文言通俗小說的轉載、改寫及其敘述策略

第一節　臺灣日治報刊登載中國文學之現象研探

臺灣報刊雜誌如何轉載外來的作品，各刊物編輯各有不同偏好，但也有相似點，有一些作家作品經常被轉載，而轉載方式有不予更動的，或稍加更動，或省略部分，其改寫或省略通常是在文前或文後，文中改頭換面的較少，或許也是考慮讀者閱讀習慣而做的掩飾。至於前後情節挪動、省略較多篇幅，或借鑑題材改寫，或自添篇幅以敷衍全文者，皆關涉到改寫敘事技巧，這部分論述極為繁瑣，頗佔篇幅，筆者另於下一節論述此一改寫敘述之藝術性。本節討論日治臺灣報刊雜誌轉載中國文學之現象，當時選擇哪些了哪些文本？選刊的文本又以何種面貌呈現？文學作品的轉載改寫可視為一個「文化跨越過程」，在這一過程中存在大量的文化適應、選擇、保留、淘汰等現象，從轉載改寫敘述的角度來看，編者需做出許多選擇與處理，以適應不同國度下的政治、文化需求，甚至是休閒娛樂的商業考量。以下謹就轉載時的更動改寫，在形式外觀的改造，歸納數種方式，以見竄改痕跡及動機、緣由等。

一　省略親身經驗或得之親友戚族傳聞之敘述脈絡

前人筆記小說強調信息來源，其習用伎倆於開頭或結尾，實指敘

述內容為親見或聞之於親友戚族轉述，突顯據實結撰，有本有源的特色，這種似鄭重其事的寫法，後來漸成某一種套路。過去傳統小說敘事者角色的設計，既是故事的講述者，也是評點家，一身而兼二任，便於講述小說之來由，也可補述小說人物之餘事，成就虛構的有憑有據，使讀者不覺得是無稽之談，進而對小說情節更容易接受，產生移情作用，此種敘事方式一直佔據主流。但日治報刊轉登時，經常不錄傳聞得之某人的敘述，不再鑿鑿強調可靠來源。稱述來源是一種敘述策略，以增強內容之可靠性可信度，但切斷敘述之來源，也自然是種敘述策略，以小說的敘述要求來看，反而較合時宜，也更貼切於小說虛構性，可使小說敘事更完整，不必畫蛇添足。如〈血泊之花〉(原吳趼人之〈奇女子〉) 載至「厚治其喪。終身引為憾事云。」敘事確實已完整。原作則於文末由吳氏再著墨，增添議論小說女主角一節，與讀者交流，這現身的敘事者，拉開了與小說的距離。當然此項處理，沒有一定固有的模式[1]，但卻體現了臺灣報刊編輯的觀念及其轉變的過程與現象。

刊載時特意省略信息來源者頗多，如〈鴉片煙劫〉刊自曲園居士(俞樾)《右臺仙館筆記二》，原題作〈鴉片煙膏〉[2]，刊載時省去故

---

1 由於日治五十年，時間不算短，不同時期的報刊編輯也有不同的作法，也有保留故事敘述者的作品，如玉簫生〈案下埋屍〉，《申報》第19687號，1927年12月31日，第12版。《臺灣日日新報》第9989號，1928年2月14日，第4版轉載時易題作〈案下屍〉，保留「客有自豫中來者。為言衛輝發生一案」。又如〈王輔臣〉原是劉獻廷〈記王輔臣事〉一文，收入《虞初廣志》卷11（上海市：上海書店出版社，1986年6月）。開頭一段反而是轉錄者自加，文云「明清間。驍將王輔臣。精騎射。勇武絕倫。人稱為馬瑤子。初為寇後投誠。輾轉隨洪承疇經略入滇。其事頗多可紀者。因略記之。」《臺灣日日新報》第9855-9857號，1927年10月3-5日，第4版。

2 《續修四庫全書子部小說家類》(上海市：上海古籍出版社，1995年)，頁429、430。《臺灣日日新報》第9335號，1926年5月1日，夕刊第4版轉刊，題目作〈鴉片煙劫〉。另《臺南新報》轉刊時，作〈阿片劫〉，並保留「紹興老儒王致虛言」八個字，見1926年6月17日，第19版。

事敘事者「紹興老儒王致虛言」八個字。〈李秀山顯靈紀〉[3]轉載時省略「一昨與吾家留夷先生啜茗於園之逍遙遊，先生故與園鄰。自春迄秋。幾無日不遊憩其間。茶餘漫話。為述園事至詳。因偶言及秀山顯靈事。繪影繪聲。歷歷可據。雖事涉迷信。未免突梯滑稽。然情景逼真。諒非臆造可擬。聞之不禁悚然。及歸。迺溯厥顛末。飛筆覼縷之如次。以資閱者之譚助。先生之言曰。」以下接「佃戶沈某」。由於省略留夷先生一段，以致文中「先生又云」、「沈之所言，亦未始毫無所據」，無所呼應，顯得突兀。又因轉刊時未署原作者姓名「清涓」，因此文末一段「此則先生與清涓之所以樂為述且筆之也」，亦省去不錄。絜盧述〈滬濱實事箱屍案〉，轉載時易題作〈箱中屍〉[4]，並省略不錄以下這段話：

> 讀報的誰不知道福爾摩斯是英倫唯一的包探。奇思妙想。疑鬼疑神。他所辦的幾件奇案。凡是讀過華生所紀的福爾摩斯偵探案的。誰不嘖嘖稱奇。不過福爾摩斯實在沒有這一個人。乃是英國一個名小說家叫做「科南達利」的游戲之作。樓閣空中全憑匠心。讀者切不可給他瞞過呀。在下今年認識一個上海英租界著名的包探。他講給我許多奇奇怪怪的探案。有的是他所辦的。有的他也是破案中的一分子。而且事實的確要是留心海上盜刦拐騙綁票奇案的人。說出來腦筋裏總還有些記得的。我聽了離離奇奇的新聞。他竟有條不紊地偵出來。不但服他心思靈敏。委實要說上海是一個「魔窟」了。現在先來紀述一件「屍箱案」。讀報的也許說一聲比空樓閣的「福爾摩斯偵探案」好看吧。

3　原刊《申報》第19263號，1926年10月17日，第17版，《臺灣日日新報》第9522號，1926年11月4日，第4版轉刊，題目亦作〈李秀山顯靈紀〉。

4　刊《申報》第19468號，1927年5月24日，第12版。《臺灣日日新報》第9765號，1927年7月5日，第4版轉刊。

〈義貓〉此篇改寫自荆夢蝶〈義貓殉主記〉[5]。原文初為:「貓為動物之小者。而邇來自由談中時有異聞。茲吾所紀更異乎諸君之作。乃目擊之事實。而兼有表揚善類之意。謂足以風世也。倘亦讀者所許乎。」刊《臺灣日日新報》時，改寫為「貓為動物之小者。而其受恩深厚。亦知報德。勝夫人面獸心。負恩背義。當其微賤時。受眷屬栽培。猶以為恩。一朝得志。轉眼如不相識者比比也。茲有目擊事實。雖微物。而其知恩感激。至以身殉。有足為人表揚風世者。誌之以為世勸。」本文旨意於此具見。文中改寫不多，掩飾出處「自由談」，又有意省去故事得之親戚家族之寫法，原「余戚」姜氏及主母張「余外姑也」略去，但加上故事發生處「滬地」。其餘未多改寫，僅文末加改寫者之感慨:「嗚呼。物猶如此。可以人而不如乎。」這與徐岳〈義貓記〉所述之用意相近，以貓之靈異，死報主人珍愛之恩，與為人臣妾臨難不能決者相較，表達人不如物的鄙夷之情。〈記江湖奇人〉[6]原是張芷痕〈楚客〉一篇，轉錄時省去「吾友嘯猿世居松城設帳於松西小崑山鎮。」

絜〈滬濱實事　莊票被竊案〉[7]原有「吾友W君曰。輓近世風澆漓。人慾横流。殺人越貨之事。日有所聞。念秧探囊之術。層出不窮。每屆歲暮。胠篋逃遁等新聞。尤觸目都是。吾儕業偵探者。遂忙迫不堪言狀。茲請語君以S銀行被竊莊票三千兩事。予耗不少腦汁幸而人贓兩獲。不可謂非徼倖者也。雖然其人固衣冠中人。徒以一今之錯。身敗名裂。予冀其改過自新焉。」絜另篇〈滬濱實事　火賺案〉

5 刊《申報》第19255號，1926年10月9日，第17版。《臺灣日日新報》第9524號，1926年11月6日，第4版轉刊。吳福助所編「深毛而無毛」，語不通，原文作「澤毛而無尾」，因呼之以貂。

6 刊《申報》第19654號，1927年11月28日，第13版。《臺灣日日新報》第9962號，1928年1月18日，第4版轉刊。

7 刊《申報》第19678號，1927年12月22日，第17版。《臺灣日日新報》第9956-9957號，1928年1月12-13日，第4版轉刊作〈銀行失款案〉。

轉載時亦同樣省略：「茲以吾友某包探之述其友Y君火。榜匪一案紀之。以供談助。」文末復省「而朱君之神探令譽。輒為吾友某包探所稱道云。」葉曾駿〈石達開遺傘〉[8]省略「此事為父執張君所述。友人有謂（清代軼聞）中。亦有紀載此段。惟大同小異耳。」〈禍由人召〉[9]出自紀昀《閱微草堂筆記》，刊出時省略「先曾祖潤生公」，紀氏強調真實，此乃其先曾祖潤生公聞見之事。〈負骨記〉一文轉載自王漢章〈萬里孤鴻記〉[10]。文字前後稍異，通篇相同者多。作者王漢章正因感於友朋道義之交，可風世人，而有此作。從以上諸篇出處，可知不論是《臺灣日日新報》、《三六九小報》或是《崇聖道德報》刊登時，都偏向省略文中故事來源的敘述者。

二　完全更易篇名，與原作題目迥異

轉登時不盡然都會更動題目，保留原題目情形的，如《野語》的〈魏氏子〉、〈質婦〉、〈許生〉、〈湯解元〉、〈花面僧〉、〈老相公〉、〈賭餌〉、〈癡僧〉，以上諸篇皆保留原題[11]。自然尚有從其他典籍轉載者，亦是存真情況，量亦極多，此不述。至於改易篇名的方式，或另以小說中人物命篇，或取原文首句為篇名，或根據內容大意。更改題目者有小改及大改的情況，小改者尚易辨識出處，大改者多不見原題痕跡，出處追索上較為棘手。其更改題目之道有數種方式，謹分項敘述之：

8　刊《申報》第20290號，1929年9月16日，第19版。《三六九小報》第421號，1935年2月19日，第4版。

9　《崇聖道德報》第3號，1939年5月16日，頁23-24。

10　原刊《小說月報》第8號，1915年，頁33-36。〈負骨記〉則十三年後刊《臺灣日日新報》第9980-9982號，1928年2月5-7日，第4版。《日治時期臺灣小說彙編38》收入時，內文空白及錯字不少，可藉〈萬里孤鴻記〉以校正。

11　《野語》篇中小說被轉刊時，偶有改題現象，但為數不多，如〈丐仙〉改作〈丐醫〉，〈馬生〉作〈馬司馬〉。這一系列小說被轉刊的時間，集中在《臺灣日日新報》1914年。

其一是取小說中主角姓名為篇名。尤其是《臺灣日日新報》習以小說中人物命篇，如將鄒弢〈小霸王〉改為〈孫鵬〉[12]，文中主角孫鵬之自負行徑如同原篇名「小霸王」。因而改易題目後，小說內容無法自篇名觀之。陸士諤〈俠談〉轉刊時以小說主角名字「張大用」為篇名[13]，文前省略一小段文字「技擊之盛。以清乾隆時為最。當時天下十八名師。南中居其九。甘鳳池為之首。甘之事。婦孺皆知。不必述。余所聞」。以下「金閶名師張大用」即轉載時直接切入之文本。伊耕〈鵑聲雁影〉易題為女主角之名〈珊珊〉[14]，〈天臺豔跡〉改作〈劉鳳藻〉[15]，另以其人特質命篇的有〈痲城獄〉改作〈陳青天〉[16]，〈輪庵和尚〉改為〈詩僧〉，〈指甲墨痕〉改作〈吝翁〉[17]，以其性奇吝，守財若命故。

《客中消遣錄》被轉載時，通常是改以人物命篇。如〈奇女〉改

---

12 姜泣群輯，《虞初廣志》卷13（上海市：上海書店出版社，1986年6月），頁64-68。此書根據光華編輯社1915年複印。又收入（明）湯顯祖等原輯：《中國古代短篇小說集下》（北京市：人民日報出版社，2011年2月），頁328-329。

13 陸士諤〈俠談〉復收入《金鋼鑽月刊》第1卷第7期（1934年4月），頁1-2。張大用為篇名，此文刊《臺灣日日新報》第9336號，1926年5月2日，第4版。

14 （沈）伊耕〈鵑聲雁影〉刊《小說時報》第18期（1913年）及《滑稽時報》第4期（1915年），《臺灣日日新報》第11841號，1933年3月25日起，第4版轉刊作〈珊珊〉，分十六回連載。

15 〈天臺豔跡（反聊齋之三）〉刊《小說叢報》1916年第3卷5期，頁1-7。《臺灣日日新報》第8346-8348號，1923年8月16-18日，第6版轉刊時易題〈劉鳳藻〉。

16 蔡東藩編，琴石山人校：《客中消遣錄‧痲城獄》（上海市：會文堂新記書局，1918年2月），《臺灣日日新報》第9047號，1925年7月17日，第4版轉刊時易題〈陳青天〉，分五回連載，7月17、19、20、22、24日。

17 〈指甲墨痕〉，平襟亞《中國惡訟師》（上海市：志成書局，1919年12月），頁10-13。《臺灣日日新報》第8568號，1924年3月25日，第6版改作〈吝翁〉。小說敘吝翁子房產售於鄰人，鄰人於房舍下掘得甕金十甕。後以重金求助訟師，訟師案中指蘸黑墨，於索觀契約時，在「上買樓房，下買地基」之「下」字旁加一撇，成為「不買地基」，遂得地下藏金。

作〈杜憲英〉，〈義丐〉改作〈阿四〉，〈補恨〉改作〈謝祖安〉[18]。以人物命篇的情形，尚須留意的是對小說主角姓名的更易，如徐昆《柳崖外編》〈巧巧〉易題作〈簪紅〉，〈圓實〉易作〈慧珠〉[19]。另〈龔碧雲〉改寫自嘯洞〈喜情短篇逆來順守〉[20]，女主角為吳新卿，男主角郭蓮生，轉載時做了較大幅度的改寫，人名改作龔碧雲、柯鶴樓，其中地名亦改作「金門」，並以「龔碧雲」為篇名，此類情況復見林紓〈纖瓊〉改題作〈范秋霞〉[21]，〈纖瓊〉原作主角是「趙東覺」，轉錄時改為「范秋霞」，因此不以〈趙東覺〉為篇名，二作不同之處，〈龔碧雲〉以女主角為篇名，〈范秋霞〉以男主角為篇名。另有將人名外號更改為較熟悉的情況，如〈痢老八〉易題作〈老七〉[22]，還有同是作品人物的相互更替，如《聊齋誌異》的〈房文淑〉改作小說另一人物〈鄧賜生〉[23]。

其二是取作品首句為題。中國典籍對於無題之作，後人習慣以首句為題，臺人轉刊中國小說時，亦常將題目如是更動，而更動結果亦頗合乎過去文言筆記小說以人名（主角）為題的現象。這類作品可見

18 蔡東藩編，琴石山人校：《客中消遣錄・奇女》（上海市：會文堂新記書局，1918年2月）。徐珂編《清稗類鈔》及挹芬女史編《名閨奇媛集》皆載，《名閨奇媛集》，署名作者「塞庵」。〈杜憲英〉刊《臺灣日日新報》第9040號，1925年7月10-11、13-15日起，第4版。

19 徐昆：《柳崖外編・巧巧》，《臺灣日日新報》第4261-4262號，1912年4月11、12日，第5版轉刊時易題作〈簪紅〉，作者殿。〈圓實〉刊《臺灣日日新報》第4558號，1913年2月10日，第4版時易題作〈慧珠〉。

20 《民權素第四集說海》，見《近代中國史料叢刊續編553》（臺北市：文海出版社，出版年不詳），頁9-14。蔣箸超編纂，《民權素》第4集（上海市：民權出版部，1915年）。

21 《臺南新報》第8806號，1926年8月14日，第6版。

22 《申報・自由談》第20264號，1929年8月21日，第22版。《三六九小報》第368-370號，1934年8月16、19、23日，第3版轉刊時易題作〈老七〉。

23 （清）蒲松齡原著《聊齋誌異》篇名自然是〈房文淑〉為佳，符合內容主題。《臺灣日日新報》第9891-9892，號1927年11月8、9日，第4版作〈鄧賜生〉。

者，如張菊屏〈作惡自斃者〉初敘「吳人張某。向設一肆於西門外」，臺灣轉刊時，即易題作〈吳人張某〉[24]。〈李玉堂〉一篇出自〈公安局長懼內自盡之慘聞〉，轉刊時即以人名為篇名，該文起首即敘述「李玉堂字蘭亭。皖人」。〈浦陽黎某〉一篇情形亦同，原作為金君珏〈匪夷所思之脫匪計〉。清癯〈雌雄婆之趣案〉即〈胡老四〉一篇，〈黃炳坤〉即斅厂〈致死奇談〉，〈珍姊〉即王梅癯〈三分有二〉[25]。〈梅女士〉一篇原題為〈一字折獄〉[26]，作者沈梅儷，該文敘「B 女士年華二九」，由於《臺灣日日新報》將「B 女士」改為「梅女士」，因而篇名也就改作〈梅女士〉。〈花麗卿〉原是吳調梅〈海上聞見錄〉，首敘「花麗卿。金陵故家女也」，而冒名「包天笑」〈空谷蘭〉譯作的雪〈紀蘭孫〉一篇，開篇即是「紀蘭孫。武林世家子也」。由於文言筆記小說習以某生、某女者開篇敘述，因而更易題目時，便出現頗多以人名為篇名的現象，此例甚多，不再一一例舉。

其三是重新以內容思想命題。轉刊時的特意隱匿動機，取消原易辨識的人物篇名，改以小說內容思想，如林紓〈穆靈芝〉一文即是以主角穆靈芝為篇名，內容描述繼母虐兒情節，因之改作〈繼母虐兒〉。此文既易題又略去文末「踐卓翁曰」，遂不易辨識為林紓之作[27]。李慶

---

24 〈作惡自斃者〉原刊《申報》第19559號，1927年8月24日，第16版，《臺灣日日新報》第9852-9853號，1927年9月30日、10月1日，第4版易題作〈吳人張某〉。張菊屏另有〈鬼打牆〉二則，轉刊時將第一則命題為〈黑白罩〉，《臺灣日日新報》第9977號，1928年2月2日，第4版。第二則易題作〈羊騷迷〉，首句所述即「羊騷迷多見於不通潮汐之內河」，《臺灣日日新報》第9998號，1928年2月23日夕刊，第4版。

25 〈致死奇談〉，《申報．自由談》第19614號，1927年10月19日，第16版。《臺灣日日新報》第9882號，1927年10月30日，第4版轉刊時易題作〈黃炳坤〉。王梅癯〈三分有二〉，《申報．自由談》第19647號，1927年11月21日，第16版，《臺灣日日新報》第9955號，1928年1月11日，第4版轉刊時易題作〈珍姊〉。

26 〈B女士〉，《申報．自由談》第19727號，1928年2月18日，第16版，《臺灣日日新報》第10013號，1928年3月9日，第4版轉刊時易題作〈梅女士〉。

27 林紓作品被轉錄時，亦多更動，如〈崔影〉一篇在論「方今男子之種類」時省略一頁多篇幅，而以「龐雜無等。均不足託命」九字一筆帶過，然後直接接續「杜大笑

辰《醉茶志怪》的〈劉玉廳〉如同林紓〈穆靈芝〉的易題，捨棄主角人名，改為〈活閻摩之裁判〉。〈麒麟客〉改作〈張茂實截竹替身〉[28]，毛祥麟〈某公子〉改題〈俠客除暴〉，毛祺齡〈神告記〉易題〈估客失金〉，明〈自貽伊戚〉易作〈巫騙〉，劉望實〈輕薄桃花逐水流〉換作〈弄假成真〉，徐昆《柳崖外編》中的〈文綃〉換題〈兩美必合〉，〈小環〉易作〈醫妬女〉，〈劉車夫〉易為〈蛇女〉。姚鵷雛的〈風颸芙蓉記〉改作〈復仇女〉[29]。而原以內容思想為題，卻改為人物姓名者也不少，如〈焦素真〉原作〈無恥〉，作者「心根」，即是以批判蕩婦焦素真之無恥。〈程婦〉原作〈賢妻致貴〉[30]，主要是描寫堅貞、賢良的妻子，不計個人利害生死，在動亂的時代，為丈夫程鵬舉指點迷津，使之得以脫離困厄，才能有所施展。而程鵬舉在富貴之後，亦不忘糟糠之妻，最後夫妻團聚，釵合美滿。尤其是其妻對故國眷戀之情，堅忍不拔的毅力，純潔高尚的情操，多所強調。

曰」。《臺灣日日新報》第4870號，1913年12月30日，第4版及第5168號，1914年11月6日，第3版刊登兩次。

28 〈張茂實截竹替身〉刊《臺灣日日新報》第8067號，1922年11月10日，第6版，此作原出自（唐）牛僧孺撰、李復言撰，《玄怪錄．續玄怪錄》（上海市：上海古籍出版社，1982年9月），頁161-163。原篇名作〈麒麟客〉，《太平廣記》卷53題名同。《圖書集成．方輿彙編．山川典》卷74，無題。

29 〈某公子〉，毛祥麟《墨餘錄》（上海市：上海古籍出版社，1985年1月），《臺灣日日新報》第10614號，1929年11月4日，第4版作〈俠客除暴〉。明〈自貽伊戚〉，《申報．自由談》第19541號，1927年8月6日，第16版，《臺灣日日新報》第9839號，1927年9月17日，第4版轉刊時易題作〈巫騙〉。劉望實〈輕薄桃花逐水流〉，《申報．自由談》第19661號，1927年12月5日，第16版，《臺灣日日新報》第9931號，1927年12月18日，第4版轉刊時易題作〈弄假成真〉。〈風颸芙蓉記〉刊《小說叢報》1916年7月，《孔教報》第2卷第5-9期，1938年6-12月，轉刊時易題作〈復仇女〉。

30 刊陶宗儀《輟耕錄》（又名《南村輟耕錄》）（北京市：中華書局，1985年新一版），《臺灣日日新報》第5793號，1916年8月14日，第4版易題作〈程婦〉。

三　人名（人物）、地名（空間）、年代（時間）之更易或省略

由於時空改為臺灣，很容易讓人認為是臺灣文人的創作，此類改動極易誤導讀者、研究者。吾人如以一九二二年《臺灣文藝叢誌》轉載的抗父〈最近二十年間中國舊學之進步〉觀之，當可了解某些傳統文人在轉載時有意避開「吾國」、「我國」字眼。抗父此文原載《東方雜誌》，《臺灣文藝叢誌》轉載時文末省去十三行，殆因「我國舊學之進步，……使知言中國學術無進步者之謬」，此類措辭對於臺灣處於日本殖民統治下，或有不便而刪除，綜觀全誌對轉載之處理，其省去原出處之交代甚為明顯。此情況一如向復庵〈今日吾國教育界之責任〉[31]轉載時改作〈今日教育界之責任〉，亦是省略「吾國」，同時文末「四月十一日演於漢口明德大學」亦不錄。這些明顯可見的「中國」、中國地名（漢口）或暗示中國之作的字樣，編者（報人）皆有意避開。而且不僅《臺灣文藝叢誌》如此，《臺灣愛國婦人》、《臺灣之實業》以及《臺灣日日新報》、《崇聖道德報》等各報刊雜誌皆有此作法。因此對於日治臺灣報刊雜誌不能因其作品中的時間、空間、年代等為臺灣，即斷定是臺灣文人的創作。

有意略去或模糊時空背景的現象極為普遍。〈社會小說王瓜觀音〉在一開始即省略作者「瘦蝶」一段話：「我國人民以告閱者諸君。」直接敘述故事發生地點，並加上「支那某屬」[32]。這一段時間轉錄之作品，喜加上「支那」，如韋士〈擔夫〉[33]：「中原民俗強悍」，轉錄時作「支那中原民俗強悍」。因此臺灣報刊出現敘述「支那」故

---

31 原載於《太平洋》第10號（1923年6月），頁39-83。《學衡》第29期（1924年）轉錄。

32 《臺灣日日新報》第4987號，1914年5月1日，第4版轉刊。

33 《申報．自由談》第14758號，1914年4月21日，第14版。《臺灣日日新報》第4977號，1914年4月21日，第6版轉刊。

事者，未必是臺灣文人之作。叢錄刊圖南詩史〈閨門苦節〉，此文實改寫自梁章巨《閩川閨秀詩話・許琛》[34]，行文脈絡及文字小異，但有意省略許琛節婦年廿二，時為「乾隆壬申」的時代背景。〈臨川折獄〉[35]作者「陳小蝶」，《臺灣日日新報》轉刊時省略「辛亥之歲，予客」、「予居平昌，雖祇三月，而得知」等語。《臺灣日日新報》刊〈青蛇命案〉[36]，結尾原云「此民國十六年十一月初事也。」然則原刊《申報・自由談》一九二七年十二月二十七日，並無「民國」二字。率〈土地奶奶小傳〉被轉刊時亦同樣省略「中華民國」一段，其下原有「時為中華民國破除神權之第三年。外史氏曰：光復後，各省都督皆以本省人充任，而江蘇獨否，蘇人頗以為辱，嗣有某女士為某都督夫人，於是蘇人乃稍稍稱道，謂吾蘇雖不生都督，而猶幸有都督夫人，亦足豪矣。比又有土地奶奶出現於上海，豈兩間靈秀之氣，獨鍾於女子耶？後先輝映足為吾蘇女界兩大人物，是不可以不傳」等文字。

〈紀汪瑚事〉將「我國家」改為「乾隆時」，海客的〈結婚的年齡〉[37]則將「我們中國」改為「我國」。〈海藏壽言看雲樓〉[38]：「閩縣

---

34 梁章鉅：《閩川閨秀詩話》卷4（《筆記小說大觀》5編）（未著錄出版地、出版社，1980年），頁5583-5585。《漢文臺灣日日新報》第3523號，1910年1月27日，第4版轉刊。

35 〈臨川折獄〉刊《申報・自由談》第15210號，1915年6月17日，第14版，《臺灣日日新報》第5396號，1915年6月29日，第6版轉刊作〈紀事小說湯臨川折獄〉。內容描述陸姓布商因改業而缺資金，與其鄰一農商以約債，翌日賫資贖券，農竟不認，乃訴之湯臨川。臨川以其慧智，助陸商拿回債券，並懲處農人。

36 《臺灣日日新報》第9974-75號，1928年1月30、31日，夕刊第4版。黃薇勳曾云《臺灣日日新報》、《三六九小報》刊登〈青蛇與命案〉一篇，無法確定作者是否如《三六九小報》所刊？今查《三六九小報》（第473-475號第3版）所刊〈青蛇與命案〉的作者署名「紅綃」，確實與《申報》相同。黃文見《1906-1930《臺灣日日新報》漢文短篇小說中家庭女性婚姻與愛情的敘寫》（臺北市：臺北教育大學臺灣文化研究所碩士論文，2010年7月），頁17。

37 《申報・自由談》第20183號，1929年5月30日，第21版，《三六九小報》第289號，1933年5月16日，第4版轉刊。

鄭蘇戡先生孝胥。騷壇領袖。人倫模楷」將「閩縣」改為「滿洲國」。天英〈夢廬談屑[39]〉:「我國淫祀。不一而足。又有謬誤相沿。大堪發噱者。」轉載時將「我國」改為「中國」，其例甚多。對於清朝文獻中習稱的「國初」，幾乎都改為「清初」，有時為營造時代相近，更體現果報之可懼，將「乾隆三年」改為「民國三年」[40]，在《崇聖道德報》這種現象觸目可見。如〈長厚享大福〉[41]出自《耳郵》，原「國初巨富」改為「清初」，特意避開「國」字。中谷〈德高不危〉[42]出自袁枚《子不語》，亦是「國初」改為「清初」。

更改「地名」者，如作者「儀」移植、改編王韜之作，普遍在故事一開頭將時空背景置換為臺灣或與臺灣關係密切的福建。如儀〈燕歸來〉此文為王韜《淞隱漫錄．閔玉叔》之改寫，原作即牽涉臺島，述臺灣紅毛赤嵌古蹟。王韜雖未到過臺灣，但因岳父林晉謙寄籍臺灣，寫作靈感或與此有關。由於王韜助譯西方科學，對天文、算學、西方文物等多所知曉，此篇小說以臺灣紅毛赤嵌古蹟、歷史為引子，虛構了閔玉叔的海外冒險故事，寫到操舟黑人、西人外婦、碧眼賈胡、檳榔嶼、鼓浪嶼等。此後《臺灣日日新報》所載〈吳深秀〉、〈燕歸來〉、〈狐女報德〉、〈鳳仙夙緣〉等篇皆原非臺灣時空，而是作者「儀」有意的改換時空。由於臺灣本身是海島，當「儀」將作品時空置換為臺灣時，這些作品即將原是內陸題材的作品，搖身一變成為涉海之作，易言之，改寫者在誤打誤撞情景下，形塑了臺灣文言小說裡

38 《申報．自由談》第20248號，1929年8月5日，第21版，《三六九小報》第435號，1935年4月9日，第2版轉刊。

39 《申報．自由談》第20281號，1929年9月7日，第22版，《三六九小報》第396號1934年11月19日，第4版轉刊。

40 見〈天譴暴行營卒〉，《崇聖道德報》第35號，1942年1月28日，頁26。出自袁枚《子不語》，原故事時間是乾隆三年，刊載時改為「民國三年」。

41 《崇聖道德報》第5號，1939年7月16日，頁24-25。

42 《崇聖道德報》第46號，1942年12月28日，頁22-23。

的渡海之作，與海洋題材關係密切。〈鳳仙夙緣〉，因七姬墳，而遙想到五妃墓，因而將原本《淞濱瑣話》所述當代（清朝）事，轉換成寧靖王與五妃故事，且以酬夙緣之說，跳轉至日本殖民統治下的時空，突顯「改隸初」玉笏出土，曾帶至內地（日本）[43]。又如《客中消遣錄》的〈騙術三則〉[44]，易題〈奇騙〉，將京師改為「北京」。鐵樵〈記事小說孽海暗潮〉[45]刊載時，有意省去中國地名，以「某」代之，「山陰某甲」改作「有某甲者」，「隻身客江右」作「隻身旅外」、「繼妻餘杭某氏」作「繼妻某氏」。《風月》連載「家庭短篇：母鏡」[46]，作者署名「驥」，此篇原作者「逸軒」。或許二作時間相距已十六年，「驥」大膽將此文做了些微更動，「吾國」改為「吾臺」，「阿九。陳姓。無錫人。」改為「改隸前。有賊仔九者。淡水人。」文末「錫人交相慶。慶去害也」改為「後人至。引為母鏡云。」可見是有意避開「吾國」、「無錫」等字眼，而改以本土「淡水」之故事，因而讀者誤以為是臺灣作家述臺灣事。

同樣也有更改不多，保留地名的情況。如〈軼聞徐生殺虎復讐記〉：「徐生軼其名。泉州某鄉人。兄某業農。」更改為〈殺虎復讐〉：「泉郡某鄉。有徐生者。昆仲二。兄業農。」不及一年又轉刊，另題作〈殺虎錄〉[47]，文作：「徐生軼其名。對岸泉州某鄉人。兄某業

43 詳見第四章第二節：王韜及其作品在臺灣的轉載及改寫。

44 《客中消遣錄》（上海市：會文堂新記書局，1918年），頁31-34。《臺灣日日新報》第8932號，1925年3月24-25日，第4版作〈奇騙〉。

45 〈孽海暗潮〉刊《小說月報》第3卷第2期，1912年5月，頁1-4。鐵樵即惲鐵樵（樹珏）。《實業之臺灣》（卷期、出版時間不詳）轉刊，頁88。

46 《風月》第21-24號，1935年8月16、19、23、26日，第2、3、4版，實轉載自《友聲雜誌》第1期（1919年）。

47 〈軼聞　徐生殺虎復讐記〉，《申報》第13403-4號，1910年6月2-3日，第12版，《臺灣日日新報》第3558號，1910年3月10日，第5版作〈殺虎復讐〉，第3814號，1911年1月6日，第3版作〈殺虎錄〉。

農。」加上「對岸」二字，其口吻營造在臺文人所作。〈俠客〉[48]文中保留「東三省之戰，日本以重兵扼旅順，我國工商，被困圍中者數萬人」。未錄「吉樂曰」一段。但是保留「日本」、「我國」，從眾多改寫、掩飾之例觀之，可能是編輯忘了改動。

四　合數篇為一篇之情形

合數篇以上之作為一篇的做法，在當時頗為常見，但很可惜的是此一現象未被揭櫫，在討論這批日治報刊雜誌小說時，誠為重要之課題。《臺灣日日新報》所刊儀〈女劍俠傳〉，即合併王韜〈女俠〉、〈劍仙聶碧雲〉〈李四娘〉、〈盜女〉、〈劍氣珠光傳〉五篇為一篇，分述潘若仙、潘巧雲、白芝仙、倩珠女史、戴絳玉女俠事。〈花麗生〉是拼湊〈何華珍〉、〈三夢橋〉、〈心儂詞史〉、〈鵑紅女史〉四篇為一事。至於〈三伶〉[49]實出自徐昆《柳崖外編》〈二伶〉與《柳崖外編》〈吳伶〉。故事描述三伶，即吳伶、李伶、王伶。吳伶受徐後山賞識，憑著自身的才藝，獲得大僚賞識，登高位，仍不忘徐後山的恩情。李伶受浪子賞識，但浪子家道中落後，李伶便嫌棄不理，最後浪子含恨而死。某生傾心於王伶，卻只敢默默尾隨送之，直至窮困潦倒。王伶因生孝廉而感動，便邀生同居，且勉勵其勤學，考取功名。又如王梅癯〈信陽四異人列傳〉，《臺灣日日新報》轉載時即分四篇刊載。經過數篇拼湊之後，內容情節有時會有較大的波折起伏，有時只是幾則相近題材獨立的故事匯聚在一起，或原來有數則故事，僅錄一則，或選錄時的刊登時間前後相反。

綜上所述，中國文學被轉錄時除了少數原汁原味保留外，多數做

48 吉樂：〈記俠客〉，《虞初廣志》卷2（上海市：上海書店出版社，1986年6月）。《臺灣日日新報》第4207號，1912年2月15日，第5版。

49 本文刊《臺灣日日新報》第4610號，1913年4月6日，第6版，作者署名「殿」。

了變更，其變更形式除了篇幅增刪、情節前後挪動外，本文著意討論以下數種方式：改立題目、竄改作者姓名及原作的內容文字。改易篇名的方式，或另以小說中人物命篇，或取原文首句為篇名，或根據內容大意。竄改作者姓名則形成抄襲、冒名之嫌，更動原文情形又有數種策略：省略故事來源的敘述者，人名、地名、年代之更易或省略，合題材相近之數篇為一篇等等。如果研究者能深切認識到日治下各報刊雜誌上的各式各類文獻的移植及移植後的摹寫變造依據，自然能對處於轉型轉變的臺灣文學有進一步的認識與理解，在目前日治臺灣文學的研究格局中增加許多意外驚喜，得到許多細節上的豐富，同時也有利於從一些新的角度和立場拓寬臺灣文學的研究空間。

第二節　日治文言小說的改寫現象及其敘述策略

一　前言

魯迅在《唐宋傳奇集》序例中指出明清人刻書「往往妄製篇目，改題撰人，晉唐稗傳，黥劓幾盡」[50]，因而認真校勘多種版本，希冀「較之通行本子，稍足憑信」。錢鍾書《管錐篇》也曾對選述風習如是評述：「談藝衡文，世別尊卑，道刊大小，顧選文較謹嚴，選詩漸放恣，選詞幾欲攘臂而代庖……院本小說底下之書，更同自創，人人得以悍然筆削，視原作為草創而隨意潤色之。」[51]足見刪抹改竄之移花接木或剪裁重寫原文，從中國古代以來即層出不窮，即使至清末民國時期此風仍未歇息。連橫且言「曩在滬上見某小說報，中有一篇，

50 魯迅編選：《搜神記唐宋傳奇集》（上海市：上海古籍出版社，1998年11月），頁201。

51 錢鍾書：《管錐篇》「卷三《全三國文》卷16」（上海市：三聯書店，2007年12月），頁1692-1693。

題目為『一朝選在君王側』，已嫌其累，及閱其文，則純抄過墟記之劉寡婦事，真是大膽！夫過墟記之流傳，知者雖少，然上海毛對山之墨余錄曾轉載之。對山，同光時人，其書尚在。為小說者，欲欺他人猶可，乃並欲欺上海人耶？」[52]連橫不認同「剿拾前人筆記」、「易其姓名」、「敷衍其事」即視之為創作的態度，連氏參與過中臺兩岸多種報刊編輯，其意見極可能是親身的見聞經歷。當時臺灣報刊作品在商業法則，市場與權力的盤根錯節的糾葛及殖民統治下政治力的介入，以及編輯個人主觀的好惡，日治臺灣報刊對文本東抄西襲，改頭換面，更是變本而加厲，在改製、改題上動輒悍然筆削，令人眼花撩亂。他們並不注重版本，也不在意版權[53]，多數選文只是方便權宜之計，手中恰好有某文，又合乎其口味，便逕自刊登，且多數經過增刪更動。

經過編輯改擬標題或刪增內容之作充斥日治各報刊，有些可視為創作，有些則屬抄襲，在今日對臺灣報刊作品的研究上，具體確認其繼承、沿襲、吸收的發生及後續的開展與變化，乃是必要及迫切的課題。前人曾指出梁啟超文，好抄襲日本人士的論著，由於多未注明，或雖有所說明，而底本不易找到，難以查實。如在研究時未查得梁氏

52 原《臺灣詩薈》〈餘墨〉，收入連橫著：《雅堂文集》（南投縣：臺灣省文獻委員會，1992年3月），頁288。連橫任職期間是否亦曾改竄文章後以未署名或隨意署名的方式刊登報刊，並不清楚，但以臺灣日刊幾乎每天皆刊有改寫更動之文的情況來看，似乎也很難完全撇清關係。清末民初這種改動現象極頻繁，如《筆記小說大觀》、《清代筆記叢刊》收入《客窗閒話》時，序言及年代、部分文字，都有加工改刪，已非原貌。又如張潮《虞初新志》選文對原作的更易。

53 〈洪湘兒〉（1915年10月26日）錄湘兒詩：百日花殘添恨事，三更月落惹愁思，又云，閒調鸚鵡（誤為鵝）拈紅豆，細繡鴛鴦擘綵絲。實出自《申報》〈春閨詞〉：「芙蓉如面柳如眉，雪樣肌膚玉樣姿。百日花殘添恨事，三更月落惹愁思。閒調鸚鵡拈紅懶，泥人簾底倩填詞。」（第3274號，1882年6月14日，第3版），然則有趣的是《東方雜誌》的〈洪湘兒〉襲用了〈春閨詞〉，刊載此文時又明言「禁止轉載」，而《臺灣日日新報》不僅轉載，且進行改寫，尤其後面一段，改寫幅度較大。

在政治經濟文學哲學等論著的東學淵源，而直接將之援引做為梁氏思想之論據，恐不僅是妨礙對梁氏思想來源及其變化的理解，且極易擴大對梁氏思想解釋的隨意性。此一現象經狹間直樹、桑兵等學者的研究[54]，漸趨明朗，在西學、東學和新學之間，找出彼此聯繫的具體證據，比較文本的異同，探尋導致差異的根本原因，放在時代脈絡下理解其思想軌跡和心路歷程，如是方能避免片面的理解，甚至是曲解。臺灣文人在日本殖民統治下與中國文化文學的千絲萬縷關係，與時代制約的影響又是如何？種種體現在選本（篇）的內容及改編、改寫的行為上，這與梁啟超研究現象極為相近，因此研究日治報刊作品，首先需先落實臺灣報刊編輯者所閱讀、吸收、借鑑的文本究是哪些？底本與各版本之間的異同又如何？選擇某一篇文本，代表了編者閱讀文學作品的經驗及其個人文學觀念、美學品味及客觀現實的考量，如其所處社會的制約、個人才學的引導、商業消遣的追求，這些因素相互拉扯，最後呈現出諸多的改寫改竄作品，從個別字句的改削更動到刪削一兩頁篇幅或增加數行文字，有時故意誤讀作品，改易成因果報應、貞孝倫理道德思想的傳播，有時藉文本連結臺灣現實，回歸日本國體，或者將小說改成史論、古文，或者自社會新聞、電影本事、翻譯文學刪改增飾。綜合其改編改寫方式，各類現象所在多有，有些且恐是絕無僅有。然而這些文本的的改編異動，既未被揭櫫，視為臺灣文人之作，則易隔靴搔癢，甚而斷章取義、離題萬里，然欲蒐羅齊全，尋求原出處，又直是可遇不可求。書涯無盡，個人見聞有限，欲探原尋本，實難不漏不誤，只能全力以赴，將現有的認知草就此文。由於筆者已在前一節先處理有關篇名、人名、時間的改易、數篇合併一篇或一篇析為數篇，及直接摘錄而出入較少的文詞字句——其主體

54 桑兵：〈梁啟超的東學、西學與新學——評狹間直樹《梁啟超．明治日本．西方》〉，《歷史研究》2002年12月第6期，頁160-166。

架構並無較大變動者為主。本節則專論改寫篇幅較多的現象，為了方便討論，故事源流的追索及不同文本的因襲和變異，不得不多花些篇幅引錄原文，以便比對，進而得見編者如何對故事標題進行了不同程度的更改，對情節內容又進行怎樣的刪減和修改？文本改寫過程是文學創作還是剪刀加漿糊之作？改寫目的又是什麼？是否改變了文本意義？以上為本節討論之重點。

二　改寫現象及敘述策略

前述改竄改寫現象，所在多有，但寫作策略上千差萬別，上焉者獲致自出機杼的創作境界，自然巧合，渾然一體，青出於藍而勝於藍，下焉者襲其詞用其意，剪裁不當，擅改臆刪，喧賓奪主而枯燥無味。及至近世，改寫、重寫之道，依舊是文學寫作難以避免的，如汪曾祺不斷改寫其文本，〈復仇〉、〈異秉〉、〈職業〉都曾改寫過，小說〈求雨〉不但與趙樹理小說同名，還對同一民俗描述做了完全不同的理解和處理，他也改寫經典之作《聊齋志異》、《夜雨秋燈錄》，而有《聊齋新義》。改寫對他而言是一種獨特的文化精神的隱寓及文化重構活動，象徵了他的藝術觀和生活觀，提供別一種的文學和生活的樣式。在國外則有巴思的《羊孩賈爾斯》(1966) 是對《聖經》和古希臘神話的改寫、《客邁拉》(1972) 是對《一千零一夜》的改寫，巴塞爾姆的《白雪公主》(1967) 是對同名童話的改寫，湯亭亭的《女戰士》(1976) 是對〈木蘭詩〉等中國古典故事的改寫、《孫行者：他的偽書》(1988) 是對《西遊記》的改寫，庫弗的《威尼斯的皮諾喬》(1991) 是對《木偶奇遇記》的改寫，《布萊厄・羅茲》(1996) 是對睡美人故事的改寫等等[55]，可謂中外皆然。而在媒體專斷時代，文學

55 參見楊紅莉，〈汪曾祺小說「改寫」的意義〉，收入中國文聯理論研究室編：《繁榮文藝評論：第六屆中國文聯文藝評論獎獲獎文集》(北京市：中央文獻出版社，

的傳播容易變成混亂、簡化或失真，文本改寫也普遍面臨著被報刊、出版社編輯改寫的命運[56]，不僅導致文本的失真，同時還以強大的滲透力改寫作家本人。

日治臺灣作品的改寫多體現在報刊上，自然也是編輯、漢文記者自覺性的進行這一工作，但究竟何人所為，尚缺乏直接的證據可實指。因此從文本的比勘，可找出其共性與區別性，但因個人才性及審美道德觀種種差異，影響到接受、改竄或創造行為等不同的結果，則無法落實解釋個別的編輯、漢文記者。同時，改寫有著各式各樣的形態和成因，判定來源既難，來源之版本又難以確指，如多篇作品同時見於《滿清野史》、《大清見聞錄》、《清稗類鈔》、《筆記小說大觀》、《太平廣記》等，編輯究竟根據哪一本子，需文本多方比對，及前後所刊一系列文本合觀，才能漸浮現輪廓。當然，從文獻真偽的角度來考慮，擅自改竄是一種惡習，但從文學傳統的發展演變角度來看，尤其是日治臺灣小說剛起步的階段，模仿學習、移植改編、影響接受到獨自創造，乃是必然過程。以下將就文言筆記小說、新聞小說、翻譯文學[57]被改寫現象，舉其若干例子，以明改寫現象及敘述策略[58]。

2008年），頁114。及劉建華著：《危機與控索後現代美國小說研究》（北京市：北京大學出版社，2010年5月），頁15。

56 在九〇年代小說中，林白的《一個人的戰爭》是典型例證，作家對作品的版本問題做了詳細的交代：「第四個版本就是這次江蘇文藝出版社出版的文集中所收的版本，這是我為文集所修訂的一個完整的版本，在這個版本中我將首刊時的題記全部恢復，並把這段話放到了全書的最後，作為結尾。我覺得這樣更有力度，更具震撼力。」林白：〈關於《一個人的戰爭》〉，《今日名作》1997年第5期，頁46。又收入林白，《林白文集》卷2《一個人的戰爭》後記（南京市：江蘇文藝出版社，1997年版），頁294-295。

57 有關電影本事改寫為小說之現象，筆者另有〈銀幕春秋與文字乾坤：談上海電影本事在日治臺灣報刊雜誌的轉載〉，《考掘．研究．再現──臺灣文學史料》第1輯（2011年10月），頁27-48，故本文不述。

58 本節牽涉到文本的比對，因此保留臺灣報刊刊出時原標點符號，並未改作今日臺灣學界習用之新式標點，謹此說明。

(一)文言、筆記小說之改寫方式

臺灣報刊自中國文言筆記小說轉錄改寫之作極多，其書寫策略或因強調主旨不一，或有意改易、省略時空，或第一人稱改作第三人稱，或改易故事刊載的次序，或合併綜合不同文本，形成不同的閱讀效果。以第一人稱改為第三人稱者，如〈饞猫〉、〈老僕〉、〈疑情記〉、〈走陰差〉、〈奇疾奇醫〉、〈狗捕鼠〉。或改為「友」、「或」，如〈步行療疾〉、〈異僧〉。亦即過往小說敘述以我聞諸親友敘述，以自身回憶親聞的角度敘寫故事，強調徵實的觀念，但改為第三人稱，則較客觀立場的描繪。以下謹擇若干篇敘述其他改寫方式。

1 〈羅愛愛〉與《剪燈新話》〈愛卿傳〉

《剪燈新話》的〈愛卿傳〉[59]寫嘉興名妓羅愛卿，色貌才藝獨步一時，嫁同郡家資巨萬的趙氏子為妻。趙為謀求功名遠行，她獨撐家業，侍奉年邁婆婆，嘗藥煮粥求神禮佛，及婆母病故，又哀毀如禮，極盡孝道。戰亂中官軍據其室，劉萬戶逼其為妾，她選擇自縊，為夫死節。及趙子歸來，愛愛鬼魂與之相聚，沉痛追敘別後的景況與積怨，而後赴無錫托生。其鬼魂曰：

> 妾本倡流，素非良族，山雞野鶩，家莫能馴；路柳牆花，人皆可折。惟知倚門而獻笑，豈解舉案以齊眉。令色巧言，迎新送舊。東家食而西家宿，久習遺風；張郎婦而李郎妻，本無定性。幸蒙君子，求為室家，即便棄其舊染之汙，革其前事之失。操持井臼，采掇蘋蘩，嚴祀祖之儀，篤奉姑之道。事以

59 (明)瞿佑著、古本小說集成編委會編：《古本小說集成 剪燈新話》下卷(上海市：上海古籍出版社，1994年11月)，頁162-164。此作體現了瞿佑對戰亂和武夫厭惡的情愫。

> 禮，葬以禮，無愧於心；歌于斯，哭於斯，未嘗窺戶。豈料吴天不吊，大患來臨。毒手老拳，交爭於四境；長槍大劍，耀武於三軍。既據李崧之居，又奪韓擁之婦。良人萬里，賤妾一身。豈不知偷生之可安？忍辱之耐久？而乃甘心玉碎，決意珠沉。若飛蛾之撲燈，似赤子之人井，乃己之自取，非人之不容。蓋所以愧夫為人妻而背主棄家，受人爵祿而忘君負國者也[60]。

其自述遭遇一段，呈現愛愛其人之忠孝節烈，賢淑淳樸。《臺灣日日新報》據此轉刊的〈羅愛愛〉一篇刪略後半不少文字，或以版面篇幅所限，末尾匆匆以冥司嘉其貞烈，托生無錫宋氏子作結[61]。其所略去的自述遭遇一段，多用四六文，幽豔淒動，哀怨中有義憤，也指向對元末明初張士誠、陳友諒、方國珍等文武官員爭相降附、改事新朝之批判。愛愛做為一位從良之妓女尚能殉節，對比當時背主棄家、忘君負國之輩，豈止是諷刺，直是唾罵了。刪除此情節後的〈羅愛愛〉，也就與原作者瞿佑明顯的企圖有所區隔，而僅以從良之奇妓遭逢戰亂，守貞自縊，後托生為子的故事講述，感慨、批判力道因之減弱。類此衍抑之弦音，有如杜鵑之泣血，詩化的情感抒發，並不因其儷偶繪飾而顯虛假，這類文辭使其感情凝煉濃縮至極，催人淚下，刪除此段自然可惜。最後羅愛愛如願托生為子，這是小說結尾帶來的一線曙光，但仍穿不透濃重的悲涼之霧。這類弦外之音，在〈補張靈崔瑩合傳〉亦近似，臺灣報刊易題作〈玄墓山〉，文前一段約一百五十字省略，文末畸史氏曰一段文字亦有增刪，但作者結尾之慨，或有深意，寄寓了黃周星對故國故君的一份忠貞之情：「張以情死，崔以情殉，初非有一詞半縷之成約，而慷慨從容，等泰山於鴻毛，徒以才色

---

60 （明）瞿佑等著；周夷校注：《剪燈新語外二種》（上海市：古典文學出版社，1957年6月），頁75。

61 愛愛托生之後，與趙氏子一笑為驗的情節，後來為《聊齋志異》所吸收。

相憐之故。推此志也，凜凜生氣，日月爭光，又遠出琴心犢鼻之上矣！」[62]可見作品的刪節，有時失卻其比興意味的索解。

2 〈龔碧雲〉與嘯洞〈喜情短篇　逆來順守〉

〈龔碧雲〉一篇改寫自嘯洞〈喜情短篇　逆來順守〉[63]，大致而言，「年甫破瓜」以下出入不大，文中字句小異，及篇末結尾之仿寫。小說一開始作：

> 名妓龔碧雲。字芍仙。金門人。閩江翹楚也。年甫破瓜……有柯生名鶴樓者。

比對原作〈逆來順守〉：

> 武林門外。拱宸橋畔。有吳新卿者。溫柔鄉中之翹楚。粉白隊裡之著豔也。年甫破瓜……有郭生名蓮生者。（頁9）

可見原作女主角為吳新卿，男主角郭蓮生，改寫時更易為龔碧雲、柯鶴樓，同時文中多處地名亦更動，如地名原「會稽」改作「龍巖」，「始悉姬為餘杭吳孝廉之女」更改為「始悉妓即金門龔某之女」，並以女主人公之名「龔碧雲」做為題目。其改易處尚有口占之詩：「難把惜花心事了。名花無計脫風塵」二句改作：「且把壯心收拾去。卅

62 陸林主編；趙山林選注：《清代筆記小說類編言情卷》（合肥市：黃山書社，1994年9月），頁51。

63 〈龔碧雲〉，《臺灣日日新報》第3891號，1911年3月24日，第3版。嘯洞，〈逆來順守〉刊蔣著超編：《民權素》第四集〈說海〉，收入《近代中國史料叢刊續編第56輯民權素第4-5集》（臺北市：文海出版社，1978年7月），頁9-14。又收入于潤琦主編；趙淑清，王敏點校：《清末民初小說書系言情卷上》（北京市：中國文聯出版公司，1997年7月），頁347-352。題目作〈逆來順受〉。

年螻屈寄風塵」。寄託了女勸生出而任官。從〈逆來順守〉的對話中，男主角對仕途還是有想法的，只是「難把惜花心事了」。但〈龔碧雲〉裡的男主角其少時壯志和想法卻被「今則已矣」一句帶過，詩文隨之改作「且把壯心收拾去」，其細微改易處，正是弱化了男主角的主見，而襯托出做為篇名「龔碧雲」的命意。此外歸里途中，〈逆來順守〉謂三日夜就到另一地，〈龔碧雲〉則說一個月，特別強調「旅況艱辛」，這種種自然都在在突顯龔碧雲堅忍聰慧的形象。

原作結尾敘述生與妓偕隱，卜居於西湖。〈龔碧雲〉一作改易為：「生既罷官歸故里。愛龍巖之一小岫最名勝。遂卜居焉。出囊資築一小園曰潛園。樓臺亭榭之華。池石花木之盛。莫可名言。時女之惡叔尚在。勸生取養家中。並不提起前事。女封夫人。生二子皆早貴。女年四十。望之如二十許人。」[64]此增衍部分與許奉恩《里乘》〈仙露〉、王韜《淞濱瑣話卷二》〈金玉蟾〉、故事內容、文字近似，以時代言，許奉恩較先，〈金玉蟾〉據〈仙露〉改寫。〈龔碧雲〉結尾究是取自〈仙露〉或〈金玉蟾〉不得而知，但極有可能是出自王韜，因臺灣報刊有多篇皆是擷取拼湊王韜小說部分文字，引用《里乘》時則是以篇為單位居多。報刊作品摻雜擷取其他筆記小說部分文字的現象，在當時極為普遍，〈龔碧雲〉如此結束，自然也不意外。

3 〈蘇媚香〉與賓梅〈荷倩〉

〈蘇媚香〉改寫自賓梅〈荷倩〉[65]，內容描述蘇媚香者，濟南名妓也，與山陰張生兩情愛慕，孰料張生驟死，媚香自認已與張生結白

64 （清）王韜《淞濱瑣話》敘金玉蟾：「生既罷官，愛光福鄧尉之勝，遂卜居焉。出囊中貲，築一小園，曰『潛園』。樓臺亭榭之華，池石花卉之妙，一時無兩。姬之惡叔尚存，勸生收養，家中並不一提前事。姬封夫人，生丈夫子二，皆早貴。姬年四十，望之如二十許人。」（濟南市：齊魯書社，2004年1月），頁42。

65 〈蘇媚香〉刊於《臺灣日日新報》第5769號，1916年7月20日，第6版。〈荷倩〉刊《申報・自由談》第14996號，1914年11月7日，第14版。

首之約，當代張生歸侍老母，遂贖身而偕柩回里。侍張母至孝，張母物故，媚香以職務已盡，自刎前將張家事託與張生摯友顏生。原女主角「王荷倩」改為「蘇媚香」，男主角金陵秦生改作山陰張生。全文情節相近，敘述脈絡亦同，然個別零碎字句改動較多。其中「腦部受重傷」改為近人較理解之用法「罹腦充血症」，同時省略了張母物故之因。原作交代其因，乃是「二次革命軍興，殃及金陵，秦母受驚過甚」，使小說時空背景更為清晰，或因改寫之作，地點已改為「山陰」，不似金陵（南京）有國民革命之背景。另原作寫荷倩自刎前，招鄰人於顏生前託付「死後屍身，累君收殮」，可謂情義俱盡，智孝皆備。改作則是「張家事，煩若代為料理」，作者嘉其志而哀其遇。

4 〈慧姑〉與〈婉姑〉

「婉姑」敘述發生在明代洪武年間浙江紹興的婉姑冤案，後來冤情得以昭雪。其時明太祖朱元璋見狀紙後勃然大怒，立即責成都察院詳加復核，乃得出案情屬實，紹興縣令王志務自作聰明，竟將兩條無辜人命冤殺。尤其可惡的是整個案件的審理，證據明顯不足。而作為紹興縣上司的紹興府，以及浙江巡撫竟然一錯再錯，肆意妄為，於是明太祖降旨重懲，以震懾百官，下令將此案兇手郭麻子處以凌遲。被冤殺的鐘宇本是有功名的舉人，而紹興縣令王志務不加詳察，枉殺正人，實屬可惡。又經都察院所呈調查，說鐘宇「忠孝兩全、才學不凡，遠近咸以為正」，太祖更是動了憐才之意，乃降旨立斬王志務於鐘宇墳前，並將其首級祭奠婉姑。而浙江自巡撫以下，與此案有關連的官員，一律革職，依責任輕重判流刑。同時特旨旌表婉姑，對鐘宇獨子，下旨入公學讀書[66]。

66 參〈攜女完姻案〉，李紅編：《中國歷史大案》（汕頭市：汕頭大學出版社，2008年3月），頁286-293。

這樣一則真實重大案件，後來衍生不少版本，首先是《施公案》小說，保留了發生時地及相關情節，但改易了人物姓名。小說一開始就先交待：

> 浙江紹興府山陰縣，有個銀匠姓吳名喚質仁，向在北京開店。這吳質仁有個胞妹，名喚婉姑，也隨哥哥在京中居住。因婉姑曾許原籍一個秀才喚作劉國材。那年，吳質仁有個表弟，是個舉人，因進京會試已畢。吳質仁因思妹子年紀已大，應當出嫁了，就籌畫些奩資，托他表弟帶同他妹子一齊回籍，送他妹子于歸。[67]

未料妹子出嫁隔天，其丈夫婆婆皆被人殺死，報官相驗，被山陰縣官硬指婉姑與舉人陳邦彥通姦，謀害親夫與婆婆，當下定了罪名，秋後處斬。吳質仁求見施公為二人鳴冤，施公當時就具了表章，擬定了罪名，申奏聖上。不日奏到上諭：「王六著寸磔處死。所有承審之山陰知縣，聽斷不明，自負精明，即交浙江巡撫處決論抵。承訊在事各官，自督撫以次，均著一體從嚴議罰，以為有司草菅人命者戒。又特旨：婉姑給予旌表建坊。舉人陳邦彥，准予一子入監讀書，用示體恤。」[68]在《施公案》裡，原都察院會同大理寺審案，變成由施公審理。文中增添頗多細節，如吳質仁初因京中有事，不能分身回鄉，隔年回鄉在典當內，偶見贈嫁婉姑之物金釵，因知此中有異，定有冤情。因請那典當主人設法，將那質釵者圈留起來，他一面繕具狀詞，趕緊到了漕督衙門報告，求施公代他申冤。

其後，許奉恩《里乘》也敘述了這則故事，先是：

67 （清）不題撰人著：《中國古典小說名著百部施公案》（北京市：華夏出版社，1995年1月），頁751。

68 同前注，第246回，頁756。

> 前明世廟時，浙江紹興某甲，少游京師，學為銀工，心性慧黠，所制務出新式，極臻奇巧，一時長安良匠，僉遜謝不逮，以故都中戚畹勳貴及一切仕族，凡閨閣釵飾，非出某手不貴。緣此出入顯者之門，累貲數萬。甲有妹名婉姑，素所鍾愛。[69]

許奉恩清代人氏，因此小說一開始點明是「前明」浙江紹興事，其寫法近似《施公案》，都站在婉姑兄長角度展開敘述，《里乘》未道姓氏，只以「某甲」代指。並於故事交代結束之後，抒發其感慨並勸為民父母者當以此為鑒：

> 里乘子曰：予嘗謂折獄有三不可：一不可忽，二不可動氣，三不可執己見。忽，則曲直是非未盡分明，便已潦草結案，倘有不實不盡，不惟有害於人，兼亦不利於己。動氣，則一坐公堂，如歸仇寇，不問情由，橫加鞭撲，如係罪有應得，固不為過，假使波及無辜，問心亦復何忍？在鄉曲良民，平日無事，見官已多恐懼駭汗，況有事拘質公堂，一見官長怒威相加，縱有十分冤情，亦觳觫不敢上達。有司更復執以己見，則箠楚之下，何求不得？雖逞一時之威福，差自快意，而魚肉蒼生，鑿傷元氣，恐一旦權移勢奪，興盡悲來，作業既多，報施亦復不少。某明府少年科甲，素以精刻自負，遇此大獄，遽命以嚴刑慘掠，誣服具獄，所謂三不可者，某明府兼而有之。厥後，世廟震怒，罰令論抵，此真罪有應得，夫復何怨？吾願世之為民父母者，倘遇大獄，皆當以此為鑒。[70]

---

69 《續修四庫全書》編纂委員會編：《續修四庫全書1270子部．小說家類蘭苕館外史．里乘》(上海市：上海古籍出版社，2002年)，頁338。

70 同前注，頁340。

婉姑冤案流傳極廣，在《歷朝折獄纂要》[71]及公案典籍皆可見，亦大致大同小異，但到《臺灣日日新報》，有較大變動，時地省去，題目也改作〈慧姑〉[72]，雖然故事內容及敘述脈絡一致，但文字異動大，改寫成分較多，有自行先偵探的描寫，省去時地的同時，確實可以提供當下偵探的氛圍，而且為了彌補缺憾，文末添寫一段，充分顯現懲惡揚善、因果報應之思想，冤死之二人後來同時投胎，為其雪冤而久無嗣的審官乃如願得償。

5 〈妓博士〉與〈杏綃〉、〈國外奇緣錄〉

〈妓博士〉[73]描述才女柳青隨表兄赴美，卻因表兄去世與家鄉斷絕音訊，不得已淪為妓。因其文采出眾，在有心人促成下，最終與名門子弟結婚，生活美滿。婚事之促成則是因小說中的姊姊喬裝為美少年，為其弟娶得歌妓柳青。文字及內容多襲自《清代聲色志》〈杏綃〉[74]，此文寫妻作媒，敷衍黃婦其人美而妬，喬裝少年以偵夫婿，未料杏綃不知少年為女子，因相思而舊疾復發，夫婿亦因夫人偵察不敢往，家居而病，夫人悔失計，因此更為月老撮合夫婿。〈妓博士〉將空間移至美國紐約，姊為弟設法。〈杏綃〉則夫人為夫撮合姻緣，流露男性潛藏之欲想。然則此文先經「蔚文」改寫為〈國外奇緣錄〉[75]，再經《臺灣日日新報》轉刊，亦即當時上海報刊亦充滿改編改撰的現

71　（清）周爾吉編：《歷朝折獄纂要》（北京市：全國圖書館文獻縮微複製中心，年代不詳），頁21-25。書內陳金陵序文時間是1993年11月。

72　《臺灣日日新報》，1929年11月23、24、27、29、30日，12月1、3、5、6、8，第4版。

73　《臺灣日日新報》第9621號，1927年2月11日，第4版。

74　《清代聲色誌卷下》（上海市：進步書局，未著年代），頁79-82。另有今人白話譯本，〈杏綃〉，見劉玉瑛，梅敬忠主編：《古今情海4》（長春市：吉林文史出版社，1994年2月），頁609-611。

75　《申報》第19360號，1927年1月23日，第17版。

象，不過再次的轉手，臺灣報刊又將題目變更，內文文字稍異動，文末「老友夏君為余言之」省作「為夏氏所言」。原本「杏綃」的故事原型，空間由中國移轉到美國外，清代蓉鷗漫叟雜劇〈盟心〉（全稱〈鵝群閣雙豔盟心〉）則再次延續複製原故事，但少了女扮男裝的細節，劇文寫歌妓杏綃歸西江公子為妾後，見丈夫久不回家，後知他與妓女橙香相戀，便設法在鵝群閣見到橙香，二人言談頗投合，於是同拜花神結為姐妹，並勸丈夫將橙香娶回家中。

6 〈巧姻緣〉與《對山書屋墨餘錄》〈石珻〉

〈巧姻緣〉是從〈石珻〉[76]一文改寫，內容敘述蔡先修父母早逝，由伯父母收養，伯父從商，家境優渥卻無嗣，蔡生備受寵愛。某年清明，至墳園拜掃，偶遇一絕代女郎，歸家後念念不忘，遂請於大母，藉讀書名義借居寺庵，並問寺僧得知該人家為甘姓。某日清晨，生見對面有女背坐簷下浣衣，繞溪急趨，女聞聲回頭，貌甚寢，生遂辭僧而返。後伯父五十壽宴，姨母秦氏攜僕從前來拜賀，生見秦身後之侍婢絕美，於更深人散後，入謁秦氏閒談，秦氏察覺蔡生之意，笑云此婢雖美，然一雙腳不僅大且有惡臭，生聞而悵然。不久，伯父洪恩受坐遠配，生奉大母之命往探之，一日薄暮，於一媼家借宿，見媼之女明艷照人，頗似當日隔溪人，然媼家姓巫，生隔日感謝辭去。後終抵戍所，伯父擔心蔡家絕後，囑生勿久留此地，應速歸而苦志詩書，乃乞諸士人，生得附木商而返。然經此大訟，蔡家家道中落，生設蒙學，聊以餬口。生之同學邵孝廉，見蔡年逾二十猶未娶，適近日有避兵來此之一對母女，聞女美而賢，遂代為納聘，並主理婚禮內外事。禮畢，生入見女，竟為當日隔溪人。女亦識得蔡生，並告以前所

76 〈巧姻緣〉刊《臺灣日日新報》第7734號，1921年12月12日，第4版。〈石珻〉見《對山書屋墨餘錄》卷12（臺北市：廣文書局，1991年7月）及薛洪勣、王汝梅主編：《稀見珍本明清傳奇小說集》（長春市：吉林文史出版社，2007年12月），頁549-551。

遇者，乃其姊與妹也。生自得女為婦，處貧而不改其樂，女善女紅，漸得溫飽，後伯父遇赦歸，重操舊業，家境成小康矣。

此篇將主角姓名由「石珻」易為「蔡先修」，伯父姓名由「履吉」易為「洪恩」。小說時空原是「蜀郡」、「楚地」，改為「北京」、「滬上」，「弱冠」改為明確數字「年十五」。小說將主角之婚姻與家庭之變故結合，盡情摹繪出婚姻之奇遇及前定之緣，所見三女之情節離奇，迷離恍惝，如仙似幻，後方揭曉三女為姊妹，非仙亦非鬼，使因緣遇合的隨機性與偶然性趨於合理，故原題目以主角「石珻」命名，但種種怪奇之事，終歸之於巧合，因而改題為〈巧姻緣〉亦切合題意。雨蒼氏曰：「敘次亦乍陰乍陽，離奇盡致」，誠然。小說改寫重點落於前半，將時空拉至近代，所謂「畢業於北京某中學」，對主角描繪花較多篇幅，從「弱冠游庠，丰神秀逸」二句，鋪敘為「翩翩少年，楚楚豐姿，一磊落俊俏，俶儻秀逸，白面書生也」五句。伯父母愛之勝己出，尋常不令出庭戶，添加「恐遭車馬之險、惡少之欺凌，傭專僕看護之」，突顯家世富裕，關愛有加。另一改寫重點是突顯巧遇女主角時，郊外美好風光，原「得一溪」敷衍為「綠柳飾金。陽春佳景。樂何有極。映帶眼簾」；「桃花出短牆，色豔殊常，遂度平橋，繞溪行百餘步」改作「粉壁翠瓦，幽靜出塵。菴內柳叢中間以桃花，粉艷奪目，有出墻角。信步渡橋，沿溪過之約百餘步」、「籬外清潭鏡澄，柳陰蔽日」改易為「籬外清潭，澄清似鏡，群魚游泳，歷歷可觀，柳陰蔽日，清雅已極」，這些風景描繪透露出真個是「人面桃花交相映」，因而下文又補添蔡生瞥見佳人之反應「瞠目呆視。痴若木偶」，以之襯托佳人之美貌，實為絕代女郎。

7 〈月英〉與王漢章《近人筆記大觀》〈月英〉

《臺灣日日新報》所刊〈月英〉一篇，經查作者是王漢章，原刊

《近人筆記大觀》[77]，轉載時將地點「雉皋」改作「如皋」，時間「五十年前」改作「六十年前」、「天寶遺事」改作「開元舊事」，文末省略文言筆記小說慣有之徵實寫法：「戚人吳君作客雉皋。雉皋李叟者為吾言。吳更為予言。記如左。」另以「未幾。亦發憤嘔血死」作結。而王漢章的〈月英〉實點染敷衍玉魫生（王韜）〈花國劇談〉[78]卷上，其中文字雷同者不少，如「不期而遇」、「耳兩姬名。輒往造訪。花晨月夕……無虛日」、「為作雙照圖。題二絕句於其上」（以下詩同）、「蘭君性情俊爽。無脂粉氣。初不意黃土埋愁。青山瘞骨。如是之速也。小素聲價甚高」及文末對人曰「遇人不淑命也。從一而終義也。安於命而全於義」[79]。然王韜之作寫武夫慕小素之名，思以重金啖之，小素誓死不從，而自媒脫籍益亟，徙居於鄉，卒為媒妁所愚，失身非偶。王漢章之文則作「武夫某慕名至。小素嗤其卑鄙。拒而不納……武夫為語曰，我亦天國舊人。今退時久矣。顧自知非卿匹偶。憐卿甚何自苦也。小素始揮淚收之。一獻身焉。……武夫出門去。竟不歸……。聞姬言北投捻軍矣。小素得武夫金。摒擋俗物。擬托良媒而竟失身非偶。」約二百多字的鋪衍。內容稍異，情節更為豐富。另外〈月英〉一篇，同樣見諸於《清代聲色志》[80]，篇名相同，內容則

77 〈月英〉刊《臺灣日日新報》第4715號，1913年7月21日，第4版。林紓等著：《近人筆記大觀》（上海市：上海文藝出版社，1993年4月），頁8-9。

78 《中國香豔叢書》第19集亦收入。原文見李保民、胡建強、龍聿生主編：《明清娛情小品擷珍》（上海市：學林出版社，1999年1月），頁1179。

79 多處引文見林紓等著：《近人筆記大觀》（上海市：上海文藝出版社，1993年4月），頁8-9。

80 〈月英〉，《清代聲色志卷下》（上海市：進步書局，未著出版年月），頁45。一九九一年上海文藝出版社再版，曹繡君編：《古今情海》8冊（原上海進步書局，1915年版影印），該套書收集了歷代文獻中有關婚姻、家庭關係的筆記小說，包括貞女烈婦的傳記，各地風俗、婚俗、世俗百姓的家庭生活等一二〇〇餘則。其中收有進步書局編《清代聲色誌》上、下卷。一九九四年長春市吉林文史出版社語譯《古今情海》，參注25。

精簡，武夫一處及小素謂左右一段話均省略，對於小素之際遇及其性情之描襯，未能著墨。

以上之改易，時見時空改易的敘述，如〈蘇媚香〉[81]省略小說「二次革命軍興」的時間背景，〈妓博士〉將空間移至美國紐約，〈巧姻緣〉「畢業於北京某中學」，都是有意拉近時空，產生閱讀時的親切真實感。改寫後呈現的主題思想、強調的重點，因之有所變動的，還有如〈慧姑〉文末添寫一段，突顯懲惡揚善、因果之報應。〈妾薄命〉文末添寫女居尼姑庵中，遇匪變被劫往獻主帥，女誓死不從，頭觸石而死。後夫人與生問巫鬼，與女所化之五色鳥相問答，得知前世今生事，以前生交官欺侮善良，乃降謫為女，備受世間苦楚，如此呼應了題目「妾薄命」，其後復交代生取石歸如何云，以成就纏綿悱惻之深情。〈妾薄命〉前三回同徐瑤〈太恨生傳〉，改寫後之作，添加巫鬼神奇、因果循環之事，其結局、韻味已完全兩樣。又如臺灣報刊轉錄多次劉寡婦事，根據來源又不同，從〈孀姝奇遇〉強調女主人公劉三秀的個人命運的一波三折、不可預測，到〈過墟志感〉突顯劉三秀前夫黃亮功家事的盛衰無常、報應不爽，再到〈鶼鰈姻緣〉[82]一篇，其重心已經轉移到滿、漢之間一段離奇婚媾是如何天緣湊合了。

81　《申報・自由談》第14996號，1914年11月7日，第14版。原題〈荷倩〉，《臺灣日日新報》第5769號易題作〈蘇媚香〉，刊1916年7月20日，第6版。

82　〈妾薄命〉刊《臺灣日日新報》第9913號，1927年11月30日、12月1-3日，第4版；徐瑤〈太恨生傳〉，《虞初新志》卷14，復收入《香豔叢書》，可見張宇澄編輯：《香豔叢書第5冊》（上海市：上海書店出版社，1991年8月），頁397-403。毛對山《墨餘錄》作〈孀姝奇遇〉，清康熙年間墅西逸叟作〈過墟志感〉，《臺灣愛國婦人》冒名。泖東一蟹〈鶼鰈姻緣〉刊《小說月報》第5卷5號-第6卷4號，1914年8月25日-1915年4月25日。一九一七年靜方著：《鶼鰈姻緣》（上、中、下冊），由上海商務印書館出版，而蔡東藩：《清史演義》及連橫：《臺灣詩薈餘墨》亦述及劉寡婦事，足見流傳甚廣。

(二)小說改成雜論、史論之手法

改寫敘述未必施之於相同的文類，如林紓根據蘭姆姐弟改寫的《莎士比亞故事集》譯為小說《吟邊燕語》，從戲劇轉為散文，再從散文轉為小說，林紓譯本傳播到臺灣時，觀潮、少潮又據以改寫成小說〈丹麥太子〉、〈稜鏡〉、〈玉蟾〉[83]三篇。另外一則更特殊的例子，是一九二〇年發表在《臺灣日日新報》的〈論陳壽作三國志〉[84]，此文刊登「叢錄」欄目，可視為一篇史論，但其內容出自《野叟曝言》第七十六回，實為小說。敘述文素臣為玉麟全家講書，說明陳壽作《三國志》之本意在於帝蜀不帝魏，且陳壽對諸葛亮極為贊揚，非人所謂挾嫌而不肯表揚之。此文素材來源頗為糾葛，可能是合併清人袁枚所著《新齊諧・卷六》〈王介眉侍讀是習鑿齒後身〉[85]及夏敬渠小說《野叟曝言》〈主代帝殂代崩暗尊昭烈　前比尹後比旦明頌武侯〉[86]內容，加以改易刪削而成。

〈論陳壽作三國志〉起始即添加一段話：「後人讀史，尚論古人，就事論事，往往意見不同。如(漢)陳壽作《三國志》，人謂其黜劉崇魏，譏其有謂而為。袁隨園作《新齊諧》，至有〈王介眉侍讀是習鑿齒後身〉一節。」[87]以下則先襲用袁枚〈王介眉侍讀是習鑿齒後身〉一文，再引《野叟曝言》中有關「帝蜀不帝魏」之文，其後又

---

83 觀潮〈丹麥太子〉、少潮〈稜鏡〉、〈玉蟾〉分別刊《臺灣日日新報》第2427、2433、2450號，1906年6月5日、6月12日、7月1日，第5版。

84 本文未署名，刊於《臺灣日日新報》第7096、7099、7100、7103、7107、7108、7110號，1920年3月14、17、18、21、25、26、28日，第6版，第7097、7107號，3月15、27日，第4版，第7104號，3月22日，第3版，共10回。

85 參見(清)袁枚著：《子不語》第2冊(上海市：進步書局，民國石印本)，頁88-89。

86 參見(清)夏敬渠撰；《古本小說集成》編委會編：《古本小說集成：野叟曝言》第4冊(上海市：上海古籍出版社，1994年11月)，頁2073-2103。一九九三年另有北京市作家出版社出版，版本不少。

87 刊《臺灣日日新報》第7096號，1920年3月14日，第6版。

改寫《野叟曝言》論諸葛武侯一段。其中「帝蜀不帝魏」之文又與《浣玉軒集》〈讀史餘論〉有些牽扯，因《浣玉軒集》之文，亦有若干處見於《野叟曝言》，其中文素臣論「陳壽《三國志》帝蜀不帝魏」之長篇大論，即見於《浣玉軒集》卷二[88]，此文之後有夏敬渠曾姪孫夏子沐[89]輯校之按語：「按此篇舊載綱目舉正中，原稿已逸，今從他書節錄。字句異同，無由較訂，姑存崖略云。」「他書」所指，已難確考。王瓊玲言：

> 考夏子沐所云的「他書」，即《野叟曝言》無疑。換言之，《浣玉軒集》中「論陳壽《三國志》帝蜀不帝魏」的史論內容，即是從《野叟曝言》第七十八回的「主代帝、殂代崩、暗尊昭烈」鈔出，其文字一致無別，可見夏子沐明知夏敬渠撰有《野叟曝言》，卻故意避而不言。[90]

易言之，這篇史論可能是從《野叟曝言》節錄，夏子沐何以特別從小說《野叟曝言》節錄此文，除因舊載《綱目舉正》已逸之外，《野叟曝言》做為以小說見才學者之書，其全書內容涵蓋古今中外、天文地理、醫學星象、帝王將相，又集結歷史小說、神魔小說、豔情小說、俠義小說為一體，從其中節錄以成史論並不困難，但小說畢竟有人物、有對話，夏子沐節錄之道即是刪除人名及人物對話痕跡，將素臣、玉麟等人對答之內容，易為平鋪直敘之形式。先以素臣之言為主，詳論陳壽作《三國志》之中心思想；復以玉麟及其家人之言為

88 《清代詩文集彙編》編纂委員會編：《清代詩文集彙編304浣玉軒集最樂堂文集經餘集九畹古文九畹續集》（上海市：上海古籍出版社，2010年12月）。

89 夏子沐，字滌初，廩貢生，官震澤訓導，卒於任，年六十。曾與里人創設繭行，周恤族中子弟，子沐歿後，生計孤寒者頓失所依。見繆荃孫等纂：《江陰縣續志（一、二）》（臺北市：成文出版社，1970年），頁822、823。

90 王瓊玲：《清代四大才學小說》（臺北市：臺灣商務印書館，1997年7月），頁63。

輔，冠以「人或謂」等語，提出疑問；再以素臣之言，冠以「不知」等語，加以辯駁。二者並非「其文字一致無別」，如玉麟、紅瑤、飛娘、素臣彼此的談話都刪除，原文如下：

> 玉麟長歎一聲，道：「俺們這兩隻瞎眼不如挖掉了罷，還留著他則甚！文爺連日講究，有許多精深微奧之處，俺們自然參不透。如今講這《三國志》，除著定主為帝，定殂為崩，於二牧評內暢發帝蜀之旨，真如鬼斧神工，不能測識。其餘大半都是極明白淺易的，怎向來看書，一毫沒懂，可不笑死人呢！」紅瑤道：「女兒原也疑心，既是帝魏，怎不依馬、班之例作成魏書，要另立《三國志》？名目既不帝蜀，怎又妻稱皇后，子稱太子，不與吳國一例？卻因前人議論，印定眼目，不過鶻突一會，便自丟開。今被恩爺盡情指破，纔如夢醒一般。但恩爹既辨明陳壽之冤，則〈司馬公千慮一失〉這回書，便不該刪去了。其中妙義還求恩爹指示。」飛娘道：「姪女這一問極是。文爺且慢說來，奴先把文爺議論，去述與兩先生們聽過，再問他并刪〈司馬公〉一回緣故。看他們怎樣見解，再求文爺指教。」……素臣道：「小姐與兩先生之見，足備一說，而其故尚不在此。宋受周禪，周受漢禪，與晉受魏禪，魏受漢禪無異。劉崇之稱尊於北漢，與昭烈之尊稱於蜀無異。而劉崇為帝弟、帝叔、帝父，較昭烈之遙遙華胄者何如？若以昭烈為正統，則必當以劉崇為正統；以劉崇為正統，則太祖即係僭號，而太宗未滅北漢以前之號皆僭矣。明定前代之正僭，暗削兩朝之位號，豈臣子所敢出？此溫公《通鑑》不帝蜀之故也。溫公因劉崇之嫌，尚不敢於帝蜀，豈陳壽當晉初受魏禪時，而敢於明帝蜀漢乎？……玉麟等俱心悅誠服，贊不容口。紅瑤道：「女兒聽著恩爹妙論，把心花放開，此時耳聰目明，精神長

發，竟如沒有昨日之事了。」飛娘道：「仙人之說，原是虛妄，即使果有仙人，若不聽著這種議論，便昏昏鄧鄧的，活上幾千年也是枉生。」[91]

類此之刪削極多，未免瑣碎，本文不擬一一陳述。夏子沐輯校之本，《臺灣日日新報》漢文記者是否看過，無法斷然肯定，但與《浣玉軒集》的版本核校，《浣玉軒集》刪減的內容遠比《臺灣日日新報》多，且二者異字不少，《臺灣日日新報》文字反近於《野叟曝言》，故亦有可能只根據《野叟曝言》改編。《浣玉軒集》版本的流通似不多見，但從《臺灣日日新報》之編輯與夏子沐皆自小說節錄此段以成史論的現象考察[92]，似乎其節錄手法、想法是以此書為借鏡，從此書獲得啟發，並進一步如法炮製。《臺灣日日新報》除了擷取《野叟曝言》「陳壽《三國志》帝蜀不帝魏」二十四端外，緊接又敷衍一大段，為「壽挾嫌不肯表揚諸葛」辯駁。最後一段亦出自《野叟曝言》，《浣玉軒集》並未錄。

值得留意的是夏敬渠小說被臺灣再度改編時，並非照搬文字。除此文外，《臺灣日日新報》又刊〈與道人論道〉、〈論立後以接氣〉及兩篇（未題名）刊於「談叢」欄目，亦皆論述之文，亦悉自《野叟曝言》改寫。《野叟曝言》第四十四回〈仿八陣圖黃昏遁甲破兩門法白晝鏖兵〉，《臺灣日日新報》節錄改寫末尾「總評」部分，移除「況素臣之心正無邪，如赤日中天者乎！然則素臣之遁甲，亦火坑之類，彼僧道等惟心有邪，信之、畏之，故不能破耳。素臣云：『僥倖成功，明日需要出頭露面，腳踏實地而行。』旨哉言乎！可以知遁甲之說

91 《古本小說集成：野叟曝言》第4冊及夏敬渠著：《野叟曝言上》（北京市：作家出版社，1993年11月），頁787、788。

92 討論陳壽《三國志》帝蜀不帝魏的爭論，一直是讀書人看重的議題，《野叟曝言》所論極為精闢，該書又流行過一時，因此除夏子沐輯校為文外，《臺灣日日新報》同樣轉錄改編自《野叟曝言》。

矣」。修改原作「或問素臣既信遁甲之幻術，身行其法，則心有邪矣，何以能破兩門之法？曰素臣特知其術，而非信之也。禍且不測，行權以濟，非邪心也。」改為「或謂古人有以遁甲幻術衛身……非必術之有高低也」[93]，文末又自行增補一段與臺灣相關之傳聞：

> 憶乙未之後。皇軍征臺。劉永福駐軍臺南。其部曲亦有能幻術者。徵取民間金銀紙。在曾文溪兩岸布置神兵。謂皇軍到此。必有神兵出戰。不得越雷池一步。然未幾而劉進去。皇軍安然渡溪。直趨南城矣。雖或劉為鎮靜人心。顧作此鬼語。未必果為布置。然赫赫王師。亦只如宋子賢之術。不見其靈耳。耶蘇教信徒。執無鬼論與無神無佛論。家無土木偶像。不禱祀卜筮。而不聞為鬼祟。則其不信也。不信則無邪心也。妖法何足懼哉。[94]

〈與道人論道〉出自《野叟曝言》第四十六回〈真才子壓倒假名公　假新娘賺殺真嬌客〉[95]，及《野叟曝言》第四十七回〈想中緣文素臣再朝天子　情中景謝紅豆二謁金門〉[96]，敘述儒生某過一道祠，見四壁題滿詩詞，頗有感慨，亦題一詩於壁，適祠道人來，兩人就儒、道兩家的高低進行了一番辯論。《臺灣日日新報》增加結尾「道人語塞而去」，可見編者亦甚了解夏敬渠其排佛道，崇程朱、斥陸王之思想。改寫時將「文素臣」取代為「儒生」，因此「素臣正題完詩，恰值成之領著胡太玄曳杖而來，各致寒溫已畢。太玄一眼便看素

93 本文刊於《臺灣日日新報》第7020號，1920年4月7日，第5版。

94 同前注。

95 參見（清）夏敬渠撰；《古本小說集成》編委會編：《古本小說集成：野叟曝言》第2冊（上海市：上海古籍出版社，1994年11月），頁1316-1317。

96 參見（清）夏敬渠撰；《古本小說集成》編委會編：《古本小說集成：野叟曝言》第3冊（上海市：上海古籍出版社，1994年11月），頁1321-1325。

臣壁上所題，卻因這一看，生出許多事來。正是『盧生復到咸陽市，倩女重牽月下絲。』太玄看了壁上之詩，笑道」一大段也就改作：「儒生題詩方罷，祠道人曳杖而來，見壁上詩，笑曰」[97]。

〈論立後以接氣〉[98]出自《野叟曝言》第七十二回〈以血驗氣大闡陰陽之化因熊及虎廣推禽獸之恩〉，《臺灣日日新報》另命題。夏敬渠透過小說主張世間人皆得父精母血而成，故需要有後代，方能將先人所遺之「氣」凝聚起來。且主張兒子、女兒皆可接續父母之氣，即係遠房之侄，往上推為同一祖宗生下，則仍屬一氣，可接續，若繼外姓之人，則為二股之氣，不可接續。其改寫情況如：「那氣如何得？一時滅散，既無後人以凝聚之，自然要為厲起來了。我所以立勸恩姐適人者，亦是要把令尊、令堂之氣接續下來，長久得凝聚夫散而在天之氣也。』」僅以一句「其氣焉得一時散滅，又無後人以凝聚人，自然要為厲也」帶過。「飛娘道：『以氣聚之說，奴尚在半明半昧，至說奴適了人，就接續父母之氣，則愈不明白了。奴嘗聽人說，有兒子才承接香煙，沒兒便斬宗絕嗣，沒聽見女兒生了子孫，可以接續父母之氣的，要求文爺細細的指示與奴知道。』」則改為「人都說有男兒纔承接香煙，無男兒便斬宗絕祀，不知有女兒亦可接續父母之氣。」其中「飛娘道：『如此是必要子女之氣，才接續得父母之氣，怎人家把侄子過房也說是接續香烟呢？』素臣道：『侄子所受于父母之氣』」一段則改作「人以侄兒過房仍可接續香烟，蓋侄兒所受父母之氣。」

零零碎碎字句之改寫皆不少，筆者略過不談，值得留意的是這些篇目在結尾時，必然呼應日本殖民之統治，此文結尾即如是：「帝國法律。父母財產。男女均有相續權。惟出嫁未嫁之分。在戶籍法。長子承嗣。長子歿。有女子而無男子。雖有諸弟同家。其戶主權仍歸長

97 刊《臺灣日日新報》第7050號，1920年5月7日，第6版。

98 《臺灣日日新報》第7016號，1920年4月3日，第6版；第7017號，4月4日，第3版，共連載2回。

子之女。諸弟不得而爭。只許招夫生子。接續香烟。不得遣嫁。財產與諸叔等分。即女子可無後也。又戶籍法有絕戶再興一條。即重禋祀也。然則有子孫而不祭祀者。若敖之鬼其餒乎。」[99]

另有刊「談叢」欄目而未題名之作[100]，出於《野叟曝言・第十九回》，原題〈美女和新詩暗吐情絲一縷　良朋驚錯信瞎跑野路三千〉，闡述「醫法」與「兵法」的諸多相似之處，如皆須查明敵情、病情，方可行動。而治病又有「三審」──天時、地勢、人宜；「三宜」──專、平、慎，皆可與兵法相通，運用得宜，可為名將、名醫也。編者亦同樣於結尾呼應臺灣現實如何，文云：「此雖專為漢法醫而言。然西法醫亦可會通也。惟西法醫之治療與藥物。研究入微。內科的疾患。多歸外科領域。藥物之不可治者。付諸手術。以兵法論。猶有破竹之勢也。而漢法主無形。西法主有形。有形者形而下。無形者形而上。則無形難於有形者矣。惟無形之錯常多。有形之錯較少也。」可見漢文編輯與當時殖民政府重西醫抑漢醫態度一致，有附和政策之嫌。這類改寫除了將小說改為論述散文，亦在文末添加一段編者的議論或心得，由於未交代出處，極易誤認為臺灣古典散文之作。類此作法實是當時報刊編輯（尤其是《臺灣日日新報》）在改寫上經常使用的手法，如石鶴〈吳昌碩先生軼事〉，《臺灣日日新報》又題〈缶廬軼事〉[101]。敘藝術家吳昌碩若無潘公之有力提倡，可能終湮沒於陋室窮巷，一生籍籍無名矣。編者即有所增刪，文末增兩段，一為時居新北投的來臺畫家王亞南之談話，一是據聞缶廬沒後，上海交遊欲為之編一有系統專集。從眾多文本的改寫，足見臺灣報刊喜附會添寫近時發生之事，而這樣的添寫手法，可能形成誤識作者為臺人，但

99 《臺灣日日新報》第7017號，1920年4月4日，第3版。

100 本文刊《臺灣日日新報》第7048號，1920年5月5日，第6版。

101 〈吳昌碩先生軼事〉刊《申報》第19661號，1927年12月5日，第16版。〈缶廬軼事〉刊《臺灣日日新報》第9956號，1928年1月12日，第4版。

同時也加深讀者對內容的印象。另有小說改寫自社會新聞的手法，由於數量較多，另於第三章第一節論述。

（三）小說改寫自翻譯作品之手法

臺灣報刊轉載或改寫許多中國漢譯作品，其中有的清楚標示譯者姓名，譯作本身也以原貌刊登，表現編者的坦率與誠實，對於後世研究者也十分便利，例如《臺灣民報》在轉載胡適、魯迅、周作人、周建人、張資平、黃超白、鄧季偉、朱賓文等譯者的作品時率皆如此。但更多的是依據外文內容進行改寫或自撰，常常不注明原作者的姓名，甚至任意改換原作的人名、地名以至情節。

1 〈無家的孤兒〉與包天笑《苦兒流浪記》

將已譯好的文言文翻譯為語體文，是臺灣譯本的特殊現象，其代表例子即簡進發所譯〈無家的孤兒〉。原作者是愛克脫・麥羅（Hector Malot, 1830-1901），今多譯為赫克脫・馬洛。一九一二年包天笑（包公毅）根據菊池幽芳《家なき兒》（1911）日譯本中譯愛克脫・麥羅「Sans Famille」（1878），中譯名稱是《苦兒流浪記》。至一九四三年臺灣出現簡進發的中譯本〈無家的孤兒〉[102]，但簡譯本並非直接從愛克脫・麥羅法文原著譯出，亦非自日譯本轉譯，而是根據包天笑文言譯本《苦兒流浪記》再「轉譯」為語體文（白話文），簡譯本對於包天笑譯作的承襲，其痕跡十分明顯，但小說篇名〈無家的孤兒〉則譯自菊池譯本[103]，簡進發何以選擇內文語譯包譯本，題目卻選擇遵循菊

102 簡進發〈無家的孤兒〉刊《南方》184-188期，1943年10月15日、11月1、15日，12月1日，1944年1月1日。包譯《苦兒流浪記》刊1912年7月至1914年的《教育雜誌》4卷42號至6卷12號（其中5卷3、7號，6卷1、5、7號未載）。一九一五年結集愛克脫麥羅著；包公毅譯述《苦兒流浪記教育小說》上中下三冊，北京市商務印書館出版。

103 可參陳宏淑：〈身世之謎：《苦兒流浪記》翻譯始末〉，《編譯論叢》第5卷第1期

池的日譯本？或許是包天笑《苦兒流浪記》多年風行不已，他有意避開同譯名，也避免讀者對其譯作與包譯的聯想，同時就法文「Sans Famille」之直譯則為「無家」，因此菊池的《家なき兒》以及簡進發的〈無家的孤兒〉，譯名自然較包譯《苦兒流浪記》更接近原題。簡進發沿襲了包天笑譯本，其譯文與包譯本亦步亦趨，增刪處不多，大部分只是將文言翻成白話[104]，例如小說第一章起始，包譯為：

> 民曰。我今於此部書中。開卷即告諸君以年歲。蓋余時僅九齡耳。余爾時所著眼者。止有一人。此人余假定呼之曰母。每遇我啼泣時。此人即牽我腕。為之拭淚。又頻拍我肩。令我勿哭。余又每夜必與此人接吻。然後就臥。一若非此。不能得溫甜之美睡。窗外寒風砭骨。玻璨上雪花點點。余則兩足欲僵。惟此人擁余兩足而眠。嗚我令入睡鄉。嗚呼。凡此歌調髣髴尚留余耳鼓也[105]。

簡進發刪略「我今於此部書中，開卷即告諸君以年歲」這句話，直接以第一人稱敘述者「我」向讀者自我介紹。其餘皆大同小異：

> 我的名叫做可民，我今年僅僅九歲呢，我這時著眼的只有一

（2012年3月），頁159-182。陳宏淑：〈明治與晚清翻譯小說的譯者意識：以菊池幽芳與包天笑為例〉，《中國文哲研究通訊》第22卷第1期，頁1-20。

104 筆者此文重點之一是針對文言如何翻譯成白話文的改寫策略，進一步對簡進發譯本和菊池幽芳譯本段落詳細比對，請參考陳宏淑〈兩個源文之下的混種翻譯：居間游移的無家孤兒〉一文，她發現簡進發採用源文時，其實經過了複雜的混用過程（頁284）。包天笑的譯文很簡潔，簡進發的譯文明顯複雜許多，是由菊池幽芳的譯本直譯而來（頁294）。見賴慈芸主編，《臺灣翻譯史：殖民、國族與認同》（臺北市：聯經出版公司，2019年9月），頁279-308。

105 愛克脫麥羅著；包公毅譯述：《苦兒流浪記教育小說》上卷（北京市：商務印書館，1915年），頁1、2。

> 人，我假定要呼她為我的母親。每當我啼哭的時候，她便牽著我的手腕替我揩淚，又頻頻地拍著我的肩膀兒教我不要啼哭。我每夜又一定要和她接吻了後始得安心就床睡覺，不然就得不到溫甜的美睡呢。窗外砭骨的寒風儘刮著，玻璃窗上滿落著點點的雪花的寒夜裡，她為要使我多得一點的溫暖，便擁著我的兩足，口唱著催眠的甜歌，要使我早入睡鄉，那歌調的句節髣髴還記在我的腦裡哩[106]。

兩相對照之下，可以發現主角的名字同譯為「可民」，許多詞彙仍被保留下來，包括「著眼」、「假定」、「接吻」[107]、「溫甜」以及「美睡」、「砭骨」、「兩足」、「睡鄉」、「歌調」、「髣髴」，文言改為口語的，如「九齡」改為「九歲」、「啼泣」改為「啼哭」、「腕」改為「手腕」、「肩」改為「肩膀兒」。其專有名詞或特殊用法亦全同，如「青鳩村」、「羅鴉爾河」、「達爾權」、「司蒂姆」[108]、「訴訟」、「紅犂」等等，可見簡氏翻譯時是以包譯本做為底本的，二者之沿襲關係清楚可見。不過簡譯本距離包譯本已有三十年，在標點符號、小說人物對話上已與包譯本差異極大，簡譯本是以人物的對話來分段落的，脈絡比較清楚，包譯本只有句號，且彼此對話段落較模糊，這自然是時代因素使然，因此在一九一二年的譯本，還保留傳統話本、說話人講述的痕跡，譯文動輒可見「讀者諸君」如何的字眼。簡譯本的行文脈絡及會話是接近菊池的《家なき兒》，因此綜合觀察這一譯作的翻譯過程、參考的譯本，應至少有兩種譯本。此外，相比對結

106 〈無家的孤兒〉，《南方》第184期，1943年10月15日，頁26。

107 「接吻」在法文原著作「embrasser」，即英文「kiss」，在此故事之前後文脈絡中，殆應作「親吻」較為妥當。

108 「直おッ母」譯成「司蒂姆」，「姆」是上海話，如溪淞《姆媽，看這一片繁花》，當時翻譯頗有在地化的策略，有些譯語改易為自己國度熟悉的人地名、生活習慣。簡進發臺灣人，以此譯詞觀之，宜是有參考了包天笑的譯本。

果，可知簡進發亦多所添譯，以使譯文達雅，這些例子還不少，僅舉一例以說明，當紅犁必需被販賣時，可民母親與牛販之議價，包譯本僅以「紅犁一若以識吾輩之談判」帶過，簡譯本卻以經驗談大肆發揮買賣經過：

> 「我是窮人家，又很急於需用金錢的，是初次的買賣，也不知道市價怎麼樣，總之，由你自己估價加添一點就算了。」養母垂頭靜默地深思了好久，好像斷念了一切似的看一下紅犂低聲地說。
>
> 「價格這點你別擔心，我們是舊交，現在你立在厄難的地步，理當我是要援助你的，怎得刻薄你呢？比市價加算了一點給你吧！」牛販聽到我的養母這話，表面故意裝做很同情著她的神情，但是其實在他的內心裡好像做了一場很好的生意般地偷偷地喜歡著。[109]

從這裡的憑空添飾[110]，大約與〈大人國記〉、〈小人國記〉的情況一樣，可見當時對翻譯的態度及認知，同時也可見一九四〇年代禁中文的年代，臺灣作家流暢應用白話文之例。

2　謝雪漁〈武勇傳〉與司各特《湖上夫人》

另一則譯例是將國外敘事詩改寫為小說，謝雪漁〈武勇傳〉小說，原作者署名「奧雨答思各卓」，是由日語譯音「ウォルター・ス

109　同注106。

110　愛克脫·麥羅此文的原文意思只是說：家裡來了個牛販子。他仔細地打量紅犁，東摸摸，西摸摸，露出不滿意的神態搖搖頭，嘴裡說的是已經重複了無數遍的話，說他不中意這頭牛。說這是頭窮人家養的牛，無法賣出。說它沒什麼奶，用這種奶做的黃油品質低。最後他說完全出於好心，想幫幫像司蒂姆媽媽這樣一位好大嫂的忙，他才樂於買下這頭奶牛。

コット」轉譯而來，即英國詩人小說家 Sir Walter Scott（1771-1832）其人[111]，今譯為「華特·史考特」或「沃爾特·司各特」。〈武勇傳〉原文是華特·史考特的敘事長詩作品《湖上夫人》（*The Lady of the Lake*, 1810）[112]，然而謝雪漁在一九三九年漢譯時所根據的版本應是當時已經出版的日譯本，而且其所採取的翻譯是意譯改寫，以故事情節為敘述綱要，仍保留了些詩意性的抒情描寫，但不論是文體或內容情節皆已作了相當幅度的改編，在譯作序文即交代說：

> 思谷蘭國，為今之英吉利一部。思谷蘭乃國於深山中，時歐洲紛亂，各以其武力爭雄，割據河山，稱王道霸。思谷蘭國建業，傳經數代，因無男子承統，遂以女子嗣位。那女王名柔文斯，生有膂力，武藝超群，又嫻習兵書，足智多謀，豐姿艷冶，絕世佳人。距今百四五十年前，英人奧雨答思各卓氏，摭其事蹟，全本以綺麗文詞寫成，宛若西廂記體裁，各國傳誦，俱有譯本。日本小說家亦撮取大意，寫為稗史，余讀之，覺有趣味，因以意譯之，深加潤色，觀之，未免與廬山真面目不同，讀者諒之。

從其序文可知，司各特詩作傳到日本後，日本小說家撮取大意，寫為稗史，謝雪漁又據此意譯潤色，與日本小說家之作亦不同，如此

111 原作者之辨識由顧敏耀先生提供，謹此致謝。

112 當時日譯本有鹽井正男譯：《湖上の美人》（東京：開新堂書店，1894年3月）、馬場睦夫譯：《湖上の美人》（東京：植竹書院，1915年5月）、藤浪水處與馬場睦夫共譯：《湖上の美人》（東京：洛陽堂，1921年）、幡谷正雄譯：《湖上の美人》（東京：交蘭社，1925年）、木原順一譯：《湖上の美人》（東京：外國語研究社，1932年）以及入江直祐譯：《湖の麗人》（東京：岩波書店，1936年）等，但謝雪漁所依據之原始譯本究竟是原詩譯本，還是已改為小說的日文本？此處暫不進行追索比對。

多次轉譯改寫的譯例，難得一見。司各特《湖上夫人》全詩長達五千行，由〈序歌〉、〈追獵〉、〈小島〉、〈集合〉、〈預言〉、〈決戰〉、〈囚室〉和〈結束歌〉等八個部分組成的史詩，其中還插入抒情詩、民謠、牧歌、獵歌、酒歌、挽歌和聖歌，又恰如其分地使用蘇格蘭方言，糅合浪漫傳奇和現實生活於一爐。內容敘述蘇格蘭國王詹姆士喬裝打扮出遊，因緊追牡鹿而迷路，遇到山中勝境湖上佳人──被他放逐的貴族道格拉斯的女兒艾倫，並且深愛著艾倫，最後國王赦免了道格拉斯，讓他父女倆重返宮廷，而且把美麗的艾倫還給了她深戀的情人──朝廷的背叛者馬爾科姆。長詩的題材來源於民間口頭傳說和蘇格蘭高地本身所具有的旖旎瑰麗的自然景色，因此詩中對美麗如畫的自然風光作了美妙絕倫的描寫，詩中在緊張激烈、扣人心弦的追獵描述中又呈現靜謐安詳的鏡頭，動與靜、追者與逃者交替出現，當國王被眼前景象強烈震撼，他欣喜若狂、浮想聯翩，如入夢幻，幾乎要將歡暢美妙悅耳的號角吹響。然而激動的國王不得不回到現實，擔心號角聲會在這荒郊野嶺引來敵人或強盜。經過激烈的思慮衝突，國王還是決定把號角吹響，號聲引出一葉輕舟，撐船的少女正是湖上夫人。詩裡的豎琴反復出現、貫穿首尾，成功地渲染了期待和懷舊的氣氛，也使讀者感到一種詩的韻律美[113]。

謝譯本對豎琴亦有所著墨，不過雪漁譯作思谷蘭國王（即蘇格蘭）是女王柔文斯，並非國王詹姆士，小說的發展亦有相異處。雪漁改寫的〈武勇傳〉，其內容敘述英格蘭於深山中有一「思谷蘭國」，女王柔文思文武雙全，豐姿艷冶。暮春某日，女王與其女侍二人微服出

113 豎琴的聲音據傳是凱爾特人的富饒之神達哈塔用來變換一年四季的，同時它也是通往另一個世界的象徵。在李渝〈夜琴〉小說中以神父奔放的彈奏作為女子跨越時空限制開啟過去記憶的鑰匙，交錯父親的離去、母親和妹妹的分離。豎琴也是不可觸碰的理想象徵，用布幕遮蓋著，深層意涵或許是指涉二二八事件，在當時的現實裡是不容展現的禁忌，必須加以布幕遮蓋塵封於有行的牆角以及無形的家屬內心深處。小說中的「豎琴」在司各特（Scott）長詩裡同樣難以忽略其作用。

宮，往加卓鄰湖一遊，女王想乘舟遊湖，遠見大小諸船都停泊在湖心一孤島，於是大聲吹奏金角，見一氣質出眾的少女操舟前來。少女名伯黎，表示願載其遊湖，但天色已晚，宜夜宿島中。伯黎家頗為寬敞，又父伯兄皆往湖外遊獵未歸，可以代理款待。女王答應，並遣一女侍歸，約定明日來接，遂往伯黎家下榻。女王隱瞞自己身分，並詢問伯黎與其伯母家世，伯黎含糊回應，此地聚居已達千餘人，皆聽命於伯黎之父塔語剌思，且盡忠蘭國，無稱王之意。翌晨臨行前，女王將真實身分，及欲將此島編入版圖之意告知伯黎，伯黎恭謹表示必轉告父親。塔語剌思曾為蘭國宰相與女王少時太傅，聲譽崇隆，朝廷優待，然族人謀反不成，塔語剌思引咎辭職，避居此島，其從兄之子露禮立巨，恨國王不念世代功勳，時欲覆滅蘭國以報一門連坐重罰之仇。塔語剌思之侄茅孔，想法與其伯父相似，認為族人魯莽，不敢怨王，故聽聞女王意圖，與其伯父同有歸順之意，惟露禮立巨竟燃島上大十字架上之松火，召集全體村民作戰，欲竊國篡位。塔語剌思隨招茅孔、伯黎、家僕阿南，共商計策，最終決定由伯黎與阿南於半路恭迎王師，輸誠納貢，使王知其忠心，命為嚮導，茅孔則留在島上統率青年隊，趁機殺死露禮立巨行動，永絕後患。此時在朝中，有一老臣津宜助，為塔語剌思舊友，聽聞女王意圖，速為王擬詔，並策封文憑印信，即日馳馬宣諭，塔語剌思與全島居民皆感念皇恩。露禮立巨見徒叔復官又受封邑，舉族榮耀，亦怠氣全消。後伯黎入宮隨侍，最得女王憐惜，配貴族為室，女王亦常駕臨該島，欣賞湖光水色，該島因此成為蘭國勝景，名揚海內外。

透過二者內容梗概，足見雪漁改寫的〈武勇傳〉近乎創作，而非譯文的轉介。此外，譯文改寫上尚有以臺灣白話字或臺語、客語改寫的，如〈塗炭仔〉與《銀冰鞋》、〈水雞變皇帝〉與《格林童話》，及《大人國記》、《小人國記》譯作的改寫，由於牽涉較廣，另在第五章第二節論述。

此外另一種較特殊的現象，即是文白互改，除前述〈無家的孤兒〉外，〈水懺緣何而起〉亦是文言改白話，另尚有白話文改寫成淺近文言文，公駿〈唐人街的奇聞〉內容描述美國人覺得中國人素來骯髒，不該同他們住在一處，是以市政當局另闢一處，安頓中國人，此即唐人街也。而唐人街之店舖中，最為奇怪者，乃是賭場和鴉片間。因身處賭場和鴉片間者，無論男女，皆一絲不掛，亦不以為羞恥。然此有損國體之事，美國之中國領事亦不稍加干涉，亦是可怪之事。全文以白話敘述，但《臺灣日日新報》據此改寫為簡易文言，並易題作〈美國唐人街〉。〈唐人街的奇聞〉作「全身裸著，也沒有什麼遮蓋。你看，奇怪麼？恐怕現在二十世紀的時代是狠（筆者按：通「很」，當時用法）少的了」。〈美國唐人街〉則改作「全身赤裸裸，並亦未有什麼遮蓋，豈非奇怪乎？恐現在二十世紀時代，似此絕少」。這現象還見於〈吃魚奇俗〉、〈陳百萬吃鮒魚〉、〈水手王〉等篇[114]，而這幾篇本是新聞，《臺灣日日新報》改為淺近文言後，竟列為「小說」。文白改寫或譯文改寫的現象，或許以改動加工較多來看待較合乎其時觀念。

三　結語

日治下的臺灣充滿了新舊的衝突與矛盾，殖民體制的政策舉措，自然也反映在報刊媒體上，數以萬計的篇目多數是轉錄及小篇幅的改

---

114 以上各篇出處說明如下：〈水懺緣何而起〉刊《臺灣日日新報》第9004號，1925年9月12日，第4版。出自《感化錄》下卷，原題〈釋冤解結〉。〈唐人街的奇聞〉刊《申報》第19100號，1926年5月7日，第17版，《臺灣日日新報》改寫並易題作〈美國唐人街〉，刊《臺灣日日新報》第9369號，1926年6月4日，第4版。〈紀陳百萬之吃鮒魚〉刊《申報．自由談》第20206號，1929年6月24日，第12版，《臺灣日日新報》易題作〈陳百萬吃鮒魚〉，刊《臺灣日日新報》第10534號，1929年8月15日，第4版。〈水手王〉刊《臺灣日日新報》第10788號，1930年4月29日，第4版，《申報．自由談》第20363號，原作〈食人島上的水手王〉，1929年11月29日，第11版。

寫，何以轉錄如此多的作品？除了日本對「亞細亞主義」的挪用建構，在日本取代中國成為東亞文化之霸者前，對中國的認識、掌握，是一種必然且迫切的策略，此外，做為日日需出刊的臺灣報刊而言，在多種文類考量下，臺灣文人無法提供如此多的作品，何況還有思想箝制、檢閱手續關卡，因此轉錄乃是必然，即使是旬刊、週刊期的《臺灣民報》也依舊轉載不少中國作品，但《臺灣日日新報》或許需求量太大，在轉錄時不得不掩飾原出處，改易篇名、內容，這同時也有著技癢難忍，喜歡刪削添飾成為習慣的可能，就像好事者在奇異事件上津津樂道、大肆渲染的癖性。此外報刊可容納篇幅的多寡（存在大幅的裁減以配合刊登版面）及報刊擬傳播之思想傾向，都影響了文本最後的面目。在這麼多改寫文本中，各類題材層出不窮，神、鬼、巫、仙、魔、僧、尼、道、盜、妓、丐、俠等等，怪怪奇奇，無不極情盡致；各種騙案公案令人眼花撩亂，直可謂大千世界，無奇不有；各類道德倫理、彰善懲惡、商品經濟、世風交薄、自娛消遣的內容，一再反覆敘說。甚至同篇目多次轉錄，每次又不完全相同，足見在改寫上編輯記者亦曾枵腹苦思，不致完全便宜行事，不過如以「儀」改寫王韜之作觀察，則其消化寫作素材的功力顯然仍是不足的，因此才讓我們查出是雜抄拼合之作。

綜合以上的討論，臺灣報刊通過刪削、節取、壓縮、摘要、增飾等方法抽繹本事的敘述功能，有「改易時空」、「文白互改」、「小說詩文轉換」、「虛實等同」等手法，實際操作時，則落實在題目的更動、內文字句或段落的增刪改寫上，故事情節的穿插，前後設置上的調配。在段落處理方面，刪去一些編者認為無關宏旨的細節，與主要情節較無關的細節，予以濃縮或省略，篇幅較長的對話則以一兩句簡略帶過。有些改寫恐是絕無僅有，如對《野叟曝言》小說的改動，雖文字襲用居多，然轉折承續之間，刪除人物間的對話，情節的描述，竟能接續得流轉自如，天衣無縫，將小說轉變成一篇篇的論說文及史論之作，大概也是空前絕後的極其特殊之改編。值得留意的是有多數文本的接續，多為臺灣編輯記者所撰，有時呼應日本殖民之統治，各類增添內容五花八門，此一改寫手法極易誤識作者為臺人，其寫法倒變成了類似詩話之批評，引原文後加評感。

另外，對於譯本的改寫，大抵都呈現譯本的譯述或意譯，時見刪節、改譯、增添之處，而臺譯本又是經過譯本的多重旅行，如英文小說譯成日文，再根據日譯，譯為中文或文言或白話語體，臺灣再據中譯本改寫為白話文，從英國到日本、中國，最後來到臺灣，文本的旅行，本身就是一種跨文化的過程，但如未追索原文本，則極易將譯作呈現的種種改寫操縱視為臺灣譯者所為。譯本如此，文言筆記小說的版本考察、出處追索同樣是對漢文小說轉刊改寫的辨識上相當重要，唯有注重版本及出處，才能掌握當時編輯者根據哪一版本轉刊或改寫？同時可見其流傳的情況[115]。也只有透過根據的底本，方能理解所謂的「錯漏訛脫」，如〈愛河一波〉、〈箱中箱〉、〈海棠〉[116]等篇都誤將文中兩大段刊載順序顛倒，這與〈剪舌〉、〈負義者鑑〉有意改易內容次序不同。

---

115 比如《醉茶志怪》在報刊上曾被轉刊了〈劉玉廳〉、〈愛哥〉等篇，其版本多以趙琴石點評本為據，而此版本對光緒十八年（1892）津門刊本改刪不少，為點校者視為「錯漏訛脫嚴重，不堪卒讀」，但此版本卻流行於南方，可謂是時人經常翻閱，聊以解悶的枕邊書。因此臺灣報刊的竄改，可由此得知《醉茶志怪》在臺接受情況。〈劉玉廳〉、〈愛哥〉二篇被改為〈活閻摩之裁判〉、〈易笄而冠〉，作者竄改為「拾夷」，李慶辰並無此名號。

116 小青譯〈愛河一波〉刊《臺灣日日新報》第5462、5463、5465號，1915年9月4、5、7日，第6版，及第5464號，9月6日，第4版，原刊《申報・自由談》第15261號，1915年8月7日，第14版，收入胡寄塵編《小說名畫大觀》（上海市：文明書局，1916年10月）。瘦鵑〈箱中箱〉，刊《臺灣日日新報》1922年8月1、2、5、6、10、11、13日，17-19日，22、23、25、31日，第6版；8月14、21日，第4版；8月15、16日，第5版，共連載18回，原刊《小說新報》第5卷第10期，1919年，頁1-11。湫英〈海棠〉刊《臺灣日日新報》第8412號，1923年10月21日，第6版，原刊《小說新報》第3卷第6期，1917年「短篇小說」。

終日治五十年，報刊引進傳播中國文學知識體系的現象，在概念、思想層面的作用，所起到之影響如何，恐難以低估，但也將是人執一說，無法實指，本文謹對此現象提出反省，並提醒比對、分析、欣賞這眾多文本的重要性，尤其許多小細節的改動，一旦積累多了，自然會影響讀者對兩個文本的印象，同時也會經由文本的比較，顯示臺灣報刊小說的風貌。至於各個文本樣貌不一，究竟是脫胎換骨、踵事增華、雅潔凝練？或點金成鐵、竄纂舊文、疊床架屋？無法於本章一一詳述，筆者另有千篇轉載改寫作品之校勘，透過原文、改寫二者比對，有待他日整理出版後，提供讀者、評論者分析領略。

第三章
日治報刊對中國報刊的轉載及改寫舉隅

日治臺灣報刊轉載了中國報刊為數極多的文言、白話小說，如《臺灣文藝叢志》所刊小說，多出自《小說月報》、《東方雜誌》、《小說新報》、《虞初新志》、《清朝野史大觀》、《挑燈新錄》、《大清見聞錄》、《拳師傳》等。《台南新報》所刊則多出自日本漢文小說《譚海》及中國《夜譚隨錄》、《滿清野史．檮杌近志》、《天涯聞見錄》、《閱微草堂筆記》、《申報》、《小說叢報》、《履園叢話》、《右台仙館筆記》、《松蔭盦漫錄》等等。《臺灣日日新報》轉刊、改寫的涵蓋範圍則更廣，除中國《神州日報》、《民國日報》、《泰東日報》、《申報》等等報刊外，出自典籍亦多，如《柳崖外編》、《春冰室野乘》、《埋憂集》、《龍興慈記》、《夜雨秋燈錄》、《客窗閒話》、《綠窗綺語》、《耳食錄》、《香豔全書》、《六合內外瑣言》、《清稗類鈔》、《梵天廬叢錄》、《里乘》、《廣東新語》數百種。而其中《申報》與《臺灣日日新報》關係更是千絲萬縷，複雜情況直可說是剪不斷理還亂。

而臺灣新文學作品在萌芽時期，同樣從中國報刊轉載極多作品，《臺灣民報》轉載之中國報刊，計有《創造季刊》、《小說月報》、《新青年》、《新中國》、《晨報（七周年增刊）》、《婦女雜誌》、《民鐘報》、《洪水報》、《國聞週刊》、《現代評論》、《泰東月刊》、《秋野月刊》、《文學月報》、《東方雜誌》等等，一直到本土作家賴和、楊守愚、陳虛谷、蔡秋桐諸人創作屢刊其上，《臺灣民報》轉載中國報刊之作才漸減少，但很遺憾的是，編輯也曾被冒名者所欺騙，刊出冒名之作（見前述）。除偏向臺灣民族主義的報刊，《臺灣民報》轉刊中國新文學外，一九三〇年代的《赤道》、《洪水報》、《三六九小報》、《風月報》、《南方》所轉載之作，亦偏向白話文，其中《赤道》、《洪水報》偏向左傾思想，又與創造社關係匪淺，尤其讓人注目，其轉刊中國之刊物有《創造月刊》、《流沙》、《文化批判》、《我們》、《晨報附刊》、《生活週刊》等。由於報刊眾多，本章僅以《臺灣日日新報》、《赤道》與《洪水報》為論述對象，討論它們對中國報刊的轉載改寫之過程。

第一節　真實或虛構？／新聞或小說？——《臺灣日日新報》轉載《申報》新聞體小說的過程與理解

一　前言

日治下的臺灣報刊轉載了中日不少作品，這些作品一方面提供從中汲取精神，重新加以詮釋改造，使之合乎現實的需要；另一方面也提供從外來文化中擷取適合的養分，加以融會貫通。報刊媒體初次引介進臺灣，在殖民統治者的文化移植和統合下，漢文同文的操作，在詩歌上，漢詩創作、詩社活動達到了前所未有的盛況，在小說上，是報刊文言小說的出現，從一八九五至一九三七年間，臺灣報刊雜誌仍時見漢文作品，這自然是報紙雜誌吸引讀者的一種舉措，同時也和日本的東亞政策、支那情趣、日華（支）親善有關。而對於「小說」新文類創作時空的臺灣文人而言，多數人熟稔《西遊記》、《封神演義》、《彭公案》、《七俠五義》、《施公案》等通俗小說，但並不熟悉小說創作，因而僅靠李逸濤、魏清德、謝雪漁、佩雁、白玉簪等人創作，勢必無法應付日刊的需求，加以李、白、佩雁都早逝，轉載其他報刊或者雜誌上的小說，也就成為必然的調適方式，因此臺灣各報刊雜誌都出現眾多轉載作品，多到令人難以想像。

這些轉載之作，初期多以文言筆記小說及鴛蝴派作品為主，直到一九二五年新舊文學論戰，雖然當時以詩歌批判為主，但小說也難逃被檢討的命運，張梗在論戰之前，就批評小說內容脫離時代社會生活的現實，且在創作形式上保守襲舊、缺乏因應時代的創新。隔年，《臺灣日日新報》開始出現以現實生活中的人情世態、男女戀情、姦殺、綁架、詐騙等庶民生活的題材，但語言文字仍舊保留殖民當局喜愛的簡易文言，而這些作品自創者少，而是選自尚保留文言系統的《申報》新聞及「自由談」的新聞體小說，在以社會新聞為素材的作品中，往往可以看到傳聞異辭和記錄者不斷加工的跡象，從同一故事的不同文本，也可以清楚地看出小說和社會新聞的關係及文藝創作的水準。表面上好像捨棄了對筆記小說的轉載，但其選擇的新聞體小說，在題材及經過改寫後，其實也還是圍繞在男女角色愛恨情仇的糾葛，及因果報應的道德觀、勸善懲惡的意圖。這數百篇文言的「新聞體小說」出現在一九二七至二九年間，在一九二〇年代末形成一道特殊的景觀，不能不讓人訝異，一九二六年賴和已發表了〈一桿「稱仔」〉、〈鬥鬧熱〉，臺灣白話文小說正以快速前進姿態闖入文壇，但《臺灣日日新報》卻選擇了《申報》的文言新聞體小說，甚至直接轉錄社會新聞，明顯可見文本的因襲和變異。總的來看，創新不多，不是十分高妙，也無法推陳出新，反而不如早期（明治時期）的作品，但這是一個奇特又有趣的現象，也是值得注目的議題。由於《臺灣日日新報》亦做了改編改寫，因而敘事者很容易理解為臺灣文人，或者敘述口吻動輒言「支那」某地某人，都極易誤認為臺灣文人之作，以致對文本的詮釋分析置於殖民統治背景下，因之引伸過度，結論將危如累卵，失卻作品在臺刊登意義的探討及可能展開的論述空間。本文將著重史料之考辨，以《臺灣日日新報》對《申報》新聞體小說的轉載現象予以說明，並對新聞是真實、小說是虛構的說法，申論當時此二者是否如此壁壘分明？並在閱讀眾多材料之後，選擇以一九二七年前後作為觀察的階段，發掘潛藏於文學中的歷史現象和社會文化，尤其是殖民統治下的報刊與《申報》之關係衍生出的種種問題，進而理解日治時期臺灣新聞事業與島外傳播媒介的相互關係。雖然論述之際，援引眾多文本，不免瑣碎，但就日治臺灣文學史發展而言，本文之撰述，可揭示前述重要現象，亦可藉此理解一九二〇年代文言小說跨界流動的情形，乃至臺灣文言小說與白話小說，在新舊文學論戰之後的雙軌存在此一特殊現象的意義性。

二　《臺灣日日新報》新聞體小說的興起

綜觀《臺灣日日新報》早期小說，少見新聞體小說，少數之作如〈失畫〉(原題作井水譯〈二萬鎊之世界名畫〉)、〈徐三大姑娘害人〉(原題作召愚〈徐三大姑娘傳〉[1])，前者是《申報》錄自《大陸報》譯文，報導國外二萬鎊之世界名畫失竊之新聞，而後《臺灣日日新報》又從《申報》轉錄，並且更動題目，後者亦轉載自《申報》，作者言「前日報載緝拿徐三大姑娘事戲為之傳」，可見是以新聞報導為題材，為之作傳，但文中又說「或曰不然。徐三大姑娘無是人也。偵探以生事為能。故揑造之耳。」二者皆是一九一四年所刊載，吾人如檢索臺灣報刊的小說，觸目可見的現象是在一九二六年以前轉載之作，多為文言筆記、傳奇小說[2]。雖然一九二六年初時亦有類似之作，如

1　《申報》第14996號，第1914年11月7日，第14版。

2　如《臺灣日日新報》的〈塵寰古豔志〉、〈情瀾記〉、〈疑雲記〉、〈約指記〉、〈孫行者〉、〈舊宮人〉、〈緣綺小傳〉及《柳崖外編》、《拳師傳》、《小說新報》、《野語》、《客中消遣錄》、《耳食錄》、《右臺仙館筆記》、《留仙外史》中諸作等等。《臺南新報》有〈吳六奇將軍〉、〈劇盜陳阿尖〉、〈蘇寶寶小傳〉、〈記謝珊珊〉、〈袁痴笑史〉、〈伊吾怪術〉、〈花光血影〉、〈桃花劍〉、〈妓虎傳〉、〈憨伉儷〉等等，約在一九二六年前及一九二七年。

〈紫虬〉、〈鼓魅〉、〈盛生〉、〈雲娘〉、〈鴉片煙劫〉、〈魏仙人〉[3]，但已經很明顯見著一九二六年是個轉折年代。先是四月時，《申報》刊〈小新聞梁姓〉，然後在是年的下半年起，對《申報》新聞體的類小說作品轉刊漸漸出現，如梅邊〈記異〉[4]，述里人對死者鬼魂通夢呼冤事言之鑿鑿；梅少英〈一念覺悟之成名（道德）〉[5]，敘述貧寒的陳根大拾遺巨金卻不貪財的德操；悲我〈義犬存嬰奇聞〉[6]，敘來自香港之友人所述之「奇聞極有趣」遂錄之；海〈鬼迷致死〉述雙十節日發生之怪聞，作者「記之以實自由談」。這類義犬、義貓、鬼神、詐騙案、命案之作，極為盛行，在很短時間內即又見清涓〈李秀山顯靈〉[7]、松廬〈強魂奪婚記〉[8]、荊夢蝶的〈義貓殉主記〉[9]、劉螯叟〈狗家庭〉[10]、玄玄齋主〈新念秧〉[11]、雪門〈郵票殺人記〉[12]及蔚文

3　〈紫虬〉，徐枕亞〈紫虬別傳〉，《游戲雜誌》1922年第11期。〈鼓魅〉，樂鈞《耳食錄》〈紅裳女子〉。〈盛生〉，慵訥居士《咫聞錄》〈秀水盛生〉。〈雲娘〉，鈕琇《觚賸》。〈鴉片煙劫〉，俞樾《右臺仙館筆記》，《臺南新報》亦載，題作〈鴉片煙膏〉。〈魏仙人〉，葛洪《神仙傳》。

4　《申報》第19208號，1926年8月23日，第17版，《臺灣日日新報》第9522號，1926年9月18日，第4版轉刊，題目易作〈劉子〉。

5　《申報》第19180號，1926年7月26日，第18版。《臺灣日日新報》第9499號，刊載時易題作〈陳根大〉，並省略文末一段文字：「噫際此人心日下之時。若根大者誠云可敬可佩之鄉人也。」1926年10月12日，第4版。

6　《申報》第19253號，1926年10月7日，第17版。《臺灣日日新報》第9520號，刊載時易題作〈義犬〉，前略友人所述之文，1926年10月25日，第4版。

7　《申報》第19263號，1926年10月17日，第17版，《臺灣日日新報》第9522號，1926年11月4日，第4版轉刊，題目亦作〈李秀山顯靈紀〉。

8　《申報》第19271號，1926年10月25日，第13版，《臺灣日日新報》第9541號，1926年11月23日，第4版轉刊，題目易作〈碼頭和尚〉，文末省略「此奪婚之強魂。似亦非無故尋事也。嗚呼。鬼神之說。豈盡虛哉！」

9　刊《申報》第19255號，1926年10月9日，第17版。《臺灣日日新報》題作〈義貓〉，第9524號1926年11月6日，第4版轉刊。吳福助所編「深毛而無毛」，語不通，原文作「澤毛而無尾」，因呼之以貂。

10　《申報》第19295號，1926年11月18日，第13版。《臺灣日日新報》第9552號，刊載時易題作〈狗報恩〉，1926年12月4日，第4版。

〈薄命鴛鴦記〉[13]述粵中近事。經歷了一九二六年轉載作品偏近世社會新聞、鄉里傳聞的現象之後,《臺灣日日新報》對《申報》的轉刊,已經由一九一三、一九一四年間的文言、傳奇小說性質轉入社會新聞及怪異奇聞上,因此在一九二七年有王梅癯〈信陽四異人列傳〉,強調其「異」,收了〈酒糟鐵漢〉、〈渴睡少年〉、〈詩家散仙〉、〈嚙血僧〉四篇,此後又有倚石〈綁父駭聞〉、茸餘〈殺兒祈夢記〉、露沙〈妾殺婦子之駭聞〉、徐公達〈圓光露術記〉、沈似轂〈口腹之累〉、絜廬述〈滬濱實事　假支票案〉、〈滬濱實事　箱屍案〉、〈滬濱實事　莊票被竊案〉、漱六山房〈短篇小說　勞工淚語〉、松廬〈記走馬換子之綁票案〉、公羽〈惝恍迷離之姦殺案〉等等。這些新聞體小說,因刊登於《申報》,為吸引上海本地讀者閱讀興味,發生時空多為滬上近時之新聞(自然也有故作狡獪之偽新聞),對於發生之時間也特意著墨,強調近時發生之事件[14]。或許讀者群之增加,除了新聞軼事有讀者外,與當時政治社會局勢動盪,或也有關係,因而稿酬豐厚,且暫停短篇小說。因此一九二八年後仍延續此風,觸目可見文中的時間標示,如「去年」、「近日」、「最近」、「今春三月」、「上月」、

---

11 《申報》第19281號,1926年11月4日,第13版。《臺灣日日新報》第9531號,易題作〈馬扁〉,省略「京津之間。人雜不亞海上。……」,1926年11月13日,第4版。

12 《申報》第19292號,1926年11月15日,第13版。《臺灣日日新報》第9561號,易題作〈卓生〉,末省略「世之醉心歐化之青年男女願共鑒諸。」1926年12月13日,第4版。

13 所添加之議論文字,正可見記者刊登此文之用意,「以視今日之朝秦暮楚。輕棄山盟海誓者。真如嘗懷也。青年少女。蓋(宜作「盍」)共鑒諸。」尤其「青年少女。蓋共鑒諸」八字,似由雪門〈郵票殺人記〉一文來,一處省略,一處另添加,正可見記者對男女交往所抱持之態度。

14 如〈留下鎮之奇嬰〉的「本月十三日」、〈涼帽竊物之妖術〉的「本月十九日下午」、厂〈異想天開之詐騙案〉的「上月間」、談紫電〈異想天開之綁票案〉的「九月二十八日」、清癯〈雌雄婆之趣案〉的「本月五日」、金達侃〈難為其新郎〉的「現求學於第四中山大學」、「上月某某日」、徐公達〈剪髮聲中之空城計〉的「近日剪髮風盛」等三四十篇。

「明年春間」、「本年」、「去年夏」、「今者」、「前日」、「年前」、「日前」、「今年」、「距今」、「五年前」、「迄今」、「月初」等現下敘述的口吻，此中如無齋〈滬濱事實　贈妻記〉，記「去年三月國民革命軍。光復上海時」[15]。

社會新聞改寫為小說之風極為盛行，如原題天樓〈仰山嶺之血案〉[16]，內容描述丁二與丁四相約合資經營販運，臨行前，丁四以事之延宕為由，丁二遂獨行，不料途中竟為丁四殺害。後丁四欲藏匿於姑母家，卻誤叩俞姓鄰家，俞姓見丁四身染血污，乃邀村人捕之，並送至警所，血案遂大白。《申報》有「日前仰山嶺之血案，情形極為慘酷，然兇手即日就獲，頗為可異，是殆天網恢恢，疎而不漏歟」等文字。又如劍秋〈殉情夫〉一文，亦可見新聞化為小說的情況，又如璧人〈留美大學生之情死慘聞〉原是一則新聞，後改寫為小說，刊「自由談」，一開始就寫道：「美國哈佛大學。為世界著名之學府。各國學子。負笈前往者。絡繹於途。余表兄之友陳君炳珊。亦於客歲渡洋。留學該校。時將該地近況。報告余表兄。日昨復來書。述及該校有我國留美生羅天寶殉情事。極纏綿悱惻。爰節錄之。以實自由談。」[17]可見當時申報流行將新聞改寫為小說。

事實上，《申報》對於新聞、小說之分辨，極為含混，甚有意形成一種「新聞體小說」或「類小說」的態度，以增加社會新聞、小說的可讀性、趣味性和關注度。「新聞」作為西方舶來品，西方的新聞寫作手法、報導原則自然異於中國早期的邸報、京報，文人（記者）對新聞之採訪尚不成熟，信息之獲得也有地域遙遠，傳遞困難的因

15 〈贈妻記〉，《申報．自由談》第19702號，1928年1月17日，第17版。《臺灣日日新報》第10062號，易題作〈輕薄夫〉，1928年4月27日，第4版。

16 《申報．自由談》1928年2月25日，第19734號，第17版。《臺灣日日新報》第10010號，易題作〈刀坑獄〉，昭和3年（1928年）3月6日，第4版。

17 〈留美大學生之情死慘聞〉，《申報．自由談》第20013號，1928年12月2日，第6版。

素，因此文人執筆之初，便借鑒中國古典小說中的志怪、話本、講史、傳奇、神魔、俠義、人情等小說題材，借用傳統小說手法敘述「新聞」，因而時見其中對於文言筆記怪誕、新奇之習有所濡染，對通俗章回小說之借鑒頗多，因而內容從牛鬼蛇神、怪異新奇為特點的奇聞軼事到新聞標題的擬定，不免充滿新聞小說化現象，與新聞報導理應具備的真實性、客觀性、時效性等新聞價值要素的要求相悖隔。而同時間的小說創作，又強調呼應時事，動輒標榜「親見親聞」的印記，似乎又回到筆記小說強調信息來源的結果。其習用伎倆往往於開頭或結尾，實指敘述內容為親見或聞之於親友戚族轉述，突顯據實結撰，有本有源的特色，這種似鄭重其事的寫法，後來漸成某一種套路，在《申報》自由談普遍可見。陳冷血主持《申報》筆政十八年，期間提出了新聞報導「確」、「速」、「博」的方針，強調新聞要短而精，此一新聞思想自然滲透到一九一八年至一九二〇年的《自由談》副刊的編輯思想中。繼陳氏之後，周瘦鵑膺任了《自由談》的編輯要務，雖然未提出明確的新聞化宗旨，但從其設立的「遊記」、「筆記」及對於應時小說的徵稿啟事亦能看出新聞化的端倪。如一九二一年十二月十二日「筆記」欄目下的鴟夷〈投井記（上）〉：「盛傳吳中某校有學生投井事，固言人人殊，不得其實，已而得其同學書，詳其顛末，因摭之以為記。」（第17版）即以訪得投井人同學的實地調查形式報導，是新聞報導，但也類似筆記小說強調親聞身見的手法。一九二二年五月七日，周瘦鵑又刊出了一份針對五九國恥的「特別啟事」：「五月九日擬特刊以為紀念，有錫以佳作者無任歡迎，小說稿不收。」隨後，五月九日的「自由談國恥紀念號」就刊出了通俗小說作家張碧梧的〈五月九日〉。一九二七年六月十七日，《申報》「自由談」在刊登〈黑龍江胡匪談〉等文後，刊出一則啟事，云：「本欄專收新聞性質之短雋文字、與近人之珍聞軼事、酬報從豐、他種作品、概從割愛、幸勿惠寄、短篇小說、亦請暫停、自由談部啟」[18]，本來「自由談」所刊即是筆記、叢談、短篇小說、長篇連載等較文學性之作，但一九二七年中卻大張旗鼓，特別標示短篇小說暫停，而專收新聞、珍聞軼事之作，且稿酬從豐，這訊息相當不尋常，果真在這之後，更多新聞、軼事的文學筆觸報導，而這些新聞與軍政人物故事相關者不少，如〈徐樹錚之說樂〉、〈對於「赤化」之考證〉、〈吳鐵城談粵事及俄事〉、〈奉方人物小志〉、〈徐樹錚之軼事〉、〈記粵中一名將〉、〈李大釗身後營葬問題〉、〈孫總理遺囑之廣布〉、〈江北近聞二則〉（其一寫董增佑）、〈吳子玉在萬縣西山放歌〉、〈記革命軍中一勇將〉、〈董增佑遇害之真相〉（反駁董增佑遇害之事）等等，這些作品全被《臺灣日日新報》轉刊，此外也有很多社會時事新聞被轉刊，這應與一九二七年國民黨「清黨運動」，社會動盪有關[19]。而《申報》「自由談」注重新聞特性，在進入一九三〇年代黎烈文主持《申報》自由談時期，依舊強調，他明確指示：「務使本刊的內容更為充實，成為（原作「功」）一種站在時代面前的副刊，決不敢以『茶餘酒後消遣之資』的『報屁股』自限。」[20]與《自由談》同時存在的副刊「春秋」，由周瘦鵑主持，雖然保留通俗消閒文字的創作空間，但當日本侵華之際，也陸續刊登一系列具有新聞評論色彩和通訊特徵之文，一九三三年五月張恨水《東北四連長》開始在《春秋》上連載，反映東北抗日之情況。一九四六年八月三十一日，黃嘉音又刊登了更為詳細的徵稿說明：「我

18 刊《申報》第19491號，1927年6月17日，第17版。〈黑龍江胡匪談〉一篇且被《臺灣日日新報》第9758號，易題作〈哈埠歸客　黑龍胡匪談〉，刊1927年6月28、29日，第4版。

19 筆者從新聞體小說的出現入手，發現一九二七年是一個關鍵年代，後來依序發現在中共黨史或者當下的學術研究，一九二七年已陸續成為一個觀察的典型年份，如楊聯芬〈女性與革命——以一九二七年國民革命及其文學為背景〉一文，即是梳理一九二七年革命大背景下女性作家對自身性別的認知、焦慮、壓抑等等。見《政大中文學報》第8期，2007年12月，頁121-150。

20 〈編輯室啟事（一）〉，《申報》1932年12月12日，第15版。

們需要的稿件……要反應新聞」、「針對現實」;「名人軼事，勝地掌故，只要富有教育意義，又能配合新聞，均在歡迎之列」[21]。由此可見，副刊主編的新聞意識直接影響了副刊小說及其他文藝的創作方向，而一九二七年的特殊年代，更使新聞體作品大行其道。

在副刊新聞化特徵的影響下，使得副刊小說創作與新聞版面消息呈現出一種同構性印證的關係。即新聞報導的內容短時間內在副刊的小說作品中能夠得以體現。此一同構性現象，證實了新聞報導為小說的創作提供了大量的素材，另一方面也體現副刊短篇小說的新聞化特徵。頗多即時短篇小說，在創作素材的選取上，或針對某一特殊日期（如節假日、紀念日）或新近發生的新聞事件或借古喻今的野史演義，而這許多滬上時事「本埠新聞」的作品後來為《臺灣日日新報》所轉載，並以截頭去尾或者改寫改編的面貌出現。

三　轉載及改寫：一九二七至一九二九年間的新聞體小說

承上所述，《臺灣日日新報》編輯移植不少《申報》「自由談」的作品，在移植、轉載過程中，可能發現申報《自由談》頗多從新聞取材之作，因此亦學習創作此一新聞體小說。不過，或許刊登時間緊迫，難以應付每日的欄位，此時亦有直接轉錄（或稍加改易）《申報》的新聞，而以「小說」標目的情形，這些作品《臺灣日日新報》皆未署名，本來《申報》新聞亦多數未署名，轉刊時《臺灣日日新報》編輯另給予簡要題目，如〈許步塘〉、〈畢命書〉、〈補盜〉、〈法官解人〉、〈雙失案〉、〈張璧月〉等篇。

新聞改寫為小說，在副刊新聞化特徵的影響下，使得副刊小說創作與新聞版面消息呈現出一種同構性印證的關係。即新聞報導的內容

21 〈我們需要的稿子〉，《申報》1946年8月31日，第2版。

短時間內在副刊的小說作品中能夠得以體現。此一同構性現象，證實了新聞報導為小說的創作提供了大量的素材，另一方面也體現短篇小說的新聞化特徵。這一現象如從廣義的邸報開始，或從早期民間對社會事件繪聲繪影的傳述來看，很多題材是依據新聞、舊聞描寫成文的。以下舉若干篇實例以證前述之論述。先述「新聞」直接視為「小說」之作，再述根據上海新聞改寫為小說之作。

（一）將新聞直接視為小說

1 〈養媳殉夫〉與劍秋〈殉情夫〉

臺灣報刊所載劍秋〈殉情夫〉一文，可見新聞化為小說的情況，該篇所本當是《申報》〈養媳殉夫〉之社會新聞，同一新聞版面尚有「福州失火」、「秣陵大風」等，〈殉情夫〉首云「光緒九年。揚州有養媳殉夫事。頗嘖嘖人口」[22]，文中絕命書文字又雷同《申報》新聞，〈養媳殉夫〉此標題以女性（「養媳」）為主，劍秋及後來菊部譜曲則以男主人翁「殉情夫」為題。可見當時《申報》流行將較新之新聞改寫為小說，之後又被臺灣報刊轉錄改寫。

2 〈誦佛脫險〉與「上海本埠新聞二」

《臺灣日日新報》的〈誦佛脫險〉[23]，出自《申報》「上海本埠新聞二」，標題〈蔡仁初昨晨被綁脫險〉，內文分「盜匪之覬覦」、「被綁之情形」、「報告捕房追匪」、「蔡君之談話」四項說明被綁脫險之經過，與標題下小標：「盜匪駛汽車愈快　蔡君念佛聲愈高　汽缸車胎同時爆裂　蔡君因得脫險回寓」相呼應。據《申報》所述，此則新聞

---

22 劍秋〈殉情夫〉，《臺灣日日新報》1916年7月3日，第4版。

23 〈誦佛脫險〉，《臺灣日日新報》第10098號，1928年6月2日，第4版。《申報》第19788號，1928年4月19日，第15版。

當是四月十八日事，而〈誦佛脫險〉以其刊登時間十九日為事件之時間，「盜匪之覬覦」、「被綁之情形」刪去，僅留下「報告捕房追匪」，顯得相當突兀。由於臺灣排版鉛字，「箝」字不普遍，遂改為「刮」，然醫生將子彈刮出，不合常理。另二文相異處尚有前段，原文「天潼路一百五十號蔡仁茂。玻璃號開設已五十餘年。慘淡經營。信用頗著。」〈誦佛脫險〉隱去地址及該店乃老字號的交代，同時文末省略蔡君之談話：「據蔡君語人。云余平素信佛甚虔。而余之汽車從未有損壞。此次被綁。突然車胎汽缸同時被毀。誠為怪事。」《申報》此段文字，頗有強調信佛虔誠而得以脫險之意味，以《臺灣日日新報》習於結尾增寫因果的比率之高，此處反而略去，或許是版面篇幅或宗教信仰之考量。

3 〈許步塘〉與〈北京教育宣告破產〉

〈許步塘〉大半篇幅為《臺灣日日新報》新撰，然其中一段敘述教育經費短欠一節，乃改寫自一九二三年的新聞報導〈北京教育宣告破產〉[24]，小說初始描述許步塘（字逸青）執教鞭於營川，然為惡劣環境所束縛，心灰意冷之際，又一波未平，一波復起。文中所述「營川教界黑幕重重。當局又積薪不發。名為經費支絀。實則營其擒把（疑作「倒把」）生涯。藉私牟利。從茲經費積欠已三月之久。值此米珠薪桂之秋。薪束分文不給。饔餐不繼。質典無存。既點金之乏術。又呼籲而無門。更何敢言。仰事俯畜乎。進退維谷。徒喚奈何。於是商家到校索債。日以數起。商店不與交易已成實見。甚至火爐煤炭之微。膏油文具之細。均無力措辦。諺云。福不雙至。禍不單行。天之困人。亦云奇矣。」即一九二三年年底時的新聞。

---

24 《申報》第18215號，1923年11月10日，第7版。《臺灣日日新報》第10077、10078號，，1928年5月12、13日，第4版。

4〈阿鳳〉與劉恨我〈四角戀愛史〉

〈阿鳳〉[25]內容描述阿鳳秀麗天成，豔絕一時，而求之者多。阿鳳初與老陸交好，又與舊識黃某過從親密，後又對小陳一見鍾情，遂成四角戀愛之情況。阿鳳周旋於三男之間，秘不使悉，直至阿鳳懷有身孕，事乃敗露。編者在文末增加一段頗有趣的改寫：「嗣而阿鳳誕下一男。取名王至上。王字者取三字。聯絡一貫之義。至上者即新入名詞之戀愛至上主義。但產下不個間。一夕無端失火。此王至上竟被燒死。戀愛至上主義結晶。壞於秦灰。覺火神爺之秦始皇。仍專制暴戾恣肆於今時云。」事實上劉恨我〈四角戀愛史〉原文作：

> 此一星期間事也。惟有一最重要問題，亟須令人注意者，則將來小鳳呱呱墮地，不知將以誰為父親也。吾文至此，已告結束。惟又據同事陳次衡君報告，謂文中之一小陳，聞前夜當值，時至午夜，一去不歸。翌晨，阿鳳急跡之，則已自殺於後戶，血污狼藉，慘不忍覩，幸賴陸、黃二子醵資為之殮。阿鳳哀泣如喪所天，殯送如儀，更欲為之服喪三年。嗚呼！世風日下，道德淪亡，一般婦女，朝秦暮楚，罔知廉恥，則阿鳳多情，又屬塵世少有者。然小陳之死，不知何故，至足怪也。[26]

經過改寫刪略等策略，二文的思想旨趣已改觀，尤其〈阿鳳〉結尾令人不禁莞爾，編撰者對當時自由戀愛之嘲諷態度不言可喻。

25　〈阿鳳〉刊《臺灣日日新報》第10506、10507號，1929年7月18、19日，第4版，未署名。劉恨我〈四角戀愛史〉刊《申報．自由談》第19860號，1929年7月1日，第21版。又《申報》篇目下題有「三男子同時戀愛一女，打破從來戀愛之新紀錄」。《申報》第20222號，1929年7月10日，第21版，另刊載有〈四角戀愛史續〉，而《臺灣日日新報》未再轉載。

26　《申報．自由談》第20213號，1929年7月1日，第21版。

5 〈畢命書〉

《臺灣日日新報》在一九二八年刊載了兩篇小說：〈畢命書〉、〈余美顏〉，二篇皆與〈奇女子〉余美顏有關。〈畢命書〉主要內容「致女界同胞書」（遺書）與〈余美顏〉所錄大同小異，〈余美顏〉於八月三十日刊載完畢，在九月六日復有新聞報導「余美顏有傳不死自日渡歐」[27]，謂其「面首三千」、「揮金如土」、「投海（未死）」，復潛入日本舞弄一流實業家後渡歐而去。前述兩篇小說乃取材自上海社會新聞，如〈社會逸聞：蕩女之身世〉、馬浪蕩〈奇女子蹈海自殺〉、〈奇女子投海後餘聞〉[28]，以文字脈絡觀之，〈畢命書〉出自《申報》「本埠新聞二」[29]，《申報》標題「浪漫女子深夜投海」，內文標「▲戀愛不遂行動乖異▲遺書致女界同胞」，此浪漫女子即余美顏。《申報》以新聞處理，而新聞來源出自「客有乘加拿大皇后號郵船自香港來者」，記者聽聞自船客所述，《臺灣日日新報》則易名為〈畢命書〉，且以全知觀點敘述余美顏投海自殺始末，敘述脈絡與《申報》所異處，在於將《申報》首段：當日該女子已準備一切。存銀百餘元。即賞大餐樓管事五十元。侍役三十餘元不等。伊由港向興昌輪船公司買大餐樓船票二張。與女友分住八十九及九十一兩號房間。船票銀共洋三百六十元。在船日半。哭笑無常。嘗對人言。在此黑暗社會。已無趣味。非尋死不可。」移至結尾，並加上作者對此事之觀

---

27 《臺灣日日新報》第10194號，1928年9月6日，夕刊4版。文云：「本紙小說欄日前連篇累牘。載粵婦余美顏。以一弱身。顛倒眾生。最後悟到清機。投海歸真。極離離奇奇事。頗為好事者之說資風流豪士。亦將賦詩憑弔矣。乃去三日。北京來電。則報余氏不死。且自日渡歐。……豔美絕倫。且為近代的自由新女子先驅者自二九年華十載之間。在香上廣州之情場。面首三千。揮金如土。放縱淫樂。中外罕聞。」

28 《大公報》1928年5月3-4日，第5版、《時事新報》1928年4月24日，第4張第1版、《申報》1928年5月3日，第15版。

29 〈畢命書〉，《臺灣日日新報》第10090號，1928年5月25日，第4版。《申報》第19793號，1928年4月24日，第15版。

感：「哀哉」，以結束全文。此篇記載事故發生於四月十九日，《申報》於當月二十四日報導，《臺灣日日新報》相隔近一個月，於五月二十五日刊出，文中云「本年」（即1928年），以文體看，似新聞，但文末又類似筆記小說，加上作者對事情的看法，而非一般客觀報導之新聞[30]。

6 〈張璧月〉

〈張璧月〉[31]一篇述張璧月姊張璧土犀與有婦之夫教師黃長典戀愛，璧月對黃氣憤填膺，以手槍擊之後逃逸。《申報》刊於「國內要聞徐州」，標明「女中學生之戀愛慘史」，對於開槍之璧月，特別強調年僅十八九歲。原文末「黃長典現在西門裡基督醫院診治，可無生命危險。」在《臺灣日日新報》省去，改交代璧月行蹤，「擊黃後不知何往也。」此篇屬於將社會新聞視為小說之例，原新聞中發生之時地人事皆詳細記錄，時間點亦近，十日發生之事，於十三日登出，但到《臺灣日日新報》時，時間已是三十一日，當讀者讀到「本月四日返沛」，必然感覺相差已二十天，及至「今晨八時，暗帶勃郎林手槍一支。馳赴實小黃長典寢室」時，則不可能推知「今晨」是「十日」，在時間脈絡上讀者不易理解。

---

30 當時上海社會對余美顏投河自盡一事討論熱烈，或指責批評或同情慨嘆。蔡楚生〈小銀燈下的奇女子〉（刊《新銀星》1928年9月號第2期。雜文指出余美顏是反抗舊制度的女子，非但不應受到詛咒，而且應該受到同情，以此批判半封建社會。一九二九年章衣萍《枕上隨筆》錄了《申報》「余美顏遺聞」一則，一九三〇年錢杏邨（阿英）〈創作月評〉評曾平瀾君的《她的一生》，說「這可以說是一篇浪漫的余美顏式的女子的小傳，與普羅列塔利亞是沒有多少關涉。」（刊《拓荒者》1930年第2-5期），頁798。一九三二年高虹有〈再論再論余美頗和俞眉豔〉《高長虹文集（下卷）》（北京市：中國社會科學出版社，1989年12月），頁213。到了一九三四年耕園〈二萬五千里海行記〉仍提到余美顏，《老實話》第46期，頁201，可見以之為談論題材者不少，甚或拍成電影，流傳到臺灣。

31 〈張璧月〉，《臺灣日日新報》第10339號，1929年1月31日，第4版。《申報》第20053號，1929年1月13日，第11版。

7 〈法官解人〉

〈法官解人〉一篇出自《申報》「社會新聞」〈▲庭前嗚咽凄涼事▲少婦情懷劇可憐〉[32]，本篇內容屬社會新聞，男女當事人皆為大學畢業，執鞭教員，成婚不久，男方欲離婚，訴諸法庭，經法官勸解，擬就和解文，雙方皆滿意，觀者亦稱美滿公允。《臺灣日日新報》轉登時，改編不大，主角姓名、服務學校、居所地址、發生時間、款項等等，皆一仍其舊，唯男方王慕雅歲數三九改為二七，並於文末添加一段議論，而此議論出諸旁觀者之口，但與文言筆記小說某氏曰功能相同，可窺此文旨意，既反思時下新人的婚姻態度，對法官判解亦嘆服。原提醒讀者掌握內容要點的小標，如▲夫婿未免無情、▲庭長殷勤勸誡、▲當場擬詞和解、▲夫妻和好如初，全省略不錄。敘述時一氣呵成。本來小標的標示，接近長篇章回小說的回目，有概括內容重點的作用，欲以小說形式敘述，又是文字篇幅不長的短篇，因而這類小標省略者多。

其他如〈雙失案〉、〈兩書獃〉[33]，亦是「社會新聞」，《申報》原作〈再醮婦連嫁兩丈夫〉，小標「▲表兄執柯說是一片好心」、「▲母氏作主將女另行改嫁」。〈兩書獃〉原是王沿津〈記本埠兩書獃子〉，介紹「特福」、「曾慶長」兩位。其餘篇目二三十篇，亦皆如是，可以類推，不再敘述，此下改敘根據上海新聞改寫之作。

（二）從新聞改寫之作

臺灣日日新報記者除從新聞直接移植做為小說外，亦有擷取部分

32 《申報》第19809號，1928年5月10日，第16版。《臺灣日日新報》，第10119號，1928年6月23日，第4版。

33 分別是《申報》第19919號，1928年8月29日，第15版，《臺灣日日新報》第10204號，1928年9月16日，第4版轉載。《申報》第20084號，1929年2月20日，第21版，《臺灣日日新報》第10380號，1929年3月13日，第4版。

新聞，重編故事者，或者據新聞報導予以改寫。如〈補盜〉一篇乃根據上海新聞改寫，《申報》報導社會新聞「重慶路前日男女盜匪行刦共六盜拿獲其五」[34]，內容敘述和豐輪船公司買辦林春生家被盜匪五男一女侵入，三男盜入屋，兩男一女於門首把風。敘述脈絡是林之雇員李祖源自外歸來，得悉屋中有盜，即奔至鄰家電話報告新閘捕房。而林之家人於盜侵入時，亦從後門潛出，報告附近巡捕，不久捕房包探高晏融、張安康、王永俊及西捕等相繼馳至，把風三盜知事洩，即行逃竄，而入屋之三盜，一則從屋頂逃竄無踪，一為被一七四三號華捕截獲之王友才，一為屋內假寐之史林生，亦被探擒獲。把風之兩男周月伸、戴錫坤及一女周彩寶，分別逃至淡水路、愛多亞路口及孟納拉路，亦被張包探之助手與老閘捕房包探張良先陸續追獲。敘述條理極為清楚，六盜落網者五人。而據此改寫的〈捕盜〉，保留了多數人名，新增汽車夫助手馮培林如何詐盜一節，而盜匪五男一女，改為四男一女，五人悉數捕獲，四男分別是遭一九八〇、一七四三號兩華捕捕獲的周月伸，及遭新閘捕房探員張安康、馬宗匪、王永俊三探捕住之盜匪王友才，樓上未及逃脫之盜（未交代名姓），為馮培林所詐，安睡床上，探捕於床上安然捕得。餘一男一女為四〇一號、二十一號兩華捕及九五三號、一九八〇號兩印捕，以及老閘捕房華探員張良共同協捕獲得。事實上，改寫本之行文，文義較模糊，先敘盜匪三名入侵，一盜把風，一盜上樓（應是二盜上樓），把風者先事逃逸，樓上之盜即周月伸，逃逸時為華捕捕獲，然則一九八〇號華捕在下文變成一九八〇號印捕。另一樓上之盜亦被捕得。後面敘寫華探三人在外吃茶之際，知悉四男一女行蹤可疑，二盜既被捕，知尚有一男盜及一女盜（此處宜是兩男盜），後三盜亦陸續被擒獲。另外相異處有三，一是盜匪入內，將室內電話線割斷，二是雇員李祖源自外歸來，得悉屋

34 《申報》第19749號，1928年3月11日，第15版。《臺灣日日新報》第10110號，1928年6月14日，第4版。

中有盜，奔至鄰家電話報告新聞捕房。因室內電話已割斷，此處改寫時變成「在後邊室中開啟樓窗，見其下有工部局衛生處所派之陰溝匠」，請其代為報告。另樓上假寐之盜，原是本地人史林生，是因無路可逃，乃「僵臥於房內床上假寐」，改寫時略去名字，另增林家助手馮培林，急中生智，謊騙盜匪交出手槍，領至後樓奶孀孀臥室安睡，使得探捕如甕中捉鱉。另一差異處是安排華探於茶樓吃茶之情節。可見改寫本情節較豐富，且有偵探之色彩。

以上所述概從「社會新聞」而來，另有國內外新聞或稀珍古怪之奇聞，亦都視之為「小說」，此時對「小說」之觀念，反倒退數步矣，如劉卓森〈人食木炭之奇聞〉、維正〈吃魚的迷信〉、斅厂〈紀陳百萬之吃鱈魚〉翻譯報導的新聞，海客〈三十二年的長睡〉、海客〈食人島上的水手王〉、烟雨〈一百四十七歲之怪老人〉。

從副刊「自由談」的新聞體小說改寫者，為數甚多，這些作品被移植到臺灣時，不外是刪削前後文字及在文中略動手腳，筆者亦舉數篇為證。增添者，如葉心佛〈鏡圓舞廳記〉[35]一篇，在《臺灣日日新報》刊出時，文字出入稍多，但故事脈絡相同，唯改男女之姓氏，田生改為某甲，魏女改為王女。文末續交代故事，增添「甲友汪士秀。長於文藝。為賦舞鏡重圓行倣長慶體。語極哀艷。惜談者不能記憶之云。」〈金姓娣妹〉述「日前吳君家忽來二人。係二姝家中來覓二姝者。二人既至吳君家。詢吳以二姝之來踪去跡。吳具以告。二人立即赴禾尋覓。未識能尋獲否。」但《臺灣日日新報》記者添寫一段，述越三月之後，二姝之母接二姝來信，自述因老尼之力，託某長官補匪，匪已槍斃，大怨已雪。記者又補述姊妹二人之婚家不同之態度，邱家置之不理，陸家則遣人尋覓，尚未有消息云，以此結束本文。自行增添的尚可見〈西人識寶〉，此文改寫自〈廢物值巨價〉（皇甫斌自

35 《申報》第20172號，1928年7月3日，第21版。《臺灣日日新報》第10494號，1929年7月5日，第4版。

南潯寄）[36]，文前《臺灣日日新報》記者添寫一大段：

> 支那古籍。稱波斯人識寶。而臺灣父老。則多有傳西洋人識寶。譬如云某地方有絕大風藤。被西洋人掘去。用吸海水。則變鹹為淡。航海中之至寶也。產藤之地。為御史崎。藤既被掘。崖崩風起。不復如從前之蓊鬱矣。又云某豬砧。一西人見之。欲以重金購去。價定約明日來取。豬砧主人。是夜燒沸湯數盆。痛為淨滌油垢。翌日。西洋人忽不欲購。叩以故。則云裡有巨穴。伏巨蜈蚣。今蜈蚣與珠已死。可惜可惜。茲如此類者甚夥，吾人茲更介紹民國南潯人之說西人識寶者數則。其事頗與臺灣所樂道者同也。

這一段敘述，極易混淆本篇內容為臺灣文人所執筆，尤其省略「長日無聊。集二三知己。談論舊事。頗覺興味無窮。胡君言。往年吾潯曾來有西人收買古玩。而所收均屬廢棄之物。茲為可怪。爰記之以投本報。」這一大段文字。「本報」自然是指《申報》，而非《臺灣日日新報》。添加之內容，殊不惡，於此觀之，臺灣文人應有撰述新作之能力，惜終乎此報，未見能多發揮。

至於省略的篇目為數甚多，如改題的〈李景雲〉[37]，省略了新聞標題「▲丈夫被逼服毒自殺　親上攀親婦有外遇　二三其德夫何以堪」及文中小標題「習醫」、「離婚」、「和解」、「設計」、「來滬」、「自裁」、「遺書」、「孫春先致李景雲書」、「李景雲致孫春先絕命書」。〈巾

---

36 《申報》第20155號，1929年5月1日，第19、20版。《臺灣日日新報》第10458號，1929年5月31日，第4版，省略「▲泥塑木雕忽交隆運 ▲破字紙簍也是珍品 ▲貓食飯碗何來寶玉。」

37 原題〈忍哉一婦人〉，《申報》第20087號，1929年2月23日，第15版。《臺灣日日新報》第10402號，1929年4月5日，第4版。

幗強盜〉[38]刪去原文「特走筆誌之。以告海上倜儻少年之喜拈花惹草者。」醉痴生〈三角戀愛之趣史〉改題〈清河生〉[39]，並省略「友有清河生者。近忽與其第二夫人仳離。其事亦悲哀。亦滑稽。極悲歡離合之致。爰演述之。以博一噱。並為一般自由女子作棒喝。」胭脂〈腦膜炎撮合婚事之趣聞〉改題作〈腦膜炎口罩〉[40]，亦省略「昨友人陳君一龍自城內來舍。為我述腦膜炎撮合婚事之趣事。不禁為之絕倒。陳君之鄰。」張菊屏〈赤蛇舞坑記〉改題作〈蛇交舞〉[41]，省略「迷信之說。識者不談。顧事有奇特不可思議者雖欲不信。亦不可得。即如不佞。有時耳食奇聞。亦曾力斥其妄。謂縱極怪誕。無不可以科學析其真相者。迨至目覩。則惟有瞠目結舌。歎為莫名其妙而已。不取復假科學以斥之矣。茲舉最近目擊之一事。質之讀者諸君。」、「已屬不經之事。而坑缸之自轉。尤為奇特。意者此二事。當必有聯屬之關係。質之科學家。甚願有以教吾也。」此則一開始即述「不佞蝸廬之前」，地點依舊是上海，但轉錄時改作北平某村事。餘如陶令〈搬場式的外交術〉[42]，轉載時省略「野史氏曰。距今二十年前。上溯德戰勝法之歲。此五六十年間。可謂軍國主義極盛時期。當時外交當局。從容樽俎。發一短簡之宣言。露一低昂之意旨。言方出口。電已環球。能使山岳易形。風雲變色。」或筆生〈記賣菜金氏女〉、張菊屏〈怪婚姻〉、君碩〈記善捕鼠之狗〉、仲碕〈強盜發善

38 原題木郎〈巾幗強梁〉，《申報》第20127號，1929年4月4日，第12版。《臺灣日日新報》第10439號，1929年5月12日，第4版。

39 《申報》第20094號，1929年3月2日，第21版。《臺灣日日新報》第10453號，1929年5月26日，第4版。

40 《申報》第20172號，1929年5月19日，第22版。《臺灣日日新報》第10460號，1929年6月2日，第4版。

41 《申報》第20210號，1929年6月28日，第12版。《臺灣日日新報》第10541號，1929年8月22日，第4版。

42 《申報》第20134號，1929年4月11日，第17版。《臺灣日日新報》第10571號，1929年9月21日，第4版。

心〉、綠靄〈香山黨部焚燬鬼妖木化精記詳〉、江柳聲〈奇孿記〉等等，均同上述各篇，省略聞之某人或「我」之聞見的痕跡。這些省略反而與新聞體小說或筆記小說強調客觀、實事有所不同，就當時轉載改寫現象觀之，是出自於掩飾原出處的居心。

四　日治臺灣報刊轉載《申報》的過程與理解

日治臺灣報刊與《申報》之關係，約從一九一〇年開始，直至一九三〇年代中，臺灣報刊雜誌從《申報》轉載了極多作品，當然也偶有數篇刊出時間較《申報》早，作品間相互的流動脈絡迄今還無法全盤掌握。但《申報》做為當時頗具影響力的大報，對於轉載其他報刊之作較少，通常是日治報刊私自從《申報》轉載，或將作品改頭換面，不署作者姓名或以「選」（選稿、選譯）蒙混過去。如〈軼聞徐生殺虎復讐記〉被更改為〈殺虎復讐〉，不及一年又再刊，另題作〈殺虎錄〉[43]，文作：「徐生軼其名。對岸泉州某鄉人。兄某業農。」加上「對岸」二字，其口吻營造在臺文人所作。又如《漢文臺灣日日新報》轉載過兩則與「花會害人」相關之文，一是〈殺兒祈夢〉，轉載自〈殺兒祈夢記〉，二是〈鬼婚不可背〉轉載自〈鬼婚〉[44]。相互轉載，無疑是當時海內外報刊彼此發生聯繫的一種形式，從某種程度上而言，小說作品也通過這樣的形式流通，在民眾中獲得了更為廣泛的

43　〈軼聞徐生殺虎復讐記〉，《申報》第13403-4號，1910年2月2-3日，第12版，《臺灣日日新報》第3558號，1910年3月10日，第5版作〈殺虎復讐〉，第3814號，1911年1月6日，第3版作〈殺虎錄〉。1910年尚轉載一篇〈三百磅鑽石〉的小說，鑽石失竊的奇趣過程。

44　〈殺兒祈夢記〉，原刊1927年3月25日《申報・自由談》，《漢文臺灣日日新報・夕刊》第9706號轉載，1927年5月7日，第4版。〈鬼婚〉原刊1927年11月20日《申報》第19645號，《漢文臺灣日日新報・夕刊》第9929號轉載，1927年12月16日，第4版。

傳播，擴大了近代小說的影響。報刊之間的相互引用移植小說，構成了東亞報刊彼此的交流。

很特殊的一個現象是：《申報》一九二七至一九二九年間的作品被各報刊廣為轉載，之前之後的作品轉載較少。這期間的《申報》同時存在兩種文字系統，較文言的筆記、雜錄及白話文的通俗小說，由於具備了多樣化的作品型態，臺灣報刊從中各取所需。《臺灣日日新報》所選錄的以簡易文言的鬼怪、詐騙、命案、奇聞、軍閥人物軼事之作為多，一反其前選錄筆記小說的現象，何以如此？推敲其因，或者受一九二五年新舊文學論戰餘波之影響，其時《臺灣日日新報》亦加入論戰，刊登了回罵文字，維護舊文學，就舊詩而言，絲毫不受影響，照刊不誤，雖然當時討論的重點在詩，小說方面似乎未及，不過在論戰之前，一九二四年九月，張梗在《臺灣民報》發表〈討論舊小說的改革問題〉一文即批評：「現在臺灣某報上，還是天天不缺登著那些某生某處在後花園式的聊齋流的小說。」又說「臺灣哪裡有小說可言。不過是那些中國流來的施公案彭公案罷了。」[45]張梗所批判的臺灣某報應即是指《臺灣日日新報》，如統計之前的作品數量，確實如張梗所言，極其之多。此後《臺灣日日新報》「某生者」小說的刊登確實明顯減少，但對偵探公案小說趣味仍不減，而改刊大陸報刊時事新聞社會故事為多，而其中又以載自《申報》最多。當時間來到一九二七至二九年，《臺灣日日新報》依舊以古典詩、簡易文言報導新聞、撰述文學時，不能說不是特異的存在，當時的《臺灣民報》除了新文學作家賴和、楊守愚漸有作品外，同時引介中國新文學作家的作品[46]，《臺灣民報》對域外的文化思潮和小說的迻譯刊載，為臺灣小說

45 張梗：〈討論舊小說的改革問題〉（一），《臺灣民報》31號，1924年9月11日，第15版。

46 1927年轉載張資平〈雪的除夕〉、〈難堪的苦悶〉、學琛〈嫁期〉、田連渠〈異國〉、覺翰孫的懺悔〉、黃仁昌〈弟弟〉。1928年轉載愛聾〈晚宴〉、苑約〈溪邊〉、姜希節〈離散以後〉、春信〈誘惑〉、王異香〈折（拆）白黨〉、貢三〈慈母的心〉、蔚南

的演變提供了意識、創作上的變革動力，使臺灣文學有著不同於通俗文學的風格，小說開始體現了土地與人民的結合，為低階層農工發聲；推動婦女自覺、改革婚姻與家庭、女性地位，這種種很明顯可以感受到傳統文人與新文學作家作品的差異性。《臺灣日日新報》，直到一九三七年四月，漢文漸少的年代，其新聞始終還是用文言體式報導，往前推十年的一九二七年《臺灣日日新報》自然不會引介中國新文學作家的白話文作品，在「某生體」不刊登之後，《臺灣日日新報》從《申報》找到了新聞體小說。即使到一九三七年行將禁漢文之際，新聞報導依舊未見白話文，其白話文出現次數寥寥可數。因此當《臺灣日日新報》傳統文人編輯群欲刊登小說時，自然以古典漢文作為小說創作語言的選擇，而一九二七至二九年間的《申報》提供了他們的需求。緊接著問題是，為什麼沒選擇臺灣自身的新聞敷衍成小說，而選擇了發生背景多在上海的新聞？《臺灣日日新報》此類本地新聞自然也不少，寫法亦同《申報》本埠新聞，如「可憐少婦投江自殺　因兒面貌不與夫似　疑為他種被夫打責」[47]，標題八字三句，扼要勾勒出故事的因果關係，楊三自殺身亡，乃因子面貌不與父相似，夫郭金順疑其外遇生子，每日無端打責，家庭風波不絕。以當時編輯之標準，此則新聞與小說無異，臺灣民間亦時見這類家庭紛爭引發的悲劇，但在臺灣小說欄目，卻未見引用。或許因新聞性質牽涉相關敏感人事，如選用臺灣新聞，直指當事人名姓、家居，或將侵權引發麻煩，而新聞新鮮性亦已減弱。做為日刊性質的報刊，日日有出刊之壓力，稿源不足情況下，直接取用域外申報的文章，自然便利的多。從

〈一九二七年的李四〉、宛約〈生命〉、胡也頻〈毀滅〉、雪江〈時代的落伍者〉。1929年轉載潘漢年〈法律與麵包〉、許欽文〈口約三章〉、滕固〈離家〉、達仁〈壓〉、楊浩然譯〈標緻的尼姑〉、松田解子著、張資平譯〈礦坑姑娘〉、張資平譯〈難堪的苦悶〉、陳雪江〈賣人〉、王魯彥〈一個危險的人物〉、陳明哲〈父親〉、劉大杰〈妻〉、鄭慕農〈深愁〉。

47 《臺灣日日新報》第9444號，1926年8月18日，第4版。

其所刊小說警戒用意，似乎也只是藉其故事內容獲致消閒娛樂或警惕讀者的功用，那麼小說發生的地點屬何地也就不是那麼需在意，就像早期刊登的小說，其時空不都也是在中國各地？何況上海繁華之地又為租借區[48]，所發生之事更顯新奇，因此銀行搶案或綁票案、謀殺案等案件層出不窮，亦吸引人窺探。同時，做為總督府施政翼助的報刊一向存在「認識支那」的需求，這從殖民統治五十年各期的作品可以觀知，如《臺灣日日新報》從《泰東日報》轉錄《太平天國史》，連載初始即說明轉錄之由：「記者以其觀察奇警。可為研究中國之好史料。且近中國革命事業。正在勃發之間。」隔七行又再次強調「信為研究現代中國之好史料焉。」[49]即使到了戰爭期，吉川英治翻譯《三國志》時且云：「我覺得活躍在《三國志》裡的登場人物，現在的中國大陸卻也隨處可見。——去了中國大陸，接觸到形形色色的庶民，都會覺得很熟悉，彷彿是《三國志》中活生生走出來的人物，又或者屢屢感到與他們有共通之處。」[50]這正是透過各種中國報刊、典籍以了解中國的途徑，因而《臺灣日日新報》之所以轉刊、改寫如此多的《申報》新聞，可以思過半矣。

48 《申報》與日本關係如何？尚須進一步理解。筆者在1916年2月15日，第14版第15446號，見得報章眉目印上「明治四十一年四月二十一日第三種郵便認可」，斗大的「明治」年號出現在上頭，令人不解。

49 刊《臺灣日日新報》第9685號，1927年4月16日，第4版。文中說「且近中國革命事業。正在勃發之間。」即是指一九二七年的中國革命，北伐、清黨等事。日本隨時留意中國之動態且多加報導，令人好奇的是，《臺灣日日新報》這幾年所轉刊之材料出自《申報》的非常多，中國東北、華北的日人報刊反而較少，有一些是出自《泰東日報》、《順天時報》、《滿州報》、《盛京時報》、天津《益世報》，或許是與「上海」地點有關。

50 目前學界對戰爭期翻譯文學的研究亦已指出與「認識中國」、「日華親善」之關聯。如蔡文斌認為「『翻譯』逐漸被視為是可以介入大東亞共榮圈的方式。」〈中國古典小說在臺的日譯風潮（1939-1944）〉（清華大學臺灣文學研究所碩士論文，2011年8月），頁III、頁37。引文譯文為蔡書所譯。

五　「小說」、「新聞體小說」之觀念

日治「小說」的觀念起自何時？或認為明治三十八年（1905）《漢文臺灣日日新報》「小說」欄的出現，具有指標性意義。然而一九〇五年之後所編錄的小說，其實還充滿各種疑義，當時對小說的意涵，包括新聞事件報導、史傳、叢錄、叢談等。如以一九〇六年所刊小說之作，如〈孝女白菊〉、〈薄命曲〉詩歌列入小說，因詩歌具有敘述功能，早期的敘事詩具故事者也會被視為小說，日本〈孝女白菊〉詩即是如此。此後即是本文所討論的類似新聞事件的眾多「小說」。

從很多地方可以看到《臺灣日日新報》編輯對「小說」之觀念，一直模糊不清，閃爍不定，直至一九二〇年代更是如此。一九二二年一月二十日刊載〈沈喬生〉、〈徐錦〉，欄位標示「小說」，此二篇皆以人物為主，接近志人傳記，尤其〈沈喬生〉一篇，故事性豐富，但查二篇出處，卻是《泰州志》卷之二十三「仕績」及卷二十二「孝友」。而《申報》列為「筆記」之作，有不少即是筆記小說之性質，臺灣報刊轉刊時或列入「摭談」，如韋士〈某壯士〉、〈桃影〉、〈跛翁〉、〈擔夫〉、〈波痕〉、〈鄉拳〉、〈匕首〉、〈沈福〉、〈揖馬〉，或列入「叢談」，如黃花奴〈筆記　紫綃〉。而將《申報》之「傳記」改列「摭談」者，如〈傳記　畚箕匠鄭成仙傳〉改作「摭談鄭成仙」，《申報》之「海外奇談」亦有列入「摭談」的，如警眾的〈毒蛇復仇記〉、〈律師拒賭記〉，這如在一九二八年新聞體小說盛行之際，則與被視為小說的〈長睡女〉都屬國外奇聞奇談。然而《申報》列為「小說」之作，臺灣報刊轉刊時卻又有列「摭談」的，如瘦蝶〈王瓜觀音〉[51]。同述甘鳳池故事的同一版面的兩篇作品，〈甘鳳池〉列為「小

51 原作〈社會小說　王瓜觀音〉，《申報》第14761號，1914年3月17日，第14版。《臺灣日日新報》轉刊時未署名，經查作者是許瘦蝶。第4987號，1914年5月1日，第6版。

說」,〈甘某〉(原篇名作〈武舉〉)列為「摭談」[52],可偏偏這兩篇作品同時出自《小說新報》一九一九年第五號,後又收入顧明道所撰的《明道叢刊》。《臺灣日日新報》編輯(記者)何以將前後緊接的這兩篇作品分屬「小說」與「摭聞」,也是讓人百思不得其解,恐怕只是隨意歸類罷了。毛祥麟《墨餘錄》〈醒睡先生〉、陶宗儀《南村輟耕錄》〈程婦〉、李涵秋〈黃鶴樓之啞婦〉則列「叢談」,與奇人軼事的〈亞立山大軼事〉、〈惠靈頓軼事〉、〈土耳其僧〉同列「叢談」,但〈醒睡先生〉、〈程婦〉、〈黃鶴樓之啞婦〉實則多視為筆記小說。列「叢談」的〈磨坊主人〉,原作者是周瘦鵑,原刊《小說月報》,標目是「歷史小說」。又如〈唐介山〉[53]一篇,分兩回刊登,但第一回標示「小說」,續刊時卻標示「叢錄」。儀的〈明季節烈女傳〉,改寫自《順治過江全傳》及王韜《後聊齋誌異》〈乩仙逸事〉,第二則敘述柳翠雲之事,《臺灣日日新報》不列小說,而置之「叢錄」。小說列入「叢錄」之作的情形亦屢見,他如許奉恩《留仙外史》之〈劍俠〉,即易名為〈劍術紀聞〉,刊於「叢錄」。《臺灣外記》朱術桂軼聞亦入「叢錄」,《拳師傳・柳生》亦列「叢錄」,同版面的〈碧玉雞〉則列入「小說」;出自祝允明《九朝野記》的〈徐達〉,為《古體小說鈔》選錄,但《臺灣日日新報》視為「叢錄」,〈蔣霆〉一篇亦同。可見編者在「摭談」、「小說」、「叢談」、「叢錄」分類上不盡相同,矛盾百出。蝶〈食客小黃傳〉原標「游戲文章」,《臺灣日日新報》改題為〈小黃〉[54],並列為「小說」。更有意思的是陳公猛〈孟德斯鳩之陰德〉一篇,原刊一九〇三年的《浙江潮》,後分別為《臺灣日日新報》及《臺南新報》、《申報》收錄改寫,但三刊物依序視為「叢談」、「小說」、「譯叢」。一九一五年《臺灣日日新報》將之改為「世

52 〈甘鳳池〉、〈甘某〉,皆刊《臺灣日日新報》第7809號,1922年2月25日,第6版。

53 《臺灣日日新報》第8642號,1924年6月7、8日,第4版。

54 《申報・自由談》第15010號,1914年11月21日,第13版。

界名人逸聞錄　孟德斯鳩」，並另添加一事，至一九一六年《申報》有寒楓之譯文，卻是改寫自陳公猛，再到一九二四年，《紅玫瑰》刊登了孫癯蝯「小瘦紅閣話墮」〈孟德斯鳩之滑稽〉，正是《臺灣日日新報》後一則之擴寫，最後是一九二六年，《臺南新報》改題為〈苦海慈航〉，而這一版本最接近《浙江潮》。

吳福助主編《日治時期臺灣小說彙編》在「編集體例」說明為求選材內容的單純化，只編入「小說」名稱者，其餘「摭談」、「叢錄」、「叢談」、「軼事」、「小談」、「小傳」類題作品，概不收錄。然以筆者前述舉證，可知「小說」欄目未必真是小說作品，非小說欄目的「摭談」、「叢錄」、「叢談」、「摭聞」卻有「小說」之作。在「小說」觀念一直含混不清的情況下，一九二〇年代中一系列屬新聞的報導納入「小說」，也就可以理解[55]。然而我們要追問的是，《臺灣日日新報》何以在此時刊登了百篇之多的新聞體小說？到了一九三〇年代又漸消失？難道《申報》當時也呈現一片新聞體小說的氣象嗎？

六　真實或虛構／新聞或小說：關於臺灣報刊的新聞體小說

一般而言，新聞以客觀真實做為報導首要條件，力求真實再現，任何新聞只要脫離事實就是虛假不實、甚至欺騙，違反新聞專業倫理，並非藉由虛構情節來吸引廣大閱聽大眾的注意。而小說敘事講究故事情節的戲劇張力，對於故事素材予以藝術加工，以此吸引讀者的注意力，即使再真實的歷史材料以及新聞背景，都離不開主人公和情

55 此亦牽涉中國與臺灣近現代小說觀念之演變，包括晚清以降梁啟超小說救國之論，乃至臺灣新文學興起之後的小說啟蒙之意圖，或張梗的小說改革論，種種考察可另文專論，本文僅引證諸多事例觀察，以見小說、叢談、叢錄、筆記、摭聞等之任意使用，緣於當時臺灣傳統文人的「小說」觀念尚混淆不定。

節上的虛構。這似乎說明了新聞是真實，小說是虛構，但二者果真如此單純即可壁壘分明？在文學史發展過程中，偏偏「小說」和「新聞」，在源頭上就有著非常緊密的血緣關係，當文人將新聞素材做為小說撰述材料時，這類新聞體小說究竟是小說還是新聞？不免使問題更為棘手，如果再回視《臺灣日日新報》此時所刊的「小說」，就更為複雜了。

早期報刊所刊社會新聞大多來自民間的自由撰稿人，多為舊式文人出身，他們既沒有經過專業的新聞採訪編寫訓練，對於新聞報導的真實性、客觀性和時效性特也缺乏職業意識，因此借用筆記、通俗小說的取材標準來擇取編造新聞，成為當時的一種主要報導手段和取材方式，甚至把小說當作新聞而投稿，則新聞失實也在所難免。這也使得早期的商業報紙的新聞報導中夾雜著大量近似於「志怪」、「紀事」小說。即使後來開始有了派駐各地的通訊員，新聞報導也未必全為真實，《申報》曾刊「庭前嗚咽凄涼事　少婦情懷劇可憐」新聞，這則新聞後來被《臺灣日日新報》轉錄編為「小說」[56]，權且不說得當與否，《申報》當時列為「本埠新聞」，本當求真，呈現社會真實面，但新聞刊出兩天，湖州旅滬公學即「來函」訂正啟事，指其：

> 有事實顛倒之處。想係傳聞失實所致。查金婉英女士在敝校服

---

56 「報導」的求真與作為「讀物」的「虛構」之間，本不易界定，社會事件的報導與處理也經常牽動具有「輿論」意義的社會情感，在十九世紀末期的西方也仍然有報導與「讀物」不分的現象，日本本土報紙大約在一九一〇年代記者與通信社的專業化才促成「中立」與「事實報導」概念的確立。上海《申報》在新聞報導與文學讀物間的釐清，自然也有相同的演變歷程。然而《申報》、《臺灣日日報刊》在一九二七年代前後，卻呼應著新聞、小說的同構性，以致《臺灣日日報刊》的小說到一九二〇年代中反而較明治時期退步，其中緣由或與主其事的編輯有關，也與報業市場愈來愈趨向「速報主義」競爭的時效性概念關聯，市場因素的重視與介入，使得在即將進入一九三〇年代之際，翼贊官方的臺灣報刊充滿了新聞奇趣、茶餘話談及附帶而來的中國認知等新聞體小說。

> 務已有數年。王慕雅君於去年四月間始到敝校擔任教科。係由敝校前教務主任鈕師愈君介紹。當時王金二君已訂婚約。貴報謂金女士與王君訂婚在到敝校擔任教科之後。殊非事實。再王君在敝校擔任教科。已於去年九月間半途解約。金女士今亦正欲辭職。恐難挽留。合併附告。事關敝校名譽。應請立將此信登入來函。藉資更正。[57]

這自然是未查證求實導致。從這一則不實的新聞報導可以觀知未經查證的道聽塗說，在一九二八年時仍普遍存在[58]，問題是即使經過查證，又如何得以保證其「紀實」的程度？新聞做為一種敘述，當記者將新聞素材予以安排為結構式段落，將事件分析、拆解再組合成「真實」來呈現事件經過時，實則已陷入思維、符號、語言的多重限制，並不自覺地嵌入個人某種「理所當然」的「想像」。而《臺灣日日新報》轉刊時，也並未尊重這一則澄清啟事，類似這種情況也還不少，如《申報》曾刊繆士耕〈李涵秋先生臨死的一席話〉，由此文正可見報刊追求奇趣、奇聞軼事，因此不辨是非，以類似新聞八卦之渲染，獲致其商業利益。

《申報》新聞報導的形式和體裁，包括綜合報導、短訊以及以「通信」和「紀事」為標記的新聞通訊在內的基本報導模式。除專業

57 《申報》第19811號，1928年5月12日，第16版。

58 在一九二七年時即有類似現象，如董增儒〈董增佑遇害之真相〉一文是對阿承〈江北近聞二則〉董增佑遇害一事之聲明，阿承之文刊《申報》第19504號，1927年6月30日，第16版，董文在七月七日刊出，文云：「頃閱六月三十自由談阿承君江北近聞聞關於亡弟增佑遇害事有不能不聲明者。原文謂其冒稱團長一節，查亡弟取得團長，係受十四軍獨立旅旅長葛樹森委任，原狀尚在，確非冒充。……阿承君所記各節俱非真相。竊念亡弟從事革命工作十有餘年。平日在趙伯先烈士冷御秋、李協和、蔣伯器諸先生部下服務。其人格純潔性情之高傲，凡與交者無不深悉也。」而《臺灣日日新報》在十天之後，依舊轉載阿承之文，標示〈摭談董增佑〉，文刊1927年7月17日，第4版。

新聞記者，也採取在其他省市派駐記者和通訊員的方式，以獲得外埠一手新聞。其中「紀事」為標記的新聞與「自由談」的新聞體文學，有著相當的混淆，蘭茜〈九死一生之陳君〉為自由談所登，敘陳君自殺得救經過，內文云：

> 本月九日晚十時。陳君忽起超人之念。取西醫方單一紙。書明購取安眠藥十片。（價九角）下首簽用西名。飭女僕往藥店照買。因恐親自往購。或與人以疑點也。……

另刊「本埠新聞」的〈何楚祥憤而殺妻〉報導如下：

> 紹興人何楚祥。三十二歲。娶妻胡氏。年纔二十有五。同居康腦脫路蔣家橋五百二十六號。該氏之母陳氏。亦相共處。邇來何失業家居。夫婦遂漸反目。胡氏竟欲下堂求去。母女串通。潛與紹興人陳天林計議妥洽。願為陳婦。去年十二月二十八日。強何同往廣東路中央旅館十四號房間。並邀陳天林到場。出示賣身契。迫何簽字。將胡氏賣與陳為妻。……[59]

時間、地點、敘述脈絡、內容性質並無不同，唯一差異是自由談的文學之作，「未便宣其名」，只以陳君交代。但新聞既有傳聞虛構情形，表面上寫出了真名實姓，也未必可追索，隱去真名，假語村言的未必就是虛構。客觀而言，這兩篇作品的敘事手法沒什麼特殊差異。也正是這樣的因素，《臺灣日日新報》的「小說」，竟然直接就《申報》「新聞」迻錄。

《申報》「自由談」所刊的新聞體小說，頗有傳統筆記小說的創

---

59 〈九死一生之陳君〉，刊《申報》第20173號，1929年5月20日，第19版。〈何楚祥憤而殺妻〉，刊《申報》第20750號，1931年1月11日，第19版。

作傳統，同時也積極吸取新聞報導寫作模式的養分。其結構往往強調信息來源，然後開門見山，直陳其事，點出主人公姓名、籍貫、身分、年齡、婚配後進入情節，展開故事，而篇末大抵都有作者的評論或說明。石顏也〈房東之倖運〉內容描述某姓稅屋與一軍官，而軍官居約旬日，率僕婢匆匆離去，並請某待為管理，韶光荏苒，軍官皆無音訊，某疑之，乃私啟入室，發其箱囊，見錢財珍物，竟忘義而盡數私吞，並餽贈鄰居，以緘眾口。文末交代「吾友鄭君，與某姓之鄰居為至戚，故得知其事，鄭君告余，乃記之如是」。金達侃〈難為其新郎〉描述某女士於吉期前一日，行往夫家，既見翁姑，女士乃從容登演講臺，歷述自由婚嫁及婦女運動之真諦，又令新郎當奮志勵學，以報國家，否則不願共也，一場喜事，就此中斷。文中有「父執盛伯，為泗水富商，前日以事蒞吾鎮，家君誼屬故舊，於是掃徑開扉，略治盤飧，一敘多時離別之情，重話巴山夜雨，尊邊歡談，盛伯述及一婚姻趣事，頗可記載，茲筆而出之，以供談助」等出處交代。公羽〈惝恍迷離之姦殺案〉亦云：「友自江北來，述泰興北鄉某村，發生惝况一離奇之姦殺案，足資談助，因走筆記之」。斆厂〈致死奇談〉云：「此事傳播遐邇，聞者莫不曰：『咄咄！怪事。』斆厂曰：『右所紀者，確係實事，非予故神其說，願閱者諸君勿以郢書燕說目之也。』」等文字。綜觀以上數則莫不保留筆記小說之特色，且處處強調「親聞耳見」、「確係實事」。易言之，《申報》「自由談」的新聞體小說，深受傳統筆記體小說影響，但筆記體小說本來也未必是真實的，如《螢窗異草》中的故事，基本上都有確切的發生地點、時間、人物及講述人的確切姓名，乍看之似乎信實可靠，但仔細推敲就會發現很多人名身分在歷史上查無此人，根本是作者刻意虛擬營造的仿真效果。

值得留意的是《臺灣日日新報》在轉載時偏向選錄新聞體小說，或直接將新聞轉錄為小說，在轉載這一批為數甚夥的新聞體小說時，漢文記者卻又有意隱瞞出處，將故事的信息來源刪除，前述〈留美大學生之情死慘聞〉等小說在被轉錄進臺灣報刊時，即都已刪去這些「親聞耳見」、「確係實事」的文字。可說是自覺性的進行刪削及改寫，並有意識地加以掩蓋信息出處。因此從這意義上來看，刪改後的小說資訊功能並不是很強，筆記小說或新聞小說的徵實觀念已消弭，真實性和時效性等特質，自然也不是臺灣報刊漢文記者想加強和體現的，他們刊載這類小說的目的恐怕並沒有要建立新聞體小說的想法，只是藉由奇聞異事引發讀者興趣及注意力，最多再滲雜些勸誡道德意味。然而這類作品，其數詞普遍運用，確指具體的時間、事物，串聯新聞事件、故事情節的脈絡，偏重事實，鋪敘不足，很少能引發讀者的想像空間，順序的敘事手法，無波折起伏的情節結構，種種跡象顯示，既非典型新聞，亦非典型小說，充其量只能視為一種極其簡樸的類小說。

七　結語

臺灣報刊與《申報》關係極為密切，尤其是轉載了《申報》相當多的作品，從新聞、遊戲文章、筆記、付之一笑、海外奇談到小說，不一而足，尤其是新聞報導的寫法，幾乎如出一轍，以簡易文言行文，記事新聞詳述故事緣由，又借用傳統文學中的標題模式，如匾額似的四字標題，如「死得無謂」等，以及諸如章回體通俗小說的對偶式標題如「紫霞路謀殺案　李姚氏被人勒斃　現鈔金飾俱飛去」。由於《臺灣日日新報》、《臺南新報》都屬翼贊殖民統治之報刊，在當局刻意以語言切割臺灣讀者，漢文的使用成為操弄的工具，少見白話文的刊載。一九二五年新舊文學論戰發生，使用具有現實性的白話文成為臺灣文壇及作家追求的新選擇，因而一九二六年各報刊有了明顯的變化，尤其是《臺灣日日新報》的轉刊作品一改之前的「某生者」文體，一九二六年扮演了轉折的重要年代，因此一九二七至一九二九年各刊的作品各有其風貌，而這一切都與《申報》有切不斷的關聯。由於《申報》同時存在文言、白話兩種文字系統，有文言筆記、雜錄、新聞及白話文通俗小說，具備了多樣化的內容型態，臺灣各報刊自其中各取所需。因此《臺灣日日新報》、《臺南新報》選錄者多為淺易文言、筆記、新聞性質之作，《三六九小報》、星洲《叻報》選錄的則是婚戀、家庭白話通俗之作為多。

此外，《臺灣日日新報》與《三六九小報》、《叻報》都曾轉載了《申報》同一作品，但相同者多為鬼怪、詐騙、命案、奇聞之作。可說當時的《申報》刊登了不少新聞素材的作品，而《臺灣日日新報》又特好此類題材，漸形成新聞體的類小說作品。在一九二七至一九二九年間觸目可見文中標舉時間為「今年」、「去年」、「月初」等字眼。由於《申報》的新聞、小說彼此相互滲透，文人借用傳統小說手法敘述「新聞」，小說創作又借用筆記小說強調信息來源，甚至副刊小說創作與新聞版面消息雷同，加上滬上時事「本埠新聞」的內容及其手法，頗似志怪傳奇，《臺灣日日新報》遂轉錄《申報》的新聞，並在「小說」欄目刊出，或者擷取《申報》部分新聞，予以重編故事，或者據《申報》新聞報導再度改寫。此時出現如此多以上海、天津等中國為主的題材，其背後原因恐也與支那（中國）情趣、認識了解中國之策略有關，終日治五十年，其實未曾減少過，甚至在戰爭期間，以日文翻譯《紅樓夢》、《水滸傳》、《三國志》皆是存在透過小說理解中國民情風俗、社會經濟民性等等用意。

《臺灣日日新報》雖然早在一九〇五年即見「小說」一詞，對小說之芻見、讀後感亦都有所抒發，但從各類欄目的標示觀察，編者在「摭談」、「小說」、「叢談」、「叢錄」分類上不盡相同，「小說」欄目未必真是小說作品，非小說欄目的「摭談」、「摭聞」、「叢錄」、「叢談」卻有「小說」之作。在「小說」觀念一直含混不清的情況下，加上《申報》以「紀事」為標記的新聞與自由談的新聞體文學，有著相當的混淆，因此一九二〇年代中有一系列屬新聞報導的，被《臺灣日日新報》直接迻錄為「小說」，甚至屬於國內外新聞奇談的，如〈人食木炭之奇聞〉、〈三十二年的長睡〉、〈吳稚暉亦號智囊〉、〈駭人聽聞的販毒豬仔〉、〈獵人斷臂之奇聞〉、〈暹羅之象禍〉等等，一視標題即知非小說的傳聞，《臺灣日日新報》也都改題後，編入「小說」專欄。編輯對「小說」、「新聞」的觀念，一直是猶疑閃爍，甚至頗為奇特的，在新（現代小說）舊（筆記通俗小說）間難以拿捏。尤其是在一九二〇年代，臺灣現代小說初萌芽，白話文小說受重視之際，《臺灣日日新報》的傳統文人魏清德、謝雪漁之作銷聲匿跡，連篇累牘移植文言筆記體小說，並改以大陸報刊時事新聞社會故事為大宗，為了隱瞞原作的出處，幾乎所有透露故事信息來源的痕跡，盡數刪除，或者重新改寫。而這些舉措，又恰恰將《申報》原作強調的真實抹去，筆記小說或新聞小說所強調的徵實觀念，在這一批移植摹寫的作品中則消失殆盡，取而代之是一種似新聞又似小說的新聞素材小說，而這類「新聞」，經過一個多月甚或更久的移錄，事實上早已是「舊聞」，何況有些本來就是五六年前的「舊聞」，因此《臺灣日日新報》上的新聞體小說，成為一種很奇怪的拼湊組合的大聖代。雖然如此，這批小說在改題、改寫的手法上，仍無法漠視之，比如題目以二字、三字、四字居多，將原本冗長，不易突顯重點的原題，一新讀者耳目，如〈巫騙〉、〈貪禍〉、〈庸醫〉、〈賽畢卓〉、〈賽二喬〉、〈金氏女〉、〈木化精〉、〈誦佛脫險〉、〈法官解人〉、〈石隸神話〉、〈花會害毒〉、〈金杏姊妹〉等等，用語簡潔又與內容極貼切。今日重審這批為數甚夥的新聞素材的小說，如何定位？如何界義？自是臺灣文學史不容忽視之議題。

第二節　《洪水報》、《赤道》對中國文學作品的轉載及改寫
——兼論創造社在日治臺灣文壇

一　前言

臺灣進入日治時期之後，近代化的文學傳播媒介也隨之傳入，報紙雜誌成為培養文學作家、刊登文學作品、推行文學運動、傳播文學觀念、凝聚文學社團、吸收文學讀者的最強有力的載體。目前臺灣文學的研究，也屢屢自《臺灣青年》、《臺灣》、《臺灣民報》、《フォルモサ》、《南音》、《臺灣文藝》、《臺灣新文學》、《文藝臺灣》、《臺灣文學》、《臺灣日日新報》、《臺灣文藝叢誌》、《三六九小報》、《風月報》等報刊雜誌取材論述。然而，這些期刊雜誌有不少作品是轉載之作，臺灣學界討論的對象侷限於《臺灣民報》，因臺灣新文學之生成及發展脈絡與《臺灣民報》密切，而且《臺灣民報》在轉載時不會擅予更易，且詳細交代轉載出處，研究者極易掌握。如轉載魯迅〈故鄉〉、〈阿Q正傳〉、〈犧牲謨〉，冰心〈超人〉、楊振聲〈李松的罪〉、胡適〈終身大事〉、陳學昭〈她的婚後〉、郭沫若〈仰望〉、〈牧羊哀話〉、張資平〈雪的除夕〉、洪學琛〈嫁期〉、陳雪江〈時代的落伍者〉等作品[60]，然則為數不少中國文學作品充斥各雜誌之版面，但因未交代轉載自何人何作，甚或改動原作、篇名、作者姓名（筆名），以致無法察覺是轉載之作，如未予考察辯證，即以之論述臺灣文學，並歸為臺灣作家之作，恐有不當，而此類例子近年已累見。此外，過去臺灣新文

60 殖民者之作有日本作家藤武雄的小說〈鄉愁〉、武者小路實篤的劇作〈愛慾〉及美國作家傑克・倫敦的小說〈影と閃〉、法國作家莫泊桑的小說〈二漁父〉、都德的小說〈最後一課〉、印度詩人泰戈爾的詩作與俄國作家愛羅先珂的童話等。另參考本書第27頁。

學之討論，雖然亦強調了左翼文學、普羅文學，但因左翼刊物《洪水報》、《赤道》、《明日》等期數不全，又無復刻本，《現代生活》、《伍人報》則未見，因此應用者相對較少[61]，在研究上同樣存有遺憾及不足之處。鑑於此，本節擬討論《洪水報》、《赤道》二份期刊對中國文學作品之轉載情形，並擴展論析臺灣文學界與中國創造社的關係，理解郭沫若、郁達夫等人及其作品在日治臺灣文壇傳播流動的現象。

二　《洪水報》的創刊及其轉載之作

《洪水報》、《赤道》皆是一九三〇年創刊，黃白成枝與謝春木共同創辦《洪水報》又早於《赤道》數月，因此先討論《洪水報》。根據《臺灣新民報》「地方通信」欄所刊信息，標題「洪水報近將發刊」：「北部社會運動有志，因欲圖促進大眾文藝起見，計劃創刊什雜，其宗旨為『提高大眾的意識』、『促進文藝大眾化』，其題號為『洪水報』，將以安川馨子、白成枝諸氏外數名執筆，決定每月發刊三回，總頁數為十二頁，一部零賣五錢，自本月十五日起將發行創刊號。現置本社於建成町一丁目五五番地（臺南館鄰），營業部主任安川女士，廣告係曾得志氏，發送係吳秋惠女士，目下正在準備中。」[62]後來創刊號於一九三〇年八月二十一日發行。但才發行兩月就遭到殖民當局的阻擾，不久，同樣是《臺灣新民報》「地方通信」欄又刊

61 柳書琴〈本土、現代、純文學、主體建構：日據時期臺灣新文學雜誌〉：「三〇年代初期發行的各種書刊，旋生旋滅，許多業已散逸，《曉鐘》之外是否還有其他現代文藝刊物？尚未出土的《洪水》、《赤道》、《明日》、《現代生活》、《伍人報》中，有多少現代文藝的篇幅？這些問題都無法得知。」，《文訊月刊》第213期，2003年7月，頁16-27。按，中央圖書館臺灣分館有典藏《明日》，日治時期期刊全文影像可查得。本文據以論述的《洪水報》、《赤道》亦殘缺不全，《洪水報》僅得1、3號，《赤道》僅1、2、4號，何時得以完整「出土」，實未知之數，現階段研究也只能就殘本討論。

62 《臺灣新民報》第324號，1930年8月20日，第9版。

「洪水報被禁改刊單行本」信息：「臺北社會運動有志所組織的洪水報社，自創立以來纔發行三四號。至第五號就被禁止，第六號的納本方纔提出，隨後就接到再禁止的命令。該報當事者亦以事出意外莫名其妙，雖再三向當局抗議其彈壓言論，奈為政者曲解說什麼是違反新聞紙令。因此該報去十五夜，乃召集編輯臨時會議，互相討論結果，決定改刊單行本。約來月十五日，要先發刊『自治聯盟正體的暴露』每冊定價二十錢，發行所仍舊臺北市建成町一丁目洪水報社。」[63]其遭受彈壓當然是因刊物有明顯的無產階級思想的關係，其刊名《洪水報》或許受中國的《洪水》雜誌啟發，《洪水》雜誌是用洪水來蕩滌人間罪惡，是中期創造社由「文學革命」向「革命文學」轉變的一個重要里程，臺灣的「洪水」又代表了甚麼？其發刊詞清楚表達了其創刊旨趣乃在於反抗資本主義，為無產兄弟發聲[64]：

> 何因取洪水為我們最愛的報名呢？！兄弟們！試看我們的身邊的資本主義的狂風，倒壞我們的家屋，資本主義的暴雨，流失我們的田園，我們的居住將近要亡了，我們的食糧將近沒有了，我們所處的情景，豈不像前月末的狂風暴雨一樣嗎？我們冒著暴風雨而計畫此報，其心理有幾分悲壯，其決心有若干的血氣，所以取洪水為名，以表現我們同人的心志。洪水猛獸，自古以來，人人所惡，惡其物而取其名，這是什麼意義？

創刊詞擬交代《洪水報》刊名之意義，但是在關鍵處遭到刪除，

63 《臺灣新民報》第336號，1930年10月25日，第8版。

64 不僅創刊詞如此，第三號刊出的薛玉龍〈死人之末路（三）〉小說，即引用了一段話：馬克斯曾經說著「有產階級、壓迫鄰村使他屈服在都市支配之下：建設許多都市。又將都市增加了比農村多多的人口；使多數人民脫離了樸素的田舍生活、他們既使鄉村屈服於都市、又同樣使野蠻和半開化的國民、屈服於文明國民、農業國民屈服於資本國民、東洋屈服於西洋。」這段話出自「國際工人同盟宣言」，本刊的左翼色彩於此亦可證實。

猜想是用語敏感的關係，或許是與之革命、鬥爭、抗爭之意。不過接下一段話仍傳達了創刊動機是為了研究討論預防資本主義災害，其目的在於「一為慰藉洪水當中的無聊，二為發見真情不死、率直純真的人們，三為無力者造個吐氣的機關」。其以農工階級為基礎的民族運動的思想色彩，有助於理解臺灣知識分子的左翼思想光譜。[65]在僅見的兩期《洪水報》裡，可看到不少中國文學作品的轉載、模仿、改寫及襲用，在日本統治臺灣三十五年後，何以臺灣左翼刊物轉載了中國之作，與對岸遙遙相呼應，極力傳播無產階級思想？臺灣的左翼運動與中國關係又如何？從轉載之作觀察，隱約透露出一些端倪。以下析論這些作品轉載的現象。

(一) 陳大悲〈馬路上底一幕戲〉

《洪水報》創刊號刊登的小說〈馬路上底一幕戲〉，署名大悲，是一篇轉載之作，原作於一九二〇年十月，先載一九二〇年十月二十三日《晨報附刊》，後收入葉紹鈞等著《小說匯刊》，文學研究會叢書，一九二二年五月商務印書館出版，收短篇小說十六篇[66]，《洪水報》是從《晨報附刊》還是《小說匯刊》轉錄，無法查證，這兩種途徑都有可能，張我軍主持《臺灣民報》期間，所轉載之作如黃仁昌〈弟弟〉原刊《國聞週刊》(亦見《京報副刊》)，洪棄生次子洪櫺曾有〈群眾領袖的問題〉一文刊《京報副刊》(1926)，而《晨報附刊》亦為當時臺灣人士所熟稔，如《三六九小報》所刊的仰霄〈賭鬼賦〉，

---

65 「慰藉洪水當中的無聊」一句是雙關語，當時臺島在八月間遭受風雨襲擊，出現未曾有的大洪水，「遂拿洪水為報名」，這自然是表面話，真正意義不被允許刊出。見〈說幾句老婆仔話(代為創刊詞)〉，《洪水報》創刊號，1930年8月21日，頁1。

66 此十六篇為葉紹鈞〈雲翳〉、〈義兒〉、〈飯〉，朱自清〈別〉，盧隱女士〈一個月夜裡的印象〉、〈郵差〉、〈傍晚的來客〉、〈一個快樂的村莊〉，李之常〈金丹〉、〈一對相愛的〉，陳大悲〈這麼小一個洋車夫〉、〈馬路上底一幕戲〉、〈哭中的笑聲〉，許地山〈命命鳥〉，白序之〈愛之謎〉、〈幻影〉。

原刊《民權素》，仰霄亦曾撰〈鄉村戀愛潮〉刊《晨報附刊》，魯迅〈阿Q正傳〉、冰心的小說及陳大悲十五篇小說都在此刊發表。張我軍（署名一郎）〈遊中央公園雜詩〉、〈煩悶〉亦刊《晨報附刊》[67]，另外張我軍〈研究新文學應讀什麼書〉一文[68]，他特別推薦的中國白話文學佳作，有新詩集《女神》、《星空》、《嘗試集》、《草兒》、《冬夜》、《西還》、《蕙的風》、《雪朝》、《繁星》、《將來之花園》和《舊夢》；短篇小說集有：《吶喊》、《沉淪》、《玄武湖之秋》、《蔓蘿集》、《超人》、《小說匯刊》、《火災》、《隔膜》等等。《小說匯刊》赫然在列，可見傳播普遍及受重視的程度。因此陳煒謨在閱讀過《小說匯刊》所收的陳大悲三篇小說後，即撰〈讀《小說匯刊》〉評介其作，其中有一部分討論陳大悲〈馬路上底一幕戲〉：「大悲先生是富於感情的人，為愛和憐憫的緣故，把他的眼光驅到受損害人之國裡去了。他所作小說，大都是本人道主義的精神，對於這混亂世界裡種種弱肉強食的事情的憤慨和嘲罵，所以他的小說亦可以說是人生的罪惡的擴大圖。加以他那種鋒利的諷刺的語調，把可以使人掉淚的事情譏嘲到十二分深刻，因此他的小說的刺戟力很強，能使人像觸電一樣，一震一盪的打到心弦上。……馬路上底一幕戲講的是汽車撞禍的事，真是北京社會的最真實的活動寫真，這篇藝術緊鍊，尤妙在開頭一段鮮明逼人的描寫，對話頗帶譏諷的色彩。」[69]一篇反映北京社會的車禍事故：骨瘦如柴的人力車夫遭碰撞，《洪水報》編輯將它引介到臺灣，雖然與臺灣社會不盡相同，但對於警察的趨炎附勢及欺壓弱者的嘴臉，卻無兩樣。車板全壞的車夫及摔疼哀叫的老婦人，全被牌樓兩邊的警察耍了，汽車反倒是被人力車撞的，死命追趕索賠的人力車夫，

---

67 分別是《晨報附刊》第192期，1924年8月16日，第3版、244期，1924年10月14日，第3版。

68 發表於《臺灣民報》第3卷第7號，1925年3月1日，第4版。

69 刊《小說月報》第13卷12號，1922年12月10日，頁8。文末署寫作時間是1922年10月7日於北京大學。

頓時成了越區胡攪滋事的小民，又被趕回原撞禍的一區裡，後續發展想必也是如同二區警察的卸責邀功。小說篇幅極短，而描繪極其生動，足見《洪水報》編輯眼光精到，同時本篇小說的精神也極符合該報的旨趣。

(二) 鐵〈願一輩子不畢業〉

《洪水報》第三號有篇署名「鐵」的文章〈願一輩子不畢業〉，此文亦是轉載，「不畢業」用得醒目，在學學生誰不想提早畢業？不願畢業，自然是畢業即失業之故，其刊登之意在於對資本主義下的失業洪潮加以控訴，編輯「格人」於文後附記說明「連那大學生（智識階級）……也是會碰著壁，任你有翻天的本事和拼命去讚美這箇資本主義，也不濟事的啊。咳！哀哉智識階級的人們何處去！」[70]正是因為大學畢業沒出路，一職難覓，又得遭勢力親友冷笑，倒不如一輩子「永遠做他不畢業的大學生。」文章提及讀私立大學的資本每年三四百元至一二千元的都有，以時空物價而言，明顯非是臺灣，經查是江灣復旦大學學生「何遜生」所撰，原刊《生活週刊》第五卷第二十四期，時間是一九三〇年五月十一日。本文轉載截頭去尾，僅留下中間主要的論點，後面有關欠薪、中國民生問題、戰爭、飢荒、失業等不錄，轉載之文也就沒有與中國相關之字眼出現，極易誤解為臺灣作家「鐵」的作品。

《洪水報》何以轉載了《生活週刊》上的文章？臺灣人也曾訂閱《生活週刊》嗎？賴和診所可見《小說月報》、《語絲》等刊物，乃是其弟賢穎由北京寄回[71]，可見中國某些刊物可以寄到臺灣，《洪水報》

70 《洪水報》第3號，1930年9月11日，頁4。

71 賴和紀念館所藏雜誌有《語絲》、《小說月報》、《東方雜誌》、《大眾文藝》、《奔流》、《莽原》、《現代文學》《北斗雜誌》，大約多半是賴賢穎留學中國時寄回家的。參黃武忠：《臺灣作家印象記》（臺北市：眾文圖書公司，1984年5月），頁66。.

編輯所閱讀的《生活週刊》是一九三〇年出刊的，正是九・一八事變發生未久，中國國內民生問題、就業問題更為嚴峻，而世界經濟大恐慌，從一九二九年年底開始，全世界開始經濟萎縮的現象一直延續下去，到了一九三二年，情形更為嚴重。臺灣的勞工、大學生同樣處處碰壁，面臨失業窘境，這在一九三〇年代許多小說都有反映，甚至在臺灣文藝聯盟成立宣言也說：「自從一九三〇年以來席捲了整個世界的經濟恐慌，是一日比一日地深刻下去，到現在，已經造起舉世的『非常時期』來了。看，失工的洪水，是比較從前來得厲害，大眾的生活，是墜在困窮的深淵底下」[72]，因此《洪水報》轉載此篇文章，有其客觀的環境背景，同時吾人也宜留意《生活週刊》的性質，該誌一九二五年十月十一日在上海創刊，初由中華職業教育社主辦，王志莘任主編。一九二六年十月，由鄒韜奮接編，從此內容和形式不斷進行改革。九・一八以前，該刊主要從改良主義立場出發，發表了大量有關青年職業教育和職業修養的文章，從為就業做準備、從業後如何面對失業等方面指導青年求職與就業，事變後，復積極宣傳抗日救亡，一九二九年第五卷起，再次改革，由原著重職業教育轉為以時事政治為中心。一九三二年一月和七月，鄒韜奮在該刊上先後發表〈我們最近的思想和態度〉與〈我們最近的趨向〉二文，否定報刊為全社會服務的觀點，明確宣稱該刊應「反對少數特殊階級剝削大多數勞苦民眾的不平行為」，應當努力實現社會主義制度。此後該刊大量發表宣傳社會主義、馬克思主義的文章和介紹蘇聯的稿件。發行量逐年上升，最高量數曾達到十五點五萬份，居當時全國雜誌之首。《洪水報》與其刊物旨趣相符，因此編輯留意關注了《生活週刊》的文章，必要時予以轉載。《生活週刊》有兩個頗具特色的欄目「小言論」和

72 賴明弘：〈臺灣文藝聯盟創立的斷片回憶〉，《臺北文物》第3卷第2期，1954年8月，頁60。

「讀者信箱」[73]悉由鄒韜奮創設編輯，《洪水報》選刊的〈願一輩子不畢業〉，即是轉載自「讀者信箱」欄目。

(三) 沙陀菲耶夫作、畫室譯〈地、改變著姿態！〉

除了轉載大陸作家的創作外，譯作也予轉載，《洪水報》第三號刊登沙陀菲耶夫（Ilya Sadofiev, 1889-1965）作、畫室譯的〈地、改變著姿態！〉[74]，原詩如下：

將來的世紀底先驅者們
　　排著隊前進著。
無產階級的作家和詩人和
　　頌德者前進著
驅遣他們的人是大眾
　　是民眾、是群眾。[75]
……
從發怒一般地吼著的製造所、
從工場、從工業區、從貧民窟
從狹谷、從黑暗的豎坑、
從鑛山、從地下室；

---

73 鄒韜奮編：《生活週刊讀者信箱外集第1輯》（上海市：生活書店，1930年5月）。內分求學、職業、婚姻、雜類四類。收來信九十餘封，每封後附《生活週刊》社的復信。另有寒松編：《生活週刊讀者信箱外集・第2輯》（上海市：生活週刊社，1931年7月）。內分為求學、職業、婚姻、家庭、疾病、法律六類。

74 Sadofiev，當時或譯作薩陀菲耶夫、薩道斐也夫、沙陀斐耶夫薩特斐夫、薩多費也夫。此作原出處暫未查得。

75 畫室（馮雪峰）之譯文在鄭異凡翻譯杜鮑夫斯科伊〈論無產階級文學〉（1923年2月10日）時，譯為：「無產階級作家、詩人──未來世紀的先驅在行進……派遣他們的是群氓、群眾，百萬人、億萬人數不盡的兵團」，鄭異凡：《蘇聯「無產階級文化派」論爭資料》（北京市：人民出版社，1980年11月），頁336。

從田野工作的軍隊、從兵營、
從輪船、驅遣了他們。
市外村與都會盡頭
　　與都會驅遣了他們
巨人們破壞奴隸制度
　　的束縛的時候；
對著世界說著自己底話的時候
說著高高的火一樣的、
　　新的提倡的話、
「自由、蘇維埃、一切的權力
　　給喚勞働者」的時候、
他們以帶煙的血在
　　歷史裡寫著了！
把傑作中的傑作、
把在舊世界裡
　　看不見的詩中的詩——
「蘇維埃共和國寫著了。」

詩描寫蘇維埃社會主義共和國聯盟的誕生，體現了鮮明的時代色彩，洋溢激昂明快的鼓舞聲音。一九一七年十一月七日，列寧領導的十月革命獲得勝利，成立了俄羅斯蘇維埃聯邦社會主義共和國。做為生物——宇宙派的伊利亞．沙陀菲耶夫在十月以後積極從事文學活動，他的詩是具著宣傳的抒情性質，革命意識濃厚，他認為宇宙就像新娘等待新郎似的熱望著新階級出現。後來在《星》雜誌上所刊載的作品，遭到批評，認為他開始培養阿赫馬托娃的心靈所特別親近的那些憂鬱、哀愁和孤獨的情緒。[76]譯者「畫室」即馮雪峰[77]，當時以筆名「畫室」翻譯極多作品，他另譯有沙陀菲耶夫其他詩作，出版過《流冰　新俄詩選》。在此譯詩集裡的沙陀菲耶夫〈工場的歌〉、加晉〈天國的工場〉兩篇詩作[78]，夏丏尊、葉聖陶《文心》曾引述以推動情節，並藉此抒發其新體詩歌的教育觀念。

（四）節錄改寫之作：〈我們所須要的文學——平民文學〉、〈勞苦與飢難〉

《洪水報》另有數篇不盡然是轉載之作，而是節錄多篇文章，重新整合，稍加已意而成。以下舉二文予以說明此種現象。一是林鐵濤〈我們所須要的文學——平民文學〉一文。此文是周作人、徐嘉瑞兩篇文章的整合加上作者部分意見。在〈平民的文學〉中，周作人強

76 戈寶權：《蘇聯文學講話》（未署發行地：新中國書局，1949年4月），頁126。

77 馮雪峰，浙江義烏人。一九二五年在北京大學當旁聽生，後赴上海從事中共地下黨工作和革命文化活動，與魯迅合編《萌芽》、《文學導報》、《十字街頭》等雜誌，一九二二年開始發表作品。二十餘歲即翻譯出版了《新俄文學的曙光期》、《新俄的無產階級文學》、《新俄的戲劇與跳舞》、《蘇俄的文藝政策》等一系列國外的文藝理論著作。曾任中共左聯黨團書記，中共中央宣傳部下屬文委書記，中共江蘇省委宣傳部部長，一九三三年赴江西瑞金，任蘇維埃中央黨校副校長，參加紅軍長征到陝北，受黨派遣到上海、浙江農村、重慶從事中共地下工作，一九四九年後歷任上海市文聯副主席、市文學工作者協會主席，人民文學出版社社長兼總編輯，《文藝報》主編。中國作家協會副主席、黨組書記。著有詩集《靈山歌》、《湖畔》、《春的歌集》（合著），雜文集《鄉風與市風》、《有進無退》、《跨的日子》，評論《雪峰論文集》、《魯迅論及其他》，寓言集《雪峰寓言》，回憶錄《回憶魯迅》，電影文學劇本《上饒集中營》，譯著尚有《文學評論》、《藝術與社會生活》、《藝術與社會的基礎》等。

78 查洛夫等著：《流冰　新俄詩選》（上海市：水沫書店，1929年2月），頁89-90、107-108。水沫書店為劉吶鷗所經營，馮氏與施蟄存、劉吶鷗熟稔。全書收新俄詩人十三家，詩二十五首，其中別澤勉斯基的《村野和工廠》與馬連霍夫的《十月》為蘇汶（即杜衡）所譯，別德芮伊的《資本》為建南（即樓適夷）所譯。馮雪峰所譯二十二首，都十一家，所選均蘇聯革命初期作品，金剛怒目，充滿戰鬥意味之作。另一九三三年一月一日出版的《冰流》是北平左翼文化刊物，其「冰流」寓意為「用革命的浪潮衝破白色的恐怖」。與此書《流冰》不同。

調：「平民文學決不是通俗文學……不是專做給平民看的，乃是研究平民生活——人的生活——的文學。他的目的，並非要將人類的思想趣味，竭力按下，同平民一樣，乃是將平民的生活提高，得到適當的一個地位。」此處隱含了這樣的邏輯：平民的思想和生活水準是不高的，所以需要提高，需要有人來做平民文學，來「研究」平民生活。在不久以後發表的〈貴族的與平民的〉[79]一文中，周作人對〈平民文學〉中的觀點又做了補充修正。周氏自己說先前在〈平民的文學〉裡，用普遍與真摯兩個條件，去區分平民的與貴族的文學的標準，覺得不很妥當。他覺得古代的貴族文學並不缺乏真摯的作品，而真摯的作品便自有普遍的可能性，不論思想與形式如何。他說：「關於文藝上貴族的與平民的精神這個問題，已經有許多人討論過，大都以為平民的最好，貴族的全是壞的。我自己以前也是這樣想，現在卻覺得有點懷疑。」他不但表示「懷疑」，而且認為貴族精神優於平民精神，「平民的精神可以說是叔本好耳所說的求生意志，貴族的精神就是尼采所說的求勝意志了」，前者是要求有限的平凡的存在，後者是要求無限的超越的發展；前者完全是入世的，後者卻幾乎有點出世的了。因為如此，所以「平民文學的思想，太是現世的利祿的了，沒有超越現代的精神；他們是認識人生的，只是太樂天了，就是對於現狀太滿意了。貴族階級在社會上憑藉了自己的特殊權利，世間一切可能的幸福都得享受，更沒有什麼歆羨與留戀，因此引起了一種超越的追求，在詩歌上的隱逸神仙的思想即是這樣精神的表現。至於平民，於人間應得的生活的悅樂還不能得到，他們的理想自然限於這可望而不可即的平民生活，此外更沒有別的希冀，所以在文學上表現出來的是那些功名妻妾的團圓思想了。」又說：「我不相信某一時代某一傾向可以

---

79 仲密（周作人）：〈貴族的與平民的〉，《自己的園地》（北京市：晨報社，1923年12月），頁13。復收入陳思和主編，李鈞、孫洁編：《超人哲學淺說：尼采在中國》（南昌市：江西高校出版社，2009年5月），頁168。

做文藝上永久的模範，但我相信真正的文學發達的時代必須多少含有貴族的精神；求生意志固然是生活的根據，但如沒有求勝意志叫人努力的去求『全而善美』的生活，則適應的生存是容易退化的，而非進化的了。」結果他主張文學應當是平民化，那就是「以平民的精神為基調，再加以貴族的洗禮，這才能夠造成真正的人的文學」。周作人指出：「貴族的與平民的精神，都是人的表現，不能指定誰是誰非，正如規律的普遍的古典精神與自由的特殊的傳奇精神，雖似相反而實並存，沒有消滅的時候。」括而言之，此兩種文學精神的特點：平民精神是求生意志的體現，要求有限的平凡存在；貴族精神作為求勝意志的體現，以出世為傾向，要求無限的超越。因此，二者互補，成為人的健全精神的兩個方面。

林鐵濤將周作人之文斷章取義，堅持我們所須要的文學是平民文學，是與貴族文學相對立的，所以林氏說「那些太樂天太滿足的超越現實的貴族文學究竟有甚麼用處呢？」。在這段文章之後，他緊接著引用徐嘉瑞《中古文學概論》（上冊）[80]表明可以從四個方面區分「貴族文學」和「平民文學」，以內容、形式、作者、音樂四方面來區別。為清晰理解徐氏之原文，謹列表格如下：

表一　「貴族文學」和「平民文學」之比較

	貴族文學	平民文學
內容	取材於書本 取材於宮廷 崇拜君權	取材於社會 取材於民間 摹寫人生
形式	用一定方式 古典的 堆砌的	無一定方式 寫實的 生動的

80 徐嘉瑞：《中古文學概論（上冊）》（上海市：亞東圖書館，1924年4月），頁2、3。

	貴族文學	平民文學
作者身分位置	貴族作者知識階級 官僚 有名望者	非知識階級 非官僚 無名者
音樂	不能協音律 與音樂無關係	可協之音律

類別	民間文學	文人文學	
		貴族文學	平民化的文學
優點	真實自然	相當的古典價值	真實自然 內容豐富 組織精美
缺點	內容簡單 組織粗略	雕刻虛偽	頗少

從以上可知，作者認為成就最高的應該是「平民化的文學」，其「劣點」也幾乎是「物以稀為貴」式的讚美了。林鐵濤襲用徐氏這些觀點之後[81]，又再拼湊周作人前揭文一段：「人家說近代文學是平民的，十九世紀以前的文學是貴族的，雖然也是事實，但未免有點皮相。在文藝不能維持生活的時代，固然只有那些貴族或中產階級才能去弄文學，但是推上去到了古代，卻見文藝的初期又是平民的了。」文字大同小異，但將兩篇不同思想觀念的文章鎔鑄為一篇，取徐氏之說，又部分選取周氏文字，最後歸結平民化的文學家努力創造，安慰、表現民眾生活的苦楚，精神上的苦悶，不以裝飾的貴族文學為點綴，而是以表現大多數民眾生活的平民文學為主體。此文透顯的是五

81 原徐文次序是內容、形式、作者、音樂四方面，林文改為形式、內容、作者、音樂，文字亦有小異，如貴族文學是取材自貴族階級，描寫虛榮。徐嘉瑞原文是取材於書本——取材於宮廷——崇拜君權。但整體而言出入不大，但林文並未交代是引自徐嘉瑞《中古文學概論》。

四時期新舊文學對立的觀念，並未突顯無產階級之思，《洪水報》與新文學、普羅文學之混雜情形可見一斑。

另一篇是平平的〈勞苦與飢難〉，此詩來源較複雜，因此先將原詩列出，再指出詩作的來源。

　　唉！若說人間尚有正義、
　　何以惡者歡歌、而善者哀呼？
　　何以逸者奢淫、而勞者凍餒？
　　這說都是上帝所注定的、
　　然則上帝是不平主禍底惡魔！
是啊！牧師說：
「肉體的快樂、不關人類的性靈！只管作工、只管耐勞；艱難和困苦、都是上帝的命令！不該反抗只要服從；待你臨終時，自有天使引你上天堂！」
　　嗚呼！我們工農的大眾、
　　可憐受此底影響；
　　如今又是迷迷蒙蒙！
　　哦！這箇虛偽底天堂呵！
　　誠是工農群眾死滅底毒種；
　　任彼強盜去嗜好！
但是我們大眾的幸福、要靠自己來創作、才有真自由平等好制度
　　哈哈！世界大同樂如何？
　　男女老幼無貴賤、
　　東西南北打成一片、
什麼悲哀哪！怨恨哪！鬥爭哪！……此時連點兒影子都不見！沒有都市，也無鄉村，皆為花園。

簡直天上非人間

誰都不知勞苦與飢難！

這首詩有三個來源，第一部分有不少詩句與蔣光慈詩作雷同，「唉！若說人間尚有正義／何以惡者歡歌、而善者哀呼？／何以逸者奢淫、而勞者凍餒？／這說都是上帝所注定的」，比對蔣光慈〈在黑夜裡——致劉華同志之靈〉：「唉！若說人間尚有正義，／為什麼惡者歡歌而善者哭泣？／為什麼逸者奢淫而勞者凍餒？／難道說這都是上帝所注定的？」[82]很明顯可以看出襲用鑿痕。之後又載錄戴季陶〈阿們?!〉[83]一詩，用牧師的語言告誡人們：「肉體的快樂，／不關人的性靈，／只管作工，／只管忍耐，／困苦和艱難，／都是上帝的命令。／不該反抗，／只要服從；／待你臨終時，／自有天使來接引」，平平詩作則是「肉體的快樂、不關人類的性靈！只管作工、只管耐勞；艱難和困苦、都是上帝的命令！不該反抗只要服從；待你臨終時，自有天使引你上天堂！」，幾乎是雷同的。戴季陶〈阿們?!〉一詩揭露天主教的虛偽和欺騙，尤其後半「一天不做工，／沒有了米，／兩天不做工，／沒有了衣。／那嚴厲的房東啊！／他還要硬趕我出門去。／這樣繁華的上海啊！／只見許多華麗莊嚴的教會堂，／竟找不出一個破爛的棲流所！」那勸告別人忍受困苦和艱難的人住在華麗的教堂裡，而忍受困苦和艱難的人們卻沒有一個破爛的棲流所，簡單的對比，極傳神突顯了教會的虛偽和欺騙，當時評價極高[84]。此

82 蔣光慈：《戰鼓（下卷）》（上海市：北新書局，1929年6月），頁58。

83 戴季陶，原名傳賢，號天仇，原籍浙江吳興，一八九〇年出生於四川廣漢，日本留學時參加同盟會。此詩發表於《星期評論》第36期，1920年2月8日，頁4。

84 劉復寄《瓦釜集》稿與周啟明（周作人）即特別說明「我這樣做詩的動機，是起於一年前讀戴季陶先生的〈阿們〉詩，和某君的〈女工之歌〉。」見〈瓦釜集代自序〉，《語絲》週刊第75期，1926年4月19日，頁1。中夏（即鄧中夏，1894-1933）的〈貢獻於新詩人之前〉一文對〈阿們〉讚賞不已，云「如果新詩人能多做描寫社會

詩因有前後之對比，譏諷批判意味方得顯露，平平擷取一部分置入其詩，又未描寫勞工的悽慘生活，直接以虛偽底天堂指控，就結構上而言較鬆散，獲致成效遠不如戴作。就詩句協韻而言，戴詩明顯以句末的「性」、「工」、「令」、「從」為韻腳，平平則以牧師的話語用散文形式呈現，節奏感亦較不如戴作。

另外最後七行又節錄改寫蔣光慈〈昨夜裡夢入天國〉[85]，蔣詩作：「昨夜裡夢入天國，／那天國位於將來嶺之巔。／它真給了我深刻而美麗的印象啊！／今日醒來，不由得我不長思而永念：／男的，女的，老的，幼的，沒有貴賤；／我，你，他，我們，你們，他們，打成一片；／什麼悲哀哪，怨恨哪，鬥爭哪……／在此邦連點影兒也不見。／也沒都市，也沒鄉村，都是花園。／人們群住在廣大美麗的自然間。／要聽音樂罷，這工作房外是音樂館；／要去歌舞罷，那住室前面便是演劇院。／鳥兒喧喧，讚美春光的燦爛，／一聲聲引得我的心魂入迷。這些人們真是幸福而有趣！／……（中略）喂！此邦簡直是天上非人間！問何時才能成為天上呢？／我的心靈已染遍人間的痛跡了，／願長此逗留此邦而不去！」，平平詩作是：「男女老幼無貴賤、／東西南北打成一片、／什麼悲哀哪！怨恨哪！鬥爭哪！……此時連點兒影子都不見！沒有都市，也無鄉村，皆為花園。／簡直天上非人間／誰都不知勞苦與飢難！」此詩同樣有一段散文句式，刻意將幾句詩不分行，一氣貫下，與前述引用戴季陶〈阿們?!〉一樣，應是有意安排以形成兩段散文詩，形式上相呼應。從上述可知〈勞苦與飢難〉詩，其前後分別襲用蔣光慈〈在黑夜裡──致劉華同志之

實際生活的作品，徹底露骨的將黑暗地獄盡情披露，引起人們的不安，暗示人們的希望，那就改造社會的目的，可以迅速的圓滿的達了。如戴季陶君〈阿們〉一類的詩宜多做，只有這一類的詩，才可歌，才可泣。」原載《中國青年》第1卷第10期，1923年12月，頁8。收入沙似鵬編著：《中國文論選．現代卷（上）》（南京市：江蘇文藝出版社，1996年11月），頁355。

85 同注81，頁62、63。

靈〉、〈昨夜裡夢入天國〉二詩若干詩句，可見作者平平其人相當熟悉蔣氏之詩，可惜轉化較少，拼湊結果雖然主旨仍明確，但已失去原詩結構的完整性，藝術性也打了折扣。

（五）仿擬之作：劉宗敏〈無題〉

《洪水報》刊出劉宗敏〈無題〉[86]新詩，此作是模仿魯迅〈我的失戀——擬古的新打油詩〉[87]，詩後附記云「此仿其調而作之者。」編輯在此並未直接轉載魯迅之作，而是以劉宗敏仿作刊出，但也同樣間接引介了魯迅之作，於此亦可見中國文學在臺灣之影響。劉宗敏〈無題〉之作如下：

> 我的所愛在故鄉，
> 想去尋她路茫茫，
> 低頭無語淚沾裳。
> 愛人贈我美玉照，
> 回她什麼：小毛桃。
> 從此翻臉不理我，

86 《洪水報》創刊號，1930年8月21日，頁6。此詩四小節最後一句「不知何故兮」之「兮」字，均誤作「今」，茲逕改之。

87 魯迅詩作：「我的所愛在山腰，想去尋她山太高，低頭無法淚沾袍。愛人贈我百蝶巾，回她什麼：貓頭鷹。從此翻臉不理我，不知何故兮使我心驚。／我的所愛在鬧市，想去尋她人擁擠，仰頭無法淚沾耳。愛人贈我雙燕圖，回她什麼：冰糖葫蘆。從此翻臉不理我，不知何故兮使我糊塗。／我的所愛在河濱，想去尋她河水深，歪頭無法淚沾襟。愛人贈我金錶索，回她什麼：發汗藥。從此翻臉不理我，不知何故兮使我神經衰弱。／我的所愛在豪家，想去尋她兮沒有汽車，搖頭無法淚如麻。愛人贈我玫瑰花，回她什麼：赤練蛇。從此翻臉不理我，不知何故兮——由她去吧。（1924年10月3日）」據說是因為看見當時「啊呀啊唷，我要死了！」之類的失戀詩很盛行，故意做了一首用「由她去罷」收場的東西，來諷刺那些「呀呀」體的詩人。原發表於《語絲》第4期，1924年12月8日，後收入《野草》。另見魯迅著：《魯迅詩集》（北京市：人民文學出版社，2001年9月），頁107。

不知何故兮使我煩惱。

我的所愛在海濱，
想去尋她海水深，
垂頭無語淚沾襟。
愛人贈我夜明珠，
回她什麼：一本破書。
從此翻臉不理我，
不知何故兮使我迷糊。

我的所愛在船上，
想去尋她有風浪，
搖頭無語心悲傷。
愛人贈我花絹巾，
回她什麼：小品文。
從此翻臉不理我，
不知何故兮使我失魂。

我的所愛在鬧市，
想去尋她不容易，
回頭無語自掩泣。
愛人贈我銀表練，
回她什麼：殘花片。
從此翻臉不理我，
不知何故兮使我失眠。

此詩在言語表達上運用仿篇手法，形式結構與魯迅之作維妙維肖，每一小節都是兩組押韻的形式，節奏相當流暢，雖然主題可能都是對那些只願索取愛、不願付出愛的所謂「失戀者」的一種諷刺及譏刺那些無病呻吟的失戀詩，但仿作沒有確實的題目，而是以〈無題〉命篇，且視為「四首」（應該是一首四小節）。以〈無題〉作為詩題固然也有好處，內涵未必僅以「我的失戀」解讀，或有早期普羅文學將愛情之作視為資產階級個人主義的意識形態之意。事實上魯迅此作解讀空間亦多元，此詩模仿漢代張衡〈四愁詩〉[88]，主題卻大異其趣，詩情和立意與寫相思之苦的愛情詩作有根本性的差異。〈四愁詩〉相互贈以美好的信物，而〈我的失戀〉回贈信物卻是不相應的，彷佛帶著一種戲謔，因而引發戀人的不滿：從此翻臉不理我，造成了所謂失戀。愛人贈我百蝶巾、雙燕圖、金錶索、玫瑰花，全是象徵愛情的美好之物。我回她什麼呢？第一件是貓頭鷹，這在世俗中是不祥之鳥：第二件是冰糖壺盧（即冰糖葫蘆），雖說滋味甜美，但價值低賤，以之哄小孩則可，用來作信物則不夠誠摯；第三件是發汗藥，無異是詛咒對方生病，第四件是赤練蛇，恐怕女子都要嚇壞。如此回贈物怎能不令人惱怒呢？「從此翻臉不理我」，正是情理中事。而我的反應卻是：不知何故兮我心驚、使我糊塗、使我神經衰弱，最後則以「由她去罷」作結。全詩在兩個不相應的情境中顯示，因而具詼諧、嘲諷之意味。然而，此詩也可以解讀為愛人以世俗的眼光和態度對待我，不能理解我，這樣的愛情，不值得留戀，所以最後以「由她去罷」作結，表示一種堅決的態度。許壽裳曾言回贈之物是魯迅所愛好的，他

---

88 原詩：「我所思兮在太山，欲往從之梁父艱，側身東望涕沾翰。美人贈我金錯刀，何以報之英瓊瑤。路遠莫致倚逍遙，何為懷憂心煩勞。我所思兮在桂林，欲往從之湘水深。側身南望涕沾襟。美人贈我琴琅玕，何以報之雙玉盤。路遠莫致倚惆悵，何為懷憂心煩傷。我所思兮在漢陽，欲往從之隴阪長。側身西望涕沾裳。美人贈我貂襜褕，何以報之明月珠。路遠莫致倚踟躕，何為懷憂心煩紆。我所思兮在雁門，欲往從之雪紛紛。側身北望涕沾巾。美人贈我錦繡緞，何以報之青玉案。路遠莫致倚增歎，何為懷憂心煩惋。」見張平子〈四愁詩〉，（梁）蕭統選（唐）李善注：《昭明文選中》（北京市：京華出版社，2000年5月），頁309、310。

人未必能理解。貓頭鷹，其聲淒厲，被視為報喪之鳥，象徵著不祥，但它卻是益鳥，銳利的眼睛和鋒利的爪，能在暗夜捕食田間害蟲。做為舊勢力傳統的徹底背叛者魯迅更是衷心喜愛貓頭鷹，甚至朋友徑稱之為貓頭鷹，亦不忌諱而欣然接受。其言論似嫋鳴，正是揭破黑暗，催生光明，因此以貓頭鷹回贈對方，意猶為舊世界敲喪鐘，給女友以意味深長的啟迪。冰糖葫蘆，誠然是魯迅所愛吃的，以它回贈對方，卻別有意義。又甜又酸的冰糖葫蘆，猶如愛戀和失戀中輾轉反側者的心境。以之為信物，意在告誡對方：勿沉溺在甜蜜的愛情裡，甜有可能變成酸，愛也會化成恨。至於發汗藥，則是魯迅常用於退燒的，以之為信物回贈女方，也有告誡之意，希望女子不要在戀愛中熱昏了頭，要時刻保持清醒的頭腦，因此發汗藥也是大有益處的。至於赤練蛇，其實是無毒的，以之贈對方，可能義涵愛情貴在堅貞不二，相知相愛的戀人就該像赤練蛇那樣糾纏執著，而不朝秦暮楚，冷熱無常。雖是打油之作，但有其積極的思想意義，而且有現實性之隱射意味[89]。

《洪水報》對中國文學作品之轉載、改寫、仿擬情形如上述，以下討論《赤道》報。

三　《赤道》的創刊及其轉載之作

《赤道》是一九三〇年十月在臺南創辦的中日文併用的旬刊雜

89 詩中如「我的所愛在高山」,「由她去罷」，宜是指徐志摩。一九二四年徐志摩在北京報刊上發表不只一首失戀意味的詩，詩中即有「高山」、「去罷」這類詞語。如六月十七日《晨報刊副》上的〈去罷〉一詩，第一節是──去罷，人間，去罷！我獨立在高山的峰上，去罷，人間，去罷，我面對無極的穹蒼。更重要的是，徐志摩是個失戀的人，北京文化界人盡皆知，而徐志摩失戀的對象林徽因，已是梁啟超的未婚兒媳，也是眾所皆知。魯迅的「我的所愛在山腰，想去尋她山太高」，有可能指向徐志摩。「我的所愛在豪家，想去尋她兮沒有汽車」，豪家可能是林家和梁家，而當時梁家是有汽車的。韓石山，《徐志摩傳》(北京市：文藝出版社，2004年8月)，頁265。

誌，由林秋梧任發行人兼總編輯。同仁包括了林占鰲、莊松林、盧丙丁、林宣鰲、梁加升、趙櫪馬與陳天順等赤崁勞動青年會（臺灣民眾黨外圍組織）會員。雖然創刊號標榜無黨無派，但仍致力於介紹普羅列塔利亞文化運動的日本左翼作家秋田雨雀〈蘇俄的概觀〉（ソウエート、ロツセノ概観）、第二號社論〈我們要怎樣參加無產文藝運動〉等文章，致力於引介左翼思想和觀點，抨擊資本主義社會，表達對無產階級大眾的同情，可見這是一份具有鮮明普羅文學立場的左翼刊物。總編輯林秋梧甚至因其鮮明的反日立場和改革姿態，被親日官報指摘為「不念佛，只論民族鬥爭」、「不誦經，只談唯物史觀與倫理」。

《赤道》轉載創造社作家之作不少，創刊號有坎人〈馬克斯進文廟〉、曇華譯〈新俄詩選・泥水匠〉，第二號有中共黨員馮乃超的新詩〈快走〉，及選譯〈工廠的氣笛〉新詩。第四號有乃立的新詩〈這不是我們的世界〉。《赤道》同人實與創造社關係密切，刊物有多篇都是轉載之作，如前述吳乃立、馮乃超，及署名麥克昂〈我們在赤光之中相見〉、坎人〈馬克斯進文廟〉小說，這兩篇作品的作者實為郭沫若[90]，都是轉載之作。至於曇華所譯〈新俄詩選〉兩首，亦是轉載創造社成員的作品，曇華為葉靈鳳筆名。透露出當時臺灣文壇與創造社之關聯，尤其日後《先發部隊》、《臺灣文藝》、《臺灣新文學》對郭沫若、郁達夫的訪問諸文，可說其來有自[91]。以下據此論述《赤道》所轉載之作。

（一）坎人〈馬克斯進文廟〉

《赤道》創刊號及第二號刊登坎人〈馬克斯進文廟〉一文，第四

---

90 見氏著：《當代佛教思想展望》（臺北市：東大圖書公司，1991年9月），頁69。

91 《先發部隊》曾刊蔡嵩林〈郭沫若先生訪問記〉，《臺灣文藝》也曾刊賴明弘〈郭沫若先生的信〉與〈訪問郭沫若先生〉二文。郭沫若也曾投稿《臺灣文藝》，指出該誌所刊增田涉〈魯迅傳〉中對關魯迅與創造社間糾葛之誤記，並對《臺灣文藝》第2卷第1號編輯內容有所建議。

號刊登麥克昂〈我們在赤光之中相見〉，坎人、麥克昂兩筆名，皆是郭沫若筆名[92]。此文作者坎人曾被誤認為證峰法師（即林秋梧）的筆名，因此〈馬克斯進文廟〉誤歸為證峰法師之作，此亦影響了楊惠南以此文評述證峰法師有「空想的社會主義」[93]。

一九二五年十一月十七日，郭沫若寫了〈馬克斯進文廟〉[94]一文，大意是說：馬克思為了在中國推行自己的主義，便到上海文廟來找孔子，當他們兩人交談之後，竟發現彼此的觀點「完全是一致的」。首先，他們的出發點完全相同。馬克思說：「我的思想對於這個世界和人生是徹底肯定的。」孔子說：。「我夫子也是注重利用厚生之道，最注重民生的。」其次，馬克斯一步一步向孔子承認雙方理想的一致，先是說，「孔子在他的眼中，這時候，頂多怕只是一個『空想社會主義者』罷？」接著說：「我的理想是實現『各盡所能，各取所需』的共產社會。」孔子說：「你這個理想社會和我的大同世界相同」。最後馬克思感歎說，「我不想在兩千年前，在遠遠的東方，已經有了你這樣的一個老同志！你我的見解完全是一致的，怎麼有人會說我的思想和你不合，……和你們中國的國情不合，不能施行於中國呢？」由於郭沫若把馬克思的共產主義稱為「新國家主義」；承認「國家主義者中是有不少的真誠的志士」，又說「中國的所謂共產主義者也有許多不了解甚至誤解馬克斯主義的人。」「中國的共產黨人

---

92 坎人：〈馬克斯進文廟〉，《赤道》創刊號，1930年10月31日，頁4-5。郭沫若原名郭開貞，號尚武。「沫若」為1919年9月11日於上海《時事新報》副刊《學燈》上發表新詩〈抱和兒在博多灣海浴〉時首先使用的筆名，後來以此名聞世。其筆名甚多，如：鼎、鼎堂、郭鼎堂、石沱、石沱生、郭石沱、坎人、易坎人、麥克昂、杜頑庶、高汝鴻、山、沫、羊易之、克拉克、龍子、愛牟、江耦等二十多個。

93 有關《赤道報》及革命僧林秋梧（1903-1934）的發掘，是李筱峰首先提出的命題。但在《臺灣革命僧林秋梧》一文中，認為「坎人」是證峰法師（林秋梧）的筆名，因此〈馬克斯進文廟〉誤歸為證峰法師之作。此亦影響了楊惠南以此文評述證峰法師有「空想的社會主義」。見氏著《當代佛教思想展望》，同注89。

94 載《洪水》第1卷第7期，1925年12月16日，頁3。

我恐怕不見得值得這樣的讚美罷？」這篇文章發表後，便遭到了孔子信徒和馬克思主義者兩方面的反對[95]。前者說他離經叛道，後者說他迷戀國粹。儘管作者說「〈馬克斯進文廟〉帶有幾分遊戲的性質」，而且我們也可以看出他寫那篇文章的用心是為了反駁國家主義者說馬克思主義「不適合中國國情」的謬論，但是，在為反駁別人的批評而寫的〈討論〈馬克斯進文廟〉〉中，他又說：「孔子的『君君，臣臣』和無產者執政說也並沒有什麼根本上的矛盾。這君就是委員制的委員長。」「孟子主張恢復井田制，其實就是實行共產呀！」這些論點自然不被接受，多視為偏頗和謬誤。多數人認為所謂「遊戲性質」，主要指文章的形式，在觀點上，他當時是堅信不疑的，因此認為此時的郭沫若對於馬克思主義的精神實質及其革命意義還缺乏深刻的認識，還不是一位真正的馬克思主義者。

〈馬克斯進文廟〉有不少談論是有史料依據，但畢竟是小說，作者發揮了想像力，憑空虛構了馬克斯與孔子的會面交談，並將孔子思想附會到社會主義、共產主義上，欲藉此對現世有所諷諭[96]，此作爭議極大，比如《流沙》中，李一氓在闡釋「共產主義」這一名詞時，就曾經不點名地批評了郭沫若的〈馬克斯進文廟〉，說「有人把馬克思招進文廟，把孔丘也赤化成共產主義者」，明眼人一看就知道是批評郭沫若[97]。而《赤道》轉載了多篇《流沙》雜誌上的作品，對於

---

95 如〈馬克斯那能進文廟呢？〉、〈馬克斯到底能不能進文廟〉、〈討論馬克斯進文廟問題的始末〉等文，收入陶其情編著《矛盾論第1輯：孔馬異同的辯論》（上海市：拂曉書室，1933年1月15）。

96 小說內容涉及「社會主義論戰」、「科玄論戰」和度威、羅素、杜里舒、泰戈爾來中國講學等重大事件。見廖久明〈正題戲說——《馬克思進文廟》之我見〉，《郭沫若學刊》第1期，2005年，頁52-58。

97 轉引自黃淳浩著：《創造社：別求新聲於異邦》（上海市：社會科學文獻出版社，1995年9月），頁136。需說明的是他們二人同屬創造社同人，而且李一氓還是郭沫若加入中國共產黨的入黨介紹人，也曾編譯《新俄詩選》，兩人關係良好，但回歸到馬克思主義和宣導無產階級文學的理論觀點上，李一氓則持從原則出發，如有不合時宜的異端則加以批判，並不含有任何個人的恩怨。

《流沙》上的文章批評〈馬克斯進文廟〉一事，不可能不清楚，何況孔子主張在社會各階級間實行調解，以期達到和諧一致，而階級鬥爭是馬克思主義的重要構成，兩者間的文化差異以至對立，自然很明顯，要將二人「擁抱」到一起，確實令人疑惑，在這樣的情境下，《赤道》何以還轉載了這篇小說？這是否也代表了編輯對此文的認同？這或許得從總編輯林秋梧（證峰法師）的思想取向說起，在他的佛教思想當中，溶入了許多馬克斯主義的內容，但他也一樣不是徹底的馬克思主義者。他解釋馬克斯所說的「階級鬥爭」的形成，歸因於於人心的「貪欲」，才會產生了「榨取著勞働階級的資本家」。而階級鬥爭又自古即已存在，也是必要的手段，因此，他呼籲宗教徒們不必恐懼階級鬥爭。在不得已的現實情境下，他思考要採取的路線是要採取武力革命，或是採取溫和的改革策略？是要純粹由無產階級所策動的階級鬥爭，抑是採取無產階級聯合資產階級合小資產階級的「聯合陣線」？從很多資料顯示他所採取的是溫和的階級鬥爭路線[98]，以消除不平等之階級歧視的社會。馬克斯稱之為「共產社會」，而證峰法師則認為那即是佛經所說的「極樂淨土」。他說：「然則階級鬥爭消滅了後，沒有階級的社會，到底是什麼狀態呢？……這樣的世界，佛教

98 一九二七年，文化協會分裂，無產階級取得領導權，代表資產階級和小資產階級、知識分子的舊勢力，退出另組臺灣民眾黨。不久，另外一批代表資產階級的人士又脫離民眾黨而另組臺灣地方自治盟。證峰法師當時加入的是蔣渭水的臺灣民眾黨，各種跡象顯示，證峰法師乃是隸屬於「中間偏左」的路線，亦即隸屬於無產階級，以及小資產階級、知識分子這兩大思想路線之間。矢內原忠雄，《日本帝國主義下之臺灣》，曾分析當時臺灣的情勢：「在馬克斯主義社會鬪爭理論上，應占指導者地位的工業勞動者階級，在缺乏純粹大工業的臺灣，發達自欠充分」。而且，「農民勞動者的生活程度低，教育普及程度不高，迷信普遍，因此，中產階級及知識階級具有有力的地位與實力」。在這樣的「時潮」之下，以致臺灣「還無足夠的社會條件可供純粹形態的無產階級運動發展」、「不足以成立純粹排他的無產階級運動」。相反地，當時的臺灣，只適合「以中產階級為中心而結合有產、無產兩階級的全民運動……以獲得政治自由為目的的鬪爭」（臺北市：吳三連臺灣史料基金會，2004年），頁184-185。楊惠南認為證峰法師也許是在這種「時潮」的「省識」之下，才決定採取溫和的「聯合陣線」式的鬥爭方式。

則叫做極樂淨土。」[99]又說：「這樣完全無缺的世界，就是馬克斯主義所期待的 XX（按、宜是共產二字）社會，亦不過是如此而已。」[100]這種意義的「極樂淨土」，顯然和一般淨土宗所說的「極樂淨土」大不相同。證峰法師所了解的「極樂淨土」，是存在於現實世界當中的社會，而不是一般淨土宗所說的遠在現實世界（娑婆世界）的西方。而他所論述的溫和路線即是他所謂的「還要經過一個過渡時代中間社會」，亦即孔子所竭力提倡的「王道政策」及當時蘇俄所施行的「勞働者農民的 XX（按、宜是革命二字）」。[101]因此，郭沫若（坎人）這篇〈馬克斯進文廟〉在日治殖民下的臺灣現實情境，反而是較能被接受，與中國大陸的反應有所不同。

（二）馮乃超〈快走〉

馮乃超〈快走〉[102]原載一九二八年九月十日《創造月刊》第二卷第二期，一九三〇年十一月十五日臺灣《赤道》報第二號予以轉載，作者仍署名「馮乃超」，但省略詩前小序「——社會還是不合理的一個，配上憂鬱的旋律作農村的勞動歌吧！」這句話在日治殖民下或許仍有顧慮，因此對「社會還是不合理的一個」不敢刊出，避免被食割的命運。詩作全文如下：

快走，
蠢笨的牛！
一天喘息在軛木下，

99 見林秋梧，〈階級鬭爭與佛教〉，《南瀛佛教》第7卷第2號，1929年3月，頁55-56。

100 同前注，頁56-57。

101 請參見楊惠南：《當代佛教思想展望》（臺北市：東大圖書公司，1991年9月），頁55-72。

102 後被列入《象徵派詩選》一書及馮乃超文集編輯委員會，《馮乃超文集（上卷）》（廣州市：中山大學出版社，1986年9月），頁95-97。

回家去：有你的青草。
你是人的奴隸，
但是，我是能言的牛。
快走，
蠢笨的牛！

快走，
蠢笨的牛！
夕陽的殘光還未收，
我們的苦役難收手。
你是我的奴隸，
但是，我是地主的牛。
快走，
蠢笨的牛！

快走，
蠢笨的牛！
你的勞役只在白晝，
農民的辛苦無時休。
你那裡會曉得，
土地，這本來是公有。
快走，
蠢笨的牛！

快走，
蠢笨的牛！
歷史的腳步悠悠久，

我們的解放怎能夠……？
地主的肚皮日日肥，
我們的身體天天瘦。
快走，
蠢笨的牛！

快走，
蠢笨的牛！
一年的收成千百石，
我們所得若干斗？
忘八蛋的人們坐著肥，
勞苦的我們操著瘦。
快走，
蠢笨的牛！

快走，
蠢笨的牛！
天空是這樣地陰霾，
你又是步步地慢走。
何日有我們的陽光，
何時才有我們的自由？
快走，
蠢笨的牛！

這首詩設擬農民與牛的對話來揭露地主的壓迫。「我是能言的牛」、「我是地主的牛」指的是農民。牛是農民的奴隸，農民又是地主的奴隸，牛的勞役只在白晝，農民的辛苦無時休，更突顯農民的卑賤可憐。一整年裡，地主無須勞動就坐擁千百石收成，農民蠢牛日夜操勞，所得僅若干斗，忘八蛋的地主坐著肥，勞苦的農民與牛操著瘦。透過對話及對比，詩作傳達的是勤奮農民在地主壓迫下的慘境，只能期待陽光、自由早日來臨。詩分六小節，每一小節前後兩句都是「快走，蠢笨的牛！」，在連接下一小節時，等於連續兩次呼喝著蠢笨的牛！快走，聲音急切的催促著牛趕緊耕種，有一種迴腸盪氣的音樂效果，之後緊接著以「ㄡ」為韻腳，徐緩而悠長的口吻，帶有愁思無奈之情。此詩節奏仍保有初期新詩押（協）韻的特色，把渙散的聲音組織成一個整體，整齊中有變化，變化中有整齊，抑與揚有規律地交替和重複著，造成和諧的音調，而和諧的音調對於思想內容的表達，無疑可以增添藝術的力量，加強抒情的效果。這與〈擁護蘇維埃奮鬥曲〉不同：「農民們，摩你的拳，擦你的掌，向豪紳地主進攻。」但可見當時文宣作品都極力強調農民、地主的尖銳矛盾，鼓動鬥爭。日治下的臺灣文學也極多作品反映農民受地主壓迫剝削的慘況，土地問題一直是抗爭的根源，《赤道》編輯選馮乃超〈快走〉，也顯現了該刊左傾思想。

（三）〈在畜生道上走〉一九二八年五月十五日

〈在畜生道上走〉原發表於《流沙》第五期。署名「心光」。《赤道》第二號（1930年11月15日）轉載時於文末括弧「心光」，未改動作者署名，此文應該是林秋梧所載。內容與《洪水報》所載「鐵」的文章〈願一輩子不畢業〉的失業問題類似。文章一開頭就說「教堂裡的道士說：祈禱呀、祈禱呀、來生你自然會有好處。講堂上的牧師說：學生們、讀書呀、讀書呀、將來你自然會有好處。」結果學生一踏出校門就找不到職業，最後呼籲「你應睜開眼來看一看你們自己的出路！講堂上的先生還正引導著你在畜生道上走！」選載此文說明當時臺灣確實是出路難，工作難找，不約而同與《洪水報》在一九三〇年代都關注到失業的問題。事實上，流沙（半月刊）（1928年3月15日-1928年5月30日）前後刊行時間僅兩個半月，但《赤道》不僅注意到了，並且轉載了多篇作品，其中黃藥眠〈文藝家應該為誰而戰？〉亦是《流沙》第五期的文章。臺灣文化人士如何接觸到《流沙》，目前已難考查，但無庸置疑的是其左翼色彩為《赤道》編輯所接受。

（四）〈我們的詞典〉、〈人道主義〉

「我們的詞典」其詞條在《赤道》第二號轉錄了「一大政黨主義」、「一大組合主義」、「一夫一妻制」、「一夫多妻制」、「一神教」、「一般投票」六條。這些新詞語原刊於《文化批判》，後來收入《新術語辭典》[103]，《赤道》轉載時文字完全雷同，並未更動，但或因忌諱或因手民之誤，以致有一些空字及錯誤，找到原出處後，這些缺漏都可以補上。頗有意思的是《赤道》轉錄「一夫一妻制」說：「是一個房子只要一個女子之制度。這是現□□行的婚姻制度。」讓人一頭霧水，經查原著是「是一個男子只娶一個女子之制度。這是現在流行的婚姻制度。」其他如「□□」這一產業的工人、……可組織為□□工人組合；世界產業勞□□同□；意□□將議會所通過的法律……如公民多數投票反對、則□□滅、這即是所謂「複決」。其空白處依序是鐵業、鐵礦、働者、盟、即謂、歸消。從以下原文可以很清楚證明轉載出處，而透過比對，可以補其缺漏。

由以上說明及對照可知「我們的詞典」，是從《文化批判》、《新術語辭典》轉載而來。這本辭典對人們學習馬克思主義社會科學理論

103 吳念慈（即吳國庠）等編：《新術語辭典》（上海市：南強書局，1929年11月）及（上海市：新文藝書店，1932年11月），全書收錄五四運動以後在政治、經濟、社會學、心理學、哲學、文學、外交等領域中出現的新名詞術語約一二〇〇多條。全書按中文部首筆劃順序編排。書前有部首索引和字畫索引。另一九三三年初版《新術語辭典》續編，在原書基礎上增條目三百多條，共收錄一五〇〇多條，筆畫索引附書後。

很有幫助。這樣一本學術工具書，影響和作用很大，當時人們渴求學習新文化科學，而舊字典舊辭典經常查不到新名詞解釋，因此就爭相購買，接連印刷出了幾版，暢銷全國各地。但欄目謂之「我們的詞典」，而不用《文化批判》的「新辭源」一詞，也是很有趣的現象，筆者臆測「我們的詞典」此一用語，與《我們》[104]月刊的林伯修（杜國庠）有關係。《新術語辭典》是杜國庠（署名「吳念慈」）和「社

一部——一

一　部

【一大政黨主義】(One Big Party)

"一大政黨主義"即是主張全階級組織爲一個大政黨。

【一大組合主義】(One Big Union)

"一大組合主義"有三個意思：(1) 反對一產業組織爲許多職業別的組合而贊成一產業組織一產業別的組合。例如，"鑛業"這一產業的工人，若照職業別的組合主義，可組織爲鐵礦工人組合，錫鑛工人組合，鍊鋼工人組合等；若照產業別的組合主義，則只組織爲一個鑛業工人組合。(2) 主張一國的勞働者全體，包含於單一的大組合之內。(3)世界產業勞働者同盟 (I. W. W.) 主張全世界的勞働者組織爲單一的組合。

【一夫一妻制】(Monogamy)

"一夫一妻制"是一個男子只娶一個女子之制度。這是現在流行的婚姻制度。

1

一部——一　三

【一夫多妻制】(Polygamy)

"一夫多妻制"是一個男子可以娶幾個女子爲妻和妾之婚姻制度。

【一神教】(Monotheism)

詳見"宗教"。

【一般投票】(Referendum)

"一般投票"是一個政治用語，意即謂將議會所通過的法律案或憲法案，重付公民投票，如公民多數投票贊成，則行成立，如公民多數投票反對，則歸消滅。這即是所謂"複決"。

【一般的價值相】(General form of value)

詳見"價值相"。

【一部主權國】(Part Sovereign States)

"一部主權國"是沒有完全的主權之國家；這即是說，牠雖能自由處理內政的事務，然牠底外交的主權有一部分須由其他的政治團體代牠行使，或完全沒有外交的主權。"被保護國"和"永久中立國"就是"一部主權國"。

【三K黨】(Ku Klux Klan)

2

圖一　吳念慈、柯伯年、王慎名（王心民）編：《新術語辭典》書影
（上海市：新文藝書店，1932 年 11 月）

聯」盟員柯柏年合作編寫的，介紹馬克思主義社會科學理論的基本術語。當時二人還合作編寫過另一本《新經濟學辭典》，是中國當時唯

104 《我們》由杜國庠、洪靈菲、戴萬葉（戴平萬）負責編務，由洪靈菲主持的曉山書店發行。

一的一本馬克思主義的政治經濟學辭典，影響很大。而杜國庠是《我們》刊物主要負責人。《赤道》編輯使用「我們的」這個詞彙，或許同時也有聯合一致的意思，這從《我們》文學社團具有建立革命文學的性質觀之，《赤道》未嘗不可能也考慮了此一意義。

另外，《赤道》第四號所刊〈人道主義〉一文（未署名）亦轉載自一九二八年四月十五日發行的《文化批判》第四號〈新辭源〉[105]，該刊內容包括政治、經濟、社會、哲學、科學、文藝等，以批判資本主義文化、宣傳馬克思主義思想為主，也發表過很多宣導無產階級文學的論文。因《文化批判》同人強調階級性，否定人道主義。他們認為「人道主義抹殺階級的對立及國家的對立。他們雖想救濟勞動者的苦境，但反對階級鬥爭；以為可使資本家自覺人道，可由人類愛來調和相互對立的階級。故他們亦反對國家的鬥爭，主張平和。（非反對軍國主義者）。他們講博愛，縱使有敵人挑戰，因為否定鬥爭的緣故，只以無抵抗的態度去抵抗。他們主張『愛你的敵人』。但對於勞動階級解放運動，他們所演的把戲只是一種麻醉藥劑罷了。譬如『托

105 《文化批判》於一九二八年一月十五日創刊於上海，從創刊號開始就設有「新辭源」欄目，推出的幾乎全部是馬克思主義學說的新名詞、新範疇。根據魏建、李瑞香的整理，其第一號介紹的是：辯證法、辯證法的唯物論、唯物辯證法、奧伏赫變（揚棄）、布爾喬亞汜、布爾喬亞、普洛列搭里亞特、普洛列搭里亞、意德沃羅基（意識形態）。第二號介紹的是：帝國主義、原始共產制、生產、生產力、獨佔（壟斷）、托辣斯、新地開特（英國托拉斯）、加而特而、觀念論。第三號介紹的是：商品、資本、可變資本、恐慌、產業預備軍、範疇、即自、向自、即自而且向自的。第四號介紹的是：吉訶德先生、虛無主義、人道主義、煽動、鼓動、宣傳、標語、五月一日、階級意識、階級鬥爭、經濟鬥爭、政治鬥爭、理論鬥爭、自然生長性、目的意識性。第五號介紹的是：投資、關稅政策、手工業、工業手工業、產業革命、產業資本、商業資本、貸借資本、銀行資本、金融資本、擬制資本、愛國社會主義、革命、反革命、契機。新的語言是新的思想的載體。這裡需說明的是在《新術語辭典》的「人道主義」詞條，與《文化批判》的「新辭源」觀念一致，但文字差異極大。這現象與「我們的詞典」不同。

爾斯泰，羅曼羅蘭，法蘭斯等等人，便是這種人道主義者。」[106]當時「人道主義」一詞頗有爭論，如同是第四號即刊有馮乃超〈人道主義者怎樣地防衛著自己？〉一文，在各類辭典（如《社會問題辭典》、《社會科學大詞典》、《外交大辭典》、《新文藝辭典》、《新術語辭典》）都列有「人道主義」詞條，隨著新的現實和社會發展的新趨向，詞語的增加及與時俱進的解說，展示了時代背景和社會環境的變遷。本來「人道主義」原是「五四」時期所高倡的，與民主主義思想同被「五四」先進的知識分子介紹進來時，便以尊重人的基本權利，關心人民的疾苦，反對封建社會對人的壓榨和迫害等精神為解釋。但同一個詞在不同的時代，不同的語境下，被賦予了相異的解釋。魏建、李瑞香認為「人道主義」一詞：

> 從「五四」時期的肯定性概念變為文化批判者筆下的否定性概念，並一直處於被批判的角色。正如「五四」新文化的確立是借助於這樣一系列範疇建立起來的：進化論、國民性、個人主義、民主、科學、白話文等等，那麼，左翼話語取代「五四」話語，相伴隨的必然是一套全新的概念和知識。正是這些知識和概念有力地重新塑造了人們的世界觀，它摧毀了舊的既成的知識，建立了新的對於世界的認識。馬克思主義理論成為《文化批判》同人理解和闡釋這個世界的新的理論武器和思維方式。由此看出，作者思考問題的出發點以及話語體系都發生了重大的變化，已從「五四」時期的人道主義和啟蒙話語，轉變為經濟基礎決定上層建築的馬克思主義理論話語，開始關注生產力與生產關係對人們思想和生活的影響與制約[107]。

106 《赤道》轉載時原「非反對軍國主義者」作「非反對軍X主義者」,「勞動階級解放運動」作「勞動階級XX運動」。茲據原刊補上。

107 〈《文化批判》與左翼話語的建立〉，汕頭大學文學院新國學研究中心主編：《中國

《赤道》轉載了此一新辭源，說明了林秋梧亦同《文化批判》同人站在馬克思主義理論立場，關注勞動階級解放運動，贊成被壓迫者起來推翻壓迫者的制度。此刊物的左翼話語於此又更為顯豁了。

（五）麥克昂〈我們在赤光之中相見〉、吳乃立〈這不是我們的世界〉

《赤道》第四號（1930年12月19日）所刊的兩首詩皆非臺灣作家之作，而是轉載之作。第一首是〈我們在赤光之中相見〉，署名「麥克昂」，是郭沫若的筆名，此作最初發表於一九二三年十二月上海《孤軍》雜誌第二卷第一期。詩作表現出一個革命知識分子要同工農群眾接近的真誠願望，同時表現了對於革命導師的崇敬和對於革命前途的信心：

長夜縱使漫漫，
　　終有時辰會旦；
焦灼的群星之眼喲，
　　你們不會望穿。

在這黑暗如漆之中
　　太陽依舊在轉徙，
他在砥礪他犀利的金箭
　　要把天魔射死。

太陽雖只一輪，
　　他不曾自傷孤獨，

左翼文學國際學術研討會論文集》（汕頭市：汕頭大學出版社，2006年12月），頁571。

他蘊含著滿腔的熱誠
　　要把萬匯蘇活。

轟轟的龍車之音
　　已離黎明不遠，
太陽喲，我們的師喲，
　　我們在赤光之中相見。

〈我們在赤光之中相見〉一詩，形象、意境卻相當鮮明。詩人熱情歌頌了在黑夜中依然充滿光熱與活力的太陽，那金光燦爛的太陽，是革命者的象徵：「他在砥礪他犀利的金箭，要把天魔射死。」作者已經體察到在民眾中蘊藏的革命的威力，這種革命的威力，如同太陽「蘊含著滿腔的熱誠，要把萬匯蘇活。」他彷彿聽到「轟轟的龍車之音，已離黎明不遠」，堅信終有一天「我們在赤光之中相見」，預示革命的最終勝利。郭沫若在其他詩篇中再三頌歌太陽，他曾回顧早期創作，說：「十月革命對我是有影響的——雖然沒有見到太陽，但對太陽的熱和火，已經感受到了。」他創作了詩劇《女神之再生》，謳歌女神們「創造個新鮮的太陽」，並預言「待我們新造的太陽出來，要照徹天內的世界，天外的世界」。可見他心目中的太陽，是光明、真理、未來中國的象徵，是詩人社會理想的藝術體現；在茫茫夜色中依舊轉徙的太陽，正是苦難中人民的希望，而太陽中蘊含無窮盡的熱量，正是當時中國先進的革命力量的象徵。詩人將磅礡的氣勢和濃鬱的詩情熔鑄於藝術形象中，通過多種象徵性形象的疊加組合和意象的延伸、推移，洋溢著詩人對革命前途的堅定樂觀的信念，保有浪漫主義自由體詩歌本色。

第二首是吳乃立[108]〈這不是我們的世界〉，原刊《文化批判》第

108 原名吳健，曾用乃立、自立等名，安徽無為人，曾任鄭州扶中校長。

四號，一九二八年四月十五日。吳乃立向工人階級描述了富麗堂皇、驕奢淫逸，充滿享樂與罪惡的社會圖景，通過窮富圖景對比，詩人悲憤難當，富有煽動性地叫號著，〈這不是我們的世界〉，要求「快將它整個的掀翻」字裡行間鼓蕩著的是慷慨激昂的詩情。普羅詩人最長於煽情的內容就是對獻身事業的犧牲精神的歌頌與禮贊，愛光的〈犧牲〉、馮憲章的〈憑弔〉、李一氓的〈紅花崗〉、浮沫的〈弔魂〉、君淦的〈弔死者〉等詩，莫不禮讚革命志士以生命為代價獻身於自己的人生理想，並以之激勵無產階級革命鬥志。客觀而言，普羅詩人在政治理念主導下，著重弘揚集體主義精神，以呼喚與鼓動革命激情為主，在狂熱式、衝動式的吶喊中夾雜議論和標語口號，革命的思想內容包涵在粗獷而簡陋的藝術形式中，匯成一股強大的詩潮。

（六）曇華譯〈新俄詩選・泥水匠〉、〈工廠的氣笛〉

新俄詩選・泥水匠　　作者嘉洵[109]譯者曇華[110]

---

109 嘉洵（Всéволод Михáйлович Гаршин, 1855-1888），俄國小說家，其作品在十九世紀末俄國引領一波短篇小說的寫作潮。早年致力於和平主義，但一八七七年俄土戰爭被徵召擔任步兵，戰爭未結束便在保加利亞受傷提前退伍。從軍後遭遇的震撼使他遺傳性的精神病發作，於一八八八年跳樓自殺。其短篇小說亦以從軍的經驗為題材，帶強烈的自況，代表作〈四天〉（*Четыре дня*）便是他歷經俄土戰爭的內心獨白。他的短篇小說以心理分析著稱，受到托爾斯泰（Лев Николаевич Толстой）、屠格涅夫（Иван Сергеевич Тургенев）的稱讚。故事特點是富有同情心與憐憫，另一方面又具悲劇性的諷刺感，是契訶夫（Антон Павлович Чехов）的先行者。《紅花》（*Красныйцветок*，1883）是他最著名也最典型的故事，開啟了近代一連串以瘋子做為主角來批判現實社會的小說寫法，其中包括魯迅的《狂人日記》。

110 葉靈鳳（1905-1975），南京人，原名葉韞璞，筆名曇華、霜崖、L・F、葉林丰等。現代作家、翻譯家、美術家，晚年以「藏書家」名世。從小喜歡閱讀《新青年》、《香豔叢話》兩種刊物，形成他「正經與不正經」雙管齊下的寫作風格，被魯迅評為「齒白唇紅」和「才子加流氓」，李歐梵《上海摩登》便認為他是中國浮紈主義第一人。一九二五年後加入創造社，文藝生涯始於一九二六年，當時他仍就讀於劉海粟創辦的上海美專，在繪畫練習簿上寫小說。一九三七年「八一三事變」後來到香港，編輯《立報・言林》、《星島日報・星座》，同時對香港歷史掌故

薄暮中我蹣跚歸家，
疲勞正是伴著我的一位同志，
我的單衣為了黑暗而歌，
歌著磚兒堅強的 X 曲。（按、X 字，即「紅」字，以下同）

把唱著那鮮 X 色的東西，
我望了上面送著送著的，
一直送到房屋的頂上，
他們那叫著天的房頂。

我的眼睛轉向歡樂，
風兒也有了幽暗的聲腔，
清晨像一位工人一樣，
也舉起了她自己的一方 X 磚。

薄暮中我蹣跚歸家，
疲勞正是伴著我的一位同志，
我的單衣為了黑暗而歌，
歌著磚兒堅強的 X 曲。

載於《赤道》第一號，一九三〇年十月三十日

新俄詩選・工廠的氣笛　　作者加斯特夫[111]譯者曇華

進行大量的蒐集，成為香港重要的文史專家。主要著作有成名作《女媧氏之遺孽》（1928）以及《紅的天使》（1930）等具現代市民意識與活力的作品；譯有《新俄羅斯小說集》（1928）、《蒙地加羅》（1928）等。這兩首詩譯者應是李一氓，作者喀辛即嘉洵，詩題作〈砌磚人〉。

111 加斯特夫（Алексей Капитонович Гастев, 1882-1939），俄國革命先驅、工會活動家、前衛詩人。出生於俄羅斯西部古城蘇姿達爾（Суздаль）的教師家庭，求學時

當村中的工廠吹著□（她）清□（晨）汽笛的時候，
這不再是作奴隸的呼喚，
這是未來的聖歌。

有一向的時候，我們在可憐的了店中苦役著，
每早在不同的時刻開始去工作
現在早晨八時的汽笛一響，
成百萬的工人同時動手。

現在我們是在一分鐘之內一齊動作，
在一分鐘之內，
一百萬人同時舉起了他的□□

我們的第一下雷響在一起，
那汽笛所唱的是什麼？
他們是全體聯合的清晨的聖歌

載於《赤道》第二號，一九三〇年十一月十五日

代考進莫斯科師範大學，但因為參加革命而被退學。一九〇七年流亡法國，因而熟悉法國工會的運作，吸收不少經驗應用在他日後的俄國工會運動中。一九一七年結束流亡回到俄國，參與「聖彼得堡金屬工人聯合會」(the Petersburg Union of Metal Workers)，一九一八年擔任主席。一九二〇年創辦「中央勞動研究所」(the Central Institute of Labour，簡稱CIT)，該機構把人視為一種有機的機器，希望能透過訓練讓人類在工作時也能發揮像機械般高效率的工作節奏，不耗費任何步驟與能量，將人的生產潛能發揮到最大。這項計畫明顯看出加斯特夫的詩人性格，極左的他意外地與義大利極右派的未來主義者馬里內蒂存在一樣的人類改造想法，加斯特夫的詩歌受惠特曼、凡爾哈倫、俄羅斯未來主義者的影響。最後蘇聯也發現加斯特夫的理想是種資產階級對機械的審美樂趣。一九三八年被指控反革命而遭逮捕，隔年被槍殺在莫斯科郊區。此詩選自L.郭沫若合譯：《新俄詩選》(上海市：光華書局，1929年8月)，作者譯名作「嘉斯特夫」，詩題《工廠氣笛》。合譯者L.即李一氓，郭沫若的老友之一。此書後來被禁，改名為《我們的進行曲》。

第一首譯詩寫泥水匠工作一天後，帶著疲勞而蹣跚的腳步歸家，穿著單薄的衣服，但心中有歌有熱情。詩四小節，每小節四句，第一、四小節重複，正像是詩中歌曲的縈迴。第二首的氣笛聲也是全體聯合的清晨的聖歌，不再是作奴隸的呼喚，從內容來看應該是蘇維埃成立後，充滿熱情謳歌的期待心情，與沙皇俄國時代城市工人區的描寫不同。過去氣笛聲是開工的信號，「工廠的氣笛發出顫抖的吼叫，那些臉色陰鬱、在睡眠中未能使筋肉恢復疲勞的人們，一聽見這吼叫聲，都像受驚的蟑螂一樣，從灰色的小屋子裡跑出來。在寒冷的黎明中，他們沿著從未鋪修過的道路，向一座高大的、牢籠般的石頭廠房走去。」（高爾基的《母親》）莫不以之描寫工人受壓迫受剝削的情景。作品很明顯看出是俄國革命成功以後之作，工場已是大眾的工場，大多數工人必需與機械為伍，所以詩充滿了頌讚之詞，而非悲苦憤激的情調[112]。這譯詩的選載同樣說明《赤道》編輯對人間淨土的嚮往之情是帶著社會主義的理想。

（七）〈傳記：倍倍爾〉

《赤道》第四號刊另轉載了一篇〈倍倍爾傳記〉，此文自〈社會思想家及社會運動家〉一文中節錄屬於倍倍爾的部分，作者署名振青、唐仁，是《流沙》第五期的文章。後來市面上可見到署名高希

---

112 有關汽笛聲的含義，參吳雪杉：〈汽笛響了：階級視角下的聲音與時間〉，《美術研究》2016年第5期，頁72-79。及李永亮：〈文化闡釋中的「汽笛」意象——以陳煙橋的《汽笛響了》為例〉，《齊魯藝苑》2018年第2期，頁61-65。李文謂：「為了賦予階級鬥爭合法性和合理性,汽笛被視為工人痛苦的哀鳴。勝利以後，汽笛聲就成為喚醒工人起來工作的號角，也意味著喚起無產階級『起來為這舊世界撞打喪鐘』。當汽笛聲由『哀鳴』化身為『偉大的洪鐘』，它本身的負面形象就隨著生產方式的變化轉為正面，這一正一負的兩種含義，看似截然相反，卻因為統一於生產方式而有著內在聯繫。……不論是『哀鳴』還是『洪鐘』背後都是階級話語運作的痕跡。誠然，這種『汽笛』含義的轉變是階級話語操控的表現，而轉變的完成則是生產方式更迭的結果。」（頁64）

聖、郭真著《社會運動家及社會思想家》之書，上海平凡書局[113]，一九二九年十二月出版。將〈社會思想家及社會運動家〉顛倒改易為《社會運動家及社會思想家》。高希聖、郭真即高振青、唐仁。高希聖（1900-1986）原名高爾松（1901-1986），郭真原名高爾柏，昆仲齊名，還曾合纂《松柏文集》，二人單獨著作及合作編譯書目極多[114]。

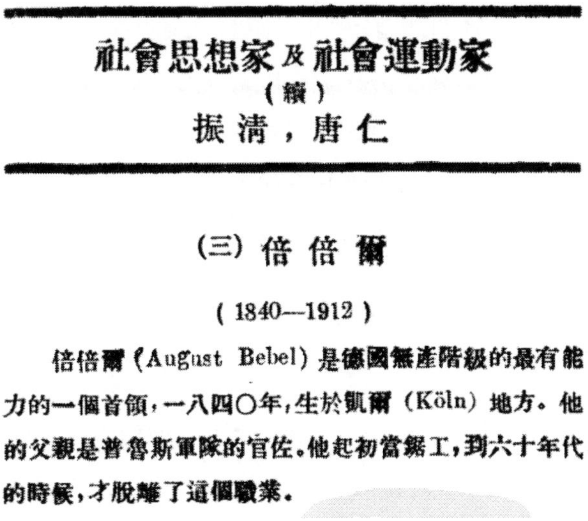

社會思想家及社會運動家
(續)
振清，唐仁

(三) 倍倍爾
(1840--1912)

倍倍爾 (August Bebel) 是德國無產階級的最有能力的一個首領，一八四〇年，生於凱爾 (Köln) 地方。他的父親是普魯斯軍隊的官佐。他起初當鏇工，到六十年代的時候，才脫離了這個職業。

圖二　《流沙》第五期所刊振青、唐仁的〈社會思想家及社會運動家〉書影

113 平凡書局主要出版社會科學書籍。一九二九年八月創立。高爾松（即高希聖）負責。出版布哈林著《唯物史觀大綱》，高希聖譯《馬克思學說體系》、《科學的社會主義》，華漢著的《深入》、《活力》、《復興》，郭真著《中國農民問題論》，列寧著、李競仲譯《俄國農民問題與土地政綱》及著譯人不詳的《社會經濟論叢集》等書，曾被國民黨政府查禁。亦出版文集，《楊杏佛文集》、柳亞子的第一部詩集《乘桴集》和陽翰笙的《深入》、《轉換》等。一九三〇年八月被公共租界工部局查封。參朱聯保編：《近現代上海出版業印象記》（上海市：學林出版社，1993年2月），頁129。

114 市青浦縣縣志編纂委員會編：《青浦縣志》（上海市：上海人民出版社，1990年4月），頁795-796。

〈社會思想家及社會運動家〉一文介紹了馬克思、恩格斯、倍倍爾、里布克奈西（通譯李卜克內西）、史達林和托洛茨基的生平事蹟和思想，以幫助讀者學習馬克思主義。在這麼多社會思想家及社會運動家中，《赤道》特別選了〈倍倍爾（傳記）〉刊出，或許對其較陌生的緣故，而其思想亦合乎刊物訴求。《赤道》刊出時對於人名、地名原文都省略，此文主要介紹奧古斯特・倍倍爾（August Bebel, 1840-1913）的生平經歷，從介紹中可知他曾任德國工人協會聯合會主席、德國社會民主黨理事會主席，是德國社會民主黨和第二國際的創始者和主要領導人之一。列寧稱之為「無可爭辯地被公認為與工人群眾最親近，最受工人群眾愛戴的黨的領袖」[115]。由於目前《赤道》第四號之後未見，此文未刊畢之部分可以借助《流沙》第五期看到。

（八）節錄改寫之作：〈無產者的喊聲〉、〈我們要怎樣去參加無產文藝運動〉

創刊號有一篇〈無產者的喊聲〉，詩末數句是襲用了馮憲章[116]〈匪徒的吶喊〉一詩，此詩是作者初到上海的作品，它描述了上海社會的黑暗和恐怖，號召人們堅決起來，全詩洋溢著無產階級革命的樂觀主義精神：「我們是舊社會的劊子手，／我們是新社會的創造主，／我

115 （蘇）列寧（В.И.Ленин）著；中共中央馬克思、恩格斯、列寧、史達林著作編譯局譯，《列寧全集第19卷（1913年3-12月）》（北京市：人民出版社，1959年2月），頁295。

116 馮憲章（1908-1931，一作1910-1931）別名馮斌、張蔓蔓，廣東興寧人。一九二六年主編中國共產主義青年團梅縣委員會出版的《少年旗幟》半月刊。一九二七年加入中國共產黨，參加廣州起義。一九二八年秋，留學日本，與蔣光慈、樓適夷等建立太陽社東京分社，並在留學生中建立黨組織。次年被日政府驅逐回國。一九三〇年三月參加中國左翼作家聯盟，從事創作和翻譯活動。後被捕，病歿於獄中。馮憲章在《夢後的宣言》（代序）中也申明自己「景仰的是血染的旗幟」，「歌詠的是爭鬥場中的鮮血」，「讚美的是視死如歸的先烈」，「表現的是工農勝利的喜悅」，「歡欣的是資本主義的消滅」。以上內容在《夢後》中都有充分的反映。

們要毀滅現存的宇宙，／我們要創造理想的仙洲！」[117]「一勞動者」改寫為「我們是舊社會的劊子手、／我們是新社會的創造主、／呀！悲壯！／呀！光榮！／快放呀快放一齊動手！／爭！爭 !! 爭 !! ／我們要毀滅現存的宇宙、／我們要創造理想的金城！」「熱烈的情緒」是馮憲章（幾乎是太陽社詩人）普遍嚮往的，他們憑藉詩歌或向敵人發出咒詛式的匪徒的吶喊，儘管難免有口號化之嫌，但在那個時代確能產生積極作用。這種「熱烈的情緒」的基本內涵：明朗與陰霾、樂觀與悲觀、堅定與茫然等等二極化的外在極端組合，在不統一、不和諧的關係中造成一股張力，畸形地顯示個性主義激情。馮憲章在《夢後》的後記中就把他的這些詩稱為「畸形的作品」。作為革命詩人，馮憲章之作充滿了昂奮的革命激情。而「一勞動者」的改寫，在口號宣揚、熱情吶喊上，其極端情緒更有過之無不及。

《赤道》第二號〈我們要怎樣去參加無產文藝運動〉一文，與《洪水報》所載〈我們所須要的文學——平民文學〉類似，主要以華漢〈文藝思潮的社會背景〉[118]為主，再加上黃藥眠、王獨清之文，綜合整理而成之文。文章第一段見黃藥眠〈文藝家應該為誰而戰？〉：「生活是決定意識的。自從原始的共產社會崩壞了以後，文藝家既不能從事于生產，自然就不能不依附於壓迫階級的門下來營生活，故他

117 發表於《太陽月刊》第7期，1928年7月，頁1-5。隔年又發表於《海燕半月刊》，1929年第1卷第1期，頁54-59。後收入馮憲章著《夢後》新詩集（上海市：紫藤出版部，1928年）。主筆蔣光慈曾在《太陽月刊》一篇「編後記」中高度的讚賞：「憲章是我們的小兄弟，他今年只有十七歲。他的革命詩歌裡流動的情緒比火還要熱烈，前途是極有希望的。」

118 原刊《流沙》第2期，1928年3月31日，頁1。收入黃侯興主編：《創造社叢書1文藝理論卷》（上海市：學苑出版社，1992年10月），頁321-330。華漢即陽翰笙，原名歐陽本義，字繼修，四川高縣人。畢業於上海大學。一九二七年年底參加創造社。一九二八年初起陸續發表小說〈囚徒〉，並撰寫宣傳馬克思主義和革命文藝理論的文章。與郭沫若交好。

的意識也就自覺或不自覺地為他們的生活所支配。」[119]第二段文字見華漢〈文藝思潮的社會背景〉:「文藝是社會的一切意識形態中的一種，它不是憑空而生的，它有產生它的社會背景，它有它所反映的階級，同時也有它的階級的實踐任務。」第三段文字亦是華漢之文:「古典主義的文藝的特徵，不是重智巧重形式重現實的麼？不錯！因為要智巧，要均整，要統一，要規律，才不會有感情，才不會有流動活潑的生氣。因為要形式，要格樣，要矯揉造作，內容才表現得不深刻，才不會栩栩動人。因為要現實，要模仿，要依樣畫葫蘆，所以才不會有新的理想產生，才不至有熱烈的情緒跳動。要如此天下才能永保太平，封建階級統治才能萬世不滅！」第四段:「十九世紀的前半期，繼古典主義而起的是浪漫主義的文藝。」以下一大段皆節錄自華漢之文，不再一一羅列。文末則是王獨清〈祝詞〉一文，因其譯文完全相同:「布萊哈諾夫話說:『藝術家是為社會而存在的。藝術必須成為幫助人類意識的發展和社會構造的改善的物事。』」王文「布萊哈諾夫底這兩句話，我們最應該去服膺」[120]改為「這兩句話，我們應該深深地給他吟咏。」可見〈我們要怎樣去參加無產文藝運動〉一文主要是摘自華漢〈文藝思潮的社會背景〉此作，而此作亦是創造社之叢書，臺灣文化界對創造社作家作品之接受情況，於此可見。同時，施淑曾視此文為「萌芽期臺灣左翼理論的代表」[121]，透顯出唯物史觀文藝論。雖然施淑並未察覺到此文是中國左翼作家的作品，但此文既為《赤道》所轉載，也一定程度說明了臺灣知識界對左翼理論的認識及理解。

---

119 《流沙》第5期，1928年5月15日，頁20。後收入陳雪虎，黃大地選編:《黃藥眠美學文藝學論集》(北京市:北京師範大學出版社，2000年8月)，頁169。

120 《我們》月刊創刊號，1928年5月20日，頁1。

121 施淑:〈書齋、城市與鄉村——日據時代的左翼文學運動及小說中的左翼知識分子〉,《兩岸文學論集》(臺北市:新地文學出版社，1997年6月)，頁58。

四　創造社在日治臺灣文壇

《赤道》所刊作品，幾乎都是創造社刊物或與之相關的作家，馮乃超〈快走〉原載《創造月刊》，心光〈在畜生道上走〉、振青、唐仁〈倍倍爾（傳記）〉、黃藥眠〈文藝家應該為誰而戰？〉原發表於《流沙》，麥克昂〈我們在赤光之中相見〉刊《孤軍》雜誌，吳乃立〈這不是我們的世界〉、未署名的〈人道主義〉、「我們的詞典」刊《文化批判》。作家郭沫若、王獨清、黃藥眠、吳乃立、馮乃超、葉靈鳳（還曾負責《創造月刊》的封面設計、插圖、裝幀，主編過《洪水》、《幻洲》、《現代小說》、《戈壁》等刊物）等，都呈現了《赤道》深受創造社影響。尤其流沙（半月刑）（1928年3月15日-1928年5月30日）前後刊行時間僅兩個半月，但《赤道》不僅注意到了，並且轉載了多篇作品。

如果回到時間更早前的二〇年代，臺灣新文學的萌芽期，早已可看到中國與臺灣的聯繫，鄭伯奇於一九二〇年五月九日在日本京都寫了一首詩〈贈臺灣的朋友〉[122]：詩云：

我脈管中一滴一滴的血，禁不住飛騰跳躍！
當我見你的時候，我的失散了的同胞喲！

---

122 原載於《少年中國》第2卷第2期，1920年8月15日，署名東山。收入《鄭伯奇文集》（西安市：陝西文藝出版社，1988年5月），頁963。又收入：中國社會科學院文學研究所中國社會科學院學術交流委員會編著：《臺灣愛國詩鑒》（北京市：北京出版社，2000年3月），頁221、222。鄭伯奇（1895-1979），原名鄭隆謹，字伯奇。陝西西安人，一九一七年留學日本，一九二六年回國，曾任廣東大學文科院教授，後到上海從事文藝活動。一九三〇年參加左聯，後曾編輯《電影畫報》、《新小說》等刊物。一九四九年後任西北大學教授、陝西省文聯副主席、中國作家協會西安分會副主席等。出版有戲劇小說集《抗爭》、戲曲集《軌道》、小說集《打火機》等。

我的祖先——否，我們的祖先——他在靈魂中叫哩：
「你們同享著一樣的血，你和著他，他和著你。」

我們共享有四千餘年最古文明的榮稱！
我們共擁有四百餘州錦繡河山的金城！
這些都不算什麼？我們還有更大的，
我們的生命在未來；我們的未來全在你！
太平洋的怒潮，已打破了黃海的死水；
泰山最高峰上的積雪，已見消於旭日；
我們的前途漸來了！呀！創造，奮鬥，努力！

昏昏長夜的魔夢，雖已被光明攪破；
但是前途，也應有無限的波瀾坎坷；
來！協力，互助，打破運命這惡魔！

九，五，二夜九時京都

隔年鄭伯奇與郭沫若、成仿吾、郁達夫等人組織創造社。此詩比一九二六年郭沫若〈毋望臺灣序〉時間還早六年，這是尚未文學革命化前的創造社，與三〇年代臺灣所接受的創造社又稍有不同[123]。二〇年代臺灣新文學所引介的作家作品，大多以《臺灣民報》為論述場

123 創造社於一九二一年七月在上海成立。由郭沫若、成仿吾、郁達夫、鄭伯奇發起組織，成員有張資平、田漢、何畏、王獨清、陶晶孫、穆木天等，是中國新文學史上著名的文學團體。一般將其活動以一九二七年七月為界分為前後兩個時期，先後創辦刊物達十八種之多，前期主要有《創造》季刊、《創造週報》、《創造日》、《創造月刊》、《孤軍》、《洪水》半月刊等，還出版過《創造社叢書》。創造社早期主張文學「表現自我」、「解放個性」，反對「以文載道」的封建文學，反對所謂「淺薄的功利主義」，鼓舞人民反帝反封建。但五卅反帝愛國運動和大革命的浪潮，促使了創造社由「為藝術而藝術」的文學觀向無產階級革命的轉變。

域，其中與創造社有關的作家有郭沫若〈仰望〉、〈江灣即景〉、〈贈友〉、〈夕暮〉、〈牧羊哀話〉、〈歧路〉，張資平〈雪的除夕〉，還有一些未曾加入創造社的作家，也受到了創造社的影響，如滕固雖然是文學研究會的成員，但是卻在創造社刊物上發表小說，也展現了某些屬於創造社的創作傾向，《臺灣民報》轉載了他的〈墮水〉。淦女士（即馮沅君，1900-1974）雖然未曾參加創造社，但同樣受到前期創造社文藝思想的薰染，側重對作者內心要求的表現。她的主要小說〈隔絕〉、〈隔絕之後〉、〈慈母〉、〈旅行〉都發表在《創造季刊》、《創造週報》上。《臺灣民報》在一九二五年轉載了〈隔絕〉。

從所轉載作家的作品量觀之，郭沫若是比較受到重視的一位，也是比較早成為臺灣作家學習模仿的對象[124]，在一九二三年時許乃昌〈中國新文學運動的過去現在和將來〉就提到郭沫若的小說及詩集《女神》。張我軍在〈研究新文學應讀什麼書？〉中，列舉了郭沫若的詩集《女神》與《星空》（見前述），並羅列三種文學雜誌，其中兩種是《創造周報》與《創造季刊》，在〈詩體的解放〉一文中，張我軍甚至稱譽郭沫若的〈筆立山頭展望〉，並說「他的詩纔是現代的詩、和世界各國的新詩合致」。臺灣人在二〇年代與郭沫若已有書信

124 一九三五年，少岳〈最近的新詩與我的希望〉和毓文（廖漢臣）〈就暗合和剽竊說幾句〉都指出楊華發表在《臺灣文藝》的〈晨光集〉涉嫌抄襲郭沫若的《星空》和冰心的《繁星》、《春水》諸詩集。朱點人學習張資平，受其影響的情形，甚至引發其〈紀念樹〉一作是否抄襲的紛爭。凡此皆可見臺灣作家學習模仿中國新文學的現象。少岳、毓文之文，分見《臺灣新民報》第165號，1925年6月7日文藝欄、《臺灣文藝》第2卷第7號，1935年7月，頁199、200。事實上，臺灣作家對郭沫若不陌生，龍瑛宗〈楊逵與《臺灣新文學》——一個老作家的回憶〉:「最後，老作家想起了，昭和初期作家郭沫若以日文在《改造》上發表了乙篇精彩的〈蔣介石論〉。」龍瑛宗回想起昭和時期郭沫若的〈蔣介石論〉，王昶雄也曾敘述在日本書店與郭沫若錯身而過。當時郭沫若名氣確實引起臺灣作家的注意。另可參黃惠禎：〈郭沫若文學在臺灣：其接受過程的歷史考察〉，《臺灣文學研究學報》第16期，2013年4月，頁215-250。

往來，從〈反響之反響・答一位未知的臺灣青年〉[125]和〈《毋忘臺灣》序〉[126]，可以了解郭氏對臺灣（人）的認知及態度，從陌生到理解的過程。到了三〇年代，《赤道》轉載了新詩〈我們在赤光之中相見〉、小說〈馬克斯進文廟〉。一九三〇年葉榮鐘《中國新文學概觀》「四、文壇的派別」，將中國作家分為四派，首先論述「創造社派」，列舉其機關雜誌六種及重要的作家郭沫若、成仿吾、馮乃超、王獨清、張資平、鄭伯奇、龔冰廬、李初梨、彭康、陶晶孫、穆木天等人，他所認知的創造社是「奉馬克思的所謂無產階級，是現代中國文壇最革命的前衛分子……他們和中國共產黨似乎有些瓜葛，當國民黨和共產黨火拼的時候，受著很凶暴的壓迫，《創造月刊》被禁，創造社也被封鎖，領袖人物如郭沫若、成仿吾、馮乃超等均亡命到日本來。」[127]。葉榮鐘所理解的創造社是後期轉向無產階級運動的創造社。臺灣人與創造社作家的接觸，基本上以在日本東京機會為多，一九三四年《先發部隊》刊登蔡嵩林〈郭沫若先生的訪問記〉，文中提到郭沫若回答蔡氏問與郁達夫的關係，郭沫若答以不悉郁氏何以「和創造社的一群不合」，又舉成仿吾為「創造社的傑物」，也提到田漢因創造社與之不甚往來[128]，通篇訪問稿提到多次創造社。不過賴和卻說

---

125 此文發表於《創造》季刊第1卷第3期，1922年11月。後改為〈致臺灣青年S君〉（1922年10月3日）收入其書信集，見黃淳浩編《郭沫若書信集（上冊）》（北京市：中國社會科學出版社，1992年12月），頁242-244。又收入郭沫若：《郭沫若全集文學篇》卷16（北京市：人民文學出版社，1989年10月），頁133-135。

126 本文初載明心、楊志成著：《毋忘臺灣》（廣州市：丁卜圖書館，1926年6月25日），頁1。明心，臺灣人，即張秀哲（又名月澄），當時為嶺南大學學生。所著《一個臺灣人告訴中國同胞書》，郭沫若曾撰是文以為序。後楊志成作〈看了《一個臺灣人告訴中國同胞書》〉，並與張文合編成冊，取名《毋忘臺灣》，因改是文為此書序。見中國社會科學院文學研究所、中國社會科學院學術交流委員會編著《臺灣愛國文鑒》（北京市：北京出版社，2000年3月），頁156-159。

127 葉榮鐘：《新民會文存第三輯中國新文學概觀》（東京：新民會，1930年6月），頁68、69。

128 《先發部隊》第1期，1934年7月15日，頁37、38。《先發部隊》後改為《第一

這篇訪問記「很使我失望」[129]，賴和沒有說明使他失望的原因，是訪問記所寫不夠深入，還是因蔡嵩林認為現下臺灣提倡鄉土文學，不如說它是在意味著鄉土觀念的啟蒙文學的，郭氏答以「即就不大對的，還要充分的可慮呢！」[130]，讓賴和對訪問記失望？但《第一線》的「告示板」依舊刊有郭沫若對文藝批評的一段話[131]，足見部分臺人對郭氏之仰望。一九三四年，《臺灣文藝》刊出〈魯迅傳〉，郭沫若隨即來函指稱該文部分內容與事實有所出入．而以〈魯迅傳中的誤謬〉為題，稿投於二卷二號的《臺灣文藝》上。事實上，作為「創作社」巨擘的郭沫若，也是當時臺灣文人仰慕的對象。在他流亡蟄居日本期間，旅居東京的文聯委員賴明弘即於一九三四年十一月十九日函致敬仰之忱，並請求惠賜佳稿，以光篇幅。郭沫若也隨即於十一月二十一日覆信表示：「臺灣有《臺灣文藝》誕生真是極可慶賀的消息，我是渴望著拜讀。臺灣的自然、風俗、社會、生活……須得有新鮮的觀察

線》，王詩琅曾在此發表小說〈夜雨〉。日後他回憶當時文壇提到「我對於『創造社』和『文學研究會』的情形略有所知，但是與他們沒有關係，因為他們和臺灣並沒有什麼聯繫，甚至是從北京返臺的人也幾乎和他們扯不上關係。」此憶述也正符合筆者閱讀《明日》的觀察，刊物與創造社較無關係。然而《洪水》、《赤道》卻不一樣。下村作次郎編、蔡易達譯，〈王詩琅先生口述回憶錄——以文學為中心〉，見張炎憲、翁佳音合編《陋巷清士——王詩琅選集》（臺北市：弘文館出版社，1986年11月），頁219。不過那是指接觸或引用而言，王詩琅本人還是讀過創造社派名家的作品集，因之對創造社還是熟悉的。另見同書，頁196。

129 《第一線》第1期，1935年1月，頁95。

130 《先發部隊》第1期，1934年7月15日，頁39。

131 原文：「文藝是對於既成道德，既成社會的一種革命的宣言。保持舊道德的因習觀念以批評文藝，譬之手持冰以入火。可憐持冰的人太多，而天才之火，容易被人澆熄！」頁127。此段文字出自《少年維特之煩惱序引》（《創造季刊》1929年第1期，頁7），末三句原文作「譬之乎持冰以入火。可憐持冰的人太多，而天才的火每每容易被人澆熄啊！」《第一線》將「沿襲」作「沿習」，「乎」誤為「手」。此引文出自《創造季刊》，《第一線》編輯宜有此刊物，可能是當時從臺灣訂閱上海圖書雜誌的，雖然出入境海關檢查嚴格，但日治臺灣文人回憶其文學受容經驗時，可向上海（或中國其他地）訂閱購書，如王詩琅言「至於中文都是購自上海」。同注128，頁195。

來表現出來。」[132]在郭沫若的好意邀請下，賴明弘便偕同蔡嵩林，在一九三四年十二月二日前往東京市郊的郭沫若寓所拜訪請益。賴明弘在〈郭沫若先生的信〉有這一段話：

> 如上言我們現在祇痛感缺乏優秀之指導者，我們委員學識未宏，經驗又少，是以此後很盼望先輩諸公之指導和鞭撻。尤其是對素為我們崇仰之先生，我們很伏望多指示開拓臺灣新文學之處女地的方法和出路，使我們同一民族之文學能夠伸展而且能盡夠歷史的底任務！那麼，我們的任務之一，可謂完成了。[133]

在談論大陸文壇現況之餘，對於臺灣文學今後的取向，郭沫若也提出了他的看法：

> 我想還是以寫實主義，把臺灣特有的自然、風俗，以及社會一般和民眾的生活，積極的而大膽地描寫表現出來。臺灣的特殊環境，我們是不能夠知道的，只好廣汎而率直地表現出來，別抱什麼難解的觀念，盡量去努力。[134]

上述賴明弘與郭沫若之間的來往信函以及訪問紀錄，全刊登於《臺灣文藝》二卷二號上。郭氏對《臺灣文藝》是較友善的，魯迅對於《臺灣文藝》的批評則是負面的，一九三五年二月六日，魯迅在給增田涉的信中說：「《臺灣文藝》我覺得乏味。」[135]從時間點來看，此時《臺灣文藝》已出版三期，頑銕翻譯增田涉的〈魯迅傳〉也刊登兩

---

132 賴明弘：〈郭沫若先生的信〉，《臺灣文藝》第2卷第2號，1935年2月，頁98。

133 同前注，頁99。

134 同前注，頁110。

135 收於魯迅：《魯迅書簡——致日本友人增田涉》，《魯迅全集》（西安市：陝西人民出版社，1973年10月），頁67。此信署名「洛文」，為魯迅另一筆名。

回，魯迅何以如此評述？陳芳明說「對於這樣重要的文學刊物，魯迅都覺得乏味的話，那麼可以想像的，魯迅對當時臺灣文學的評價並不是很高。他會有如此的評語，可能是對臺灣社會與臺灣文學並不熟悉；而更重要的，他對生活在日本殖民地的臺灣人的心情是相當隔閡的。」[136]雖然如此，《臺灣文藝》在對中國作家（尤其是魯迅、郭沫若）、文壇的引介上，幫助臺灣讀者的理解，這一點多少發揮了作用。

至於郁達夫一九三六年十二月來臺訪問，亦引發臺灣文壇一陣騷動（雖然當時郁氏已脫離創造社），由於莊松林與林秋梧創辦《赤道》，曾為創造社同人的郁達夫訪臺，自然引發他的重視，於郁氏下榻的臺南鐵道飯店內與之筆談，交換意見，後有未央（莊松林、朱鋒）〈會郁達夫記〉一文。其時郁達夫從北部到中部，臺灣文人黃得時、徐坤泉、張星建、張深切、李獻璋、吳新榮、郭水潭、林占鰲、趙櫪馬等都與之見過面。黃得時也撰寫了〈達夫片片〉，記錄了他們會面的情況，他向郁達夫提問：「先生脫離創造社，去和魯迅握手，有人說是出於個人感情，未審事實如何？」又問郁達夫對魯迅的逝去的感想，之後又問對〈阿Q正傳〉的感覺，可感受到臺灣人孺慕之情及急切探詢的熱望。在〈對郁達夫諮詢會〉[137]記錄稿裡，參與者之一許乃昌提問他：「初期創造社和你共事的人，郭沫若和張資平等，最近的情況如何？」黃得時也提問「魯迅和閣下不曾聯合，在創造社內說是由於個人的感情，有種種說法，不知到底如何？」郁達夫則回答：「我的態度迄今不變。我不喜歡搞宗派等等，也並沒有和創造社吵過架，不過由於趣味關係，一會兒離開，一會兒又合在一起。有人攻擊我是個人主義者，我也不以為意。實際上當時的創造社中以青年

136 陳芳明：〈魯迅在臺灣〉，收入中島利郎編：《臺灣新文學與魯迅》（臺北市：前衛出版社，2000年5月），頁10。

137 孫百剛譯：〈對郁達夫諮詢會〉，見本社編：《郁達夫文論集》（杭州市：浙江文藝出版社，1985年12月），頁907。又收入吳秀明主編：《郁達夫全集第十一卷文論下》（杭州市：浙江大學出版社，2007年11月），頁474。

左傾分子居多數。」可見臺灣知識菁英對創造社並不陌生。雖然一九三六年十二月五日《楊守愚日記》說：「臺灣日日新聞載著郁達夫先生廿二日來臺的消息。郁先生雖然不是怎麼值得崇拜的作家」但他還是肯定「算是出了名的作家，尤其是創造社成立當時底他那勇往直前的精神，更是垂範。由於郁先生的來臺，予與一點新的鼓勵，注入一點新的活氣，那麼，奄奄一息的臺灣文學界底漢文陣，或將藉此稍微振作一下吧？」[138]從這些文字裡，可以確定臺灣文人對「創造社」的一些看法，崇拜者甚至受到一定程度的影響。

五　結語

《洪水報》、《赤道》的左傾思想，在一九三〇年代的臺灣是不容許公開流傳的，兩本刊物刊行時間都很短，但在臺灣文學研究上，其位置卻是不容忽視。本文從轉載現象分析其來源皆與中國左翼文學有關，說明了臺灣左翼與中國左翼在三〇年代的連結關係，但經過比較細膩的轉載出處的追索，這兩份一南一北的刊物，呈現了各自不同的思想傾向，《洪水報》轉載的作家作品及文學刊物與《赤道》有相當大的差異，《洪水報》轉載的作家有陳大悲、何遂生、馮雪峰、周作人、徐嘉瑞、蔣光慈、戴季陶等人，《赤道》則是馮乃超、郭沫若、杜國庠、王獨清、黃藥眠、吳乃立、葉靈鳳、馮憲璋、華漢、高爾

138 一九三六年十二月五日日記，許俊雅、楊洽人編《楊守愚日記》（彰化縣：彰化縣立文化中心，1998年12月），頁100。一九三六年十月二十日日記對魯迅則多推崇：「阿Q正傳的作者魯迅先生，十九日午前五時廿五分逝世了。……我於十八九歲時，就讀到先生的作品，覺得他的作品，是平淡裡藏著一股強烈的反抗力。其冷誚，直比之所謂革命文學家之熱罵，還要來得深刻有力。滿期待他再為文學運動、文化運動，放一道燦爛的異彩，詎料于此短短的五十六年，便完了他的一生，那是多可惜的！細心檢點生前跡，我道先生死若生。單使阿Q存正傳，已堪文史永留名。——悼周樹人文豪。」頁81。

松、高爾柏等，從名單來分析其思想流派，大抵可看出《洪水報》除了「洪水」一詞與創造社有些連結外，整本刊物與創造社並無多大關係，倒是《赤道》報的關係極密切，《創造月刊》、《流沙》、《文化批判》、《我們》都與創造社關係密切，《流沙》是創造社出版部編；《文化批判》是創造社後期的一個綜合性理論雜誌，主要作者有成仿吾、馮乃超、郭沫若（麥克昂）等。《我們》月刊作者中的成仿吾、李初梨、王獨清也都是創造社成員，我們社和太陽社、創造社也有著密切的關係。可以說《洪水報》、《赤道》同為左翼刊物，但同中有殊，其殊異之處，也呈現了《赤道》的左傾是更接近中國留日派的日共系統，這是否與林秋梧曾待日本一段時間[139]，及臺灣在日本殖民統治下吸收日本共產主義更為方便有關[140]？筆者尚無法掌握更多文獻予以進一步確認，但這是往後研究時可以留意的議題。當然這兩份刊物也都曾引用了黃藥眠的作品、都轉載了新俄詩選及對島內失業問題的關懷，也有交集之處。甚至《洪水報》的黃白成枝與《赤道》的林秋梧都與蔣渭水交好，黃白成枝編纂了《蔣渭水遺集》，林秋梧於一九二一年結識蔣渭水，以「同志」互稱，後來又加入蔣渭水領導的的臺灣民眾黨。唯《洪水報》文章多引自屬於新文學運動的重要人物與雜誌，如《晨報附刊》、《生活週刊》及陳大悲、周作人、徐嘉瑞、蔣光慈、戴季陶等人的作品，其左翼色彩較《赤道》為弱。

---

139 初時是赴日作畢業旅行，與新民會人物接觸，並於東京購買、閱讀具有新思想的書刊，運回臺灣時被查扣，後來赴日本學佛，期間仍保持著對時局對臺灣社會運動的關注，而其〈讀國際文化報蔣介石彈壓勞農階級有感〉一文，發表於一九二九年四月上海「四・一二事變」二周年之際，可見其左翼立場和革命傾向。他在日本似乎極可能接觸到日共及留學東京的中國左翼人士。

140 施淑曾論及「一九三〇年由島內人士創辦的《伍人報》、《明日》、《洪水》、《赤道》、《臺灣戰線》等刊物，首先揭開了普羅文學運動的序幕。這些在組織成員上包括有共產主義者、無政府主義者、民族主義者的刊物，與一九二八年在日本成立的『全日本無產階級藝術聯盟』（簡稱「納普」NAP）及日本的社會主義運動組織都有聯繫。」同注120，頁57。

日治臺灣文壇關注到了魯迅、郭沫若、郁達夫、雷石榆、魏晉等人，魯迅、郁達夫在臺灣的研究在學界也有一定的研究成果，但學界對於中國文學社團、文學（文化）刊物在臺灣文壇的影響則未能觸及，尤其應用臺灣殘缺的左翼刊物來觀察二者的關連，則完全尚未展開，透過本文的耙梳，吾人可以認識到臺灣文化界對《創造月刊》、《流沙》、《文化批判》、《我們》等刊物並不陌生，他們轉載了上面的文章，甚至直接搬過來套用，創造社相關文藝雜誌如何影響到臺灣左翼文學？在臺灣文學史上的位置和作用，是值得注意的，相信隱藏在冰山下的種種真相將逐漸浮現[141]。

141 筆者曾寫〈呂赫若戰後四篇中文小說所透露的文學借鑑關係〉，對創造社郁達夫對呂赫若中文小說的影響。呂赫若相當熟悉郁達夫的作品，像〈銀灰色的死〉、〈沉淪〉、〈南遷〉諸篇，有一些文字直接被呂赫若沿用。見《東吳中文學報》第33期，2017年5月，頁305-332。又如楊華《晨光集》第十九首：「初秋的晴空，好像處女的眼睛，可愛的眼睛，愈看愈覺得高遠而澄明。」其詩句即出自郁達夫小說〈落日〉：「太陽就快下山去了。初秋的晴空，好像處女的眼睛，愈看愈覺得高遠而澄明。」

第四章
中國文人作品在臺灣的轉載及改寫示例

前言　從一則徐枕亞將來臺消息談起

本章討論中國文人王韜、林紓作品在臺灣的轉載及改寫。在進入主題之前，先談一九二四年，《臺灣日日新報》在〈是是非非〉刊登了一則相關徐枕亞將來臺的消息，該文云：

> 上海小說家徐枕亞氏。近將載筆來臺。聞此行目的。為氏所著作枕亞浪墨續集中。有洞簫怨一篇，近被姚某。竊登某報。大書特書。氏甚憤慨。謂此有侵害著作權。若不徹底究辦。恐將來名篇大著之被竊。接踵而出。文壇紊亂。奚堪設想。聞著臺後、將向姚某提起訴訟云[1]。

但此則訊息恐是虛構。徐枕亞似未來臺（倒是其兄徐天嘯曾來臺），此則訊息曝光後，並未見《臺灣日日新報》報導徐枕亞來臺後之動態。事實上《臺灣日日新報》刊登〈洞簫怨〉時間遠比《臺南新報》早，前者於一九二〇年七月八、九、十四、十六日及七月十二日刊出，後者於一九二四年刊登，亦即《臺灣日日新報》早在三年多前就刊登了〈洞簫怨〉，《臺灣日日新報》何以要指責《臺南新報》的竊登？問題恐怕是《臺灣日日新報》署上了該文作者是「枕亞」，而

1　《臺灣日日新報》第8766號，1924年10月9日夕刊，第4版。

《臺南新報》竟不知一九二〇年《臺灣日日新報》已刊，又冒名作者為「臺南姚冥春」，這可能是主編被投稿者所欺，也可能是編者心存僥倖，隨意署名。其次，二報之間恐不免有（南北）相互競爭之意，《臺灣日日新報》記者抓到此把柄而於自家報刊宣傳，雖然文中未直接言明某報是《臺南新報》，但明眼人一看就知道所指涉對象，尤其《臺南新報》甫一刊登〈洞簫怨〉，《臺灣日日新報》即謂被姚某竊登，姚某即是姚冥春。當時漢文讀者，經常是閱讀三種新報（《臺灣日日新報》、《臺南新報》、《臺中新報》），這從《黃旺成先生日記》的閱讀記載可以印證，可惜《臺中新報》已佚，無法得知徐枕亞作品是否也曾刊載？雖然，《臺灣日日新報》給《臺南新報》難堪，但《臺灣日日新報》果有此立場指摘《臺南新報》嗎？《臺灣日日新報》或許顧忌於枕亞大名，刊其作多半有署名作者為「枕亞」，如〈紅豆莊盜刼案〉、〈碎畫〉，但其餘之作〈芙蓉扇〉、〈黃山遇仙記〉、〈紫虬別傳〉則以闕名方式處理，而且題目略改為〈黃山遇仙〉、〈紫虬〉，且省去文中可辨識作者身分的「老枕曰」、「枕亞曰」[2]。這些作品肯定不是徐枕亞投稿，《臺灣日日新報》轉刊時，恐怕也未徵得徐枕亞同意，雖未冒名，但竄改題目、刪去「枕亞曰」之舉措亦非磊落，何況與《臺南新報》所刊作品相較，《臺灣日日新報》對作品的抄襲、竄改、冒名現象更難以勝數。

這則報導揭露於一九二四年，一個臺灣新舊文學論戰啟動年代的

---

2 如〈碎畫〉一篇，《小說叢報》有「老枕曰：『一念之差，仙凡頓判。然張之念不過思歸耳，猶且如是，況於他念哉？孟子曰：「人之所以異於禽獸者，幾希。」三復斯言，不禁悚然。』」等文字，《臺灣日日新報》則刪去。〈芙蓉扇〉一篇，《臺灣日日新報》文末省略「枕亞曰：『江上芙蓉，可望而不可採。斷腸秋色，疑雨疑煙。扇頭一詩，竟成讖語。香魂有知，當代晴雯作芙蓉，常留得斷腸種子於人間也。』」等文字。〈黃山遇仙〉亦省略「老枕曰：『一念之差，仙凡頓判。然張之念不過思歸耳，猶且如是，況於他念哉？孟子曰：人之所以異於禽獸者，幾希。三復斯言，不禁悚然。』」皆是有意省略可資辨識的原作者訊息。

初期，但臺灣官資報刊依舊持續登載著中國舊小說，《臺灣日日新報》一九二四年所刊作品如〈何孝子〉、〈萬彥齋〉、〈十金易命〉、〈余生〉、〈穩婆苦節〉、〈神相〉、〈胡翁〉諸篇出自仁和調生汪道鼎《坐花志果》；〈魏氏子〉、〈質婦〉、〈許生〉、〈湯解元〉、〈馬生〉、〈花面僧〉、〈老相公〉、〈賭餌〉、〈癡僧〉出自有清印南峰《野語》；〈劉姬〉、〈琴娜〉、〈商戰木蘭〉、〈阿四〉、〈謝祖安〉、〈兒頭案〉、〈栗朴園〉、〈徐天官〉、〈韋十一娘〉、〈捕蛇〉、〈杜芳若〉、〈賽崑崙〉（後數篇跨1925年1月）諸篇出自民國蔡東藩編《客中消遣錄》。此外尚有一兩篇出自《埋憂集》、《中華小說界》、《諾皐廣記》、《墨餘錄》、《諧鐸》、《剪燈新話》、《技擊餘聞補》、《偵探世界》、《翼駉稗編》等，可見在一九二四年《臺灣日日新報》選取刊登之作集中《坐花志果》、《野語》、《客中消遣錄》三本小說，而且多不署名，題目也改動。其數量是遠遠超過《臺南新報》的。這一年的《臺南新報》選取了《天涯聞見錄》一書予以轉載，雖一樣未署名，未交代轉載出處，但保留了原篇名，內文亦不多改動，所刊之作如〈太平天國二王〉、〈故琴心〉、〈畫梅〉、〈蒲留仙軼事〉、〈羅兩峯〉、〈象棋考〉、〈錢東平〉、〈風流罪過〉、〈瘟神院〉、〈金聖嘆哭廟案〉、〈巧斷疑獄〉、〈醒睡先生〉等。

從一九二四年這則徐枕亞來臺消息的報導，檢驗當年的臺灣報刊，可見報刊轉載改寫了不少中國文學作品，由於經年累月刊登於報刊傳媒，無形中也促成了中國作家作品在臺灣的傳播與流動。本章所述王韜、林紓之作在臺灣之轉載及改寫，其作品亦多出自《臺灣日日新報》，可見其性質。由於作品數量龐大，其他文人作品有待他日一一分論，本章僅以王韜、林紓為例說明。

第一節　王韜及其作品在臺灣的轉載及改寫

一　前言

《臺灣日日新報》刊載了為數極多的文言小說，除了臺灣文人所寫之外，其實多半是中國文言（筆記）小說及文學雜誌（含小報）、書籍之轉載作品，其中王韜作品被轉載改寫的情形相當特殊，數量亦多。令吾人好奇的是臺灣傳統文人在面對日本統治時，他們如何結集同好，掌握其所具有的文化資本、社會資本與經濟資本，透過編輯與刊物，面對殖民化、現代化的事實，他們轉載、模仿改寫中國文學作品之動機與目的何在？是民族主義底殖民的表現？還是為填補版面的空白？或是沽名釣譽？本節討論重點是以最早出現的模仿改寫王韜之作為例，以見臺灣漢文文言小說初期之風貌，及中國文言小說在臺灣的流播與影響，期待兩岸文學的交流有更清晰的呈現與更正確的認知。

二　王韜其人及其被轉載、襲用之作

王韜（1827-1897），原名利賓，易名瀚，字懶今；後改名韜，字仲弢，一字子潛，號紫銓，又號弢園，別署蘅華館主、釣徒、天南遁叟等。長洲（今江蘇蘇州）人。十八歲以第一名入縣學，督學使者張筱坡稱其「文有奇氣」，然其「自少性情曠逸，不樂仕進，尤不喜帖括，雖勉為之，亦不中繩墨。」[3]既孤，家益貧，乃赴滬謀生。一八四九年入英國傳教士麥都思之墨海書館，任編譯達十三年。與館中李善蘭、蔣敦復、管嗣復等為莫逆交，並與姚燮、張文虎、龔孝拱等文士相往來。一八六二年初，化名黃畹上書太平軍將領劉肇均，事為清

3　如王韜：〈弢園老民自傳〉，《弢園文錄外編》（上海市：上海書店出版社，2002年1月），頁269。

政府獲悉，下令緝拿，遂逃往香港，入英華書院為英國傳教士理雅各翻譯中國經書，並遊歷英、法、俄等國，撰《漫遊隨筆圖記》。一八七〇年返香港，為《華字日報》撰稿。一八七三年，香港諸同人集資創印書局，王韜總司其事。次年，《循環日報》創刊，任主編，並撰寫政論，開近代中國報章體文先河。一八七九年，遊日本，結識黃遵憲及日本諸文士。後返香港，寫《扶桑遊記》。一八八四年，經丁日昌疏通，獲李鴻章默許，回上海主持格致書院。主張變法自強，常為洋務派出謀獻策，但對洋務運動亦多批評。一八九三年於滬主持《申報》編務。又辦弢園書局，主講格致書院。一八九七年病卒。王韜學貫中西，重經世致用，著譯甚多。文勝於詩詞及小說。著有《弢園文錄外編》一二卷、《弢園尺牘》一二卷、《弢園尺牘續鈔》六卷、《扶桑遊記》三卷、《蘅華館詩錄》五卷、《眉珠庵詞鈔》、《花國劇談》、《弢園筆乘》等。《遁窟讕言》、《淞隱漫錄》、《淞濱瑣話》是王韜的三部以傳奇小說為主的文言小說集。

《遁窟讕言》十二卷，一百三十四篇，是避難香港時所作，約完稿於光緒元年之前。《淞隱漫錄》又名《後聊齋志異圖說》或《繪圖後聊齋志異》。初以單篇刊於《申報》發行的《畫報》，始於一八八四年下半年，至一八八七年底刊登完畢，不久由點石齋結集印行。有點石齋石印本、上海鴻文書局縮印本、一九八三年人民文學出版社王思宇校點本等，卷首有作者光緒二十年自序。《淞濱瑣話》（又名《淞隱續錄》）有一八八七年淞隱盧鉛字排印本、一九一一年上海著易堂石印本、一九三四年上海新文化書社鉛印本，曾連載於《香豔叢書》。兩書合計約一百九十二篇。

王韜過世後十年，一九〇八年有署名「儀」之作者改寫其作，並改易篇名，在《臺灣日日新報》刊出，一九一二年刊登數篇，有一篇且為三篇拼湊而成。就日治臺文可見的被改寫、轉載之所有作品觀之，王韜的文言小說是其中最顯著的，這或許說明了王韜作品曾深深吸引了「儀」，但也令人納悶及好奇，臺灣讀者對王韜作品的熟悉度或者文壇對改寫作品的容忍度，究竟真相如何？何以允許二十幾篇作品被改寫、抄襲？就日治販售的圖書書目及作家典藏圖書觀之，尚未見到《淞隱漫錄》、《淞濱瑣話》的記載，流通情況似不甚佳，或者說這些著作可能僅少數某些人典藏。其實臺人對筆記小說、文言小說、戲曲等圖書的收藏，除通俗的章回話本小說《三國演義》、《七俠五義》、《水滸傳》、《西遊記》、《彭公案》、《施公案》等較為普遍外，泰半是少有典藏，且經常是以租借方式讀得。從書坊購借小說，以及與友人同好相互借閱傳讀的現象，大致上說明了某些典籍，尤其是小說、傳奇等「閒書」，家中不典藏者居多，因此就轉載情形視之，亦有可能借報刊雜誌的刊登，俾讓更多讀者得以接觸。但何以改寫原作又別署他名？其動機如何，此處暫不與討論，僅對作者「儀」可能是何人？提出揣測。

為了方便說明，筆者謹將相關篇目整理如下（編號1-21出自《臺灣日日新報》，不另標示出處）：

表二　王韜作品在日治臺灣報刊之篇目

編號	作者、作品（時間）	王韜作品（出處）
1	儀〈夢裡身〉（1908年5月8、10日）	王韜〈三夢橋〉（淞隱漫錄）
2	儀〈燕歸來〉（1908年10月7、11、16日）	王韜〈閔玉叔〉（淞隱漫錄）
3	儀〈吳深秀〉（1908年11月3日）	王韜〈陸碧珊〉（淞隱漫錄）
4	儀〈顛倒鴛鴦〉（1908年11月7、8日）	王韜〈鵑紅女史〉（淞隱漫錄）
5	儀〈女劍俠傳〉（1911年2月23日）	王韜〈潘叔明〉（淞隱漫錄） 王韜〈劍仙聶碧雲〉（淞隱漫錄） 王韜〈李四娘〉（淞隱漫錄）

編號	作者、作品（時間）	王韜作品（出處）
		王韜〈盜女〉（淞隱漫錄） 王韜〈劍氣珠光傳〉（淞濱瑣話）
6	儀〈學仙得妻〉（1911年12月21、28日）	王韜〈仙谷〉（淞隱漫錄）
7	儀〈鳳仙夙緣〉（1912年1月29日，2月1日）	王韜〈白瓊仙〉（淞濱瑣話）
8	儀〈明季節烈女傳〉（1912年2月8日）	王韜〈乩仙逸事〉（淞隱漫錄）
9	儀〈三生修到〉（1912年2月23-25日）	王韜〈羅浮幻跡〉（淞濱瑣話）
10	儀〈狐女報德〉（1912年3月1日）	王韜〈皇甫更生〉（淞濱瑣話）
11	儀〈花麗生〉（1912年3月17日）	王韜〈徐慧仙〉、〈何華珍〉、〈三夢橋〉（皆淞隱漫錄）
12	儀〈鵑紅女史〉（1912年4月5-7日）	王韜〈黎紉秋〉（淞隱漫錄）
13	儀〈水火幻夢〉（1912年5月3-5日）	王韜〈金鏡秋〉（淞隱漫錄）
14	儀〈李代桃僵〉（1912年4月5-7日）	王韜〈胡瓊華〉（淞隱漫錄）
15	不著撰者〈全璧美人〉（1913年12月26日）	王韜〈海外美人〉（淞隱漫錄）
16	儀〈西廂公案〉（1914年7月19日）	王韜〈徐希淑〉（淞濱瑣話）
17	不著撰者〈朱素芳〉（1914年9月7日）	王韜〈朱素芳〉（淞濱瑣話）
18	不著撰者〈木元虛〉（1915年1月25日）	王韜〈碧珊小傳〉（遁窟讕言）
19	魯民〈陸媚蘭〉（1918年2月11日）	王韜〈悼紅女史〉（淞濱瑣話）

編號	作者、作品（時間）	王韜作品（出處）
20	不著撰者〈劉淑芬〉（1922年11月13日）	王韜〈劉淑芬〉（淞濱瑣話）
21	不著撰者〈楊秋舫〉（1933年2月19日）	王韜〈楊秋舫〉（淞隱漫錄）
22	儀〈夢熟煨芋〉（1915年1月28日），另李冠三〈煨芋夢〉（《臺灣愛國婦人》1916年86卷）	王韜〈煨芋夢〉（淞濱瑣話）
23	抛磚〈奇女子〉（1919年2月10日）（《臺灣文藝叢誌》第1年第2號）	王韜〈法國奇女子傳〉（甕牖餘談）
24	畫葫蘆〈女黃香〉（1919年3月）（《臺灣文藝叢誌》第1年第3號）	王韜〈書彭孝女事〉（甕牖餘談）

可見《遁窟讕言》一篇，《甕牖餘談》有兩篇，《淞隱漫錄》有十八篇，《淞濱瑣話》有九篇。一九〇八年占四篇，一九一一年占七篇，一九一二年占十篇，一九一四年兩篇，一九一三、一九一五、一九一六、一九一八、一九二二、一九三三年各一篇。可見一九一二年最多[4]，隔年之後，王韜作品出現頻率漸少，間距也拉長，但很特別的是一九三三年尚可見一篇，此後似乎未再見到。但這不意味中國文言小說自此銷聲匿跡，在《孔教報》、《崇聖道德報》、《風月》等雜誌，吾人仍可見到數以百計的文言小說被轉載刊登，同時臺灣文人也仍然繼續創作文言小說，在新文學較被關注的今日，論及殖民體制下的臺灣漢文及新舊文學之論戰，此一現象不能不留意。

「儀」是首先注意到王韜作品的，以其量之多觀之，作者很可能即是任職《臺灣日日新報》的記者，當時創作文言通俗小說者有李逸

4 此為大正元年，亦民國初建，或許與整個時代氛圍也有關。

濤、魏清德、陳伯輿、謝雪漁、李逸濤、黃植亭（霞鑑生、茂清）、白玉簪、許寶亭諸人，黃植亭、陳伯輿皆一九〇七年卒，其餘諸氏中最有可能者，恐是羅秀惠蕉麓[5]，雖然白玉簪（佩雁）一九一八年卒，亦可能是之後不再有署名「儀」之作的因素，但其人才氣豐沛，以〈金魁星〉小說之原創性觀之，其可能性低，而筆者懷疑羅秀惠之因，在於〈夢裡身〉一篇，文末附記「蕉史氏曰」，應即是蕉麓羅秀惠，除了第一次出現的〈夢裡身〉加了「蕉史氏曰」，此後近二十篇似乎都因是襲作而有意隱去身分。「儀」之作品習將時空置換為府城臺南，這正是羅氏熟稔的出生成長之地。何況羅氏詩文綺麗香豔，本人放浪花酒，與王韜頻出入花柳界相似，羅氏是一九〇八年赴北任《臺灣日日新報》漢文部筆政，「儀」之作也是在這一年開始出現。在眾多任職《臺灣日日新報》記者中，從羅蕉麓的身分、年齡、癖好及文末附記等種種蛛絲馬跡視之，「儀」很可能即是羅秀惠蕉麓。此外，《臺灣日日新報》載有蕉麓〈途次紀聞錄〉及儀〈巴黎紀遊〉、〈倫敦紀遊〉，其筆致相似，而在署名「儀」所作的〈消閑雜錄馬扁數則〉所述「布筒」、「銅銀」等皆以臺南市為例，「儀」為羅秀惠其人，殆無疑義。

5　字蔚村，號蕉麓，別號花花世界生，臺南人。師事蔡國琳，後娶其女蔡碧吟（1874-1939，亦擅詩文書法），清光緒年間舉鄉試。乙未割臺，與舉人汪春源、黃宗鼎等人聯名向都察院遞呈，堅決反對割讓臺灣。後曾避居大陸，返臺任《臺澎新報》、《臺灣日日新報》編輯，並任臺南師範學校漢文。一八九七年擔任臺南國語傳習所教務囑託，一八九九年臺南師範學校成立後，應聘為教務囑託，教授漢文、習字，一九〇二年因病辭職。與王香禪離異，入贅蔡家，娶其師蔡國琳之女蔡碧吟為妻，當時輿論譁然，一九〇九年八、九月間的《臺灣日日新報》及各報刊紛紛議論蔡碧吟乘喪議贅羅秀惠一事。一九一〇年八月與洪以南、李漢如和日本作家伊藤政重等創辦《新學叢志》，普及新知，張揚漢學。張我軍於《臺灣民報》提倡新文學運動，引發新舊文學論戰，與連雅堂、鄭軍我、悶葫蘆生、赤崁王生、陳福全、艋舺黃衫客皆是主舊文學者。曾為館森鴻《拙存園叢稿》作序，其人有文才，擅行草書，但聲名狼籍，晚年疑患花柳病，腕痺，遂以左腕作書。一九二八年八月曾開「蕉麓千書會」任人求書，所以墨蹟流傳甚廣。一九三五年十一月以「奎社書道會」名義舉辦全島書畫展於臺北永樂町。

三　王韜小說在《臺灣日日新報》的轉載、改寫現象析論

王韜作品在《臺灣日日新報》轉載、改寫及襲抄現象，主要圍繞幾個方面展開，筆者謹就「時空改為臺灣者」、「合併數篇為一篇一事者」、「篇題內容故意張冠李戴者」、「乾坤大挪移，前後情節顛倒者」、「內容思想異於原作者」、「行文脈絡較一致，更動較少者」六類析論之。

儀〈燕歸來〉此文為王韜《淞隱漫錄》〈閔玉叔〉之改寫，原作即牽涉臺島，述臺灣紅毛赤嵌古蹟。王韜雖未到過臺灣，但因岳父林晉謙寄籍臺灣，寫作靈感或與此有關。由於王韜助譯西方科學，對天文、算學、西方文物等多所知曉，此篇小說以臺灣紅毛赤嵌古蹟、歷史為引子，虛構了閔玉叔的海外冒險故事，寫到操舟黑人、西人外婦、碧眼賈胡、檳榔嶼、鼓浪嶼等。為了較清晰了解二作之出入，悉加引錄，並以表格相互對照，異文列校之後在文字下畫線。以下各篇悉同此方式。所引王韜諸本請見本書參考文獻，《臺灣日日新報》、《臺灣愛國婦人》所刊篇目，請見前述表格統計，此下不再一一附注，以省篇幅。

表三　王韜《淞隱漫錄・閔玉叔》與《臺灣日日新報・燕歸來》文字出入表

王韜《淞隱漫錄》〈閔玉叔〉	《臺灣日日新報》〈燕歸來〉（儀）
閔燕奇，字玉叔，閔之汀州人。其母夢玉燕投懷而生，故自幼呼曰燕兒。及長，美丰儀，性殊倜儻，喜交遊。讀書甚聰敏，年未弱冠，已入邑庠。偶閱謝清高海錄，躍然起曰：「海外必多奇境，願一覽其風景，以擴見聞。」自是遇里中人由海上歸者，必	李希燕字玉之。福建汀州人。其母夢玉燕投懷而生，故自幼呼曰燕兒。及長，美丰儀，尚倜儻，喜交遊。讀書甚聰敏，年未弱冠，已入邑庠。偶閱謝清高海錄，躍然有浮海之志。自是遇里中人由海上歸者，必詢其行程，詳其風土。里人又誇述瑰異，粉飾其

王韜《淞隱漫錄》〈閔玉叔〉	《臺灣日日新報》〈燕歸來〉（儀）
詢其行程，詳其風土。里人又誇述瑰異，粉飾其詞，生聽之，輒為神往。偶值秋試下第，侘傺無聊，同試士子有回臺島者，勸生偕行，曰：「何不訪求紅毛赤嵌之古蹟，搜輯鹿耳鯤身之遺蹤，一豁襟抱乎？」生本有乘槎想，欣然曰：「乘風破浪，固素志也。」遂與同往。	詞，生聽之，輒為神往。偶值秋試下第，侘傺無聊，同試士子有回臺島者，勸生偕行，曰：「何不訪求紅毛赤嵌之古蹟，搜輯鹿耳鯤身之遺蹤，一豁襟抱乎？」先是生之叔李敘卿以拔貢生。任臺灣府學官。輒致柬相招。書中敘及臺島為東瀛名勝。尤津津有味。生久已怦然心動。至是益決。遂與俱。
生亦敬憚之，弗敢犯。一夕，忽有偉丈夫排闥直入，曰：「奉氤氳使者命，送汝二人歸家。」即乘以車，揚鞭捷馳。俄聞雞犬聲，燈火萬家，已在漳州城外。	生亦敬憚之，弗敢犯。適一日有外國船告到。謂將往臺島採青糖。生乃白方蕤及女。搭之俱往。經三晝夜抵鹿耳門。上陸時已黃昏。遇故鄉黃參將署安平協。暫寓其邸內。是夜月白清風。生出散步。歷盡數洋樓。及渡柴橋近海關。忽一當爐女子在英國領事府後園內蹋球。見之似曾相識者。生正躊躇。女招生入問曰。君何為至此。詢其姓氏。女笑曰。儂即鹿江阿燕也。曩於鼓浪嶼中邂逅。曾謀一夕歡。詎忘之耶。並言英領攜來時。約僅聆音賞色。遇君即聽去。既又珍重而別。越日則入臺灣府學衙署。叔侄相見。喜適昔日。喬寓數天。閱盡夢蝶觀海聽濤諸勝景。方將告別。兒女已訴之英領。邀得粧奩盈千。與生帆海旋梓。船到廈門。暫寄客舍。一夕，忽有偉丈夫排闥直入，曰：「奉氤氳使者命，送汝二人歸家。」即乘以車，揚鞭捷馳。俄聞雞犬聲，燈火萬家，已在漳州城外。

這一篇題材雖敘臺島紅毛赤嵌，但儀襲用時，增加了臺灣府學、鹿耳門、英國領事館、夢蝶園、澄臺觀海、斐亭聽濤幾處臺南勝景，更加強作品的在地化特色。但仍是一篇將王韜作品略加修改後的充數之作。

（一）時空改為臺灣者

王韜《淞隱漫錄》〈閔玉叔〉一作原與臺灣相關，此後《臺灣日日新報》所載〈吳深秀〉、〈燕歸來〉、〈狐女報德〉、〈鳳仙夙緣〉等篇皆原非臺灣時空，而是作者「儀」有意的改換時空。由於臺灣本身是海島，當「儀」將作品時空置換為臺灣時，這些作品即將原是內陸題材的作品，搖身一變成為涉海之作，易言之，改寫者在誤打誤撞情景下，形塑了臺灣文言小說裡的渡海之作，與海洋題材關係密切。以下先敘述時空改為臺灣之作。

第一篇是王韜《淞隱漫錄》〈三夢橋〉，儀改題作〈夢裡身〉，原主角聶筠士改為白楚玨，且強調是實錄，首言：「予友白楚珩。嘗述其堂兄白楚玨軼事。一生夢兆。無不孚應。因就其所述者。略加潤色。當作說部。以為茶餘酒後之談。」王氏原文「生舅氏在京為部曹」，「儀」改為「生伯」，並在其前加上「生叔白鸞卿。仕宦來臺。首任嘉義縣。終仕臺灣縣。」有意與臺灣連結。此外，王韜題名「三夢橋」，即是主角離家別妻後三次於蘆溝橋旅舍入夢，其中妻之前身是入夢得知，「儀」將夢境虛幻之事移至前面交代其妻身世，藝術上遠不如王作。第二篇《淞隱漫錄・陸碧珊》（即儀〈吳深秀〉襲用之篇目）。該篇敘述陸芷生與才女陸碧珊暗暗相戀，後碧珊父母將她另許他人，碧珊欲與芷生私奔，芷生本有所動，旋又動搖，碧珊大失所望，傷痛下自殺而死。芷生亦因之服藥贖罪。其相異之處，請見下表：

表四　王韜《淞隱漫錄・陸碧珊》與《臺灣日日新報・吳深秀》文字出入表

王韜《淞隱漫錄》〈陸碧珊〉	《臺灣日日新報》〈吳深秀〉（儀）
陸芷生，吳郡人。弱冠入邑庠。丰神皎潔，態度翩躚，雖瓊蕤映月，玉樹臨風，不是過也。所娶亦世家女，容僅中人；以生較之，倍慚形穢。以是伉儷間殊不相得。同里有才女曰碧珊，與生同姓，少即許字於孫氏。孫氏子佻達無行，酷嗜之戲，攜資入博場，弗罄則不出也。或至褫衣以快一擲。女父隱有悔婚意，顧孫亦巨族，父固黌序中人，不能為此踰禮法事，因姑置之。	吳深秀。字珊玉。浙之嘉興人。年十四。即馳名庠序間。丰姿皎潔，態度翩躚，雖瓊蕤映月，玉樹臨風，不是過也。所娶亦世家女，貌僅中人；以生較之，倍慚形穢。以是伉儷間殊不相得。同里有才女曰蕙蘭，麗容蕙質。頗稱雙絕。自幼即許字於李氏。李氏子佻達無行，酷嗜摴蒱之戲，每褫衣以快一擲。女父隱有悔婚意，顧孫亦巨族，女父亦黌序中
生素聞女名，然深處閨中，未得一窺其貌。旋生就幕揚州，女父亦應儀徵縣署之聘，兩家俱挈眷以往。同客異鄉，彼此往還，遂如戚串。於是生始得見女。女豐碩秀整，粹質花妍，圓姿月滿，與生堪稱一對璧人。覿面之餘，兩相注視，即已目成。女先作詩以挑之，生立即口占相答。由是花前月下，迭唱聯吟，殆無虛日。前後所積，幾如束筍，各編一集，女所作曰《蘭篇》，生所和曰《珊瑚網》，命題之意，不言而喻。顧女家則有父母防閑，生室則擬妻同在，微波可達，而芳澤難親，雖兩俱相思，終不及於亂也。	生素聞女名，然深處閨中，未能一晤紅顏。殊多抱憾。會女父應臺灣彰化縣署之聘，兩家俱挈眷渡臺。仕於中部，彼此往還，遂如戚串。於是生始得見女。女潤臉呈花。圓姿月滿，與生堪稱一對璧人。覿面之餘，兩相注視，目成者久之。會女父壽誕。生來賀壽。席散。女先作詩以挑之，生立即口占相答。由是花前月下，迭遞吟箋。前後所積，幾如束筍，各編一集，女所作曰《蕙芳篇》，生所和曰《珊明集》，命題之意，不言而喻。顧女防嚴命，生碍閫威。微波可達，而芳澤難親，雖各有心思，終不及於亂也。
無何，土匪難作，揚城戒嚴，警耗噩音，一日三至。女父固有薄田數頃在	無何，土匪戴萬生難作，彰城戒嚴，警耗噩音，一日三至。生有莫逆

王韜《淞隱漫錄》〈陸碧珊〉	《臺灣日日新報》〈吳深秀〉（儀）
鹿城鄉間，擬捨此筆耕墨耨，歸隱邱園，亦可餬口，因即買棹言旋。生亦以弱息為累，附舟同返。女父所居曰笙村，距城僅十里許，其地有一廢園，池館猶存，亭臺半圮，欲鬻於人，索價頗廉。生愛其幽僻，傾囊購之為別墅，鳩工修治，煥然一新。所有園中齋匾楹聯，皆女所擬；池左辟一軒，植竹數十竿，梧桐四五株，晨夕命僮洗桐拭竹，翠色慾流，女題曰「環碧軒」。生見之，知女意之所屬，然東風有主，終難動搖，為喚奈何而已。	交林孝廉。在臺南檨仔林之南隅。家□園池亭閣。假山石椅。玲瓏可愛。生好其幽靜。借之為別墅。女父亦僦居於海東精舍之傍。與生寓僅隔一牆。生因所借之地。半就荒蕪。鳩工修治，煥然一新。並鑿一門以通焉。所有園中齋匾楹聯，皆女所擬；池左闢一軒，軒之右植竹數十竿，梧桐四五株，晨夕命僮洗桐拭竹，翠色慾流，女題曰「玉蘭軒」。生見之，知女意之所屬，然東風有主，終難動搖，徒喚奈何而已。
密約幽期，人無知者。正圖作久計，而女家催歸符至，不得已遽別。生鐫一圖章贈之，曰：「惟願生生世世為夫婦。」兩家書札往來，……令依姑母於雲間，實使遠生也。	密約丁寧，人無知者。正圖久計，忽女家催歸符至，不得已遽別。別之時。各有盟誓。自是有隙則過從。或時以書札往來。……令暫依姑母，使遠生也。
逾年，女嫁期已逼，知之驚怛異常，誓以一死報生。出重資寄一緘，宛轉得達生所，中有云：「卓文君奔相如，紅拂女投李靖，敢援此事，以身歸君。三生癡願，詎背隨雲；一片精魂，終當化石。相離半水，迴隔九天，妹思之決矣。此志果堅，人間天上，會有見期。否則與其偷活紅塵，不如埋愁黃土！」書去之日，靜俟佳音。	逾年，李家來索親。女嫁期已逼，女父擬送女內渡。女驚駭，誓以一死報生。因出重貲寄一緘，宛轉得達生所，中有云：「君須早晝一藏納地。妾將效卓文君奔相如。以了夙緣。若此願不償。與其偷活紅塵，不如埋愁黃土！」書去之日，靜候佳音。
先是，生曾戲效《疑雨集》中勸駕詞作八絕寄女，其詩云：	

王韜《淞隱漫錄》〈陸碧珊〉	《臺灣日日新報》〈吳深秀〉（儀）
藥爐茶灶已安排，西面窗不許開。曉得怕風兼避客，重簾不捲等卿來。 輕寒昨夜上妝臺，料得熏籠倚幾回。漫把心香焚一餅，冷灰撥盡等卿來。 蠻箋幾未曾裁，小研紅絲試麝煤。密字珍珠書格細，手鈔詩卷等卿來。 重門深鎖鬱離懷，謠諑蛾眉事可哀。寂寂江乾舟未至，梅花開後等卿來。 傳訛青鳥事難諧，反惹相思兩地猜。即有尺波誰可托，訴將離緒等卿來。 記曾相識有詩媒，雋逸豈輸詠絮才。城北清光仍不滅，畫欄看月等卿來。 舊時院落長蒼苔，憶著前游首重回。滿目淒涼增感觸，滄桑細閱等卿來。 無端小病瘦於梅，怕冷憎寒倚鏡臺。為疊重衾溫寶鴨，濃香殘夢等卿來。	
女得詩，知生意之有在，故寄此札以堅之。生念此事斷不可為，反覆籌思，並無良策。女有表兄蕙亭者，預知生與女結好之事，往來淞泖間，互遞兩家消息，亦為女父所知，斥絕弗使登門。生因走商之蕙亭，亦以巫臣為桑中之行，斷乎不可，因言：「小巷必以舟通，彼姝必以夜出，或起篙工之疑，致為匪人所劫，其害一；未離虎穴，遽被狼吞，桎梏橫受，帶旋褫，其害二；掌珠已亡，必興巨波，藏嬌不密，遂來驚讖，其害三。有三害而無一利，雖愚者知其難為；況乎鴆媒已泄，魚書又阻，奇事皆知，芳蹤易躡，雖有崑崙健奴，黃衫俠客，	生得信，反覆籌思，並無良策。因作書絕之。其書曰。臆念正殷，手翰遽至。臨風展讀，意慘神傷，淚涔之下。襟袖俱濕。何我兩人情之深。而緣之薄也！日前妹姑往姑母處，兄來話別，雖覿芳姿，莫傳情愫。慈母在前，悍姬在後，憂愁莫訴，抑鬱無聊。天實為之。謂之□哉。所云欲效卓文君。竊為不可。蓋芳踪已露。終難秘密。善其始。亦不能善其終。奈何奈何。女得書。知生無偕志。啜泣竟夕。獨對銀釭，悲悒萬狀；搜生平所著詩詞。及生所貽書札，悉付之一炬，夜半以素羅三尺，畢命於牀前。

王韜《淞隱漫錄》〈陸碧珊〉	《臺灣日日新報》〈吳深秀〉（儀）
能善其始，不能善其後矣。」力勸生勿為。生遂作書絕之，其書曰：臆念正殷，手翰遽至。臨風展讀，意慘神傷，淚痕浪浪，下墮襟袖，何我兩人情之深而緣之薄也！日前妹往雲間，兄來話別，雖覿芳姿，莫傳情愫。慈母在前，悍姬在後，無從看月私盟，背燈密誓，憂愁孰語，抑鬱無聊。相思百里，空懸海上之帆；不見經年，莫訴心中之怨。書中云志在一死，以報知己，此大不可。吾兩人情長意重，相契實深，不在形跡，而在文字。妹聯簫史之姻，成於夙昔；兄矢雙文之約，訂自前秋。即登香車而遠適，要非棄鈿盒而負盟也。且身在而事尚可圖，身死而情難復遂。妹有死之心，則兄無生之望，請隨地下，永結地下，敢在人間，猶偷餘息？惟願我妹別思妙計，稍解愁懷。但求志固如金，自必事圓於月。況兄與妹年齡相若，初非少長之懸殊；門第相同，初非貴賤之迥別。妹居鹿邑，兄住鴻城，初非雲樹千重，煙波萬。桃花人面，定容崔護重尋；楊柳樓臺，已許阮郎再宿。設使此願難諧，飛來沙叱；前盟難棄，竟嫁羅敷，則侯門雖入，終非海槎深沉；而驛使可通，豈慮信音迢遞？或閶闔無阻，得聽卓女之琴；單舸可登，竟上范蠡之艇，青山偕隱，白首同歸，避入逃世，匿彩韜光，豈無不可？將見蘆簾紙閣，惟	

王韜《淞隱漫錄》〈陸碧珊〉	《臺灣日日新報》〈吳深秀〉（儀）
對孟光；斗酒聯詩，仍偕道蘊，苟懷此心，定償所願。請以斯言為他日佳券。女得生書，啜泣竟夕，歎曰：「所貴乎女子者，從一而終也；余身已被玷，復何面目作孫家之婦？且今日既作孫家婦，後日又為陸郎妻，出爾反爾，一誤再誤，人其謂我何？始亂之而終棄之，其心可知。乃猶飾詞巧辯，自掩其非，以重余過。世間多薄倖男子，不幸於吾身親遘之！雖然，事由自誤，夫復何言！」獨對銀銀釭，悲悒萬狀；搜生平所著詩詞及生所貽書札，悉投於火，夜半以素羅三尺，畢命於牀前。	
生妻自得女訃音，見生頓改常度，……月餘杖而後起。自此待其妻頗厚。時以好色之戒規勸友朋，終身行善弗怠，曰：「借以補過。」	生妻自得女訃音，見生日以淚洗面，……月餘杖而後起。自此待其妻頗厚。並以好色為戒云。

〈吳深秀〉一篇或因篇幅關係，刪除王作原詩及結尾一大段，僅隱約其大意。「會女父應臺灣彰化縣署之聘，兩家俱挈眷渡臺。仕於中部」及「土匪戴萬生難作，彰城戒嚴」、「在臺南樣仔林之南隅」、「僦居於海東精舍之傍」等等，則明顯可見更改為臺灣時空。尤其戴萬生（潮春）事件別具意義。林紓在戴潮春起義被鎮壓後的第四年初次到臺灣，在《畏廬瑣記》〈殺人武〉中，他說：「臺灣戴煥生之起義，實為貪吏所激，遂生巨變。戴生平慷慨，為鄉人所推。本為小吏，家資悉以賙贍貧乏，故變故起時，遂擁為渠。」[6]儀將「土匪難

6　林紓著，林薇選編：《畏廬小品》（北京出版社，1998年2月），頁302。另參下一節林紓的討論。

作」，增為「土匪戴萬生難作」，不僅將地點突顯為臺灣，更進一步架構了小說人事發生時間在一八六二至一八六五年間，同時，此篇也因之極易誤認為臺籍人士所寫。

第三篇是儀〈狐女報德〉，出自王韜〈皇甫更生〉，內容講述皇甫更生帶著母親，尋找十餘年未通音訊的舅舅。於旅店遇鄉音，然同鄉竟冷漠以對，不近人情。原來是私奔的舅妾與僕人，作賊心虛，然當時皇甫更生不知其中緣由。輾轉至舅家不久，皇甫更生與家芷科考皆高捷，更生娶若蘭。因舅顯靈，使家芷再遇母。《臺灣日日新報》〈狐女報德〉刊載時，在開頭亦是將時空改為臺灣，人物蹈海來臺。文云「楊仲琦。字筱琢。閩之侯官人。前臺南□文山長楊兆麒之長公子也。十一二歲時。曾隨父來臺。僦居於書院內。風神麗。氣宇不凡。丁亥兆麒卒於任」王韜原文簡潔：「皇甫向字更生。吳人，少孤。習儒業。性鯁介。」

自「作文喜揣摩名家專稿。若陶庵之雄豪。臥子之深峭。水心之冷雋。旁及華車異山．暨國朝熊劉張方諸家．靡不寢饋其中。……已而弟在部納妾舉子。屬保母來取女。女甫五齡。少更生兩歲。臨行投姑懷。依依不忍舍。」以下均相近，文末方又小異：「比革軍將起義。女謂孝廉曰。日中則昃。月盈則虧。今日可誠稱極盛矣。恐此後將有不測風雲。急流勇退，達人無悔。君何不御宦海之帆。優游岩壑。趣情山水。何必為此戀戀哉。孝廉曰。然。即日告其父乞休。」而相異之文，實又割裂《淞濱瑣話》〈辛四娘〉一文，嫁黏於此，文云「今日者誠稱極盛矣。急流勇退。此其時矣。抽宦海之帆。息風波之險。隱居丘壑。領趣山林。豈不樂哉。生曰：諾。即日上疏乞休。」最後「逮嗣父告休，以書來約兩家，仍回洞庭故宅。更生官至侍郎，夫婦齊眉，登上壽，家芷以孝廉終。狐女雖老，常若二十許人。」改為「兩家仍搬回閩省。出資治築小園。樓臺亭榭。池石花卉備極幽雅。仲琦與保臣皆無意功名。閉門謝客。蘭史及狐女。年雖三十許。望之猶如處女云。」將回洞庭故宅改為搬回閩省，也是營造臺灣較熟悉之地理氛圍。「二十許」改為「三十許」，而「猶如處女云」一句（亦常作處子），王作較少見，臺灣文言小說動輒如是強調，連篇累牘，實令人詫異，潛意識中處子情結躍然紙上。

第四篇是儀〈鳳仙夙緣〉，原文改寫自〈白瓊仙〉。王韜此作起始云：

> 寧世基。字仙源。杭郡武世家也。意氣豪放。終日以馳馬擊劍為樂事。謂一日不如是則病。妻姚氏。產自名門。知書識字。伉儷間甚相得。顧結縭十年。並無所出。常勸生納妾。為嗣續計。生掉首弗顧也。有戚在吳門作宦。招之往游。欣然命駕。戚家居近王府基。旁有別墅一區。

〈鳳仙夙緣〉則在人物家世背景點染更多：

> 程允文。浙之嘉興人。性豪放。好讀書。能明大意。不屑為章句之末。塾師授以帖括。笑曰。此何等文字。乃欲令予俯首下心以求之哉。由是馳馬。或擊劍或從事於古文詞。登山玩水。偶有感觸。輒寄之於吟咏。妻白氏亦世家女。知書識字。結縭十數年。伉儷間甚相得。苦無所出。常勸生納妾。以為嗣續計。生掉首弗顧也。有友蔣公子宦於臺。補授臺灣府。馳書招之。書中述及臺灣孤懸海外。諸多名勝。不讓方壺員嶠。就中有雞籠積雪。澄臺觀海。安平晚渡。鯤身漁火等。大八景。小八景。生欣然航海而來。時蔣公子有一別墅。在小南門外今之法華寺。其故址也。其前鑿一半月池。又築一半月樓。

文中寫雞籠積雪、澄臺觀海、安平晚渡、鯤身漁火等名勝八景，主角程生亦是蹈海來臺，可見〈鳳仙夙緣〉有意營造故事時空在臺灣臺南一地。此文約自「頗有亭臺泉石之勝：一夕，被酒不得眠；窗外月光皎潔，照几榻如水。時正秋令，天氣尚熱，徙倚中庭，未嫌風露。忽聞湖下隱隱有人語聲，因躡足潛往聽之。遙見湖心一亭，團坐者四五人，欲前，懼為所見，蔽身石後、其旁適有石磴，遂坐而瞻焉，見五人悉係女子，襲雲羅，曳霧縠，高髻堆鴉，不類近時裝束。月下窺之，彷彿豔絕。」以下即多相似，所異者在於人名、地名，及年代「上鐫大順年號」改為「上鐫大明年號」。

文中用詞遣字一如前數篇，亦有所改易，但內文結構、前後行文脈絡，依舊是相同的，但作者隨時在文中及文末強調「臺灣」，且多次有意追合臺灣史事。如文中插敘若干文字，說「清師之上鹿耳門」、「恍惚在臺灣□東二港□某幕友家。生在臺幕友相契。往來甚密。稔知其無女公子。然再四思維。確是無疑，爰遣人渡臺訪之。」、「何入夢又轉在臺彎。既生長臺灣。何又流落來此間。」其追合臺灣史事者，如王韜原文作：

> 相距不遠。有七姬墳。皆潘元紹之愛妾。當時殉難者。至今日精靈不泯。恒多怪異。生聞言。欷歔不已。小住浹旬。乃返西泠。以妻久不育。時往天竺進香祈嗣。荏苒數年。蘭徵無耗。生亦久已絕望。適內兄為九江太守。馳書促之往。生至後。衙齋無事。日夕出遊。謂潯陽江上。固當年白傅聞琵琶處也。必有所遇。一日。與二三幕友散步至天寧寺遊戲。……自門芳菲，逮乎牡丹一出，凡豔皆空。

〈鳳仙夙緣〉作者儀則改寫為：

> 相距不遠。有五妃墓。皆明寧靖王朱術桂之愛妾。當時殉難

者。至今精靈不泯。恒多怪異。生聞言。欷歔不已。小住浹旬。乃返棹歸杭。以妻久不育。往天竺進香祈嗣。荏苒數年。蘭徵無耗。生亦久已絕望。適內兄為福州知府。馳書促之。生至。衙齋無事。日夕出遊。謂閩省古閩王之所居。五虎朝江。山明水秀。人傑地靈。佳人麗姝。定多出其間。必有所遇。一日。與二三幕友散步至西禪寺。……自門芳菲，迨牡丹一出，凡豔皆空。

從畫線處可以看出作者因七姬墳，而遙想到五妃墓，因而小說成為演述與明末五妃殉難事相關者。其餘地點多改為福建，閩粵移民來臺拓墾的緣由，作者不加思索的習慣將地點如是抽換。小說改寫最奇特之處，也在文末「記者曰」一段，充分顯示了作者的企圖心。透過由文中駙馬事轉想陸鳳仙即雲屏之後身，雲屏又為前明朱術桂義婢，因而衍伸出五妃殉國後，投胎酬其夙緣故事，將原本《淞濱瑣話》所述當代（清朝）事，轉換成寧靖王與五妃故事，且以酬夙緣之說，跳轉至日本殖民統治下的時空，突顯「改隸初」玉笏出土，曾帶至內地（日本）。刪去置換《淞濱瑣話》之舉，清楚印證作者有意的隱瞞出處，將改寫襲用視為自己之創作。

（二）合併數篇為一篇者

儀〈女劍俠傳〉合併王韜〈女俠〉、〈劍仙聶碧雲〉〈李四娘〉、〈盜女〉、〈劍氣珠光傳〉五篇為一篇，分述潘若仙、潘巧雲、白芝仙、倩珠女史、戴絳玉女俠事。〈花麗生〉則拼湊〈何華珍〉、〈三夢橋〉、〈心儂詞史〉、〈鵑紅女史〉四篇為一事。

至於多人合傳為一篇者，如儀〈女劍俠傳（上）〉從王韜〈女俠〉一篇來，但重新調整敘述次序，《臺灣日日新報》起始先介紹女俠「潘若仙」，之後方是程芳度（即原作男主角潘叔明），而王作則是先介紹世家子潘叔明。易言之〈女劍俠傳（下）〉所介紹的程生：

> 世家子。祖父皆以軍功起家。生少即習騎射。挽強躍駿。顧盼自雄。性豪邁不羈。喜交遊。通聲氣。門下食客。日恒數十人。一日。有五臺山僧自秦中來。詣生門。托缽求募。生與之談。見其操行不凡。留之幸舍。居半年。不言去。日三餐。不擇蔬肉。見生與諸友角力于廣場。擲刀試劍。鬥捷矜奇。笑謂之曰：檀越矛戟如林。不若老僧寸鐵殺人。……生曰如是不如學劍。僧乃於葫蘆中抽得一劍。鋒銳凝霜。芒寒射月。犀利精瑩。殆無其比。曰此二千年前歐冶子所鑄。非凡間物也。若技進乎神。劍與身可合為一。授以劍訣。命生屈膝跪聽。每授一句。必摩挲其頂。良久而後畢。由是晨夕受戒。凡閱一年。曰道成矣。僧亦遂杳。

這一大段文字，原是王作人物甫一出場的第一段。《臺灣日日新報》以女俠為主要敘述線索，將人物出場先後予以挪動，先述女俠潘若仙，再述程芳度，接榫極其自然而天衣無縫，尤其〈女劍俠傳〉述四位女俠故事，皆有姓名，王韜此一原作僅稱「女」，未著姓名。就藝術性觀之，二作各有千秋。王作敘事安排是以賓襯主，採用欲擒故縱的藝術手法，極力讚揚潘生，將其劍術推到天下無敵之高峰，然後讓他發現頭髮被削掉一綹，內衣被割斷一半，才知是女俠手下留情，說明了女俠劍術之精善絕妙，遠遠超過了潘生，收到了明褒潘生暗揚女俠的藝術效果。而儀的〈女劍俠傳〉集中女傳主的敘述，直到文末才補敘程芳度家世及師出同門之經過。

其後展開另一故事，分「天」、「地」兩回連載奇子女「潘巧雲」故事，此作源出王韜〈劍仙聶碧雲〉。其相異處以表示之：

表五　王韜《淞隱漫錄・劍仙聶碧雲》與《臺灣日日新報・女劍俠傳（天）（地）》文字出入表

王韜《淞隱漫錄》〈劍仙聶碧雲〉	《臺灣日日新報》〈女劍俠傳（天）（地）〉
聶碧雲。兗州奇女子也。幼遇異人。授以劍術。能飛劍取人首級於十里之外。嫁一士人。能吹鐵簫。嘗于醉後品簫于柳陰下。樹旁繫一漁舟。漁翁有子不孝。是晚適罵父。士人聞之。怒擲鐵簫殺之。因此放浪江湖間。（中略） 　士人設帳授徒。有久處意。士人因于暇時詢女隱事。並叩所欲為。女曰：余父。有道者也。出許真君門下。講求修煉鉛汞之法。大凡已成。不日飛昇。山潭毒龍幻形作真君狀。潛詣父所。命父啟爐。分丹為二顆。以一自服。以一畀我父。佯若密授真言。我父方俯伏受教。遽乘不意。袖出鐵椎擊父首。遂殞。丹為其所盜去。毒龍自此變化不測。此大仇不可不報者也。毒龍神通頗廣。非劍術所能制。須求三物得全。始可殺之。	潘巧雲，阿緱廳管內下六庄奇女子也。其父潘祖明。原籍清國廣東省大浦縣。人。自道光年間挈眷回籍。時女僅三數歲。 女父有道者也。出許真君門下。講求修煉鉛汞之法。大丹已成。不日飛昇。被山潭毒龍幻形作真君狀。潛詣潘所。命潘啟爐。分丹為二顆。以一自服。以一畀潘。佯若密授真言。潘方俯伏受教。遽乘不意。袖出鐵椎擊潘首。遂殞。丹為其所盜去。毒龍自是變化不測。女後遇異人。授以劍術。能飛劍取人首級於十里之外，念父仇不可不報。俱思得一助手，（中略。文字相近） 士人設帳授徒。有久處意。因于暇時詢女復讎方法。女曰毒龍神通頗廣。非劍術所能制。須求三物。方可殺之。

從對照之表格，可見時代里籍姓名改為道光阿緱廳潘巧雲，原作無時間，女俠名聶碧雲。文字前後亦有更動，而原先男女主角之對話，改為純敘述，余父改稱潘父。此外，文末不錄原作女殺狐祟免除擾民，而蒼狐以子孫被殺，詰問聶碧雲一事，使得情節更為緊湊。

〈劍仙聶碧雲〉之後，以「日」、「月」、「星」三回敘女俠「白芝仙」，此作源出王韜〈李四娘〉，二篇出入極小，王作云：「李四娘。

西蜀人。自幼得奇人授以劍術。既成。飛行絕跡。隱顯通神。能以寸鐵殺人於百步之外。」〈女劍俠傳（日）〉作「白芝仙，閩之仙遊人。自幼父母俱亡。得異人授以劍術。既成。飛行絕跡。隱顯通神。能以寸鐵殺人於百步之外。」另原作「巨宅主人姓馬。名亦昭。字式明。學問淵深。操履清潔。為鄉里所嚴憚。群稱之曰馬二先生。」改作「姓鄭。名孟超。字光明」[7]，「滇南倪蓮迂，劍客也。其弟子雲伯與蘭仙狎，脫陽而死。」改作「番隅陸左貴，劍客也。其弟子潤祥與蘭仙狎，脫陽而死。」黿鱉興風作浪之「鄱陽湖」改為「黑龍江」。以下幾悉同，不贅敘。

女俠白芝仙之後以以「甲」、「乙」、「丙」三回接敘女俠「倩珠女史」，此作源出王韜〈盜女〉。二篇出入亦是極小，王作云：「呂牧字季犖，江都人。武世家也。生時，母夢一美少年擐甲戴冑。手持雙戟。揖而言曰：我漢時呂布也。今將誕生君家。」〈女劍俠傳（甲）〉作「呂溫其字筱侯。浙之嘉興人。（以下同）」此篇敘事次序未更動，同王韜〈女俠〉一篇，先述武技精倫的呂溫其，再帶出更為超絕的女俠，這種敘述手法，在中國古典文學極其常見，如王小玉說書，層層疊出，最後主角出場，更是登峰造極，自然是驚懾眾人。

女俠倩珠之後是最後一位登場，劍氣，是指俠女「白如虹」。珠光是指才子「隨照乘」，兩人性別裝扮識相反。〈女劍俠傳〉以「夏」、「商」、「周」三回刊載，此作源出王韜〈劍氣珠光傳〉，《臺灣日日新報》刊出時改主角姓名為女俠戴絳玉、才子彭濟若。其差異處以表示之：

---

7 名亦昭字式明。其名與字相配，較名孟超字光明為佳。

表六　王韜《淞隱漫錄・劍氣珠光傳》與《臺灣日日新報・女劍俠傳（夏）》文字出入表

王韜《淞濱瑣話》〈劍氣珠光傳〉	《臺灣日日新報》〈女劍俠傳（夏）〉
劍氣。俠女也。姓白。名如虹。珠光。才子也。姓隨。名照乘。皆粵東產。生同里。幼同塾。兩小無猜。極相憐愛。白父母四十外生女。俾自幼作男子裝。穿一耳綴金環。雙趺略纏以帛。常著深雍靴。父行賈。攜以適秦楚吳越。長身玉立。眉目如畫。涉獵書史。談吐頗雋雅。能挾彈中飛鳥。舞刀槊。工擊刺。見客豪爽。不作羞澀態。逆旅婦人爭相媚悅。無有知其為女者。而照乘則隨氏三世單傳。生時父年將花甲。母係繼室。僅三十許。粵俗生男恐難招。往往誑為女。故照乘小字瑩娘。	戴小紅字絳玉。粵東產也。負俠腸。雖巾幗而有鬚眉之氣。母隨氏。四十許生女。俾自幼作男子裝。穿一耳綴金環。雙趺略纏以帛。常著深雍快靴。父行賈。攜以適秦楚吳越。長身玉立。眉目如畫。一見令人消魂。頗涉書史。談吐雋雅。嘗於後庭見兩嬰兒自土出，裸體相撲，逐之，躍入澗溪，屢覓之，苦不能得其。一夕乘涼大樹下，兩嬰又忽現於其足旁，互相糾結。女順手掩執之，嗷然而號，稍鬆即逝。爰即其沒處掘之，得石匣一，啟視之。則有雙股劍在焉。精瑩皎潔，銛利無比，用以削鐵，如朽腐。有識者相之曰：此雌雄兩寶劍也，雌曰白虹，雄曰紅霓，周時所鑄，距今二千年許，殆神物也。小紅寶藏之，不出以示人，每逢月明之夜，輒舞於中庭，劍光與月光互相輝映。由是能挾彈中飛鳥。舞刀槊。工擊刺。見客豪爽。不作羞澀態。逆旅婦人爭相媚悅。無有知其為女者。時有彭大川字濟若。與之生同里。幼同塾。兩小無猜。極相憐愛。彭父當地之富豪。花甲始生彭。母係繼室。僅三十許。粵俗生男恐難招。往往誑為女。故大川別號曰巧娘。

文中「嘗於後庭見兩嬰兒自土出」。畫線一段原是王作最後一段，〈女劍俠傳（夏）〉將之移於前。其餘近似，不贅。

至於拼湊數篇為一篇一事者，如〈花麗生〉一篇拼湊〈何華珍〉〈三夢橋〉〈心儂詞史〉〈鵑紅女史〉等篇。其脈絡繁瑣，謹以表示之：

表七　王韜《淞隱漫錄・徐慧仙》與《臺灣日日新報・花麗生》文字出入表

王韜《淞隱漫錄》〈徐慧仙〉	《臺灣日日新報》〈花麗生〉（儀）
徐慧仙，名敏，小字聰姑，鴛湖人。生於滬上。父故諸生，有名庠序間。亂後棄儒習賈。頗有所獲。亂既平。挈眷言旋。前時亭榭。已付劫灰。乃就舊址，出資營構新築。堂室庖湢。位置咸宜。屋後頗有小園。花木清綺。泉石幽靜。園之左偏為女房。臨窗有葡萄一架。花時紅紫芳馥。繁英密蕊。霏霏滿几榻。女頗識字知書。年已及笄，猶待字焉。韶光瀸沱。春日暄妍。未免有懷。無可消遣。輒弄筆墨。寄之於吟詠。	心儂姓邱氏名楚蓮。漳之海澄人。生於粵東。父固有名庠序中人。因值髮逆棄儒習賈。在粵之汕頭持籌握算。頗有所獲。既平挈眷滿載而歸。當髮逆之來漳也。殺戮淫掠。繼以焚燬。前時所有亭榭。已付劫灰。乃就舊址。出資營構新築堂室庖□。位置咸宜。屋後亦有小園花木清綺。泉石幽靜。園之左偏為女房。臨窗有葡萄一架。花時紅紫芳馥，繁英密蕊。霏霏滿几榻。女頗聰慧。識字知書。年已及笄。猶待字焉。韶光瀸沱。春日暄妍。未免有懷。無可消遣。輒弄筆墨。以寄吟詠。
一日有中表兄梅儷笙至。入園遊覽。於池畔拾得一紙。展視之。乃七絕一首。云： 　　兩字相思寫不成，愁人心事未分明。 　　此心捲入芭蕉裡，一夜窗前聽雨聲。 後題「雙峰仙史橫山下有心人作」。	一日有中表兄花麗生者。入園遊覽。於池畔拾得一紙。展開視之。乃七絕一首。云： 兩字相思寫不成。愁人心事未分明。 此心捲入芭蕉裡。一夜窗前聽雨聲。 後題「海澄心儂女史有心人擬作」。細玩筆跡。娟媚異常。知出楚蓮手無疑。近聞楚蓮能詩。兒童時常與為

王韜《淞隱漫錄》〈徐慧仙〉	《臺灣日日新報》〈花麗生〉（儀）
細玩筆跡，娟媚異常。知出自慧仙手無疑。素聞慧仙能詩。而又羡其貌美。心為之動。於是信足所至。負手行吟。偶循曲逕。竟入女房。女方背倚闌干。俯首刺繡。生近睹其蝤蠐粉頸。白若截肪。愈生憐愛。因曰春色如此。何不散步園中。乃猶苦壓金線乃爾？女見生立窗外。急起迎曰：兄何時來此。何妹竟未之見也？生曰。妹非千眼觀音。安能背後見人？即使臨去秋波一轉。亦豈能普照大千世界哉？女笑曰。兄才記得《西廂》一二句，便來奚落阿妹。兄來甚佳。妹近日正擬繡字。兄有新詩，請題其上；但須作楷書，不致妹費目力。生為題二絕，其一云： 　　一幅輕綃萬種思，閒窗偷展怕人知。鴛鴦繡到雙飛處，正是停針不語時。 其二云： 　　午夜誰家弄玉笙，無端棖觸去年情。詩筒欲寄何從寄，兩字相思寫不成！ 　　女覽結句。色頓變。默不一語。久之，強笑曰：兄詩境大進。但一一鶴聲飛上天。竟為老元偷得。亦是咄咄怪事。自是生時往來女家。互有唱和。生才女貌，兩相屬意。（以下一大段雷同，不錄）	戲。見其貌美。早心動焉。於是信足所至。叉手行吟。偶循曲逕。竟入女房。女方背倚闌干。俯首刺繡。生近睹其蝤蠐粉頸。白若截肪。愈生憐愛。因曰春色如此。何不賞識園中。猶然苦壓金線乃爾？女見生立窗外。急起近曰兄何時來此。何妹竟未之見也。生曰。妹非千眼觀音。安能背後見之。即使臨去秋波一轉。亦豈能普照大千世界哉。女笑曰。兄才記得《西廂》一二句。便來奚落阿妹。兄來甚佳。妹近日正擬繡字。乃於繡榻下出白絹一卷曰。兄有新佳構。請題其上；但須揮楷書。不致妹費目力。生為題二絕。其一云： 一幅輕綃萬種思。閒窗偷展怕人知。鴛鴦繡到雙飛處。正是停針不語時。 其二云： 午夜誰家弄玉笙。無端棖觸去年情。詩筒欲寄何從寄。兩字相思寫不成。 女覽結句。知所作詩必落生手。色變。默不一語。久之強笑曰：兄詩境大進。但一一鶴聲飛上天，竟為老元偷得。亦是咄咄怪事。自是生時往來女家。互有唱和。生才女貌。兩相屬意。不可言喻。 （以下一大段雷同，不錄）
啟眸見生。曰：此何處？豈尚是人間耶？生乃備述夢中神明指示顛末，轉	啟眸見生，曰此何處豈尚是人間耶。既而悲不自勝。久之曰。君非花郎

王韜《淞隱漫錄》〈徐慧仙〉	《臺灣日日新報》〈花麗生〉（儀）
詢女姓字。女自言：姓朱。字素芳。楚中巨族也。是日以往漢皋別業。舟中與女伴賭酒沉醉，竟不知何以至此。因命生遣人報信其家。	乎。何得相見於此。生聞呼其名大驚。詳細視之女也。因詢女何為若此。女呻吟言曰。妾待君不薄。何竟視妾歸沙叱利而不引手援哉。可謂忍心。生為解去濕衣覆以錦衾。裸體相猥。傍慰藉再三。乃呼肩輿。舁歸旅次。細訊女別後情事。女曰。自父母主婚於康氏子。妾聞徒有金錢。自頂至種，都是俗骨。居恆武斷鄉曲。道路側目。自念命之不辰。不死何為。且多君不在家。行踪靡定。欲仗婢寄一札與君。又不可得。日夜徒飲泣不得已從園門出投於後河。不知何能飄流至此。 生乃備述夢中神明指示顛末曰。此殆我兩人天緣也。自念逆旅中。非藏嬌地。乃移居廣福巷某戚友家。女自歸生後。閨闈之樂。固有甚於畫眉者。
	殘臘生欲赴春闈。……言訖，淚涔涔滴於杯中。（中二千餘字，略）婢曰。郎君前日與我家少爺酌酒分韻。已以二十八字為詩媒。月姑業已首肯。何慮弗成。生從之。尚未著人說合。而少年之伯甚賞識生文。訪知生初喪偶。尚未續絃。欲以第二姪女為生繼室。即備會垣顯宦為越老。蓋少年湖北漢陽一巨族也。世胄簪纓。父先年物故。高唐尚存。現持家政者一老伯耳。其同氣有三人。姊月仙玉奴。許字德州舒氏。固閥閱家也。前

王韜《淞隱漫錄》〈徐慧仙〉	《臺灣日日新報》〈花麗生〉（儀）
	日往德州備嫁事也。次即少年字神麒，其妹月姑，字璧人。容貌才華，姊妹行推為巨擘。閨中詠物之詩。傳誦一時。年未及笄。已有刻集。不櫛進士之稱。早播人口。[8]婚盟既定。擇吉行禮。少年代生賃廣廈。先以奩贈萬金畀生曰。以此佈置。苟有短絀。予取予求。不汝疵也。親迎之日。香燈彩仗。前後擁護。騶從之華。陳設之麗。一時罕匹。（此兩千餘言為王韜另〈何華珍〉一篇，文字略有出入。異者畫線表示。）
生從之。頃刻間。肩輿已至。舁女而回。女詳問居處。殷殷致謝再生恩。生亦隨登岸。方擬重酬漁翁。而一回顧際。其舟已杳。爰驚為神助。生甫抵寓。女昆弟已來。延生至其別墅。款待優渥。越日。倩會垣顯宦為月老，以女許生，且曰：秀華從鍾建。此昔時楚國故事也。敢援以為請。完姻之日，騶從烜赫。所贈奩具。以鉅萬計。道路觀者，嘖嘖歎羨。	道路觀者嘖嘖歎羨不置。
	生既與月姑結褵。伉儷間甚相得。然思念心儂。故未嘗須臾忘諸懷也。以者廟中之夢既應。今時婚事。由趾離子為之撮合。爰供夢神木主。晨夕焚香頂禮求在夢中。導於前妻再相會

8 此段文字又改寫自王韜〈三夢橋〉：「容顏才調。冠乎眾妹。一家姊妹行。推為臣擘。閨中詠物諸詩。傳誦一時。年未及笄。已有刻集。不櫛進士之稱。早播人口。」

王韜《淞隱漫錄》〈徐慧仙〉	《臺灣日日新報》〈花麗生〉（儀）
	合。一夕於獨睡床假寐。忽聞環佩鏘鳴。蘭麝香吹。自遠而近。……妾前生係普願庵中尼妙覺也。於浴佛日大開戒壇。遠近士女畢集。君時為維揚秀才。亦渡江來聽說法。丰姿玉映。態度霞軒。矯然秀出於人叢中。一時生豔羨心。以此墮落塵寰。結是姻緣。固非君妻也。君妻欲一往見之乎。於是攜生偕行。飄然若御風乘雲。頃之至一處。高樓邃閣。霧牖雪窗。雕鏤精絕。自內達外。燈采輝煌。笙簫嘹唳。堂中錦繡成屏。氍毹貼地。群僕以冠帶進。生裝束頓易。樂作。新人出。盈盈交拜。既入洞房。紅巾始揭。微睨之。非他。即月姑也。生至此覺若有搖其肩者。[9]
女通書史。嫻吟詠。生每視以慧仙所作。言其緣淺情深。往往太息泣下。女笑曰：「慧仙得為富家郎妻。	始醒。月姑亦通書史。嫻吟詠。生每於風晨月夕之下。以詩相唱酬。出心儂所作以示女。謂其緣淺情深。往往

9 至此處又接〈三夢橋〉:「生聞言涕不能仰。忽聞環佩鏘鳴。蘭麝香吹。自遠而近。生妻冉冉由室中出。丰神綽約。無異當時。斂衽向生曰。不意西風一別。迥隔人天。會短離長。永無見日。命之薄矣。恨也何如。前執生手。出懷中羅帕替生拭淚。謂生曰。君勿過悲。妾前生係修微庵中尼妙蓮也。於浴佛日大開戒壇。士女畢集。君時為維揚秀才。渡江來聽說法。丰姿玉映。態度霞軒。矯然秀出於人叢中。不覺一時生豔羨心。以此墮落。結是姻緣。固非君妻也。君妻現已及笄。欲一往見之乎。攜生偕行。飄然若御風乘雲。頃之至一處。即孫家庭院也。自內達外。燈采輝煌。笙簫嘹唳。堂中錦繡成屏。氍毹貼地。群僕以冠帶進。生裝束頓易。樂作。新人出。盈盈交拜。既入洞房。紅巾始揭。微睨之。則前日臨窗刺繡女郎也。眼媚秋波。神瑩寒玉。容貌妍麗。殆無比倫。方不解何以至此。覺有搖其肩者。」文字同樣有增刪，但文字脈絡、文意不變。畫線處為作者「儀」所增。其餘的文字已在〈夢裡身〉（即前述三夢橋）出現過，因此予以迴避。

王韜《淞隱漫錄》〈徐慧仙〉	《臺灣日日新報》〈花麗生〉（儀）
福亦不薄；惟君得隴望蜀。抑何無厭？」生有時繩慧仙之美。女曰：「君視我何如？」生曰：「君邢嬙旦。恐未易優劣也。」女曰：「此模稜語。必非出自中心。我必一睹慧仙。自判甲乙。則始信月旦之有定評也。」	太息泣下。女笑曰。心儂係何人。生詒之曰。中表妹。今嫁與康氏子。女曰。心儂得為富家郎妻。福亦不薄。惟君得隴望蜀。抑何無厭。生有時道心儂之美。女曰。君視我何如。生曰。君邢嬙旦。恐未易優劣也。女曰。此模稜語。必非出自中心。我必一睹心儂自判甲乙。始信月旦之有定評也。
是時慧仙已適陸氏。伉儷甚諧。女以雲迎致之。既相見。備道企慕意。女睨生而笑。作桓溫妻語曰：「我見猶憐。何況老奴！」慧仙亦恨覿面之晚。二女之貌。蓋亦在伯仲間。慧仙溫靚而兼纖麗。素芬媚而具旖旎。得一已足以魂銷心死。	一夜女夢以雲迎致之。既相見。備道企慕意。女睨生而笑。作桓溫妻語曰。我見猶憐。何況老奴。心儂亦恨覿面之晚。二女之貌。蓋亦在伯仲間。心儂溫靚而兼纖麗。月姑媚而具旖旎。得一已足以魂銷心死。
明年。生捷南宮。以一甲第三人授編。偶與女話前事。曰：「遲我一科。固無所憾；特不能高踞上頭。作第一流想耳。」女曰：「前科會元。我家戚串也。果竊君文。當令倍以償君。」乃出生文示其兄。命為之從中關說。竟出萬金為酬儀。自此同在史館。頗相得焉。偶值春暮。芍藥盛開。某生招生往飲。酒酣。言及伍相國何以曲為周旋。當必有故。某生曰：「我家世事伍相國甚虔。春秋設祭。數十年不懈。前年廟貌聿新。甲於一郡。神之報施。其以此歟？」慧仙恥其夫之富而不文也。納粟為上捨	越早。女告生。相與一笑置之。一日偶對女話功名事。曰遲我一科。固無所憾。特不能高踞上頭。作第一流想耳。女曰。前科會元。我家兄也。果竊君三篇文字。既賠君一位夫人。當亦足矣。女出生文示其兄。少年閱卷後。固知非己所作者。特不知假自何人之手。生亦觀會墨。兩人疑團。自此始破。由是相待愈殷。同在史館甚相得焉。偶值春暮。芍藥盛開。某生招生往飲。酒酣。言及伍相國何以曲為周旋。當必有故。少年曰。我家世祀伍相國甚虔。春秋設祭。數十年不懈。前年又出資聿新廟貌。神之報

王韜《淞隱漫錄》〈徐慧仙〉	《臺灣日日新報》〈花麗生〉（儀）
生。促往應試。潛易男裝。代入矮屋中。三場畢。幸人無知者。榜出。竟列高第。 由此有女孝廉之名。生後官至湖北巡撫。興利除弊。頗有政聲。捐廉萬五千金新漢伍相國祠。輪奐華麗。榱桷崇宏。一時罕儷。江上築小廟。以供漁翁。香火頗盛。求免風濤者。甚著靈驗。生後仕至成都太守。女勸生歸隱，曰，宦海中風波。豈有定哉。君前程止此。久戀雞肋何為。生遂乞病掛冠言旋。優游享林下之福者三十年。女亦無他異。	施。其以此歟。後生官適為湖北太守。少年不仕相與挈眷旋梓。生在任興利除弊。頗有政聲。捐廉萬五千金。再新漢皋伍相國祠。輪奐華麗。榱桷崇宏。一時罕匹。江上亦築小廟。以供漁翁。香火頗盛。凡有船舶求免風濤者。甚著靈驗。

由上所列，可知〈花麗生〉一篇初襲自〈徐慧仙〉，然中間又參雜〈何華珍〉、〈三夢橋〉，之後結尾才又回到〈徐慧仙〉。其複雜度不僅此也，中間拼湊〈何華珍〉、〈三夢橋〉部分文字時，又插入〈心儂詞史〉：「悲不自勝。久之，曰：『君非楊郎乎？何得相見於此？此豈尚是人間乎！』生聞呼其名，大驚。秉燭再視之，則女也。因洵女何為若此。女呻吟言曰：『妾待君不薄，何竟視妾歸沙叱利而不一加援手哉？可謂忍心！』生為解去濕衣，覆以錦衾，裸體相偎傍，慰藉再三，細訊女別後情事。女曰：『自妾適金翁，居於別墅。不意為大婦所知，篡取歸家，置之深院，不令主人近我。復室間房，與外消息隔絕。欲求小婢寄一札與君，竟不可得。昨主人往金閶，大婦托言賞月，醉妾以醇醪，彷彿從園門出，投於後河。不知何能飄流至此。』」以及〈鵑紅女史〉：「陸年四十有五，自頂至踵，並無雅骨；居恒武斷鄉曲，鄉人俱為側目。」二篇，且文字亦再度改易，主角名字轉用他篇的「心儂」。雖然本篇來源極其複雜，但全自《淞隱漫

錄》其他篇來。經過數篇拼湊之後，內容情節有了較大的波折起伏，但結局及透露出來的思想不變。

（三）篇題、內容故意張冠李戴者

儀〈鵑紅女史〉改述王韜〈黎紉秋〉事，成為一則發生在臺灣的鬼故事。王作述吳江蘇畹秋，從其父游幕揚州，居某宦家別墅花園一側。蘇遊園，拾得一扇，署紉秋女史，又拾一繡鞋，做工細巧，遂遐想連翩。當夜，來一女子索討繡鞋，自稱黎佩春，妹字紉秋。二人相愛，遂同居。自此後，女夜至晨回，以為常。蘇道經曲巷，見一女酷似佩春，叩之，方知是紉秋，說其姊已死。蘇遂知遇鬼，為鬼超度，後又與鬼女之妹紉秋結為夫妻。由於改題，原〈黎紉秋〉小說裡的女主人公「紉秋女史」遂改為「鵑紅女史」，但故事仍演述黎紉秋事。王韜原文一開頭云：

> 蘇畹秋，名征九，吳江人，居邑之梨花裡。未冠之邑庠。從父游幕維揚，時居停因事交卸，移居宦家別墅。

但作者儀改寫時，一仍其舊習，文中多處書寫臺灣地名，如「學政典試臺商臺北臺中歲考事」、「歸至草屯埔」等等。在介紹人物身分背景家世時，也必然轉換為臺灣之時空，人物是這樣出場的：

> 楊鳴鏗。字玉振。閩縣人。未冠入邑庠。臺灣府學左堂楊承藩之侄也。承藩無所出。獨鍾愛之。來臺時。飲食起居皆與共。嗣承藩任海東書院監院。移居於海東之一隅。隔鄰即林孝廉之別墅。

文中「某兵備道將來履新。由基隆上陸。生叔上北往迎」，鋪寫時不意洩出馬腳，文中楊承藩確有其人，於一八四五年上任臺灣府儒學訓導。以最近的光緒壬午八年（1882）視之（見下文），當時兩岸往返多在滬尾上陸，從基隆上陸是日治時期的情景（梁啟超、江亢虎、北原白萩等等都在基隆上陸）。另外的出入是連載的第三回，亦即最後一回的中段，在「屋宇全非，悵惘而返。旋生登賢書，捷南宮」一處，增加了「壬午」年的時間，該年生回閩應鄉試。「至是承藩年亦老。遂向司道乞體監院職。後生來臺。宴客後挈拿兩家眷屬歸故里。並收拾佩春骸骨。載之以行。移置於鼓山之上白玉塔中。」加上這段文字之後，才接「屢司文柄，所至處輒訪高僧，設道場，啟經壇，為女追薦。」作者儀實寫楊承藩叔姪事，似有意強調小說確有其事，但觸及臺灣歷史題材時，又無意間相乖違，形成敗筆。

而儀〈顛倒鴛鴦〉[10]才是王韜〈鵑紅女史〉內容，故事敘鵑紅先被匪所劫，匪亂平定後，又被官兵統領霸佔，鵑紅無力反抗，只好一死了之。這類倖免於紅劫而遭逼於綠營的女子作品不少，她們的遭遇揭示了政府兵制的弊端及官軍的胡作非為。

（四）乾坤大挪移，前後情節顛倒者

前述「儀」之〈女劍俠傳（上）〉重新調整王韜〈女俠〉之前後敘述，而此類改寫方式，尚有〈夢熟煨芋〉及〈李代桃僵〉兩篇。先述〈夢熟煨芋〉，此篇襲自王韜〈煨芋夢〉，茲列表比對，以便說明。

---

10 〈顛倒鴛鴦〉篇名屢見，如清代李天根所撰之雜劇。《今樂考證》著錄，疑據《醒世恒言》中〈喬太守亂點鴛鴦譜〉改編。《自由談》亦登過〈顛倒鴛鴦影片預述〉。

表八　王韜《淞濱瑣話．煨芋夢》與《臺灣日日新報．夢熟煨芋》文字出入表

王韜《淞濱瑣話．煨芋夢》	《臺灣日日新報》〈夢熟煨芋〉（儀）
博山居仲琦。故世家子。少負勇力。偶作時文。亦復驚才絕豔。為人陰愎。有機智。年二十游庠。文名藉甚。慕張道陵之仙術。燒丹煉汞。卒無所效。自念非得真傳。不能入門徑。因孑身游四方。訪求精詣。遇羽客煉師。形貌稍異者。必叩求長生術。乞傳衣缽。乃探其底蘊。非左道旁門。即畫府施咒。終非上清真諦。聞勞山多神仙跡。矢願訪之。沖露犯霜。手皸足繭。不以為苦。 一日抵山麓。有珈琳仙觀在焉。醮壇月冷。丹灶煙清。只年長者數輩。霜髯雪貌。鶴骨童顏。垂首閉目。見客不作一語。居拜之。亦若無睹。自念非涉山巔。斷無奇遇。因鼓興而上。走齒齒亂石間。鳥道羊腸。側身而進：路有磐石。徑可盈丈。蒼苔已滿。鳥跡猶存。暫憩息足。腹餒。掬澗中清泉和所裹乾糒食之。有頃。賈勇再上。猿啼虎嘯。心為之悸。凜乎不可久留。遙見巨狼舞而來。怖甚。思欲攀援登樹。轉念間已躍而過。且嘯且奔。幸未為所見。視足跡大如斗。益加悚懼。決計下山。循途而退。抵舊來仙觀。渺無一人。而徑抱修蛇。蜿蜒出林際。心更駭絕。[11]徒	蔡某。隱其名。世居臺南。巨族也。昆季有六。某居其三。承先人遺產。席豐履厚。雖為富家子。自少即習舉子業。偶作時文。亦復驚才絕豔。十五遊泮宮。十七食廩餼。保結一二科。即捐一郎中初學。蓋其性好靜。家事悉委之兄若弟。每日非在大媽祖宮武廟。即往開元寺。或竹溪寺。法華寺。訪諸住持僧。以晤道談經。平居慕張道陵之仙術。燒丹煉汞。卒無所效。默念非得真傳。不能入門徑。非孑身游四方。訪求精詣。遇羽客煉師。形貌稍異者。叩求長生術。乞傳衣缽。探其底蘊。終非上清真諦。亡何。往烏山超峯寺。盤桓數日。一夕獨自出寺。信步前行。杳無人跡。約一里許。抵一蘭若。入寺。

11　王韜將此一大段情節置之第一部分，〈夢熟煨芋〉挪至第四部分。

王韜《淞濱瑣話・煨芋夢》	《臺灣日日新報》〈夢熟煨芋〉(儀)
步而奔十里餘。始出境。行二日。抵一蘭若。心始定。入寺。	

〈煨芋夢〉一文敘說博山人居仲琦聞嶗山多仙跡，前往訪之。走到山中，遇二道士正圍爐煨芋。居仲琦因旅途勞累。遂臥於石上小憩。恍惚間，見有二人在石上對弈，年長的道人告知他塵緣未斷，需三十年後再來，並賜一丹丸令其服食。道士授予他吐吶練氣之法，還帶他作方外遊，所見皆仙跡。待居生一覺醒來，爐中芋已煨熟。居仲琦知道自己遇到了異人，遂懇請道士收他為徒。居生後隨道士入山，渴飲澗泉，百花釀酒，盡忘歲月，終修成正果。

儀〈夢熟煨芋〉將人物家世改為臺南，地點亦都是臺南相關寺廟。本文將王作前後文顛倒，以改頭換面，但文字依據幾乎是沿襲不變。前面挪移至後文的現象說明如下：羽士老者助其方外游之後，驚醒仍臥巨石，某乃即日返，細思前夢，隱居修心養氣三數年，其後慕道之心愈切，遂由臺灣轉往閩之鼓山，復又往普陀山。路途種種可驚可怖之情節，此原見諸王韜〈煨芋夢〉第一部分，作者儀將「沖露犯霜。手皸足繭」以下至「心更駭絕」止，挪至最後一部分。文字變動不大，如「賈勇再上」改為「復前行」，「且嘯且奔」改為「且吼且奔」等。文末又將原中間一段某生夢醒移至此處，文字是：「見二羽士。依然圍爐煨芋。從爐中取熟芋置幾上，熱氣蒸騰，香參鼻觀，向居笑曰。前之幻境如何？」「二羽士曳之起。食以芋。而語之曰。妖由人興，堅持即息。世上悲歡離合。大抵如斯。慎無謂偶爾遭逢。不由心召也。」然後接翌日即無病而終，與羽士駕鶴朝真以去。此外，原文三十年塵世緣，儀改寫時將之縮短為十年，此十年間事，一一敘述，而王作結尾一段遭刪除。此段文字是：

一日有仙真自天而降。雲綃霧縠。薄若五銖。麗質妍容。殆無其匹。謂居曰：子尚識我乎？我即前日酒樓中侑觴之旋娟也。當時雖殞於劍鋒。幸為西王母侍女所救。以神膏續骨。得以復全。子視我頸。四周猶繞紅痕一匝也。感君仗義。頗具俠腸。時刻弗忘。今知君不日道成。故來一見。以了前緣。居問偉丈夫何人？彼心有殺機。何猶得廁於神仙班列也？曰：彼為荊卿。我本燕宮姬。侍太子丹。特以賜彼奉巾櫛。彼為劍仙後。久已棄捐。是日乘雲偶過。不料為鶴童攝至。致遭此劫。亦由前定也。言訖。欷歔弗置。爰解胸前一鏡。贈居曰：子持此以照四大洲。纖悉畢見。大地山河。頃刻一轉。雖在一室。可作臥遊。此所以報也。遂與居別。躡雲遽去。後約百年。二羽士至。偕居跨鶴朝真。遂不復返。

有意思的是，《臺灣愛國婦人》一九一五年八十六卷亦刊載了〈煨芋夢〉，署名為「頂蔦松李冠三」，全文一字不漏抄襲了王韜之作。這種重複刊登兩次，而兩次內容略有不同的情況，尚見諸其他作家作品，如林紓〈崔影〉及《客中消遣錄．琴娜》，皆刪除最後一段。

另外，〈李代桃僵〉一文亦是將王韜〈胡瓊華〉之作移動了敘述的次序。原作敘述胡瓊華略施法術，成就洛湘妍（洛凌波）與鄭蘭史姻緣，替換了她與鄭生親事（因此儀將篇名改為「李代桃僵」），後來洛凌波無意間獲得絳珠，胡瓊華得知五百年前被竊走的寶珠下落，請洛凌波歸還，好回天宮，洛凌波不忍胡瓊華成仙離去，胡瓊華答應暫留人間三年。洛凌波欲使瓊華歸生，二女事一夫，同效娥皇女英，設計瓊華醉酒，破了色戒。最後瓊華仍索珠納之口中，騰身入空而去。但改寫之作，脫離神仙異事，呼應現實人事，遂刪去神仙絳珠一段。王韜小說一開始寫：「洛凌波。非字也。以足纖小而步履如飛。姊妹行中俱稱之曰凌波仙子。字湘妍。名雲。漢皋人。生於世家。父母獨此一女。愛之不啻掌上明珠。少即授以書史。性絕慧警。一過即已朗朗成誦。因此人又稱之為掃眉才人。女喜讀王次回《疑雲》、《疑雨》二集[12]。曰描摹閨中情態。斯盡之矣。繼得溫李詩。好之尤篤。」但〈李代桃僵〉一開頭卻先是「述者曰」一段。此寫法與林紓〈梁氏女〉的「踐卓翁曰」有其相似處，皆放在文前。前述〈金鏡秋〉一篇，以主角命篇，此一人名金鏡秋，作者儀在〈水火幻夢〉時有意棄之不用，但〈李代桃僵〉敘述時卻在開頭就說章洛「賴鏡秋。皆漢皋人。年相等。係中表親。幼時同往湖北省城達明巷邱氏家廟讀書。食則同食。寢則同寢。窗下恆互相豫期誇耀。謂今日潛心刻苦。他日得志。非有嬌妻美妾左宜右有。必不甘心。後竟如願。雖曰中原士風掃地。文人之抱負。大都若長卿買臣輩。無匡濟之奇才。然韻事風流。述之亦無大非云爾。」之後方述凌波仙子，文云「黎韻秋字湘雲。母李氏出自凌夷宦族。亦頗識字。父固漢皋名諸生。家有負郭田數百畝。唯生此一女。愛之掌珠不啻。少涉書史，性慧警。人昔以掃眉才女稱之。裙下雙鉤纖笋。而步履若飛。姊妹行又稱之曰凌波仙子云。」文字亦近似，只是調整了先後次序。王韜寫法是先突顯凌波仙子美稱之原因，並澄清洛凌波非字也。這樣的寫法更可以增加讀者印象。另文末一段，作者未錄，對於效娥皇女英之事，僅以「笑而不答。移時不知所在。廬舍全空」便作結。之所以省略，乃在於「述者曰」一段，營造了作者切身經驗，自然不能與不食人間煙火的神仙掛勾。此刪除之文字，錄之如下：

瓊華曰余已跳出火坑。不在凡塵。今豈肯再蹈之哉？所以今日

12 王次回《疑雨集》，以寫香豔體得名，袁枚《隨園詩話》補遺卷十二：「香豔體至本朝王次回，可稱絕調。」（按、王次回卒於明崇禎十五年，錢謙益、袁枚皆誤作清人）後疑雨、疑雲便成為男女之戀情代稱，日本名作家永井荷風亦推崇王次回，曾云「在中國詩集中，吾不知尚有如《疑雨》之富於肉體美者。」並將他與法國詩人蒲特雷（波特萊爾）《惡之花》相比。

一見者。余向有寶珠。曾為術者竊去。錮以符篆。五百年後。當再現人間。屈指已屆其期。遍訪。知在我妹所。如念曩情。幸即賜還。余得此。即可再證仙班。重歸玉闕；妹有之。亦不過一玩好物耳。無足重輕。女曰誠有是。妹不敢作誑語。但神仙視百年猶旦暮耳。何不為妹暫駐紅塵？姊如得珠。即欲仙去。妹又何忍畀珠以促駕哉。言已。淚潸潸墮。瓊華乃許以暫留三載。公務既畢。同回漢臯。瓊華時教女以長生久視之術。吐納煉養之法。雖在閨中。不與生見。女欲使瓊華歸生。則可常相聚首。乃與生謀。令生偽作遠行。束裝就道。女遂留瓊華宿。醉以醇醪。暗中拔趙幟易漢幟。瓊華醉甚。軟入四肢。羅襦甫解。熱香四流。生擁之而眠。倍極繾綣。天明酒醒。始知墮計。乃歎曰只為情絲所縛。遂成障礙。若不破色戒。珠還即可白日飛升。今又勞我一番洗伐矣。咎由自取。夫復何言。向女索珠納諸口中。騰身入空際。不知所往。

(五)內容思想異於原作者

此類型有〈陸媚蘭〉、〈西廂公案〉兩篇，刪除篇幅較多的魯民〈陸媚蘭〉此篇出自〈悼紅仙史〉，因〈陸媚蘭〉不錄原作篇幅約兩頁一千四百字，且強調是紀實小說，對於王作原文思想已有較大變動。〈陸媚蘭〉僅敘管君與妻媚蘭兩情燕婉，媚蘭死後成仙，管秋初亦得以與媚蘭重締仙姻於彼岸世界，成了歌詠死生不渝的愛情的頌歌。後半以不孝有三，無後為大勸夫續絃，並認為「大凡女子之懷嫉妒心者，都從禽獸道中來；妒則必淫，淫則必悍。」充滿對女子的偏見。此文將之刪去，或許也可視為轉錄改寫者不認同此說法，讓堅貞愛情的描述更為純淨。

此文保留了人名「媚蘭」，但原姓潘不姓陸。王韜篇名既作〈悼紅仙史〉，因此文中有一段「女沒後，管君悲惋臻至，乞海內名流誄詠，匯而刊之，曰《悼紅吟》，哀悼之懷，雖歷久而弗忘焉。」而轉錄之作既改篇名為〈陸媚蘭〉，便與「悼紅」無關，遂而刪去，但就二人情愛深篤的描寫觀之，此一條線索刪除，自然減卻伉儷之情的深厚力度。另原作者王韜時出現於其作品中，如「堂右條幅四，乃天南遁叟所書己作也。」轉錄時已經刪去，遮掩了轉錄的痕跡。

刪除篇幅較少的是〈西廂公案〉，此篇敘異姓姊妹希淑、鍾秀同嫁才子錢生為妻。內容思想小異。其改寫情況如下：

表九　王韜《淞濱瑣話‧徐希淑》與《臺灣日日新報‧西廂公案》文字出入表

王韜《淞濱瑣話》〈徐希淑〉	《臺灣日日新報》〈西廂公案〉（儀）
武林女子徐希淑。工書畫。能詩。襁褓失怙。無兄弟。隨母依舅家以居。母氏姚。固仁和望族。舅某。家雖中落。而有聲庠序。希淑甫七歲。喜弄翰墨‧教以經史。輒琅琅上口。舅無子女。絕愛憐之。及笄。姿致明秀。耽習趙董兩文敏行楷。尤喜摹文淑山水花卉。偶爾涉筆。无不工雅絕俗。見者咸嘖嘖歎賞。爭浼舅氏。乞其寸箋尺幅‧珍同珙璧。稍長筆墨愈精。嘗自謂非女子所宜。深自秘惜。不肯輕示人。鄰女求之‧亦十不一二應。母長齋奉佛。於聖因寺得貫休上人十六應真像拓本。歸而強女臨之。希淑性頗不信佛。仰體母意。朝夕臨摹。三月而成。	長樂女子傅淑慎。工書。善畫。能詩。襁褓失怙。無兄弟。隨母赴福州省城苑巷。依舅家以居。母氏程。固侯官望族。舅家雖中落。而有聲庠序。淑慎甫七歲。喜弄翰墨‧教以經史。輒琅琅上口。舅無子女。絕愛憐之。及笄。姿致明秀。耽習趙董兩文敏行楷。尤喜摹文淑山水花卉。偶爾涉筆。無不工雅絕俗。見者咸嘖嘖歎賞。爭浼舅氏。乞其寸箋尺幅‧珍同珙璧。稍長。筆墨愈精。嘗自謂非女子所宜。深自秘惜。不肯輕示人。鄰女求之‧亦十不一二應。母長齋奉佛。於鼓山寺院得要繪觀音大士及十八尊者真像拓本。歸而強女臨之。淑慎性頗不信佛。仰體母意。朝夕臨摹。三月而成。
延之坐。細詢家世。則錢武肅裔。名	延之坐。細詢家世。則侯官楊兆麒苗

王韜《淞濱瑣話》〈徐希淑〉	《臺灣日日新報》〈西廂公案〉（儀）
士犖。十三入郡庠。父以進士。出宰楚南。卒於任。奉母家居。時服甫闋也。言己。長揖徑去。胡公袖捲入內。欣然謂夫人曰	裔。名士犖。士犖隨父來臺南執掌崇文書院教壇。父卒於任。士犖行列第三。時方九歲。同昆季扶父柩奉母旋梓。服甫闋。年十三。入郡庠。言己。長揖徑去。胡公袖捲入內。欣然謂夫人曰

此篇更易姓氏里籍，長樂、福州、鼓山寺、崇文書院皆是臺人較熟悉之地名，觀音大士及十八尊者亦較貫休上人為臺人所知，此外與淑慎共事一夫之女子「鍾秀」改為「秀英」，「錢武肅」易為「楊兆麒」，其子名「士犖」則未改。其餘未有大變動，直至結尾，用意全異。王作「生年未四十。即掛冠歸。徜徉西湖以終。」儀則改作「淑慎秀英二女。仍在閫治家政。生年未四十。雖改歸民國。筮仕之志不衰。聞去年猶在湖南任觀察史云。」將掛冠隱居西湖以終，改換成筮仕之志不衰仍任官職，則才子錢士犖儼然為功名中人。

（六）行文脈絡較一致，更動較少者

此類型有篇名未更動者，凡〈楊秋舫〉、〈朱素芳〉、〈沈蘭芬〉、〈劉淑芬〉四篇。〈楊秋舫〉（1933年2月19日）此文可列轉載王韜之作，全文相同，但《臺灣日日新報》未交代作者及出處。王韜《淞濱瑣話・朱素芳》在《臺灣日日新報》亦作〈朱素芳〉，篇名未改，內文更易亦極少，凡數字而已，但在侯秀才定侯下，括號補充紹介其人「即喬慎德。名天保。法華西鄉人。死十餘年矣」，似是強調所述為現實中人。此文寫梁溪秀才鄒伯翔與風塵女朱素芳悲歡離合事。據張振國研究，認為〈朱素芳〉與王韜學生鄒弢有關。「因為鄒弢字翰飛，也是梁溪秀才。同時小說還提到城北太守適有山左之行，聞生名，招之入幕，而光緒十四年（1889）鄒弢應山東巡撫張朗齋之請到淄川任職。光緒十八年（1893）與風塵女汪媛相交，因鄒弢家貧，不能營金屋，這段戀情幾經波折而未果。無論從男主人公名字、籍貫還是經歷來看，都與鄒弢相似。」[13]

表十　王韜《淞濱瑣話・沈蘭芬》與《臺灣日日新報・沈蘭芬》文字出入表

王韜《淞濱瑣話》〈沈蘭芬〉	《臺灣日日新報》〈傳記小說沈蘭芬〉（遯叟）
巢湖在吾吳東北。水天一色。彌望靡涯。有灣泊處。作一收束。凡十有二收束處。湖流稍狹。過此則又煙波浩渺。湖之濱。民多捕魚為業。春水投竿。斜陽曬網。得錢沽酒。與世無爭。最後收束處。有鎮曰後宅鎮。東曰沈家橋。所居皆沈姓。有名敬福者。鉅賈也。生子名蘭芬。年十歲。秀外慧中。有神童之目。父早故。叔氏撫養之如已出。年十三。畢五經。並解吟詠。	吳之東北。有巢湖焉。水天一色。彌望靡涯。有灣泊處。作一收束。凡十有二收束處。湖流稍狹。過此則又煙波浩渺。湖之濱。民多捕魚為業。春水投竿。斜陽曬網。得錢沽酒。與世無爭。最後收束處。有鎮曰後宅。鎮東曰沈家橋。所居皆沈姓。有名敬福者。鉅賈也。生子名蘭芬。年十歲。秀外慧中。有神童之目。父早故。叔氏撫養之。如已出。年十三。畢五經。並解吟詠。（以下幾同，不錄）

這是唯一一篇標示作者「遯叟」之作，篇名及內容也幾乎未予更動。但王韜〈沈蘭芬〉構思出《聊齋》〈西湖主〉中，沈害相思之病時，陸生往探，以聯姻事自任一節，復明顯有《聊齋》〈嬰寧〉裡王子服害病吳生來探之痕跡。略錄二作，對照如下。《聊齋》〈嬰寧〉原文作：

13　張振國：〈王韜小說集中部分作品著作權質疑〉，《南京師範大學文學院學報》，2009年12月，頁75、76。

> 不語亦不食。母憂之。醮禳益劇，肌革銳減。醫師診視，投劑發表，忽忽若迷。母撫問所由，默然不答。適吳生來，囑秘詰之。吳至榻前，生見之泪下。吳就榻慰解，漸致研詰。生具吐其實，且求謀畫；吳笑曰。君意亦復癡。此願有何難遂？當代訪之。徒步於野，必非世家。如其未字，事固諧矣；不然，拚以重賂，計必允遂。但待痊瘳，成事在我。生聞之。不覺解頤。吳出告母。……自吳去後，顏頓開，食亦略進。

比對《淞濱瑣話》〈沈蘭芬〉原文：

> 飲食銳減。如是浹旬？母愛子情殷，細詢病源。生以堂上之尊，赧於啟口。醫藥並進，病勢稍痊。……鎮西陸椿齡，執友也，聞生病，前往探之，生自服某醫藥，神氣稍清，至此稍能起坐。陸問生病，具告之，並述前夢。陸忽悟曰：女名霞姑耶？生知其異，問何以知之。……留陸對榻，談至夜午，安然睡去。詰旦早起，飲啖如常，病若失。陸與生母皆竊喜，乃共議締姻。

王韜之襲用，其文詞已做更改，但「儀」之作多半文字相同，因而很難避免抄襲之嫌。

〈劉淑芬〉一篇敘劉淑芬與揚州妓女嫣雲相好，嫣雲卻設法陷害他，故意用假幣資助。劉淑芬到京城打點買官，結果事發，差一點丟了性命。劉淑芬立志學劍，學成後回到揚州，以劍將嫣雲劈死在人群中。

表十一　王韜《淞濱瑣話・劉淑芬》與《臺灣日日新報・劉淑芬》文字出入表

王韜《淞濱瑣話》〈劉淑芬〉	《臺灣日日新報》〈劉淑芬〉
頗足自給。優遊卒歲。惟性好揮霍。周貧濟急。罄其資。無所吝。有偽為困苦狀，以乞憐者。並不加察。率如願以償之。坐是家中落。慨然思作汗漫之遊。	頗足自給。惟性好揮霍。周貧濟急。罄其資。往往罄其囊。坐是家中落。慨然思作紆□。（疑作汗漫）
男兒當志在四方。自奮於功名。久戀兒女子何為哉，生以嫣雲生性豪俠。甚欽敬之。拍其肩曰：卿真今之女郭解也！不意于章臺中遇卿。吾苟多財。當拔卿於風塵。俾卿主持家政。必不如齷齪女子所為。	男兒志在四方。行矣我愛。戀戀于女子何為者。生以嫣雲生性豪俠。甚欽敬之。拍其肩曰。卿誠女中郭解也。不意于風塵遇卿。我苟多財。當迎貯金屋。以報知遇也。
交部驗之。則贗鼎也。部中堂宮厲聲詰所自來。生以直對。幾致不測。幸李友代為之辨。得無事。生於是歎曰	交部驗之。則贗鼎也。生遂歎曰。
道經望湖亭。湖水澄鮮。浮光蕩影。岸柳低徊。晴絲披拂。遙見亭左一人。	道經望湖亭。遙見亭左一人。

此文篇名未更動，原行文脈絡亦一致，較大出入是《臺灣日日新報》或以篇幅所限及避開原作者述及友人之處，省略兩大段文字。其一是劉淑芬欲求劍術通神，接受三無之厄。生以劍術雖精，然猶未能變化，固請歐冶授以全法。歐冶曰：「是不難。苟子願受『三無』之厄，則劍術可以通神。」生問何謂『三無』。曰：「無子、無財、無爵。孑然一身，貧無立錐，且為舉世所唾棄，則正是功夫圓滿時也。」生曰：「余意本欲超出於世外也久矣，視世上之富貴功名、兒孫福澤，如飄風之吹馬耳，何足為重。劍術已全，正可以證仙道，長

生久視，又何難哉！」歐冶曰：「子志如此，真吾弟子也。」遂授以符篆咒語，能搓劍如丸，納之口中，復吐之出，則雙劍躍入空際，夭矯如龍。能取仇人首級於洞房邃室之中，惟意所欲，雖以銅鐵為牆壁，不能阻也。生學之三年，遂盡其技。

三厄之述，更加強了學藝之怪奇，大凡武俠小說所述不脫此一模式。其二是王韜敘友人李壬叔與劉淑芬同鄉。「時由滬上抵析津，遇之於途。壬叔狎一津妓曰綉蓮，眷愛甚至。丁娘十索，所欲殊奢，壬叔猶竭力與之周旋。生曰：『個中況味，余已備嘗。溪壑可盈，是不可厭也。他日裘敝金盡，悔之晚矣。』壬叔盛氣折之。蓋神雞之夢未醒，交紅之被正暖，迷香洞中，固能入而不能出者多也。生絕不與較，一笑置之。翌晨，壬叔開眸遍視，則玉人已杳，金屋亦非。室中一切佈置，忽爾迥異。怪呼顧僕詢之，莫明其故。旋知已至京師寓齋，一夕間竟馳二百數十里。此皆劉生軼事也，蓋俠而近於仙矣。」

王韜之作加上此一段，則強調了劉淑芬之奇人奇事，乃現實中事。卷三《劉淑芬》中的「揚州五雲，少者絕倫」，與《聊齋・陳雲棲》中「黃州四雲，少者無倫」，因襲痕跡，或顯或隱，隨處可見。〈楊秋舫〉一作更動極少，如「時加慰恤」改為「時加體恤」及若干小異之文字。

保留篇名之作如上述，另有篇名改易，但內容更動極少者，有儀〈學仙得妻〉、〈三生修到〉、〈水火幻夢〉及不著撰者〈木元虛〉數篇，謹說明其個別情形。《臺灣日日新報》〈學仙得妻〉（儀）一篇出自王韜《淞隱漫錄》〈仙谷〉。此篇相異處極少，僅改「李碩士。河南固始人」為「何生文秀。閩之福清人。」以合乎臺地讀者。及「此山谷可達陜西」改為「此山谷可達四川陜西北京等地」，遂以「仙谷」名之仍保留，「仙谷」正是原來之篇名。〈木元虛〉一篇亦是差異極小，原源自王韜《遁窟讕言》〈碧珊小傳〉，全文轉載時未署原作者，原文幾乎全同，唯開頭「北平胡秋史」改為「北平胡香舫」。此篇選自《遁窟讕言》，也較少見。王韜另篇〈羅浮幻跡〉，寫官府、地痞無恥地凌辱一青樓女子，致死人命。被「儀」易題為〈三生修到〉，此篇出入亦小，原作一開始是：「羅浮幻跡羅浮，古以仙境稱・本兩山，而以風雨為離臺，名勝甲粵東。山在惠州，界於增城博羅之間，高三百六十丈，周圍三百二十里，嶺十五。峰四百三十二。相傳葛洪聞交趾出丹砂，求為勾漏令，至廣州・刺史鄧岳留不令去，洪遂入山煉丹，著述不輟。山有麻姑峰」〈三生修到〉都省略了，只突出「閩之福寧府。有麻姑峰。」

〈水火幻夢〉源自王韜〈金鏡秋〉。因地點即是福州、廈門、臺州、鷺江、鼓浪嶼等與臺人關係密切之地點，因此本篇在地點上未更易，只有改換了主角金鏡秋，蘭陵世家子為「王志芸字倉古」。如以王韜以人物命名方式，則本篇宜作〈王志芸〉，但作者「儀」命題為〈水火幻夢〉。與王韜原文相較，〈水火幻夢〉此篇少兩段文字，一段是：

> 聲既清婉，貌尤妖冶，名譽噪于一時。呂即慫恿生同往訪之。既至，粉壁紗窗，極為雅潔。須臾，紅裙翠袖，搴簾竟進，見呂，無不粲朱唇，啟玉齒，問：「何許久不來？今日何風吹得至此？」呂即擲金錢數枚謀精粲，急詢。「尚有新來麗人，何不出房一見？」。眾妓對曰：「渠自來此，怕見生客，恒不出房櫳，諸君苟與相識，何不徑造其室。」

最後結束時，作者又少錄了這一段文字：

> 妾素不能歌。前隨石郎赴宴瑤池。得遇董雙成、杜蘭香。教以霓裳一闋。遂知音律。曩時所奏。竊恐有汙尊耳。乃蒙擊節嘉賞。殆前因也。生因談火警。猶為色變。女曰此石郎聊以試君耳。人遇樂境。則奢心生。罹厄境。則善念萌。君方寸中變幻

不測。頃刻頓異。皆境為之也。惟仙佛神聖，此中有主。則不為境所使。君殆學道未至故也。生聞言。竦然有間。曰：噫嘻。吾得之矣。既歸。盡售其負郭田數十畝。奉母挈妻。入山不知所終。

刪除篇幅較多者則有〈全璧美人〉，此作即〈海外美人〉之轉載，寫陸梅舫夫婦自製巨船、海外探奇的故事，表現出勇於開拓、走向世界的豪邁氣概〈海外美人〉作「陸梅舫，汀州人。」〈全璧美人〉改作「紀碧山。泉之蚶江人。」省略歌曰及喪偶歷程一大段約一千兩百字。

總述以上刊出時之現象後，另一需再提出說明的是王韜擅長七言絕律，時以之大量插入小說裡，以增添小說氛圍，如〈悼紅女史〉篇中書生管秋初與才女潘素五伉儷情深，不料素五患疾去世，管秋初悲惋臻至，歷久而弗忘。後遊天臺山，遇到吸霞大師，在大師幫助下，得以幻遊中與亡妻相遇，得知亡妻已做了離恨天的悼紅仙子，無奈神人之間只有三天緣，訣別前，悼紅仙子唱道「天彎彎兮無情，地茫茫兮無垠，人生其間兮多歷艱辛！月何為兮麗於夜？花何為兮妍於春？花有殘兮月有缺，獨此心兮，閱萬古而不磨滅！」這段唱詞調婉詞悲，令人神傷。但《臺灣日日新報》刊出時則刪除。王韜喜以主角為篇名，《臺灣日日新報》則多改易。

至於刊《臺灣文藝叢誌》者多出自王韜《甕牖餘談》，其〈法國奇女子傳〉，《臺灣文藝叢誌》易題作〈奇女子〉，署名拋磚。內容描述法蘭西有名曰若安之奇女子，於英國阿連斯城之際，毅然決然投身軍旅，並領導「孤軍」與英軍作戰。女英勇善戰，無所披靡，非但收復法之領地，亦助法王子重返廉士，加冕為王。隔年，女為英軍所擒，遭問罪焚死，可謂惜哉！〈書彭孝女事〉一篇為畫葫蘆竄點數語、人名、時地改易與臺灣相關者，易篇題另作〈女黃香〉，敘述斗六女黃香性柔順，孝出天成，年十七時，受戰亂影響，賊攻斗六未陷，遂肆掠村莊，不及逃命。有賊貪圖其美色，並威脅殺其父母。她虛與委蛇，令賊疏於防範，以為真心從之。豈料在一溪邊，縱身而躍，賊欲救之，但湍流迅急，雙雙斃命。然則此二篇實可視為冒名之作。

四　轉載作品的思想內涵及確認王韜之作的意義

其實當時轉載作品本身東拼西湊的現象不乏所見，鄭逸梅《民國舊派文藝期刊叢話》中關於《小說叢報》一則言「重複自己或者抄襲別人」之現象，陳平原引用說：「《雪鴻淚史》有不少重複《玉梨魂》之作；同時也有部分詩詞抄襲他人，出版不久即有人檢舉，作者也承認，後重加刪改。」[14]。個人檢索《臺灣日日新報》所刊，此一現象確實極多。如〈錢素秋〉一文宜是轉載自中國大陸，《臺灣日日新報》刊出時未交代作者姓名，出處亦不詳。這篇小說一開頭云：

> 錢女素秋，籍隸宛平。緣父營商於安東。遂家焉。女生有慧根。性聰穎。齠齡就學於某小學。師教以章句，琅琅上口，即能了解大義。及長，秀曼絕倫，濯濯如春日柳。脂粉不施。自饒嫵媚。見者莫不以安琪兒目之。戚族中有善相者。母嘗令視之。相者曰。是兒亦頗清貴。惜福薄耳。女固自號開通者流。聞其言。雖首肯之而腹非之。

方之徐枕亞〈自由鑑〉何其相似耶？其文錄之如下，可一目了然：

> 方慧蘭，燕產也。世居南城某胡同，父業賈，早卒，遺產頗

14　陳平原：《二十世紀中國小說史　第一卷（1897-1916年）》（北京市：北京大學出版社，1989年12月），頁184。

> 富。母固大家女，少通經史，近復研究新學，卓然舊女界中翹楚也。慧蘭未生時，母夢縞袂人贈以慧蘭一枝。既生，因以為名。蘭性聰穎，五六歲時，母教之章句，朗朗上口，即能了解大義。蓋前生慧業，固自不淺也。及長，秀曼絕倫，濯濯如春日柳，脂粉不汙，自饒嫵媚，見之者幾疑為神仙中人，日誰家有福兒，始得消受此一枝解語花也。戚族中有善相人術者，蘭母嘗令視蘭，曰：「是兒清貴，惜福薄耳，不讀書而後可。」母固自號開通者，聞其言，首頷之而腹非之。[15]

個人初讀時以為是徐枕亞〈自由鑑〉，對自由戀愛的譏諷，但此下另出機杼，故事情節完全不同，及至中段，又同〈自由鑑〉之文：「殘淚一絲，猶界嬌頰。如帶雨梨花。」未知何文先後？但可見必有一處是抄襲。

〈王大成〉此文未悉何人所作？但篇中若干文字「吳無子。僅有一女。年已及笄。擇婿良苛。低昂多不就。」即雷同於王韜《淞濱瑣話》〈顧慧仙〉一作「早鰥，止生一女，並無嗣續。……年及笄，父為擇婿，遴婿甚苛，低昂多不就」。文字襲用情形，在當時甚為普遍，如不著撰者〈韻娟〉[16]云「同心倩女，至離枕上之魂；千里良明，猶識夢中之路。」此數句實從《聊齋誌異》〈葉生〉一文原封不動搬過來。

《臺灣文藝叢誌》（姚）民哀〈毛淑貞〉[17]一篇，其中文句抄自《夜雨秋燈錄》初集卷四敘名妓雪裡紅，其中：「問戰勝大旨，曰譬如博，盂內六瓊，眼前八陣，知人知彼，目無全牛，勝負可立決也。

15　選自《枕亞浪墨初集》卷1（上海市：大眾書局，1915年3月）。收入范伯群編著：《鴛鴦蝴蝶：禮拜六派作品選》（北京市：人民文學出版社，2009年8月），頁77、78。

16　《臺灣日日新報》第6503號，1918年7月30日，第6版。

17　此篇轉載自《小說新報》1920年第8期，姚民哀之作。

問阿姥是何師承，曰『吾自有師，師自有法，不足為汝輩言也。』」[18]〈毛淑貞〉作：「女士曰戰陣譬諸賭博，勝負乃常事。盂內六瓊，眼前八陣，知人知彼，目無全自不致敗績。或詢女士師何人？曰吾自有師，師自有法，不足為若輩告也。」何其相似也。至於詩詞抄襲者，如未署作者的〈香草淚〉應是轉載中國早期之作，搗塵子〈丁壬煙雨〉[19]予以濃縮改寫，亦敘香姬曹岫芬事，但文末直接引用〈調寄摸魚兒〉。值得留意的是此首〈調寄摸魚兒〉並非〈香草淚〉作者及搗塵子之作，而是改寫清人李洽的〈摸魚兒題幽蘭墜露圖〉。搗塵子〈丁壬煙雨〉逕云「余嘗題摸魚兒詞」，有意掩飾真相。李洽原詞是：「甚西風情根寸寸。等閒吹墮塵土。悄無人候曾攜手。默默芳心私許。顏莫駐。早悟徹靈因。夙蒂含愁吐。問花不語。記雨過淒晨。月來悲夕。總是淚零處。　　漫回首。夢好都無憑據。光陰三過飛絮。湘娥錯把東皇怨。畢竟生天非誤。且遲佇。最怕聽。鮑家秋唱斜陽暮。閒愁賦與。是一點幽磷。千年碧血。化作斷腸句。」[20]〈香草淚〉、〈丁壬煙雨〉改寫為：「甚西風情根寸寸。等閒吹墮塵土。悄無人候<u>誰孤賞</u>。<u>脈脈</u>芳心私許。<u>年</u>莫駐。早悟徹靈因<u>夙蒂。含愁笑</u>問花不語。記雨過淒晨。月來悲夕。總是淚零處。　　漫回首。夢好<u>空尋</u>憑據。光陰三過飛絮。<u>仙山海上分明在。隔斷蓉</u>[21]<u>城千樹</u>。且遲佇。最怕聽。鮑家秋唱斜陽暮。<u>癡魂一縷。認玉珮歸來。幽燐自照。寒食墓門路</u>。」另〈素芸素琴〉[22]文中某生贈素芸之詩：「醉倚朱欄帶異香，嬌羞欲語對斜陽。人間第一風流種，不讓西施巧樣妝。」可能是

18　（清）宣鼎（瘦梅）著：《夜雨秋燈錄》（合肥市：黃山書社，1985年2月）。

19　〈香草淚〉刊《臺灣日日新報》第6106號，1917年6月22日，第6版。〈丁壬煙雨〉刊《小說月報》第9卷第2號，1918年。

20　孫雲谷編：《歷代名家詠花詞全集》（北京市：博文書社，1990年6月），頁341、342。

21　〈丁壬煙雨〉又將改「蓉」為「碧」，其餘同〈香草淚〉。

22　〈素芸素琴〉刊《臺灣日日新報》第4820號，1913年11月9日，第6版。

抄自《夜雨秋燈錄》三集卷四記李三三逸事[23]。「蕙蘭心性玉丰姿，獨占東風第一枝。修到幾生香夢裡，不教輕薄蝶蜂知。」亦是《夜雨秋燈錄》三集卷四敘姚倩卿事，僅改「能占」為「獨占」[24]。此一現象可說不勝枚舉。那麼，《臺灣日日新報》儀的改寫、抄襲之現象，放在其時中國、臺灣的報刊、雜誌上觀察，也就不足為奇了。

在改寫的過程中，大致上仍保留王韜作品既有的思想內涵（相異處見前述），當時作品引介流露了若干思想，如在婦女問題上，王韜固然提倡男女平等，讚賞女性的智慧與才華，其青樓女子多有才學[25]，涉及的幾十篇武俠題材小說，其筆下的一些女俠、女盜形象，如〈女俠〉程楞仙、〈盜女〉虬髯女、〈劍仙聶碧雲〉及〈陳霞仙〉，寫得更是神采煥發、栩栩如生。她們富有正義感，任俠尚義，為民除害，而又武藝非凡，事事均在男子之上。這些俠女又極富人情味，上馬能戰，下馬乃一嬌娃。大都構思奇幻，描繪生動，尤其是對劍俠劍術的描寫更是神采具備，光怪陸離，成為清代文言劍俠小說的集大成之作，對後世幻想劍仙小說產生了重要影響。但他的三部文言小說集裡，又同時塑造了許多節婦、烈婦，對她們極力稱讚。在婚姻愛情觀方面，他雖然提倡一夫一妻，但同時也對賢妻美妾、一夫多妻充滿了羨慕的描述，流露其多妻制思想，尤其人仙愛戀之作更是多見。〈何華珍〉寫仙姑仙婢同嫁一夫，〈徐希淑〉中鍾秀與徐希淑同時嫁與才子錢士章[26]。〈海外美人〉中才子又娶兩位義大利美人為嬌妻，足見王

23　同注18。頁279。從一些跡象來看，作者應是讀過《夜雨秋燈錄》，詩詞來源也可能來自此，但因詩詞流傳過程也可能有不同版本。總之，小說作者用了他人的詩詞為文中主角之作。

24　同前注。

25　其筆下眾多的青樓女子，只有極少數以負面形象出現，如《遁窟讕言》中的李月仙，《淞濱瑣話》中的劉淑芳等。見利忘義無情無義的女子在以賺錢為目的的妓院應是最常見的，但在王韜筆下，這類女性不多見。

26　〈凌波女史〉凌波與李貞渝二人先後嫁給了陸生，二人俱無所出，陸生以嗣續為念，又納二妾。

韜在近代社會文化轉型之際，仍尚未完全擺脫舊傳統觀念的矛盾心態。創作也是作家的白日夢。王韜寫男子得賢妻美妾、左擁右抱的故事非常之多，不勝枚舉，作者甚至以此為男性婚姻生活的完美狀態。〈三夢橋〉（儀改為〈夢裡身〉）一篇尤為特別。小說題材極簡單，不外是夫妻離別、妻亡夫再婚，但〈三夢橋〉以三個夢的敘事手法刻意合理化夫婿的再婚行為。男主人公的行為乃受夢牽制，前妻在夢中對丈夫頻頻指點。妻子之活、死或成仙，其最終目的只是保證丈夫的幸福生活。善容男人的新歡，樂忍男人之厭舊[27]。在傳統父系社會下的觀念，女之妒為惡德，賢明之女性皆應自加檢束，王韜作品亦多處談到妬婦者之不宜，此一思想底蘊不僅與羅秀惠相近，亦是傳統封建社會對女性之要求。

王作雖不乏自遣娛樂性質，但作者亦多次通過故事人物之口，感慨被戰爭蹂躪的大地，展現戰爭的巨大破壞性。鬼語篇中兩個女鬼月明之夜重返故園，發現城中居民，十僅存二三。〈劍仙聶碧雲〉也感歎「樓臺亭榭之勝，泉石花木之幽，競作墳墓，轉為鬼窟」戰爭奪走了無數無辜的生命，毀掉了無數的家園。小說很多女主人公不堪的命運幾乎也都與洪楊之役動盪不安的社會有關。同時這些轉載作品也透過主角流露作者不再熱衷科舉功名之想法。臺灣報刊轉載或改寫類似題材的小說作品，自然呈現市場上有一定的讀者，即一般大眾對神仙鬼怪奇聞軼事的好奇和興趣，無論是狐鬼妖怪還是煙花粉黛其背後一個普遍的娛樂需求及對挾妓生活的嚮往和想像。此外，「閔玉叔」是中國古代海洋小說中對海洋最抱有熱情和嚮往的形象之一。而〈海外美人〉更讓主人公夫妻二人皆對海洋有著強烈的主動探求的願望，「闖海女子」的出現，在中國古代海洋小說敘事中值得關注，尤其海外題材作品寫所經歷小島人士，不僅似魯濱遜漂流記之奇遇，也隱約

---

27 可參張俊萍〈從《三夢橋》管窺夢的敘事功能〉，《江南大學學報（人文社會科學版）》第7卷第2期，2008年4月，頁83-86。

有宋元交替之際，義士逃往海外成為遺民之寓意。

拋磚的〈奇女子〉[28]，亦非臺灣文人「拋磚」所寫，原作者是王韜。賴松輝謂：「林紓在翻譯西洋小說時，將『對話體』改成敘事體，這種以講述為主的小說形式，影響了部分臺灣文言小說，例如由『臺灣文社』出版《臺灣文藝叢誌》，刊登的文言小說，臺灣作者改編各國的人物傳記、民間故事，都將原來的對話體改變成為敘述者『講述』，可見小說中將對話體改成敘事體，應該是受到林紓翻譯文體的影響。」[29]不過〈奇女子〉這篇實出自王韜《甕牖餘談・法國奇女子傳》，王韜（1828-1897）時代在前，早林紓二十四歲，作品也早在一八八三年出版，似乎不可能受林紓（1852-1924）譯作之影響。《甕牖餘談》此書多記載西洋名人、古蹟等見聞，但有時亦採用他人撰述，如卷二《法國奇女子傳》講述聖女貞德的故事，即是依據蔣劍人的《海外三異人傳》，王韜稍事增益而成。篇末「逸史氏曰」交代了素材來源：「此本海外三異人傳之一，寶山蔣君劍人所撰。今該撒華盛頓兩傳，刻于嘯古堂文集，而此篇獨遺，殆經源齋玉溪校定時刪去耶？敝篋中尚存其原稿，復據西史別本，為之增損六七，錄於篇。」但《臺灣文藝叢誌》刊登時，自「法人聞之，歸咎于英之報怨。然查理斯賴女得立，女弗死能報，真庸主哉！」不錄，文末亦省「逸史氏曰」一百多字[30]。此或是作者「拋磚」有意隱去不錄，而讀

28 吳宗曄已經意識到作者的問題，認為以拋磚為字號的臺灣文人有苗栗涂立興，「參見賴子清：《臺灣詩海》〈作者題名錄〉（臺北縣：龍文出版社，2006年），頁10。然而，由於拋磚所撰寫的小說兩篇，分刊於《文誌》第1年第1、2號，可能也具有『拋磚引玉』的寓意，而不一定是涂立興所撰寫。」同前注，頁159。署名拋磚者，確實非此人之作，刊叢誌上的〈奇女子〉作者，實為王韜。呂若淮〈臺灣文社及其《臺灣文藝叢誌》研究〉（福建師範大學中國現當代文學學科博士論文，2010年）、賴松輝〈日據時期臺灣小說思想與書寫模式之研究（1920-1937）〉（成功大學中文系博士論文，2002年7月），均未辨識出作者為王韜，誤認為「翻譯的文言小說」。

29 賴松輝：〈日據時期臺灣小說思想與書寫模式之研究（1920-1937）〉（成功大學中文系博士論文，2002年7月），頁24。

30 王韜《甕牖餘談》，先是清光緒六年申報館鉛印本卷二收錄此傳，名為〈法國奇女

者亦因之未能辨識出原作者是「王韜」。王韜是首次將法國女英雄貞德的形象引入中國的作家，而《臺灣文藝叢誌》又將之轉介進來。王韜不僅專闢〈烈女若安復法國〉一節記述貞德幫助王太子恢復法國及被俘殉難的事蹟，又特別附上一篇〈法國奇女子若安傳〉以補充細節，可見對貞德之重視且懷特殊之興趣。在王韜的筆下，貞德被塑造為一個勇敢善戰的愛國民族女英雄。在〈法國奇女子若安傳〉篇末，署「逸史氏曰」:「若安提孤軍，全名城，立孱王，存亡國，誠使男子作事如此，顧不偉歟？曾幾何時，香消玉殞，英人一炬，焦骨可憐，英雄耶？兒女耶？堂堂中華秦家白悍軍安在？吾願鑄金事之。」這一段精彩的個人評論，《臺灣文藝叢誌》省略不載，多少弱化了王韜其人的理想價值觀與其想像創造力。

五　結語

從清末至民國期間，臺灣報刊雜誌轉載、改寫或模仿學習中國文學之數量遠遠超過日本文學，其對臺灣通俗文學、新舊文學論爭或殖民下的漢文生態之討論，影響至大，不能不辨。由於時空改為臺灣，很容易讓人認為是臺灣文人的創作。本來空間語境的書寫，在小說文本中一向作為情節推衍、角色登場的背景元素而存在，然而當研究者通過各種研究角度切入日治時期臺灣小說文本，並且進一步探析被殖民者強行殖入的現代化過程時，如果將中國文學之作移植到臺灣而毫無所知，則其分析將如空中樓閣，亦將錯誤累出。然而欲一一辨識釐清這些作品之來源出處，有一定的困難度，本節謹先就王韜文言小說在臺灣日日新報被轉載改寫甚或直接襲用的情形，予以討論，歸納分析改寫之現象，及從《遁窟讕言》、《淞隱漫錄》、《淞濱瑣話》分別引

子傳〉。茲據「全國各大書局」出版，1935年5月，頁24、25。另有《近代中國史料叢刊三編606甕牖餘談》（臺北市：文海出版社）。《筆記小說大觀十三甕牖餘談》（揚州市：廣陵古籍出版社，1984年4月）。

錄之篇數及年代分佈情況。期待學界重視轉載之作在填補臺灣小說史上的討論是一個無法忽視的重要環節。

移植、改編王韜之作，普遍在故事一開頭將時空背景置換為臺灣或與臺灣關係密切的福建。其餘內容略為增刪改寫文字，即使各篇存在不同程度的異文，或偶而幾篇削去過半，基本上仍是文字照搬，轉化較少。而篇名及主角名字亦多更改。雖然如此，改寫者多半未賦予新的思想內容，在時間緊迫的情況下，有時只能將王韜作品略加修改後聊以充數。這批作品除了開頭增飾人物細節外，事實上沒有顯著的擴增與強化，剪裁也極有限，如此驚人的雷同，也就很難避免抄襲或剽竊之嫌，但回顧當時從梁啟超以來對作品的改寫轉錄現象觀之，似乎也難以今日著作權法予以指責，畢竟很多作品僅署筆名，甚或不署名，其刊登目的不在於名位的攫取，而提供讀者接觸、認知、優游文學的機會。臺灣讀者沒提過異議，或許是如同面對翻譯、說書之態度，當時翻譯改寫者不少，有些也是沒交代譯自何人何書，臺灣民間流行說書，很多故事一聽再聽，由不同的說書人一再傳述，有時將時空語境改為閱聽人所熟悉者，以此種說書情境、說書型態觀看這一系列的改寫增刪，或許可以解釋當時作者讀者對漢文小說的傳播所持的態度。

在研究過程中，很遺憾的是這些作品的確認，大大降低了臺灣漢文文言小說的原創性，但如是的發現，對於中國文言小說在臺灣的流播與影響，可以使兩岸文學的交流得到更清晰的呈現與更正確的認知。在臺灣文言小說史上，著重於李逸濤、謝雪漁、魏清德、白玉簪等人的討論，但對於數量極多的轉載、改寫、模仿乃至抄襲中國文言小說的研究尚未展開，就此而言，王韜作品在臺的個案研究，或可予後續林紓、徐枕亞、周瘦鵑、王梅癯、姚鵷雛、曹夢魚、許指嚴、顧明道、姚民哀、貢少芹、黃花奴、張菊屏、吳覺迷等研究提供關注與借鏡。

第二節　林紓及其作品在臺灣的轉載及改寫

一　前言

林紓（1852-1924），一位處於中國舊文學過渡到新文學時期的人物，由於十九世紀末二十世紀初動盪的社會形勢，民族危亡的時代感，其思想和文學活動不免與五四運動呈現著矛盾及對立的狀態。因之，在他生前和死後，海內外論者對其人其事毀譽不一。譽之者，如：鶴〈林琴南〉：「二十年來，國中盛行小說，里巷稗官之語，道途荒誕之言，幾於人手一編，家置一冊。而其間獨能醇雅高古，有史漢氣息者，則端推閩縣林琴南先生。」[31]貶之者，如：瞿秋白暢言「要強烈反對和抵制現在的『林琴南』」，[32]並將不利於大眾文藝者視為林琴南者流。至於周作人對林紓素無好感，曾以筆名「開明」批評林紓，謂其作品：「我總以為沒有價值……，他的著作卻沒有性格，都是門房傳話似的表現古人的思想文章。」[33]調和者，如胡適在〈林琴南先生的白話詩〉提及林琴南最反對白話文學運動，攻擊當日幾個提倡白話文的教授；但胡適要給林琴南一個「公平的輿論」，特意抄錄了林琴南所寫的五首白話詩，和自己的紀念文章一同發表，著力證明「當日確有一班新人物，苦口婆心地做改革的運動。林琴南老先生便是這班新人物裡的一個。」甚至曾說「我們可以不贊成林先生的思想，但不當污蔑他的人格！」[34]鄭振鐸〈林琴南先生〉說：「因他的一

---

31 江蘇魯莊雲奇（編）：《古今名人家庭小史》（上海市：中華圖書集成公司，1918年12月），頁52。

32 瞿秋白：〈大眾文藝的問題〉，收入瞿秋白著，丁守和、王淩雲編：《瞿秋白語萃》（北京市：華夏出版社，1993年9月），頁126。

33 周作人：〈再說林琴南〉，《語絲》第20期（上海市：開明書店，1925年），頁5-6。收入張梁編選：《《語絲》作品選》（北京市：人民文學出版社，1988年3月），頁49。

34 本文作於1924年11月，刊於《(晨報)六周年紀念增刊》，1924年12月1日。另見胡

時的守舊的主張，便完全推倒了他的在文壇上的地位，便完全堙沒了他的數十年的辛苦的工作，似乎是不很公允的。」[35]可見當時對林紓其人即有褒有貶，貶之者多因其人泥守古文、衛道匡時、反對白話，對其持負面之批評，[36]但也有像胡適、鄭振鐸等人站在客觀立場持論的，尤其是胡適曾被林琴南影射批評過，尚且能持平以論，誠為不易。晚近亦多有呼籲宜客觀公允評價其人之呼聲，尤其他在溯源析流、評騭古今、發幽闡微的功績。

林紓自然有其侷限之處，但他的譯著成績及編選古文之初衷仍值得肯定，除了《韓柳文研究法》、《春覺齋論文》外，他編注各種古文選本，維護傳統文化，如《中學國文讀本》、《左孟莊騷精華錄》、《淺深遞進國文讀本》、《古文辭類纂選本》、《左傳擷華》、《莊子淺說》，而《林氏選評名家文集》選評歷代文家別集，極具意義，多數著作且都是六七十歲體弱多病之際時完成的。其翻譯數量極多，難以精確統計，約一兩百種世界文學，邱煒萲對其譯績推崇備至，在《客雲廬小說話・卷三揮塵拾遺》云：「若林先生固於西文未嘗從事，惟玩索譯本，默印心中，暇復暱近省中船政學堂學生及西儒之諳華語者，與之

適著：《胡適全集》卷12（合肥市：安徽教育出版社，2003年），頁6364。按、1919年2月17日《荊生》問世，不久，林紓又發表《妖夢》。《荊生》刻畫了三個書生：安徽人田其美，影射陳獨秀；浙江人金心異，寓為錢玄同；新從美洲歸來的狄莫，能哲學，隱指胡適。《妖夢》又以秦二世影射胡適。其言論皆是反對五四新文化運動，復引發對立及衝突。

35 時間1924年11月11日。收入鄭振鐸著：《中國文學研究》（下冊）（北京市：人民文學出版社，2000年1月），頁345。

36 李存煜〈林琴南論〉云：「中國新文學運動興起以後所碰到的第一個攔路虎就是林琴南。因此，在幾乎所有版本的現代文學史上，林琴南都是以一個反面角色出現的。……其臭名昭著，是咎由自取。」見《文藝論叢》第23輯（上海市：上海文藝出版社，1986年12月），頁191-192。臺灣在日治末期發生的新舊文學論爭，亦多有引用林紓之文為例相互攻防，如〈對臺灣詩人七大毛病再診〉、〈駁醫卒氏三診及第二傍觀生之再診感言〉、〈坤五先生請多讀點書〉、〈請坤五先生歇馬休息一下〉、〈再與諸反對者商榷〉等。見1941年11、12月，1941年1月的《風月報》。

質西書疑義，而其所得力，以視泛涉西文輩，高出萬萬。……聞先生夙昔持論，謂欲開中國之民智，道在多譯有關政治思想之小說始。」[37]林紓之譯作及創作，基本上體現了愛國之心及對社會的關懷之情，其始終以守舊派自居，實與當時批判孔教、封建道德之熾盛有關，因此他反覆強調今以壞法亂常為新奇，不十年將獸蹄鳥跡交中國矣。

頗有意思的是作為維新人士的梁任公，與守舊派的林紓都與近代臺灣悲愴歷史有過交會，除了清法之役外，[38]「乙未割臺」尤為關聯。一八九四年中日甲午海戰慘敗，一八九五年李鴻章代表清政府與日本簽訂喪權辱國的《馬關條約》，割讓臺灣及遼東，賠款二萬萬兩的突然消息傳來，在北京應試的舉人群情激憤，臺籍舉人更是痛哭流涕。康有為、梁啟超叩闕上書，十八省舉人回應，一千二百多人連署，後與數千民眾集都察院門前請代奏。此時，林紓也在北京參加考試，對此極為義憤，與陳衍、方雨亭、卓芝南、高鳳岐等上書都察院，[39]反對割讓臺灣、澎湖和遼東半島。南歸後臺灣已割讓。福州支社（詩社）同人刊行舍友周莘仲《廣文集遺稿詩》，[40]林紓為該書作序，作於光緒乙未五月，這正是日本入據臺灣的一八九五年五月，因

37 收入阿英編：《晚清文學叢鈔．小說戲曲研究卷》（北京市：中華書局，1960年3月），頁408。

38 同治十年（1884），法軍入犯福州港，福建水師敗於馬江，死傷官兵七百多人，幾乎全軍覆沒。同年九月，清廷派左宗棠督辦福建軍務。十一月，左宗棠抵達福州時，林紓與周莘仲遮道上狀陳訴馬江敗績，表現了強烈的愛國情懷。

39 《臺灣日日新報》第8957號曾刊林琴南遺墨〈卓芝南同年七十壽序〉，1925年4月18日夕刊，第4版。

40 周莘仲（？-1893），名長庚，福建侯官人，一八八六年前後寓居臺灣多年，任彰化教諭。林紓之文，轉引自汪毅夫：《臺灣近代文學叢稿》（福州市：海峽文藝出版社，1990年7月），頁53。又收入汪毅夫：〈福州近代文化名人與臺灣——《臺灣文化論稿》之一節〉，《現代臺灣研究》1994年第8期，頁74。另參莊恒愷〈林紓佚文《周莘仲廣文遺詩．引》的發現與介紹——兼談汪毅夫先生臺灣近代文學研究的特點〉，《語文學刊》2015年第8期，頁90-91。又收入郭丹，朱曉慧主编：《林纾研究論集》（北京市：九州出版社，2018年6月），頁54-58。

此文中云「究不如其無見也」和「感時之淚，墮落如濺」，極言對清廷割臺之舉的痛憤，並以「嗟夫！宿寇門庭，臺灣今非我有矣，詩中所指玉山、金穴，一一悉以資敵」，表達了對臺灣大好河山淪胥的痛惜，和對日人據臺的悲憤心情。一九二一年，林紓在跋臺人王松《滄海遺民賸稿》時也表達了同樣的心情：「臺灣既割讓，視淡水當日遊跡，猶同隔世。」這些心聲與梁任公遊臺時寫下的詩文，同出機杼。[41]而二人在翻譯上亦有其相似之處，在不懂外語的情況下，竟都能翻譯文學作品，林紓以文言翻譯了大量西方文學作品，令中國讀者耳目一新，眼界大開。梁任公亡命日本時，尚未識得日文，卻譯了東海散士的日文小說《佳人之奇遇》。梁任公與臺灣關係的研究，已取得較多的研究成果，而林紓與臺灣的研究則剛展開。迄今為止，研究者對林紓翻譯較為關注，相關討論篇章極多，至於其生平經歷，從汪毅夫提出林紓兩次到臺灣，到齊上志、江中柱的〈林紓與臺灣〉提出更正之說：林紓有三次到過臺灣，並略述數篇林紓作品中有關臺灣經驗、題材的描寫。[42]基本上林紓與臺灣的關係，尚有很大的討論空間，尤其是林紓譯作、小說創作被臺灣報刊雜誌予以轉載或改寫的現象，迄今仍荒蕪未闢，因此在眾多林紓的研究成果中，林紓作品中的臺灣及其譯著在臺灣的閱讀、傳播、摹寫等等討論，顯得必要而且至為重要，唯有如此方能完備體現其一生譯著之成績及對臺灣之影響。因此本章關注林紓其人其作與臺灣的關係，將詳人之所略，略人之所詳，作一

41 不過兩人之思想與作為大不相同，林紓對梁氏作為不苟同，與嚴幾道之評騭略同，尤其對於入民國後的梁氏，更少所許可。林紓曾明言「唯詩人如梁任公之為人，非愚所喜。」〈貞文先生年譜卷二．述險〉，朱義胄編：《民國叢書第三編76　林畏廬先生年譜》（上海市：上海書店出版社，1991年12月），頁50。此書根據世界書局一九四九年《林畏廬先生年譜》本影印出版。

42 齊上志、江中柱的篇名都用〈林紓與臺灣〉。齊文刊於福州市政協文史資料委員會編：《福州文史資料》第24輯（福州市：政協文史資料委員會，2006年），頁226-229。江中柱文亦刊《福州大學學報》（哲學社會科學版），2006年第4期（總第76期），2006年，頁13-17。

補苴工作。著墨方向有三方面：從林紓典籍中重構四次來臺始末，林紓作品中觸及的臺灣，林紓作品（詩、小說、譯作）在臺灣的轉載及改寫。

二 林紓與臺灣：林紓來臺活動考

有關林紓的傳記或研究極多，如《清史稿》〈林紓列傳〉、陳衍〈林紓傳〉、薩伯森〈林紓小傳〉、瑟若〈林畏廬先生印象記〉、雙辰〈林畏廬先生軼話〉、胡爾瑛（孟璽）〈林貞文先生墓誌銘〉、劉孝浚〈林琴南舊居妙蓮花屋〉等等，[43]不遑備錄，本文討論重點放在林紓與臺灣的關係，尤其是林紓來臺次數的考辨。〈海程〉一文：「畏廬曰：『余曾三至臺灣，皆遇颶。有所謂深航及伏波輪舶者，余皆附之。』」[44]自云三至臺灣，且皆遇颶風，可知渡海之艱險及來臺次數。但林紓的記憶是否有誤呢？林紓第一次到臺灣居住的時間最長，其印象和影響也最深。〈先妣事略〉一文云：「壬子生紓。……庚申生秉耀。耀生二日，府君客遊臺灣，資盡，困不能歸。」[45]壬子年為一八五二年，庚申年為一八六〇年，其父林國銓隻身離鄉背井，遠涉臺灣，另謀生計。在〈牛三〉一文，林紓說他：「年十六，客臺灣淡水」[46]又在《滄海遺民賸稿》〈跋〉：「余年十六，侍先君於臺灣之淡水。」可知林紓於一八六七年，年十六渡海赴臺省父，協助父親記賬等雜務，這是他第一次到臺灣。這次赴臺經歷可見《鐵笛亭瑣記》

43 林壽農：〈林琴南軼事〉，收入福建省政協文史資料委員會編：《文史資料選編第3卷文化編》（福州市：福建人民出版社，2001年），頁3。

44 見〈第六輯稗海藝譚：《拊掌錄》跋尾〉，收入林紓著、林薇選編：《畏廬小品》（北京市：北京出版社，1998年2月），頁93。

45 〈母弟秉耀權厝銘〉亦言：「亡弟秉耀甫周歲，先君客遊於臺，資盡不能歸。一家九人，咸仰母孺人及長姊針黹以自給。一日再食，至不能舉。」同前注，頁33。

46 同前注，頁224。

〈和尚入幔〉寫渡臺舟中所遇，[47]他說：

> 余十六歲赴臺灣，趁一輪舶，名曰華福寶。船身絕小，有法海寺某僧，渡海募緣，亦趁舟行。舟中先有一官眷，四周圍以夾幔。僧嗜阿芙蓉，即燃燈臥於幔外。舟入大海，風濤猝發。舟側，僧首並枕悉入幔中。婢媼大呼：「和尚入幔矣！」爭起擊其顱。僧百口不能自辨，而舟益簸蕩。僧時入時出此幔中，而呼打之聲竟夕，然嘔吐淋漓，卒亦不能打也。余笑至腹痛，且嘔且笑，迨舟至滬尾，余憪憪如病矣。（《畏廬瑣記》，1923年，頁67）

和尚入幔，百口難辯，波濤浪谷，顛簸不斷，和尚時而滾出、時而滾入，整整一夜，官眷呼打之聲不絕。待到滬尾（淡水）上岸時，林紓已憪憪如病了。林紓居臺兩年多，直到一八六九年回福州完婚。不久父親身染重病，他又憂心忡忡地奔赴臺灣。此次渡臺，是第二次，林紓與東渡戍卒同乘「伏波輪」，其遇險情形更使人心膽俱裂。[48]

---

47 林紓：《畏廬瑣記》（上海市：商務印書館，1923年3月），頁67。此文或有對守戒禁欲和尚之矯情與虛偽的諷刺，這些親身所歷的筆記瑣聞，亦真亦幻，魅力十足，親切而有味。孔慶茂云林紓在《踐卓翁小說》第3輯〈奇幻誅奸〉小說之後，附帶講了他三十五年前的和尚入幔之奇遇。林紓云：「和尚行奸，有三語，曰狠、曰忍、曰肯。狠者，出死力也；忍者，至死不言也；肯者，不為兒孫作計，揮霍無所惜也。故蕩婦恒悅其人。余當時，會文於道山，歸時，漏已之下，山趺有餛飩肆。余入座，見二惡少與一僧同座，僧置一布包於案上。方食餛飩，惡少忽曰：『和尚囊中何物？』奪而啟之，和尚大奔而去。余視其所裹者，紅女褲一，並羅衫一襲。惡少大慶，以為得財，余一笑而歸。」這兩則故事是諷刺和尚的矯情與虛偽，是對禁欲主義的強烈諷刺。見《近代卷林紓傳》（北京市：團結出版社，1998年2月），頁155。〈和尚入幔〉一則，另見劉登翰、莊明萱、黃重添、林承璜主編：《臺灣文學史（上卷）》（福州市：海峽文藝出版社，1991年6月），頁235、236。

48 同注43。另見《春覺齋著述論》（叢書名：林畏廬先生學行譜記）（世界書局，未著出版地、年月），頁53。

伏波主人款紓於客室，列廣榻，明燈盛饌，為禮至恭。是夜風起，船側，余首倒觸床背痛絕，則自左移枕之右，而船復右側，顛倒憊甚。玻璃明燈側倒，鐵櫃易位，巨炮流轉船面。艙內旅客魂不附體，不時發出驚叫之聲。直到天明，風浪慢慢平息。士兵爭入客堂，橫七豎八臥躺，便溺交於榻下。輪船靠岸後，林紓顧不得疲勞，即奔蜆子街寓所。[49]次年開春，林紓護送父親回到福州，未料祖父、祖母都已相繼去世。父病加劇，過了四十天，也與世長辭。年僅十九的林紓，喪葬接踵，悲梗勞頓，哀極病肺，「日必咯血，或猛至者，盈盌矣。積十年，大小十餘病，病必以血。」[50]但仍堅持自學：「橫山老屋，樹臺鴟啼，星火熒然，紓挾卷就母、姊刺繡之燈讀，必終卷始寢」。[51]第三次渡臺時間是一八七八年十月，林紓二十七歲。那年因胞弟秉耀「憐紓貧不能養，陰與宜人謀，將東行渡臺，依季父靜庵先生，求館以助紓。紓泣止之，不可。戊寅五月十日，耀乘紓赴試，拜母遝行。」[52]在〈母弟秉耀權厝銘〉又補充說明耀「嘗見紓任氣不合於時，心憂之，私謀於母曰：『阿兄嗜讀書，家業未立，而當遠客求貲，以敬其志。』紓泣止之，不可。越戊寅，靜庵叔自臺北以書招之，弟益踴躍，紓再止之，而弟卒行。」[53]秉耀抵臺，正值時疫流行，「是年九月五日果以疾卒於臺灣之滬，則年十九耳。」[54]林紓痛不欲生，即日奔其喪。一年後，棺槨運回，厝於玉尺山之麓，林紓寫了一篇感情深摯的〈母弟秉耀權厝銘〉，中云：「嗚呼！紓不孝不友，竟以口腹累吾弟

49 同注44。

50 同注42，頁49。

51 〈周養庵篝燈紡織圖記〉，許桂亭選注：《鐵筆金針：林紓文選》（天津市：百花文藝出版社，2002年），頁194。本文為林紓應周養庵之請所繪周母燈下紡織教子圖。

52 〈先妣事略〉，同注44，頁31。

53 福建省政協文史資料委員會編：《文史資料選編第3卷文化編》，同注43，頁33。

54 〈告王薇庵文〉：「是年之秋，余愛弟秉耀客死臺灣，吾母慟哭幾絕，余神志瞀亂不知所為。明日君始得耗，至則持余而泣，不出一語，蓋自知非言辭之功可以遣余之悲也。」同前注，頁56。

矣！」沉痛自責之情溢於言表。林紓赴臺奔喪經過，在〈府君配刀銘〉記載了這次的驚險，[55]當舟過乾豆江時遇到颶風，風向急轉。他船皆轉帆就風。唯獨林紓所乘船，因舵手醉酒，帆繩解不開，差點兒翻船。林紓拔刀斬繩，才倖免於難。那刀購自歐西，原是其父國銓的佩刀，三十年來未曾磨洗，仍不鏽不鈍，此次恰好派上用場。若無那刀，兄弟兩人恐要泉下相見了，所以林紓特別寶愛它，說要「永永寶用，勿忘祖功」。第四次渡臺時間是一八八五年，為堂弟秉華娶婦事，〈叔母方孺人事略〉曰：「叔父但育一弟錦，叔父以秉耀瘴死，乃遣錦依余，余為錦論娶於高氏，不能具禮，則自至臺灣請命于叔父。……又明年叔父卒，喪至自臺灣，余號慟迎之江干。」[56]林紓叔父靜庵先生卒於一八八六年，故推論林紓來臺時間為一八八五年。林紓來臺次數，從汪毅夫提出兩次之說，學界亦都遵循其說法，[57]此後齊上志、江中柱舉出之例證則是三次。本文據林紓著述，搜尋檢視，

55 林紓著，沈雲龍主編：《近代中國史料叢刊939．畏廬文集．詩存．論文一、二》（臺北市：文海出版社，未著出版年月）。另林紓：《畏廬文集》（民國叢書）亦收入本文。此文亦列為初中中國文學讀本之一，第一學年上學期，錢基博著：《經史子集入門》（合肥市：黃山書社，2009年8月），頁116。

56 林紓：《近代中國史料叢刊939．畏廬文集．詩存．論文一、二》，同前注，頁573。此次時間依據江中柱〈林紓與臺灣〉一文，不過該文列為林紓第三次來臺，拙文訂為第四次，因此林紓究竟來臺幾次？可能至少四次。林紓老年之回憶恐有失憶之處。

57 如黃美娥校勘《全臺詩》林紓部分的作者介紹即云「林紓曾經二度來臺，其一是在一八六七年時，從福州搭乘『華福保』輪船來臺灣省父，其《畏廬瑣記》提及此事，當時滯居淡水三載，曾拜訪板橋林家；其二是在一八七八年時，奔其弟林炳耀之喪而來，此次亦在臺約三年之久。」見黃美娥撰：〈林紓生平提要〉，收錄施懿琳主編、全臺詩編輯小組編撰：《全臺詩．卷11》（臺南市：臺灣文學館，2008年），頁107。這段敘述有三處錯誤：林紓非二度來臺、秉耀誤為炳耀，另外林紓十月奔秉耀之喪，明年，華始持耀喪以歸，此次林紓在臺時間非三年之久。筆者按、後三次的侍父歸里、奔喪、代迎娶均在臺未做長久停留，僅第一次來臺時間較久，約兩年餘。黃氏之說並影響吳宗曄：《《臺灣文藝叢誌》（1919-1924）傳統與現代的過渡研究》，亦取林紓二度來臺之說。（臺北市：臺灣師範大學臺灣文化及語言文學研究所碩士論文，2009年），頁145。

可知林紓來臺至少四次。[58]

三　林紓作品中的臺灣

前述林紓早年與父親、叔父曾經在臺灣謀生，叔父國賓、胞弟秉耀還命喪臺灣。他與臺灣的關係由此可想像，他的小品、小說中，不乏寫臺灣事情者，〈和尚入幔〉、〈鐘聲辯晴雨〉寫其赴臺、在臺的遭遇，〈臺灣蠱毒〉、〈謝蘭言〉、〈腰軒〉、〈臺灣林氏兄弟〉、[59]〈阿脂〉等記其所聞所見的臺灣故事，〈黃笏山先生畫記〉則提供了福州近代文化名人黃笏山、黃宗鼎、黃彥鴻在臺灣活動的線索。[60]另尚有〈凶宅〉、〈莊豫〉、〈鄭問〉、〈牛三〉、〈請旌有夫節婦〉、〈藍鹿洲先生〉等，一九一四年寫作的〈賀林爾嘉四十壽辰〉一詩，還提到了「四十年前過板橋」的事情，[61]一九一六年，林紓為林鶴年遺集《福雅堂詩

58 本文發表後不久，復見蘇建新〈林紓的臺灣記憶〉一文，說：「要之，林紓赴臺三次肯定是無疑的，至於兩次奔喪則還未有確切證據。中柱君坐實為替秉華提親，頗為確鑿。但考慮林紓將父親護送回鄉一事，則其赴臺似乎又不止於三數。」收入福州市閩都文化研究會，福州市三坊七巷管理委員會編：《開風氣之先謀天下永福「三坊七巷與臺灣」文化研討會論文集》，（福州市：海峽文藝出版社，2013年3月），頁162。

59 林紓：《畏廬筆記》（上海市：中華圖書館，1918年），頁130-134。汪毅夫著：《臺灣近代文學叢稿》作〈臺灣林文察兄弟〉，同注40。此段相關臺灣題材的篇目參考了汪氏此文中所提，筆者亦重新翻檢，另檢出多篇。

60 此文開門見山就說「余年十六，省府君於臺灣」，林紓很多文章都提到他第一次來臺經驗。文見林紓著、林薇選編：《畏廬小品》，同注44，頁74。

61 詩曰：「四十年前過板橋，陳陳景物憶前朝。卻看魯殿靈光在，坐見昆明劫燹銷。一老精神寄山水，諸郎英發想風際。勳名甯為先生祝，但把喬松媲後雕。」板橋林家一向肆習文事，結納文士，其中曾任林家西席呂西村、謝琯樵、楊浚、潘永清等皆是。而林家數代悠遊藝事，兼擅書畫，雅好收藏，如林國華、維讓、柏壽、祖壽、鶴壽、爾嘉、景仁、熊祥悉文辭典贍。當時與板橋林家有關係者如莊正，來臺時間與林紓相近，他在同治癸亥二年（1863）渡海來臺，遊寓淡北。十二年（1873）再遊淡北，曾作〈大觀義學碑記〉：「淡水海外荒，入版圖最後。國初之

鈔》再版本題詩。[62]這些作品都寫得有聲有色，興味盎然。

林紓多次赴臺，頗熟悉海島風光及民情風俗。所居淡水蜆子街的舊宅、大海邊的漁村、天妃廟的戲臺鑼鼓，都清晰地留在記憶中，如他在七十歲所撰之文云：「余年十六，侍先君於臺灣之淡水。淡水為新開埠，荒寒清寂。余開戶即對觀音山，海上帆來，風中片白，楚楚然山光海色，掩映窗戶，余亦少悟畫理；去今匆匆五十四年。臺灣既割讓，視淡水當日游跡，猶同隔世。」[63]〈牛山〉寫淡水商埠初立，「居人仍樸野無禮衷。街衢猩狹，群豕與人爭道。余日中恒野適，赴炮臺坡，望百里坌山色。百里坌一名觀音山。然每向炮臺坡必過野廟，廟前有劇臺。行次忽見居人牛三者」，[64]他在劇臺上親睹牛三與烽火館三人衝突，牛三胸為矛刺七穴慘死，三人逃走之際，蹂躪農田，一人為田夫揮鋤剖腦而死。足見當時民風暴戾之氣。他作品中的淡水書寫與二十年後池志澂所著《全臺遊記》（1891）「滬美」（即滬尾）之情形已稍異：

> 滬美民居數千家，皆依山曲折，分為上、中、下三層街，中、下市肆稠密，行道者趾錯肩摩，而上則樹木陰翳、樓閣參差，頗有村居縹緲之意。由街西出二、三里即港，俗所謂淡水港是也。兩岸南北皆山，中開大港，寬六、七里，水深三丈，兩邊暗沙圍抱，輪泊須俟潮出入。此雞籠以南咽喉也。港口舊有荷

前，廢為狉獉，開闢百十年」。臺灣銀行經濟研究室，《石刻史料新編第3輯19地方類．臺灣教育碑記》（臺北市：新文豐出版公司，1982年），頁50。

62 林紓與林鶴年（1847-1901）於一八八二年同榜中舉人，主是年鄉試者為清宗室寶廷（號偶齋）。林鶴年，安溪人，幼時隨父寄籍臺灣。一八九三年再度赴臺，承辦茶厘船捐等局務，並常參與當地文士之聚會，據傳「牡丹詩社」命名即與其所贈牡丹有關。割臺之後，他內渡居廈門鼓浪嶼，且時有詩作哀此事及寄臺灣友朋。

63 王松：《如此江山樓詩存》之跋文。

64 同注42，頁224。

> 蘭砲臺。今外口北岸復新築西洋砲臺，甚雄壯。近又設水雷局、海關焉。[65]

當時林紓所住的蜆子街人口尚不多，其所住「凶宅」，與〈梁氏女〉都提供了他對於鬼、狐、神、怪的題材描述，他似乎對這些妖妄之說，並不否定也不肯定。在〈鬼唱〉寫道：「論鬼何地無之，雖以西國哲學家，猶窮究神學。然人鬼釐然莫混。必夜深挾槍與鬼宣戰，寧非多事？」[66]在〈梁氏女〉的開端，他又說：「余生平不信神怪之事，顧三十以前往往遇之，輒不謂然，疑目光炫異，或腦病使然，故略而不道。唯有一事，存之於心，今五十五年矣，事為目睹，且身與其間至五十六日之久，無晝無夜，咸有怪徵，斯亦奇矣。」[67]〈凶宅〉則是他在臺灣淡水的經驗，[68]收入《鐵笛亭瑣記》，文字簡短，是典型的筆記，文云：

> 余客臺灣時，居近蜆子街，高屋三楹，中為奴子洪福所居，左為先子燕息之所。先子多赴竹塹，不恆歸寓，余則居其右方。時余方十八歲，夜自天妃廟觀劇歸，室中有火青熒。余謂友人周鼎臣下榻。既而捫鎖，門外鑰如故，則大駭。發扃後，室中

65 池志澂：《全臺遊記》，收入臺灣銀行經濟研究室編輯：《臺灣遊記》（臺灣文獻叢刊第89種，臺北市：臺灣銀行經濟研究室，1960年），頁6。其後二年，史久龍於光緒十九年（1893）十一月，任「滬尾鹽務」事，對於淡水、基隆兩地防務極為關注，淡水之繁榮於《憶臺雜記》文中可見。另見方豪，〈介紹一本未為人知的清季臺灣遊記〉，《方豪六十自定稿》（臺北市：學生書局，1969年），頁1134-1136。

66 林紓：《畏廬漫錄2》（北京市：商務印書館，1922年10月），頁298。

67 同前注，頁303。

68 收入《蠡叟叢談》，《筆記小說大觀》40編第10冊及林紓：《畏廬瑣記》（上海市：商務印書館發行，1923年3月）。原發表於《新申報》第91-93期，1919年6月29日-7月1日。《臺灣日日新報》的專欄「叢談」，亦錄筆記短篇（小說），大約時人對叢談所收錄範疇如此。

> 洞黑無火，心知有異，怏怏歸寢。漏四下，几案皆動，小欖行地作聲。拊床驚之，聲乃愈厲，若與余抗。即大怒，拔刃起舞，遲明筋力皆倦，遂昏睡。日高起視，處處皆刀痕，復大笑夜來之妄，自是怪絕。余是年四月歸，五月有杜姓者遷入，七日其妻縊。尋有人告余，此宅前後縊死五人，歷歷舉其名，聞之悚然。[69]

寫他某夜從天妃廟看戲歸來，疑鬼疑神，想懾服鬼怪，使勁捶打床板又拔刀起舞，藉以壯膽。天明才悟到燈火是洪福忘了熄，開門風大方被吹滅；聲響是舊房老鼠多，哪有什麼鬼神作怪？那些年月，臺灣社會黑暗，窮苦人家多掙扎於死亡線上，因此這座老宅前後縊死過五個人，正是說明困苦環境下，生存條件惡劣，窮人對生活失去了信心。那繪聲繪影的傳述，林紓聽得有些悚然，但更令他悚然的恐怕還是生活中一些慘不忍睹的事，直到他離開臺灣多年，晚年都未能從記憶中抹去。這些作品，譬如〈臺灣蠱毒〉、〈元帥娘〉。〈臺灣蠱毒〉寫其居淡水時，阿環與鄰娼爭奪一個男子，鄰娼無法勝過她，就偷偷地在食物裡下蠱毒，使其從腳趾爛到大腿，並痛苦死去。文云：

> 余居淡水時，為前此四十五年，淡水居人寥寥然。開門即西海，海灘怪石雜立，色正黑。時有三五漁舟，聚其下。極北有茅屋，時時有紅衣婦人倚扉立，婦名阿環，頗有姿首。逾數月忽聞環病，又十日言環死，且失其一股。蓋環與鄰娼爭一男子，鄰娼不能勝，興蠱以厭之，環遂死。或言以蠱矢投湯液進之，自足趾膿潰，亡其左股而死。野蠻之人，固有非人理所喻者，此事為余目覩，初非得諸傳聞。[70]

---

69 同前注：《畏廬瑣記》，頁56-57。

70 同前注，頁74-75。

頗有幾分姿色的阿環，為家貧所累，操賣笑生涯，林紓特別寄予同情，後阿環被下蠱慘死，作者不禁對人心之惡毒、人性之滅絕，無限慨嘆。他理解那些淪落煙花柳巷的女子，善良而命運多舛。晚年他根據見聞撰寫了多篇臺灣妓女的故事，深深哀嘆。《元帥娘》敘述閩縣紀天澤來到臺灣，[71]「獨居無聊，開門踏月而出，行過蜆子街」，聽見屋內有人在彈琵琶，且歌且彈：「秋日苦短秋夜長，粉墻南角秋花黃。秋花欲擷神沮傷，神沮傷，三更動起離鸞想……，又何人捧我明珠掌……」，聲至幽咽。紀生敲門，見女子濃妝端坐，而眉眼不展。近前問候，得知該女名環娘，家有老母，靠她養活。這夜無人過訪，因而獨坐生悲，紀生軟言勸慰，女子破涕為笑。此後環娘為嚴辮所擄，紀生為嚴辮妻元帥娘所縛，因緣際會，得相偕逃逸，之後紀生以功獲賞，官守備，並取（娶）環娘。《元帥娘》此篇與〈殺人武〉、〈嚴辮〉裡的人物有若干重疊，亦可彼此相呼應。如〈殺人武〉一則，記載了當時臺灣殘忍的刑罰，但特別提到嚴辮：

> 臺灣戴煥生之起義，實為貪吏所激，遂生巨變。戴生平慷慨，為鄉人所推。本為小吏，家資悉以賙贍貧乏，故變故起時，遂擁為渠。率所部三人，一曰嚴辮，一曰呂子，一曰大舌二。嚴披髮橫大刀，殺人取血，遍塗其身。每至一縣，必張筵召俳優，赤身踞案，啖嚼無算。妻曰元帥娘，臨陣厚抹脂粉，囊檳榔，拋擲城上，啖守卒，彼此諧謔，備懈，則疾攻破城入。呂子尤嗜殺，敗後擒戴入都，著火燒鐵衫，衫以線鐵為之，鍛久

71 刊《小說新報》第2卷第5期，1916年。收入《林琴南筆記》（版權頁及內文書眉為《畏盧筆記》）（上海市：中華圖書館，1918年），頁20-27。〈元帥娘〉一篇又曾被改題為〈環孃〉，收入《女界寶全第三冊》（上海市：國華書局，1917年），頁67-74。文末署名作者「林紓」，但省略「踐卓翁曰」一段話。此段話提及「嚴辮每至一村，必令演劇，列筵高坐，倚長刀於側，血塗其身，乾則拭去，別塗生血，聞其妻多面首，恆不與同宿，又不令其御女。」

令紅，著戴身上，肉自衫網出，則以鐵爪爬去之，見骨而止，餘人皆就地駢戮，然為刑名不一律。有殺人武者，官六品，設一木架，如坐榻，縛人腕於榻臂上，�以小刀，掌立脫。掌脫，反其腕肉，令仰卷，則二白骨挺出，然後取其心肺。又一法，以嚴繩束腰膂絕急，腸胃盡縮於上，則以剉草之刃，腰斬之。抱其半身至漆案之上，血熱與漆相吸，不可驟拔。氣未全洩，人亦不即死，聲厲如牛喘，逾數刻乃死。凡此淫行，余十六歲至臺灣時，尚一見之，野蠻之不足語以人道如此也。[72]

林紓著作《技擊餘聞》中又有獨立一篇記述嚴瓣：

戴逆之起事臺灣也，有兩大將，曰呂子，曰嚴辮。嚴辮長身偉貌，飲食兼人，殺人以血膏身，起紫棱，腥不可近。舞長刀可二十二斤，摧陷官軍如拉朽。既陷艋舺，召優者奏技，自設高座，帶刀觀劇。廚者進膳，不特意，立斬其前，血濺杯羹，仍取啜之。妻曰「元帥娘」，傅粉如妖魅。每攻城，以羅巾裹檳榔，擲城上與守卒作媚語，備懈，則趣攻之，城往往因之而陷。軍官既收復臺南，嚴辮猶力斫四十人始死。

嚴瓣即戴潮春事件相關人物「嚴辦」，林紓此段敘述極為生動，活現其人及其妻面貌。[73]林紓文采出眾，暇時亦以練習武藝為樂事，

---

72 林紓：《畏廬瑣記》（上海市：商務印書館，1923年3月），頁73-74。

73 相關嚴辦的傳說故事，後來在畸雲〈嚴辨末路〉亦有八回敘述，嚴辨、嚴辮、嚴辦、嚴瓣指涉同一人，可見故事流傳很廣，文見《三六九小報》第46-53回，1931年2月13、16、19、23、26、28日及3月3、6日。雖然《三六九小報》逢三六九發行，但偶有例外，一九三一年二月僅至二十八日，因此於該日出刊。許建崑〈傳奇與敘史：《三六九小報．史遺》之探析〉，略討論到〈嚴辨末路〉之寫作技巧，見朱歧祥、許建崑主編：《臺灣古典散文》（臺北市：里仁書局，2011年11月），頁183。

善拳擊，精劍術，曾經出版過筆記小說《技擊餘聞》，作品中對俠士以及拳師的塑造、軼聞瑣事的傳佈，寫得神采十足，虎虎有生氣。而《踐卓翁短篇小說》中值得注意的有莊豫、程拳師、水先生等幾篇。莊豫事蹟是由錢塘王君講述，林紓留下了深刻的印象，後來將這些素材加以提煉，透過想像與虛構，撰就短篇小說〈莊豫〉，[74]敘述臺灣巨盜莊豫（一名莊芋），劫富濟貧，行俠仗義，能以飛鏢於百步之外中人，日行四百里，飄忽無常。曾嚴懲一惡霸，土豪紀彪侯強搶民女，芋於深山中受女父之請，寅夜至紀宅，紀家父子以刀劍相搏，芋以鐵丸盲一子之目，宮一子之陰，負女而去，彪侯從此不敢為暴鄉里。又劫得縣令貪污所得巨金，廣為施捨。官軍以謀反罪懸賞出兵捕捉而屢為芋所敗。後芋終因疲於奔行，為一妓藥酒所毒，遂就縛。臨刑言笑自若，謂：「一生急人所急，但不知古人中何人似我，恨我不讀史，無能舉以自方也。」此一鋤暴扶弱、疏財仗義的俠盜形象躍然紙上。林紓在跋中寫道：

> 余疑事蹟似近點染，顧小說家又好拾荒唐之言，不爾，文字不能醒人倦眼也。生平不喜作妄語，乃一為小說，則妄語輒出。實則英之迭更與法之仲馬皆然，寧獨怪我？（頁240）

在林紓看來，讀小說本來就是茶餘飯後消遣娛樂的，因此在作品中以真人真事為藍本，加以適當的藝術虛構加工，才能夠獲得讀者青睞。還列舉了狄更斯和大仲馬的創作實例，說明藝術創作離不開虛構。又言「唯莊芋臨刑一言，甚怪特，似生平有異稟，方能言此。海外固多異人，今馴服於日本人威力之下，雖得百莊芋何用耶？」深切地感慨於國家危亡，面臨外族的侵略卻無力抗擊的時勢。後徐珂編纂

74 發表於1913年7月23-26日《平報》，收入《踐卓翁小說》第1輯。另見林紓著、林薇選編：《畏廬小品》，同注44，頁237-240。

《清稗類鈔第三十九冊胥役盜賊》收入此文部分，題目改為〈莊芋為美人所困〉，連横《臺灣通史》亦據〈莊豫〉改寫。[75]至於俠義之士，在官方檔案裡則以「土匪」、「罪大惡極」視之，如〈稟嘉屬著匪莊芋聚眾滋擾擬委袁守會同各營剿辦由〉（光緒八年正月二十五日）、〈嘉義縣土匪莊芋等滋事情形片〉（光緒八年正月二十六日）。[76]楊雲萍談〈莊豫〉時說：

> 連雅堂先生「署通史」卷三十五，有一篇「勇士列傳」。名曰：「勇士」，可是，所傳的一大半是綠林的俠客。「通史』裡面，有這篇列傳，顯然是受到「史記」的「遊俠列傳」的影響。……連氏所記莊豫事，是否全是史實固有俟究討。可是，莊氏是有其人，至少「遊俠的精神」確曾是存在於臺灣的。[77]

胡萬川〈亡命好漢的生與死—莊芋、曾切、廖添丁傳說之研究〉說「《臺灣通史》應當是信史，……然而事實上卻又不然，依照可考的官方文獻的查核，以及其他相關資料的對比，〈勇士列傳〉這兩篇其實是更接近『傳說記聞』的性質，比較不像是真正信而有徵的『史傳』。」又說「莊豫」應當是「莊芋」的誤記。因為清朝各官文書中都是書寫「莊芋」。此點在張菼的《清代臺灣民變史研究》書中的〈高夔、莊芋事變〉一文，已有專章討論。[78]根據史料檔案，莊豫後來路劫嘉義知縣的錢財，官方乃加強緝捕，署理嘉義知縣邱峻南、線

75 連橫：《臺灣通史》（上海市：華東師範大學出版社，2006年4月），頁526。徐珂：《清稗類鈔第39冊胥役盜賊奴婢》（北京市：商務印書館，1918年4月），頁68。

76 劉敖：《臺灣文獻史料叢刊——第九輯（179）巡臺退思錄（全）》（臺北市：大通書局，1987年10月），頁64-66。

77 楊雲萍：《臺灣史上的人物》（臺北市：成文出版社，1981年5月），頁225-226。

78 清華大學臺灣文學研究所：《臺灣民間文學學術研討會暨說唱傳承表演論文集》（臺南市：臺灣文學館，2004年）。

民吳登科以及劉傳基擬予秘密逮捕。莊芋不滿，聚眾捕殺吳登科以及劉傳基等人，並在梅仔坑豎旗反抗，自稱「中陸大元帥」，連結彰化縣民陳文英為「北陸大元帥」，嘉義內山的文阿琳為「鎮山大元帥」。立鄭成功的旗號，以之號召群眾。臺灣道劉璈採取圍堵政策，一八八二年二月擊破莊芋的根據地，逮捕多人，而莊芋等人逃入山中。一八八四年劉璈去職，追捕莊芋的事鬆懈下來。一八八五年，莊芋投林朝棟營為哨官，在營病歿。

由此看來，傳說故事中的莊豫有相當多情節是經過林紓的想像虛構，而連雅堂不僅沿用了莊豫姓名，亦大幅濃縮了林紓〈莊豫〉小說的一些細節。在楊雲萍、胡萬川的研究中並未察覺到連橫《臺灣通史》卷三十五〈勇士列傳〉的「莊豫」是受到了林紓作品的影響。因此推論：連橫將「莊芋」寫作「莊豫」，並將「莊豫」的最終結局說成是為妓女所背叛出賣，和歷史文書所載的投誠為官，病歿於營的結局大不相同，即可推斷連橫所記「莊氏」事蹟，應當大多來自民間傳說。這推論自然沒錯，林紓所寫的〈莊豫〉是錢塘王君口述的，自然是民間的流傳，但從林、連二作發表時間先後，及敘述的情節脈絡觀之，連橫之作顯然是從林紓作品來。雖然胡萬川疏忽了林紓這條線索，但他很謹慎地看待連橫為莊豫立傳一事，連橫所持觀點所記事蹟及所做評論，「和官方文獻頗有差異，是否即代表他完全站在民間立場，為民間張目，是還頗有討論餘地的。」

與莊豫相近的故事還有蔡牽其人其事，蔡牽造反，乃「憤官吏貪殘，故遁跡海上，又為眾擁為魁」，但他並不像一般海盜那樣兇殘，他能把別人船上的女兒養為義女，對劫來的書生，相當敬重，並將養女嫁給鄭生，武略也比官兵將帥略勝一籌。林紓說：「蔡牽兵略勝於李也，然孤行海上，不能據城邑而守，徒病行旅而已，決無成事。乃其禮重文人，前張而後鄭，似不類海寇所為。」[79]蔡牽實有其人，清福

79 林紓：〈鄭閔〉，收入《畏盧漫錄2》（北京市：商務印書館，1922年10月），頁125。

建同安人。初以浙閩沿海為根據地，打擊清軍。嘉慶八年（1803）建造大海舶，渡海攻臺灣。十年攻至臺灣府城（今臺南），當地起義軍首領洪老四、吳淮泗等回應，有眾二萬多人，被推為鎮海王。十二年與清軍激戰於黑水洋，擊殺水師提督李長庚。後與清將王得祿、邱良功激戰失敗，裂船自殺。在許元仲〈吳婢念舊〉中鹽商之婢被兄轉賣，海盜蔡牽出金贖之，因而成為壓寨夫人，是以義釋王僕。王僕歸告婢之兄，二兄金磬欲投海入夥為盜，其妹怒欲殺之，蔡牽為之婉轉解釋，乃換得一條生路，抱頭鼠竄而歸。雖是海盜出身，但相關蔡牽傳聞的故事必然打動林紓之心，何況蔡牽與林紓同為閩人，亦曾到滬尾，禮賢下士、重義講情，在民間形象不壞，因而林紓對海盜蔡牽如此客觀描述，更顯現其人對貧困而被官逼造反的人民有著同情的理解。[80]

〈異狗〉一則亦是林紓客臺灣時的親眼目睹，文云：

> 余客臺灣時，有董姓者，病痔而嗜芙蓉，長日一燈，偃臥吐納，友人多集其室坐談。董能雅謔，聞者傾靡。余亦時至其室，夜分始歸，一日侍者傳外間有風狗，嚙人輒死，毗鄰執械伺之不可得。眾聞之不為意，呼譁言狗至門外矣，侍者取械逐之。董急令閉關，已聞有狺狺聲達戶外。扃不得入，狗忽躍起，自窗間入，直趣董榻，嚙其足，復從窗躍出，為侍者力刃而死。時屋中同坐者三人，皆無恙，而董中毒深，卒不救，病四十餘日死矣，迷信者言有夙冤也。[81]

80 蔡牽相關傳聞，可另見李若文：《海賊王蔡牽的世界》（臺北市：稻香出版社，2011年1月）及陳維君：《清代筆記中的臺灣故事研究》（嘉義縣：中正大學中國文學研究所碩士論文，2006年）。唯林紓〈鄭問〉一篇並未被李若文、陳維君納入討論，易言之，林紓的〈鄭問〉被研究者忽略了。此外，在《三六九小報》「說海・史遺」有亞雲〈蔡牽逸聞〉三回，亦未被關注，見第334-336號，1934年4月23、26、29日，頁3。鄭坤五《鯤島逸史》亦述及蔡牽之亂，以此豐富小說情節。

81 林紓：《畏廬瑣記》（上海市：商務印書館，1923年3月），頁60。

此則所記似乎與狂犬病有關，如是，則臺灣在一八七〇年代時，已有相關狂犬病之事例。亦可見類此事件，在當時多以果報迷信視之。〈藍鹿洲先生〉寫鹿洲先生判決如神明，原爭產訴訟之兄弟因之而和好，二人夫婦咸叩頭曰「願留其子，誓不更爭」。[82]《鐵笛亭瑣記》其一〈請旌有夫節婦〉記載其友周莘仲在臺灣時，以旌表節孝為事：「臺灣風俗靡，廣文欲振刷女界，使之勵節。門斗紀某見而心豔之，一日忽入，長跽言曰：『請官為小人妻請旌獎。』廣文曰：『若妻行孝乎？』曰：『否。為夫守節耳。』廣文曰：『汝在，若妻安云守節？』門斗曰：『及小人未死而請旌，小人死後，或不失節。』廣文大笑，斥去之。」[83]有關臺灣番女的記載也是較難得的材料，《畏廬漫錄》〈阿脂〉寫劉銘傳撫臺灣，[84]不久，大府即圖撫番，然而番社不易撫也。幸有劉勝其人，精擊劍之術，充臺灣征番軍，救得溫陵人阿脂，並娶為妻。阿脂原非番婦，乃幼時為番人所劫，自然漸染其習，好赤足、善織布。有意思的是作者於文末寫溫陵人恒呼脂為番女，阿脂不辯，只說：「番女人而非獸，內地人固有人而獸者，番女未宜輕也。」說得不卑不亢，極有識見。另〈阿香曲〉記載番女阿香事蹟：

> 阿香為臺灣某公家姬，產自番社，豐豔異常，而舉止乃有大家風範。前此五十年，余見之淡水，嫣然一麗人也。後十年，阿香死，而某公亦籍沒。余戲為昌谷體，製為此曲。事隔四十年，昨日檢明刻南華，此稿竟在楮葉中，哲維好錄吾詩，因授以敝帚。
>
> 峭碉危箐蠻路深，海棠紅綺傷秋霖。雜花仙鳳貼金翅，綠瓊鞘

82 同注44，頁313。

83 柯靈、張海珊主編：《中國近代文學大系1840-1919‧筆記文學集二》第6集（上海市：上海書店出版社，1995年12月），頁644。

84 同前注，頁648-650。林紓：《畏廬漫錄1》（北京市：商務印書館，1922年）頁30-32。

> 上生流媚。銀燭垂虹寶帳昏，童娃籠燭扃重門。西國一夜紅心死，新綠排衙覆春水。老桂收香蠹抱根，重簾隔斷苔花紫。彎彎笙道青驄馬，繡幄傳餐饜新鮓。越羅無光簟色灰，煙態著茵淚盈把。綠華劫盡雲車回，粉臺香氣留玫瑰。十二門前春色變，翩翩緹騎腰花箭。塵壓屏風不見人，月斜珠幌歸雙燕。[85]

〈阿香曲〉發表於一九一八年六月十日的《公言報》，亦載於六月十二日至十三日《大公報》，由序言事隔四十年推算，林紓在淡水見到阿香的時間約一八六八年，正是十六、七歲省父於臺的時間（1867-1869）。[86]

林紓作品中描述到女性的作品，各有兩篇是妓女、番女題材，另外是嚴瓣妻元帥娘，都是較特殊的女性形象，另一篇〈謝蘭言〉則是描寫臺灣出洋留學生韓子羽與僑商女兒謝蘭言的愛情故事。故事時空發生於臺灣新闢關埠的咸豐年間，正是林琴南首渡臺灣之前不久。咸豐八年（1858）第二次鴉片戰爭，中英簽訂了不平等的〈中英天津條約〉，臺灣始開闢為通商口岸。因為是在異國他鄉，他們能夠自由地交往，逐步地互相了解，進而培育起感情。但最後，作者林紓還是讓他們不逾越「禮防」。小說寫二人歸途中因航船觸礁，流落荒島。此時子羽要想自訂終身，試問蘭言曰：

> 「自由結婚，唯西俗有之，中國則否。不審姊氏能不徇俗見，踵此例否？」女結舌久不能言，心頗咎其唐突，即曰：「禮防

85 林紓著、李家驥等整理：《林紓詩文選》（北京市：商務印書館，1993年10月），頁40-41。

86 江中柱認為「此詩當作於十九世紀七〇年代末或八〇年代初」，並認為是「林紓關於臺灣的最早作品」，實為誤解。文中有「前此五十年，余見之淡水。」〈林紓與臺灣〉，《福州大學學報》（哲學社會科學版），2006年第4期（總第76期），頁13-17。

> 所在，吾不能外越而叛名教。唯出之以正者，容與老母圖之，今同在患難之中，偶一不慎，即百死無可湔滌，弟其慎持此義。」語後凜然若不可犯。子羽戰慄無言，即曰：「姊能不食今日之言否？」女曰：「信義所在，烏敢反汗？在私情言之，則情勝於義；在禮防言之，則禮重於生。弟慎葆此情，吾力守吾禮，彼此兩得之矣。」子羽曰：「金石之言，銘之心版。」[87]

如此的「彼此兩得」，想必林紓在小說創作時也是煞費苦心，堪稱堅持了自己道德倫理觀念的原則性。從本篇可清楚地看出，林紓在自著小說中，借人物之口，闡發其理想。作者從改良主義的立場出發，認為科學技術是應當向西方學習的，而倫理道德則是不能跟著西方走的。作者維護封建禮教也維護傳統文化，很難籠統地加以否定。

四　林紓作品在臺灣的刊載

臺灣報刊對林紓之報導多著意於其舊學，〈詩話・拾碎錦囊（二百六十七）〉：「林琴南孝廉。名群玉。閩之名下士也。生平博覽群書。著述宏富。曾選時事為題。各繫以詩。編成一冊。名曰閩中新樂府。寓規諷之意，存鼓勵之心。指摘無遺。極中肯綮。可為當頭棒喝。其機蒙養之失。」[88]〈支那近代文學一斑（續）〉一文云：「當以

---

87 林薇選注：《林紓選集・小說卷上》（成都市：四川人民出版社，1985年12月），頁203。〈謝蘭言〉亦收入挹芬女史，《名閨奇媛集》（上海市：交通圖書館，1922年4月），頁153-157。

88 《臺灣日日新報》第2480號，1906年8月5日，第3版。另有一則是廈門通信五月四日發送的「保薦人才」新聞，刊於《臺灣日日新報》第3304號，1909年5月7日，第4版。內云：「禮部左侍郎前福建提督學政王錫蕃氏。於日前咨到閩督。內開保送博學鴻詞科。福建七名。林紓、吳增祺、嚴復、戴鳳儀、張琴、林傳甲等、著原籍各縣轉詢。願應徵與否。自具切結履歷報部云。」林紓首列其上，但後來他並未接受。

林紓為第一，林號琴南閩人也。舊學之素養甚深。詩文之才亦可稱為作家。其於小說界佔有一大勢力，其著譯之數。近百種以上。如茶花女遺事，不如歸。薄倖郎。寒牡丹等。皆粹中之粹也」。[89]當時書刊出版不易，評述林紓之意見，可見葉榮鐘《中國新文學概觀》，在「序說」評價了林譯小說「對新文學運動殆沒有所稗益。」在「文學革命的演進」舉林紓〈妖夢〉、〈荊生〉之作，謂其作齷齪，[90]這自然是因葉榮鐘傾向支持白話文的立場所致。林紓作品在日治臺灣報刊頗有刊載，但其名卻很少出現，除了詩作明白標上姓名，其餘的小說創作或譯作，經常不見注明，最多是於文中看到「畏廬」、「踐卓翁」，惜今日臺灣學界仍輕易忽略過，未能追根究底。以下謹就林紓詩作、短篇創作及譯作三項，討論林紓作品在臺灣刊登的情況。其詩作多為《詩報》所轉刊，集中在一九三一、九三二年。有〈近寒食偶成〉、〈自寫富春釣臺〉、〈題畫二首〉、〈康南海書來索畫萬木草堂圖即題其上〉、〈四月六日獨遊陶然亭〉、〈題明湖小隱圖〉，七絕、七律為多。一九一二年，康有為向林紓索畫，林紓畫「萬木草堂圖」，並題詩相贈，此詩在一九三二年十一月十八日的《詩報》第五期轉載，詩云：「海東堂較瀼西穩。投老孤臣此息機。歷歷忠言今日驗。滔滔禍水發端微。荒臺何地招朱鳥。並轡當年想白衣。萬木蕭森秋又暮。飛鴻誰盼我公歸。」痛惜清廷當年沒有聽從康有為的變法維新主張，及早實行立憲新政，那時初露端微的革命力量，現在已是滔滔洪水，將清王朝淹沒。康有為則作〈琴南先生寫萬木草堂圖題詩見贈賦謝〉，刊《庸言》第一卷第七期，其中「百部虞初救世心」此句包含著對林紓的深刻理解，至少在辛亥革命以前，林紓的確是抱著救國之心從事譯事，

89 《臺灣文藝叢誌》第2卷第4號，1920年8月，頁4-8。懺紅〈餐霞小紀〉除提到其繙譯說部多種外，特別提到其作畫得書卷氣，並錄山水扇面詩作一首，見《三六九小報》第350號，1934年6月16日，頁2。

90 葉榮鐘，《新民會文存第三輯．中國新文學概觀》（東京：新民會，1930年），頁9、24。

而且欲從政治思想類著作入手。邱煒萲〈客雲廬小說話・揮麈拾遺〉說：「聞先生宿昔持論，謂欲開中國之民智，道在多譯有關政治思想之小說始。故嘗與通譯友人魏君、王君，取法皇拿破崙第一、德相俾士麥全傳屬稿。草創未定，而《茶花女遺事》反於無意中得先成書，非先生志也。」[91]

轉載的小說作品有〈石六郎〉、〈張李成〉、〈崔影〉、〈梁氏女〉、〈朱廓〉、〈柳亭亭〉、〈歐陽浩〉、〈陸子鴻〉、〈水雲秋〉、〈纖瓊〉、〈王孝子〉、《冤海靈光》等篇，譯作則以《吟邊燕語》為主。轉載刊物除了《臺灣日日新報》、《臺南新報》，還有《臺灣文藝叢誌》，而以《臺灣日日新報》為大宗。林紓於一九一三年開始創作短篇小說，當年北京《平報》特闢專欄，踐卓翁短篇小說陸續刊載。此後，先後出版《踐卓翁短篇小說》共三集。一九二二年商務印書館易名為《畏廬漫錄》四卷出版。今天所能見到的林紓短篇小說，絕大部分收錄於其中。其短篇在臺灣報刊的轉載相當及時，集中在一九一三、一九一四年，初步估計有六篇，其中〈崔影〉且刊登過兩次。[92]

其小說與技擊有關者如〈石六郎〉，[93]文敘「廣州石翁產六子，皆

91 同注37。其中「譯才並世數嚴林」一句，本意在稱揚，卻反而同時得罪了嚴復及林紓。錢鍾書、楊義、夏曉虹皆曾提起。嚴復認為林紓一個外國字也不識，哪稱得上譯才？羞與為伍，故說康有為胡鬧；林紓則認為此詩既是因他繪《萬木草堂圖》贈送康有為，康賦詩稱謝，本當以自己為主，嚴復只能算是陪客，故詩句應用十四鹽韻，作「譯才並世數林嚴」，不該反客為主。二人著眼點不同，一出於譯學，一出於詩道，就事論事，都言之成理。錢鍾書〈林紓的翻譯〉，收入薛綏之、張俊才編：《林紓研究資料》（福州市：福建人民出版社，1983年），頁320。夏曉虹：〈古今人物排行種種〉，氏著《舊年人物》（上海市：文匯出版社，2008年8月），頁151。

92 《臺灣日日新報》第4870號，1913年12月30日，第4版及第5168號，1914年11月6日，第3版。兩篇時間約差一年，內文不盡相同，除了若干文字不同，第二次刊登時將文末作者的一段話「夫辛亥之變」以下十二行刊出，但內文刪除可辨識作者的「踐卓翁曰」四字。

93 見《臺灣日日新報》夕刊第9836、9837號，1927年9月14、15日，第4版。原收入林紓：《技擊餘聞》（上海市：商務印書館，1917年）。今可見林紓著、林薇選編：《畏

英英壯人也。翁家富而患盜，則欲使六子皆武以備盜，延聘四方精於拳勇者主其家，分授六子藝」、「叟去近村三十里，復授徒，可三十人。」可見教武習武活動在民間盛行。林紓此文描寫王新技法頗為傳神，叟授石六郎趣登疾退之法，云「見新超而登瓦，汝則偽作聲勢欲從之登者，新備汝必疾以刀下，汝已狙伏，新不中，且更上，汝則鼓勇以刀鋒上翹，中其股，新墜矣。」由於描寫重心在刀法，因此《清稗類鈔》收錄時題作「石六郎刀法」。其後有榮毅的〈石六郎傳〉，則偏重俠士形象的塑造，「當眾人之欲與較藝也，則退，弱若無能；及其目擊強暴，則挺出而助弱。」[94]亦足見石六郎故事流傳民間，為人耳熟能詳。

〈張李成〉寫臺灣優人張李成在清法戰爭滬尾一役抗戰殺敵的事蹟，[95]小說用反襯手法表現張李成的指揮得當、拒敵有方和五百山民的英勇善戰。當法軍利用漲潮乘小船抵達炮臺坡下的時候，二百五十人佔據草深沒人的有利地形，皆仰臥，翹其左足，張趾架槍以待敵，待到敵軍衝到近前，二百五十槍齊發，消滅法軍上百人，打得敵人狼狽逃竄。於是張李成又指揮另二百五十人作圓陣包敵。這時海水退潮了，敵人登陸的小船擱淺，欲逃不得。很多筆記多半擷取這一段，甚而有〈軍士翹足之不可說〉的版本。[96]林紓另文〈記甲申馬江基隆之

盧小品》，同注44，頁195-196。此篇後收於徐珂，《清稗類鈔第22冊技勇》，同注44，頁115-117。

94 原載《梅園豁然洞讀書處文存》第1集卷2，收入上海大學、江南大學《樂農史料》整理研究小組選編：《榮德生與興學育才（下冊）》（上海市：上海古籍出版社，2003年9月），頁370-371。

95 《臺灣文藝旬報》第3號，1922年7月30日，頁4-5。

96 藕香室主人：《稀奇古怪．不可說》（世界書局，1931年），頁107-108。藕香室主人未悉何許人？僅知有《西太后史》，《洪秀全全傳》（1925）、《西太后全史》（1923）、《蘇佩秋豔史》（1926），其書皆上海世界書局出版。後半敘有巨賈炒賣法華戰事股票，張李成對巨賈提出金贖換取自由身，不以為然，後殺之烹煮。雖成就功名，然本身仍行事野蠻，無品德可言，惜哉！此一段多未錄。

敗〉與〈張李成〉此文可以互補相參，〈記甲申馬江基隆之敗〉一文述：「張為臺灣老哥班花衫，明眸皓齒，嬌嬈如好女。余曾見其濱（疑作「演」）蕩湖船，反袖輕衫，乃不知兵略如此之抗健而勁捷。」[97]林紓親見張李成男扮女裝演出，其為伶人殆無疑，任二北認為「平日之登臺媚笑著，隱耳，火之憂、固在外侮之日亟；其業餘乃於山中潛結豪傑，儲為國用。一旦有命，其膽絕壯！」[98]其後復感慨：

> 發雌聲以為謔，揶揄多金無用，不許贖命，卒烹多金者肉，以飼山中獵狗。天地間如此快事，顧常有耶？優語凡典型者、首在作優之氣氛濃郁，次在語有骨鯁，非靡靡泄泄然者，此語實兼此二美。清優人之奇崛者，除田際雲參預戊戌政變、陳德霖抗擊美兵外，不圖尚有阿火者，曾發聲光於中法戰爭中。火乎！火乎！奈何不徧燎於當時之祖國！火之熾、固不僅為伶黨光也。(《優語集卷七》1981年，頁210)

任二北對其極為讚賞，林紓諸篇則對野蠻殺人多有微詞，他在文末說「殺之而烹其屍，蠻俗也。若李成者，果稍加以學問，寧為此野蠻之事。惜乎！李公能成其功名，而不能成其品格也」。任氏站在國勢衰微期待志士撥弱返強，故能理解阿火諧謔之語及民間江湖對復仇的狂歡追逐，這種無所約束的徹底狂歡，當林紓用現代性的標準去要求江湖文化時，便顯得格格不入。[99]張李成確有其人，關於他的事蹟

---

97 《禮拜六》第159期，1922年，頁9。

98 任二北：〈不欲為西人奴〉，《優語集卷七》（上海市：上海文藝出版社，1981年1月），頁210。

99 吳宗曄另提出原漢文化不同的角度，說林紓此處之描寫「透顯當時漢人觀看臺灣原住民的角度，刻意塑造出原住民『野蠻』的風俗文化，仍須漢人的『學問』與『品格』價值觀，加以馴服、教化。於是，阿火在林紓的筆下，終究只是有功名而無品格的原住民。」《《臺灣文藝叢誌》（1919-1924）傳統與現代的過渡研究》，同注57，頁146。

亦見諸各種版本，[100]此篇同時為《清稗類鈔》所抄錄，但同樣少了林紓按語。

〈朱廓〉故事情節構思累見，其故事題材具繼承性，在文言筆記小說時見。[101]〈朱廓〉寫一拒絕美色的道德之士朱廓。朱廓年十九喪父，設館於一孀婦家；孀婦年三十許，美而能文，其家無長男，唯豔孀而已。孀婦慕朱廓才情，一日，欲與書生效于飛之樂，以紅羅巾裹戒指相贈，朱廓懼操守有玷，遂辭館歸家。後書生為官，其所教學生亦即豔孀之子亦為官，學生欲請德高望重的先生為母旌表節操，朱廓不肯。直至後來得知當年豔孀悔悟，燒毀調戲書生之物（羅巾），亦守節終身，朱廓方許之。小說結尾林紓（畏廬）評云：「此事與趙蓉江相類。蓉江館於某孀家，孀夜調蓉江，蓉江嚴閉其扉，孀二指夾於門內。後其徒得官，為母請旌，不可，母以小合予之，則斷指二，灰漬之久矣。夫蓉江者，千古之小人也，諂事分宜，病民誤國，而少年

100 連橫〈外交志〉：「張李成率土勇三百截其後，往來馳驟，當者辟易。法軍大敗爭舟，多溺死，陣斬五十，俘馘三十。於是不敢窺臺北。李成小名阿火，為梨園花旦，資質斌媚，顧迫於義憤，奮不顧身，克敵致果。銘傳嘉之，授千總，其後以功至守備。」連橫：《臺灣通史》，同注75，頁119-120。唐景崧《請纓日記》卷五：「李彤恩力保張李成，打仗奮勇，請募五百名發給後門，槍二百桿，令其操練助防。八月二十日之捷，張李成包抄得力，官紳共見共聞。」《續修四庫全書》編纂委員會：《續修四庫全書577・史部・傳記類》（上海市：上海古籍出版社，未著年月），頁164。〈書先壯肅公守臺事〉，沈雲龍主編：《近代中國史料叢刊196劉壯肅公（省三）奏議一、二》（臺北市：文海出版社），頁139-141。〈贈太子太保兵部尚書銜臺灣巡撫・一等男爵劉壯肅公神道碑銘〉陳三立著、錢文忠標點，《散原精舍文集》（瀋陽市：遼寧教育出版社，1988年），頁198。洪棄生，《中西戰紀・卷下》臺灣文獻叢刊第304種（臺北市：臺灣銀行經濟研究室，1972年），頁417。洪氏未訴及張李成為臺灣原住民的身分。及至當代有葉石濤〈福祐宮燒香記〉以清法滬尾一戰為背景的小說，更進一步想像虛構了張李成形象。

101 〈朱廓〉，林紓：《畏廬漫錄3》（北京市：商務印書館，1926年1月），頁267-271。又收入林薇選注：《林紓選集小說・卷上》（成都市：四川人民出版社，1985年12月），頁218-221。〈朱廓〉一篇乃據《諧鐸》卷三〈兩指題旌〉敷衍。又如〈某孝廉〉，刊《臺灣日日新報》第8939號，1925年3月31日，第4版。

清操如是，然則論人者，不既難乎？若朱廓者，心心念母，心心報父，觀其自訟數言，不惟孝子之用心，亦丈夫之勇概。凡為小說，所以勵世磨鈍，非導淫者也。若朱生可以風矣。」（《畏廬漫錄3》，1922年，頁271）自述了其創作宗旨與小說本事。

林紓「虞初體」小說寫得頗有特色，多寓世態人情。林紓作品在臺灣刊登時可能他本人並不清楚，因為報刊主編刊登時經常隱去作者名字，或刪除可辨識原作者的關鍵處，甚至更動題目。以下敘述〈柳亭亭〉、〈歐陽浩〉、〈陸子鴻〉、〈水雲秋〉、〈纖瓊〉（刊登時被改題為〈范秋霞〉）這一組題材較接近之作，這幾篇分別在《臺灣日日新報》一九一四年一月二十日、二月九日、九月二十日、一九一六年二月二日刊出（林紓是1924年過世），〈范秋霞〉則是一九二六年八月十四日刊於《臺南新報》。〈柳亭亭〉一篇講述秦淮妓女柳亭亭與官宦子弟姜瓌的愛情故事。柳亭亭「父亦名諸生，亭亭少受庭訓，填詞書畫，皆能得古人遺法」（《畏廬漫錄2》，頁108），後因父亡，受後母虐待，再後來被後母之弟賣到了妓院。柳亭亭與姜瓌的交往是頗為風雅的，多賦詩作畫的內容，並且在柳亭亭生病時，姜瓌也真情照料。在姜瓌的父親姜淑善得知此事後，首先的反應是：「凡人義方之訓，往往不善於控馭，必以強力拂逆其愛子之性以為賢，至於相思瘦損，戕其生命，為悔晚矣。今亭亭即悅吾子，當以成之。凡妓女不育，皆經脈亂耳。吾精於婦科，治之當得子。亭亭甘居妾媵者，聽之；不則古人以妓為偶者亦多，不惟吾子也。」（《畏廬漫錄 2》，1922年，頁113）然後，姜淑善親往柳亭亭處訂婚，最終「如期禮成，夫婦諧美，竟生三子」。〈柳亭亭〉的創作受到林譯《巴黎茶花女遺事》的影響，林紓在附記中說：「亞猛之父不善於理家，所以使馬克抑抑而死，此千古之恨事。近人模仿其事為《新茶花》，尤煞人間風景，吾至不滿其所為。此事係一摯友所述，姜翁之為人，真人間達人，與亞猛之父相較，所別寧人禽耶？」[102]可見林紓不喜悲劇，認為大煞人間風景，乃安排設計了明理的姜父，他不計較柳亭亭的身分，還玉成了這對才子佳人的婚事。

〈歐陽浩〉講親王屬吏歐陽福善之子歐陽浩與鄰女黛娥相愛，初不知黛娥是親王私生女。不久，黛娥被親王召入王府，為郡主伴讀，與歐陽浩失去聯繫達兩年之久。親王打獵時遇險，歐陽浩冒死救之，遂見親信。黛娥事為福晉知悉，遂逐出王府，兩人得以結合。林紓在小跋中寫道：「王昵外婦，遺私生子於人間，不惟中國有之，即外國亦然。余譯大仲馬小說，敘法國魯意十五時，囊得中革命黨人有叟黎葛斯當者，即與攝政王之私生子蟹蓮郡主有情；然叟黎與黨人信誓，謀刺攝政王，而蟹蓮又為王女；宰相欲殺叟黎，王不能決；而叟黎終投於死刑，竟斷蟹蓮之愛，誠革命中之英雄也。歐陽事類蟹蓮，然歐陽生功名中人，且乾嘉時，未聞有革命之事，與蟹蓮事又判若天壤矣。」（《畏廬漫錄3》，1922年，頁267）林紓這段話指出中外都有宮廷貴族遺留私生女於民間的事實，但私生女與人相戀的結局之所以不同，一因男方為革命黨人，出現悲劇；一因男方為功名中人，故能團圓。

〈陸子鴻〉以八國聯軍、義和團起事為背景，寫滿、漢青年男女愛情婚姻故事。漢族士子陸子鴻中進士後，任刑部司官。某日，慈禧太后赴頤和園遊玩，陸子鴻隨駕前往。遇一宮女，墜一花，為陸子鴻所揀。一日，陸子鴻去看戲，隔座一自稱貴福的內務府官員突然發病，陸子鴻善醫術，遂為之治癒。貴福邀他到家做客，恰遇貴福在宮的女兒雁紅病歸，陸子鴻請為之治病，兩人遂相愛。不久雁紅又召入宮中。庚子之變，雁紅趁機回家，幾番波折，終與陸子鴻結為良緣。

102　這段話見〈柳亭亭（續）〉，《臺灣日日新報》第4891號，1914年1月22日，第6版。原出處見於《踐卓翁小說第二輯》，《畏廬漫錄2．柳亭亭》則未見。林紓附記原文見楊義：《中國現代小說史（第一卷）》（北京市：人民文學出版社，1986年），頁41。夏曉虹：《晚清文人婦女觀》（北京市：作家出版社，1995年8月），頁135。

〈水雲秋〉寫水五保入夥為盜，劫一女為妻，並生女「雲秋」，雲秋五歲時，五保忽攜妻女返家，不久其妻病重，託兄嫂四保代為照顧雲秋，四保無子女，視雲秋為拱璧，而雲秋風貌既佳，雕繪藝事尤絕，亦灑灑能文，不料五保一去十年忽又返家，強行帶走雲秋，依舊擄船行劫為生。一日五保擄得雲秋昔日同學友李仲侯，二人同在難中，後幾經曲折結為夫婦。

〈范秋霞〉原篇名是〈纖瓊〉[103]，《臺南新報》將男主角名字「趙東覺」改為「范秋霞」，而原作以女主角「纖瓊」為篇名，此處亦更改為男主角名字，但以臺地命名習慣觀之，「范秋霞」名字頗為女性化，容易誤認其人為女子。原女主角「纖瓊」改作「黛瓊」。此篇一言以蔽之，即「夢中題詞娶黛瓊」。小說寫范秋霞美丰姿且多才。其父在任時卒，而母徐氏勤而能家，雖產固非豐，然歲有盈餘。一日，忽得合肥來書，言其姑病甚危，欲見范生一面。生乃赴合肥視姑母。至合肥，所過園亭，竟如夢景。而姑有一女名黛瓊，美若仙姝，生驚駭，然不敢正視，亦不敢語之。自是以來，姑疾漸癒，忽聞生母來信，欲生歸去。姑淚落如綆，而黛瓊若通夕未睡，亦似有淚容。抵家後，聞姑氏求婚，請以黛瓊妻秋霞。林紓言情小說中的「父母」與「兒女」關係，不似啟蒙作家筆下那樣經常處於價值齟齬的狀態中。他們大都能從長遠著眼並體察兒女們的心事，因而也都能得到兒女的信任。由於父母並非兒女戀愛中的蓄意梗阻者，因此，林紓的言情小說中即使是那些已「稍稍涉于自由」的愛情故事中，「父母之命，媒妁之言」依然是一個不可省略的環節，〈謝蘭言〉、〈柳亭亭〉、〈陸子鴻〉、〈水雲秋〉、〈纖瓊〉諸篇莫不如是。

〈王孝子〉刊《臺灣日日新報》一九一五年一月二十日第三版。作者未署名，但文末有「踐卓翁曰」，是林紓之作無疑。此篇寫山東

103 〈范秋霞〉，刊《臺南新報》大正十五年（1926）8月14日，第六版。〈纖瓊〉刊林紓：《畏廬漫錄1》（北京市：商務印書館，1925年3月），頁10-14。

蓬萊孝子王恩榮，積志二十年，手刃父仇，從容自首。其父王永泰因置產與小吏尹奇強發生口角，被毆中要害而死。當時他只有九歲，祖母和母親因受此刺激相繼而亡。母臨終時將官府所給的十兩埋葬銀給了他，並對他說：

> 汝家累年，積三喪。而祖母及父，皆不得良死，而吾仇竟優游法外，此裹金，官所給也，汝家以三命易十金矣。吾所以寶藏至死者，冀汝長成，能見金而念仇。今金在仇存，汝當知祖母及父母之死狀慘。孝子受金大哭。（《畏廬漫錄4》，1922年，頁307）

由於家道盡落，他只能依舅以居，並一直尋找機會復仇，至三十六歲時終於殺掉了尹奇強。司法部門因為王恩榮重孝而想方設法保護他，其理由是：「古律無復仇之文。然查今律有擅殺行兇人者，予杖六十；其即時殺死者不論。是未嘗不教人激復仇也。孝子父死之年，尚未成童，其後疊殺不遂，雖非即猶即也。觀其視死如飴，激烈之氣，有足嘉者。相應特予開釋，復其諸生。即以原存埋葬銀還給尹氏，以章其孝。」（《畏廬漫錄4》，1922年，頁308-309）這則事例反映了朝廷和地方官員對「孝」的態度，同時也體現了林紓對於孝與復仇的看法。最後一段「踐卓翁曰」提出刑政不平，方有復仇之舉，期待有司能治冤獄才是上策，同時也崇仰孝子舅氏之言：「人遭奇禍，以要旌門式閭之榮，何忍矣」（《畏廬漫錄4》，1922年，頁309），以為賢者之言。林紓此篇可能取材於全謝山《鮚埼亭集．王孝子傳》，此故事流傳甚廣，俞樾《薈蕞編》載有〈王恩榮〉、李元度《國朝先正事略》有〈王孝子事略〉、龍顧山人（郭則沄）纂《十朝詩乘》有〈蓬萊王孝子〉、孔毓埏《拾籜餘聞》及《清史》、《山東通志》皆為之立傳，陸以湉〈復父讐〉特別以此例討論孝子復仇之事。此外，

《清稗類鈔．王恩榮為父復仇》[104]足見林紓此文之流傳，從前面之討論，亦可觀知《清稗類鈔》所載莊豫、張李成、王孝子等等，宜皆是選自林紓著作。

林紓有五部長篇，除了《冤海靈光》屬公案小說之外，都是歷史或時事小說，記錄了清初吳三桂叛變，清末戊戌政變、義和團扶清滅洋，南京為革命軍攻破，以及民國初年袁世凱稱帝等歷史事實，尤其是《京華碧血錄》，採用了林氏門生目擊庚子辛丑之際京都「慘變」的實錄，可資近代史研究者參考。《冤海靈光》發表於《小說月報》一九一五年十月至十二月（第6卷第10-12號）。自署畏廬戲述。一九一六年六月商務印書館出單行本，署名林紓。《臺南新報》轉載時署名畏廬。分四回刊登，全文未刊畢，只刊到第三章前半「奈何昌其姑惡之聲」。此篇敘述清末福建省建陽縣令陸象坤審理勘破一個謀殺親夫的命案，著重在於描摹世態人情。在林紓的長篇小說創作中，此篇可謂特殊，不僅情節性最強，亦加入西方探偵小說之色彩，七章中，除去相當於序言的第一章不計，六章內的第三、六章兩次使用補筆。故事發展從縣官下鄉驗屍、圓夢、微服私訪到定讞伏法，大抵與舊式公案小說相同，但由於寫法有所更新，仍有其創新之意。其對細節描述亦細膩，本來將重點放在殺人案如何被偵破即可，林紓卻似毫不著

---

104 上述出處分別見（清）俞樾著：《薈蕞編》，收入《筆記小說大觀》第26、27冊（揚州市：江蘇廣陵古籍刻印社，1984年），頁125-126。（清）李元度著：《國朝先正事略》（長沙市：岳麓書社，2008年11月），頁1404-1405。（清）龍顧山人纂、卞孝萱，姚松點校：《十朝詩乘》（福州市：福建人民出版社，2000年），頁236-237。孔宏輿《拾籜餘聞》一卷，收入顧廷龍主編、《續修四庫全書》編纂委員會編：《續修四庫全書1177子部．雜家類》（上海市：上海古籍出版社，2002年），頁173。另一版本：（清）孔毓埏：《拾籜餘聞》（上海市：上海古籍出版社，1996年）。孫葆田等撰：《山東通志九》（臺北市：華文書局，1969年），頁5072-5073。清史編纂委員會編纂：《清史》（臺北市：國防研究院，1961年），頁5048。陸以湉：《冷廬雜識》卷2（北京市：中華書局，1984年1月），頁77-78。徐珂：《清稗類鈔第18冊孝友》，同注75，頁27-30。

意寫了一段知縣下鄉驗屍前，胥吏衙役們如何向事主勒索敲詐。官場吏治的窳劣腐敗，人情世態的狡獪狙詐，作者用平凡的、瑣細的敘述，研究者林薇謂寫得「淋漓盡致」、「大開眼界」，狀寫「市井卑污齷齪之事，繪聲繪色，神情畢肖，儼然一幅光怪陸離的社會風俗畫。此等燃犀之筆，實在得力於迭更司氏。」[105]寒光認為林紓小說，只有《冤海靈光》與《合浦珠傳奇》二書是純粹取材於普通社會，真正打到下級社會的作品，其餘尚脫不了貴族式文學的意味。[106]

另有愚軒「闢謬叢抄」〈埃及銅象〉[107]一篇，此文實出自林紓《畏廬小品》，原題〈銅象舒嘯〉，內容描述埃及有一銅象突發嘯聲，且吻上發煙，猶如呵氣。埃及人初以為神臨也，後細究之，始知此奇況僅是寺僧所為。〈關勝關太〉[108]亦出自《畏廬小品》，文云：「《宋史》載劉豫降金，殺其驍將關勝，勝不從逆故也。按《水滸》有關勝。《癸辛雜誌》龔聖與作關勝贊云：『大刀關勝，豈雲長孫。雲長義勇，汝其後昆。』以其時考之，宋江作亂，正在宋末。然則劉豫所殺之關勝，即《水滸》之關勝耶？世之圖關勝者，赤面大刀，其狀似壯繆。於是凡關姓者，匪不赤面，匪不大刀，而《施公案》之關太出矣。太號小西，蓋自命為山西人，似即壯繆之後。小說家無識，盜襲可笑。」補充了宋江事蹟及其故事流傳。《臺灣詩報》載〈請旌有夫節婦〉、〈鄭延平〉。再者，轉載之詩話，亦以林紓為例，說明閩中詩鐘嵌字之風[109]。

105 林薇：《林紓選集·小說卷·前言》。並收入林薇著：《文化啟示與藝術靈犀》（北京市：北京廣播學院出版社，2000年12月），頁191。

106 寒光〈林琴南〉，收入薛綏之、張俊才：《林紓研究資料》（福州市：福建人民出版社，1983年6月），頁191-202。

107 刊於《臺灣文藝月刊》第6年第5號，大正十三年（1924）6月15日，頁2。

108 刊《新學叢誌》第3號，1910年10月。

109 〈醒園詩鐘談〉刊《臺灣文藝》月刊。醒園是翟醒園，〈醒園詩鐘談〉原出處是菊厂著：《如盧詩鐘業話初編》（如盧詩鐘社，1922年10月），頁18-22。關於林紓其人其文在日治臺灣報刊的出現，尚有變態偉人〈幸盦隨筆〉、倩影〈清代以後之韻文關於其譯作的影響，有三篇改寫自林紓、魏易譯《吟邊燕語》的小說值得留意。據蘇雪林說，自商務印書館買回的林譯全集，竟有一百五六十本之多；而按錢鍾書的統計，林譯共有一百七十餘種，幾乎全是小說。總之，當時的讀書人都受過林譯的影響。新文學運動之所以能如火如荼地鬧起來，其實林譯小說也起了積極推動作用，它激起了人們對西方文學的由衷嚮往。林譯小說對臺灣文壇影響，主要是《吟邊燕語》此譯著，目前可見的莎士比亞作品在臺灣的接受，是一九〇六年被譯寫刊於《臺灣日日新報》的〈丹麥太子〉、〈稜鏡〉、〈玉蟾〉三篇。《吟邊燕語》原著為英國散文作家、評論家查理．蘭姆（1775-1834）和其姐瑪麗．蘭姆（1764-1847）根據莎士比亞戲劇改編的短篇：《莎士比亞故事集》（*Tales from Shakespeare*，出版於1807年），林紓、魏易合譯，清光緒三十年（1904）十月商務印書館初版，題莎士比（今譯莎士比亞）原著。[110]〈丹麥太子〉講王子復仇記，內容為人所熟悉，所以故事情節改動不大，而後兩篇則除改易篇名，結尾亦大改寫，頗有掩飾之意。觀潮〈丹麥太子〉[111]一文乃是從林紓、魏易譯〈鬼詔〉（Hamlet）一篇而來，[112]〈鬼詔〉即今日譯為〈哈

（二五）〉、冷紅生〈冷紅室隨筆〉，分見《三六九小報》第164、170、305號頁4，1932年3月19日、4月9日，1933年7月9日。

110 林紓譯名之用詞高古典雅。將蘭姆姐弟的《莎士比亞故事集》譯為《英國詩人吟邊燕語》，其中故事如〈威尼斯商人〉譯為〈肉券〉，〈羅密歐與茱麗葉〉譯為〈鑄情〉，〈仲夏夜之夢〉譯為〈仙獪〉，〈奧賽羅〉譯為〈黑瞀〉，〈馬克白》譯為〈蠱徵〉，〈哈姆雷特〉譯為〈鬼詔〉，〈第十二夜〉譯為〈婚詭〉等，譯名不僅古雅，而且充滿傳奇色彩。其他尚有〈馴悍〉、〈變誤》、〈仇金〉、〈神合〉、〈醫諧〉、〈獄配〉、〈環證〉、〈女變〉、〈林集〉、〈禮鬩〉、〈仙獪〉、〈珠還〉、〈情惑〉、〈颶引〉，共二十篇，是《莎士比亞故事集》的第一個全譯本。在林譯本出版前一年，即一九〇三年，上海達文社出版了同是根據蘭姆姐弟改寫的《莎士比亞故事集》的中譯本，題名《澥外奇譚》，譯者未署名，這本注明英國索士比亞著的「戲本小說」，只選譯了原作的十個故事。

111 見《臺灣日日新報》第2427號，1906年6月5日，第5版。

112 （英）沙士比亞（Shakespeare）著，林紓、魏易譯：《神怪小說．吟邊燕語．第一編》（上海市：商務印書館，1904年）。一九一五年復有北京：商務印書館版。及

姆雷特〉。兩篇文字相同者不少，以行文脈絡及文字之雷同觀之，「觀潮」宜閱讀過林紓之譯文，而且很可能就是《吟邊燕語》的版本。〈丹麥太子〉一文屢為臺灣研究者援用，以為是臺灣傳統文人所進行的世界文學翻譯，殊不知原作幾乎襲自林紓所譯《吟邊燕語・鬼詔》，不僅此也，論者復闡述〈陸子鴻〉一文，但此文是林紓創作的短篇小說，置之臺灣傳統文人對名篇所進行之襲仿，亦有所不妥。[113]

〈丹麥太子〉刊登七天之後，緊接著刊登了少潮的〈稜鏡〉（1906年6月12日），這一篇除了《吟邊燕語》〈醫諧〉（*All's Well That Ends Well*，今譯為〈終成眷屬〉）又加上《聊齋誌異》〈葉生〉一文而成，亦即前部分同於〈醫諧〉，而後半有所改異。〈醫諧〉取材於喬萬尼・薄伽丘的《十日談》（*The Decameron*）。故事敘說女主人公海泠娜如何費盡心思爭取愛情。名醫之女海泠娜，於父親過世後，由羅西昂伯爵夫人任監護人。後來，她愛上了伯爵夫人之子貝脫蘭。但海泠娜身分卑微，婚戀無望，適逢國王患病，許下諾言，能治癒其病者即給予重賞。海泠娜遂呈獻了藥方，治癒國王，讓國王下令貝脫蘭娶她為妻。剛舉辦完婚禮，貝脫蘭就攜帶隨從帕洛去義大利參戰。他寫了一封信給海泠娜，說若她想讓他接受她為妻，就必須獲得他手上的一枚戒指，並懷上他的孩子，他認為她是無法辦到的。海泠娜遂把

（英）蘭姆（M.Lamb），（英）蘭姆（C.Lamb）著，林紓、魏易譯，《吟邊燕語》（北京市：商務印書館，1981年10月）。

113 如黃美娥〈文學現代性的移植與傳播——臺灣傳統文人對世界文學的接受、翻譯與摹寫〉云：「在譯寫趨向上，臺灣傳統文人所致力者以歷史小說與偵探小說兩類作品較多，除此之外，尚有個別針對單篇作品或重要作家之名篇進行襲仿者，如大正三年（1914）〈陸子鴻〉小說，此篇之作，……作者並不諱言，該篇小說情節存有『勦襲』的可能，且明示讀者摹寫對象為西方文本。」然〈陸子鴻〉實林紓作品之轉載，並非臺灣傳統文人之譯寫襲仿之作。該文提及討論之篇目一二十篇皆非臺灣傳統文人對世界文學的接受、翻譯與摹寫，此一問題極為重要，不可不辨，因附帶提之。文見《重層現代性鏡象：日治時代臺灣傳統文人的文化視域與文學想像》（臺北市：麥田出版社，2004年12月），頁320。

自己打扮成一個朝聖者，去了弗羅棱薩。恰巧她寄宿之處，即貝脫蘭寄宿的一位寡婦人家，並同寡婦千金達安那交了朋友。其時，貝脫蘭正想誘引達安那，而達安那亦假裝允諾，暗地裡讓海泠娜替代她與貝脫蘭親密，取了他手上戒指。作品闡述了愛情的力量最終戰勝了貴族階級的偏見，愚昧，狂妄、傲慢以及由此而產生的敵意和冷漠，也肯定了女主人公海泠娜對愛情執著追求的精神，並且在客觀意義上批判和否定了封建社會的等級制度和門第觀念。〈棱鏡〉的情節與此近似，但作者少潮挪用了傳統小說亡女離魂追隨的情節，小說最後道出其實棱鏡早已亡故。〈棱鏡〉一文前面敘述棱鏡治癒王之疾，得嫁里若汗，但里若汗冰霜待之。以之比對《吟邊燕語》〈醫諧〉的文字可知除了改易人名「海泠娜」為「棱鏡」、「貝脫蘭」為「里若汗」外，二者幾近雷同。然則〈棱鏡〉結尾大大易動了〈醫諧〉原喜劇之結尾，而改以鬼怪之描寫，造成一種亦真亦幻、撲朔迷離的境界，把主人公淒涼悲慘的心情渲染到極致。而這一結尾，實際受《聊齋誌異》〈葉生〉一文的影響，該文主要描寫文章詞賦冠絕當時，然而屢困於名場的秀才葉生，在飲恨而終之後，竟隨對他有知遇之恩的縣令遠去關東，於三四年間教其子弟高中進士，自己也中了舉人，實現了他「借福澤為文章吐氣，使天下人知半生淪落，非戰之罪也」的願望。然後才魂歸故里，便在自己靈柩前面撲地而滅。〈棱鏡〉滲透著不可彌合的精神創傷，彰顯了愛戀至死不移的驚心動魄。

少潮〈玉蟾〉（續）刊於明治三十九年（1906）七月一日第五版，目前雖缺六月三十日第一回，但從續回的內容考察，得悉亦是《吟邊燕語》〈林集〉（今譯〈皆大歡喜〉）的改寫，〈林集〉以羅西林與奧蘭度的愛情故事為主線。羅西林是被放逐的公爵千金，與受到長兄奧列佛虐待的奧蘭度相愛。羅西林不久也受到她篡位叔父弗萊德里克的放逐，於是女扮男裝逃亡到亞登森林，而奧蘭度因逃避奧列佛的迫害亦逃至此。他的心中充滿了對羅西林的愛情，在森林各處張貼著歌頌羅西林的詩篇。後來兩人不期而遇，但奧蘭度因羅西林的喬裝改扮而未能辨認出，羅西林遂趁機試探他對自己的愛。而弗萊德里克命令奧列佛不管死活都要把奧蘭度找回來，他被迫來到了亞登森林，就在他疲憊不堪，睡倒在地時，毒蛇猛獅向他逼近，在這萬分危急的關頭，奧蘭度用高貴的仁愛克服了私怨，奮不顧身地與猛獅搏鬥，救了奧列佛的命，自己卻受了傷，奧列佛因此幡然悔改。劇本除了謳歌美好的愛情，還讚美羅西林與堂妹莉西亞、奧蘭度與老僕亞當之間真摯的情誼。少潮〈玉蟾〉（續）如此描寫二人林中相遇情景，以之比對《吟邊燕語》〈林集〉可知男主人公「奧蘭度」以「君」取代，「羅西林」改為「玉蟬」，其餘行文脈絡及文字相當一致，如同〈丹麥太子〉一文。值得留意的是〈玉蟾〉一文後半部並不承自〈林集〉，玉蟾自述「妾實為君妻」，因蹈海為漁夫所得，復為海盜所劫，鬻為尚書侍女，欲強聘之，遂矯偽男裝，亡歸，為人牧牛。後二人偕歸，生不久捷報南宮，返家時，玉蟾則於前一日已逝，生自此網網若狂，年餘不言笑。然而這部分實亦轉接他書而來，是出自於王韜〈花國劇談〉，王韜在眾花裡曾述及蓮真其人云：「比生得志旋里，而姬已於兩月前逝矣。……生祭諸其墓曰。王伯輿為情而死，我寧從卿於地下耳。」[114]而〈玉蟾〉文則云「生如命至。而玉蟾於前一日已逝。……生聞而暈。……呼曰。王伯輿為情而死。吾寧從吾妻於地下矣。」一一比對原文後，明顯可見少潮〈玉蟾〉一文至少結合了〈林集〉、〈花國劇談〉二文，有趣的是這兩篇小說一為莎士比亞戲劇譯寫的故事，一為王韜的文言小說，東西方的文學作品在此作了融合改編，由原先的皆大歡喜的喜劇結尾，一改而為陰陽兩隔的愛情悲劇。

---

114 見王韜，另清宣瘦梅所著文言小說《夜雨秋燈錄》亦有〈記瘦腰生眷粵妓蓮真事〉，文云「杜門謝客，以待生歸。今秋，生援例得半通黃綬，兩翅烏紗歸里，而姬於兩月前已逝。白頭未遂，紅粉已埋。生曰：黃伯輿為情而死，我甯從卿於地下矣。……為從人灌救，方蘇。」殆類此故事情節頗為流傳。「黃伯輿」宜是筆誤，王伯輿典出《世說新語》〈任誕〉。

五　結語

由於林紓保守的思想言論及其小說曾隱射新文化運動諸君，其人其作在當時即有正反、調衷等評價，又因種種因素，林紓文言之作在臺灣學界並未被留意，吾人可看到「魯迅在臺灣」、「郁達夫在臺灣」、「梁啟超在臺灣」、「章太炎在臺灣」等等關注的議題，而林紓在臺灣的討論僅見中國大陸二文，且林紓多數作品仍淹沒不彰，因之本文針對以上諸篇與臺灣相關之作予以討論，所獲致結論，略述如下。

本文首先處理林紓來臺次數，林紓自云三至臺灣，且皆遇颶風，但林紓的記憶是否有誤呢？透過其文集，經考察結果可知林紓至少來臺四次，他第一次到臺灣，年十六。時間是一八六七年到一八六九年，第二次到臺灣是一八六九年，年十八，次年開春，林紓護送父親回到福州，年十九。第三次渡臺時間是一八七八年十月赴臺奔弟秉耀之喪，年廿七。第四次渡臺時間是一八八五年，為堂弟秉華娶婦事，年卌四。其次討論林紓作品中相關臺灣題材的作品，林紓與父親、叔父都曾待居臺灣相當時日，叔父國賓、胞弟秉耀還不幸命喪臺灣。對於臺灣的一切，或許有著複雜而深刻的情感，他寫下的相關作品不少，如〈和尚入幔〉、〈鐘聲辨晴雨〉、〈臺灣蠱毒〉、〈謝蘭言〉、〈臺灣林氏兄弟〉、〈阿脂〉、〈黃笏山先生畫記〉、〈凶宅〉、〈異狗〉、〈莊豫〉、〈牛三〉、〈請旌有夫節婦〉、〈藍鹿洲先生〉、〈元帥娘〉、〈殺人武〉、〈嚴瓣〉、〈莊豫〉、〈鄭問〉等等。第三是討論其作品在日治時期的臺灣報刊雜誌轉載刊登及傳播閱讀情形，甚至是模仿改編其譯作文字的篇目，這些被轉刊的小說有〈石六郎〉、〈張李成〉、〈崔影〉、〈梁氏女〉、〈朱廓〉、〈柳亭亭〉、〈歐陽浩〉、〈陸子鴻〉、〈水雲秋〉、〈纖瓊〉、〈王孝子〉、《冤海靈光》等篇，唯〈張李成〉此篇與臺灣有關。譯作則以《吟邊燕語》為主。此外尚有若干小品之作，如〈銅象舒嘯〉、〈關勝關太〉、〈請旌有夫節婦〉、〈鄭延平〉以及轉載之詩話，舉林紓之事例。

透過林紓與臺灣相關作品的閱讀，亦可形構其人清介耿直，好義尚俠的形象，畏天循道、講禮防和重節孝在其作品中佔有極大份量。他為謹守封建倫理綱常的孝子貞婦作傳，並予以褒揚和歌頌，〈朱廓〉、〈王孝子〉可見。寫男女之情而律之以封建禮防的有〈謝蘭言〉（連男女留學生也不例外）、〈纖瓊〉（〈范秋霞〉）、〈水雲秋〉，足見他和當時的部分清末民初人一樣，雖然也對來自西方的自由戀愛精神心存讚賞，但同時又提倡「發乎情止乎禮」、媒授婚約的愛情。至於〈莊豫〉、〈鄭問〉、〈水雲秋〉等篇中的豪吏、惡霸，或與官吏相互勾結，強搶民女，恣行鄉里，或百姓備受淫威，任人宰割，生命朝不保夕，方淪為盜賊，反映了當時社會治安崩潰的一面。另對女性之描寫，〈阿脂〉、〈阿香曲〉、〈元帥娘〉中嚴辮之妻，都是較特殊的女性題材，尤其是他的眼光關注到原住民女性。

值得留意的是這些作品皆非林紓本人的投稿，[115]刊登時亦未署名作者為林紓，甚或改易篇名，更動小說人物姓名，以致林紓及其作品在臺灣的討論未能展開，遠不如未曾來臺或匆促往返臺地的魯迅、郁達夫、郭沫若、江亢虎等人的討論。透過全文的耙梳，可以了解林紓與臺灣確有深厚之淵源，其某些作品明顯地受到西方文學名著的影響，這與他的身分古文大家、翻譯巨匠有關，因而在創作時不能不受到西方小說的某些影響。有的甚至是有意的模仿，在人物性格、情節構思、細節、手法等各個方面，都可以發現其間一脈相承的聯繫。比如

115 呂若淮云：「林紓曾親自給《叢誌》投稿」，並謂張李成、嚴辮故事刊《叢誌》旬報，也許不能證明他向《叢誌》投稿，但〈張母蔡太夫人七秩晉大壽嗣濟臣五十初度家庭之慶也以文祝之〉一文，是林紓「向《叢誌》投稿的見證。」其所持理由，筆者仍存疑。〈臺灣文社及其《臺灣文藝叢誌》研究〉（福建市：福建師範大學中國現當代文學學科博士論文，2010年），頁74。《技擊餘聞》最早版本是一九〇八年，至一九一三、一九一四年另有新版，李成、嚴辮故事刊《叢誌》旬報，自然是被轉載的。

〈柳亭亭〉脫胎於小仲馬的《茶花女遺事》;〈歐陽浩〉之於大仲馬的《蟹蓮郡主傳》;〈陸子鴻〉之於司各德的《十字軍英雄記》，都有「藕斷絲連」的挪用印痕。這些有意的移花接木、模仿套用外來文學作品，其結局往往以團圓終，不脫才子佳人的俗套，但同時男女極傾慕，亦都能以禮相待，配合了林紓禮防觀念。而這些作品、譯作又同時影響了臺灣文壇。而林譯小說對臺灣文壇影響，主要是《吟邊燕語》此譯著，從《吟邊燕語》譯作在臺灣的改寫來看，二十世紀初期的臺灣已經透過林紓譯作認識了莎士比亞，並進一步摹仿學習創作小說。

本來文言短篇小說在蒲松齡手中煥發勃勃生機之後，自清初至清末民初，有宣鼎《夜雨秋燈錄》、王韜《淞隱漫錄》、吳熾昌《客窗閒話》、俞樾《右臺仙館筆記》、《耳郵》等不絕於縷。林紓繼蒲松齡之餘緒，以文言古雅形式撰就一系列小說，多寓世態人情，可謂民初最後的絕響，雖然鄭振鐸給予較低評價，[116]但那與提倡白話文氛圍有關。章太炎在林紓年譜題詞中，曾稱林紓為「今之蒲留仙」，當時的《平報》主編臧蔭松（1883-1967）為《踐卓翁短篇小說》作序說：「翁（林紓）……造語古簡而切摯，篇法亦變幻莫測，是真不同於留仙者也。」[117]無論從思想意義還是藝術成就上來看，林紓這百餘篇小說確實與《聊齋誌異》有其差異處。但是，它們確也有自己獨特的成就。尤其技擊小說的書寫，敘事委婉曲折，人物亦生動，其《技擊餘聞》所述，題材多為民間傳聞，記精通武藝、行俠仗義的豪傑，間記欺壓良善、危害社會的惡霸，此技擊類小說在臺灣的傳播閱讀頗廣，莊豫、張李成、蔡牽、王孝子等事蹟，皆出自林紓之作，這從連橫

116 鄭振鐸〈林琴南先生〉:「至於他的筆記，則完全是舊的筆記，如聊齋誌異之流的後繼者，我們可以不必去注意他們。」原刊《小說月報》第15卷第11號。收入鄭振鐸著:《中國文學研究》下冊，同注35，頁345。

117 臧蔭松:《踐卓翁短篇小說》〈序〉，見林紓:《踐卓翁短篇小說》(北京市:商務印書館，1916年3月)，頁1。

《臺灣通史》及《臺灣日日新報》、徐珂編纂《清稗類鈔》所刊小說可觀知林紓文言小說具有一定的讀者群，雖然林紓所寫故事，亦多是民間傳聞，但連、徐所錄文字多從林紓而來，何況林紓寫作之際已有相當多情節是經過其虛構想像，與一般民間故事已不同。

而從所刊作品觀之，臺灣漢學界也能如實真切掌握林紓作品的特色及意義介紹給讀者，甚至相當及時的轉刊，這種種現象說明了臺灣文人對中國文學文壇之熟悉，但隨著一九二四年林紓過世及新舊文學論戰起，其小說作品之轉介幾乎斷絕，難以回到一九一〇年代前後時期的盛況，只有詩作在一九三〇年代依舊被轉載，而這也與臺灣詩社存在背景相呼應，唯一令人不解的是一九三〇年代末《孔教報》、《崇聖道德報》時期，刊登不少貞女孝子之筆記小說，選材多自清代文人，然而林紓之作一無所見，其緣由只能俟諸他日了。

綜合以上所述，可知林紓與臺灣關係密切，其言情、武俠小說及莎士比亞譯作在臺灣漢文文言小說剛興起時，林紓作品扮演了一個不可忽略的角色，臺灣文人的閱讀視野與作品故事來源，[118]及當時對林紓作品改編抄錄的現象得以確實掌握。

---

118 林獻堂曾借《飲冰室文集》及林琴南翻譯小說給洪浣翠，供其研究漢文。林獻堂著，許雪姬等編：《灌園先生日記（七）1934》（臺北市：中研院臺史所，2004年4月），頁299。另據葉榮鐘所述，知林獻堂青年時期熟讀林譯小說，「如《俠隱記》、《三劍客》、《黑奴籲天錄》、《孤星淚》等，講起故事來，有板有眼，頭頭是道。」《臺灣人物群像》（臺北市：帕米爾書店，1985年8月），頁13。此外《臺灣文藝叢誌》曾刊林一〈橫濱看美人〉，內容亦提及林琴南先生及其作品，足見林紓作品，尤其是譯作，在當時流通頗廣。

第五章
臺灣文人對中國小說、譯作的改寫

第一節　葉陶仙〈釵合鏡圓〉的故事來源考論及其摹擬改寫

一　前言

近年《臺灣文藝叢誌》愈來愈引起人們的研究興趣，但對於刊登該誌上的小說，其故事來源或出處問題，前人研究卻很少涉及[1]，因此筆者擬以刊登在該誌的一篇小說〈釵合鏡圓〉[2]做為討論之依據。〈釵合鏡圓〉作者是嘉義人葉陶仙，學界在討論此篇小說時，自然視為日治臺灣文人的作品，如〈臺灣文社正式成立大會記〉特別標舉《臺灣文藝叢誌》「小說有葉陶仙君」[3]，賴松輝認為「傳統中國小說

1　呂若淮：〈從《臺灣文藝叢誌》看日據時期臺灣同祖國大陸的文學交流〉，《福州大學學報：哲學社會科學版》，2010年第2期，及其〈臺灣文社及其《臺灣文藝叢誌》研究〉（福建師範大學中國現當代文學學科博士論文，2010年）。揭示了《臺灣文藝叢誌》若干小說、文章轉載自中國大陸之現象，值得肯定，唯掌握者多為期刊雜誌（如《小說新報》），出自典籍專書者較未觸及，以致仍有填補之空隙。《臺灣文藝叢誌》重刊大陸作品時，多保留原篇名、原作者，相對於《臺灣日日新報》不署名，又多數更易篇名、內容而言，《臺灣文藝叢誌》在追尋出處上是比較容易掌握的。

2　署名陶仙，凡六回，文刊《臺灣文藝叢誌》第1年第4-9號，1919年4月1日-9月1日。葉陶仙之作並不多，在《臺灣日日新報》第14867號有詩二首：〈親和會席上口占〉、〈自題北投間雲別集〉（漢詩　魏清德選），刊1941年7月30日，第4版。

3　一社員：〈臺灣文社正式成立大會記〉：「詩文兩界巨子。亦多投稿。論說有陳滄玉陳聯玉魏潤菴諸君。小說有葉陶仙君。天文地輿有吳賜斌陳福全二君。科學有許子文君。雜說有張淑子君。節孝有吳德功君。鉅製鴻裁。增光文誌不少。」見《臺灣文藝叢誌》第1年第11號，1919年11月15日，龍文出版社複印版，頁982。

如陶仙〈釵合鏡圓〉，編者歸類為『悲歡小說』，內容是陳生與韓太史季女湘碧相愛，仿《西廂記》的才子佳人故事，文體類唐傳奇敘事。小說中描寫湘碧的面貌時，又吸收了韻文的傳統，以大量的駢偶句型描寫女子。」[4]，認為使用「駢韻」語描述人物或以韻文重述故事，是為了「表現作者的才氣」。但此篇嚴格說來，只能說是臺灣文人對蒲松齡《聊齋誌異》、長白浩歌子《螢窗異草》、宣鼎（瘦梅）《夜雨秋燈錄》及王韜《花國劇談》、《遯窟讕言》、《淞隱漫錄》、《淞濱瑣話》[5]等諸篇小說模仿襲用之作，而其摹擬改寫的現象置諸當時文言通俗小說觀察，此篇極為特殊，其參考仿作之篇數達二十幾篇，亦是未曾之見的現象。透過此篇小說在文字襲用情形觀之，可以理解臺灣文人對中國文學（尤其是清代文言小說）的閱讀視野，同時提醒研究者對日治臺灣通俗小說觀察的角度。

《臺灣文藝叢誌》所刊小說，幾乎都出自《小說月報》、《東方雜誌》、《小說新報》等雜誌及已成書的《虞初新志》、《清朝野史大觀》、《挑燈新錄》、《大清見聞錄》、《拳師傳》等，刊出時並未交代是轉載，因此多誤認為臺灣文人之作[6]，筆者認為如未釐清作品原出

4 賴松輝博士論文：〈日據時期臺灣小說思想與書寫模式之研究（1920-1937）〉（成功大學中文系博士論文，2002年7月），頁23。

5 《遁窟讕言》、《淞隱漫錄》、《淞濱瑣話》是王韜的三部以傳奇小說為主的文言小說集，均為12卷。《遁窟讕言》凡134篇，是避難香港時所作，約完稿於光緒元年之前。《淞隱漫錄》又名《後聊齋志異圖說》或《繪圖後聊齋志異》。初以單篇刊於《申報》發行的《畫報》，始於一八八四年下半年，至一八八七年底刊登完畢，不久由點石齋結集印行。有點石齋石印本、上海鴻文書局縮印本、一九八三年人民文學出版社王思宇校點本等，卷首有作者光緒二十年自序。《淞濱瑣話》（又名《淞隱續錄》）有一八八七年淞隱盧鉛字排印本、一九一一年上海著易堂石印本、一九三四年上海新文化書社鉛印本，曾連載於《香豔叢書》。兩書合計約一百九十二篇。

6 其例甚多，凡研究《臺灣文藝叢誌》論及小說者，多不遑辨識原出處。吳宗曄：〈《臺灣文藝叢誌》（1919-1924）傳統與現代的過渡研究〉（臺灣師範大學臺灣文化及語言文學研究所碩士論文，2009年6月），頁137-149。王淑蕙：〈創新媒體與書寫女性——以臺灣第一份漢文雜誌《臺灣文藝叢誌》為例〉，《人文社會學報》7（臺灣科技大學，2010年12月），頁37-59。

處，理解其來龍去脈，終不免面於東牆而不見西牆，詮釋失衡。關於此點筆者在本書多處揭示此一未溯流及源，僅據單一資料即「想當然耳」遽下斷語，甚而逆推過度之事例，為避免目前學界對漢文通俗小說畫地自限及妄下雌黃現象一再重蹈覆轍，本節處理重點將是揭示漢文小說其舊瓶新酒、奪胎換骨之痕跡。從《臺灣日日新報》、《臺灣文藝叢誌》眾多小說作品的轉載及改寫現象觀之，說明了臺灣傳統文人在一九二〇年代前後期間，所擅長的依舊是舊詩，對小說的創作並不在行。因此當葉陶仙投稿到《臺灣文藝叢誌》時，編輯特別標舉臺灣文人從事小說創作者有葉陶仙其人，但恰恰從此一說明及連續九回的刊登現象，得見編輯及多數讀者對蒲松齡、王韜、長白浩歌子、宣鼎之作，或許還不夠熟悉，相關讀物也還不是那麼流通，以致作者陶仙敢冒險投稿，讀者也未提出異議。

該篇的本事問題較為複雜，除了部分自創外，清代文言小說集對〈釵合鏡圓〉有著深刻的影響。從種種跡象表明作者陶仙對於眾多文言小說十分熟悉，在書寫此篇小說的過程中，不僅大量延續了前人的故事題材，還結合說部之眾多特點，但也呈現了葉陶仙依舊無法擺脫清代文言小說創作故事重寫的弊病，參酌前人過多豐富的故事素材，另一方面也相當程度地限制了作家創造力與想像力的充分發揮。對於如此一篇小說，它絕非是簡單的重複或抄襲等結論就可打發，或者以受中國文學影響一語帶過即可。葉陶仙何以寫〈釵合鏡圓〉？從此文擷取二十幾篇小說且行文自如的現象視之，足見有眾多的故事深深烙印於葉陶仙的腦海中，使得他在撰述時，有意無意地加以運用，並添枝加葉，使之累積為獨立創作的表象。當時葉陶仙是醉心於原作的藝術魅力而加以改寫？還是顯露文人摭拾舊聞，以博聞強記為能事的嗜好？還是才力的不足，只能從文言小說取材，亦步亦趨的模仿？或者根本是抱著戲擬、戲仿的態度？今日已難追究。但從該文發表之後，我們完全看不到作者再有任何一篇小說，其背後緣由也頗耐人尋味，是《臺灣文藝叢誌》不願再刊登才子佳人的作品，還是時人對〈釵合鏡圓〉創作形式有意見？或是作者江郎才盡，無以為繼？對於這樣的一篇小說，它算不算是文人對小說加工整理的基礎上再創作的作品？或者充其量只是一篇抄襲之作？本文擬先梳理〈釵合鏡圓〉的故事來源，再對所引的相關說部在其他刊物刊登情形略為說明。

二 〈釵合鏡圓〉的故事來源

〈釵合鏡圓〉約一萬字，寫才子佳人相悅相戀的姻緣之事。陳卓然、韓碧湘兩人情深意篤，後來卓然又流連於平康妓館，戀上珠娘，待其返家，碧湘已離去，卓然因而有悔改之意。後遭匪亂（小說背景為義和團之亂、八國聯軍的時代），碧湘寧求玉碎，不為瓦全而投河殉節。陳卓然一往情深，悲愴之餘，初誓終生不復娶，後方知碧湘未死，兩人得以釵合鏡圓，並生下一子，並由碧湘協助迎回珠娘，陳卓然得享齊人之福。此為一典型老套之才子佳人故事，其文幾乎字字有出處，本文為清眉目，更明白轉載、改寫之現象，謹就互見重出之資料予以詳陳，而原文脈絡之先後羅列，因極為繁瑣，恐妨礙行文之節奏及布局，又占正文太多篇幅，弱化論述重點，因此將一部分移作附錄（見附錄一：〈釵合鏡圓〉小說的故事來源），既供參酌，亦是闡述論證之必要材料。每則底下加按語，標示其原始出處，並略加說明等。

〈釵合鏡圓〉一篇，乃是割裂二十幾篇文言小說而成。雖然情節起承轉合間，仍有作者自己的文字，但通篇轉化較少，如將兩者相較，可知文字多雷同，但原旨趣與內容不同，這亦是目前所見臺人在小說習作方面，割裂襲取最多篇目之作，從此一例，亦可知《聊齋誌異》、《螢窗異草》、《夜雨秋燈錄》及王韜之作在臺地被閱讀情況。其所採用的「某生者」體的敘事方式[7]，使得本篇文言傳奇在外觀上呈現了一定的聊齋體風味。此一脈相承，瀰漫了濃厚的聊齋氣息，從《螢窗異草》、《夜雨秋燈錄》到王韜的作品，也不免難逃仿聊齋之評價，〈釵合鏡圓〉更不在話下了。此處首先敘述與《聊齋誌異》關涉之文本，次述《螢窗異草》，後述《夜雨秋燈錄》及王韜之作[8]。

〈釵合鏡圓〉[9]多處參考了《聊齋誌異》，倩冰一段如是描寫：

> 母嘆曰。姥非他人。言之勿見哂也。癡妮子秉性執拗。年來翻覆遴選。無數良匹皆不願。必如陳家卓然者方許嫁之。殊令人懊惱耳。媪拍掌曰。陳家郎若得小姐。直是一對神仙中人。濁濁塵世。那得有此美滿雙珠。老身歸即令其倩冰如何。湘碧俛首沉思。良久乃搖手止之曰。姥姥不可造次。事倘不諧。愧悔將何及耶。媪笑曰。陳家郎不知幾許豔福。方得消受小姐。何慮無成。第珍重玉體。無庸過憂也。乃別。歸詣生所。

7　「某生者」體是胡適、周作人等五四作家使用的一個帶貶抑意味的名詞，用以指代聊齋及其後來的仿作。此體意味著作品採取紀傳體的敘事形式，也同時意味著作品內容以才子（書生）愛情為主。

8　《筆記小說大觀二編》收有《螢窗異草》，《筆記小說大觀續編》有《夜雨秋燈錄》，為方便今人閱讀，本文所據版本採重新編校本，謹說明如下：《聊齋誌異》（杭州市：浙江古籍出版社，2010年1月）、《螢窗異草》（濟南市：齊魯書社，1985年）、《淞隱漫錄》（北京市：人民文學出版社，1983年8月）、《淞濱瑣話》（濟南市：齊魯書社，2004年1月）、《遯窟讕言》（石家莊市：河北人民出版社，1991年9月）、《花國劇談》（李保民、胡建強、龍聿生主編：《明清娱情小品擷珍》（上海市：學林出版社，1999年1月）、《夜雨秋燈錄》（合肥市：黃山書社，1986年），為免繁瑣，正文後直接標示頁碼，不另做注。

9　2019年4月，龍文出版社在臺灣文社創刊百年紀念發行複刻版本《臺灣文藝叢誌（1919-1924）》，為目前期數完整之版本，因原版頁碼多模糊，龍文版從起迄逐頁標示，本節所引〈釵合鏡圓〉原文出處，僅標示卷號、年月，並依龍文版頁數，以便讀者查考。

觀諸《聊齋志異》〈寄生〉，可知多雷同，文云：「母代答曰：『非病也。連日與爺娘負氣耳！』嫗問故。曰：『諸家問名，皆不願，必如王家寄生者方嫁。是為母者勸之急，遂作意不食數日矣。』嫗笑曰：『娘子若配王郎，真是玉人成雙也。渠若見五娘，恐又憔悴死矣！我歸，即令倩冰，如何？』五可止之曰：『姥勿爾！恐其不諧，益增笑耳！』嫗銳然以必成自任，五可方微笑。」[10]另有一處寫陳卓然偷窺佳人在花園之情景，花園仙境之描寫，亦出自《聊齋誌異》〈西湖主〉。〈釵合鏡圓〉寫道：

> 已至韓園。則見粉垣圍沓。溪水橫流。園門半啟。石橋通焉。隔扉一望。樓閣周迴。樹木掩映。乃繫馬近傍。偕嫗由後門入。及睹園中。細柳遙青。假山聳翠。橫藤碍路（《聊齋誌異》作：橫藤礙路）。香花襲人。薰風微動。則花片齊飛。禽鳥翔鳴。則榆錢競落。而且綠萼紅苞。奇花異卉。穗纖豐約。五色迷離。至于一壑一邸（疑作：邱）。一池一石莫不脫塵異俗。怡目快心。誠所謂別有洞天。無異世外仙居者也。（第1年第4號，1919年4月1日，頁346）

《聊齋誌異》〈西湖主〉中描繪陳生所見的「仙境」正是：「粉垣圍沓，溪水橫流，朱門半啟，石橋通焉。攀扉一望，則臺榭環雲，擬於上苑，又疑是貴家園亭。逡巡而入，橫藤礙路，香花撲人。過數折曲欄，又是別一院宇，垂楊數十株，高拂朱檐。山鳥一鳴，則花片齊飛；深苑微風，則榆錢自落。怡目快心，殆非人世。穿過小亭，有鞦韆一架，上與雲齊。」（頁281）不過，此處也同時襲用了《夜雨秋燈錄》〈九月桃花記〉的文句：「生既入城，見綠萼紅苞，奇葩異卉，穠

10 此篇浙江古籍出版社未錄，另據《聊齋誌異》（北京市：華夏出版社，2008年），頁688。

纖豐約，五色迷離。每過一門，各有題額，曰芍藥宮、芙渠苑……。」（頁230）

除《聊齋誌異》[11]外，引用《螢窗異草》篇數更多，如：

> 俾兒自覓良緣。或者得償夙願。亦未可知也。父母本溺愛。不忍固拂其意。……年逾弱冠。伉儷猶虛。知其志者咸勸之曰。佳人未必真有。奈何遲好合而待毛施。竊恐鏡臺未下。潘鬢已星。絕好青春。不徒然空擲乎。生笑而不答。終夷然不屑與雞鶩為偶。及長姿態綽約。艷麗天然。文紹班香。詩成謝絮。……猶眉橫遠岫。臉艷朝霞。且時而倦目添媚。時而捧心增妍。而且窗橫孔雀之屏。座隱芙蓉之褥。異彩奪目。奇芬襲衣。……飲合歡之盃。綰同心之結。

加以比對，可知出自《螢窗異草》〈杜一鳴〉、〈梅異〉、〈瀟湘公主〉、〈珊珊〉、〈宜織〉、〈綠綺〉、〈女南柯〉諸篇，他如：

> 碧輒奉事勤謹。讀則瀹茗剪燭。伺候於旁。吟則磨墨濡毫。斂袂以待。與之語即婉詞以對。不與之語即含笑無言。若見卓然稍有倦容。則或說妙語以解頤。或謅雅詞以謔笑。或滌甌而茗戰。或選句而同吟。自始至終。不辭勞苦。夜將闌卓然欠伸欲睡。即拂榻佈衾以待。及卓然上床。則自己為之整几上未掩之編。添爐中將燼之篆。……愛護若嬰兒。亦可謂慇懃之至矣。
> （第1年第5號，1919年5月1日，頁449-450）

---

11 事實上，摹仿聊齋之作，中國當時為數不少，徐枕亞《新聊齋・黃山遇仙記》和有「今之蒲留仙」之稱的林紓作品。《新聊齋・黃山遇仙記》此篇原刊《小說新報》，第4期，1914年，頁1-6，署名「老枕」。《臺灣日日新報》轉刊時，題作〈黃山遇仙〉，刊第7221號，1920年7月17日，第6版。內容則頗似劉辰、阮肇天臺山遇仙女事。

此段文字與《螢窗異草》〈劉天錫〉，又何其相似，其中文句云：「湘瑟執事唯謹，天錫讀，則瀹茗剪燭，旦立於旁；吟則磨墨濡毫，斂袂以待。與之語即婉容以對，不與之語即含笑無言，自始至終，了無倦色。夜將半，天錫欠伸，湘瑟拂榻布衾，敬以相俟。天錫臥，已亦不眠，為之整几上未掩之編，添爐中將燼之篆。事已，默坐於側，寂無咳聲。天錫甫轉側，即來問視，兼以纖手扶其衾，愛護若嬰兒，似慮夜風侵者。天錫深感之，迫使別偃就寢，答曰：『夜臺固無寐者，君姑高枕，勿以婢子為念。』天錫亦不之強，而競夜勤懇，可謂忠愛之至。」（頁41、42）此處將「了無倦色」改為「不辭勞苦」。「已亦不眠」、「默坐於側」改為「事已，方解衣就寢」。又如湘碧婚後課卓然讀書之情景，則又與〈銷魂獄〉、〈田一桂〉相近：

> 課讀之餘暇。憫卓然之勞也。則時而挽其對局。時而邀其和琴。時而月下談文。時而燈前論古。甚至或交頸而填詞。或並頭而聯句。分題限韻。此唱彼和。佳章麗句甚多。舉不能記臆。然卓然若稍荒廢。即正色規戒。裳衣不解。粉澤不施。甚且淚下沾襟。自嗟薄命。卒至衾枕雖同。全無笑面。衽席甫就。只見戚容。卓然如涉邪心。則嚴拒不納。（第1年第5號，1919年5月1日，頁450）

《螢窗異草》〈銷魂獄〉：「女既因才而愛才，又幸與才遘，積漸而稔，靦腆遽更，或交頸填詞，或並頭聯句，窮極韻事，不可勝言，而白晝之倡隨，深宵之繾綣，更無論已。」（頁403）另《螢窗異草》〈田一桂〉：「一室燕私，一桂言或涉邪，則必正色規戒，責其輕浮，甚至泣下沾襟，自嗟薄命；抑且裳衣無自解之時，粉澤無輕沾之日，衽席甫就，笑面即無，衾枕雖同，羞容時有，較之結褵之始，殆有甚焉。」（頁317）文中「正色規戒」改為「嚴拒不納」。至於湘碧喜修飾一處，則是《螢窗異草》〈田一桂〉描寫四娘之翻版，〈釵合鏡圓〉云：

> 湘碧又喜修飾。每艷抹濃汝。必令卓然同坐於側。觀其梳裹。代其畫眉。倩之掠鬢。使之簪花。髻則散挽濃雲。更施膏澤。容則淺勻膩玉。再染鉛華。麝蘭之氣。盈室撲人。而朱粉之濃淡。釵鈿之高低。又莫不含笑相商。甚至蓮花換瓣。不必燈昏。玉樹流輝。無須月皎。及妝竟則復挽卓然代為捧鏡。己乃顧影徘徊。與卓然再四參考。窮極韻事。莫可勝言。

此段明顯襲自《螢窗異草》〈田一桂〉：「四娘又善於修飾，每以晨省為名，盥濯絕早，恒呼一桂與之偕。既起，令坐於側，觀其梳裹，間或使之掠鬢，或役之簪花，雖不必代畫眉嫵，而朱粉之濃淡，釵鈿之高低，無不含笑與商。及昏，復如之，益窮豔冶。髻則散挽濃雲，更添膏澤；容則淺勻膩玉，另染鉛華；雖不副笄六珈，從未慵妝草草。至此，必命一桂捧鏡於前，己乃徘徊顧影。值深宵密室之中，當銀燭金釭之側，見此麗人，遇此韻事，即以宋廣平當之，鐵石心未能不動。……乃自明燭晚妝，倍加塗澤，麝蘭之氣，盈室襲人。及寢，復較前放曠，蓮花換瓣不必燈昏，玉樹流輝何須月皎。」（頁318、319）其中「雖不必代畫眉嫵」改為「代其畫眉」。

陳卓然聞碧湘以全貞而投河自盡，鎮日鬱鬱，途中少年勸其續鸞膠一段，與《螢窗異草》〈馮堉〉一文貌似：

> 俄見有偉少年。裘馬翩翩。騶從炫赫。疾馳而過其前。忽然睹生即滾鞍下馬。執手笑曰。故人別來無恙。卓然視之。殊不識認。乃揖之曰。契闊日久。偶失記憶。希以姓字見示為幸。少年大笑曰。兄竟不復識弟耶。弟與兄本係世交。且同桑梓。在

家日少。故兄不認識耳。現有一事亟欲諮兄。且略置姓氏。即於樹下設氍毹。請卓然並坐而叩之曰。弟昨自故鄉來。聞尊夫人投河殉節。信有之乎。生慘然曰。有之。……少年笑曰。審是。則兄罹不孝之大罪。竟不知耶。生愕然亟請教其故。少年曰。兄乃詩禮之家。獨聖賢書。須以名教自礪。孝悌為先。……太翁太夫人為兄授室者。原望其克全婦道。奉養翁姑生育兒女。以延祖脈耳。豈不見聖訓有言。不孝有三。無後為大乎。今兄若守此小義。不續鸞膠。以之報答尊夫人。則可謂情至義盡矣。其如承歡膝下。及祖先之宗祧何。情之所鍾。原不在此。即雉朝飛曲。操之終身。而謂泉下人知之乎。而舍卻宗祧大計。以殉閨房燕婉之私。泉下之兄嫂有知。將必愀然不安矣。鄙薄之見。未審以為然否。卓然答曰。嗣續之計。僕意後日向舍弟繼養。至於晨昏侍奉一事。似無庸慮及。(第1年第7號,1919年7月1日,頁640。第8號,1919年8月1日,頁743)

《螢窗異草》〈馮塤〉:「先是塤倉卒去鄉,茫無定向。因思舅氏某公,新任江右,遂決計謁之。獨行數十里,力少倦,息于道周。俄有偉丈夫,須髯如戟,騶從甚盛,疾馳而過其前。見塤,即下曰:『故人別來無恙?』塤視之,若不相視,乃起而揖曰:『契闊日久,偶失記憶,望以姓氏見示。』客大笑曰:『不復念我耶?予與兄實同桑梓,竊已識荊。今且略置姓氏,有一事亟欲諮君。』因即樹下設氍毹,與塤並坐,而叩之曰:『昨自故鄉來,聞兄有棄婦之事,信有之乎?』曰:『然』。客曰:『審是,則君以孝悌自居而罹三大罪矣。』塤愕然,亟請其故。客笑曰:『君之父母以弟付君,不能導以和順,而任其滅性陵兄,將來不可救藥,一罪也。君之父母為君授室,執婦道數年,未聞蒸梨之小過,今因昆弟而棄夫婦之倫,二罪也。君之父母望君生兒,以延祖脈,乃竟出妻不娶,莫續鸞膠,即令君弟有嗣,而君儼然無後，非三大罪而何？』塤聞客言，流汗浹背，乃強與之辯曰。」（頁49）《夜雨秋燈錄》〈天緣巧合〉：「嚴子卿……曰：『予飄泊半生，雖略有所弋獲，而嗣續之計杳然。弟既喪偶，胡不早為膠續，虛此韶年？且情之所鍾，原不在此。即〈雉朝飛〉曲，操之終身，而謂泉下人知之乎？又況舍宗祐大計，以盡閨房燕婉之私，泉下人有知，將必愀然不安其所。為子計，實宜早作後圖。』嚴思先代只傳弟兄兩人，兄久客無子，己苟不立繼室，恐所謂百年未盡之計者，及身而見其盡也。乃尋媒氏露以意。」（頁275）「裘馬翩翩」見諸《聊齋誌異》〈余德〉（頁220）。

其後復娶碧湘，方知乃少年陰為安排，大為驚喜，此段文字如下：

> 途中乃自陳其官閥。則曾姓亮名。字藎臣。其父即現任蘭臺也。及抵其家。則見高閎邃宅。僮僕閽者無數鵠立兩傍。藎臣肅容下騎，攜手而入。即命小奚曰。速啟夫人。陳姑爺已邀至矣。卓然聞而心疑。亦未遑問。入則華堂廈屋。富美無倫。姣婢如雲。珮環粉遝。有婦人擁婢媼出。年四十許。冠帔尊貴，迎於檐際。熟視卓然而笑曰。真佳婿也。卓然知為夫人。參謁如禮。夫人辭讓再三而後受之。……覺神光霞艷。麗若天人。亟審視之。則湘碧也。（第1年第8號，1919年8月1日，頁744）

《螢窗異草》〈馮塤〉：「途次自言其官閥，則黃姓，椿名，其父即現任山陽令也。行至薄暮，始抵其家，高門巍煥，僕役十數，儼有世家風。公子肅容，下騎同入，即命小奚傳報曰：『速啟夫人，薄情郎已邀至矣。』塤聞而心疑，亦未遑問。入則華堂夏屋，備極富麗。有夫人年可五旬，冠帔尊貴，迎於簷際，熟視而笑曰：『真吾家佳婿也。』塤知為夫人，參謁如禮，夫人辭讓而後受之。少坐，即令易衣，且言曰：『今夕日吉時良，可成好事』，塤怪其急。方欲起辭，俄而簫鼓喧於堂下，旋有姣鬟數人，扶新婦出與成禮，送入青廬。及塤啟袱視之，燭光之下，眉目宛然，實即故婦某氏也。」（頁50）文末數句與「覺神光霞艷。麗若天人。亟審視之。則湘碧也。」近似，但此處乃根據《夜雨秋燈錄》〈九月桃花記〉：「夫人方升坐，神光霞豔，麗若天人。」（頁247）可見〈釵合鏡圓〉此段文字是綰合〈馮塤〉、〈九月桃花記〉二篇。

至於陳卓然後來故態復萌，流連風月，迷戀珠娘一段，則與王韜《花國劇談》、宣鼎《夜雨秋燈錄》寫張若濤事頗近似：

> 芙蓉帳底。肌香流溢。柔情繾綣。軟骨薰心。歡娛夜短。不覺東方之已白矣。歸家後魂夢顛倒。頗不自持。乃搜家藏周昉漢宮春曉圖。附以翡翠手環一對。自繪梅花帳一幅。瑤琴一張。詩扇一握。詩則新作以贈珠娘者。字亦親筆所書也。乃命小奚攜之往。謂珠娘曰。明璫翠羽卿固有之。予亦不忍以濁俗之物溷卿清雅。此區區者雖不足貴。亦非尋常繡闥中所能解識者。卿如不棄。可留作香閨雅伴也。珠娘大悅曰。妾以蒲柳之姿。墜落風塵。公子獨不視為路柳墻花。而反寵眷若此。妾自當拜受厚賜。懸佩終身。不啻如太真之金釵鈿合也。自後情好益密。乘間輒往。（第1年第5號，1919年5月1日，頁452。第6號，1919年6月1日，頁541）

《螢窗異草》〈金三娘子〉有：「軟骨薰心。」《螢窗異草》〈杜一鳴〉有：「肌香流溢。」以陶仙對《螢窗異草》之熟悉，此二句宜是自此而來。其餘則為宣鼎《夜雨秋燈錄》〈虎皐名姝與榕城生逸事〉寫張若濤事，云：「若濤遣人來贈生瑤琴一張，玄笛一支，玉佩二事，詩扇一握。扇為若濤親筆所書詩，亦近作也。生得之狂喜，思為瓊瑤之報。適有人攜周昉《漢宮春曉圖》求售，生以白金雙柏易之。

復購得漢玉連環一件，自繪梅花帳沿一幅，翡翠管紫穎一床，親攜之往，謂若濤曰：『明璫翠羽，卿固有之，僕亦不敢以俗物溷卿清賞。此區區者，雖不足貴，然亦非尋常繡閨中，所能解識者。風雅如卿，當留作紅閨雅伴也。』若濤欣然曰：『妾以弱質，溷落紅塵，君獨不視為章臺柳，而寵異之若此，妾當懸佩終生，不啻如太真之金釵鈿合矣。特未知君子之心，固何如耳！』自是往來益密。」（頁266、267）宣鼎之作與淞北玉魫生（王韜）《花國劇談》（頁1190）亦文字相近，唯若濤贈生之物省略件數。通俗文言小說輾轉襲用之現象，在晚清民初亦頗為普遍，此處之描繪，其後又見於俞達《青樓夢》〈第九回慶遐齡華堂稱壽訪名妓花國鍾情〉。小說云：「方知其使送來瑤琴一張，翠塊兩方，紈扇一柄，是竹卿親手所書近作。挹香大喜，遂收而謝之，思作瓊瑤報，即往各處購得紫竹簫一支，漢玉連環一事，自繪梅花帳顏一幅，橄欖核船一事，共四色。……購全，遂親攜至竹卿家道：『明璫翠羽，卿自有之，僕亦不敢以此俗物溷卿雅賞。些須微物，雖不足貴，然亦非尋常繡閣所能解識者。風雅如卿，當留作紅閨雅伴。』竹卿欣然道：『妾以淪落風塵，君獨不視為章臺柳而寵異如此，妾當懸佩於身，不啻太真之金釵鈿盒矣。』嗣後往來愈密。」[12] 此類小說本多沿襲，因而從王韜、宣鼎、俞達到陶仙，文字多類似。

> 詎後交遊漸廣。往來者半非端人。甚至酒食相徵逐之輩。趾踵相接。縱（按、誤為從）有二三老成持重者施以針砭。而馬耳

12 《青樓夢》題名出自「十年一覺揚州夢，贏得青樓薄倖名」，敘述了風流公子金挹香，風流多情，與諸多名妓有不解之緣。後最終遂勘破世情，拋卻妻妾子女，離家修道的故事。描繪了晚清社會士人的文化心態以及在那個沒落的時代士人，其宏遠抱負無法實現、世道腐敗、知己難尋諸多的無奈，使他們將視線轉向了妓女，希冀尋找心靈的寄託與慰藉。《青樓夢》也描繪了彼時女性低下的社會地位、困苦的生活狀態、精神的鬱抑，但在與士人交往的過程中受到了思想、文化的薰陶，女性自我意識也漸覺醒。（清）慕真山人著、陳書良校點：《青樓夢》（長沙市：岳麓書社，1998年8月），頁54、55。

> 東風。終歸無益。遂致花天酒地。跌宕自豪。浪擲狂遊。學業盡廢。(第1年第4號,1919年4月1日,頁344)

《夜雨秋燈錄》〈珠妓殉情〉:「詎與所遊者,多非益友,酒食遊戲相徵逐者,趾錯於途,縱有二三老成持重者施以針砭,而一暴十寒,終歸無益,容遂與此狎邪遊輩,相依為命。」(頁239)王韜《遯窟讕言》〈吳氏〉:「花天酒國,頗跌宕自豪。」(頁30)其中「多非益友」改為「往來者半非端人」,「趾錯於途」改為「趾踵相接」,「一暴十寒」改為「馬耳東風」。作者陶仙並未使用〈珠妓殉情〉一文之內容,而僅使用其文字,而〈釵合鏡圓〉通篇之改寫,幾乎都採此方式,襲其字句,不引用其內容思想。〈珠妓殉情〉流露「為士者」貪快活必遭煩惱,極熱鬧者必變淒涼的因果報應思想,顯然陶仙不取此內涵說故事。

> 父每雖約束之。無如痼疾已深。若罔聞聽。至是因急欲為之完婚。冀得賢內助以收厥放心。乃廣託媒媼。遍訪名媛。荏苒年餘。又復低昂弗就。鄰邑韓太史有季女。名湘碧者。自幼極警慧。三歲即能辨之無。稚年讀書。過目無遺,如夙識者。(第1年第4號,1919年4月1日,頁344)

王韜〈遯窟讕言.姚女〉「父母雖約束之,亦罔聽聞也。因欲為之擇婚于世家,冀得賢內助以收其放心,於是廣托媒媼,遍訪良媛。」(頁176)王韜《遯窟讕言》〈傅鸞史〉:「金陵女子傅氏者,名善祥,字鸞史,居城中草庫街,家故世族,貲亦素封。女生而慧甚,三歲能辨之無,授以自傅《長恨歌》,琅琅上口。」(頁14、15)可見陶仙取王韜二文合之,文字小異。

> 及鴇母見女久不出。復往視之。則門已堅閉。屢撻不啟。知必有異。亟破扉而入。見女已高懸梁際。繡履躡空。儼如步虛仙子矣。驚號解救。喧嚷終夜。及見蘇甦。始慰藉備至。大賈得悉。早已踉蹌而遁。……珠娘即別除潔室。繡佛長齋。（第1年第9號，1919年9月1日，頁849-850）

王韜《遯窟讕言》〈碧珊小傳〉：「先是廖媪呼女不至，親往視之，則門已閉，屢撾不啟，知其有異，破扉而入。見女高懸樑際繡履躡空，已作步虛仙子；驚號解救，喧嚷終夜，西賈亦敗興踉蹌而遁。」（頁5）王韜此作在《臺灣日日新報》易題作〈木元虛〉[13]。然此段文末又近似王韜《遯窟讕言》〈李芸〉：「焚香誦經，持齋繡佛。公子為另闢一精舍處。」（頁112）另外，如下文：

> 乃大張綺席於平山堂。遍邀戚友相陪。厚待卓然。一時聞風不期而至者數十人。道上之冠蓋相望。座間之巾裘相接。召優演劇。侑酒徵歌。白下之解語名花無不畢集。粉白黛綠。獻媚爭妍。（第1年第6號，1919年6月1日，頁543-544）

此則與王韜《遯窟讕言》〈劍俠〉相近：「柳南為遍徵戚友，及郡之有夙望者，演劇讌賀，賓客不期而至者數百人，道上之冠蓋相望。座間之巾裘相接。」（頁29）流連平康，遇逢珠娘之描寫，亦是有所本：

> 白紵徵歌。紅牙按拍。又值望夜月明如水。當是時。花滿酒滿月更滿。無殊極樂世界。卓然所眷名下妓珠娘者。阿環之苗裔也。珠娘本鴇親生之女。楊柳臨風。芙蓉出水。花容玉貌。楚

13 不著撰者：〈木元虛〉，《臺灣日日新報》第5246號，1915年1月25日，第4版。

楚自憐。且秉性溫和。吐屬雋雅。雙翹瘦削。凌波欲仙。是地勾欄中。皆推為翹楚。加之嗜讀書。善歌舞。珠喉雲遏。每歌長生殿一闋。嬌聲繞梁。婉轉悱惻。滿座顧曲之周郎。舉莫不悅耳醉心。交相贊嘆。擲贈動以萬計。是以聲價之高。不亞於馬湘蘭。王孫公子慕名求見者踵相接焉。(第1年第5號,1919年5月1日,頁451)

王韜《花國劇談》:「其妹紫蓉……白芝徵歌,紅牙按拍。」(頁1182)宣鼎《夜雨秋燈錄》〈一度風流千貫錢〉:「有某氏女者,芙蓉出水,楊柳臨風,阿環之苗裔也。」(頁274)王韜《淞濱瑣話》〈珠江花舫記〉:「汪蟾輝,珠江才妓也。本南海良家女,秉性溫和,吐詞雋雅。」[14]王韜《淞隱漫錄》〈月仙小傳〉:「時有名下妓李月仙者國色也,嬌姿媚態,世罕與儔,勾欄中皆推為翹楚。旦業不獨玉貌花羞,且又珠喉雲遏,每歌荔支香一曲,滿座讚歎,擲贈動以萬計。是以身價愈高,貴客富商,能謀一宿之歡,即已深幸,夜合資不敢較也。」[15]「每歌荔支香一曲」改為「每歌長生殿一闋」。而此處雖出自王韜,但王韜此篇復受長白浩歌子《螢窗異草》〈田一桂〉之影響。

第自恨生長娼寮。墜落泥塗。日下花前。每每背人飲泣。鴇母

14 王韜:《淞濱瑣話》〈珠江花舫記〉(頁264)與下文《夜雨秋燈錄》〈記珠江才妓事〉同。而「秉性溫和,吐詞雋雅」又與王韜《遯窟讕言》〈汪菊仙〉雷同,文云:「汪菊仙,吳門良家女也。……秉性溫和,吐詞雋雅。方數歲時,母以唐詩,一過之後,琅琅上口。因曰:『此女頗有夙根,但恐福薄耳。』既笄,喜作小詩,頗有風致,鄰家姊妹來問字其母者,咸自歎弗如。遠近爭欲求婚,而母意少可。」(石家莊市:河北人民出版社,1991年9月),頁212、213。

15 王韜:《淞隱漫錄》〈月仙小傳〉(頁545)又收入《後聊齋之一遯窟讕言》,頁53。《螢窗異草》亦有〈月仙小傳〉。以時間言,《螢窗異草》為早,但當時版本混亂,時見摻雜情況,又經常陳陳相襲,何人所撰,此處暫不追索,即使追索,恐亦難以索得真相。

亦憐其俊慧。當破瓜之年。意欲為之擇婿。故齷齪俗子造訪概不與通。遇文人詞客始令其接見。所居高樓一所。晶窗檀几。光彩陸離。法帖奇書。堆滿左右。客至焚香煮茗。娓娓清談。不喜雜褻詞狎語，如逢二三知己。或飛觴月下。或分韻燈前。興亦不淺。（第1年第5號，1919年5月1日，頁451-452）

王韜《淞濱瑣話》〈珠江花舫記〉：「稍長，尤工刺繡，針黹之暇，愛作小詩，頗有風致。及笄，誤嫁娼家，深以為恨。然已無可奈何。惟時時背人飲泣而已。姑亦憐其俊慧，俗客造訪，概勿與通。遇文人詞客，始令接見。即於舫上作小樓半間以居之。窗明几淨，法帖奇書雜陳左右，笙笛琵琶不屑置也。客至焚香瀹茗，相對清談，不雜一淫褻語。逢二三知己，必置酒小飲，或飛觴月下，或分韻花前，興亦不淺。」（頁264）《夜雨秋燈錄》〈記珠江才妓事〉亦近似，但無「尤工刺繡，針黹之暇」之描寫，而有「其夫病疾不能人」之因，其文如下：「汪蟾輝，珠江才妓也。本南海良家女，秉性溫和，吐詞雋雅。幼時母授以書，輒能記誦。稍長，愛作小詩，頗有風致。及笄，誤嫁娼家，其夫病疾不能人，深以為恨，然已無可如何，惟時時背人飲泣而已。家貧，遂理姑倚門舊業，姑亦憐其俊慧，俗客造訪概勿與通，遇文人詞客始令接見。所居小樓三椽，窗明几淨，法帖奇書，雜陳於香奩鏡檻之旁，笙笛之類，不屑置也。客至焚香煮茗，相對清談，不雜淫褻語。逢二三知己，或飛觴月下，或分韻花前，興亦不淺。」（頁257）此段同見諸王韜、宣鼎之作，但就文字觀之，如使用「焚香煮茗」、無「必置酒小飲」一句，陶仙宜是參考《夜雨秋燈錄》〈記珠江才妓事〉一篇。

卓然感其情摯。只得謂之曰。卿之心事。予早已籌畫再三矣。第上有嚴慈。必須稟命而後可行。況荊妻在室。諒未必遽能輕許。設一旦河東獅吼。卿能堪乎。珠娘愀然曰。抱衾與裯。實命不猶。小星之分。妾固知之。（第1年第6號，1919年6月1日，頁541）

宣鼎《夜雨秋燈錄》〈虎阜名姝與榕城生逸事〉：「卿之心事，僕固知之。但僕上有老母，須稟命而行。且糟糠在室，倘一旦河東獅吼能堪乎？若濤曰：『抱衾與裯，實命不猶，小星之分，妾固甘之。君宜急作書，稟命慈母，妾實不能久居此火坑中也』。言已淚簌簌下，生亦相向悲泣。」（頁268）「僕固知之」改為「予早已籌畫再三矣」。其餘僅一二句雷同者如《聊齋誌異》〈葛巾〉：「但恐杜蘭香之下嫁，終成離恨。」〈長清僧〉有「粉白黛綠」，《螢窗異草》〈徐之璧〉：「葳蕤弱質」，《淞濱瑣話》〈香豔〉：「獻媚爭妍」。因只是一二句，難以實指出處，故不論。

此處詳列文句、片段故事之出處，其意不在獺祭，而希望盡可能鋪陳全文敘述之來龍去脈及增刪改易、雖然原文比對極為瑣碎，但從比對中可以證成〈釵合鏡圓〉一篇之來源主要為《聊齋誌異》、《螢窗異草》、《花國劇談》、《遯窟讕言》、《淞隱漫錄》、《淞濱瑣話》、《夜雨秋燈錄》、《埋憂集》，皆是清代小說，其中引用參酌《聊齋誌異》的有〈邵女〉、〈寄生〉、〈西湖主〉，《螢窗異草》的有〈綠綺〉、〈馮塤〉、〈劉天錫〉、〈田一桂〉、〈珊珊〉、〈瀟湘公主〉、〈杜一鳴〉、〈翠衣國〉、〈諸天驥〉、〈女南柯〉、〈金三娘子〉、〈柳青卿〉、〈梅異〉、〈郎十八〉十幾篇，參考王韜之作則有《花國劇談》、《遯窟讕言》、《淞隱漫錄》、《淞濱瑣話》，尤其《花國劇談》、《遯窟讕言》在《臺灣日日新報》的轉載改寫少見，或許持著一般讀者少有機會接觸的想法，陶仙反其道而行，對《花國劇談》、《遯窟讕言》所錄反較多，《花國劇談》固無庸多言，出自《遯窟讕言》者就有〈自序〉、〈劍俠〉、〈碧珊小傳〉三篇，而《淞隱漫錄》僅選〈月仙小傳〉，《淞濱瑣話》亦僅見

〈珠江花舫記〉。其中《淞濱瑣話》〈珠江花舫記〉又與《夜雨秋燈錄》〈記珠江才妓事〉同，《夜雨秋燈錄》〈記瘦腰生眷粵妓蓮真事〉與《花國劇談》記蓮真事相同。

綜觀以上之出處比對，可知陶仙對各篇小說皆僅擇錄部分內容，整篇小說情節並不相同，甚至巧妙雜糅了各家思想。如多處襲用〈劉天賜〉一文，但該文講述的是蟬女湘瑟對郎君劉天賜雖經生死輪回不改癡心的故事，劉天賜年少才高，在巨富家坐館，主人以婢女湘瑟相贈，湘瑟美麗多情，深深愛慕著天賜，天賜拘於封建禮教和高堂嚴命，不敢接受湘瑟的感情，將其留在家鄉陪伴母親，湘瑟鬱鬱而卒，她的魂魄夜奔天賜，為其添香，伴郎夜讀，卻又發乎情，止乎禮，不越雷池半步，後來又與天賜訂下來生相守的盟約，湘瑟轉世投胎之後，果然嫁與天賜為妻，終償前生夙願。〈馮埧〉中的主人公馮埧是個極講孝悌而沒有原則的迂腐之人，其弟素來無賴，娶妻之後更是變本加厲地虐待兄長，哥哥馮埧不僅不以為意，反而對弟弟百依百順，縱容弟弟的種種惡性，甚至休掉沒有任何過失的妻子。〈綠綺〉書寫父母對子女至死不休的舐犢之愛、〈瀟湘公主〉敘述朋友之間生死不渝的友誼、〈金三娘子〉中的三娘子以天上仙女的身分下嫁落第書生周玉聲，在她的鼎力相助下，周生金榜題名，一償夙願。〈田一桂〉取材於《聊齋誌異》〈馬介甫〉一篇，皆是家有悍妻，《聊齋》〈邵女〉寫了善相術的女子邵女自顧命薄，因願為柴廷賓妾，屈身事奇妒之悍婦柴妻，邵女明知火坑而固蹈之，忍辱含垢，終令柴妻悔悟。王韜〈劍俠〉則是寫劍俠柳南厚報知音。這說明了〈釵合鏡圓〉一篇的故事來源極多，但不全取其中故事，取其文字描繪者較多。而取材多篇故事的現象，在韓國漢文小說對中國小說的移植與摹仿過程中，亦是常見的手法。

至於〈釵合鏡圓〉參考較多的《螢窗異草》，在其他刊物的刊登情形，亦說明之。目前可見《螢窗異草》刊登篇數並不多，在《臺灣日日新報》未得一見，在《三六九小報》有〈某姬〉、〈奇案二則〉、〈苑某〉三篇。〈某姬〉即〈大同妓〉（頁289），〈苑某〉即《螢窗異草》〈苑公〉一篇（頁415），刊登時作者署名「浩」，這是《三六九小報》處理作者一貫作法，習取名字其中一字，因此長白浩歌子在刊出時便僅見「浩」。〈苑公〉中的奶娘為了一己私欲將無辜的嬰兒害成閹人，苑公是豪門大戶的獨子，他的奶娘有私情，為了達到離開主人家與情夫私奔的目的，屢屢下手暗害還在襁褓中的小公子，公子命大沒死成卻從此成了閹人，留下難以彌補的終身遺憾。〈奇案二則〉敘述閩粵二命案。至一九四〇年代，復見《崇聖道德報》刊載數篇《螢窗異草》，〈果報相緣　毫釐不爽〉原出自〈陸廚〉（頁245），陸廚休妻案，其情節奇幻，真真假假，實難判斷。邢某精心策劃犯罪，最終難逃法網。但矛盾激化之由，也因婦人父母包辦女兒婚事，出爾反爾留下的後患。屈鬼顯靈顯然荒唐，但縣官昏庸，無才破案，如不加點幻想，則不僅冤案難以昭雪，本篇故事也難終篇。另〈得者失之因　失者得之果〉為〈晉陽生〉一文（頁326），〈因戲誤事　釀成命案〉通行本作〈定州（血）獄〉（頁233），〈舉會喧雜　非敬神之道〉原為〈唐城隍〉一篇（頁307），此外，尚有〈玉洞珠經〉（頁434）。這些作品再度被刊登於《崇聖道德報》，不外與戒惡從善，宣揚倫理道德、教化人心有關。〈晉陽生〉文末云：「今竟以此報復，使知失金得金，失婦得婦，而金即顧之金，婦即顧之婦，有不爽然自失者哉？……而局詐之風，其亦可以少息矣，亦以見天之報施，正自不爽。」故事以害人始，以害己終，其所受報應正是咎由自取，亦足以勸人向善，莫行害人之事。

從以上所述，可見〈釵合鏡圓〉對清代文言小說的承襲，及日治臺灣通俗小說在轉載、改寫、摹擬等的借鏡，而其中被認為較不被重視的〈螢窗異草〉，雖然並未在《臺灣日日新報》上出現，卻在一九二〇年代《臺灣文藝叢誌》、一九三〇年代的《三六九小報》及一九四〇年代的《崇聖道德報》出現，臺灣傳統文人始終難以忘懷此部小說，後續所受的重視甚至超越了王韜的作品，其中緣由尚待他日進一步討論。

三　結語

就日治販售的圖書書目及作家典藏圖書觀之[16]，尚未見到《淞隱漫錄》、《淞濱瑣話》、《遯窟讕言》、《螢窗異草》、《夜雨秋燈錄》的記載，流通情況似不甚佳，或者說這些著作可能僅少數某些人典藏。其實臺人對筆記小說、文言小說、戲曲等圖書的收藏，除通俗的章回話本小說《三國演義》、《七俠五義》、《水滸傳》、《西遊記》、《彭公案》、《施公案》及《聊齋誌異》等較為普遍外，泰半是少有典藏，且經常是以租借方式讀得。從《黃旺成先生日記》可觀知其閱讀通俗小說的紀錄，這些小說多半是向師友借閱，因有歸還之壓力，反促成黃旺成將借來的小說及時閱畢以歸還。在前九冊日記已可見讀過二十幾種小說[17]。從洪棄生、黃旺成、楊守愚、賴和、林獻堂[18]等文人嗜讀

16 一九一六年，嘉義黃茂盛的蘭記圖書部就引介了大批中國文言通俗小說，其中包括程瞻廬《湖海英雄傳》、李涵秋《鏡中人影》、天虛我生《淚珠緣》等。連橫等創辦的「雅堂書局」(1927)、張純甫開設的「興漢書局」(1931) 等也均在中國購進大量書籍，其中即有大量鴛鴦蝴蝶派通俗小說。

17 其閱讀之小說，如《八美圖》、《紅樓夢》、《夢中五美緣》、《花月痕》、《聊齋誌異》、《水石緣》、《子不語》、《新齊諧》、《續齊諧》、《綠野仙踪》、《女丈夫成親》、《二度梅》、《西廂記》、《平山冷燕》、《風月傳》、《十二樓》、《白牡丹》、《乾隆遊江南》、《西湖佳話》、《茜窗淚影》、《雪鴻淚史》、《名花劫》、《美人局》、《女學生之秘密記》、《神州光復志演義》、《孽冤鏡》等。

18 《守愚日記》載其讀《玉田恨史》，與黃旺成日記記錄所讀小說相同。黃得時有漢詩〈題徐枕亞玉梨魂（夢霞）〉、〈題徐枕亞玉梨魂（梨影）〉、〈題徐枕亞玉梨魂（筠倩）〉(刊《臺南新報》1926年7月14日)，他閱讀過《玉梨魂》、《雪鴻淚史》。賴和漢詩亦有〈讀小說紅淚影〉及讀周瘦鵑小說的詩作，在〈叨古董〉小說裡更寫到主角過去所讀的舊小說。另外據葉榮鐘所述，林獻堂青年時期喜讀林紓所譯小說，

小說現象觀之，葉陶仙恐有過之無不及，這從他對小說的熟稔度可以推測。

陶仙〈釵合鏡圓〉其中無論是故事類型，還是情節構思、人物形象等，都可以明顯感受到受清人小說影響的痕跡，可說是其嫡系後裔，這只要讀者相互比對文字即可了然。然則吾人對〈釵合鏡圓〉一篇將如何看待及予以評價？本來筆記小說時見以摘錄、抄錄、改寫他人作品而不標示來源的現象[19]，從袁枚、紀昀之作已見，徐昆《柳崖外編》與《小豆棚》亦有相近之文，宣鼎《夜雨秋燈錄》則與王韜之作多有雷同，甚而王韜之作亦可見《聊齋志異》之痕跡，大抵故事流傳過程，口耳相傳，加上酷嗜閱讀小說，下筆之際，自難完全避免因襲痕跡。雖然作者經常交代聽聞自好友或是親族某某，但如以故事脈絡、行文遣辭多雷同時，則較難擺脫因襲的批評。那麼，〈釵合鏡圓〉幾乎將所有佳人才子型故事類型統統匯集到一篇，人物遭遇波折，最後仍舊回到一夫多妾大團圓局面，其中還表現了妻子的賢淑寬容美德，勸以納妾。雖然本篇故事來源出自清人小說二十幾篇，但作

「如《俠隱記》、《三劍客》、《黑奴籲天錄》、《孤星淚》等，講起故事來，有板有眼，頭頭是道。」《臺灣人物群像》（臺北市：帕米爾書店，1985年），頁13。在《灌園先生日記》有「余講『王六郎』、『佛國寶』兩節」（1930年11月28日），「余講『聊齋三節』」（1931年3月16日），〈王六郎〉出自聊齋志異，〈佛國寶〉為《福爾摩斯全集》其中一篇。此外《臺灣文藝叢誌》曾刊林一（呂若淮謂即林獻堂其人）〈橫濱看美人〉，內容提及「謂每人談小說一節，共博一笑，以消此永晝如何？眾大贊成，或談冒險，或說偵探，雜以狐鬼神仙，五花十色，光怪陸離，滿坐閧然。」又說自己：「往日曾讀福爾毛斯之巨獒殺人案，又讀金風鐵雨，群獒夜追撒克遜等。」足見時人對冒險、偵探、狐鬼神仙筆記小說以及林紓譯作，頗為熱衷，且熟悉到可以隨時與友人分享。參林一，〈東瀛旅行記・橫濱看美人〉，《臺灣文藝叢誌》第2年第4、5號，1919年4、5月。

19 《臺灣日日新報》曾載徐達、蔣霆故事，乃出自祝允明《九朝野記》。〈徐達〉刊1922年8月26日，嘉定少年徐達劫人新婦而逃事，情節起伏婉轉，波譎雲詭。凌濛初二刻卷「徐茶酒乘鬧劫新人鄭蕊珠鳴冤完舊案」據此鋪演。〈蔣霆〉刊1922年10月14日。蔣霆戲言得婦事，又為凌氏演為初刻卷一二「陶家翁大雨留賓蔣震卿片言得婦」所本。

者在文字運用，故事進程所展開的漫長篇幅中，踵事增華，鋪敘敷衍，使得情節曲折而圓轉自如，起承轉合不覺突兀，而故事情節發展一波數折，令人始料未及，緊緊抓住了讀者心理，可謂在摹擬、改寫前期作品上為一極特殊現象。之所以如此，乃在於此類小說的故事題材本來就有繼承性，加上作者之閱讀廣泛及嫻熟乃是，因而能擷取各篇一小部分故事予以鋪衍而成。但〈釵合鏡圓〉的致命傷則在於通篇不少文字基本相同或僅略有小異，直接摘錄前人作品較多，在文字改動較少的情況下，以今日著作權法視之，則難以避免抄襲之譏。不過，在當時過渡的年代，問題並沒那麼嚴重。

追溯《剪燈新話》、《剪燈餘話》及早期諸多作品，作者並不回避重寫小說以成文的事實，且在行文中點出情節所本，如《剪燈餘話》卷一〈長安夜行記〉中的女主人公不但對人說出「妾夫開元間長安鬻餅師也」，並幾乎原文引述了故事的出處。元好問的《續夷堅志》卷一有〈馬三詆欺報〉就是《太平廣記》牛馬償債故事的延續，再如〈一行墓石記〉，內容亦與《太平廣記》卷一五六〈劉遵古〉頗為相似。〈釵合鏡圓〉自然也有類似情形，在文本頻繁的摘錄過程中，清代文言小說成為〈釵合鏡圓〉故事來源的重鎮，而《螢窗異草》及王韜之作則是其中較為重要的，尤其是王韜之作再度為臺灣文人襲用改寫，這或許不是一個偶然的巧合，王韜在一九二〇年代前的十幾年時間，確實是臺灣文人難以忘懷的摹仿學習對象。放在整個日治臺灣通俗小說興發的大文化背景下來觀察，這不僅是「儀」、「陶仙」個人的偶然行為，而是日治通俗小說初期寫作時的發展要求。

以今日眼光視之，即使陶仙不斷變換新素材也沒有完全延續原有故事情節，但思想內容比較古舊，創作態度不夠嚴肅，在藝術表現上似乎也缺乏更高的追求，這樣的作品「一才子雙美奇緣」，自然也是千篇一律，淪為令人生厭的窠臼、俗套，缺乏新意，加上對於文言小說過多的依賴，使〈釵合鏡圓〉減少了新鮮與活力。在進入一九二〇年代，臺灣新小說即與現實聯繫，以小說為啟蒙的工具和利器，反封建並關注勞苦大眾的生活，此際觀看〈釵合鏡圓〉一篇之存在，便顯得單薄，呈顯遊戲消遣的趣味主義之文學觀。事實上，只要在相應的故事框架中不斷地置換入新鮮生動的生活素材，並賦予時代的氣息，那麼傳統的故事模式更容易引起人們的共鳴。總之，從清代文言小說、筆記的接觸、累積，提供了臺灣文人豐富的故事素材，漸走向文人獨立創作的過程，但另一方面也相當程度地限制了作家創造力與想像力的充分發揮。

第二節　日治臺灣〈小人國記〉、〈大人國記〉譯本來源辨析及其改寫

一　史料與譯本追蹤

臺灣日治翻譯文學除了白話字、臺語漢字、世界語的翻譯外，自然以日文、中文翻譯為大宗，而中文譯本除李萬居、張我軍、洪炎秋、劉吶鷗等譯家，其他多數出自中國文人之手，再由臺灣報刊直接轉載或改寫後再刊登。如簡進發翻譯的〈無家的孤兒〉，其源頭文本自是 Hector Malotm 所著 *Sans Famille*（1878），然而簡進發並非直接從法文原著譯出，乃是參考日譯本，又根據中國文人包天笑用文言文譯成的《苦兒流浪記》再「轉譯」為白話文。這些中譯作品當中，有的原本就是日本文學作品，如《臺灣日日新報》刊登魏清德翻譯的〈赤穗義士菅谷半之丞〉、李逸濤翻譯的〈志士傳〉，還有轉載湯紅紱翻譯的押川春浪〈旅順勇士〉以及龍水齋貞一〈女露兵〉，《臺灣民報》轉載的周作人翻譯的加藤武雄〈鄉愁〉、張資平翻譯的松田解子〈礦坑姑娘〉，《風月報》、《南方》刊登的林荊南翻譯多田道子〈海洋悲愁曲〉、火野葦平〈血戰孫圩城〉，在臺日人小野西洲翻譯的柴四朗

〈佳人奇遇〉（未刊畢）等等。除了直接翻譯日文作品之外，亦有透過日文譯作以轉譯他國作品者，譯文之中往往可以從一些音譯詞看出蛛絲馬跡，例如：謝雪漁譯〈武勇傳〉（*The Lady of the Lake*, 1810）[20]的原作者是 Walter Scott，今譯為「華特．史考特」或「沃爾特．司各特」，刊出時標示的卻是「奧雨答思各卓」，明顯是由日語譯音「ウォルター・スコット」再轉譯成臺語漢字。臺灣報刊轉載的中國譯家譯作中，亦有不少再自日譯轉譯，如魯迅翻譯的愛羅先珂童話〈魚的悲哀〉、〈狹的籠〉以及〈池邊〉，都是先由俄文原作譯成日文，再轉譯為漢文，這與魯迅本身留學日本、通曉日語有關。清末甲午戰爭之後，中國留日學生藉由日文以轉譯大量西洋作品，影響中國翻譯文化既深且遠。日文對於中國人或臺灣人而言，一度都是認識世界文明的重要工具，而透過二度翻譯的西洋文學也經常是認識西方現代性的管道。一九二〇、三〇年代是臺灣翻譯較受重視的階段，除《臺灣民報》時期的譯作轉刊，傳統文人刊物《臺灣文藝叢誌》，也經常介紹許多外國局勢、西方新文明以及國外文人著作的概況，同時轉錄中國文人之譯作。如《臺灣文藝旬報》第十八號河上肇著、楊山木譯〈現代經濟組織之缺陷〉、西巫時用譯〈愛國小說：不憾〉、蜀魂譯〈神怪小說：鬼約〉等。其引介島外思潮，內容多元廣泛，對臺人知識視野的擴大、世界脈動的掌握極有幫助。

事實上，探討臺灣譯作，離不開發行時間最早又歷史最久的《臺灣日日新報》。但由於該報刊登作品，十之八九不署作者譯者之名，也不交代出處來源，以致多被誤認為臺灣文人之作，經追索查對才知原譯者名姓或筆名，其轉刊的中國譯作不少，有中覺一意譯〈偵探小說：梅倫奎復讎案（復朗克偵探案之二）〉（易題作〈孝子復仇〉）及囂囂生譯述瑣尾生潤辭〈排命君子〉、何卜臣意譯〈借馬難〉、不才意譯

20 見《風月報》第88-89期，昭和十四年（1939）6月、7月，頁3-4、3-5。

〈寄生樹〉、覺廬譯〈雷那德〉、梅郎、可可譯〈滑稽之皇帝〉、井水譯〈二萬磅之世界名畫〉，曙峰譯〈滑稽審判官〉、小青譯〈愛河一波〉、碧梧譯述〈騙術奇談〉、〈疆場情史〉、包天笑譯〈意大利少年〉等等。以上轉刊時間較集中在一九一四、一九一五年，進入一九二〇年代，《臺灣日日新報》版面幾乎未見文學性譯作，直到一九三〇年才忽然出現〈小人國記〉、〈大人國記〉。這兩篇譯文是眾所皆知的喬納森．斯威夫特（Jonathan Swift, 1667-1745）*Gulliver's Travels*（《格里弗遊記》）的前兩部，而一向以刊登簡易文言為主的《臺灣日日新報》，卻在此時出現罕見的流暢白話文譯作，且以日日連載方式刊出，其刊登時間先後長達七個多月[21]，不能不說是個異數。到了二〇〇〇年臺灣學界對 *Gulliver's Travels* 興趣濃厚，展現無比熱情，先是單德興出版的《格里弗遊記》全譯本，並撰述了多篇極有價值的論文[22]，其後復見林以衡〈《格里弗遊記》在臺灣：日治時期〈小人國記〉、〈大人國記〉的譯寫、諷喻與政治想像〉[23]對此譯本的考證與研究。二〇一三年單德興考慮「經典文學的大眾化與普及化，拉近學院與社會的距離」，將研究成果與大眾分享，遂將學術譯著《格理弗遊記》重新以

21 〈小人國記〉、〈大人國記〉刊登時間分別為1930年3月3日-5月17日、7月6日-12月6日。

22 單德興譯注：《格理弗遊記》（*Gulliver'sTravels*）（臺北市：聯經出版事業公司，2004年10月），論文則有〈翻譯、介入、顛覆：重估林紓的文學翻譯──以《海外軒渠錄》為例〉、〈格里弗中土遊記──淺談《格里弗遊記》最早的三個中譯本〉、〈翻譯．經典．文學──以*Gulliver'sTravels*為例〉等。《格理弗遊記　普及版》由同一出版社聯經於二〇一三年發行，書前說明又見氏著〈重新整裝，再度出發──《格理弗遊記》普及版的緣起、過程與目標〉，《人文與社會科學簡訊》，2013年，頁11-17。近一、二十年，兩岸有關《格里弗遊記》研究的論文多達百篇。

23 該文刊登《成大中文學報》第32期，2011年，頁165-198。又有部分融入其博論〈東、西文化交錯下的小說生成：日治時期臺灣漢文通俗小說對東亞／西洋小說的接受、移植與再造〉中的「由原著到譯本：西洋翻譯小說在臺灣奇幻想像與冒險犯難：《格理弗遊記》和《魯賓遜漂流記》」（政治大學中國文學所博士論文，2012年），頁218-220。

普及版面貌出現，書前原序文融入了林以衡的研究成果，在「早期中譯」一節，新納入《小人島》／《小人島志》、《小人國記》／《大人國記》一頁多的篇幅補充。然而筆者閱讀林文後，深感《臺灣日日新報》的〈小人國記〉、〈大人國記〉之譯本探究，實有釐清之必要，遂將存放六年遲遲無暇完成的論文設法於暑假期間完成，希望能避免錯誤資訊的一再傳遞。一者《臺灣日日新報》的譯者（未署名）所依據的譯文，宜是韋叢蕪《格里佛遊記》譯本，其中自行改寫、添寫、臆改之處，透露了該報刊譯者對翻譯的態度及認知，其譯績恐非林文所謂「可見證日治時期的臺灣通俗小說，在翻譯能力方面，已具備與西方文學直接接軌的能力」、「日治時期的這兩篇小說，直接由外國原著譯入臺灣的可能性較大，由此可見日治臺灣對於外國著作的翻譯，並非一定要經由中文或是日文的二度翻譯，才能進入臺灣，表現出臺灣翻譯程度的提升，以及對外界知識接收的能力極高」[24]。再者，韋叢蕪《格里佛遊記》譯本迄今為學術界忽略[25]，有必要揭櫫此一現象，

24 同前注，頁182、196。

25 張婷婷：〈未名社的翻譯活動研究（1925-1930）〉，華中師範大學外國語言學及應用語言學碩士論文，2013年。論文討論了韋叢蕪譯本《格里佛遊記》卷一，不過張文同樣未悉尚有《格里佛遊記》卷二譯本，且其論述與筆者有異。該文主要聚焦韋叢蕪的譯文在語言上的各種特色，例如大多為字面上的直譯因而忠於原著的文字，或是正值白話文與文言文交替的時代，因而在文白夾雜中白話文的使用未臻熟練等等。問題在於，當張婷婷認為韋叢蕪的譯本也如同英文原著一般展現了諷喻的意味、夠格稱為諷刺小說時（頁37-38），她從譯文中所引的段落其實原著中也有，我們所能夠看到的便是韋叢蕪忠實地直譯。在沒有甚麼太多增刪與修改的情況下，我們無從判定這樣的翻譯方式是韋叢蕪刻意為之，還是他所採取的一貫之翻譯手法下不自覺的產物。同樣地，當韋叢蕪的白話譯文不通順的時候，我們也無從判斷究竟這只是他使用白話文表達的能力尚未純熟，還是他一開始對英文原著的理解就在一定程度上有所限制。因此，對韋叢蕪翻譯成就的評估，還有許多不確定的因素必須排除。但由於筆者主要關懷的核心在於《臺灣日日新報》與韋叢蕪譯本之間的關聯，上述的這些問題並沒有直接的影響。我們在判斷《臺灣日日新報》的抄譯改寫者的想法時雖然主要也是根據其譯文與韋叢蕪譯本之間的差異，但即使兩者之間有直接抄錄的關係，在增刪與修改之處相當多的情況下，判斷臺灣抄譯改寫者之意圖

並探究其緣由。本文將對以下議題展開討論：〈小人島志〉、〈小人國記〉、〈大人國記〉在日治臺灣報刊的刊載情形及報刊對兒童文學的引介，其次是對《臺灣日日新報》〈小人國記〉、〈大人國記〉譯本的追索及比對，判讀所依據的版本。在比對過程同時亦對韋譯的得失提出檢討，並從其譯本印證《臺灣日日新報》對韋譯的抄錄改寫，最後討論臺譯本在當時的文學意義。

二　〈小人島志〉、〈小人國記〉、〈大人國記〉、〈談瀛小錄〉在日治臺灣報刊

一九〇九年臺灣文人蔡啟華（1864-1918）[26]翻譯了〈小人島志〉，即 Jonathan Swift 原作《格理弗遊記》（*Gulliver's Travels*）四個章節之一。這個時間點較諸一九〇三年，上海《繡像小說》第五期開始連載《僬僥國》（第八期後改名為《汗漫遊》）晚了六年。較諸林紓、魏易合作翻譯的《海外軒渠錄》晚三年。當時之譯作尚無法深刻掌握寄寓諷刺的主題，多視為笑謔的談助與不經的逸事。蔡啟華的譯本亦近似，其翻譯目的是「述一絕奇絕巧之事……以當奕碁觀劇之

時不確定的因素已減少許多。欲從翻譯的作品中區別譯者的想法與原著作者的想法，並不是一件容易的事，張婷婷的論文對此仍存在糾葛。

26 見《臺灣教育會雜誌》第91-94號，明治四十二年（1909）10月25日至明治四十三年（1910）1月25日。根據智慧型全臺詩知識庫之介紹，蔡啟華，字培苑，又字君錫（編者蔡美端按：蔡啟華未以字行，「字君錫」此條資料，僅見於一九〇七年館森鴻、宇野秋皐《竹風蘭雨集》〈韓信〉詩題下），祖籍福建泉郡惠安縣，幼隨父渡臺。其父以舌耕為業，啟華隨侍讀書，於詩文頗有心得。後曾任大稻埕公學校漢文教師，後任總督府學務課員。一九〇七年以臺灣人的身分擔任《臺灣教育會雜誌》漢文報編輯，作品有〈生蕃人國法上位地論〉（1906）、〈海內十洲記錄〉（1907）、〈遊圓山記〉（1911）、〈鈴江先生略傳〉（1912）。一九一四年，協助平澤丁東主編的《臺灣俚諺集覽》的批注，是漢人於日治時期協助民間文學的採集整理之例。大正七年（1918）蔡啟華原擬舉家久居日本，未料宿疾發作，在京醫治無效，遂匆匆歸臺，旬餘竟歿。

趣云爾」，著重閱讀趣味，而非政治諷諭。此譯作乃根據日文本轉譯，由譯文處處流露痕跡可知，如故事中的主角 Gulliver 譯為「涯里覓」，與今日習見的「格列佛」或「格里佛」相距甚遠，即是日語譯音「ガリヴァー」或「ガリバー」再轉成臺語漢字[27]。文中還有一段描述：「嘗考小人島，名曰リヽブウト，國之縱横，十有二里，國中最繁盛都會者，曰ミルレンド都」，並未將片假名改為漢字，明顯可見轉譯痕跡。在蔡譯發表的一九〇九年當時，Jonathan Swift 這部著作業已出現多部日譯本，包括片山平三郎譯《鵞瓈皤兒回島記：初編小人國之部（繪本）》（東京：薔薇樓，1880年）、片山平三郎譯《鵞瓈皤兒回島記》（東京：山縣直砥，1887年）、大久保常吉纂譯《南洋漂流大人國旅行》（東京：新古堂，1887年）、島尾岩太郎譯《小人國發見錄：政治小說》（東京：松下軍治，1888年）、大平陽介譯《ガリバー旅行記》（東京：鶴書房，1900年）、菅野德助，奈倉次郎譯注《ガリヴァー小人國旅行》（東京：三省堂，1907年）、松原至文、小林梧桐譯《ガリヴァー旅行記》（東京：昭倫社，1909年）等。日譯本相當多，由於本文討論重點不在比對蔡啟華究根據以上哪一種日譯本翻譯，因此對〈小人島志〉進一步的梳理留待他文。不過，從所刊登的《臺灣教育會雜誌》對教育的重視、改造，以及刊有其他不少兒童文學之作視之[28]，〈小人島志〉之翻譯，或許存有作為兒童文學讀物的想法。其譯文為節譯，也有較多刪減、更改，目的自然不是全面的文學性翻譯，而是以翻譯外國著名童話寓言故事用以教育兒童。這在中國、日本都是同樣情況，清宣統三年（1911）商務印書館為配合中小學堂教科書發行，由孫毓修據英文原著摘譯，將《格里佛遊記》部分內容分編為《小人國》和《大人國》，列為《童話》第二集中的兩

27 「覓」字在臺語有多種讀音，其中之一為〔bā〕，與「ヴァー」相似。

28 稍早有譯作安徒生〈某侯好衣〉，刊《臺灣教育會雜誌》第50號，明治三十九年（1906）5月25日。〈某侯好衣〉即今日熟悉的〈國王的新衣〉。

冊，幾年之間，達八、九版。

而臺灣重視童話寓言故事的教育功用，時間可能更早。基督教的《府城教會報》使用白話字傳教，除了傳教以外還有新聞、歷史、宗教、勸世、小說、散文等等。其翻譯文學除一八八六年所翻譯刊載《天路歷程》（*Pilgrim's Progress*, 1678）的宗教文學，另有〈貪字貧字殼〉、〈大石亦著石仔拱〉、〈知防甜言蜜語〉、〈貧憚 e 草蜢〉、〈貪心的狗〉、〈狐狸與烏鴉〉、〈獅與鼠〉等《伊索寓言》故事。又如〈塗炭仔〉是〈灰姑娘〉故事的翻譯改編，〈水雞變皇帝〉是翻譯自《格林童話》故事。所翻譯之作幾乎都經過改編，以期人名、地名及敘述口吻合乎臺灣在地習慣。以白話字翻譯世界各國文學，教會報刊很早就扮演了引進世界文學的角色。此乃臺灣翻譯文學，尤其是兒童文學非常特殊的現象。此外，漢字臺灣語譯文學《伊索寓言》有〈狐狸與烏鴉〉、〈螻蟻報恩〉、〈皆不著〉（即父子騎驢）、〈諷語〉（即旅人與熊）、〈凸鼠〉（即老鼠開會）、〈不自量龜〉（即烏龜與老鷹）、〈欺人自欺〉（即狐狸與鶴）、〈兔の悟〉（即兔與青蛙）、〈弄巧成拙〉（即下金蛋的母雞）、〈譽騙〉（即狐狸與烏鴉）、〈鳥鼠報恩〉（即獅子與老鼠）、〈螻蟻報恩情〉、〈金卵〉、〈田舍鼠と都會鼠〉等，以有趣的兒童文學提供日人警察學習臺語之用。到了一九二〇年代中，《臺南新報》的兒童文學譯作比其他報刊多，選取了斯洛伐克、印度、保加利亞、支那（中國）等國的童話，譯者及譯作有梅津夏子〈鹽か黃金か〉、北村洋一〈女人創造〉、梅津夏子〈狼と牡貓〉、荒川浩三〈木登り三太〉、春山亥之助〈鳥の一念〉、荒川浩〈清兵衛と石〉、〈首なし兵士〉等等。其中有一部分還是「世界小學讀本物語」，由天野一郎翻譯。此部分材料提供了世界語翻譯的成果，也是翻譯兒少讀物非常特殊的語言現象。

而《臺灣日日新報》在〈小人國記〉、〈大人國記〉刊登前三十年，曾短暫出現四篇兒童文學[29]，之後就一直處於沉寂狀態。在〈小人國記〉刊出前三年，《臺南新報》刊登了〈僬僥國人〉，篇名與1903年上海《繡像小說》第五期開始連載的《僬僥國》[30]近似，「僬僥」頗見史書所載，《列子》〈湯問〉載：「從中州以東四十萬里，得僬僥國，人長一尺五寸。東北極有人名曰諍人，長九寸。」《史記》〈大宛列傳〉正義所引魏王泰《括地志》故事相通：「小人國在大秦南，人才三尺。其耕稼之時，懼鶴所食，雖亦是寫小人國，但非《格理弗遊記》裡的〈小人國記〉，而是宣鼎《夜雨秋燈錄》裡的〈樹孔中小人〉[31]。經過三年多，《臺灣日日新報》〈大人國記〉「緒言」認為關於大人國記事尚未之見，僅吏稱共工頭觸不周山，天柱為折，又日防風之骨，其大專車。而舉小人國記載以見其奇，又進一步以《夜雨秋燈錄》之樹孔中人突顯斯夫偉特氏之小人國記，更具靈性，其云：

> 關於小人國記載者，莫如夜雨秋燈之樹孔中小人。云某島中枯樹甚多，大可十圍樹多孔，小人長僅七八寸居其中。有老幼男婦妍醜尊卑之別，繫小腰刀弓矢等物，大小與人稱。枯樹最高處有小城郭，高可及膝，皆黑石砌就。王者東發，紫金冠，雙雉尾，銀鎖甲，騎半大雞雛。罵人曰：黎二師四伊利。飼以飯粒亦食，尤嗜松子果品畏聞雷聲。一晝夜三宿，其人以幼為

29 〈貧乏人と金持〉（窮人與富人）、〈靴を穿いた牡猫〉（穿長靴的公貓）、〈機織と死神〉、〈雪姫〉（白雪公主），分別刊《臺灣日日新報》第1065、1082、1090、1094號，1901年11月17、23日及12月8、22日，第3版。

30 第八期後改名為《汗漫遊》，因「僬僥」指的是傳說中的矮人，只能與第一部的「小人國」對應，自第二部以後即無法涵蓋全書內容。由此亦可見當時可能邊譯邊登。

31 文刊《臺南新報》第8868號，大正十五年（1926年）10月15日，第6版。內容描述廣東澳門島有某常隨海艦出外洋做貿易。某日遇颶停一古島，見樹孔有小人居，長七八寸。某為向俗人炫耀以賺錢，決攜小人回故鄉。抵廣東後，某請教名士得知是僬僥國矮人，便於市設帳。適有某公極愛小人並出千金購之。某公待小人極寵，處處討小人悅。某公年誼不知小人為何物，大驚狂呼致兩小人死，某公從此深恨年誼。

尊，幼者之中，猶以婦人為重，見道學龍鍾老輩者，匿不出。愛人著鮮衣闊服，見必舞弄刀棒獻技。若見破帽殘衫者，必指罵之云云。

《臺灣日日新報》的〈小人國記〉五十二回刊於大正五年（1930）三月三日至五月十七日，〈大人國記〉七十二回刊於同年七月六日至十二月六日。易言之〈小人國記〉刊畢一個半月之後才續登《大人國記》。其譯寫者何人？在這一二四回刊登時，從頭至尾沒署名也不見任何暗示。但從連載時間之長及兩篇「緒言」觀之，其文字典麗，多次援引中國典籍，可見其人頗具漢學涵養，加上添寫的譯文，以流暢的白話文行文，譯寫者恐是當時任職《臺灣日日新報》的漢文記者。

有意思的是，在《臺灣日日新報》刊登〈小人國記〉、〈大人國記〉之後四年多，《臺南新報》在一九三五年二月二、三、六、八、九、十五、十七日刊登了《申報》〈談瀛小錄〉[32]，及〈一睡七十年〉（1934年5月16日）翻譯小說，〈談瀛小錄〉可謂是目前所見的最早《格理弗遊記》中譯文，原清同治壬申十一年（1872）四月十五日至

32 根據單德興引述韓南的考證，《談瀛小錄》的譯者應是《申報》編輯蔣其章。見氏譯著《格理弗遊記　普及版》（*Gulliver'sTravels*）（臺北市：聯經出版事業公司，2013年5月），頁10。此外，據胡懷琛《中國小說概論》（世界書局，1934年11月），頁105。胡氏謂〈談瀛小錄〉改自《格利佛遊記》中的一段，並以「清末盛行的假扮的小說」描述。至於《臺南新報》所載〈談瀛小錄〉應非載自一八七二年四月的《申報》，而是一九二六年出版的「尊聞閣筆記」，蓋一九三五、一九三六年連續多篇出自此書，而其中〈某宦〉一篇不作一八七四年初刊時的篇名〈積善厚報〉，可知是復刊的「尊聞閣筆記」。一九一一年吳德鐸有文云「這書的我國最早譯文，具目前所知，當推載於西元一八七二年（清同治十一年，時林紓二十歲）四月十五至十八日《申報》的《談瀛小錄》。這篇近五千字的中國式的筆記小說，無疑是《格列佛遊記》的第一部分，即（小人國）的中文譯本。」，見《文心雕同》（上海市：學林出版社，1911年11月），頁365。

十八日（國曆是5月21至24日）上海《申報》連續刊登四期，在一九一七年十月七日《申報》「尊聞閣筆記」又再次刊登。內容敘述：浙江寧波有一商人，遠涉重洋到廣東瓊山販賣貨物，不幸在海南島洋面覆舟，漂流到一個「小人國」。全篇除了將主角格里佛身分改作「中國商人」，地點也改為中國海面外，其餘情節大致均按《格里佛遊記》裡的「小人國」循序佈局。筆者僅指出《臺南新報》曾刊〈談瀛小錄〉，以完備日治臺灣對〈小人國記〉分佈刊登的時間及報刊，論述重點則緊接著進入《臺灣日日新報》的譯本出處。

三　《格里佛遊記》中譯本與《臺灣日日新報》譯本的關係

由於《申報》初刊〈談瀛小錄〉時用連史紙石印，每期僅發行三、五千份，以當時知識傳播，可能多數人對這部早已冠蓋滿歐洲的「遊記」，並沒留下多大印象。進入二十世紀初期，新思想繼續從西方引進，中國沿海廣州、上海和香港等地，開辦了印刷所和編譯機構。一九〇三年，上海《繡像小說》第五期開始連載《僬僥國》（第八期後改名為《汗漫遊》）。清光緒三十二年（1906）四月，林紓、魏易合作翻譯了綏夫特之作，以《海外軒渠錄》為題，由上海商務印書館出版，列為《說部叢書》，成為當時的熱門書[33]。一九一六年有嚴枚注釋《初級英文叢書格列佛遊記》（北京中華書局），英語讀本，但書名後加題「附國文釋義」。一九二〇年代末之後，又有多種譯本及節譯本的出現。略為敘述如下：

一九二八年出版希勒格（Gustave Schlegel）著、馮承鈞譯《中國

33 此譯本在一九〇七年十月再版發行，又罄銷一空。關於此三譯本的詳細介紹，請見單德興專文〈格理弗中土遊記——淺談《格理弗遊記》最早的三個中譯本〉。

史乘中未詳諸國考證》[34]。一九二八、一九二九年出版了韋叢蕪譯《格里佛遊記》卷一、二，分別是未名叢刊之十五、十七，皆印刷一千冊，似未見再版[35]，絕版已久。第三卷、第四卷，僅見書目廣告，未實際出版。未幾，《格理弗遊記》傳遍全世界（1930年代），並被改編為各種戲劇和電影。而此後幾個大書局也都出版了不同譯本，大致有：伍蠡甫、孫寒冰編《西洋文學名著選》（黎明書局，1930年）。吳景新譯《大人國遊記》和《飛島遊記》（世界書局，1932年，收入「世界少年文庫」），不過封面及版權頁將中譯的作者名誤印為「威斯佛特」。一九三三年，唐錫光譯《大人國》、《小人國》（上海市：新中國書局，1933年1月），是《格理弗遊記》的選譯本。一九三四年有士維甫特（Jonathan Swift）著、伍光建選譯《伽利華遊記》（商務印書館）。一九三五年有斯尉夫特著、黃英[36]譯注《格列佛遊記》（中華書局），收在「英漢對照文學叢書」裡頭，這個本子只節譯了小人國、大人國兩部分。一九三六年有斯惠佛特著、徐蔚森譯《格列佛遊記》（啟明書局），亦是原書前兩部譯本。一九三九年有易寒譯《格列佛遊記續集》（啟明書局），為原書三、四部（《飛島遊記》、《獸國遊

34 《尚志學會叢書　中國史乘中未詳諸國考證》（北京市：商務印書館，1928年），內分二十卷：扶桑國考證、文身國、女國、小人國、大人國或長人國、君子國、白民國、青丘國、黑齒國、玄股國、勞民國或教民國、離國、背明國、郁夷國、含明國、吳明國、三神山、古琉球、女人國。此非Jonathan Swift之作，但同樣有類似大小人國篇目。

35 胡從經書話集《枳園草》稱《格里佛遊記》二卷「均由未名社於一九二八年初版」，顯然有誤，卷二出版時間是一九二九年一月。此卷是否再版，並不清楚，但魯迅編未名社叢刊在《格里佛遊記》卷二處括弧說「再版中」，見劉運峰編：《魯迅全集補遺》（天津市：天津人民出版社，2006年6月），頁470。

36 黃英即盧隱，一九三〇年代著名的女作家，惜一九三四年五月在上海死於難產。作品多署盧隱，幾種盧隱的著作年表皆不載此書，惟徐沉泗，葉忘憂編選：《盧隱選集》（上海市：萬象書屋，1936年）後記中提及，盧隱的朋友女作家蘇雪林云，三零年代盧隱與中華書局總編輯舒新城夫婦同住上海愚園路某寓，又曾約她為中華書局撰寫教材，以此推斷該書出自盧隱手筆。

記》）譯本。啟明書局在一九三九年四月出版了《格列佛遊記》，可謂是當時第一個全譯本。戰後譯本則如雨後春筍，略摘數種如下：鄭學稼、吳葦合編《歐美小說名著精華　第一卷》、徐培仁編譯《大人國與小人國》、張健譯《格列佛遊記》、范泉縮譯本《格列佛遊記》，至中共改革開放後，《格列佛遊記》節譯本、英漢對照節譯本、全譯本都屢見不鮮。二〇〇〇年，中國教育部修訂《中學語文教學大綱》，列出中學生課外文學名著必讀的指定書目（中外共30部），《格列佛遊記》（張健譯）入選[37]。

韋譯本是一九二八、一九二九年出版，而臺灣報刊的譯作是一九三〇年刊登的，可說自林紓《海外軒渠錄》之後，臺灣報刊的譯者能參考的便是韋譯本，現既有研究已知臺灣報刊的〈小人國記〉、〈大人國記〉並非出自單德興所提及的最早的三個中譯本，那麼臺灣報刊的翻譯者是根據英文原文翻譯還是參考中文翻譯？本文在此謹提供多方事例，證明〈小人國記〉、〈大人國記〉受韋叢蕪譯本的影響是多方面的（並不受日文譯本的影響）。從二者譯文的比對結果，很遺憾的是韋譯本呈顯中國對西方文學的翻譯和傳播成果，及其對文學翻譯的自主性；而臺灣譯本卻呈顯不同的翻譯態度，當然譯寫成果也難望項背。此譯本原出處之追尋及確認，當是學術界所不能忽略的。

以下將討論〈小人國記〉、〈大人國記〉與韋叢蕪譯《格里佛遊記》的關係。由於臺譯本的譯文長達一二四回，筆者已逐字逐句比對，但撰述為文，勢不可能一一陳述，因此本文先以專有名詞、改寫、添寫等種種現象推論，繼而從研究韋叢蕪的譯作所據版本及在當時所達到的翻譯水準，以歸納韋譯本的特色、行文的手法以及翻譯過程中所犯的錯誤，並將其與《臺灣日日新報》中所刊登之〈小人國

---

37 王建開：《五四以來我國英美文學作品譯介史》（上海市：上海外語教育出版社，2003年1月），頁99。

記〉和〈大人國記〉[38]的文本進行交叉比對，指出《臺灣日日新報》抄錄（或於轉載時修改）韋叢蕪譯本的可能性極高，並非由當時臺灣的譯者直接將英文小說翻譯為白話文。最後，在這些史料考證的基礎上，重新詮釋《臺灣日日新報》刊行《格里佛遊記》前二卷在臺灣文學史中所呈現的意義，尤其是當時臺灣抄譯改寫者對西洋文學的理解以及臺灣讀者對翻譯文學的接受情形。這部分難以避免其瑣碎，尤其行文中必需不時與林文對話，以此證成筆者看法的可信度。

（一）韋譯本根據什麼版本？如何翻譯？

在討論完臺譯本與韋譯本的關聯及意義後，關於韋叢蕪如何翻譯《格里佛遊記》似乎亦應做個交代。在其譯作《格里佛遊記》卷一的開頭附有幾頁的「小引」，在最後幾段裡面他交代了翻譯時所根據的主要文本為何：「我是根據 London. G. Bell and Sons, Ltd. 出版的 Bohn's Popular Library 本子（G. R. Dennis 編）翻譯的，在我所看見的本子中為最完善的，其他常有刪減」（韋譯本一，1928年，頁7）。這個版本[39]雖然不是單德興的經典譯注中主要依據的版本，但仍列在他所使用的注釋本清單之中（單德興，2004年，頁181-182），足見其注釋的參考價值[40]。然而，若以當時英國文學尚未完全學院化、系統

---

38 為行文方便，《臺灣日日新報》中所刊登之〈小人國記〉和〈大人國記〉有時以「臺譯本」通稱，韋叢蕪譯《格里佛遊記》簡稱「韋譯本」，卷一是小人國內容，簡稱「韋譯本一」，卷二是大人國內容，簡稱「韋譯本二」。林以衡論文〈《格理弗遊記》在臺灣：日治時期〈小人國記〉、〈大人國記〉的譯寫、諷喻與政治想像〉略稱「林文」。

39 以下皆以GRD代稱。Dennis, G. R. (Ed.). (1909). *The Prose Works of Jonathan Swift, D. D.: Vol. 8, Gulliver's Travels*. London: George Bell and Sons. 單德興譯著：《格里弗遊記》見聯經出版事業公司，2004年，頁181-182。以下有關單德興部分，直接在文後標示頁碼，不另加注。

40 下面進行交叉比對時會個別指出韋叢蕪參考GRD文本與注釋的證據。韋叢蕪《格里佛遊記》譯文出處，亦不另加注，直接在文後標示頁碼，以避免注腳之繁瑣。「韋

性的學術研究還不多的歷史背景而論，韋叢蕪能在當時有限的版本中挑出較為理想的文本實屬不易。而這個留意不同版次之文本差異的嚴謹態度，與《格理弗遊記》過去較為草率的中譯本相較之下，也是中國翻譯史上一個相當重要的里程碑。

此外，韋叢蕪在比對不同的版本時，有特別留意到其他版本的注釋：「本書譯文我曾參照 A. B. Bough[41]編的牛津版本的注釋斟酌修改些處，我的小引也參考他的引言」（韋譯本一，1928年，頁8）。單德興的經典譯注中曾提到他的注釋是以三本注釋本為基礎，這本便是其中一本[42]，其重要性不言而喻。韋叢蕪如何重視對文學作品的理解與翻譯之精准與否，由此便可見一斑。更重要的是他在「小引」中清楚地交代了他所參酌的資料來源，在那個著作權的觀念尚未普及、學術引用的慣例甚至在西方本身都還未受到重視與統一規範的時代中，這種作法極為難能可貴。

不過，我們也不必過度誇大韋叢蕪理解西洋文學作品意涵和英文文章之語意的能力，或是過份高估他作為譯者的語言程度。這兩點都可以透過交叉比較韋叢蕪的「小引」與 ABG 的 Introduction 來顯現。首先，韋叢蕪的「小引」大部分的文字幾乎都是從 ABG 的 Introduction 直譯過來的，並非他個人在閱讀完整部小說與其他相關參考資料之後所整理出來的個人見解（最多只能視為摘要）。例如一開頭的時候：

他的偉大與其說是在他的作品的材料與形式中，還不如說是在

譯本一」代表韋叢蕪《格里佛遊記》卷一，「韋譯本二」代表韋叢蕪《格里佛遊記》卷二。

41 Gough誤植為Bough，以下皆以ABG代稱。Gough, A. B. (Ed.). (1915). *Gulliver's Travels*. London, England: Clarendon Press.

42 單德興譯注，同注22，頁181。下面進行交叉比對時會另外呈現韋叢蕪參考ABG注釋的跡象，尤其是GRD中所沒有的注釋。

> 他的作品裡所顯出來的精神中。他的人格以其烈度與力量高聳在他一切同輩之上。(韋譯本一，1928年，頁3)
> The greatness of Swift lies less in the matter or form of his work than in the spirit which is revealed in it. His personality towers above those of all his contemporaries by virtue of its intensity and strength. (ABG, 1915, p. vi)

這是整句話都直接翻譯過來的情況，而將「towers above」這個動詞片語譯為「高聳在」(而非本來就是動詞的「凌駕於」) 是一個比較生硬的例子[43]。又例如：

> 其情調是一層憂傷勝一層，一層悲觀勝一層。第二卷中的布羅勃丁那格人（Brobdingnagians）雖說是比第一卷的里里浦人（Lilliputians）高尚些第四卷中野蠻的和矛盾的憤世嫉俗的氣概更遠超過前三卷了。(韋譯本一，1928年，頁3-4)
> the progressively sad and misanthropic tone of the work. .... The Brobdingnagians, it is true, are nobler than the Lilliputians .... The savage and morbid cynicism of Part IV far exceeds anything hitherto reached. (ABG, 1915, pp. viii-ix)

這就是整段直接抄過來了[44]。但是也有一句話中抄錄原文不同段

---

43 另一例：「我們讀著他的東西的時候，便覺著一個有強力的人格在我們面前，卽使有時我們不同情，卻永遠使我們欽敬」(韋譯本一，1928年，頁3)。「In reading him we are conscious of the presence of a mighty personality, which compels our admiration, even when our sympathy is alienated」 (ABG, 1915, p. xxi). 此處「alienated」便翻譯得極為自然（而不是譯為「疏離」或是「異化」)，雖然「sympathy」譯為「同情」就不若「認同」來得貼近文意。

44 另一例：「格依（Gay）和波宇（Pope）聯名寫信給斯偉夫特說這本書『從出版以後

落之語句的例子，顯示出韋叢蕪在一定程度上還是有進行摘要與整理的工作：

> 他是一個天生的管治者，卻又是在英國文學史中最悲慘的人物。（韋譯本一，1928年，頁3）
> He was above all a born ruler. (ABG, p. vii)the most poignantly tragic figure in our literary history. (ABG, 1915, p. xxi)

當然，這些都還算不上是韋叢蕪個人的見解或觀點，我們也無從得知他在翻譯的過程中究竟對 ABG 的 Introduction 理解得有多深入，或是他本身西洋文學的素養好不好[45]。要在這種直接翻譯的作品中看出譯者對原文的理解或是譯者進行翻譯時的意圖與立場，通常就必須

便成為全城談話的材料……從最高的到最低的都讀……此書通過了貴族議員們與眾議員們，無異議者；全城，男，女，小孩都十分為此書所陶醉了』」（韋譯本一，1928年，頁4-5）。"Gay and Pope wrote jointly to Swift that the book 'has been the conversation of the whole town ever since [its publication]. .... From the highest to the lowest it is universally read .... It has passed Lords and Commons, *nemine contradicente*; and the whole town, men, women, and children, are quite full of it'" (ABG, 1915, p. xiii). 此段的翻譯同樣是有時生硬（如「the highest」譯為「最高的」而非「上層階級」），有時又神來一筆（如「are quite full of it」譯為「為此書所陶醉」），有時連拉丁文也忠實地直譯過來，因此可以推測這種翻譯通順程度不一的情況，可能源自於韋叢蕪所仰賴的英漢辭典中各條目撰寫的品質不一，或是在一定程度上他對英文文意的理解本身有些缺陷。後者的可能性在後面處理到韋叢蕪譯本中較為明顯的翻譯錯誤時，便能得到更多的證實。

45 例如：「這本書是斯偉夫特文體的最好的例子之一，在英文中也是簡明直截的文體的最好的例子之一」（韋譯本一，1928年，頁7）。"The book is one of the best examples of Swift's style .... It is one of the best examples in English of the plain, direct style" (ABG, 1915, p. xx). 此處就看不出來韋叢蕪對這些文句的理解程度，雖然說我們能推測這應該是他直接翻譯過來的成分居多，不太可能是他真的對英國文學有廣泛而深度的涉獵後所下之評論。

尋找譯文與原文不同之處[46]。例如當韋叢蕪在摘錄 ABG 的 Introduction 中所提及當時種種對《格理弗遊記》的負面評價之後，說道：

> 但是這樣的反響是算不了甚麼的，只要我們一看作者在第四卷中敘述亞豪（Yahoos）時對於人類無忌的謾罵。（韋譯本一，1928年，頁5）
>
> To Sheridan [Swift] writes on September 11, 'Expect no more from man than such an animal is capable of, and you will every day find my description of Yahoos more resembling'. (ABG, 1915, p. xviii)

在這個段落中 ABG 的 Introduction 只是引述了綏夫特寫給友人的信，描述他如何抱怨那些負面的評價、如何取笑那些抨擊《格理弗遊記》的人其所作所為正好印證了小說中第三卷對「Yahoos」的描述因而不必對「牠」們期望過高，並未對那部小說本身的優劣進行判斷；但是韋叢蕪在「小引」中的寫法則是在理解了英文的文意之後，其實較為贊同綏夫特的看法，因而直接下了價值上的評判，認為「這樣的反響是算不了甚麼的」。由此可以看出韋叢蕪對英文原文的理解到甚麼樣的程度[47]，也可以觀察到韋叢蕪的「小引」雖然大部分都是直譯，

---

46 後面我們將利用同樣的方式來判斷《臺灣日日新報》轉載韋叢蕪的譯作時抄譯改寫者對其文學內容的理解程度以及轉載的意圖與立場。

47 另一個更明顯的例子：「雖說其中盡有文法上的錯誤（自然有些地方是故意的）但還是英文散文大師斯偉夫特的最成功的作品之一」（韋譯本一，1928年，頁7）。"It is a mistake to attribute entirely to this desire to write in character the frequent grammatical lapses and loose constructions, many of which are pointed out in the notes, because similar faults are found, though hardly so abundantly, in Swift's other writings. In spite of this defect Swift's prose has often been rightly praised as masterly" (ABG, 1915, p. xx). 此句英文原文是以否定的方式說明，雖然綏夫特有在小說的注腳中自己指出頻繁出現在小說本文中的文法錯誤，但是我們不應認為這些錯誤完全只是他想要呈現

但仍然自覺或不自覺地添加了英文原文中其實並沒有主張的立場[48]。

這種譯文與原文有所差異的現象亦見於下面這個段落：

> 斯偉夫特……寫信給波孛道，『在我的一切勞作中，我向我自己定的主要目的便是與其娛樂世界，不如煩惱世界。……我老是恨一切國家，職業，社會，我的所有的愛都是對於個人的。……但是主要地我深惡痛絕那叫做人的動物，雖然我真心地愛約翰，彼得，湯姆等等。……而且我的心將永遠不能寧靜，直到一切誠實的人們都同我一個意見。』但是事實上這個世界並不為這本遊記所煩惱，而且為牠所娛樂了。（韋譯本一，1928年，頁6）
>
> Swift wrote to Pope ..., 'The chief end I propose to myself in all my labours is to vex the world rather than divert it .... I have ever hated all nations, professions, and communities, and all my love is toward individuals .... But principally I hate and detest that animal called man, although I heartily love John, Peter, Thomas, and so forth. .... and I never will have peace of mind tillall honest man are of my opinion'. Whether Swift was really disappointed that the world refused to be vexed, and insisted on being hugely diverted, must be left to surmise. From the words of Captain Gulliver in his letter (p. 4) we may gather that the reception confirmed him in his misanthropy. (ABG, pp. xviii-xix)

某種文學效果的技法，因為類似的錯誤也出現在綏夫特其他的作品中。韋叢蕪用肯定的方式直接言明綏夫特的文章有文法的錯誤，然後才在括弧中以改寫的方式補充說其中有些是刻意為之，這個情況便說明了他對文章的意義有真實的理解，而非僅停留在一對一機械式的直譯。

48 原文的立場至多只有提到綏夫特對世人感到的不耐與排斥或是憤世嫉俗（misanthropy），見下一段的討論。

英文的原文中在最後面說的是我們只能猜想（must be left to surmise）綏夫特是否對外界的回應感到失望（這句話在英文中本身也蘊含了外界的回應確實是「不為這本遊記所煩惱，而且為牠所娛樂了」），但是從格理弗的信中我們應該可以觀察到外界的響應正好說明了綏夫特的憤世嫉俗；而韋叢蕪的譯文直接忽略了綏夫特的感受究竟如何的問題，轉而直接描述外界的回應。然而，此處或許是因為韋叢蕪並未翻譯附在小說正文開始之前的那封格理弗船長的信（韋叢蕪沒有翻譯這部分的原因頗耐人尋味，請參照後面的討論），所以他才選擇簡化英文原文中的最後兩句話，而不是因為他對文意的理解不周，或是他另有不同的見解。

要對韋叢蕪《格里佛遊記》之翻譯成就有更審慎的評估，自然要繼續仔細觀察他如何處理小說本文的翻譯，這點我們將在下一小節進行更多交叉比對。

但是這本遊記有趣的地方便在於它不僅僅具有史料的意義，而同時具有思想上的蘊含。在上一段引文中，綏夫特提到：「我老是恨一切國家，職業，社會，我的所有的愛都是對於個人的。……但是主要地我深惡痛絕那叫做人的動物，雖然我真心地愛約翰，彼得，湯姆等等。」這是英國傳統的文學批評思想中一條很重要的思路，自 Matthew Arnold、T. S. Eliot 乃至於 F. R. Leavis 可謂一脈相承。要言之，這個觀點主張文學與哲學不同，其核心的價值以及關懷的重點在於對個殊的生活經驗能有入木三分的具體描寫，而非普遍的理論玄想或抽象的思辨論證。F. R. Leavis 的昵稱「反哲學家」（anti-philosopher）便由此而來，與在他之後的文化研究中受左派與後現代思潮影響的諸多文學「理論」形成強烈對比。筆者以為，林以衡（2011）對《臺灣日日新報》刊行的〈小人國記〉和〈大人國記〉所衍生之種種殖民語境的想像與詮釋，便是落入此類「理論」之窠臼，其根本之病灶在於未能精準地從個別的文本開始閱讀、分析，甚至忽略了重要的文本如韋叢蕪的譯本。

(二)從韋譯本所根據版本進一步比對臺譯本

在《臺灣日日新報》並未直接署名譯者為誰的情況下，要斷定其刊行的〈小人國記〉與〈大人國記〉是由韋叢蕪譯本抄錄、修改而來，便只能透過更為詳盡的文本比對來提供證據。然而要在翻譯的作品中找出譯者所留下的蛛絲馬跡、觀察譯者在翻譯時所展現出來的個人特色，並不是一件容易的事情，通常只能借著一些譯文與原文的措辭有重大出入的少數情況來呈現。因此，我們第一個嘗試的線索便是韋叢蕪在參考 GRD 這個版本的注釋時，對原文有所斟酌修改之處。如果《臺灣日日新報》譯文的內容也同樣在這些地方呈現出類似的修改方式，那麼其刊行的〈小人國記〉與〈大人國記〉抄襲韋叢蕪譯本的可能性在邏輯上便隨之提高。

以下是一個韋叢蕪應該有參考 GRD 注釋的例子：

> 我接著**大**說英國議院的組織，一部分是顯貴的團體組織的，叫作貴族院，都是最貴族的人，有最古最大的遺產的人。我敘述那關於他們的學術和軍務的教育所常加的特別注意，好使他們合格去作國王和國家的**生來的**顧問……議院的別一部分包括一個叫作眾議院的議會，其中都是主要的紳士，歸人民自己自由挑選出來的，為著他**們的**大本領與愛國心，代表全國的智慧。這兩個團體組成歐洲的最尊嚴的議會，全部的立法事情都付託給他們**會同**君主辦理。(韋譯本二，1929年，頁110-112)
>
> I then spoke at large upon the constitution of an English Parliament, partly made up of an illustrious body called the House of Peers, persons of the noblest blood, and of the most ancient and ample patrimonies. I described that extraordinary care always taken of their education in arts and arms, to qualify them for being

counsellors **born** to the king and kingdom …. That the other part of the Parliament consisted of an assembly called the House of Commons, who were all principal gentlemen, freely picked and culled out by the people themselves, for their great abilities and love of their country, to represent the wisdom of the whole nation. And these two bodies make up the most august assembly in Europe, to whom, in conjunction with the prince, the whole legislature is committed. (GRD, 1909, p. 131)

GRD 在該頁的注腳中有提到《格理弗遊記》在一七四二年之後的版本都將「born」列印為「both」，而以上下文內容而論應該是「born」較為正確，因此 GRD 在原文中便捨棄了使用「both」的版本。此處韋叢蕪的譯文便依循 GRD 的原文來翻譯，譯出了「生來的」的意思，這點說明了韋叢蕪自述主要是依據 GRD 來翻譯一語應該不假[49]。但是這個段落在《臺灣日日新報》的譯文中卻被省略了，因而無從判斷該文的撰寫者究竟在這個字詞的使用上如何取捨：

我接著說。英國議院的組織。一部是顯貴的團體組的。叫作貴族院。都是最貴族的人。有最古最大的遺產的人。議院的別一部分，包括一個叫作眾議院的議會。其中都是主要的紳士歸人

49 另一個例子更明顯：「他奇怪，聽我談這樣靡費的延長的戰爭」（韋譯本二，1929年，頁116）。“He wondered to hear me talk of such chargeable and expensive wars” (GRD, 1909, p. 134).RD在該頁的注腳二中提到《格理弗遊記》的第二版與Faulkner版都用「extensive」。韋叢蕪顯然注意到了這個注釋，斟酌之後決定依循注釋的見解、反而不采故事本文中所使用的“expensive”。這大抵是因為後者在語意上與前一個形容詞“chargeable”有所重複，以韋叢蕪慣於直譯的作風而論，想必是考慮到如此直譯後在中文裡讀來太不通暢而作罷。可惜此處在《臺灣日日新報》的譯文中同樣被省略了，因而無從由此點來判斷其與韋叢蕪譯本的關聯。

民自己自由挑選出來的。為著他大本領。與愛國心。代表全國的智慧。這兩個團體組。成歐洲的最尊嚴的議會。全部的立法事情。都付託給他的會議同君主辦理。(《臺灣日日新報》,〈大人國記〉,1930年,46回)[50]

然而,在這段翻譯中我們看到《臺灣日日新報》在用字遣詞上幾乎都與韋叢蕪譯本相同,只有少部分字詞的刪減,如「大說」的「大」和「組織」的「織」都省略了,「他們的」也改為只剩下「他」。此外,英文的原文中並沒有提到與「會議」相近的字眼,若《臺灣日日新報》的文字是直接從英文翻譯過來的話,不應該會出現這種沒來由的字詞;但是若和韋叢蕪的譯文「都付託給他們會同君主辦理」比較的話,會出現「會議」這個詞恐怕就是從韋叢蕪所使用的「會同」一詞而來。最後,《臺灣日日新報》嚴重地省略了「有最古最大的遺產的人」這句話之後英文的原文中對貴族院所作的更多描述,而此處韋叢蕪承續了他一貫直譯的風格,依然如實地句句翻譯。我們認為,這個省略的原因主要是在於報刊中的欄位有其一定的字數限制,為求每一回刊載的內容能剛好符合小說中文意的分段而不會在一段情節還沒結束的半途就被截掉,因此透過這種方式來排版[51]。

---

50 關於引文出處,為免繁瑣,將直接標示在引文後,不另加注。

51 對臺灣當時的殖民語境有過度想像的學者可能會認為《臺灣日日新報》省略了小說中對貴族院更為詳盡的描繪,而給予眾議院更多的份量,正是反映了譯者(或其實是轉載韋叢蕪譯本的人)想要透過這種方式去讓當時無法擁有民主的臺灣人認識到歐洲的民主制度,因而不願犧牲篇幅去介紹世襲的貴族。然而,如果我們回到《格理弗遊記》最初的文學意涵而論,這個段落中對貴族院的大肆渲染其實反而是在諷刺當時英國貴族所受的教育根本不夠格、一蹋糊塗(單德興,2004年,頁182,注12)。換言之,如果當時臺灣的抄譯改寫者對西洋文學有真正的理解,那反而應該要完整地呈現出描述貴族院的這一段才能達到其針砭殖民政策的效果。姑且不論《臺灣日日新報》是否確實抄襲韋叢蕪的譯本,林以衡之文一方面要主張當時臺灣的譯者在西學上已能直接與國際接軌,另一方面又要在這樣的譯作上附會殖民脈絡另一個能夠判斷韋叢蕪翻譯版本的例子，自然是那個有名的「藍紅綠」與「紫黃白」的問題，其典故出自於下面這個段落：

> 皇帝放三根六吋長的精細絲線在棹上。一根是藍的，又一根是紅的，第三根是綠的。（韋譯本一，1928年，頁54）
>
> The Emperor lays on the table three fine silken threads of six inches long. One is blue, the other red, and the third green. (GRD, 1909, p. 39)

GRD 在當頁的注腳四中便提到這些顏色原來分別是紫、黃、白，後來是因為出版商擔心這對當時政治的影射太過昭然若揭、為了避免麻煩而改掉的。林以衡便曾以這個典故來判斷「日治臺灣的『藍紅綠』則是《格理弗遊記》最初的寫法」（2011年，頁178）。因為《臺灣日日新報》所翻譯的是：

> 皇上放三根六寸長精細絲線。在桌子上。一根是藍的。一根是紅的。第三根是綠的。（《臺灣日日新報》，〈小人國記〉，1930年，19回）

再度比對《臺灣日日新報》與韋譯本幾乎完全雷同的譯文，我們是否能斷定前者就是先參考了後者之後進行修改而刊出的呢？顯然還不行，因為此處我們比對的兩份文本本身就已經是譯作，我們至多只能說這兩份譯文在當初翻譯時所根據的英文版本應該是相同的，甚至是同一個注釋本；對同一個外文的文本進行翻譯後的產物，文字上大致都相近也不是甚麼稀奇的事情。所以，究竟是誰抄誰的問題，在這

的詮釋，卻沒有發現若回到《臺灣日日新報》的文本中去檢驗的話，這兩個論點其實彼此衝突。後面將對此問題有更深入的討論。

個階段的證據中便未能定奪。不過，另一方面來說，在中文的譯本還有韋叢蕪的版本需要考慮的情況下，林以衡主張「日治時期的『大小人國記』並非全由早期的三個中文譯本直接抄寫過來，而較趨近於譯者經由外國語言直接翻譯而來的作品」(2011年，頁179)，同樣是一個太過跳躍的推論。要找出譯本的個人風格，並從而判定抄襲的事實，我們需要更多譯者在翻譯的過程中背離英文原文的例子，不論是參酌其他的注釋本而得，或是純粹基於語言理解上所犯的錯誤而來。

我們先前提到韋叢蕪除了主要是根據 GRD 的本文與注釋來翻譯之外，還參酌了 ABG 的注釋。這是第二種能夠嘗試的線索，下面是一個例證：

> 我們的行程比從倫敦到聖阿爾板（**相距二十哩——譯者**）還遠一點。我的主人到他常住的一個小旅館前下馬；在和旅館老闆商議一會，作些必須的預備之後，他雇 grultrud 即叫街者，向全鎮通告，往綠鷹招牌處去看一個奇怪動物，並不如 Splacknuck（這是那個國度裡的一個動物，形狀很好，約有六呎長）那麼大，身體各部像人，能說幾個字，並玩百種樂人的把戲。(韋譯本二，1929年，頁35)
>
> Our journey was somewhat further than from London to St. Albans. My master alighted at an inn which he used to frequent; and after consulting a while with the inn-keeper, and making some necessary preparations, he hired the *Grultrud*, or crier, to give notice through the town of a strange creature to be seen at the Sign of the Green **Eagle**, not so big as a *splacknuck* (an animal in that country very finely shaped, about six foot long,) and in every part of the body resembling an human creature, could speak several words, and perform an hundred diverting tricks. (GRD, 1909, p. 99)

此處韋叢蕪不改其直譯的特色，將無法翻譯的大人國語詞如「grultrud」與「Splacknuck」原封不動地保留（除首碼之字母大小寫有所更動外）。當然，我們無從猜測這樣的做法是源自於韋叢蕪本身較具有匠氣的翻譯手法，還是他刻意為之以便重現英文原著平鋪直敘的筆法以及格理弗到大人國時語言不通所形成的一股陌生的氛圍；雖然我們認為前者的可能性較高。但有趣的是在引文的第一句話的括弧中，韋叢蕪罕見地以自稱「譯者」的身分發出他自己的聲音：「相距二十哩」。我們可以看到在英文的原文中並沒有這項資訊，並且 GRD 在該頁中也沒有注釋特別說明，由此推斷韋叢蕪應是由 ABG（p. 367）獲得此項注釋之來源。由此對比《臺灣日日新報》的譯文：

> 如是行程。約略經過一點鐘頭。已行過**二十哩**路。到了一個小旅館前下馬。主人對館老闆商議一番。雇一個打鑼叫待的粗漢。向全鎮報告。請到綠鶯招牌旅館去看一個奇怪人形小動物能解語言樂人的把戲。（《臺灣日日新報》，〈大人國記〉，1930年，14回）

首先，我們發現只要碰到所有的大人國專用語詞（小人國亦同），《臺灣日日新報》幾乎都會自動省略。如果說只從韋叢蕪保留了這些語詞這件事情上我們無法推斷這是他刻意為之還是無心插柳，那麼《臺灣日日新報》將其全部刪去就很明顯地是不解綏夫特要特別新創這些語詞的用意了[52]。此外，這段譯文直接提到「已行過二十哩路」，若是譯者直接翻譯英文原文的話，理應沒有這項資訊。要說從「藍紅綠」的例子中可以推論臺灣的譯者和韋叢蕪所翻譯的原文小說為同一個版本，甚至是同一個注釋本如 GRD，也還算勉強說得過

52 後面有更多的例子會顯示當時臺灣的抄譯改寫者對西洋文學乃至於整個西方的歷史文化與哲學思想的理解其實都不深。

去；但如果要說臺灣的譯者也和韋叢蕪一樣都參考了 ABG 的注釋本，以當時資訊流通還不像現代這麼發達的情況而言，這巧合的程度就有點高了；如果要再說他們在參考了同一本注釋本之後，同樣在翻譯的過程中決定要將這個英文的本文中原來沒有的資訊直接放入譯文的本文內，而不是忽略它或是放在當頁的章節附注內[53]，那這個可能性就非常低了[54]。

當《臺灣日日新報》這種背離英文原文的情況所發生的地方也是韋叢蕪犯了相同翻譯毛病的段落時，前者抄襲後者的可能性就越來越高了。例如：

> 他這樣說著，我的臉一紅一白好幾次，帶著憤怒地聽著我們的高貴的國家——工藝軍器之女王，法蘭西**的皮鞭**，歐洲**的公正**人，德性，憐憫，榮譽和真理之家，世界之驕傲與妬羨，——遭如此侮辱的談論。（韋譯本二，1929年，頁59）
>
> And thus he continued on, while my colour came and went several times, with indignation to hear our noble country, the mistress of arts and arms, **the scourge of France**, **the arbitress of Europe**, the seat of virtue, piety, honour and truth, the pride and envy of the world, so contemptuously treated. (GRD, 1909, p.109)

此處「the scourge of France」一語描述的對象是英國。雖然「scourge」在字典中有皮鞭之意，但是在此處字典的另一個意思——造成他人許多損傷與折磨的事物[55]——才是正確而恰當的文意。韋叢

53 這是韋叢蕪大多數情況下的做法，下一段的引文便是一例。

54 由此種種跡象觀之，《臺灣日日新報》將「Green Eagle」誤植為綠「鶯」，便極有可能是在轉載時誤植或是刻意修改了韋叢蕪正確直譯的綠「鷹」。

55 See: “something that causes a lot of harm or suffering” (Longman Dictionary of Contemporary English, 5th ed.).

蕪譯為「法蘭西的皮鞭」已不只是措辭上的不當[56]，而是一個翻譯上會使中文的讀者無法理解的嚴重錯誤。這點在「the arbitress of Europe」一語的翻譯上也完全相同，與其用語意不明的「歐洲的公正人」，還不如翻成「歐洲的仲裁者」來得更像是對英國這個國家的描述。那麼《臺灣日日新報》是如何翻譯的呢？

> 他這樣說著。我的臉一紅一白好幾次。帶著憤怒的聽。著我的高貴國家之工藝軍器女皇。**法蘭西的皮鞭。歐洲的公正人德性**、憐憫、榮譽和真理之家。世界之驕傲與妒羨。遭如此侮辱的談論。(《臺灣日日新報》,〈大人國記〉，1930年，23回）

「法蘭西的皮鞭」一語完全跟著譯錯，「歐洲的公正人德性」更是錯得一蹋糊塗。原本韋叢蕪譯的「歐洲的公正人」本來在語意上便已模棱兩可，純粹從不懂英文或是沒讀過原文小說的中文讀者之角度而論，可以理解為「住在歐洲的品行公正的人民」，或是勉強理解為「決定歐洲事務的公正（證）人」,《臺灣日日新報》顯然比較像是不懂英文或是沒讀過原文小說的人在只有閱讀中文譯本的情況下所產生的誤解，因為原來的這些詞語都是要描述英國這個位於歐洲之外的國家，而不是要描述在歐洲（或是法蘭西）裡面的甚麼東西，不論是具體的皮鞭還是抽象的德性。所以，即使要遷強地說《臺灣日日新報》的譯文是出自臺灣譯者之手而非由韋叢蕪的譯本轉錄，那麼我們對當

---

56 但是在同一個段落中「my colour came and went several times」譯為「我的臉一紅一白好幾次」卻譯得極為傳神，而沒有落入字面上直譯的窠臼。這個弔詭的現象普遍出現於韋叢蕪的譯文中，有時可以歸諸於當時白話文與今日不同的使用習慣，如「我告訴我的妻，說她太節省了，因為我看她把她自己和她的女兒都餓完了」（韋譯本二，1929年，頁160）。“I told my wife, she had been too thrifty, for I found she had starved herself and her daughter to nothing”(GRD,1909, p.154). 但是在「法蘭西的皮鞭」這個例子中顯然與白話文使用的習慣較無關聯，而是與作者對文意的理解程度有關。

時臺灣譯者的語言程度恐怕也不能太過高估。

循著這個思路去一一核對文本，《臺灣日日新報》抄寫韋叢蕪譯本的關鍵性證據就要首推這一個段落的翻譯了：

> 這樣盡力將一切事物預備了，我便在一七零一年九月二十四日早六時開船；當我向北走了約有**十二哩**的時候，東南風起了，在晚間六點鐘我遠遠望見一個小島在西北方約有**一哩半**遠。（韋譯本一，1928年，頁141）
>
> Having thus prepared all things as well as I was able, I set sail on the twenty-fourth day of September 1701, at six in the morning; and when I had gone about **four leagues** to the northward, the wind being at south-east, at six in the evening I descried a small island about **half a league** to the north-west. (GRD, 1909, p. 80)

此處韋叢蕪忽略了海上的距離單位與陸上的單位換算的複雜情況，而將一個「league」律換算為整整三哩[57]，所以才會將原文的四leagues 與〇點五 league 翻譯為「十二哩」與「一哩半」。可是《臺灣日日新報》是這樣翻譯的：

> 我便在一七〇一年九月二十四日早六時開船。當我向北。走了約有**二十哩**的時候。東南風起。在晚間六點鐘，我遠遠望見一個小島在西北方。約有**一哩半**遠。（《臺灣日日新報》，〈小人國記〉，1930年，51回）

57 參見字典的條目。A league is “an ancient unit for measuring distance, equal to three miles or about 4,828 metres on land, and three nautical miles or 5,556 metres at sea” (Longman Dictionary of Contemporary English, 5th ed.) 單德興在這段中便直譯為里格而無換算，且在小說的一開頭便已說明單位換算與翻譯的問題，同注22，頁7（該頁注11）。

同樣地，即使是臺灣的譯者獨立由英文翻譯過來的，那麼和韋叢蕪一樣決定將「league」換算為「哩」實在是一個不小的巧合[58]。其中「二十哩」更是完全子虛烏有的一個數字，從英文的原文中無論如何換算都不可能得到這麼奇怪的數目，唯一合理的解釋是將其視為臺譯本在從韋譯本抄錄過來的過程中所發生的誤植。

（三）比對韋譯本、臺譯本的專有名詞及臺譯本的添寫

從作者及書名之五花八門觀之，《臺灣日日新報》〈小人國記〉所用的人名、地名都雷同韋叢蕪譯本的現象，可推測即使前面數回努力改易另一種口吻行文，但文字脈絡及譯文辭彙時而相同相近的情況，仍不免露出馬腳。當時僅僅是書名的中文譯名就有《海外軒渠錄》、《汗漫遊》、《格利佛遊記》、《格里佛遊記》、《伽利華遊記》、《葛立浮漫遊錄》和《大人國遊記》等差異；作者中文譯名亦有斯威佛特、綏夫特、士維甫特、施惠夫脫、史惠夫特、斯偉夫特、史惠甫脫、斯威夫特、斯惠佛特等不同稱謂，並無一個通用的譯名。因此當《臺灣日日新報》〈小人國記〉第一回指稱勞亭漢省、劍橋厄滿牛耳學院、詹姆士柏茲、「燕子號」等均雷同時，就不能不令人懷疑其版本乃是韋叢蕪之譯本。就專有名詞而言，《臺灣日日新報》〈小人國記〉譯文作：

> 英國「勞亭漢省」是我格里弗的生產地方。我父親。在這地方。薄有小產業。我同胞兄弟五人。我排行在三。十四歲時。父親把我送到劍橋厄滿牛耳學院。在那學院讀了三年書。功課

---

58 另一例：「在這次風暴中，接連又是一陣偏西的西南大風，以我計算我們向東被刮了約有一千五百哩」（韋譯本二，1929年，頁7）。“During this storm, which was followed by a strong wind west south-west, we were carried by my computation about five hundred leagues to the east” (GRD, 1909, p. 86).「在這次暴風中。接連又是一陣偏西的西南大風。以我計算我向東。被刮了約有一千五百哩」（《臺灣日日新報》，〈大人國記〉，1930年，2回）。

外。喜歡看的書。我父寄給我的費用雖說是不多。可是論起來。小康之家。也就是不少了。後來我在倫敦。拜了一位著名的外科醫生「詹姆士柏茲」先生為師……不幾天。那位慈善老師。柏茲先生。便將我介紹到海軍少佐「亞伯拉罕播列耳」船長。他管的那「燕子號」船上。充當外科醫生。我在這船上居住三年。(《臺灣日日新報》,〈小人國記〉,1930年,1回)

韋叢蕪譯本作：

我的父親在勞亭漢省有一份小產業；我是五子中的行三。我十四歲的時候，他便送我到劍橋的卮滿牛耳學院去，在那裡我住了三年，專心讀自己的功課；但是給養我的費用（雖說為數很少）就我的薄薄的家資講已經是太多了，我只得跟倫敦的一個著名的外科醫生，詹姆士柏茲先生學徒，我同他繼續學了四年……不久，我的好老師柏茲先生便介紹我到甲必丹亞伯拉罕潘列爾為船長的燕子號船上作外科醫生。(韋譯本一，1928年，頁11-12)

譯音都雷同，可見二者高度的關聯性。此外，臺譯本的文字及前後行文脈絡也十分相似韋譯本，大多只是稍加更動而已。且愈至後面，改寫愈少。如臺灣譯本作：

我向前去。在該島避風。那一邊拋錨。此島好像沒有人居住。我於是吃了些食品。便休息了我睡的熟。以我忖度。至少有六小時。因我在醒後兩個鐘頭。天便亮了。我在日出以前。吃的早飯。拔起錨。風是順的。我順著昨天所進行的方向駛去。關於這點我有我的小指南針指示……因為風小了。我盡力張帆進

> 駛，在半個小時。那船望見我於是掛出旗幟，放了一槍在這料不到的希望。再見我所愛的國家。我所留在那裡的親愛的質物之際，我的快樂的情況。是不易表說的。(《臺灣日日新報》，〈小人國記〉，1930年，51回)

韋叢蕪譯本《格里佛遊記》作：

> 我向前去，在該島避風那一邊拋錨，此島好像無人居住似的，我於是吃些食品，便休息了。我睡的熟，以我忖度至少有六個鐘頭，因為我看我在醒後兩個鐘頭天便亮了。這是一個明淨的夜。我在日出以前吃早飯；拔起錨，風是順的，我順著昨天所進行的方向駛去，關於這點，我有我的小指南針指示……因為風小了。我盡力張帆進駛，在半個小時她望見我，於是掛出旗幟，放了一槍。在這料不到的希望再見我所愛的國家，和我所留在那裡的親愛的質物之際，我的快樂的情況是不易表說的。(韋譯本一，1928年，頁141-142)

二者差異極小，〈小人國記〉對韋譯本可謂亦步亦趨。初時譯寫者或較有充沛體力及顧忌，譯意改寫稍多。或許是讀者並無異議，而改寫者亦近強弩之末，接續無力，因此愈到後面其改易愈小，幾乎保留韋譯本原文。

再者，《格里佛遊記》做為一部長篇小說，有很多生活細節的經營，包括對飲食、居住、穿著、語言、排泄等等。小說不能脫離生活，小說人物之所以讓人感到真實，是靠小說中生活習慣和諸多細節呈現出來的。小說如缺乏生活細節的描述，僅以事件穿插在小說裡，則小說敘述語氣不免切割得支離破碎，甚而小說角色變成為事件而設計的工具。本來卷一的小人國遊記，其重點之一必須讓讀者感受到小人國之小究竟有多小？格里佛來到小人國後，他是如何生活的？食衣住行育樂上是如何在這小人國展開的？因此《臺灣日日新報》〈小人國記〉譯寫者省略了原韋譯本在飲食、制衣的細膩描寫，正看出臺灣譯者顯然無法理解生活細節對小說藝術的必要性。他們所偏重的是故事的發展，情節的推動，穿衣吃飯的情節是停滯的，因而不受重視。同時，臺灣譯者似乎對數字感到瑣碎，畢竟中國傳統文學很少以如此精確的數字來描繪對象，數字通常是誇張式、約略式的出現，如「白髮三千丈」、「千山鳥飛絕」，西方傳統卻是相反。而小人國人民在數學幾何學的進步，恰恰是作者有意的強調。在《格里佛遊記》中，小人國中的人們決定給格里佛多少食物、衣服大小的裁剪，都是經過推算，而臺灣譯寫者對這些細節並不感興趣。

韋叢蕪的譯作是直譯，與原作的本意較為接近，但有時有些句子讀起來較費力而不太流暢。《臺灣日日新報》〈小人國記〉的譯寫者可能連英文原文都未見著，而是直接就文句潤飾，因此有些文句是較流暢，但不免要添寫一些文字（如同添譯），或因此而有誤譯情況（後面將更進一步詳述）。臺譯本加油添醋的現象明顯可見，如：「我為是憶起在里里浦。所見得那小人皮膚。是在世界上最美。個個好比布袋戲所演小生花旦」（《臺灣日日新報》，〈大人國記〉，1930年，10回）。或者像「我若是支那國民。此運定要延道士作法。多燒金紙解運」（《臺灣日日新報》，〈大人國記〉，1930年，15回）、「皇上說我國中僅有鬪雞。但是皇宮內亦不准他鬪……這大人國的雞。自冠以下。足足有一丈高。但善鬪的是雌的。不是雄的。雄的冠小膽怯。交尾之際須遇著雌的產卵期。春季發動。伏在地上。雄的始敢奔赴。騎上雌的身子。不則被雌的一睨。則瑟縮退去。而且這大人國的雞不論是雌的。是雄的。皆不能作喔喔啼聲。所以自我流落到這國中來。尚未感覺有所謂雞的動物」（《臺灣日日新報》，〈大人國記〉，1930年，49回）、「我又親身看見皇上及皇后陛下。飲用大茯苓湯。他說那茯苓。是十分滋補。他賞用茯苓。好比支那人之愛用人參湯」(《臺灣日日新報》,〈大人國記〉,1930年,51回)、「皇宮各地。喜種桃花。白榆。桃結若米鬥大。若使支那人看著。一定說是瑤池的蟠桃」(《臺灣日日新報》,〈大人國記〉,1930年,52回),甚至有當時用語「這說是世界共存共榮的大情理」(《臺灣日日新報》,〈大人國記〉,1930年,15回)。以上種種純粹是譯者胡亂編派的增譯,道士、布袋戲、鬥雞、茯苓湯、蟠桃等等,絕非原著文字,亦不見韋譯本,應是《臺灣日日新報》譯寫者考慮閱讀的趣味性及熟悉度添寫的片段。

基於以上所羅列之種種交叉比對的文本證據,我們可以合理懷疑《臺灣日日新報》的〈小人國記〉與〈大人國記〉應是分別由韋叢蕪《格里佛遊記》的卷一與卷二轉錄、修改而來,而非當時臺灣文人直接從小說的英文原文翻譯成中文。由此觀之,林文認為「臺灣到了昭和年間,翻譯程度已進入成熟階段,譯者運用中文白話文表現在報紙上的小說中也極為熟練……故日治臺灣的『大小人國記』實是成為承接過去五十年的三本中文譯本與當今譯本的一個重要橋樑」[59],便值得商榷。此一史料考證上的發現,將大幅改變我們對《臺灣日日新報》所刊翻譯小說之文學價值的評估,也使我們必須重新詮釋〈小人國記〉與〈大人國記〉在臺灣文學史中所呈現的意義。誠然,《臺灣日日新報》對韋叢蕪的譯本進行相當多的修改,有些地方加油添醋,有些地方卻又多所刪減,因而可以說是成為另一個嶄新(或是面目全非)的文本;然而,這些與韋叢蕪譯本的不同之處,也同時成為詮釋《臺灣日日新報》抄譯改寫者意圖的重要線索。

59 同注23,頁178。

四　《臺灣日日新報》的〈小人國記〉和〈大人國記〉在當時的文學意義

本小節筆者擬從綏夫特的《格理弗遊記》英文原文、韋叢蕪的《格里佛遊記》與《臺灣日日新報》轉載修改過後的譯文三者之間的比較，來釐清當時《臺灣日日新報》的抄譯改寫者對於西洋文學作品原意的理解如何、轉載中修改的用意何在、以及轉載後〈小人國記〉與〈大人國記〉作為臺灣日治時期的翻譯文學作品對當時的讀者可能造成的影響為何。林文認為：

> 《格理弗遊記》中的〈小人國記〉或〈大人國記〉就這樣由西方世界直接進入臺灣，而不是經由中國、日本的二度譯寫後，才為臺灣讀者所閱讀，此可見證日治時期的臺灣通俗小說，在翻譯能力方面，已具備與西方文學直接接軌的能力。[60]

在證實《臺灣日日新報》與韋叢蕪譯本兩者之間的轉載關係之後，這個論斷的錯誤已非常明確。但是，到目前為止亦僅釐清當時臺灣抄譯改寫者的語言能力，至於其對西洋文學理解的能力（即使是透過韋叢蕪的譯本這個媒介來理解）究竟如何，便是另外一個亟需處理的問題，並且此問題將牽涉吾人如何評估轉載、修改過後的〈小人國記〉與〈大人國記〉在文學上的意義與價值。筆者將透過更多文本的比對來說明當時的抄譯改寫者對西方文化的理解亦相當有限，同時讀者也可以透過交叉檢視這些文本對韋叢蕪翻譯的手法、風格與成就得到更深刻的認識，以及觀察到更多臺譯本抄襲韋譯本的痕跡。以下先看一個段落：

60 同前注，頁182。

> 現在鄰近開始知道而且談論了，說我的主人在田地裡發見一個奇怪的動物，約有一個 Splacknuck 大，但是在各部分形狀確實像一個人性的動物；並且在所有舉止上模仿人；彷彿用牠自己的一種小語言說話，已經學了他們的幾個字，用兩腳直站著走，馴服而且溫和，叫喚牠的時候牠便去，吩咐牠做甚麼牠便做。（韋譯本二，1929年，頁32）
>
> It now began to be known and talked of in the neighbourhood, that my master had found a strange animal in the field, about the bigness of a *splacknuck*, but exactly shaped in every part like a human creature; which it likewise imitated in all its actions; seemed to speak in a little language of its own, had already learned several words of theirs, went erect upon two legs, was tame and gentle,would come when it was called, do whatever it was bid. (GRD, 1909, p. 98)
>
> 現在鄰近。漸漸知道我主人的家。在田中拾得一頭類人形的奇怪小動物。用一種小語言。舉止動作。溫馴有禮法。喚他去。他便去，喚他來。他便來。（《臺灣日日新報》，〈大人國記〉，1930年，12回）

除了先前已經提過的，《臺灣日日新報》遇到大人國裡的專門用語時便會自動省略，使故事的原文中所呈現出來的氛圍略減幾分之外，在這個段落中我們可以再次看到韋叢蕪直譯的手法，將「it」忠實地翻譯為「牠」。同樣地，我們無從判斷韋叢蕪是否有意為之，但是這樣的翻譯方式對中文的讀者而言恰好捕捉到了英文原著中所要呈現的諷刺意味，亦即在大人國住民的眼中，格理弗就只是一個動物，而不是一個堂堂正正的人[61]。可是當《臺灣日日新報》忽略了這個差異而一律使用「他」的時候，不論是純粹因為當時臺灣使用白話文的習慣與中國有別，或是其他抄譯改寫者有意無意的原因，這個譯本在傳達諷刺的意涵上便顯得遜色許多。由此而論，當時臺灣的抄譯改寫者並沒有注意到這個「牠」與「他」之別其實蘊含了極為深刻的諷喻，這便顯示出抄譯改寫者對西洋文學原著的理解能力，即使透過韋叢蕪直譯之譯本的幫助，仍然是相當有限的。

《臺灣日日新報》的抄譯改寫者對《格理弗遊記》的歷史背景了解不多，亦可從下面此一段落明顯看出：

> 經過許多辯論以後，他們一致斷定，我只是 Relplum Scalcath，直譯意思是「怪物」；這一個決定十分合於歐洲近代哲學，他們的教授們鄙棄玄妙的原因之舊託辭（亞里斯多德的門人們藉此白白地努力去諱飾他們的無知），便創造了這個關於一切困難的驚人的解決法，使人類的知識有說不出的進步。在這個決定的結論之後，我懇求他們聽我說一兩句話。我一心向國王申說，使皇上相信，我是從另一個國度來的。（韋譯本二，1929年，頁53-54）
>
> After much debate, they concluded unanimously that I was only *relplum scalcath*, which is interpreted literally, *lusus naturæ*, a determination exactly agreeable to the modern philosophy of Europe, whose professors, disdaining the old evasion of *occult causes*, whereby the followers of Aristotle endeavour in vain to disguise their ignorance, have invented this wonderful solution of all difficulties, to the unspeakable advancement of human

61 單德興譯注，同注22，頁139-140（該頁注7）。

> knowledge. After this decisive conclusion, I entreated to be heard a word or two. I applied myself to the King, and assured his Majesty, that I came from a country which …. (GRD, 1909, pp. 106-107)
> 議論許久。最後將我決定為天地間一個怪物。我在傍聽得許久。乃懇求皇上。容我說幾句話。說我是從英國來的。(《臺灣日日新報》,〈大人國記〉,1930年,20回)

此處《臺灣日日新報》轉載的譯文不但省略了大人國的用語「Relplum Scalcath」,連原文中對拉丁文「lusus naturæ」的解釋也完全跳過,然而這卻是英文原著中對當時現代科學興起的趨勢以及科學家的傲慢所作的諷刺[62]。臺灣的抄譯改寫者顯然對這段涉及哲學與思想的歷史背景並不熟悉,在只有韋叢蕪生硬的譯文[63]可以參考的情況下,抄譯改寫者會讀不懂是完全可以預期的。只是這也說明了:要主張當時臺灣的翻譯水準能與世界直接接軌,以史料而論,恐怕還非常困難。因此,當林文說:「日治時期在《臺灣日日新報》上刊載的這兩篇小說,並未被此時的翻譯者和報紙編輯以兒童文類視之,表現出日治時期譯者、讀者或是報紙編輯,對於文學諷喻性有深刻的理解」[64]的時候,很有可能抄譯改寫者對於《格理弗遊記》原著之諷刺意涵的理解,就只停留在韋叢蕪直譯的「小引」中對這本書的概括描述[65],

---

62 See also: “Swift’s perspicacity is astonishing. He not only recognizes the scientists’ professional incapacity to understand politics, but also their eagerness to manipulate it, as well as their sense of special right to do so” (Bloom, 1990, p. 48). 單德興譯注即指出此諷刺意味(2004年,頁150,注12)。

63 這也不能怪罪韋叢蕪,因為要翻譯這段話確實不容易。

64 同注23,頁170。

65 例如:「作者的想像永不高飛,但在虛構驚人和好笑的情形上卻是很豐富的。在此書中從頭至尾保持著情緒的約束,沒有多少地方讓他使他的咒罵的大本事,但這卻更加增了諷刺的效力」(韋譯本一,1928年,頁7)。“Swift’s imagination never soars, but is fertile in the invention of striking and droll situations. …. The emotional restraint

但是對於小說本文個別段落中具體而微的含沙射影，恐怕連韋叢蕪自己都未必有十分完整的了解與深入的體會，遑論抄錄韋叢蕪譯本的抄譯改寫者了。

然而，即使《臺灣日日新報》的抄譯改寫者確實對西學一無所知，因而未能理解《格理弗遊記》的故事情節中所要影射的對象（如當時的英國政治），在對韋叢蕪譯本的進行修改與轉錄的過程中，抄譯改寫者是否另有自己想要對當時日本殖民政府的政策予以諷刺呢？林文認為下面這幾個段落可以說明抄譯改寫者自身的諷喻意圖：

> 再走運沒有了，我連一點點都沒有灑出去。我因為來的很近火焰，忙著把火滅了而得的熱，使酒開始化成小便；我灑了這麼多，而且這麼合適地灑到相當的地方，在三分鐘內火完全熄了。（韋譯本一，1928年，頁93）
>
> By the luckiest chance in the world, I had not discharged myself of any part of it. The heat I had contracted by coming very near the flames, and by labouring to quench them, made the wine begin to operate by urine; which I voided in such a quantity, and applied so well to the proper places, that in three minutes the fire was wholly extinguished. (GRD, 1909, pp. 56-57)
>
> 最有趣的是連一點也沒有灑出去。因為接近火焰。滿身一發熱。這酒完全化成小便。我把他都灑在火焰適中的地方。在三分鐘內。這場火災。完全潑滅。（《臺灣日日新報》，〈小人國記〉，1930年，36回）

maintained throughout *Gulliver's Travels* allows little scope for his wonderful power of invective, but heightens the effect of the irony which is perhaps his supreme gift." (ABG, 1915, p. xxi).

對於《臺灣日日新報》中轉載的這段情節，林氏如此詮釋：「譯者透過此段格理弗排泄的不潔行為，實是藉由文學的翻譯與改寫後，利用文字的表達，刻意卻又不露骨地對殖民統治者作出抗議。而格理弗以排尿的方式，為小人國皇宮救火一事，雖然各中文譯本的差異不大，卻也是一個對統治者不滿的表達方式」[66]。然而，在這段情節中，《臺灣日日新報》大抵只是抄錄韋叢蕪的譯本，其修改之處也都是純粹字句上的調整，而且不似前面討論過的那段關於貴族院的眾議院的描述[67]那樣，在前後文裡刻意省略了一整段對貴族院的描寫；在這樣缺乏明確證據的情況下，要證成當時臺灣的抄譯改寫者想要透過這段單純轉錄的故事情節以表達對殖民統治者的不滿，恐需再謹慎。

又例如：

> 這是要說明的：這些大使們是用一個翻譯向我說話，兩國的語言不同的程度，正如歐洲任何兩國一樣，每個國家都自驕自己的語言的古老，美和有力，公然地看不起鄰國的語言；現在我們的皇帝，占著把他們的艦隊捕獲來了的優勢，勉強他們用里里浦語呈遞國書和發言。（韋譯本一，1928年，頁90）
>
> It is to be observed, that these ambassadors spoke to me by an interpreter, the languages of both empires differing as much from each other as any two in Europe, and each nation priding itself upon the antiquity, beauty, and energy of their own tongues, with an avowed contempt for that of their neighbour; yet our Emperor, standing upon the advantage he had got by the seizure of their fleet, obliged them to deliver their credentials, and make their speech in the Lilliputian tongue. (GRD, 1909, p. 55)

---

66 同注23，頁187。

67 見注51。

> 還有一事要說明白。那些大使。是用一個翻譯向我說話。那兩國言語不同的程度就如同歐洲兩國一樣。不論那國都要自誇自己的語言如何典雅。如何適宜。怎麼好聽怎麼占勢力。居然看不起鄰國的語言。現在我皇帝仗著把他艦隊擄獲優勢。強迫他用里里浦的文字。呈遞國書。及一切奏對。(《臺灣日日新報》,〈小人國記〉,1930年,34回)

林文對這段情節如此評論：「在昭和年間日語已經在臺灣廣為使用的環境下，譯者仍選擇將其譯為漢文、並刊登在《臺灣日日新報》有限的漢文版面上，此一動機本身就帶有與致力推廣日語的殖民政府相抗衡的用意，且藉由〈小人國記〉中使用語言的看法，達成內外呼應的效用」[68]。然而當我們確定《臺灣日日新報》的譯文不是來自直接對英文的翻譯，而是由韋叢蕪譯本抄錄而來的時候，要從文本上所能找到的證據來說明抄譯改寫者有意透過此一情節諷刺當時殖民政府強迫臺灣人民說日語，便顯得極為困難。

到目前為止，我們已經說明了當時臺灣的抄譯改寫者對西方文化並不熟悉，以及《臺灣日日新報》的譯文中能用來支持殖民脈絡下諷刺日本政府之詮釋的證據相當薄弱。然而，更嚴重的問題並不只是林以衡在這兩點上都作出了不可靠的判斷，而更是在於他的兩點主張之間彼此有矛盾。林文一方面（1）想要主張當時臺灣的譯者具有直接與西方文學接軌的能力，另一方面同時（2）想要給臺譯本的譯作一種殖民語境下對統治者所作之諷刺的反抗，卻疏忽了這兩個命題彼此之間的衝突：如果臺譯本在諷刺日本政府時所使用的情節與手法與綏夫特在諷刺英國政治時所使用的情節與手法根本迥然相異，並且在修改韋譯本的時候忽視綏夫特的巧思，使得後者對英國政治的諷喻無法

68 同注23，頁190。

呈現在臺譯本的譯文中，那麼這就代表命題（2）如果成立的話必然會使命題（1）不成立；如果當時臺灣的抄譯改寫者在翻譯中無法呈現英文原著所要傳達的意涵，那麼要說「日治時期的臺灣通俗小說，在翻譯能力方面，已具備與西方文學直接接軌的能力。」[69]在邏輯上是說不通的。以下再實際檢驗兩段重要的文本以闡述這個較為複雜的觀點：

> 我已經有幾個鐘頭，受自然的必要的極端的壓迫，這並不足怪，我從上次解手以來，差不多已有兩天。在緊急與羞恥之間我大大地困難……但是只有這一次我算犯了這麼不潔的行為的罪；關於那點我不得不希望坦正的讀者，於熟思公判我的情形與我所處的難境以後，給我點原諒。從這以後，常久的辦法，便是剛一起身的時候，就到**空場**中我的鏈子所能及的地方去幹那回事。（韋譯本一，1928年，頁34）
>
> I had been for some hours extremely pressed by the necessities of nature; which was no wonder, it being almost two days since I had last disburthened myself. I was under great difficulties between urgency and shame. .... But this was the only time I was ever guilty of so uncleanly an action; for which I cannot but hope the candid reader will give some allowance, after he hath maturely and impartially considered my case, and the distress I was in. From this time my constant practice was, as soon as I rose, to perform that business **in open air**, at the full extent of my chain. (GRD, 1909, p. 28)
>
> 此際我忽然間。感覺肚裡頭。一陣難受。好像是受了什麼極端

69 同前注，頁182。

> 壓迫。原來在這驚恐之間。兩天沒有解手。但是在這諸多貴人及軍士圍繞時候。又因自己體面上關係。大大的不便……但是我這種舉動。若在普通國家的社會之間。可要犯了大大的不潔行為及違犯員警規章。然而以我現在所處境遇。恐怕人人都要憐憫。還肯據理責備了我麼。從今以後。常久辦法。便是在早起的時候。就到這個地方。去解手兒。（《臺灣日日新報》，〈小人國記〉，1930年，9回）

此段落必需與下面這一段落並列合觀，方能顯出綏夫特原著的意涵：

> 我的害羞使我除了指著門，鞠幾次躬而外，再不容我表示了。這個好婦人經過了許多困難，最後才曉得我要做什麼，於是又把我拿起在她的手中，走進園裡，她把我放下。我走向一邊約有二百碼遠，招呼她莫要看我或跟著我，我將自己藏在兩匹酸草葉間，在那裡我將自然的必需物泄出去了。
> （韋譯本二，1929年，頁28-29）
>
> [M]y bashfulness would not suffer me to express myself farther than by pointing to the door, and bowing several times. The good woman with much difficulty at last perceived what I would be at, and taking me up again in her hand, walked into the garden, where she set me down. I went on one side about two hundred yards, and beckoning to her not to look or to follow me, I hid myself between two leaves of sorrel, and there discharged the necessities of nature.
> (GRD, 1909, p. 96)
>
> 我希望放我在地上。以免跌死危險。然他全不曉得。經過許多曲折。始明白我的真意。將我帶進園裡。徐徐放下地上。我即

> 便蹲下作出欲泄下大便之狀。他了悟放心我便開步。走入一堆小草叢中。放開了褲。行一番金水及金塊解禁。(《臺灣日日新報》,〈大人國記〉,1930年,11回)

在評論這類情節時,林文說:「日治臺灣只要譯到小說主角欲排泄的情節時,往往以『我便要小解』、『我尿多』、『兩天沒有解手』等直接語句翻譯而出。」[70]比對韋譯本之後,我們當然知道這麼直接的翻譯當然是從韋叢蕪的翻譯而來。但更重要的是臺譯本的譯文中與韋譯本不同之處,例如「若在普通國家的社會之間可要犯了大大的不潔行為,及違犯員警規章」、「我即便蹲下作出欲泄下大便之狀」、「行一番金水及金塊解禁」等等,因為這些修改的痕跡是吾人詮釋當時臺灣的抄譯改寫者意圖時重要的線索。林文是如此詮釋的:

> 格理弗欲排泄之時,其前提條件是處在一個絕對緊張、壓迫的情境下。例如,〈小人國記〉中的排泄,是因為被送到統治中心的城裡,且身邊環繞小人國握有政治權力的達官顯貴,因而讓格理弗感到被壓迫,所以才會想以排泄來紓解壓力。同樣地,在〈大人國記〉中,縮小的格理弗遇到比自己大上好幾倍的老鼠,當生命危在旦夕時,心中的緊張和畏懼,構成他排泄的動因。以上不但是符合人類生理、心理的自然反應,經由排泄而釋放壓力的抒緩作用,除了是綏夫特對己身所處政治環境隱晦的心情寫照外,更可成為被殖民者藉由骯髒、污穢的隱寓得到喘息空間。(林以衡,2011年,頁186-187)

然臺譯本對韋譯本所進行的修改,泰半是娛樂讀者的性質居多,

70 同注23,頁177。

此乃當時報刊發行必須考慮的商業因素使然，希冀透過趣味橫生的措辭以吸引讀者的目光。易言之，此處僅剩其他少部分使用日治時期流行的政治語彙，例如林文提及的「員警規章」、「侵略主義」、「共存共榮」等等[71]，能支持所謂的諷刺殖民政府的詮釋。當然，詮釋的問題很難有截然的對錯，但我們依然能夠區分讀者對文本的詮釋中哪些觀點較為合理，而哪些較為缺乏證據。若照林氏之詮釋方法，我們也可以說，韋叢蕪的譯本在述及同樣的這些段落與情節時，也是在中國被列強侵略瓜分的殖民語境中所發出的影射與調侃。邏輯上當然沒有辦法必然地否定這樣的可能性，但是卻很難只透過譯者的譯文來判定其翻譯的意圖，而需要更多其他的史料來印證譯者的想法。至少，在韋叢蕪的「小引」中我們沒有這樣的證據，因此基於學術上嚴謹的態度不能如此妄加推斷。

更何況所謂譯者或作者的意圖本來就是難以說定的事情，一個文學作品的價值與意義、譯者或作者是否成功地表達了他們想表達的意圖，最終還是要取決於文本自身來決定。由此觀之，與韋叢蕪的譯本相較，臺譯本所略去而沒有呈現出來的細節才是評估臺譯本之價值與意義的關鍵。筆者在上文刻意並列格理弗在小人國與大人國便溺的場景，原因在於綏夫特的英文原著透過這樣的對比來呈現格理弗在兩個不同的國度中不同的表現，以蘊含大人國的境界要比格理弗來得偉大，而小人國的觀點與格理弗相較之下顯得微不足道[72]。綏夫特的巧思在於透過格理弗的羞恥感來呈現這個對比[73]，但是林以衡在上面引述的評論中卻只看到了兩者的相似之處，而沒有看到不同之處。在小

71 同前注，頁187、189-190。

72 See also: “I think there can be little doubt that Swift believes the giant’s perspective is ultimately proportionate to the true purpose of things; there is not a simple relativity” (Bloom, 1990, p. 41).

73 參見單德興譯著，見注22，頁136（該頁注42）。

人國裡格理弗只有一開始會在羞恥與方便之間天人交戰，但是之後便毫無顧忌地露天排泄，並且在往後的日子中乾脆自然地養成了這個習慣。此處英文原文寫的是「to perform that business in open air」，韋叢蕪一樣直譯為「就到空場中……去幹那回事」，但是《臺灣日日新報》便改為「就到這個地方去解手兒」，完全忽略了此處「露天」有其重要的諷刺意涵。這個蘊意與格理弗在大人國的表現對比之後，就越來越清楚了[74]。在那裡，格理弗羞於啟齒、不敢對女主人直接言明他想要排泄，於是只好用暗示的方式來表達，並且在排泄時也不願讓其他人看到這個醜陋的過程，而將自己藏身於草葉之間。此處英文原文寫的是「I hid myself between two leaves of sorrel, and there discharged the necessities of nature」，韋叢蕪忠實地翻譯為「我將自己藏在兩匹酸草葉間，在那裡我將自然的必需物泄出去了」，但是《臺灣日日新報》卻改為「我便開步，走入一堆小草叢中，放開了褲，行一番金水及金塊解禁」，除了缺少「藏」字所蘊含的意味之外，還在前面格理弗被女主人放到地上這段情節之後，加了一段英文原文與韋叢蕪譯本都沒有的「我即便蹲下作出欲泄下大便之狀」。這樣的改法雖然合乎嘩眾取寵的商業操作，卻完全忽略了此處要與格理弗在小人國的所作所為對比的用意。這個例子便印證了前面所說的，如果我們不論文本證據的多寡、執意要以殖民的語境來詮釋《臺灣日日新報》所轉載的翻譯小說，那麼在這個文本完全忽略了綏夫特原著所蘊含的諷喻之寓意，而完全改以其他方式針對日本殖民政府來諷刺的情況下，我們便無法同時主張當時臺灣文壇對西洋文學的理解已能直接與世界接軌。

---

74 See also: “Parallel to this movement is Gulliver’s sense of shame; in Book I he is shameless—he defecates in a temple and urinates on the palace; and in Lilliput, the people care. In Brobdingnag, where they could not care less, he is full of shame, will not allow himself to be seen performing these functions, and hides behind sorrel leaves” (Bloom, 1990, p. 39).

那麼我們究竟要如何理解《臺灣日日新報》所轉載之〈小人國記〉與〈大人國記〉對當時社會所能產生的意義與價值呢？此處林文也不再專注於臺譯者的意圖，而是轉向讀者在閱讀文本之後可能產生的響應，然而這一再忽略文本內部細節的策略，卻導向了充滿更多矛盾與衝突的詮釋。請看下面這個描述英國政治景況的段落：

> 但是，我承認，在我有點太過於談論我自己的親愛的國家，我們的商業，海陸戰爭，宗教派別，政府黨派之後，他所受的教育的偏見那麼占勢力，他不能自禁把我拿起來在他的右手裡，輕輕地用另一敲我一下，在一陣狂笑之後，問我是一個自由黨還是一個保守黨。於是轉身向他的第一個大臣（他在他後面侍候著，拿著一根白杖，差不多有國王號船[75]（注）的主桅那麼高），他說人類的榮威是何等可恥的一種東西，竟能為像我這樣微小的昆蟲所摹擬。（韋譯本二，1929年，頁58-59）
>
> But, I confess, that after I had been a little too copious in talking of my own beloved country, of our trade, and wars by sea and land, of our schisms in religion, and parties in the state; the prejudices of his education prevailed so far, that he could not forbear taking me up in his right hand, and stroking me gently with the other, after an hearty fit of laughing, asked me, whether I were a Whig or a Tory. Then turning to his first minister, who waited behind him with a white staff, near as tall as the mainmast of the *Royal Sovereign*, he observed how contemptible a thing was human grandeur, which could be mimicked by such diminutive insects as I. (GRD, 1909, p. 109)

75 GRD該頁沒有注釋，但韋叢蕪譯本有在頁尾批注說國王號是當時「英國著名的最大戰船之名」，這是另外一個韋叢蕪有參考ABG(p.370)的證據。

> 但是我自己知有點太過於談論我自己最親愛的國家。我的商業。海陸戰事。宗教派別。政府黨派之後。他所受的教育。偏見那麼占勢力。他不由的把我拿在手裡。輕拍我一下。一陣大笑之後。問我是一個自由黨。還是一個保守黨。於是轉身向一個大臣。「他在他後面侍候拿著一根白手杖差不多有國王處船的主桅那樣高」他說人類榮威。是何可恥的一種東西，竟能為我這樣小小的昆蟲所摹擬。(《臺灣日日新報》,〈大人國記〉,1930年，23回）

對於這個段落，林文評道：「當〈大人國記〉的大人國國王再度詢問格理弗『自由黨』與『保守黨』的兩黨政治問題……對於日治時期處於專制統治下的臺灣人來說……將會讓臺灣閱讀者知曉，在這世界上的政治體制，並非只有日本天皇或是日本總督府的存在」[76]。但是綏夫特原著的意思卻是透過巨人與朱儒的體型差距[77]來諷刺當時英國的兩黨之爭就有如小人國中高跟黨與低跟黨、大端派與小端派之間的爭論一樣瑣碎與荒謬[78]，意在強烈批判當時英國的政黨政治[79]。如果《臺灣日日新報》的譯文只是讓讀者增加一點描述性的政治學知識（或甚至是從而嚮往英國的政黨政治），卻未能讓讀者體會綏夫特諷

76 同注23，頁194。

77 See also: “When the imperceptible differences so suddenly become powerful sensual images, however, all becomes clear. Gulliver’s attempts to take the physical beauty of the Lilliputians seriously, or the king of Brobdingnag’s holding Gulliver in his hand and asking him if he is a Whig or a Tory, resume hundreds of pages of argument in an instant” (Bloom, 1990, p. 40).

78 參見單德興譯著，同注22，頁153-154（該頁注18）。

79 See also: “Far better would be a regime not vexed by such disputes and habits of belief, one in which the rulers could be guided by reason and faction could be legitimately suppressed without the suppression having the character of one fanatical half of the nation imposing its convictions on the other equally fanatical half” (Bloom, 1990, p. 43).

喻的寓意，那麼這將是一篇完全失敗的作品；但是臺譯本的譯文與韋叢蕪的譯本比較起來，整體而言更動不大，所以其實在這個段落中有保留了韋叢蕪直譯的一些優點。

同樣地，林文在談論《臺灣日日新報》刊載的這本翻譯小說中對英國政治制度的描述可能會如何影響讀者時，說道：

> 譯者藉由翻譯的動作，與兩方議會組成成員性質相似的特點，實是作出對臺灣政治制度的反諷，因為英國的議會政治，至少可由「人民自己自由挑選出來」，且「全部的立法事情，都付託給他的會議同君主辦理。」反觀臺灣的議會制度，卻只是臺灣總督府的一個橡皮圖章，其權力還是握在臺灣總督個人手上……臺灣閱讀者於是透過這些政治、歷史與文化上的議題，除建構一個對西方國家實質性的認識外，也透過對所處現實政治的對照，開始檢討己身所處政治制度的合理性與合宜性。（林以衡，2011年，頁194）

這裡所關注的段落就是前面提到的《臺灣日日新報》省略了韋叢蕪譯本與英文原著中對貴族院之詳盡描述的那個段落。在注五十一中筆者已經從抄譯改寫者意圖的角度去說明當臺譯本忽略了綏夫特對當時英國貴族的諷刺與批判時，反而沒能達到針砭臺灣日治時期之議會制度的功效，並且同時說明了抄譯改寫者其實對原著的理解有缺陷。當然林文也可如此反駁，指出抄譯改寫者也可以有他自己對韋譯本所產生的誤讀或者是創造性的詮釋。然而，問題恰恰出在即使抄譯改寫者有此意圖（在大部分的譯文都是抄錄轉載的情況下這是很可疑的推論），一個文學作品的成功與否（即能否傳達給讀者所謂的諷刺日本殖民政府的意味），主要並不在於抄譯改寫者的意圖如何，而是在於作品本身有沒有那個能力使讀者能感受到這層意義與價值。遺憾的是，即使純粹從文本的角度來談，結論也是相同的。當臺譯者的譯文略去了韋譯本與英文原著中對貴族教育所作之巨細靡遺的刻畫與諷諭時（這個諷諭其實也適用於當時日治臺灣時期某種程度上的菁英政治），反而無法使臺灣的讀者「檢討己身所處政治制度的合理性與合宜性」，並且同時說明了《臺灣日日新報》修改過後的譯文在文學的意義與價值上並不高。

同樣地，更大的問題在於林文對《臺灣日日新報》的譯文對讀者所可能發揮的教育功能之描述也是前後矛盾而衝突的。請再看最後一個段落的比對：

> 我的小朋友格利垂，你對於你的國家發表了一篇最可嘉的頌辭；你明顯地證明了，無知，懶惰，缺德，是使一個立法者合格之適當的成分：法律是被那些興趣與本領就在曲解，混亂，閃避法律的人們，說明，解釋，應用得最好。我在你們之中看出一種制度的大綱，原來或者還好，但是這些一半被抹去了，其餘的完全為腐敗塗汙了。就你所說的一切話看來，並沒有顯出一個人在你們中間要得任何一個職務，如何需要任何一種能力。（韋譯本二，1929年，頁118-119）
>
> My little friend Grildrig, you have made a most admirable panegyric upon your country; you have clearly proved that ignorance, idleness, and vice, are the proper ingredients for qualifying a legislator: that laws are best explained, interpreted, and applied by those whose interest and abilities lie in perverting, confounding, and eluding them. I observe among you some lines of an institution, which in its original might have been tolerable, but these half erased, and the rest wholly blurred and blotted by corruptions. It does not appear, from all you have said, how any

> one virtue is required toward the procurement of any one station among you. (GRD, 1909, pp. 135-136)
>
> 我的小朋友格利垂。爾對於爾的國家。發表了一篇最可嘉的頌辭。爾明顯著證明了。無知懶惰。缺德。是使一個立法者合格之適當的成分。法律是被那些興趣與本領。就在曲解。混亂逃避法律的人們。說明解釋應用得最好。我在你等之中看出一種制度的大綱。原來或者還好。但是這些一半。被抹去了。其餘的完全。為腐化塗汙了。就你所說一切話看來，並沒有顯出一個人。在你等中間。要得任何一個職務。如何需要。任何一種能力。(《臺灣日日新報》,〈大人國記〉,53回)

此處綏夫特對當時英國政治的批判可說是到了最嚴厲的程度，而林文的評論也隨之見風轉舵：

> 同樣身為人類，透過大人國皇帝所作出的批判，臺灣閱讀者自然不能忽略此部分自我檢討的情節……幫助臺灣讀者在面臨一連串現代化革新，以及現代性精神的衝擊後，能夠經由與歐洲想像的相對照，拓展自己對西方在現代化後，可能會有何種優缺問題的省思，這將是對全球共有的人類普世價值進行檢討。（林以衡，2011年，頁195-196）

可是就在前一頁，林文尚說《臺灣日日新報》的翻譯小說能幫助臺灣人對日本殖民政府的制度與政策進行批判與反思，「因為英國的議會政治，至少可由『人民自己自由挑選出來』，且『全部的立法事情，都付託給他的會議同君主辦理』」（頁194），怎麼下一頁就變成了「對西方在現代化後，可能會有何種優缺問題的省思」呢？如果我們回到綏夫特小說來看，其原意是非常清楚地在嘲諷當時英國的政治現況；如果臺譯本對韋譯本的修改真如林文所言，是在嘲諷當時日本在臺灣的所作所為，那麼抄譯改寫者或是這個《臺灣日日新報》的譯文當初就應該把這段批判英國政治的情節刪去，這樣才符合其褒英貶日的一貫立場[80]；而如果《臺灣日日新報》的這個翻譯的文本在諷刺的立場上就已經自身前後不一致，那無疑又是一個說明其為失敗作品的例證。

筆者意不在針對林氏個人詮釋《臺灣日日新報》之〈小人國記〉與〈大人國記〉的方式提出批判。而是深深期待未來這塊領域中的學術研究，能夠不受當前外國文學研究中的各式抽象理論之影響，能更為重視史料的考證，並回到文本自身所包含的蘊意去尊重文本。

五　被遺忘的譯本——韋叢蕪譯《格里佛遊記》

延續上面所述及的韋譯本，其翻譯成就不容小覷，但何以這樣的譯本卻被眾人遺忘？從目前零星觸及《格里佛遊記》卷一者，及學術界討論此中譯本時，幾乎遺漏韋叢蕪譯本，尤其是卷二，韋譯本似乎

---

80 這和注釋五十一中所討論的情況剛好反過來，在那裡是如果抄譯改寫者或譯文本身要達到批評日本殖民政府的目的，就應該要將英文原著中對貴族院詳盡的諷喻保留下來，因為那裡是透過小說情節的翻譯來影射日本沒有給臺灣人表達民意、制定法律的自由，卻讓不察民情的總督掌管，就像當時英國教育失敗的世襲貴族一樣，而與民選的眾議院成為對比（在林以衡的詮釋脈絡下來思考的話）；在這裡抄譯改寫者或譯文反而應該要將英文原著中對整體英國政治體制的批判省略掉，因為這個段落在小說中是連眾議院也一起批判的（單德興，2004年，頁185，注20）。林文在此處籠統地將其詮釋為對「現代性」的批判，卻未細察彼此矛盾之處，才會得出前後不一致之觀點，認為讀者對《臺灣日日新報》這兩卷翻譯小說的反應既是透過推崇英國政治來檢討日本殖民下的臺灣政治、又是透過檢討英國政治來檢討日本殖民下的臺灣政治（大抵是基於一些模糊的假設，如日本殖民下的臺灣也邁向西方國家「現代化」的道路云云）。但此處的「現代化」與「現代性」所指究竟為何，當然必須回到文本中去探索。單德興，2004年，頁184-185。這一大段的翻譯與注譯便極為清楚，可惜林文對單氏譯注的精彩處輕輕滑過。

已經被遺忘。

時間回到一九三〇年代，可知韋譯本相當受重視，柔石在一九三〇年二月八日寄給妹妹文雄書二本，在其一本《格里佛遊記》的扉頁中寫道：「妹妹，這兩本書很有趣味，我希望你仔細的讀。」[81]而蹇先艾在〈畢生難忘〉一文提到受名師的傳授和啟發而走上文學之路，其中趙景深選講了《格里佛遊記》，蹇氏特別說明韋叢蕪譯本屬未名叢刊，專收譯作，當時頗受重視，留意版本不刪節及譯筆流暢[82]。但曾幾何時，文壇、學術界對韋譯本的敘述或缺漏或錯誤，其中緣由令人好奇。

張澤賢在《中國現代文學翻譯版本聞見錄・1905-1933》介紹「未名叢刊」二十一種書籍廣告，其中第十七種是韋叢蕪譯的《格里佛遊記（卷二）》[83]。倪墨炎則說「韋叢蕪譯《格里佛遊記》第二卷（英國斯偉夫特著），約於一九二九年一月未名社出版部出版，筆者未見此書。……二十六、韋叢蕪譯《格里佛遊記》第三卷，見書目廣告，未能出版；二十七、韋叢蕪譯《格里佛遊記》第四卷，見書目廣告，未能出版。」[84]對各卷出版資訊的說明是正確的，但倪氏說「未見此書」，透露了第二卷《格里佛遊記》可能存世不多也不流傳，以

81 陳漱渝：〈文直事核，辯偽存真——王艾村著《柔石年譜》序〉，收入《柔石年譜》（重慶市：西南師範大學出版社，1998年9月），複收入《柔石研究》（北京市：中國文史出版社，2006年12月），頁78。王艾村著：《柔石評傳》（上海市：人民出版社，2002年8月）。

82 蹇先艾：〈畢生難忘〉，收入劉滬主編：《北京師大附中》（北京市：人民教育出版社，2000年9月），頁133。韋叢蕪曾於一九二七年二月二十五日馳函廣州請示魯迅先生，魯迅於三月十五日復韋叢蕪箋中道：「《格利佛遊記》可以照來信辦，無須看一遍了，我也沒有話要說，否則郵寄往返，怕我沒有功夫，壓起來。」魯迅信任韋叢蕪有足夠能力譯此書，因此說「無須看一遍了」，且編入「未名叢刊」。

83 張澤賢著：《中國現代文學翻譯版本聞見錄1905-1933》（上海市：遠東出版社，2008年6月），頁290。

84 倪墨炎：〈魯迅編《未名叢刊》和《未名新集》〉，《書友叢刊・現代文壇內外》（上海市：漢語大詞典出版社，1998年12月），頁168。

致撰文時未得一見。後來筆者又看過某文說：

> 胡從經書話集《枳園草》稱《格里佛遊記》二卷均由未名社於1928年初版，顯然有誤，我想胡君應該沒有見過原版《格里佛遊記》卷二本。……吾於數年前先得卷一，道林紙精印，字行疏朗，且書中翻印原版書插圖十餘幅，印製亦殊為美觀，為吾所喜。近偶然在一書店見卷二毛邊本，擺了數年無人問津，馬上買下，始成合璧。並且卷二毛邊，書頁連在一起不曾裁開過，可見此書出版八十餘年，雖歷經人間滄桑卻無人讀過[85]。

直指胡從經顯然有誤，固然是指出版年代，卷二是一九二九年一月初版，因此說胡從經應未親見卷二本。而作者點出所購得之書是尚未裁減的毛邊本，書靜靜躺了八十餘年未被閱讀。可見卷二譯本確實難覓，以致介紹中譯英文學作品的譯介史，對於韋叢蕪譯作不是缺漏就是僅介紹第一卷。此類例子如《五四以來我國英美文學作品譯介史》說，《格列佛遊記》曾有十五種之多，如韋叢蕪先生的譯本，一九二八年由北平未名社出版，《二十世紀中國翻譯文學史：三四十年代．英法美卷》：「1920年代末之後，又有多種譯本及節譯本的出現。韋叢蕪譯《格里佛遊記》（卷一）1928年由未名社印行，而此後幾個大書局也都出版了不同譯本。」[86]

由於資訊不明，目前學界研究《格里佛遊記》早期譯本，偏重前三種譯本，而韋譯本因未能被關注，以致有些論點似是而非，如一九

85 引文提及的胡從經：〈世代傳誦的諷刺傑作——《格里佛遊記》〉，收入《柘園草》（長沙市：湖南人民出版社，1982年7月），頁387-388。此引文出自何書，由於筆者寫作時間斷斷續續，又停放頗久，已難找到出處，但此引文又極重要，因此暫引之，待他日機緣再補完整出處。

86 楊義主編：《二十世紀中國翻譯文學史：三四十年代．英法美卷》（天津市：百花文藝出版社，2009年11月），頁25。

三五年中華書局出版的黃廬隱譯注的《格列佛遊記》，論者謂「這個本子也只是節譯了小人國、大人國兩部分。……值得注意的是，在諸種舊譯本中，廬隱翻譯的書名與作者名是最早也是唯一與今天相一致的，此前斯威夫特曾被翻譯為威斯佛特、士維甫特、史惠夫特等，五花八門。」文中謂「廬隱翻譯的書名與作者名是最早也是唯一與今天相一致的」，明顯的棄韋譯本於不顧。韋叢蕪在一九二八年的譯本作「英國斯偉夫特作」《格里佛遊記》，亦只翻譯小人國、大人國兩部分（但非節譯），從各種跡象來看，廬隱的翻譯應參考了韋譯本。而韋叢蕪此譯本可謂首次以極流利白話文行之，在《格里佛遊記》譯介史上，意義非凡。雖然單德興重譯《格里弗遊記》並重新命名時，並不清楚韋譯本的存在，但英雄所見略同，都用了「格里」，而不用「格列」。單氏之意「暗示主角勇於冒險、敏於學習、致力於『格』物窮『理』。」[87]韋氏當初應只是根據音譯。

《未名叢刊》在日治臺灣不難見到，從現今「賴和紀念館」藏書目錄[88]，可見到韋叢蕪譯杜思妥也夫斯基著《罪與罰（上、下）》、《窮人》、葛斯著《英國文學：拜倫時代》，及李霽野譯安特列夫著《往星中》、《黑假面人》、杜思妥也夫斯基《不幸的一群》、韋漱園譯果戈理《外套》、與李霽野合譯特羅茨基著《文學與革命》。一九二五年八月未名社成立於北京。初期成員為魯迅、韋素園（韋叢蕪兄）、韋叢

87 單氏易「佛」為「弗」，另解釋主角「卻屢遭拂逆，到頭來卻落得自以為是、窒礙難行、違背常理、格格不入、落落寡歡（『弗』）。雖然『弗』字依然不似中文人名，但相較之下，新譯『格里弗』在音譯方面不亞於舊譯，在意譯方面則企圖兼顧原作之用心及其批評始終衍生的意涵。」單氏最後說「是邪？非邪有待讀者自行判斷。」「佛」字是否不似中文人名，確實見仁見智，臺灣著名文人「林佛國」即其例，則韋氏譯為「格里佛」也自有其理。

88 見「賴和藏書賴和期刊目錄」，網址：http://cls.hs.yzu.edu.tw/laihe/B1/b22_2.htm，檢索日期2015年9月10日。藏書中另有不少柴霍夫譯著，如趙景深譯《悒鬱》、《老年》、《妖婦》、《快樂的結局》、《孩子們》、《黑衣僧》（均開明書店出版），及張友松譯《三年》（北新）、耿式之譯《萬尼亞叔父》（商務）。

蕪、李霽野、臺靜農、曹靖華六人。因當時魯迅正為北新書局編輯《未名叢刊》，故以此命名。未名社成立後，《未名叢刊》改由該社發行，以翻譯介紹外國文學為主。此後，又兼及文學創作，編輯出版《未名新集》。因積極介紹俄蘇文學，一九二八年四月被北洋軍閥政府以「共產黨機關」、「宣傳赤化」的罪名一度查封。一九三一年春，因資金周轉問題和辦社思想分歧，魯迅聲明退出。一九三三年春停辦。因魯迅關係，《未名叢刊》所選譯作及出版，受到社會相當的重視，臺灣在一九二〇年代末及一九三〇年代初，對於新文學及譯本也頗關注，這從時人日記留存的閱讀記錄及各報刊轉登中國作家作品之多，可以想見。但其中仍引人好奇的是，《格里佛遊記》二卷自出版後即很少被提及，即使至今日，也因多數人未得一見而不知二卷曾出版發行過，但日本統治下的臺灣卻有人購買了此書，且根據此譯本再度改寫、減寫、添寫，尤其是刊登在不喜白話文、新文學的官資報刊《臺灣日日新報》上，以長達半年的時間連載，這在一九三〇年臺灣文壇、媒體，都呈現一種難以思議的現象，這或許與《臺灣民報》刊登魯迅譯愛羅先珂〈魚的悲哀〉、〈狹的籠〉此具寓意的兒童文學的刺激有關，同時一九三〇年代《臺灣日日新報》的漢文創作除詩文外，小說一蹶不振，都以中國報刊、文集充數，如《小人國記》刊閉之後，經過一個半月才刊《大人國記》，而這一個半月中刊登了不少《申報》的作品：清癯〈情海血腥〉、羽翕〈夏老鼠〉（原題〈神乎其技之夏老鼠〉）、淺〈駢指泥印〉、〈破碎郵票〉（原題〈五張破碎郵票〉）、持佛〈錢肆學徒絕技〉、公羽〈銅山富俠〉（原題〈今之緹縈〉）、燕子〈浦左周某〉（原題〈買珠還櫝記〉）、滄碣〈破鏡重圓〉（原題〈亂離後之破鏡重圓〉）等等，其刊登時同《小人國記》、《大人國記》並未署名，同時原作多有所改動，尤其是題名，幾乎都重新命名。從最不可能刊登白話文的《臺灣日日新報》觀察，此時改寫《小人國記》、《大人國記》對報紙順利出刊或營業上增加銷售量或有其幫助。

然而今日中國學術界何以每論及 *Gulliver's Travels* 譯本，對韋叢蕪的譯本泰半一無所悉，或僅蜻蜓點水提及有此譯書卷一？愚意或與韋叢蕪當時濫支社款導致未名社解體，及其「神馳宦海」擔任國民黨政府霍邱縣長進行「合作同盟」實驗問題，且身涉貪賄疑雲有關，其後周遭友朋對他疏離，後半生窮困潦倒[89]。孫郁〈未名社舊影〉說：

> 韋叢蕪的變化首先是經費緊缺引起的。大概是一九二九年吧，他開始不斷向未名社借款。到了一九三一年，社裡已經虧空，欠魯迅三千餘元，曹靖華一千餘元，李霽野八百餘元。李霽野在《別具風格的未名社售書處》裡回憶道：「其實，韋叢蕪和我們在思想上已經發生嚴重分歧。他的生活方式為我們所不滿，他的經濟上的需要，未名社無力充分滿足，因此常常發生一些不愉快的事。」
>
> 除了經濟上的原因導致了內訌外，韋叢蕪的為人方式也引起了諸人的不快。臺靜農晚年說韋叢蕪在戀愛觀上與人不同，有一些隨便。這是道德上的事，見仁見智。可歎的是後來去做了縣長，迷于仕途，文人氣就漸漸少了。魯迅在一九三三年六月二十八日寄臺靜農的信說：立人先生（即韋叢蕪——引者注）大作，曾以一冊見惠，讀之既哀其夢夢，又覺其淒淒。昔之詩人，本為夢者，今談世事，遂如狂惺，詩人原宜熱衷，然神馳宦海，則溺矣，立人已無可救，意者素園若在，或不至於此，

89 一九五八年九月時，任上海文藝出版社英文編輯的韋叢蕪被公安機關逮捕判刑，強令由上海遷居杭州，失去工作，沒有出路的他，只能靠掃馬路、擺地攤維持家人生計。一直到了一九七八年十二月，浙江省政協方設法安排韋叢蕪到杭州絲綢學院任教，但僅十幾天，便溘然辭世。

然亦難言也。[90]

由於後來的人對他了解不多，從魯迅書信、日記[91]所讀到的韋叢蕪又是已讓人失望的文人了。這種種造成後人並不關注其文學成就與翻譯成績。二○○○年馬悅然曾寫信給楊克，希望能再版韋叢蕪的愛情長詩《君山》，結果楊克寫了一文說：「老實說，讀罷馬悅然先生的郵件，我簡直是一頭霧水。作為一個中國詩人，我非但不知有一首享譽海外漢學界的愛情長詩《君山》，也從未聽說過詩人韋叢蕪。其實不單是我孤陋寡聞，隨後數月我特地問過不少詩人和批評家，包括大學中文系現當代文學專業的教授，除了搞詩歌版本學的劉福春略知一二，對韋叢蕪其詩可以說幾乎無人關注，對其人知道的也很少。」[92]

---

90 孫郁：《在民國》（杭州市：浙江人民出版社，2008年1月），頁121-123。另張登林〈改良主義者的窮途與末路：也談未名社作家韋叢蕪及其「合作同盟」實驗〉，認為韋叢蕪命運多舛，特殊的人生遭際導致後人對他的評價有欠客觀公正。不過他特別指出未名社的解體，不是因為韋叢蕪「個人的道德品質、改良思想或工作能力，而是文化市場競爭帶來的必然結果。」「合作同盟」實驗的失敗是「改良話語對革命話語的讓步，是改良主義者在二十世紀三○年代複雜政治環境中的必然歸宿。」見《社科縱橫》，2014年第2期，頁111。此外，韋叢蕪在回憶文章〈讀魯迅日記和魯迅書簡——未名社始末記〉自我表述也有所澄清。（1987年，頁14-20）

91 一九三三年韋叢蕪致魯迅信：「舊借百元，至今不能奉還，萬分不安。年內但能周轉過來，定當奉上不誤。外透支版稅，結欠先生之五百餘元，去年曾通知由《罪與罰》板（版）稅付還，該書再版想已出書，因我四月在上海時已印就一部分了。茲另致開明書店一信，祈派人送往開明一詢為禱。去年結帳，我欠靖華約三百餘元，最近由霽野替我先帶寄一○五元，我後又托人轉借二百元，著舍侄送上請轉寄，總共三○五元，我所欠彼者當無幾矣。」——魯迅日記，一九三三年九月十六日所記：「下午得韋叢蕪信附致章雪村，夏丏尊箋。」即指此信。當月18日，魯迅將所附兩信出．信中雖說所欠魯迅版稅款，將由已印就的譯書『罪與罰，版稅付還，但因該書並未再版無款可付。』」周海嬰編：《魯迅、許廣平所藏書信選》（長沙市：湖南文藝出版社，1987年1月），頁117。

92 楊克：〈馬悅然推崇的長詩：韋叢蕪的《君山》〉，《作家》，2001年第11期，頁62。又收入《《君山》：馬悅然推崇的長詩》，楊克：《天羊28克》（北京市：作家出版社，2008年3月），頁116。

所幸經過十幾年來文獻的開放及重新反省，已還韋叢蕪一個清白真實的歷史面目，恢復其被歷史塵埃所長期遮蔽的耀眼光芒。

六　結論

臺灣翻譯文學必然牽涉到東學、西學與新學的譯介。十九、二十世紀初期，日本、中國、臺灣的知識分子莫不處於東學、西學、新學的潮流中，而透過明治日本吸收西方近代思想，正是東亞近代文明形成的重要一環。這一過程並非僅僅是由西方到明治日本再到中國或臺灣的單向運動。在此過程中，既透過明治以來日本思想界的大量成果吸收西方近代精神，並受明治以來思想界對於西方思想的選擇與接受樣式的制約，又有基於本土文化和個人學識的再選擇與再創造，由此產生思想體系的變異。臺灣作為殖民地在這樣的背景下，透過日譯本轉譯西方文學，更是想當然爾。然而也正由於臺灣的特殊位置及漢文背景，臺灣作為「日支提攜」的平臺，殖民地臺灣的中國性因而貫徹日治五十年；從中文典籍的輸入到報刊對中國文學作品的轉載、改寫，以及日治末期的中文作品的日譯[93]，中國文化與文學在殖民地臺灣一直都扮演相當重要的角色。這看似矛盾衝突，實則不然，只要將其置於東亞論述中來理解便非常清楚。日人西田哲學認為西方（歐洲）的近代文明經驗不是普世性的，必須加入亞洲的經驗才算完整，因此「東亞文化圈」是世界文明浪潮的一個中心。而子安宣邦《東亞

93 日治初期、末期均因政策考量，日譯中國文學作品，如由日人初登舞臺（《臺灣新報》），的日譯稿以中國文獻、歷史小說之翻譯改寫為主。赤髮天狗〈桃花扇〉即為讀者消暑，特翻譯明末英俊侯雪苑之傳奇，又如梅陰子的藍鹿州，臺灣中興の為政家（《臺灣日日新報》第531號，明治三十三年（1900）2月10日，第1版）即中國文獻之翻譯改寫。末期則有《三國志演義》、《西遊記》、《水滸傳》等通俗小說的日譯本。

儒學：批判與方法》明白指出「東亞」或「東亞文化圈」[94]的出現，便是為了取代「中國文化」或「中華文化」的主導地位，從而使日本能取代中國成為東亞文化的霸者。因此，日本操縱的東亞論述其實服膺於日本帝國主義的擴張。由此觀之，倡言日支提攜是為了東亞的和平這樣的論述充斥於臺灣官資報刊就不足為奇，尤其是《臺灣日日新報》。

因此〈小人國記〉在臺灣的翻譯，同時有日譯本轉譯及中譯本改寫的情況，並無需驚異。值得留意的是這些作品多半未署名，也多改頭換面。其登在一九三〇年的譯作〈小人國記〉、〈大人國記〉即是，不知譯寫者是誰？譯本的根據也不知是哪一版本？因此追尋譯者譯本乃成為梳理目標，而本文經過人名、地名與文字脈絡等線索的比對，韋叢蕪譯本遂以驚人之姿耀上舞臺。

透過臺譯本改寫的流暢度及「緒文」的文言典雅觀之，此一未知的譯寫者應是新舊文學涵養兼備的文人，但其英文及對翻譯的認知恐有相當的問題。而韋叢蕪的譯本在翻譯的成就上雖然不能說是盡善盡美，但是撇去生硬的翻譯以及對英文原著未必深刻的理解而論，韋叢蕪對原著不同版本之差異的注意，以及參閱不同注釋本以求用字遣詞盡可能地妥適而恰當，在當時翻譯文學的發展上，確實是重要的進步。透過史料考證與各式文本交叉比對所得的結果，我們可以極為合理地判斷《臺灣日日新報》所刊行的〈小人國記〉與〈大人國記〉，便是根據韋叢蕪的譯本抄錄、修改而成，並由此說明了當時臺灣的抄譯改寫者對西方的語言、文學乃至於思想與歷史的文化背景都不甚熟

94 子安宣邦指出「東亞」的名稱始於一九二〇年代，此說恐怕有誤。「東亞」最早應可追溯到十九世紀末葉，如當時日本成立了「東亞同文會」(1899)，努力與中國做文化上的交流，一九一一年以前，「東亞同文會」進行「東亞文化」的交流與建構，一九一一年之後則發表了兩項聲明：一、保全支那，二、承認中華民國。繼續為東亞論（日華提攜、東洋一體）而努力。

悉，導致綏夫特原著中的諷刺意涵因為抄譯改寫者對韋叢蕪譯本的增刪、修改而面目全非；此亦說明了後人加諸其上之日本殖民語境下臺灣本土的諷刺聯想，不是自我矛盾，就是再次證明了當時的臺譯者其程度不如韋叢蕪，而此臺譯本在臺灣文學的意義與價值都存在相當的疑慮。

最後，吾人對譯本的追溯，不能不留意版本出處，應對當時的譯本與後來方興未艾的重譯、複譯、新譯、編譯、縮譯（節譯）之類的各種版本，仔細分析比較其間的變化與不同，對翻譯文學之研究方能有所裨益[95]。

95 譯著摹寫未能考辨出處，以致誤釋者，如陳家慧〈魯濱遜漂流臺灣記──從鐵冷《短篇寓言五毒》和魏清德《百年夫婦》看臺灣古典小說中的翻譯與地方文化塑造〉一文，認為此二作是「臺灣傳統文人對於《魯濱遜漂流記》的「翻譯」，將異文化轉化為既是臺灣本土、又是『傳統』的書寫；其過程夾雜對日本政府的頡頏與來自傳統文化思想的傳承，展演傳統文人對異文化的再現（representation），同時也含納眾多元素，建構著本土的精神。」並認為「天毒國似有象徵日本統治下的臺灣之意」，進一步就發表年代議論：「此篇小說寫成時間為1911年，正是臺灣知識分子歷經武裝抗日之後的溫和抗日時期，利用文化上的消極抵抗，將心中的忿恨情緒吐露於紙上。而藉由對西方文學的翻譯改寫，利用故事情節做一巧妙轉換。」文刊《第五屆全國臺灣文學研究生學術論文討會論文集》（臺南市：臺灣文學館，2008年9月），頁413-434。鐵冷〈五毒〉原登於上海《時報》「滑稽時報」欄，1911年6月6號至9號，此作並非臺灣傳統文人之作，以之解釋「天毒國」似有象徵日本統治下的臺灣之意，便有過度引申，誇大闡釋的疑慮。

第六章
結論

透過前五章的討論，吾人可以從很多跡象證成日治臺灣通俗小說的學習摹仿借鑒，多半是從中國方面而來，且漢文（文言、白話）通俗小說在日治五十年裡沒間斷過，即使新舊文學在二〇年代、四〇年代期間爭論，甚至皇民化運動開始，古典小說依舊充滿於《臺灣文藝叢誌》、《南雅文藝》、《新高新報》、《臺南日報》、《三六九小報》、《風月報》、《崇聖道德報》、《孔教報》、《南方》。由於所刊登及改寫之作，除了《臺灣民報》外，其餘刊物幾乎不交代出處，以致眾多的文言、筆記小說及上海小報、鴛蝴作家作品，像是隱形人一樣，消失不見了，使得吾人在文學創作的辨識上產生了困難：究竟是臺灣作家的作品？還是轉載改寫中、日的作品？甚或是翻譯摹寫的作品？這是討論日治臺灣文學必需先確認的基本工作。易言之，日治臺灣報刊對中國文學作品的轉載、改寫、雜揉刪削、摹擬現象，是當前研究臺灣文學必須正視的課題，唯有翔實掌握作品出處，對作品產生的文化語境方能正確詮釋。此一策略亦可視為一種「文化文學跨越過程」，在這一過程中存在大量的適應、選擇、保留、淘汰等現象，以適應不同國度下的政治、文化需求，甚至是休閒娛樂的商業考量。

本書先梳理日治臺灣文言通俗小說的轉載、改寫及其敘述策略，次以日治報刊《臺灣日日新報》、《洪水報》、《赤道》說明其對中國報刊的轉載及改寫，再次是以中國文人王韜、林紓作品為例，最後論述臺灣文人對中國小說、中國譯作的竄奪改寫現象。透過以上研究，可知臺灣報刊雜誌所徵引的典籍範圍十分廣泛，篇目亦極為豐富。刊登作品包括清前期乃至當代人的小說選集、小說著作。粗步歸納，在報刊方面有：《小說大觀》、《小說新報》、《小說叢報》、《小說叢刊》、《泰東日報》、《中華小說界》、《小說海》、《友聲雜誌》、《創造季刊》、《新青年》、《民鐘報》、《國聞週刊》、《泰東月刊》、《繁華雜誌》、《繡像小說》、《文藝俱樂部》、《滑稽時報》、《禮拜六》、《說林》、《真善美》、《東方雜誌》等。總集選集有：《玄怪錄・續玄怪錄》、《宣室志》、《博異志》、《太平廣記》、《東游紀異》、《醒世恆言》、《情天寶鑒》、《剪燈新話》、《淞隱漫錄》、《淞濱瑣話》、《舊小說》、《女界寶全》、《因果選集・坐花志果》、《清稗類鈔》、《埋憂集》、《野語》、《客中消遣錄》、《虞初廣志》、《里乘》、《右臺仙館筆記》、《閱微草堂筆記》、《子不語》、《古今譚概》、《昔柳摭談》、《繪圖騙術奇談》、《古今騙術大觀》、《拍案驚異》、《醉茶志怪》、《鐵冷叢談》、《道聽塗說》、《綠窗綺語》、《豔跡編》、《虞初支志》、《重訂虞初廣志》、《韓江聞見錄》、《香祖筆記》、《十日戲劇》、《履園叢話》、《搜神記》、《神皋雜俎》、《香豔叢書》、《清代聲色志》、《近人筆記大觀》、《澹盦誌異》、《雲笈七籤》、《消閑大觀》、《新談彙初集》、《野語》、《楚傖文存》、《古今閨媛逸事》、《茶熟香溫錄》、《現代小說精選》、《翼駉稗編》、《墨餘錄》、《天涯聞見錄》、《春冰室野乘》、《莊諧筆記大觀》、《愛國英雄小史》、《小說名畫大觀》等等。

觸及的作家更是無數，干寶、牛僧孺、馮夢龍、王士禛、和邦額、紀昀、袁枚、馮起鳳、許奉恩、俞樾、吳熾昌、李慶辰、雷君曜、吳虞公、徐珂、湯用中、古與江、毛祥麟、印南峰、汪道鼎、吳曾祺、李定夷、胡樸庵、劉鐵冷、王韜、林紓、吳北江、薛福成、劉獻廷、吳訒之、貢少芹、姚民哀、黃花奴、王西神、顧明道、許廑父、王漢章、吳綠綺、（劉）民畏、伊耕、纘翁、黃賓虹、孫學勤、李遜梅、淦女士（馮沅君）、夬庵（孫少侯）、郭沫若、楊振聲、張資平、洪學琛、世荃、陳學昭、黃仁昌、愛聾、姜希節、吳貢三、徐蔚南、陳雪江、姚鵷雛、朱鴛雛、葉楚傖、嚴芙孫、陳西禾、徐綺城、王梅癯、汪劍虹、畢倚虹、包天笑、張慶霖、程善之、醒獨、鄒弢、葛虛聲、徐卓呆、江南小草、許地山、趙眠雲、歐陽予倩、包柚斧、容均、魯源、李岳瑞、野民、嘉定二我、李漁、菌亭、李澄、錢泳、鈕琇、朱叔梅、王文錄、沈俶、吳熾昌、柴萼、李伯元等均是。可知中國前代小說遺產及現代小說作品，均在日治臺灣文人的閱讀範圍內，這為他們提供了豐富的可資借鑑的材料。

其次，從前述各章闡論，可知有哪些文本經常被剪稿，這些文本表現了哪些日常生活？而這些日常生活的小說，除古代小說外，近代小說多出自《申報》、《小說新報》、《小說叢報》等鴛蝴派作家，因有不少集中在上海，其現代性、時尚性以及都會娛樂面向，得以在不同時間、不同地區，獲致不同政治管轄下人民的共鳴。由於西方資本主義全盤灌輸於上海的，不僅是區離傳統的嶄新的生產方式和生活方式，更是不同於以往小農經濟統治下的新型生產關系。在城市工業、商業、交通、金融等迅猛發展的大背景下，上海城市日顯繁榮，妓院、茶肆酒樓、大世界遊藝場、新世界、夜花園、飲冰場、戲館影院、跳舞場，以及各大旅館，各類學校、報館、書局、圖書館、公共花園等，這些社會化、商業化的公共休閒場所不斷湧現，隨之而起的民眾娛樂休閒方式也日趨豐富。訪友聚餐、交際應酬、娛樂消遣、讀書看報、觀影聽戲、商務會談、公園散步，捕捉日常生活點滴聯絡感情，節奏中尋找快樂刺激。由於社會分工日趨細密與複雜，出現三十六行之外的眾多新興行業，隨之產生了近代意義上的職業者。小說人物均有明確的社會身分、職業代碼，他們涉及商界、銀行界、報界、文藝界、宗教界、教育界、警界、洋行、政府機關、私人診所、外國醫院、保險業、律師事務所、高等專門學校、交易所、信託公司、彩票公司、百貨公司、西餐館、東洋料理館、咖啡茶座、舞廳、遊藝場、火警消防等行業，不乏各種千奇百怪、層出不窮聳人聽聞的事，或光怪陸離的社會中，各色人等的眾生相。在臺灣報刊，尤其是一九

二七、一九二八年的臺灣（星洲報刊亦是）充滿了上海敘事，上海文化文學的影響比我們所想像的更為深邃，距離則更近。因此臺灣日治時幾份重要報刊都與《申報》及上海各式報刊脫不了干係。此外，臺灣報刊亦吸收了中國新文學思潮，轉載了不少五四以來的新文學作品。同時對當時創造社以及左翼作品亦引介進入臺灣，當我們面對如此眾多中國文學作品刊登在日治臺灣的報刊時，提醒吾人應落實到更具體的臺灣文化語境，才不至於輕率地對作品做出殖民體制下的隱喻象徵的臆想結論，或直接以之映現當時臺灣社會現實、臺灣女性形象、臺灣日常生活等說詞。

再者，本來文言小說即是一種繼承性很強的文體，最顯著的現象即是題材的沿襲，日治臺灣文言小說摹擬及改寫前人故事十分普遍，而且往往不明言[1]。從《三六九小報》、《風月》所選白話小說，可知亦在傳統文人閱讀視野之內。這些報刊雜誌、選集就如同一個文本聚合的舞臺，舞臺上的眾多文本，以不同的方式，從不同的側面共同言說著異域世界，如同磚瓦一樣，如果把它們傳遞的資訊組合起來，將會構建出一個非常獨特的中國形象，當晚明、晚清的歷史追憶一再被提起，走進作家（編輯、漢文記者）的視野，是否也是一種經過言說主體的意識及言說策略的層層過濾之後所映射出的中國影像。日本漢文小說在一九一一年之後就不再看到轉載之作，臺灣大概也只有較親日謝雪漁、魏清德作品以日本人事物為題材，量其實不多。這是一個相當有趣的現象：何以《臺灣日日新報》此後不刊登日本漢文小說，反而是中國文言小說？甚至到了四〇年代，中國文言、白話通俗小說仍佔了一定篇幅，如《風月報》、《崇聖道德報》刊登了極多文言筆記小說。一九四〇年代《南方》也刊載了一系列《夜譚隨錄》，如一九四二年六月起的〈崔秀才〉、〈香雲〉、〈蘇仲芬〉、〈蕭倩兒〉、〈余白

1 題材踵步前人之作，但所以未說明擬自何作，或許是作者本身並無明確的擬作意識。

萍〉、〈三官保〉、〈韓越子〉、〈設計欺人〉、〈邱貢生〉等。在歷經日本統治三四十幾年後仍有此類作品出現，而且為數不少，則其間中臺關係的互動似乎較臺日關係更值得玩味。

關於承續和創新？／創作或抄襲？

這些被轉載及改寫的作品，我們將如何看待？從十九世紀末，二十世紀初期以來，頗多知識性的傳播，如對國家現代化的追求，使得梁啟超對日本人翻譯的西學，大量轉譯輸入，甚或直接摻入作品中，所謂「如幽室見日，枯腹得酒，沾沾自喜，而不敢自私」，以致從現代智慧財產權、版權眼光視之，正是犯了抄襲的錯誤。但就學術乃天下之公器，梁氏轉手的知識，正表明他意欲普及西方知識的動力及企圖[2]。連雅堂曾述其在上海讀到小報抄過墟記劉寡婦事，說：

> 今之所謂小說家者，多剿拾前人筆記，易其姓名，或敷衍其事，稱為創作。曩在滬上見某小說報，中有一篇，題目為「一朝選在君王側」，已嫌其累，及閱其文，則純抄過墟記之劉寡婦事，真是大膽！夫過墟記（按、普遍作過墟志）之流傳，知者雖少，然上海毛對山之墨餘錄曾轉載之。對山，同光時人，其書尚在。為小說者，欲欺他人猶可，乃並欲欺上海人耶？[3]

2　「如幽室見日」引文出自梁啟超：《飲冰室主人自說》，頁61。另見王晴佳：〈中國近代「新史學」的日本背景——清末的「史界革命」和日本的「文明史學」〉，《臺大歷史學報》第32期（2003年12月），頁222、223。梁氏之作，當時亦為臺人冒名，署名下竹頭角陳慶瑞的〈小說勢力論〉，原出自《新小說》，1902年10月15日第1號「論說」，原題〈論小說與群治的關係〉，《臺灣愛國婦人》第82期，1915年9月1日節錄之，並易題作〈小說勢力論〉。《新小說》未署名，然據《梁啟超文選》、《梁啟超集》等書，可知作者為「梁啟超」，為陳慶瑞冒名。

3　原《臺灣詩薈》〈餘墨〉，收入連橫著：《雅堂文集》（南投縣：臺灣省文獻委員會，連雅堂不認同「剿拾前人筆記，易其姓名，或敷衍其事，稱為創作」之舉，文中「今之所謂小說家者」，或許也包括對臺灣文壇現象的批評。文中舉毛對山《墨餘錄》曾轉載過墟記劉寡婦事，而上海小報易題抄襲此故事。此一現象在上海、臺灣極普遍，文中毛對山祥麟的《墨餘錄》多篇亦曾為臺灣報刊選錄刊登[4]。大約從一九〇六年開始，至一九三四年，《臺灣日日新報》約刊載了三千篇漢文通俗短篇，其中大約有兩千多篇是中國小說（含筆記叢談、新聞故事）的直接轉載或改寫摹仿之作。臺灣漢文小說的發展歷程裡，大量中國文言筆記小說、鴛蝴派小說幾乎充斥在各報刊雜志，它們曾如是被臺灣人廣泛閱讀，進而產生摹仿借鑒學習之路程。

臺灣報刊對中國文學作品的轉手改寫、雜揉刪削，有其時代背景及諸多各式各樣的形態和因素，促成相當特殊的一道景觀。本來文學中的摹仿借鑒是文學發展必由之路，是文學自身規律所決定的一種普遍文學現象，我們無需采取片面否定的態度，而是應放到臺灣文學脈絡的洪流中加以考察此創造性的自覺行為，及其由借鑒學習到創新的重要表現。但就臺灣日治報刊對原作之改動改寫，通過對文字的潤飾、情節的設置增添、主題思想的改變等，算不算文人在對小說加工整理的基礎上再創作的作品？還是以冒名、抄襲看待？恐怕會因時代、改寫程度、各人觀感、判斷而做出不同的結論。

1992年3月），頁288。另，（清）毛祥麟撰，畢萬忱點校：《墨餘錄．孀姝殊遇》（上海市：上海古籍出版社，1985年），頁80-81。

4 如〈栗毓美〉（易題作〈恩太太〉、〈奕藝〉（易題作〈范國手〉）、〈醒睡先生〉、〈石瑀〉（改題為〈巧姻緣〉）。〈巧姻緣〉在前文略有改寫。〈范國手〉刊《臺灣日日新報》第9997號，1928年2月22日，第4版。文末略雨蒼氏曰一段。《臺灣文藝叢誌》轉刊的對山書屋主人〈詩佞〉一篇，出自毛祥麟撰《對山書屋墨餘錄》卷15。以閻王亦喜聽諂言愛媚詩，諷刺社會上下諂媚之風。《臺灣文藝月刊》第6年第10號（1924年12月15日），頁13。

如《三六九小報》刊「恤」〈歷史小說：孤島英雄傳〉一篇，此篇作者實為「李定夷」。然而李定夷也曾面臨〈樂人夢兒〉的抄襲公案，平襟亞（即秋翁）在其所著《秋齋雜憶》〈文抄公〉一篇，說李定夷抄襲周作人譯〈樂人揚珂〉，登載在《小說叢報》。秋翁還說，最初發現李某抄襲行為的是朱鴛雛。在一九二〇年三月重印《域外小說集》時，魯迅以周作人的名義寫的新序中說：「我所忘不掉的，是曾見一種雜誌上，也登載一篇顯克微支的〈樂人揚珂〉，和我的譯本只差了幾個字，上面卻加上兩行小字道『滑稽小說』，這事使我到現在，還感到一種空虛的苦痛。但不相信人間的心理，在世界上，真會差異到這地步。」據傳，某日李定夷正在《小說叢報》社與徐枕亞等人作竹雀戰，進來一讀者買了一本雜誌，並要求見其中的譯者李定夷。李定夷出來後，來客就指著那篇小說問：「這一篇東西，是足下譯的嗎？」李很窘迫，客人又指出：「你盜書沒有盜完全；原作上那幾個古體字，你都抄錯了。」李無言以對，來客便聲明自己是原譯者，最後指出：「你們拿出一百冊書，讓我將這篇東西扯去。」店中只好照辦。姜德明對此事，評說「它表現了魯迅先生的理直氣壯和機智敏感，甚至帶有一點辛辣的幽默感，周作人不會有這樣的幽默感。」[5]吳作橋將周作人的〈樂人揚珂〉與李定夷的〈樂人夢兒〉二者比對，發現這兩篇小說有許多相同與不同之處。〈樂人夢兒〉同〈樂人揚珂〉的部分約四三〇餘字。〈樂人夢兒〉放短篇小說欄內且是首篇，而不是放在「譯叢」欄內，亦即〈樂人夢兒〉是以〈樂人揚珂〉為底本的改寫創作小說，尤其在小說的關鍵處，李定夷發揮了鴛

5　姜德明：〈《域外小說集》逸話〉，《活的魯迅》（上海市：上海文藝出版社，1986年），頁51。陳旭編著：〈魯迅先生處世記聞〉，收入陳旭編著：《中國現代名人益世趣聞》（西安市：陝西人民版社，1990年），頁4。吳作橋、王羽：〈四三、周氏兄弟是怎麼知道李定夷剽竊《樂人揚珂》之事的？〉，收入《魯迅身世之謎》（臺北：秀威資訊科技公司，2014年7月），頁86-89。

鴦派小說大家的編織力與想像力，添加了不少筆墨進行渲染。因此作結說：「平襟亞和魯迅的說法有些不合於實際的情形：〈樂人夢兒〉較之〈樂人揚珂〉，既不是『一字不易』，也不是『只差了幾個字』，而是改動與加工之處甚多。」[6]

又如以王漢章〈月英〉比對王韜《花國劇談》述月英一處，其文字相同者二百餘字，內容仍有敷衍加長，〈慧姑〉增寫其兄訪查案情的細節及冤死二人投胎轉世的畫蛇添足，〈妓博士〉將空間移至美國紐約，姊為弟謀得良緣，與〈杏綃〉突顯夫人為夫撮合姻緣不同。這種種現象在新文學作家看來即有抄襲嫌疑了，但文言筆記小說沿襲之風卻是常見，尤其是同一故事的改寫、重寫，是相當普遍易見的。嚴肅而言，改寫、檃括、增寫等手法，並非僅是簡單的刪節文字，如何剪裁、敷演、綴合、編撰，師其意而不用其詞，奪其胎而換其骨，則是較能避免襲抄之譏，臺灣報刊眾多作品對中國文學的改寫，由於詞語的剿襲大於師意的比重，情節也未脫離原環境，因而故事的緣起、衝突的形成與結果等關鍵敘述，難以承擔敘事起因、解決衝突，過度的依傍原文，亦步亦趨，自然失卻原創力，無法突過原本，甚而招致抄來襲去、陳陳相因或略加改易潤飾而成之批評[7]。

文化文學的交流與傳播，往往有著難以預期的偶然性，作品的接受或成為經典的過程，也經常是各種的因緣巧合促成，創作上的摹仿學習，也受具體語境的變動而變化。因此當時中國文學作品在臺灣的轉錄、剪稿及改寫現象，其相互影響如何，恐還是其次的問題，這個現象提醒了研究者留意作品產生的文化語境，並思考作品脫離原初的

---

6 參見紹興魯迅紀念館、紹興市魯迅研究中心編：《紹興魯迅研究》（上海市：上海文藝出版社，2008年），頁77。「一字不易地抄來」是秋翁（平襟亞）的說法，見〈秋齋雜感〉，《萬象》第1年第7期（1942年1月），頁168。

7 臺日報曾轉刊集句詩（1920年），集句詩雖集前人之作，但一般不視為抄襲，因除熟記前人詩句，以求運用自如，還要有自己的藝術重構，以使和諧自然，實比自出機杼的創作困難，佳者經常使人讀來擊節稱賞，愛不釋手。

空間場景，移植到另一空間語境時，該如何面對、詮釋？透過追索、考辨各報刊之文學作品，吾人得見與清代文言小說、民國鴛湖派小說之密切關係，同時可與東亞研究接續，漢文通俗小說與新加坡《叻報》、香港華字報、滿洲國各報刊等之連結，朝向國際化接軌，開拓與國際學術社群的對話空間，期待本課題能因之更加受到重視。

附錄

一　《孔教報》轉載小說一覽表

編號	篇名	卷期	出處	故事內容
1	家庭苦劫	第1期，1936.10.16 第2期，1936.11.16	李定夷，《定夷叢刊初集．卷一》（上海：國華書局，1915.3），頁1-15，原題〈家庭慘史：劫灰苦語〉	描述汪氏一生坎坷，先後歷經丈夫及兒子病逝、田產糾紛、家產付之一炬等慘事。
2	俠情小說	第2期，1936.11.16 第3期，1936.12.18	李定夷，《定夷叢刊初集·卷一》（上海：國華書局，1915.3），頁17-30，原題〈俠情小說：紅線後身〉	描述琴川李氏有三女，名為貞娥、蕙娥及亭娥。貞娥成婚後不久，其夫君即病死。蕙娥及亭娥將往省親，不料途中遭匪寇所劫。幸而亭娥善用巧技，又得一老嫗相助，姊妹倆順利逃出盜窟。後兩人得知貞娥流落風塵，乃設法為其贖身。三人終攜手歸家。
3	贛楡獄	第4期，1937.01.21	馮起鳳（梓華生）《昔柳摭談》	一佃農因付不起田租而命妻子委身於田主人，後醉酒在他人慫恿下欲恐嚇田主人索取錢財，卻反而誤殺妻子。雖聽計又殺一人誣作姦殺，

編號	篇名	卷期	出　處	故事內容
				最終仍是真相大白，佃戶及獻計者皆遭處死，恃財求歡的田主人也因散盡家業，下場慘澹。
4	巧設騙局	第4期，1937.01.21	宣鼎《夜雨秋燈錄・卷一》，原題〈雅賺〉	描述商人某甲仿蕭翼賺〈蘭亭集序〉故事，設局騙取鄭板橋之書畫真跡。
5	8雇妓作妻	第5期，1937.02.21	《清稗類鈔・棍騙類》、《騙術古今》雷君曜《繪圖騙術奇談》	一觀察貪其奴妻子美色，與女偷歡時遭奴僕撞見並威脅之，不得已而讓其掌有重權。直至奴僕騙取錢財遠逃，才知遭人設計，女子乃是受聘來欺詐觀察的妓女。
6	質金鐲	第5期，1937.02.21	雷君曜《騙術古今》、《繪圖騙術奇談》，作「質庫受騙」	一名富人以假手鐲典當換錢，遭乞丐點破並領掌櫃至富人宅欲要回錢財，在第三人調停下成功追討。直至錢票兌換失敗，掌櫃始知是富人、丐、第三人聯手精心設計的騙局。
7	認丐婆為母	第5期，1937.02.21	《清稗類鈔・棍騙類》、《騙術古今》雷君曜《繪圖騙術奇談》	一官假認一道中偶遇的丐婆為母，其後至綢緞店挑選名貴綢緞，將丐婆留在店內消去店主提防心，成功騙取大量綢布逃逸無蹤。

編號	篇名	卷期	出　處	故事內容
8	鐵牛糞金	第5期，1937.02.21	雷君曜《騙術古今》	道士持一號稱能排出金糞的鐵牛向富人換取大量錢財，富人得牛後沒幾日牛便不再排糞，被人揭穿其實是道士買通富人家中婢女的合謀騙局。
9	畫知晴雨	第5期，1937.02.21	雷君曜《繪圖騙術奇談》、《古今騙術大觀》	一位公子厭惡鄰家富翁吝嗇，故臨摹名畫暗地調包誆騙富翁此畫人物會隨晴雨而變化，富翁果然上當以為神物，重金買下，最後得知受騙的富翁欲找公子索賠反遭調侃並以理說之，無言以對。
10	完節保身	第6期，1937.03.29	馮起鳳（梓華生）《昔柳摭談》作「奔女完節」	描述一富家女喜愛寄居的書生，求歡不成羞愧而欲殺之，幸生得託夢者相助隱匿室外逃過一劫。此後至生為官皆不曾透漏此事，可見其人之良善德性。
11	秋柳怨	第6期，1937.03.29	荒唐儒夫〈楊花恨〉，《三六九小報》（《孔教報》署名「紅谿」，可知為黃拱五）	富家女阿談戀愛為學堂退學，然遇人不淑，屢為俊男花言巧語所騙，後家道中落，淪為妓女。
12	棄兒竟貴	第6期，1937.03.29	馮起鳳（梓華生）《昔柳摭談》作	描述莪生原為富家子，卻遭嫡母子棄置於田

編號	篇名	卷期	出處	故事內容
			「棄弟成名」	野，所幸被一老叟收養。後莪生功名有成，以德報怨。
13	魚妻	第8期，1937.05.31	馮起鳳（梓華生）《昔柳摭談》作「魚妻去帷」	描述人魚死而復生，與某客結為連理。後赴南海，受其他人魚邀留，乃回歸水府。
14	肯吃苦觀察	第8期，1937.05.31	馮起鳳（梓華生）《昔柳摭談》作「觀察肯吃苦」	描述一位觀察個性謙沖自牧，雖飽受兄長及未婚妻眷屬的冷眼亦不與人爭，在母親和未婚妻的支持下，最終登進士榮歸家鄉並完婚。而過往譏笑觀察的人前後態度之轉變，世態炎涼可見一斑。
15	月老無私	第9期，1937.07.10	馮起鳳（梓華生）《昔柳摭談》	描述文公子引月老入夢，欲得佳人為妻。然月老以公子命定，仍以富貴而相貌不揚之女為配。
16	綠衣女郎	第9期，1937.07.10	馮起鳳（梓華生）《昔柳摭談》	描述柳生對綠衣女子一見鍾情，於是日有所思，夜有所夢。原以為能一償所願，卻被同舍生吵醒。
17	僧道捉狐	第10期，1937.08.01	馮起鳳（梓華生）《昔柳摭談》	一名胥役的兒子能見狐幻化成的女子，與狐交好，狐亦長住胥役家，兩者相安無事。後胥役

編號	篇名	卷期	出　處	故事內容
				聽信讒言欲加害狐不成反遭戲弄，請來道士僧侶抓妖亦無功而返。最終狐與胥役兒拜別而去，不知所蹤。
18	老儒辨報應	第11期，1937.08.30	隱滬山人《拍案驚異》，又名《四續今古奇觀》	描述一老儒生見鄰村人士做盡惡事卻能享受富貴，憤而作文向天神抗議，並在夢中與神明展開對善惡報應的激辯，最終從一小鬼口中點出因果循環本無定理可循，非世人所能擅加論斷的啟示。
19	伶人傑識	第11期，1937.08.30	馮起鳳（梓華生）《昔柳摭談》	描述一散盡家產的落魄尚書，偶然得到伶人的賞識並勉其發憤讀書，在伶人的資助下最終成為狀元的過程。
20	秋風自悼	第12期，1937.10.01	馮起鳳（梓華生）《昔柳摭談》	一書生與表姐妹交好，然幾經波折兩人仍不得歡聚，後在母親逼迫下女子嫁予他人，而生多次考場失意，自慚無成就也未能對女子婚事有所表示，最終僅能徒呼負負，結尾淒涼。
21	申仲權	第12期，1937.10.01	李慶辰《醉茶志怪》	燕人申仲權一日隨鄉人入山採參迷路，巧遇一

編號	篇名	卷期	出　　處	故事內容
				女子幫助，供其食宿並贈與貴重人參，令申氏得以平安返鄉。
22	劉氏子	第12期，1937.10.01	李慶辰《醉茶志怪》	農夫劉翁因兒患痘氣絕將其埋葬，然而兒尚未死遭欒氏救起扶養，兒長大後得知生平，私自返鄉與父母相認，往後與欒氏家亦互動良好。作者認為劉氏子一怒而棄養父母恩於不顧擅自離家，不合人情。
23	崔秀才	第13期，1937.11.20	和邦額《夜譚隨錄》	描述劉氏散盡家產後，飽嚐世情冷暖，而後在一狐幻化成的崔秀才資助下恢復往日榮光，親友亦立即回頭巴結，道出人之趨炎附勢，尚且不如異類的醜態。
24	狐擾	第13期，1937.11.20	馮起鳳（梓華生）《昔柳摭談》	描述有狐隱於一小吏楊生的居所內，戲弄楊生及其親友，幾名官員聽聞後前來驅狐，亦遭到惡戲狼狽而逃，及至楊生離去，狐擾依舊不斷，莫可奈何。
25	完璧信誓	第2卷第2期，1938.01.15	馮起鳳（梓華生）《昔柳摭談》作〈完璧誓信〉	描述戴生與鄰袁女感情交好，離別時約定非女子不娶。然之後戴生娶了他人，女雖另嫁給富

編號	篇名	卷期	出處	故事內容
				商子卻死守貞節至其夫過世。最終生與女重相見，在妻與父母允諾下娶了袁女，並由女之口道出封建社會下男子不專情卻少有罵名的不公現象。
26	鬼變	第2卷第2期，1938.01.15	馮起鳳（梓華生）《昔柳摭談》	有一人常作無常鬼怪狀嚇人，一日遇真無常，從無常處習得變幻之術欲抵抗無常勾其魂魄，然最終仍被嚇死。
27	梁生	第2卷第2期，1938.01.15 第2卷第3期，1938.02.25	和邦額《夜譚隨錄》	一貧窮梁生因就美人定義之爭辯而與兩富貴好友產生嫌隙，後在機緣下得一美妻，並在妻子的協助下成功戲弄二友，最終梁生與妻遠颺而去，再難得見。
28	阿稚	第2卷第3期，1938.02.25 第2卷第4期，1938.05.05	和邦額《夜譚隨錄》	一老翁因贖狐放生之義舉，狐化為人形報恩，與老翁兩子結成夫婦，且令一家不愁吃穿，享盡富貴。可惜人妖終究殊途，老翁偶然帶回之猛犬意外的揭露狐狸真身，並使得狐妻遭犬噬死未能善終。
29	屍異	第2卷第4期，	和邦額《夜譚隨	描述有老人乘車驟死，

編號	篇名	卷期	出　處	故事內容
		1938.05.05	錄》	半夜卻復甦回家。眾守軍以丟失其屍身，唯恐咎責，遂竊取他屍頂替，不料因此揭露少婦殺夫之命案。
30	瓦器	第2卷第4期，1938.05.25	和邦額《夜譚隨錄》	描述陳氏之佃戶偶然於田中尋得瓦器，破碎亦會復原如初，陳氏以為怪，命人埋之，後反悔再挖掘，瓦器已消失無蹤。
31	復仇女	第2卷第5期，1938.06.10 第2卷第6期，1938.07.06 第2卷第7期，1938.08.15 第2卷第8期，1938.12.08 第2卷第9期，1938.12.25	姚鵷雛〈風颭芙蓉記〉，《小說叢報》1916年7月。又見《姚鵷雛文集·小說卷（上卷）》。	第一章由野老自嘆帶出全文故事背景為人民困苦的年代，其後透過女主角與珠兒、母親間的互動，展露出女童對於戀愛初懂未懂的懵懂心態，而母親的喃喃私語，隱然為故事埋下了伏筆。第二章概述書塾老師之性格，因寄人籬下而善待受寵之玉兒，苛責珠兒及貞婉。從梁家日常到塾中諸多細微之舉動，將主角群的性格完整呈現於讀者面前。
32	修鱗	第2卷第5期，1938.06.10 第2卷第6期，	和邦額《夜譚隨錄》	描述梅氏有一好友修生，得蚍蜉國王召見，入朝為官發揮所長，備

編號	篇名	卷期	出　　處	故事內容
		1938.07.06 第2卷第7期， 1938.08.15		受重用，後被逐失意欲求死，才驚覺原乃黃梁一夢，所聞皆為幻境。（以上故事內容由助理陳婉晏、程凱柏協助整理，謹此致謝）

二　〈釵合鏡圓〉小說的故事來源

說明：〈釵合鏡圓〉一文底下畫線者，意指文字相同或相近。

一、幽燕為建都之地。人文蔚起。而掃眉才子交叢生其間。是皆山川之靈秀所鍾也。津門有陳生卓然者。世家子也。儀容秀美。風雅莫倫。童年即遊泮（按、誤作伴）水。詞章詩賦。冠絕時流。以故每試必列優等。蜚聲庠序。師友咸以偉器目之。而生亦毅然自負。不作第二人想。且其人如玉樹臨風。瓊林映月。閨閣諸女子見者無不擲果。郡中巨族一時爭欲婿之。（第1年第4號，1919年4月1日，頁343）

按：《螢窗異草》〈宜織〉：「（柳生）比長，風神蘊藉，俊逸絕倫，且童年即游泮水。」（筆記小說大觀二編，頁1633）王韜《花國劇談》敘「繡蓉」事：「陳生，吳門名下士也，一時多以偉器目之，而生亦毅然不作第二人想，顧負才不羈，喜作狹邪游，白芝徵歌，紅牙按拍，時復跌宕綺筵，有所屬意。」（頁1182）其中「喜作狹邪游」、「白芝徵歌，紅牙按拍」另於同文他處使用。《夜雨秋燈錄》〈蚌精〉（三集卷三）：「其為人如玉樹臨風。瓊林映月。鎮中閨閣諸女子有不願作紈綺妻，而願為蚌精奉箕帚者無數。」（頁258）

二、而年逾弱冠。伉儷猶虛。知其志者咸勸之曰。佳人未必真有。奈何遲好合而待毛施。竊恐鏡臺未下。潘鬢已星。絕好青春。不徒然空擲乎。生笑而不答。終夷然不屑與雞鶩為偶。（第1年第4號，1919年4月1日，頁343）

按：《螢窗異草》〈宜織〉：「以故媒氏踵門，恒未許可，蹉跎將弱冠，猶虛琴瑟，必亦為悵然。」（頁369）《螢窗異草》〈綠綺〉：「高郵李生，風雅罕匹，年二十，琴瑟猶虛。竊自矢，非誇光之美，弗與問名。有知其志者，咸勸曰：『佳人未必真有，若何遲好合而待毛施，恐鏡臺未下，潘鬢將星，九十春光，不亦大半虛擲乎？』生笑而不答，終夷然不屑與雞鶩偶。」（頁221）可知「猶虛琴瑟」、「琴瑟猶虛」改為「伉儷猶虛」，「九十春光」改為「絕好青春」。

三、及長姿態綽約。艷麗天然。文紹班香。詩成謝絮。尤工書畫。嫻音律。一時閨秀莫有出其右者。父母因愛如拱璧。有議婚者輒令自擇。而媒氏踵門。皆少所可，是以年十七尚未字也。（第1年第4號，1919年4月1日，頁344）

按：《螢窗異草》〈梅異〉：「吳氏女，少從毗陵吳太母受學，詩成謝絮，文紹班香，一時閨秀罕出其右者。」（頁384）「詩成謝絮，文紹班香」前後句顛倒為「文紹班香，詩成謝絮」。《螢窗異草》〈宜織〉：「以故媒氏踵門，恒未許可，蹉跎將弱冠，猶虛琴瑟，必亦為悵然。」（頁349）因前面已有「年逾弱冠。伉儷猶虛」，故改為「是以年十七尚未字也。」唯此處原寫女子，陶仙改敘男主人公陳卓然擇婚情況。

四、今復親見其丰姿。愛慕之心早已汲汲。及聞母氏所言。意頗不懌。歸家後心頭抑鬱。恍彿若病。眠食俱廢。日就支離。父母大憂。婉詰之。女忸怩不敢言。婢知其隱。秘以告之。母於是不得已思召媒媼。謀所以慰之者。（第1年第4號，1919年4月1日，頁344）

按：蒲松齡《聊齋志異》〈寄生〉：「生女閨秀，慧豔絕倫。王孫見之，心切愛慕。積久，寢食俱廢。父母大憂，苦研詰之，遂以實告。……心愈抑鬱，遂病，日就支離。父母詰之，不肯言。婢窺其意，隱以告母。」（頁688）王韜《後聊齋志異．名優類志》：「小家女見之，心大愛慕，垂注良殷，歸而眠食俱廢。其母苦加研詢，則曰：『此生不嫁則已，嫁非某伶不可。』其母不許，女涕泣求死。」(《清代志怪小說觀止》，頁490）而王韜此篇明顯可見受《聊齋志異》〈寄生〉之影響。陶仙此文則合用了蒲松齡、王韜之文字。本來《聊齋志異》〈寄生〉用「寢食俱廢……日就支離」，但陶仙改用王韜文「眠食俱廢」。

五、適卓然之鄰嫗趙媼以故至其家。瞥見湘碧如寶月祥雲。明珠仙露。雖病臥床褥。猶眉橫遠岫。臉艷朝霞。且時而倦目添媚。時而捧心增妍。倚枕支頤。傾絕一世。不覺驚贊曰。好個美姑娘。不知幾生修得到此。假往昭陽院。飛燕姊妹何足數得。使老身而男也。得不甘為情死哉。(第1年第4號，1919年4月1日，頁344-345）

按：《品花寶鑒》第六回：「只見得這人如寶月祥雲，明霞仙露。」[1]《螢窗異草》〈女南柯〉：「姿態益妍，臉豔朝霞，眉橫遠嶂。」（頁280)《螢窗異草》〈銷魂獄〉：「心以捧而增妍，目以倦而添媚。」(頁405)《聊齋志異》〈寄生〉：「五可方病，靠枕支頤，婀娜之態，傾絕一世。」(頁688)《聊齋志異·邵女》：「睹女，驚贊曰：『好個美姑姑！假到昭陽院，趙家姊妹何足數得！』又問：『婿家阿誰？』邵妻答：『尚未。』媼言：『若個娘子，何愁無王侯作貴客也。』」(頁202）朱梅叔《埋幽集》〈綺琴〉：「姐苗條如此，使老身而男也，得不甘為情死。」[2]

六、以湘碧之容顏髮膚。神情態度。口寫手狀。舉而告之。卓然亦耳聞其豔名。又聽趙媼如此極意褒羨。意亦移動。然乖僻性成究竟不敢遽以人言為信。乃求一親見之。媼遲疑不敢答應。往覆湘碧母

1　(清）陳森：《品花寶鑒上》(長春市：北方婦女兒童出版社，2001年1月），頁71。
2　(清）朱梅叔：《埋憂集》(重慶市：重慶出版社，1996年3月），頁37。

女。母果難之。以目視湘碧。只見其低頭弄帶。羞澀不作一語。（第1年第4號，1919年4月1日，頁345）

按：蒲松齡《聊齋志異》〈寄生〉以五可之容顏髮膚，神情態度，口寫而手狀之。文云：「五可方病，靠枕支頤，婀娜之態，傾絕一世。近問：『何恙？』女默然弄帶，不作一語。……嫗歸，復命，一如媒媼言。王孫詳問衣履，亦與夢吻合，大悅。意雖稍舒，然終不以人言為信。……媼難之。」（頁688）〈釵合鏡圓〉與〈寄生〉之文脈前後稍有異。如「低頭弄帶。羞澀不作一語」是在陳卓然提出欲親見碧湘，媼見湘碧之狀。在〈寄生〉一篇則先出現，之後才提到寄生「然終不以人言為信」。前述「老身歸即令其倩冰如何」亦是在後，但改寫時，移至前面，姥姥擬為五可倩冰人，改換為陳卓然說媒。

七、趙媼遂退。而卓然自媼去後。久無消息。方欲使人召之。忽見媼忻然趨入曰。幸有機可圖。韓府之花園。近日百花盛開。湘碧身有微恙。每於午後扶婢散步其間。公子請往伺之。玉容可見也。生喜從之。亟命駕隨媼往。迤邐約十餘里。（第1年第4號，1919年4月1日，頁345-346）

按：《聊齋志異》〈寄生〉：「媼難之，姑應而去。久之，不至。方欲覓問，媼忽欣然而入曰：『機幸可圖。五娘向有小恙，因令婢輩將扶一過對院。公子往伏伺之，五娘行緩澀，委曲可以盡睹矣。』王孫喜，明日，命駕早往，媼先在焉。」（頁688）

八、轉過數折。有梅花式院宇一所。鋪設精華。杳無人跡。媼乃導入側室。設坐掩扉而去。卓然坐俟未幾。忽聞嬌音群噪。環珮璆然。遠見湘碧冉冉而出。姣婢雲從。及近。潛於窗隙審視之。果然仙肌映雪。雲髻堆鴉。明眸皓齒。麗絕人寰。抑且蓮步遲遲。麝蘭馥

郁。雲羅霧縠。珠翠盈頭。（第1年第4號，1919年4月1日，頁346）

按：《螢窗異草》〈杜一鳴〉：「嬌音群噪」《埋幽集》〈綺琴〉：「生曰：卿仙肌映雪，雲鬓堆鴉。」（頁38）王韜《遯窟讕言》〈蜂媒〉：「雲羅霧縠。珠翠盈頭」（頁62）。蒲松齡《聊齋志異》〈寄生〉：「即令縶馬村樹，引入臨路舍，設座掩扉乃去。少間，五可果扶婢出。王孫自門隙目注之。女從門外過，嫗故指揮雲樹以遲纖步，王孫窺覘盡悉，彷彿又入夢中，意顛不能自持。」（頁688）

九、而且窗橫孔雀之屏。座隱芙蓉之褥。異彩奪目。奇芬襲衣。陳設之富麗。不啻人間天上。湘碧則冠帔燦爛。瓔珞重遮。裝束濃華。儼如杜蘭香之下嫁。與卓然對坐青廬。飲合歡之盃。綰同心之結。（第1年第5號，1919年5月1日，頁449）

按：長白浩歌子《螢窗異草》〈瀟湘公主〉：「比入艙中，則異采奪目，奇芬襲衣。窗橫孔雀之屏，座隱芙蓉之褥，備極人世華侈。」（頁141）此前後二句互易，原為「異采奪目，奇芬襲衣。窗橫孔雀之屏，座隱芙蓉之褥」。《螢窗異草》〈珊珊〉：「飲合歡之盃。綰同心之結」（頁70）

十、無何蓮漏已催。卸妝入幃。女於靦覥之餘。加以旖旎。溫柔之內別寓莊嚴。至於一顰一笑。一肌一容。皆卓然生平所未經見者。既而荳蔻飄香。杜鵑啼血。綢繆嬌怯。樂盡人間。（第1年第5號，1919年5月1日，頁449）

按：《螢窗異草》〈女南柯〉：「蘭不能解無何，蓮漏已催，霓裳罷舞……蘭實靦腆，眾遂代寬衣縷，擁入之帷。」（頁315）《螢窗異草》〈金三娘子〉：「一肌一容，俱為生平所未覯。」（頁11）《螢窗異草》〈珊珊〉：「已而豆蔻飄香，杜鵑啼血，綢繆嬌怯，歡倍生平。」（頁67）

十一、一戰而登賢書。父母非常大悅。戚族亦莫不稱慶。以為湘碧賢淑有以致之也。卓然既捷。女亦縛束漸寬。間許出遊。而舊日之燕朋匪友。復爭來與卓然把盞頌賀。猜三叫兩。縱飲連宵。且乘醉邀生至教坊。（第1年第5號，1919年5月1日，頁451）

按：王韜《遯窟讕言》〈姚女〉：「自此陳儒之文，皆閨中為之點竄，逾年縣府試，皆列前茅，遂掇泮芹。陳父母喜甚，以為此皆新婦之力也，戚串中嘖嘖稱羨。女後督課陳儒稍寬，間許出遊，而舊時之燕朋匪友，皆來與陳儒把盞祝賀，邀至平康，轟飲達旦，不覺故態復萌，往往數日不歸。」（頁176、177）

十二、卓然初到時。珠娘素仰其才。不勝忻然。乃華妝麗服盈盈出拜。卓然見其黛影橫波。粉香暈頰。新妝嫵媚。貌可傾城。雖驚鴻遊龍。亦不足喻其一二。不覺形魂失據。而珠娘拜罷即啟口微笑曰。辱承舄履。蓬蓽生輝。一睹冰壺。爽人眉宇。（第1年第5號，1919年5月1日，頁452）

按：《遯窟讕言》〈月仙小傳〉：「盈盈出拜」。王韜〈遯窟讕言・攝魂〉：「粉香暈頰，黛影橫波，果瑤娘也。生即執其手曰：別來許久，更益嫵媚。」（頁85）《夜雨秋燈錄》〈一度風流千貫錢〉：「場有紈絝少年某，睹之，以為驚鴻游龍，不足喻也。」（頁274）《螢窗異草》〈柳青卿〉：「迎迓曰：『過勞舄履，遠棄琴堂，一睹壺冰，爽人眉宇。』」（頁78）

十三、須臾綺席張。珍錯獻。嘉饌楚列。肴核紛陳。珠娘起身與生抱盞。左右侍婢十餘。率皆二八姝麗。束薄縠之裙。衣輕羅之服。或行酒。或進炙。或鼓瑟吹笙。或敲金戛玉。或發繞梁之音。或作驚鴻之舞。（第1年第5號，1919年5月1日，頁452）

按：長白浩歌子《螢窗異草》〈瀟湘公主〉：「無如綺席張矣，珍錯獻矣，籩豆楚列，肴核旅陳。……敲金戛玉，各獻厥技，奏於筵前。繼又發繞梁之音，或作驚鴻之舞。」（頁142）《螢窗異草》〈杜一鳴〉：「半枕初回，嬌音群噪。一鳴張目視之．則一二八姝麗，束薄縠之裙，衣輕羅之服。」（頁193）

十四、荳蔻稍頭。已不知春風幾度。且於酒酣耳熱之際。更許貯之於金屋。誓海盟山。兩情戀戀。珠娘以終身之托已得如願。遂杜門謝客。筵席無卓然不為侑酒。非卓然至亦不出戶。卓然於是故態復作。每到輒流連數日不歸。（第1年第6號，1919年6月1日，頁541）

按：王韜《花國劇談》：「悅李繡蓉女校書，因與定情。豆蔻梢頭，不知春風幾度……生於酒酣耳熱之際，許以金屋貯之。紫蓉私幸得人，遂杜門謝客、筵席無仁，不復侑酒，非生至亦不出戶。三月間，遂作眠香會矣，昵枕低帷，情好益篤。流連忘返，學業遂荒。」（《香豔叢書》，頁74）清人宣鼎《夜雨秋燈錄》〈記紫蓉女錄事逸事奇逢〉與王韜花國劇談相同。但王作「三月」，宣鼎之文作「四月」。

十五、且手持鴆藥一帖。指謂卓然曰。若不得如願。則足為妾道地者。賴有此耳。……珠娘遽倒生懷。嗚嗚掩泣不能成語。良久始曰。鴛盟具在。君切勿花謝水流。當念珠娘尚在火坑中。須作速援手相救。無悞妾也。（第1年第6號，1919年6月1日，頁541-542）

按：淞北玉魫生（王韜）《花國劇談》敘紫蓉事：「揭曉之夕，偵者四出，傍徨中夜，杳無好音，則手合鴆藥一刀圭，持謂生曰：『若不得志，則足為妾道地者，賴有此耳。』生為泫然。」（同前）復援引王韜《花國劇談》蓮真事，而此則又見《夜雨秋燈錄》〈記瘦腰生眷粵妓蓮真事〉：「搴簾一睇，遽倒生懷，掩泣不能成語。良久始曰：「前情俱在，君竟水流花謝，置身月地花天耶？曾一念及蓮真尚在風塵淪落否？」（頁242）

十六、至是卓然獨身在室。覺枕冷衾寒。孤寂如鶩。挑燈悶坐。意緒無聊。睹湘碧之粉影脂香。懷思頗切。凌晨即趨赴岳家探視。至則太史夫婦偽為不知。反加意款待。而湘碧竟稱病癖（疑作避）匿不見。憂悶交集。悒悒而歸。俄見女婢手持函至。亟啟視之。則訣書一紙。香髮千絲。……卓然讀竟。持函流涕。懊喪欲絕。轉念湘碧之姿容淑德。斷不能得之於勾欄之中。方痛悔前此孟浪。因諄諄倩託女婢求其早歸。指天矢日。誓不再蹈前轍。婢曰。姑娘有言。郎君如下帷讀書。半年不出。不相邀亦自歸也。卓然泣曰。傳語娘子。即十年亦可聽從。但希速歸以安慰父母為幸耳。（第1年第6號，1919年6月1日，頁542-543）

按：王韜《遁窟讕言》〈姚女〉:「父母皆憂之，意新婦必力為規諫；而皆殊落落不為意，但托言歸寧。一去不返，凡箱篋之屬，悉攜之歸。陳儒回家入室，則岑寂無人，一燈獨坐，萬籟悉靜，睹其脂香粉影，頗涉懷思。凌晨遣人往召，女以小病辭，因自往婦家，女避不見。陳儒懊喪而返，轉思女之麗容淑性，斷不能求之于勾欄中，深悔己之孟浪。既至家，忽見婦遣婢持函至，啟之，則訣書一紙，香髮千縷也。內言郎如喜作狹邪之遊，不能承父母歡者，妾便當祝髮空門，永成訣絕。陳儒捧函以泣，對婢指天矢日，誓不復往。婢曰:『娘有言，郎君果能三月不出，不必相邀，便當歸也。』陳儒曰:『即三年亦可從耳，但求早歸，以慰我思。』自是陳儒果絕跡章臺，杜門誦讀，伉儷之情益深。」（頁177、178）「即三年亦可從耳」改為「即十年亦可聽從」。「以慰我思」改為「以安慰父母為幸耳」。

十七、自是深自謹抑。絕跡章臺。誦讀之暇。惟調鶴撫琴藉以排遣。朋友中若以文章氣節相砥礪之士。始懽然接待。而疇昔之狹邪遊輩。曾相依為命者。則俱擯之門墻，如恐弗及矣。（第1年第6號，

1919年6月1日，頁543）

按：王韜〈遁窟讕言・姚女〉一篇「絕跡章臺。杜門誦讀。」（頁176）王韜《遁窟讕言》自序一「交遊所及滿海內，無不以文章氣節相砥礪。人有一技之長，譽之弗容口，而見凡近齷齪者，擯之門牆，如恐弗及。」（頁1）

十八、行不數武。遠望朱甍碧瓦。第宅連綿雄於一郡。至則高門巍煥。氣象堂皇。閽者十數人華冠麗服。趨前聲諾。簫管之音。悠揚出於墻外。李生下騎肅客同入。則見曲廊深院。舞榭歌臺。窮工極巧。備盡人間之勝。俄抵一廳事。椒壁芸窗。芬芳遠透。鋪設之富麗。幾埒於王侯。（第1年第6號，1919年6月1日，頁544）

按：清・長白浩歌子《螢窗異草》〈珊珊〉:「入島不數武，遠望朱甍碧瓦，幾埒王侯。」（頁69）《夜雨秋燈錄》〈九月桃花記〉:「忽見宮闕巍然，朱門碧瓦，鱗次櫛比，非復人間。」（頁246）《珊珊》中的仙島，亦如傳說中的神山一樣，充滿富貴氣象，許太史漂流至此，見其居室「鋪設之華」，也有「目所未睹」之歎。同王韜《遯窟讕言》〈劍俠〉生見曲廊深院，舞榭歌臺，備極人工之巧，簫管之聲，出於牆外・入房則椒壁芸窗，芬芳遠透。」（頁28）

十九、寒家頗多佳婢。即請遴選一二人前往服役。願勿嫌棄為幸。言罷即顧左右曰。速召諸姬來。僕去未幾。忽聞香風拂拂。環珮珊珊。有好女子廿餘人翩翩而出。或衣鮫綃。或披翠氅。淡粧豔服。燕瘦環肥。卓然微睨之。年皆十五六。舉莫不容色姝尤。只見諸女端肅斂衽向李而拜。李生即笑謂卓然曰。大丈夫生於天地間。必當擁名姬。居大廈。裘馬盈門。綺羅接席。為溫柔鄉生色。（第1年第6號，1919年6月1日，頁544。第1年第7號，1919年7月1日，頁637）

按：長白浩歌子《螢窗異草》〈綠綺〉:「如果伉儷未諧，妾家娣侄，頗有佳者，請即執伐，不亦喬梓願俱遂呼？……即命坐，且語婢曰：「速招諸妮子來，請公於自擇。……婢去未移時，俄聞香風拂拂，發於庭側，有好女子十餘人，或衣鮫綃，或披翠氅，淡妝豔服，紛遝盈階，年皆十六七，容色殊尤，俱端肅斂衽，向麗人而拜。」（頁221）王韜《遯窟讕言》〈劍俠〉柳（南）笑曰：「……因念生人之樂，必當擁名姬，居大廈，裘馬盈門，綺羅接席，為溫柔鄉生色。」（頁28）

二十、指謂卓然曰。此洛中二嬌。一字麗仙。最工刺繡。一名墨倩。雅善歌琴。……李生復答曰。公子豈慮僕索值耶。乃捉之再四。卓然不獲已。乃指一元（即玄）色衣絳者。顧謂李生曰。只此已足。李生曰此琴心也。色不甚佳。公子何取於此。雖然當副以麗者。即指墨倩，曰並以奉贈。遂命二姬叩拜卓然。使以主禮事之。乃先以香車送卓然邸舍。不少吝惜。卓然不勝感謝。與李生品茗清談至更闌乃別。顧卓然至鸞鏡分飛之後，頗改過自新。今見二姬均有殊色。益兢兢持重。不敢少縱。另使二姬就別榻寢。笑語亦未嘗輕通。及見其解識文翰。乃授以唐詩。躬親教讀。咿唔終夜。二姬亦甚樂之。二姬俱嫻音律。聰慧可人。本為李生所鍾愛者。今奉主命遺事卓然。見其器宇純粹。丰姿瀟洒，不禁私心大喜。以為此身可托矣。（第1年第7號，1919年7月1日，頁637）

按：《螢窗異草》〈劉天錫〉：「主人因笑曰：『先生豈慮予索值哉？俟貴後相償未晚也。』遽出侍婢數十人，俾天錫自�。天錫熟視良久，皆妖豔異常，不敢祗受。主人促之再四，乃指一玄色衣絳裙者，顧謂主人曰『此子願以見惠。』主人哂曰『色不甚佳，先生何取于此？當副以麗者。』即指一藕絲裳綠衣者，曰『並以相贈。』急起入內，自檢券契，盡以畀之。謂天錫曰：『吾不使先生有後憂也。』遂命二婢即拜天錫，使以主禮事之。然天錫少年持重，見二婢均有殊色，益以名教自閑，不敢少縱。辭主人啟行，即另覓一舟，以載二美，言笑亦未嘗輕通。……二婢，一名湘瑟，即衣藕絲裳者，一名琴心，則玄色衣者。俱善音律，為主人所鍾愛。而湘瑟尤聰慧可人意，主人器重天錫。知非凡品，故以之持贈天錫。毋以茹昔自甘，饔飧皆身為之，不輕役二婢。知其素解之無，遂躬親教讀，授以《內則》及《女四書》，課若嚴師，呫嗶終日。二婢亦甚樂之。……及歸室，私語琴心曰：『我輩奉主命遣事郎君，意固有在，妹觀郎君，器宇純粹而高明，當非久困寒氈者，因自謂此身可托矣。』」（頁39、40）「授以《內則》及《女四書》」改為「授以唐詩」

二十一、珠簾碧瓦。既已蕩作飛灰。錦繡名都。轉眼鞠為茂草。……瓊林未宴。便欲效寇萊公以倩桃自損其名耶。（第1年第7號，1919年7月1日，頁638）

按：王韜〈海陬冶遊錄自序〉:「癸丑之夏，杜門養疴，追念舊遊，援筆以記。其時赭寇縱橫，金陵陷沒，珠簾碧瓦，蕩作飛灰，舞袖歌裙，慘罹浩劫。」[3]《螢窗異草》〈劉天錫〉:「歸見其母，母故世家女，訓子素有義方。一旦見二尤物，即訶之曰：『老婦力尚健，提汲可以親操，安用此纖弱者為？且汝學業無所就，便欲效寇萊公以蒨桃自損其名耶？』」（頁40）

二十二、戚族咸諍之以理。……殮入桐棺。厚葬于祖塋之側。……獨痛入心髓。嗚咽不休。歸家後不笑不言。日以淚眼洗面。白頭未遂，紅粉先埋。追念女之恩情淑德。神思如醉。唯喃喃自語曰。佳人難再得而已。父母見其癡坐如呆。追懷莫釋。……卓然搖首

3 王韜著，楚流等選注：《中國啟蒙思想文庫弢園文錄外編》（瀋陽市：遼寧人民出版社，1994年9月），頁342。

不答。惟將盃酒瀝于地上曰。一滴何曾到九泉。念及死者，安忍下咽。……俄見有偉少年。裘馬翩翩，……（第1年第7號，1919年7月1日，頁639-640）

按：《螢窗異草》〈銷魂獄〉：「女已就殮，周遂木坐如呆，不言不笑，惟誦《毛詩》謂予不信二語。……執手嗚咽，痛入心髓，……葬之于祖塋之側。周臨其穴，昏絕復生。返至家，以一室供女遺像，對之泣然，自朝至暮，弗肯去。戚族咸諍之以理，惟答曰：『佳人難再得。』蓋已形銷骨鑠，與死為鄰，家人深以為憂。」（頁405、406）王韜〈花國劇談〉記蓮真事：「比生得志旋里，而姬已於兩月前逝矣。白頭未遂，紅粉先埋。」宣鼎《夜雨秋燈錄》〈珠妓情殉〉：「殊九娘一聞容殞命消息，悲不欲生，追思情況，神思如醉。其母思所以慰之，拉諸姊妹設筵作解愁會。九娘以酒灑瀝江中曰：『一滴何曾到九泉。念及死者，何忍下嚥。』語畢，清淚雙垂。諸姊妹歎其情深，皆為墮淚。」（頁239）

二十三、少年攢眉曰。如此兄更謬矣。父母之生子不虞其多者。非謂含飴弄孫一夔已足也。意將藩衍椒聊。多多益善耳。令兄若以宗祧之事。委之令弟。則太翁太夫人當年又何必有兄耶。子嗣皆關乎天命。兄已自甘而為伯道固亦可矣。設他日令弟反不幸而為中郎，又將如之何其可耶。……弟家有小妹。貌頗不俗。且素性賢淑。酷好吟詠。與兄諒堪稱匹敵。仰兄高義。竊欲奉攀。不審肯俾蘿附否。生訝曰。萍水相逢。未過數面。乃忝承眷愛。突以千金小姐許結朱陳。（第1年第8號，1919年8月1日，頁473）

按：《螢窗異草》〈馮埴〉：「客又曰：『君為弟之子為己子，語更大謬不然。父母之生子，不虞其多者，非謂含飴弄孫，一夔已足也。意將繁衍椒聊，多多益善耳。如兄以此事委之弟，當年亦何必有兄？況子嗣皆關天命，君幸而為伯道，固可矣。君之弟不幸而為中郎，又將如之何？』言已，塤乃大悟曰：『噫嘻！是僕之罪也！』急起再拜。客使還坐，而詰之曰：『君之意，將圖其舊姻乎？抑別求新特乎？』答曰：『舊人雖在，吾未如河。新者其可哉？』客曰：『諾。家有小妹，頗賢淑，仰君高義，即以之奉攀。』塤訝曰：『異哉！萍水相逢，未過數面，突以千金少嫒相屈，使僕聞之滋懼矣。且僕單寒羈旅，今尚無家，得无為門楣之辱耶？』」（頁50）

二十四、人心惴惴。皆慮朝夕不保。多有舉家逃走以避其鋒者。湘碧聞知事急。乃內外悉自密縫。手肘底挾雙白刃。……反隨波逐流而下。適夫人亦因匪賊擾攘。攜闔家欲他避。途次舟泊河上。仰見星月交輝。偶推窗閒眺。忽見女屍浮至船前。乃亟命榜人拯起。療救終夜始蘇。且見是好女子。忻然大喜。及詢其門閥。又知係太史愛女。婿家又屬世交。益大悅以為義女。攜之同往。居兩月。賊氛漸平。（第1年第8號，1919年8月1日，頁744。第1年第9號，1919年9月1日，頁847）

按：王韜《遁窟讕言》〈貞烈女〉：「人皆惴惴，慮朝夕不相保，多有徙居以避其鋒者。……貞婦知城已破，內外衣悉自密縫，時底挾雙白刃，坐中堂待死。」（頁188）《聊齋誌異》〈王桂庵〉：「歸途泊舟江際，芸娘隨波下，適觸翁舟。翁命從人拯出之，療救終夜，始漸蘇。翁媼視之，是好女子，甚喜，以為己女，攜之而歸，居數月，欲為擇婿，女不可。」（頁366）

二十五、於是伉儷益篤。較之賈大夫射雉之後。尤為好合。……夫人乃置酒話別。以明珠百顆。紫玉一雙。寶鏡一圓。珊瑚盈尺。贈生夫婦曰。此區區微物。聊以賀賢夫妻釵合鏡圓之喜。（第1年第9號，1919年9月1日，頁848）

按：《螢窗異草》〈郎十八〉：「妾知之矣！因破涕為笑，歡好異常。自此悲歡不形，較之賈大夫射雉之後，尤為好合焉。」（頁120）《螢窗異草》〈翠衣國〉：「乃進明珠十粒，紫玉一雙，約值數千緡。命鬟又傳夫人命，致水心鏡一圍，珊瑚樹盈尺，曰：『敬以報釵合鏡圓之德。』貴主夫婦，又私有贈遺。」（頁29）

二十六、未幾誕生一子。頭角崢嶸。試聲英俊。舉家大喜。湘碧乃力勸卓然先納二姬。繼謂之曰。珠娘之事。君竟不一念及。王魁李益不亦復見於今日乎。……珠娘哽咽曰。陳郎神清淑質。才艷安仁。其天資磊落不可一世。且儒雅恂恂。雖奴僕之前。亦不忍失色者。（第1年第9號，1919年9月1日，頁849）

按：按：螢窗異草〈綠綺〉：「明年即舉一丈夫子，頭角非常。」（頁223）王韜《遯窟讕言》〈瑣瑣〉：「遂厭棄膏粱」。《螢窗異草》〈諸天驥〉：「外史氏曰：……以余所聞，諸生神清叔寶，才豔安仁，其天資磊落，不可一世。而儒雅恂恂，不敢失聲於僕隸。」（頁33）

二十七、此賈自頂至踵。無一雅骨。奴安能為此庸俗奉衾稠侍巾櫛哉。如果相逼。惟有一死耳。」是夕聞大賈設席畫堂。鴇母卑詞下氣求其出陪。女乃偽託更衣。返身闔戶投繯。（第1年第9號，1919年9月1日，頁849-850）

按：王韜《遯窟讕言》〈碧珊小傳〉：「『此賈自頂至踵。毫無雅骨。奴亦宦室女，安能為此俗流，侍巾櫛奉衾稠哉？必欲相逼，惟有一死耳。』是夕西賈設席畫堂，招女相侑，而女已闔戶投繯。」（頁4）

三 〈小人國記〉、〈大人國記〉部分書影

一、〈小人國記（五一）〉，《臺灣日日新報》（10804號，昭和5年〔1930〕5月15日）

小人國記（五一）

我便在一七〇一年九月二十四日早六時開船。當我向北。走了約有二十哩的時候。東南風起。在晚間六點鐘。我遠々望見一個小島。在西北方。約有一哩半遠。我向前去。在該島避風。那一邊拋錨。此島好像沒有人居住。我于

二、〈大人國記（一四）〉，《臺灣日日新報》（10884號，昭和5年〔1930〕8月3日）

程。約略經過一點[illegible]。已行過二十哩路。到了一個小旅館前下馬。主人翁館老板商議一番。雇一個打鑼叫[illegible]的報[illegible]。向全鎮報告。請到綠鷹招牌[illegible]去看一個奇怪人形小動物能解語言樂人的把戲。不多時。我被放在旅館最高房裡。坐在一張桌上。格利姑娘。坐在桌邊椅上。指揮我要做把戲。初次只

三、〈大人國記（廿三）〉，《臺灣日日新報》（10900號，昭和5年〔1930〕8月19日）

賣主。[illegible]者。我的喻一[illegible]。自[illegible]。[illegible]家之工藝[illegible]。[illegible]西的[illegible]。歐洲的全土人德性、[illegible]家。世界之[illegible]。還[illegible]

四、〈大人國記（四六）〉，《臺灣日日新報》（昭和5年〔1930〕10月4日）

沃。我國氣候溫和。我[illegible]著說。英國議院的組織。一部是[illegible]的團體組的。叫作貴族院。都是最貴族的人。有最古最大的遺產的人。議院的別一部份。包括一個叫作衆議院的議會。其中都是主要的紳士讓人民自己自由挑選出來的。爲著他大本領。與愛國心。代表全國的智慧。這兩個團體組。成歐洲的最尊嚴的議會。全國的立法事情。都付託給他的會議同君主辦理。（未完）

五、〈大人國記（四九）〉，《臺灣日日新報》（10948號，昭和5年〔1930〕10月7日，第4版）

皇上國中的猫仔。皇上說我國中僅有鬪雞。但是皇宮內亦不准他鬪。格爾逵在傍聽著。想著我或希望看鬪雞。一日尋著機會。便携我出皇宮外。先尋著一個安穩場所。給我看鬪雞。這大人國的雞。白冠以下。足足有一丈高。但著鬪的是雌的。不是雄的雄的冠小膽怯。交尾之際須遇著雌的產卵期。春季發動。伏在地上。雄的始敢奔赴。騎上雌的身子。不則被雌的一睨。則瑟縮退去。而且這大人國的雞不論是雌的。是雄的。皆不能作喔々啼聲。所以自我流落到這國中來。尚未感覺有所謂雞的動物。

（未完）

六、〈大人國記（五一）〉，《臺灣日日新報》（10951號，昭和5年〔1930〕10月10日，第4版）

大人國記

[illegible]

（未完）

七、〈大人國記（五二）〉，《臺灣日日新報》（10956號，昭和5年〔1930〕10月15日，第4版）

大人國記

[illegible]

（未完）

八、韋叢蕪：《格里佛遊記（卷一）》，頁141。

這樣盡力將一切事物預備了，我便在一七零一年九月二十四日早六時開船；當我向北走了約有十二哩的時候，東南風起了，在晚間六點鐘我遠遠望見一個小島在西北方約有一哩半遠。我向前去，在該島避風那一邊拋錨，此島好像無人居住似的。我于是喫些食品，便休息了。我睡的熟，以我忖度至少有六個鐘頭，因爲我看我在醒後兩個

九、韋叢蕪：《格里佛遊記（卷二）》，頁59。

是轉身向他的第一個大臣（他在他後面侍候着，拿着一根白杖，差不多有國王號船（註）的主桅那麼高），他說人類的榮威是何等可恥的一種東西，竟能爲像我這樣微小的昆虫所摹擬：並且，他說，我敢賭道，這些畜生有他們的爵稱和顯職，他們構造小巢和窟，他們叫做房屋和城市；他們在服裝上使自己顯著；他們戀愛，他們戰鬥，他們爭辯，他們欺騙，他們賣主。他這樣說着，我的臉色一紅一白好幾次，帶着憤怒地聽着我們的高貴的國家——工藝軍器之女王，法蘭西的皮鞭，歐洲的公正人，德性，憐憫，榮譽和眞理之家，世界之驕傲與妬羡，——遭如此侮辱的談論。

但是因爲我不是在一種對于損害表示怨憤的情況中，所以慇思之

註：Royal Sovereign(國王號)是斯偉夫特時英國著名的最大戰船之名。

—59—

十、韋叢蕪：《格里佛遊記（卷二）》，頁35。

在大風暴中行船之起落，而且更快的多；我們的行程比從倫敦到聖阿爾板（相距二十哩——譯者）還遠一點。我的主人到他常住的一個小旅館前下馬；在和旅館老板商議一會，作些必須的預備之後，他僱Grultrud 即叫街者，向全鎮通告，往綠鷹招牌處去看一個奇怪動物，並不如 Splacknuck（這是那個國度裏的一個動物，形狀很好，約有六呎長）那麼大，身體各部像人，能說幾個字，並玩百種樂人的把戲。

—35—

十一、韋叢蕪：《格里佛遊記（卷二）》，頁110-111。

說了好久我們土地的肥沃，和我們氣候的溫和。我接着大說英國議院的組織；一部分是顯貴的團體組織的，叫作貴族院，都是最貴族的人，有最古最大的遺產的人。我敘述那關于他們的學術和軍務的教育

所常加的特別注意，好使他們合格去作國王和國家的生來的顧問；在立法上有一份；為大理院（控告到此為止）的會審員；為戰士，常準備着保衛他們的君王和國家，藉着他們的勇氣，引領和忠心。這些人是國家的裝飾品和保壘，是他們的最著名的祖先的卓越的追隨者，這些祖先們的榮譽是德性的報酬，他們的後裔從來沒聽說衰落過。有幾個宗教上人加入這些人中，為那個議會的一部分，尊號為主教，他們的特別事務便是照料宗教，和向人民傳教的人們。這些人歸君王和他的最賢明的顧問們，遍全國在那些因生活聖潔和學問淵深最正當地著名的牧師中尋找出來；他們的確是教士和人民的精神界的父親。

議院的別一部份包括一個叫作衆議院的議會，其中都是主要的紳士，歸人民自己自由挑選出來的，為着他們的大本領與愛國心，代表全國的智慧。這兩個團體組成歐洲的最尊嚴的議會，全部的立法事情

—111—

十二、韋叢蕪：《格里佛遊記（卷二）》，頁112。

都付託給他們會同君主辦理。

我于是說到法庭：法官（那些可敬的賢者和法律的解釋者）坐在上面，決定人們所爭的權利與財產，以及過惡的懲罰和無辜的保護。我提到我們國庫辦理的謹慎；我們海陸軍的勇敢和功績。我估計每個宗教派別，或政黨，可以有好幾百萬人，藉此以計算我們人民的數目。甚至于連我們的運動遊戲，或任何別的細事，我以為可以增我國的榮譽者，我都沒有省去不講。我結尾說了一陣過去約百年的英國歷史上

—112—

參考文獻

一　報刊雜誌

《三六九小報》創刊號-479號　臺北市　成文出版社復刻　1975年

《小說月報》　上海市　上海商務印書館　1910-1931年

《小說新報》　上海市　小說新報社　1915-1923年

《小說叢報》　上海市　小說叢報社　1914-1919年

《孔教報》　臺中市　孔教報事務所　1936-1938年

《申報》　上海市　申報館　1872-1949年

《東方雜誌》　上海市　商務印書館　1904-1937年

《南雅文藝》　基隆市　文藝雜誌南雅社　1933-1934年

《風月、風月報、南方、南方詩集》（複印本）　臺北市　南天書局　2001年

《國聞週報》　上海市　國聞週報社　1924-1937年

《婦女時報》　上海市　有正書局　1911-1917年

《專賣通信》　臺北市　臺灣總督府專賣局　1928-1933年

《崇聖道德報》（複印本）　《臺灣宗教資料彙編》第二輯（十二、十四、二十九至四十四、四十六、五十一至五十四、五十八、六十一至六十三、六十六至六十九號）　臺北縣　博揚文化事業公司　2010年

《詩報：日治時期臺灣傳統文學大成（1930-1944）》　臺北縣　龍文出版社　2007年

《臺南新報》（複印本）　臺南市　國立臺灣歷史博物館、臺南市立圖書館　2009年

《臺灣文藝叢誌》　臺中市　臺灣文社　1919-1923年
《臺灣文藝旬報》　臺中市　臺灣文社　1922年
《臺灣文藝月刊》　臺中市　臺灣文社　1924年
《臺灣日日新報》（複印本）　臺北市　五南圖書公司　1994-1995年
《臺灣民報》（複印本）　臺北市　東方文化書局　1994年
《臺灣教育》　臺北市　臺灣教育會　1912-1943年
《臺灣教育會雜誌》　臺北市　臺灣教育會　1901-1911年
《臺灣愛國婦人》　臺北市　愛國婦人會臺灣支部　1908-1916年
《臺灣新民報》（複印本）　臺北市　東方文化書局　1974年
《臺灣詩報》　臺北市　臺灣詩報社　1924年
《臺灣詩薈》（複印本）　臺北市　臺北市文獻委員會　1977年
《臺灣藝苑》（複印本）　高雄市　春暉出版社　2015年
《黎華報》　臺北市　東瀛黎華新報社　1925年

二　專書

（梁）蕭統選　唐李善注　《昭明文選中》　北京市　京華出版社　2000年5月
（明）翟佑等著　周夷校注　《剪燈新語外二種》　上海市　古典文學出版社　1957年6月
（明）瞿佑著　古本小說集成編委會編　《古本小說集成剪燈新話》　上海市　上海古籍出版社　1994年
（清）毛祥麟撰　畢萬忱點校　《墨餘錄》　上海市　上海古籍出版社　1985年
（清）夏敬渠撰　《古本小說集成》編委會編　《古本小說集成：野叟曝言》　上海市　上海古籍出版社　1994年
（清）陸以湉　《冷廬雜識》　北京市　中華書局　1984年

（清）不題撰人著　《中國古典小說名著百部施公案》　北京市　華夏出版社　1995年

（清）周爾吉編　《歷朝折獄纂要》　北京市　全國圖書館文獻縮微複製中心　年代不詳

（清）袁枚著　《子不語》第2冊　上海市　進步書局　民國石印本

（清）俞樾　《薈蕞編》　收入《筆記小說大觀》第26、27冊　揚州市　江蘇廣陵古籍刻印社　1984年

（清）朱梅叔　《埋憂集》　重慶市　重慶出版社　1996年3月

（清）孔毓埏　《拾籜餘聞》　上海市　上海古籍出版社　1996年

（清）龍顧山人纂　卞孝萱、姚松點校　《十朝詩乘》　福州市　福建人民出版社　2000年

（清）李元度　《國朝先正事略》　長沙市　岳麓書社　2008年

（清）陳森　《品花寶鑒上》　長春市　北方婦女兒童出版社　2001年1月

（法）希勒格、Gustave Schlegel 著　馮承鈞譯　《尚志學會叢書中國史乘中未詳諸國考證》　商務印書館　1928年7月

《林琴南筆記》　上海市　中華圖書館出版　1918年

《近代卷林紓傳》　北京市　團結出版社　1998年

《春覺齋著述論》　世界書局　未著出版地、年月

《梅園豁然洞讀書處文存》　收入上海大學、江南大學《樂農史料》整理研究小組選編　《榮德生與興學育才，下冊》上海市　上海古籍出版社　2003年

《清代詩文集彙編》編纂委員會編　《清代詩文集彙編304浣玉軒集最樂堂文集經餘集九畹古文九畹續集》　上海市　上海古籍出版社　2010年12月

《筆記小說大觀十三甕牖餘談》　揚州市　廣陵古籍出版社　1984年

《續修四庫全書》編纂委員會　《續修四庫全書577・史部・傳記類》　上海市　上海古籍出版社　未著出版地、年月

于潤琦主編　《清末民初小說書系：倫理卷》　北京市　中國文聯出版公司　1997年7月
中正大學中文系主編　《外遇中國：中國域外漢文小說國際研討會論文集》　臺北市　臺灣學生書局　2001年10月
中國文聯理論研究室編　《繁榮文藝評論：第六屆中國文聯文藝評論獎獲獎文集》　北京市　中央文獻出版社　2008年
中國社會科學院文學研究所、中國社會科學院學術交流委員會編著　《臺灣愛國文鑒》　北京市　北京出版社　2000年3月
中島利郎編　《臺灣新文學與魯迅》　臺北市　前衛出版社　2000年5月
卞僧慧　《呂留良年譜長編》　上海市　中華書局　2003年
孔昭明　《臺灣文獻史料叢刊——第九輯，179巡臺退思錄，全》　臺北市　大通書局　1987年
戈公振　《中國報學史》　上海市　上海書店出版社　1990年12月
戈寶權　《蘇聯文學講話》　瀋陽市　新中國書局　1949年4月　頁126
方正耀、張菊如　《近代短篇小說選》　上海市　華東師範大學出版社　1990年10月
方寶璋、方寶川等撰　《中華文化通志・地域文化典・閩臺文化志》　上海市　上海人民出版社　1998年
毛祥麟撰　畢萬忱點校　《墨餘錄》　上海市　上海古籍出版社　1985年
牛景麗　《《太平廣記》的傳播與影響》　天津市　南開大學出版社　2008年
牛僧孺、李復言　《玄怪錄・續玄怪錄》　上海市　上海古籍出版社　1985年
王艾村　《柔石評傳》　上海市　人民出版社　2002年8月

王艾村　《柔石研究》　北京市　中國文史出版社　2006年12月
王建開　《五四以來我國英美文學作品譯介史》　上海市　上海外語教育出版社　2003年1月
王瓊玲　《清代四大才學小說》　臺北市　臺灣商務印書館　1997年
王　韜　《甕牖餘談》　全國各大書局　1935年5月
王　韜　《淞隱漫錄》　北京市　人民文學出版社　1983年8月
王　韜　《筆記小說大觀十三甕牖餘談》　揚州市　廣陵古籍出版社　1984年4月
王　韜　《遯窟讕言》　石家莊市　河北人民出版社　1991年9月
王　韜著　楚流等選注　《中國啟蒙思想文庫弢園文錄外編》　瀋陽市　遼寧人民出版社　1994年9月
王　韜　《淞濱瑣話》　濟南市　齊魯書社　2004年1月
王繼權、夏生元　《中國近代小說大系：中國近代小說目錄》　南昌市　百花洲文藝出版社　1998年
文訊雜誌社編　《記憶裡的幽香──嘉義蘭記書局史料論文集》　臺北市　文訊雜誌社　2007年11月
北京圖書館編　《民國時期總書目》　北京市　書目文獻出版社　1987年
市青浦縣縣志編纂委員會編　《青浦縣志》　上海市　上海人民出版社　1990年
平襟亞　《中國惡訟師》　上海市　志成書局　1919年
矢內原忠雄著　林明德譯　《日本帝國主義下之臺灣》　臺北市　吳三連臺灣史料基金會　2004年
石昌渝主編　《中國古代小說總目文言卷》　太原市　山西教育出版社　2004年9月
列寧著　中共中央馬克思、恩格斯、列寧、史達林著作編譯局譯　《列寧全集》　第19卷　1913年3-12月　北京市　人民出版社　1959年

朱一玄編　《明清小說資料選編下》　天津市　南開大學出版社　2006年9月
朱梅叔　《埋憂集》　重慶市　重慶出版社　1996年3月
朱義胄編　《林畏廬先生年譜》　民國叢書第三編76　不著出版年月、出版社
朱聯保編　《近現代上海出版業印象記》　上海市　學林出版社　1993年2月
汕頭大學文學院新國學研究中心主編　〈《文化批判》與左翼話語的建立〉　《中國左翼文學國際學術研討會論文集》　汕頭市　汕頭大學出版社　2006年12月
江蘇社會科學院明清小說研究中心編　《中國通俗小說總目提要》　北京市　文聯出版公司　1991年再版
江蘇魯莊雲奇　《古今名人家庭小史第2版》　上海市　中華圖書集成公司　1918年
列寧（В.И.Ленин）著　中共中央馬克思、恩格斯、列寧、史達林著作編譯局譯　《列寧全集第19卷（1913年3-12月）》　北京市　人民出版社　1959年2月
池志澂　《全臺遊記》　收入臺灣銀行經濟研究室編輯　《臺灣遊記》　臺灣文獻叢刊第89種　臺北市　臺灣銀行經濟研究室　1960年
米列娜編、伍曉明譯　《從傳統到現代——19到20世紀轉折時期的中國小說》　北京市　北京大學出版社　1991年10月
吳念慈等編　《新術語辭典》　上海市　南強書局　1929年11月
吳趼人　《我佛山人筆記》　上海市　大達圖書供應社　1935年8月
吳福助主編　《日治臺灣小說彙編》　臺中市　文听閣圖書公司　2008年4月
吳德鐸　《文心雕同》　上海市　學林出版社　1991年11月

汪石庵編著 《香豔集》 上海市 廣益書局 1913年2月
宋 軍 《〈申報〉的興衰》 上海市 上海社會科學出版社 1996年12月
李仁淵 《晚清的新式傳播媒體與知識份子：以報刊出版為中心的討論》 臺北市 稻鄉出版社 2005年
李文卿 《共榮的想像：帝國日本與大東亞文學圈（1937-1945）》 臺北市 稻鄉出版社 2010年
李紅編 《中國歷史大案》 汕頭市 汕頭大學出版社 2008年3月
李若文 《海賊王蔡牽的世界》 臺北市 稻香出版社 2011年
李保民、胡建強、龍聿生主編 《明清娛情小品擷珍》 上海市 學林出版社 1999年1月
汪毅夫 《臺灣近代文學叢稿》 福州市 海峽文藝出版社 1990年
沙似鵬編著 《中國文論選·現代卷，上》 未著出版地 江蘇文藝出版社 1996年11月
沈雁冰、愈之、澤民編 《近代俄國文學家論》 上海市 商務印書館 1923年12月
沈雲龍主編 《近代中國史料叢刊續編》 臺北市 文海出版社 1978年7月
河原功監修 郭怡君、楊永彬編著 《風月·風月報·南方·南方詩集總目錄專論著者索引》 臺北市 南天書局 2001年6月
周作人譯 《域外小說集》 上海市 廣益書社 1920年3月
周海嬰編 《魯迅、許廣平所藏書信選》 長沙市 湖南文藝出版社 1987年1月
明心、楊志成 《毋忘臺灣》 廣州市 丁卜圖書館出版 1926年6月
林以衡 《日治時期臺灣漢文俠敘事的階段性發展及其文化意涵》 臺北市 鼎文書局 2009年5月
林以衡 《東、西文化交錯下的小說生成：日治時期臺灣漢文通俗小

說對東亞／西洋小說的接受、移植與再造》　臺北市　稻香出版社　2019年8月
林　白　《林白文集》　南京市　江蘇文藝出版社　1997年
林　紓　《畏廬漫錄2》　北京市　商務印書館　1925年
林　紓　《畏廬瑣記》　上海市　商務印書館發行　1934年
林　紓　《近代中國史料叢刊939・畏廬文集・詩存・論文一、二》　臺北市　文海出版社　未著出版年月
林　紓等　《近人筆記大觀》　上海市　上海文藝出版社　1993年
林紓著　李家驤等整理　《林紓詩文選》　北京市　商務印書館　1993年
林紓著　林薇選編　《畏廬小品》　北京市　北京出版社　1998年
林琴南　《林琴南文集・畏廬三集》　北京市　中國書店　1985年
林　薇　《百年沉浮・林紓研究綜述》　天津市　天津教育出版社　1990年
林　薇　《林紓選集》　收入林薇　《文化啟示與藝術靈犀》　北京市　北京廣播學院出版社　2000年
林獻堂著　許雪姬等編　《灌園先生日記，七（1934）》　臺北市　中央研究院臺灣史研究所　2004年
東方雜志社編印　《近代俄國小說集二》　上海市　商務印書館　1923年11月
長白浩歌子　《螢窗異草》　濟南市　齊魯書社　1985年
阿英編　《晚清文學叢鈔・小說戲曲研究卷》　北京市　中華書局　1960年
姚鵷雛、朱鴛雛　《二雛餘墨》　武漢市　崇文書局　1922年
姜泣群輯　《虞初廣志》　上海市　上海書店出版社　1986年
姜德明　《活的魯迅》　上海市　上海文藝出版社　1986年
宣　鼎　《夜雨秋燈錄》　合肥市　黃山書社　1986年

查洛夫等　《流冰》　上海市　水沫書店　1929年2月　頁89-90、107-108

柯靈、張海珊主編　《中國近代文學大系1840-1919・筆記文學集二》第6集　上海市　上海書店出版社　1995年

亞東關係協會編　《2007年臺日學術交流國際會議論文集——殖民化與近代化——檢視日治時代的臺灣》　臺北市　外交部　2007年

洪棄生　《中西戰紀・卷下》　《臺灣文獻叢刊》第304種　臺北市　臺灣銀行經濟研究室　1972年

洪　煌　《近代上海小報與市民文化研究》　上海市　上海書店出版社　2007年8月

施懿琳編　《周定山作品選集（上）》　彰化縣　彰化縣立文化中心　1996年7月

施懿琳、楊雅惠編　《時空視域的交融：文學與文化論叢》　高雄市　國立中山大學人文研究中心　2011年10月

畏　廬　《林琴南筆記第2版》　北京市　中華圖書館　1918年

胡亞敏　《敘事學》　武漢市　華中師範大學　1994年

胡從經　《柘園草》　長沙市　湖南人民出版社　1982年7月

胡懷琛　《中國小說概論》　世界書局　1934年11月

俞翼雲編譯　《泰西名人情書》　臺北市　唯愛叢書社　1929年1月

范伯群、孔慶東　《通俗文學十五講》　北京市　北京大學出版社　2006年

范伯群　《中國現代通俗文學史》　北京市　北京大學出版社　2007年

范伯群主編　《中國近現代通俗作家評傳叢書（四）：哀情鉅子——鴛蝴派開山祖——徐枕亞》　南京市　南京出版社　2000年4月

高拜石　《古春風樓瑣記　第16集》　臺北市　臺灣新生報社　1979年6月

涂翠花譯　三澤真美惠校訂　黃英哲主編　《日治時期臺灣文藝評論集 雜誌篇・第二冊》　臺南市　國家臺灣文學館籌備處　2006年10月
倪墨炎　《書友叢刊・現代文壇內外》　上海市　漢語大詞典出版社　1998年12月
韋叢蕪　《格里佛遊記》卷1　北平市　未名社　1928年
韋叢蕪　《格里佛遊記》卷2　北平市　未名社　1929年
夏志清　《中國現代小說史》　上海市　復旦大學出版社　2005年
夏曉虹　〈古今人物排行種種〉　《舊年人物》　上海市　文匯出版社　2008年
孫　郁　《在民國》　杭州市　浙江人民出版社　2008年1月
孫　郁　《在民國》（修訂版）　北京市　中國人民大學出版社　2014年4月
孫葆田等撰　《山東通志九》　臺北市　華文書局　1969年
徐昆撰、杜維沫　薛洪勣校點　《柳崖外編》　長春市　吉林大學出版社　1995年
徐俊西主編　欒梅健編　《海上文學百家文庫》28　徐枕亞、吳雙熱卷　上海市　上海文藝出版社　2010年6月
徐　珂　《清稗類鈔》　北京市　商務印書館　1928年
徐嘉瑞　《中古文學概論》上冊　上海市　亞東圖書館　1924年4月
挹芬女史　《名閨奇緩集序》第3版　上海市　交通圖書館　1922年
袁　進　《中國文學的近代變革》　桂林市　廣西師範大學出版社　2006年6月
高長虹　《高長虹文集（下卷）》　中國社會科學出版社　1989年12月
曹繡君編　《古今情海》　上海市　進步書局　1915年版影印
許俊雅、楊洽人編　《楊守愚日記》　彰化縣　彰化縣立文化中心　1998年12月

張宇澄編輯　《香豔叢書第5冊》　上海市　上海書店出版社　1991年8月

張若谷　《遊歐獵奇印象》　上海市　中華書局　1936年12月

張炎憲、翁佳音合編　《陋巷清士——王詩琅選集》　臺北市　弘文館出版社　1986年11月

張梁編選　《《語絲》作品選》　北京市　人民文學出版社　1988年

張靜廬輯注　《中國近代出版史料》　中華書局　1954年9月

張駿祥、程季華主編　《中國電影大辭典》　上海市　上海辭書出版社　1995年10月

張麗俊　《水竹居主人日記（二）》　臺北市　中研院近史所、臺中縣文化局　2000年1月

曹繡君編　《古今情海》　上海市　上海文藝出版社　1991年

清史編纂委員會編纂　《清史》　臺北市　國防研究院　1961年

梁章鉅　《閩川閨秀詩話》四卷（筆記小說大觀五編）　未著錄出版地、出版社　1980年

紹興魯迅紀念館、紹興市魯迅研究中心編　《紹興魯迅研究》　上海市　上海文藝出版社　2008年

紹興魯迅紀念館、紹興市魯迅研究中心編　《紹興魯迅研究》　上海市　上海文藝出版社　2008年

連　橫　《雅堂文集》　南投縣　臺灣省文獻委員會　1991年

連　橫　《臺灣詩薈》　南投縣　臺灣省文獻委員會　1992年

連　橫　《臺灣通史》　上海市　華東師範大學出版社　2006年

陸林主編　趙山林選注　《清代筆記小說類編言情卷》　合肥市　黃山書社　1994年9月

陳三立著　錢文忠標點　《散原精舍文集》　瀋陽市　遼寧教育出版社　1988年

陳大康　《中國近代小說編年》　上海市　華東師範大學出版社　2002年12月

陳平原、夏曉虹編　《二十世紀中國小說理論資料》第三卷1928-1937　北京市　北京大學出版社　1997年1月
陳平原　《二十世紀中國小說史》第1卷1897-1916年　北京市　北京大學出版社　1989年12月
陳平原、山口守編　《大眾傳媒與現代文學》　北京市　新世界出版社　2003年1月
陳平原　《中國現代小說的起點——清末民初小說研究》　北京市　北京大學出版社　2005年
陳旭編著　《中國現代名人益世趣聞》　西安市　陝西人民版社　1990年
陳思和主編　李鈞、孫洁編　《超人哲學淺說：尼采在中國》　南昌市　江西高校出版社　2009年5月
陳培豐　《想像和界限：臺灣語言文體的混生》　臺北市　群學出版社　2013年8月
陳雪虎、黃大地選編　《黃藥眠美學文藝學論集》　北京市　北京師範大學出版社　2000年8月
陳景亮、鄒建文主編　《百年中國電影精選第1卷早期中國電影（上冊）》　北京市　中國社會科學出版社　2005年12月
陳瑋芬　《近代日本漢學的『關鍵詞』研究：儒學及相關概念的嬗變》　臺北市　臺大出版中心　2005年5月
單德興譯注　《格理弗遊記》　Gulliver's Travels　臺北市　聯經出版事業公司　2004年
陶其情編　《矛盾集》第1輯　上海市　拂曉書室發行　1933年1月15日
陶宗儀　《南村輟耕錄》1-3冊　北京市　中華書局　1985年
陶菊隱　《六君子傳》　《近代中國史料叢刊續輯792》　臺北市文海出版社
喻血輪　〈林琴南避妓〉　《近代中國史料叢刊續輯》958　綺情樓雜記　臺北市　文海出版社

寒松編　《生活週刊讀者信箱外集第2輯》　上海市　生活週刊社　1931年7月
湯哲聲　《中國當代通俗小說史論》　北京市　北京大學出版社　2007年
湯哲聲　《中國現代通俗小說思辨錄》　北京市　北京大學出版社　2008年
湯顯祖等原輯　《中國古代短篇小說集下》　北京市　人民日報出版社　2011年
程毅中等編　《古體小說鈔》清代卷　北京市　中華書局　2001年
著者不詳　《野語》　清道光乙巳廛隱廬刻本
彭小妍編　《楊逵全集（第六卷）》　臺南市　國立文化資產保存研究中心籌備處　1999年6月
馮乃超文集編輯委員會　《馮乃超文集》上卷　廣州市　中山大學出版社　1986年9月
馮憲章　《夢後》　上海市　紫藤出版部　1928年
黃英哲主編　《日治時期臺灣文藝評論集雜誌篇・第二冊》　臺南市　國家臺灣文學館籌備處　2006年10月
黃武忠　《臺灣作家印象記》　臺北市　眾文圖書公司　1984年5月
黃侯興主編　《創造社叢書》1　文藝理論卷　上海市　學苑出版社　1992年10月
黃淳浩編　《郭沫若書信集》上冊　北京市　中國社會科學出版社　1992年12月
黃淳浩　《創造社：別求新聲於異邦》　北京市　社會科學文獻出版社　1995年9月
楊惠南　《當代佛教思想展望》　臺北市　東大圖書公司　1991年9月
楊雲萍　《臺灣史上的人物》　臺北市　成文出版社　1981年
楊聯芬　《晚清至五四：中國文學現代性的發生》　北京市　北京大學出版社　2003年11月

愛克脫麥羅著　包公毅譯述　《苦兒流浪記教育小說》上卷　北京市　商務印書館　1915年
葉榮鐘　《新民會文存》第3輯　中國新文學概觀　東京　新民會　1930年6月
葉榮鐘　《臺灣人物群像》　臺北市　帕米爾書店　1985年
鄒韜奮編　《生活週刊讀者信箱外集》第1輯　上海市　生活書店　1930年
寧稼雨　《中國文言小說總目提要》　濟南市　齊魯書社　1996年
嘉德譯　《蕭伯納情書》　上海市　西風社印行　1938年9月
福建省政協文史資料委員會編　《文史資料選編》第3卷　文化編　福州市　福建人民出版社　2001年
臧蔭松　〈踐卓翁短篇小說序〉　林紓　《踐卓翁短篇小說》　北京市　商務印書館　1916年
臺灣銀行經濟研究室　《石刻史料新編》第3輯　19地方類　臺灣教育碑記　臺北市　新文豐出版公司　1982年
蒲松齡　《聊齋誌異》　杭州市　浙江古籍出版社　2010年1月
劉玉瑛、梅敬忠主編　《古今情海4》　長春市　吉林文史出版社　1994年2月
劉永文　《晚清小說目錄》　上海市　上海古籍出版社　2008年12月
劉登翰、莊明萱、黃重添、林承璜主編　《臺灣文學史》上卷　福州市　海峽文藝出版社　1991年
劉建華　《危機與控索：後現代美國小說研究》　北京市　北京大學出版社　2010年
劉運峰編　《魯迅全集補遺》　天津市　天津人民出版社　2006年6月
劉滬主編　《北京師大附中》　北京市　人民教育出版社　2000年9月
慕真山人著　陳書良校點　《青樓夢》　長沙市　岳麓書社　1998年
蔡東藩編　琴石山人校　《客中消遣錄》　上海市　會文堂新記書局　1918年

蔣光慈　《戰鼓》上、下卷　上海市　北新書局　1929年6月
蔣箸超編纂　《民權素第4集》　上海市　民權出版部　1915年
蔣曉麗　《中國近代大眾傳媒與中國近代文學》　成都市　巴蜀書社　2005年6月
鄭昌時　《韓江聞見錄》　上海市　上海古籍出版社　1995年
鄭培為、劉桂清編選　《中國無聲電影劇本》　北京市　中國電影出版社　1996年9月
鄭振鐸　《中國文學研究》下冊　北京市　人民文學出版社　2000年
鄭異凡　《蘇聯「無產階級文化派」論爭資料》　北京市　人民出版社　1980年11月
魯　迅　〈魯迅書簡——致日本友人增田涉〉　《魯迅全集》　西安市　陝西人民出版社　1973年10月
魯　迅　《魯迅詩集》　北京市　人民文學出版社　2001年9月
魯迅編選　《搜神記：唐宋傳奇集》　上海市　上海古籍出版社　1998年
樽本照雄編　《新編增補清末民初小說目錄》　濟南市　齊魯書社　2002年4月
錢鍾書　《管錐篇》　上海市　三聯書店　2007年
繆荃孫等纂　《江陰縣續志》一、二　臺北市　成文出版社　1970年
薛洪勣、王汝梅主編　《稀見珍本明清傳奇小說集》　長春市　吉林文史出版社　2007年
薛建蓉　《重寫的「詭」跡：日治時期台灣報章雜誌的漢文歷史小說》　臺北市　秀威資訊科技公司　2015年3月
薛綏之、張俊才編　《林紓研究資料》　福州市　福建人民出版社　1983年
鍾理和　《鍾理和全集》　高雄市　財團法人鍾理和文教基金會　2003年

韓石山　《徐志摩傳》　北京市　文藝出版社　2004年8月
韓南著　徐俠譯　《中國近代小說的興起》　上海市　上海教育出版社　2004年5月
魏紹昌　《鴛鴦蝴蝶派研究資料上卷史料部分》　上海市　上海文藝出版社　1984年7月
饒芃子主編　《流散與回望：比較文學視野中的海外華人文學》　天津市　南開大學出版社　2007年10月
續修四庫全書編纂委員會編　《續修四庫全書》1270　子部小說家類〈蘭苕館外史・里乘〉　上海市　上海古籍出版社　2002年
繆荃孫等纂　《江陰縣續志（一、二）》　臺北市　成文出版社　1970年

三　專書、報刊、學位論文

下村作次郎、黃英哲合撰　〈戰前台灣大眾文學初探（一九二七年～一九四七年）〉　彭小妍編：《文藝理論與通俗文化》（上）　臺北市　中研院文史哲所籌備處　1999年12月
方　豪　〈介紹一本未為人知的清季臺灣遊記〉　《方豪六十自定稿》　臺北市　學生書局　1969年
任二北　〈不欲為西人奴〉　《優語集》卷7　上海市　上海文藝出版社　1981年
林壽農　〈林琴南軼事〉　福建省政協文史資料委員會編　《文史資料選編第3卷文化編》　福州市　福建人民出版社　2001年
施　淑　〈書齋、城市與鄉村——日據時代的左翼文學運動及小說中的左翼知識分子〉　《兩岸文學論集》　臺北市　新地文學出版社　1997年6月
孫百剛譯　〈對郁達夫諮詢會〉見本社編《郁達夫文論集》　杭州市　浙江文藝出版社　1985年12月

許桂亭選注 〈周養庵篝燈紡織圖記〉 《鐵筆金針：林紓文選》 天津市 百花文藝出版社 2002年

陳芳明 〈魯迅在臺灣〉 收入中島利郎編《臺灣新文學與魯迅》 臺北市 前衛出版社 2000年5月

馮乃超 〈快走〉 收入孫玉石 《象徵派詩選》 北京市 人民文學出版社 1986年

馮乃超 〈快走〉 馮乃超文集編輯委員會 《馮乃超文集》上卷 廣州市 中山大學出版社 1986年9月

郭沫若 〈致臺灣青年 S 君〉 黃淳浩編 《郭沫若書信集》上冊 北京市 中國社會科學出版社 1992年12月

華 漢 〈文藝思潮的社會背景〉 黃侯興主編 《創造社叢書》1 文藝理論卷 北京市 學苑出版社 1992年10月

喻血輪 〈林琴南避妓〉 《近代中國史料叢刊續輯》958 綺情樓雜記 臺北市 文海出版社

鄧中夏 〈貢獻於新詩人之前〉 沙似鵬編著 《中國文論選・現代卷・上冊》 南京市 江蘇文藝出版社 1996年11月

瞿秋白 〈大眾文藝的問題〉 瞿秋白著 丁守和、王淩雲編 《瞿秋白語萃》 北京市 華夏出版社 1993年

龔顯宗 〈小城小報小小說——論小小說的文化因子〉 施懿琳、楊雅惠編《時空視域的交融：文學與文化論叢》 高雄市 中山大學人文研究中心 2011年10月

王俐茹 〈「忠義」的重製與翻譯：黃得時水滸傳（1939-1943）的多重意義〉 《臺灣學研究》 第17期 2014年10月

王淑蕙 〈創新媒體與書寫女性——以臺灣第一份漢文雜誌《臺灣文藝叢誌》為例〉 《人文社會學報》7 臺灣科技大學 2010年12月

王晴佳 〈中國近代「新史學」的日本背景——清末的「史界革命」

和日本的「文明史學」〉　《臺大歷史學報》　第32期　2003年12月

王獨清　〈祝詞〉　《我們》　創刊號　1928年5月20日

史揮戈　〈韋叢蕪「合作同盟」問題辯析——從新發現的兩件韋叢蕪的史料說起〉　《山東師大學報（社會科學版）》　2000年第4期

未署名　〈一睡七十年〉《臺南新報》　昭和九年　1934年5月16日

未署名　〈小人國記〉　〈大人國記〉　《臺灣日日新報》1930年3月3日-5月17日　7月6日-12月6日

未署名　〈僬僥國人〉《臺南新報》大正十五年　1926年10月15日

未署名　〈談瀛小錄〉　《臺南新報》　昭和十年　1935年2月2、3、6、8、9、15、17日

仲密、周作人　〈貴族的與平民的〉　《自己的園地》　北京市　晨報社　1923年12月

江中柱　〈林紓與臺灣〉　《福州大學學報》　哲學社會科學版　2006年第4期

吳乃立　〈這不是我們的世界〉《文化批判》　第4號　1928年4月15日

宋樹人　《斷腸聲》　《醒獅週報》　1927年第160期

呂若淮　〈從《臺灣文藝叢誌》看日據時期臺灣同祖國大陸的文學交流〉　《福州大學學報：哲學社會科學版》　2010年第2期

李存煜　〈林琴南論〉　《文藝論叢》第23輯　上海市　上海文藝出版社　1986年

李霽野　〈從「煙消雲散」到「雲破月來」——《魯迅先生與未名社》之一節〉　《安徽師大學報（哲學社會科學版）》　1977年第2期

李霽野　〈為韋叢蕪一文答客問〉《魯迅研究動態》　1987年第11期

汪毅夫　〈福州近代文化名人與臺灣——《臺灣文化論稿》之一節〉　《現代臺灣研究》　1994年第8期

林以衡　〈《格里弗遊記》在臺灣：日治時期〈小人國記〉、〈大人國記〉的譯寫、諷喻與政治想像〉　《成大中文學報》　第32期　2011年3月

林秋梧　〈階級鬭爭與佛教〉《南瀛佛教》 第7卷第2號　1929年3月

林培瑞、Perry Link 著　鍾欣志譯　〈一九一〇年代的上海文學雜誌〉　《政大中文學報》　第10期　2008年12月　頁1-12

松風子（島田謹二）　《南島文學志》　《臺灣時報》　1938年1月

邱敏勇　〈抗法英雄張李成小傳〉　《臺北文獻》　第123期　1998年3月

姜德明　〈《域外小說集》逸話〉　《活的魯迅》　上海市　上海文藝出版社　1986年

柳書琴　〈本土、現代、純文學、主體建構：日據時期臺灣新文學雜誌〉　《文訊》　第213期　2003年7月

柳書琴　〈通俗作為一種位置：《三六九小報》與1930年代的讀書市場〉　《中外文學》　第33卷第7期　2004年12月

柳書琴　〈傳統文人及其衍生世代：台灣漢文通俗文藝的發展與延異(1930-1941)〉　《台灣史研究》　第14卷第2期　2007年6月

柳書琴　〈文化遺產與知識鬥爭——戰爭期漢文現代文學雜誌《南國文藝》的創刊〉　《台灣文學研究學報》 第5期　2007年10月

胡萬川　〈亡命好漢的生與死——莊芋、曾切、廖添丁傳說之研究〉　清華大學臺灣文學研究所　《臺灣民間文學學術研討會暨說唱傳承表演論文集》　臺南市　國家臺灣文學館　2004年

韋　順　〈苦澀的念憶〉　《新文學史料》　1998年第3期

韋叢蕪　〈讀《魯迅日記》和《魯迅書簡》——未名社始末記〉　《魯迅研究動態》　1987年第2期

夏志清　〈玉梨魂新論〉　《明報月刊》　1985年9、10、11月

桑　兵　〈梁啟超的東學、西學與新學——評狹間直樹《梁啟超・明治日本・西方》〉　《歷史研究》　第6期　2002年12月

秦豔華　〈理想出版的困境——以未名社的成立與經營實踐為例〉《新文學史料》　2011年第3期
高　璐　〈韋叢蕪和霍邱的鄉村建設運動〉　《安徽史學》　1993年第1期
張友鸞　〈窮〉　《東方雜誌》　第22卷第6期　1925年
張登林〈改良主義者的窮途與末路：也談未名社作家韋叢蕪及其「合作同盟」實驗〉《社科縱橫》　2014年第2期
張我軍（一郎）　〈遊中央公園雜詩〉　《晨報附刊》　第192期　1924年8月16日　第3版
張我軍（一郎）　〈煩悶〉　《晨報副刊》　第244期　1924年10月14日　第3版
張我軍　〈研究新文學應讀什麼書〉　《臺灣民報》　第3卷第7號　1925年3月1日
張堂會　〈大志未酬含恨死，等身譯著亦千秋！——簡論被遮蔽的皖北現代作家韋叢蕪〉　《阜陽師範學院學報》　社會科學版　2009年第5期
張俊萍　《從〈三夢橋〉管窺夢的敘事功能》　《江南大學學報（人文社會科學版）》　第7卷第2期　2008年4月
章培恒　〈關於中國現代文學的開端——兼及「近代文學」問題〉《復旦學報》　社會科學版　2001年2期
許俊雅　〈銀幕春秋與文字乾坤：談上海電影本事在日治臺灣報刊雜誌的轉載〉　《考掘．研究．再現——臺灣文學史料》第一輯　臺南市　臺灣文學館　2011年10月
許俊雅　〈少潮、觀潮、儀、耐儂、拾遺是誰？——《臺灣日日新報》作者考證〉　《臺灣文學學報》　第19期　2011年12月
許俊雅　〈呂赫若戰後四篇中文小說所透露的文學借鑑關係〉　《東吳中文學報》　第33期　2017年5月

許廑父 〈言情小說談〉 《小說月報》 1923年第2期
郭沫若 〈反響之反響・答一位未知的臺灣青年〉 《創造》 第1卷 第3期 1922年1月
郭沫若(坎人) 〈馬克斯進文廟〉 《洪水》 第1卷第7期 1925年12月16日 見《洪水第一卷合訂》 1938年4月
郭沫若(坎人) 〈馬克斯進文廟〉 《赤道》創刊號 1931年10年30日
郭沫若 〈魯迅傳中的謬誤〉 《臺灣文藝》 第2卷第2號 1935年2月1日
郭浩帆 〈溫床:近代新聞事業對小說報刊的發生學意義〉 《濟南大學學報》 2004年第1期
陳世強 〈「鴛蝴派」始基徐枕亞的舛錯婚戀與哀情文學生涯〉 《南京理工大學學報》 社會科學版 2005年1期
陳宏淑 〈身世之謎:《苦兒流浪記》翻譯始末〉 《編譯論叢》 第5卷第1期 2012年3月
陳宏淑 〈明治與晚清翻譯小說的譯者意識:以菊池幽芳與包天笑為例〉 《中國文哲研究通訊》 第22卷第1期 2012年3月
陳培豐 〈日治時期臺灣漢文脈的漂游與想像:帝國漢文、殖民地漢文、中國白話文、臺灣話文〉 《臺灣史研究》 第15卷第4期 2008年12月
陳家慧 〈魯濱遜漂流臺灣記——從鐵冷《短篇寓言五毒》和魏清德《百年夫婦》看臺灣古典小說中的翻譯與地方文化塑造〉 《第5屆全國臺灣文學研究生學術論文討會論文集》 臺南市 國立臺灣文學館 2008年9月
陳煒謨 〈讀《小說匯刊》〉 《小說月報》 第13卷第12號 1922年12月10日
陳瑋芬 〈由「東洋」到「東亞」,從「儒教」到「儒學」:以近代日

本為鏡鑑談「東亞儒學」〉　《臺灣東亞文明研究學刊》第1卷第1期　2004年6月
陳漱渝　〈文直事核，辯偽存真——王艾村著《柔石年譜》序〉《柔石年譜》　重慶市　西南師範大學出版社　1998年9月
陳漱渝　〈未名社及其文學精神〉　《新文學史料》　2005年第1期
單德興　〈重新整裝，再度出發——《格理弗遊記》普及版的緣起、過程與目標〉　《人文與社會科學簡訊》　2013年6月
湯哲聲　〈「鴛鴦蝴蝶派」與現代文學的發生〉　《中國現代文學研究叢刊》　2006年1期
華　漢　〈文藝思潮的社會背景〉　《流沙》　第2期　1928年2月
黃得時　〈日據時期臺灣的報紙副刊——一個主編者的回憶錄〉《文訊月刊》　第21期　1985年12月
黃惠禎　〈郭沫若文學在台灣：其接受過程的歷史考察〉　《台灣文學研究學報》　第16期　2013年4月
黃藥眠　〈文藝家應該為誰而戰？〉　《流沙》　第5期　1928年5月15日
游勝冠　〈同文關係中的台灣漢學及其文化政治意涵——論日治時期漢文人對其文化資本「漢學」的挪用與嫁接〉　《台灣文學研究學報》　第8期　2009年4月
楊　克　〈馬悅然推崇的長詩——韋叢蕪的《君山》〉　《作家》2001年第11期
楊克培　〈最近臺灣的讀書界的傾向〉　《臺灣民報》　第322號1930年7月16日
楊晨曦　〈鴛鴦蝴蝶派研究述評〉《南京社會科學》　1998年第6期
廖久明　〈正題戲說——《馬克思進文廟》之我見〉　《郭沫若學刊》　第1期　2005年
齊上志　〈林紓與臺灣〉　福州市政協文史資料委員會編　《福州文史資料》第24輯　2006年

劉永文、王景龍　〈《申報》與晚清小說傳播〉　《上海師範大學學報》　2003年第6期
劉宗敏　〈無題〉　《洪水報》　創刊號　1930年8月21日
劉復寄　〈瓦釜集代自序〉　《語絲》　第75期　1926年4月19日
潘建國　〈小說徵文與晚清小說觀念的演進〉　《文學評論》　2001年第6期
潘建國　〈《松蔭庵漫錄》與《申報》所載晚清筆記小說〉　《上海師範大學學報》　2003年第6期
潘　盛　〈「淚」世界的形成——對民初言情小說一個側面的考察〉　《中國現代文學研究叢刊》　2008年第6期
蔡盛琦　〈日治時期臺灣的中文圖書出版業〉　《國家圖書館館刊》　第91卷第2期　2002年12月
鄧中夏　〈貢獻於新詩人之前〉　《中國青年》　第1卷第10期　1923年12月
魯湘元　〈《申報》與中國近現代報刊文學〉　《中國現代文學研究叢刊》　2001年第2期
賴明弘　〈郭沫若先生的信〉　《臺灣文藝》　第2卷第2號　1935年2月
賴明弘　〈臺灣文藝聯盟創立的斷片回憶〉　《臺北文物》　第3卷第2期　1954年8月
戴季陶　〈阿們？！〉　《星期評論》　第36期　1920年2月8日
謝崇耀　〈《崇聖道德報》及其時代意義研究〉　《臺灣文學研究學報》　第5期　2007年1月
薛玉龍　〈死人之末路〉　《洪水報》　第1、3號　1930年8月21日　9月11日
鐵　〈願一輩子不畢業〉　《洪水報》　第3號　1930年9月11日
文迎霞　〈晚清報載小說研究——以《申報》、《新聞報》、《時報》、

《神州日報》為中心〉　上海市　華東師範大學博士論文　2007年4月
文　娟　〈申報館與中國近代小說發展之關係研究〉　上海市　華東師範大學博士論文　2006年4月
王品涵　〈跨國文本脈絡下的臺灣漢文犯罪小說研究，1895-1945〉　臺北市　臺灣大學臺灣文學研究所碩士論文　2010年
江啟綸　〈日治中晚期臺灣儒學的變異與發展──以《孔教報》為分析對象（1936-1938）〉　成功大學臺灣文學研究所碩士論文　2007年
吳宗曄　〈《臺灣文藝叢誌》，1919-1924傳統與現代的過渡研究〉　臺灣師範大學臺灣文化及語言文學研究所碩士論文　2009年6月
呂若淮　〈臺灣文社及其《臺灣文藝叢誌》研究〉　福州市　福建師範大學博士論文　2010年
呂淳鈺　〈日治時期臺灣偵探敘事的發生與形成：一個通俗文學新文類的考察〉　臺北市　政治大學中國文學研究所碩士論文　2004年
李郁芬　〈《台南新報》漢文欄之研究〉　成功大學台灣文學系碩士論文　2011年
阮淑雅　〈中國傳統小說在臺灣的續衍：以日治時期報刊神怪小說為分析場域〉　臺北市　政治大學臺灣文學研究所碩士論文　2010年
曾婉君　〈《三六九小報》通俗小說中的女性形象──文學敘事與文化視域的探討〉　政大中文系教學碩士論文　2006年
施　曄　《《漢文臺灣日日新報》刊載小說研究（1905-1911）》　上海師範大學人文與傳播學院（中國古代文學）碩士論文　2014年2月

張婷婷　〈未名社的翻譯活動研究（1925-1930）〉　華中師範大學外國語言學及應用語言學碩士論文　2013年5月

張瑜庭　〈日本與臺灣的漢學連結：明治時期《臺灣教育會雜誌》漢文報（1903-1911）研究〉　臺灣師範大學國際漢學研究所碩士論文　2010年

陳盈聿　〈《孔教報》刊載小說之研究〉　臺灣師範大學國文學系在職進修碩士論文　2014年

陳維君　〈清代筆記中的臺灣故事研究〉　嘉義縣　中正大學中國文學研究所碩士論文　2006年

黃薇勳　《1906-1930《臺灣日日新報》漢文短篇小說中家庭女性婚姻與愛情的敘寫》　臺北市　臺北教育大學臺灣文化研究所碩士論文　2010年7月

賴松輝　〈日據時期臺灣小說思想與書寫模式之研究，1920-1937〉　成功大學中文系博士論文　2002年7月

四　電子媒體

日治時期期刊全文影像系統　http://stfj.ntl.edu.tw/cgi-bin/gs32/gsweb.cgi/login?o=dwebmge&cache=1420772297198

日治時期臺灣時報資料庫 1898-1945合集　來源　http://p8080-cdnetc.lib.ncku.edu.tw.ezproxy.lib.ncku.edu.tw:2048/twjihoapp/start.htm

日治時期圖書全文影像系統　http://stfb.ntl.edu.tw/cgi-bin/gs32/gsweb.cgi/login?o=dwebmge&cache=1454133436376

全國報刊索引　http://218.1.116.100/shlib_tsdc/index.do

漢珍知識網（臺灣日日新報&漢文臺灣日日新報）　http://elib.infolinker.com.tw/login_rrxin.htm

中央研究院臺史所檔案館　「臺灣日記知識庫」　http://taco.ith.sinica.

edu.tw/tdk/%E9%A6%96%E9%A0%81　檢索日期　2019年12月19日

臺灣文學期刊目錄資料庫　http://dhtlj.nmtl.gov.tw/opencms/search.html

臺灣民報資料庫　http://taiwannews.lib.ntnu.edu.tw/

臺灣新民報檢索系統　http://sinmin.nmtl.gov.tw/opencms/sinmin/intro.html?rdm=1445483421292

賴慈芸〈《臺灣翻譯史》導論：翻譯之島（中）〉　發佈於2019年9月19日　網址：https://www.thinkingtaiwan.com/content/7862　檢索日期　2019年12月30日

「賴和藏書　賴和期刊目錄」　網址　http://cls.hs.yzu.edu.tw/laihe/B1/b22_2.htm　檢索日期　2017年9月10日

本書各篇章原出處

一　〈王韜文言小說在臺灣的轉載及改寫──以《臺灣日日新報》為例〉,《臺灣古典文學研究集刊》第5期，2011年8月，頁255-314。

二　〈《洪水報》、《赤道》對中國文學作品的轉載──兼論創造社在日治臺灣文壇〉,《臺灣文學研究學報》第14期，2012年4月，頁169-218。

三　〈林紓及其作品在臺灣考辨〉,《中正漢學研究》第19期，2012年6月，頁255-284。

四　〈誰的文學？誰的產權？──日治臺灣報刊雜誌刊載中國文學之現象研探〉,《臺灣文學學報》第21期，2012年12月，頁1-35。

五　〈葉陶仙〈釵合鏡圓〉的故事來源考論──兼論日治臺灣文言通俗小說的抄錄改寫現象〉,《淡江中文學報》第28期，2013年6月，頁217-259。

六　〈日治時期臺灣報刊小說的改寫現象及其敘述策略〉,《臺灣文學學報》第23期，2013年12月，頁137-174。

七　〈真實或虛構？／新聞或小說？──《臺灣日日新報》轉載《申報》新聞體小說的過程與理解〉《東吳中文學報》第28期，2014年11月，頁245-270。

八　〈日治臺灣〈小人國記〉、〈大人國記〉譯本來源辨析〉,《臺灣文學學報》第27期，2015年12月，頁69-111。

以上諸文發表後陸續補充新材料，力求補正與補遺，並添寫緒論與結論，增加參考文獻、索引。

後記

一九九七年我在某一本書的自序上說：「散步的經驗，使我深深體會到唯有遊走於古典與現代、臺灣與世界之間，生命才是一條有去路，也是有返回現時的雙向道。」當臺灣作家作品一一從沉埋的歷史隧道走過來，與我照面時，其時我總是深刻感受到延續追索他們的足跡，是多麼重要的事，因此從日治古典進入現代文學，之後又凌波越過日治來到當代，之後再從臺灣跨海到中國，對明鄭、清治及戰後遷臺作家在中國大陸的前半生展開追蹤的工作。這自然是生命的興發感動所然，但也是因時間的車輪向前邁進，每一時代的學術必然有其新材料與新問題的因素。因此二十年前即多次強調臺灣歷史歷經荷、葡、西、滿清、日本等統治，在文學的研究上自然得留意涉外的資料，尤其是來臺的遊宦人士的文學活動脈絡，而割臺之際，臺灣文士回清國或者赴南洋一帶的文學活動，或者日治後來臺的日本漢詩人的活動，都是應繼續追蹤掌握的。我對一九四六迄一九四九年來臺作家的心境，總有一種理解的同情，想像遠離親人、斷絕往來的那種錐心之痛，那一代知識分子的生存與發展，面臨著前所未有的挑戰與困惑，從理想的追求到艱難的選擇，他們往往都有一段複雜而曲折的心路歷程，其前途之茫茫，憂心之忡忡，其不安之焦灼，其人物之眾多，背景之複雜，其選擇之多面，今天看起來仍禁不住讓人感慨萬端。他們的不同心態和不同選擇（北上、歸國、渡海來臺、失望出走、觀望等型態），反映了他們對國共兩黨的不同認識，也反映了他們在政治格局大變動中的取捨。我因此整理了雷石榆、覃子豪、錢歌川、黎烈文等人的作品，甚至回到國統區時期的武漢、重慶文獻，重新閱讀涉獵當時的文學作品，詮釋國共作家的日記、書信，因此有胡風日記、賈植芳書信的解讀。無不時時刻刻，試圖將兩岸的材料蒐羅完備，其艱辛自然也出乎想像，《黎烈文全集》歷經八年才達到可出版的條件，至於其他人材料，則因諸事紛紜，一直拖住未能出版，而郭秀媛編的《雷石榆全集》則在二〇一八年一月由河北教育出版社發行，對此，我並不感到難過，在購得全集之後，內心充滿感動及敬佩。

這幾年我同時關注日治臺灣的翻譯文學與中國文學在日治報紙期刊的轉載改寫，以掌握臺灣文學生成發展的過程。我認為唯有梳理清楚「翻譯文學」，才能更為科學地透視二十世紀以來臺灣文學的曲折變遷與意義生成，並在具體的歷史情境與文化情境中構築起更為完整的二十世紀臺灣文學地圖。因之我整理了臺灣日治翻譯文學，邀請十幾位日文譯者共同從事此一套書之編譯，二〇一四年十月正式出版，定名為《臺灣日治時期翻譯文學作品集》，凡五卷，約四五〇〇頁。在整理引介日治翻譯文學的同時，我同時關注中國文學在日治臺灣的傳播影響，因在特殊政治情境及傳統國族文學採取的民族主義分析框架下，經常忽略了來自中國的影響，尤其學界在討論通俗文學時，過度強調了日本漢文學的影響，再者是整理翻譯文學時，發現與中國文學、翻譯息息相關，我個人覺得茲事體大，因而重新回到晚清民初的文學閱讀，有數年時間，日以繼夜，寢食不安，努力翻讀各類報刊，幾乎把日治報刊所有作品都看過之後，回頭閱讀民國報刊，再轉進相關典籍，從文言筆記小說到鴛蝴派小說，因而在研究上稍微有了突破，發現臺灣傳統文人對中國漢文小說摹仿學習及受影響的脈絡。那些轉載的文學作品，是當年對中國文學進行時空的移植，並不是在臺灣生產的文學，內容自然是針對中國本身政治、文化與經濟等複雜的問題而反應，但一旦被轉載到臺灣，又毫無線索說明是中國作品時，研究者如未能掌握作品來源，便貿然討論日治臺灣通俗文學的發展及面貌時，便易誤入歧途，在討論上無法周延完備。

這幾年我重新接續二十幾年前博士論文未處理的議題，當時重點在臺灣新文學，雖然我當時早已閱讀了《三六九小報》、《風月報》，但通俗文學無法與我當時的思想感情共鳴，我讀得很痛苦，因此只將篇目做了整理，無心討論內容。近年通俗文學備受重視，但研究者卻未留意這些作品多半是中國文學的蹈襲依傍及轉載之作，是這些因素，讓我不得不認真去閱讀通俗文言、白話小說，努力撰寫了一二十篇論文。這些論文成為本書的墊基工作，在十年後才交出這本書。

大抵而言，三十幾年來，我對史料一直是重視的，因為豐富而精確的材料，是學術研究的基礎條件，有了蒐羅完備的文獻史料，才能進行闡釋與深化研究的內涵，這也是建構臺灣文學史必備的要件。我從史料編輯著手，先後整理了日治時期作家《楊守愚作品選集（補遺）》、《翁鬧作品選集》、《王昶雄全集》、《巫永福精選集》等作品集，並參與了《全臺詩》、《全臺賦》、《全臺詞》等重大臺灣文學資料的編撰工作，尤其後二編由自己與同好主持編校工作，感受特深。我也喜好整理日記、年表、書信（《楊守愚日記》、《臺灣文學家年表六種》、《梁啟超、林獻堂往來書札》），這三者是歷史文獻學研究的重要材料，是研究歷史人物最好的素材，尤其日記、書信常常保留了作者最真實的內心世界與思想脈絡，大量的線索為社會文化史研究提供了絕好素材。編撰年表時，我廣泛採用作者及其同時代人的作品、日記、書信等文獻資料，以對其生平事蹟、著作有所補充，並特別交代作品的寫作時間、發表時間，力求更為客觀、全面的予以展示。

對於臺灣文學，我一直不以個人研究為最後的理想，所有的研究對我而言，最終目的是希望能將自己對文學的感思傳達給年輕人，因此我花了十幾年歲月編寫中學國文教材及大學的臺灣文學讀本上，寫下一兩百篇作品深究鑑賞。因為我們所處的時代正日新月異地飛速發展，資訊、商品、消費、電子、網路、數位、手機等語詞成了我們這時代的關鍵詞，無數的誘惑與刺激，如走馬燈似地出現在青少年面前，我衷心期待著「文學」成為青少年生命的伙伴，「文學」成為這時代的關鍵詞，希望通過文學的閱讀，把心靈中美好的因素、崇高的因素調動起來，建立一種對生活的美好信心，及對生活的獨立思考。我相信文學固然需要想像的翅膀凌空飛翔，但也唯有立於自身的土地上，才能感受到落地時的堅穩踏實，透過文學認識臺灣，理解一群生活在這塊土地上的人們，遠比透過閱讀相關的政治經濟方面的報導來得真切。

敏捷的學術思維與獨到的學術見解，我個人資質其實相當薄弱，唯一堅持的是不追新逐異、跟風趕潮，努力將壓力化解為助力，摒除私心雜念，執著自由的意志，獨立的精神。回顧這三十幾年學術生涯，經歷不少風濤波浪，尤其進入花甲之年前後二年，突然面對周遭諸多親友師長相繼離去，依舊非常不習慣，難以適應，在編撰此書時，婆婆往生，劉正浩、陳滿銘、林礽乾老師皆相繼離世，去年前後有黃玉燕、鄭清文、尉天驄、柯慶明、羊子喬諸師友仙逝，憶思三十幾年師友凋零過半，總感到世事一場大夢，人生幾度秋涼。二〇一九年十一、二月時，我正在書寫胡風武漢時期日記研究，未幾，二〇二〇一月即爆發驚駭全球的武漢肺炎（新冠肺炎 COVID-19），回首日記所涉諸地景空間，怎能不讓人悵觸萬端，更覺世事無常，摶沙轉燭，生命短暫。臺文研究曾是自己所選的人生歸宿，但一個人的學術道路總有走完的一日，在朝不保夕的歲月中。謹以：老牛明知夕陽短，不用揚鞭自奮蹄。願以此自勉自勵，保有初心。

許俊雅 二〇二〇年二月十四日

索引

三劃

四劃

五劃

六劃

七劃

八劃

九劃

十劃

十一劃

十二劃

十三劃

十四劃

十五劃

十六劃

十七劃

十八劃

二十劃

二十一劃

文學研究叢書・臺灣文學叢刊 0810013

日治臺灣小說源流考
——以報刊的轉載、改寫為論述核心

作　　者　許俊雅
責任編輯　楊家瑜

發 行 人　林慶彰
總 經 理　梁錦興
總 編 輯　張晏瑞
編 輯 所　萬卷樓圖書股份有限公司
臺北市羅斯福路二段 41 號 6 樓之 3
電話 (02)23216565
傳真 (02)23218698

發　　行　萬卷樓圖書股份有限公司
臺北市羅斯福路二段 41 號 6 樓之 3
電話 (02)23216565
傳真 (02)23218698
電郵 SERVICE@WANJUAN.COM.TW
香港經銷　香港聯合書刊物流有限公司
電話 (852)21502100
傳真 (852)23560735

ISBN 978-986-478-342-7
2021 年 8 月初版三刷
2020 年 5 月初版一刷
定價：新臺幣 660 元

如何購買本書：
1. 劃撥購書，請透過以下郵政劃撥帳號：
帳號：15624015
戶名：萬卷樓圖書股份有限公司
2. 轉帳購書，請透過以下帳戶
合作金庫銀行 古亭分行
戶名：萬卷樓圖書股份有限公司
帳號：0877717092596
3. 網路購書，請透過萬卷樓網站
網址 WWW.WANJUAN.COM.TW
大量購書，請直接聯繫我們，將有專人為您服務。客服：(02)23216565 分機 610

國家圖書館出版品預行編目資料

日治臺灣小說源流考 ： 以報刊的轉載、改寫為論述核心 / 許俊雅著. -- 初版. -- 臺北市 ： 萬卷樓, 2020.05
面 ；　公分. -- (文學研究叢書 ；810013)
ISBN 978-986-478-342-7(平裝)

1.臺灣小說 2.文學評論 3.日據時期

863.27　　109001173